BASTEI
LÜBBE

SCIENCE FICTION- UND FANTASY-Jubiläumsbände
im BASTEI-LÜBBE-Programm:

21 201 Isaac Asimov · Robotervisionen
21 202 Joy Chant · Könige der Nebelinsel
21 203 Wolfgang Hohlbein · Charity
21 204 Wolfgang Hohlbein · Die Kinder von Troja
21 205 Traumwelten · Nobelpreisträger schreiben Fantasy
21 206 Judith Tarr · Die Zauberin von Alamut
21 207 Marion Zimmer Bradley · Die Farben des Alls
21 208 Barbara Hambly · Gefährtin des Lichts
21 209 Larry Niven · Planetenträume
21 210 Margaret Weis/Tracy Hickman · Himmelsstürmer
21 211 Robert A. Heinlein · Die Marionettenspieler
21 212 David Eddings · Der Thron im Diamant

Isaac Asimov
Roboter-Visionen

Ins Deutsche übertragen
von Marcel Bieger (Essays),
Ingrid Herrmann
Fredy Köpsell u. a.

Mit Illustrationen von
Ralph McQuarrie

BASTEI
LÜBBE

BASTEI-LÜBBE-TASCHENBUCH
Band 21 201

Erste Auflage:
Februar 1994

Deutsche Lizenzausgabe 1994
by Bastei-Verlag Gustav H. Lübbe
GmbH & Co., Bergisch Gladbach
Originaltitel: Robot Visions
Titelillustration: Ralph McQuarrie
Umschlaggestaltung: Agentur
Karl Kochlowski
Satz: KCS GmbH,
Buchholz/Hamburg
Druck und Verarbeitung:
Brodard & Taupin, La Flèche,
Frankreich
Printed in France

ISBN 3-404-21201-0

Der Preis dieses Bandes
versteht sich einschließlich der
gesetzlichen Mehrwertsteuer.

Isaac Asimov
Roboter-Visionen

Ins Deutsche übertragen
von Marcel Bieger (Essays),
Ingrid Herrmann
Fredy Köpsell u. a.

Mit Illustrationen von
Ralph McQuarrie

BASTEI
LÜBBE

BASTEI-LÜBBE-TASCHENBUCH
Band 21 201

Erste Auflage:
Februar 1994

Deutsche Lizenzausgabe 1994
by Bastei-Verlag Gustav H. Lübbe
GmbH & Co., Bergisch Gladbach
Originaltitel: Robot Visions
Titelillustration: Ralph McQuarrie
Umschlaggestaltung: Agentur
Karl Kochlowski
Satz: KCS GmbH,
Buchholz/Hamburg
Druck und Verarbeitung:
Brodard & Taupin, La Flèche,
Frankreich
Printed in France

ISBN 3-404-21201-0

Der Preis dieses Bandes
versteht sich einschließlich der
gesetzlichen Mehrwertsteuer.

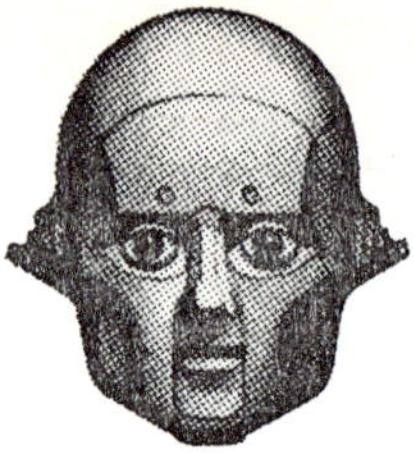

INHALT

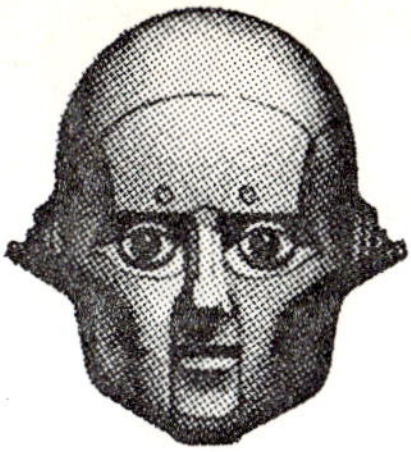

EINFÜHRUNG

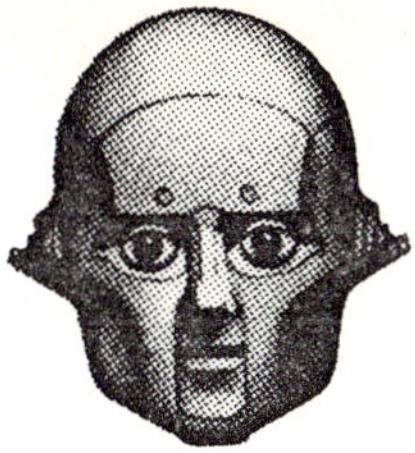

DIE ROBOTER-CHRONIKEN

Was ist ein Roboter? Man kann ihn ganz knapp und verständlich als ›künstliches Wesen, das dem Menschen ähnlich ist‹ bezeichnen.

Wenn wir Ähnlichkeit sagen, denken wir zuerst an äußerliche Ähnlichkeit. Und ein Roboter sieht wie ein Mensch aus.

Er könnte zum Beispiel mit einem weichen Material bedeckt sein, das so aussieht wie menschliche Haut. Er könnte Haare, Augen, Stimme, Gesichtszüge, Gliedmaßen und andere Merkmale eines Menschen besitzen, bis zu dem Punkt, an dem er rein äußerlich nicht mehr von einem Menschen zu unterscheiden wäre.

Doch das ist es nicht, worauf es bei einem Roboter ankommt. Der Roboter, zumindest der in der Science-fiction dargestellte, besteht meistens aus Metall und weist nur eine stilisierte Menschenähnlichkeit auf.

Vergessen wir also die äußere Erscheinung und konzentrieren wir uns auf das, was ein Roboter kann. Wir denken von Robotern als Wesen, die verschiedene Dinge rascher und effizienter als Menschen erleigen können. Doch damit wäre jede Maschine ein Roboter. Eine Nähmaschine kann rascher als jeder Mensch nähen. Ein Preßluftbohrer durchstößt eine harte Oberfläche schneller, als das ein Mensch ohne Werkzeug vermag. Ein Fernsehgerät kann Radiowellen orten und bündeln, was uns ganz und gar unmöglich ist.

Wir müssen also den Terminus Roboter auf Maschinen anwenden, die spezialisierter sind als gewöhnliche Geräte. Ein Roboter ist eine computerisierte Maschine und in der Lage, Aufgaben zu erledigen, die für jedes Wesen, außer den Menschen, zu komplex sind; und Aufgaben, die eine nicht-computerisierte Maschine nicht erledigen kann.

Mit anderen Worten, und um es so knapp wie möglich zu definieren:

Roboter = Maschine + Computer

Damit dürfte es also vor der Erfindung des Computers in den vierziger Jahren noch keinen wirklichen Roboter gegeben haben. Und einen praktischen Roboter (im Sinne von kompakt und kostengünstig genug, um ihn im größeren und vielfältigen Rahmen einsetzen zu können) gäbe es erst seit der Entwicklung der Mikrochips in den siebziger Jahren.

Doch das *Konzept* eines Roboters – eines künstlichen Apparates, der die Taten und auch die Erscheinungsweisen eines Menschen nachahmen kann – ist wahrscheinlich so alt wie die menschliche Phantasie.

Unsere Vorfahren, die noch keine Computer besaßen, mußten sich andere Wege ausdenken, um künstlichen Wesen quasimenschliche Fähigkeiten beizugeben. Dazu nahmen sie vage übernatürliche Kräfte zu Hilfe oder verließen sich auf die den Menschen weit überlegene Macht der Götter.

So beschreibt zum Beispiel Homer im achtzehnten Buch seiner *Ilias* Hephaistos, den griechischen Gott der Schmiedekunst, als einen Mann, dem ›... einige Wesen ... gebaut aus purem Gold, die genau wie Menschenmädchen sind‹, zur Hand gehen. Und ›sie haben einen verstandbegabten Kopf, sie können sprechen und ihre Muskeln einsetzen. Sie können spinnen und weben und verrichten auch andere Arbeiten ...‹ Ganz eindeutig sind das Roboter.

Als die Insel Kreta in höchster Blüte stand, soll es dort einen Riesen Talos aus Bronze gegeben haben, der unermüdlich die Küsten patrouillierte, um alle Feinde abzuwehren.

Während der Antike und des Mittelalters gab es immer wieder gelehrte Männer, die mit der Hilfe geheimer Künste oder zufällig entdeckter Geheimformeln künstliche Wesen geschaffen haben sollen. Natürlich Geheimnisse und Künste, die abwechselnd göttlichen oder teuflischen Ursprungs waren.

Die heute bekannteste mittelalterliche Robotergeschichte ist die des Rabbi Loew, der im sechzehnten Jahrhundert in Prag gelebt hat. Er hat ein künstliches, menschenähnliches Wesen – einen Roboter – aus Lehm erschaffen, genau so wie in der Bibel Gott den

Adam. Ein Lehmgebilde, mag es einem Menschen auch noch so sehr ähnlich sehen, ist ›eine ungeformte Substanz‹ (das hebräische Wort dafür lautet ›Golem‹), denn ihm fehlen alle Attribute des Lebens. Rabbi Loew verlieh seinem Golem die Attribute des Lebens, indem er ihm den geheiligten Namen Gottes mitgab. Und von da an wirkte der Roboter als Beschützer der Juden vor ihren Verfolgern.

Natürlich haben die Männer, die sich des Wissens bedienten, das nur Göttern oder Dämonen zustand, in ihrer Umgebung stets eine gewisse Beunruhigung hervorgerufen. Man befürchtete, damit seien Gefahren verbunden, und die beschworenen Kräfte oder Mächte könnten der menschlichen Kontrolle entgleiten. Letzteres kennen wir aus dem ›Zauberlehrling‹, wo ein junger Bursche genug von der Magie verstand, um einen Zauber zu bewirken. Doch sein Wissen reichte nicht aus, den Prozeß zu beenden, als sein Nutzen erfüllt war.

Unsere Vorfahren waren so klug, solche Gefahren vorauszusehen und sich davor zu fürchten. Im hebräischen Mythos von Adam und Eva begehen die beiden die Sünde, sich Wissen zu verschaffen (sie essen den Apfel vom Baum der Erkenntnis, d. h., des Wissens um alles) und werden dafür aus dem Garten Eden vertrieben. Gemäß den christlichen Theologen haben sie damit die ›Erbsünde‹ über die Menschheit gebracht.

In den griechischen Sagen war es Prometheus, der den Menschen das Feuer (und damit die Technologie) brachte und dafür vom wütenden Obergott Zeus auf das schrecklichste bestraft wurde.

In der frühen Neuzeit erfand man mechanische Uhren. Der kleine Mechanismus im Uhrengehäuse (›Uhrwerk‹) – also die Federn, Zahnräder, Hemmung, Auslösung und Unruh – ließ sich auch zur Gänze oder teilweise für andere Geräte verwenden.

Das achtzehnte Jahrhundert war das goldene Zeitalter der Automaten. Das waren Geräte, die angetrieben von Springfedern oder komprimierter Luft eine Reihe von komplizierten Tätigkeiten ausführen konnte. Man baute Spielzeugsoldaten, die marschierten; quakende, badende, tauchende und trinkende Enten; oder Spielzeugknaben, die eine Feder in Tinte tauchen und einen ganzen Brief schreiben konnten (selbstverständlich immer denselben Brief). Solche Automaten wurden vorgeführt und waren ungeheuer beliebt (und manchmal füllten sie auch die Taschen ihrer Besitzer).

Die Automaten waren technologisch eine Sackgasse, aber sie erhielten die Vorstellung aufrecht, mechanische Geräte könnten mehr verrichten als simple Uhrwerk-Tricks.

Doch in dieser Zeit machten die Naturwissenschaften rasante Fortschritte. 1798 entdeckte der italienische Anatom Luigi Galvani, daß unter dem Einsatz von elektrischen Funken tote Muskeln dazu gebracht werden konnten, zu zucken und sich zusammenzuziehen, ganz so, als wären sie noch lebendes Gewebe. Sollte vielleicht die Elektrizität das Geheimnis des Lebens in sich tragen?

So entstand die Idee, man könnte künstliches Leben durch rein naturwissenschaftliche Prinzipien erzeugen und sei dafür nicht auf die Hilfe von Göttern oder Dämonen angewiesen. Dieser Gedanke führte zu einem Buch, das von einigen als der erste Science-fiction-Roman der Moderne angesehen wird: *Frankenstein* von Mary Shelley, das im Jahr 1818 erstmals veröffentlicht wurde.

In diesem Buch setzt der Anatom Victor Frankenstein Körperteile von gerade Verstorbenen zusammen und erweckt mit der Hilfe von neuen wissenschaftlichen Entdeckungen (die in dem Roman nicht weiter spezifiziert werden) diesen Körper zum Leben. Im folgenden wird dieses Wesen jedoch nur ›Monster‹ genannt (im Film erweckt Elektrizität ihn zum Leben).

Der Wechsel vom Übernatürlichen zur Wissenschaft eliminiert jedenfalls nicht die Furcht vor den Gefahren, die in solchem Wissen lauern mochten. In der Legende vom Rabbi Loew geriet der Golem außer Kontrolle, und der Rabbi mußte den Namen Gottes von ihm nehmen und ihn zerstören. In der Geschichte von Frankenstein hatte der Held nicht soviel Glück. Er ließ das Monster voller Furcht im Stich, und dieses Wesen ermordete mit der Wut des Alleingelassenen (die das Buch auch durchaus rechtfertigt) zuerst alle, die Frankenstein liebte, und schließlich den Schöpfer selbst.

Das war dann auch ein zentrales Thema in den SF-Geschichten, die seit *Frankenstein* erschienen sind. Die Erschaffung von Robotern wurde als Paradebeispiel für die anmaßende Arroganz der Menschheit angesehen, die fehlgeleitet von den Naturwissenschaften danach strebte, gottähnlich zu werden. Die Erschaffung von menschlichem Leben, komplett mit Seele, war allein Gottes Tun. Wenn ein Mensch versuche, ein solches Wesen zu schaffen, könne dabei nur eine seelenlose Travestie herauskommen, die sich unausweichlich als genauso gefährlich erweisen würde wie der Golem oder das Frankenstein-Monster. Die Konstruktion eines Roboters wurde daher als eine Art Waffe angesehen, die sich am Ende gegen den Schöpfer selbst wenden würde. Denn ›es gibt Dinge, die der Mensch nicht erfahren soll‹.

Das Wort ›Roboter‹ kam erst 1920 in Gebrauch (zufälligerweise das Jahr meiner Geburt). Ein tschechischer Dramatiker namens Karel Capek schrieb *R.U.R.*, in dem der Engländer Rossum serienweise künstliche Menschen fertigt. Diese sollen die harten und beschwerlichen Arbeiten verrichten, damit die Menschen ein Leben in Muße und Komfort führen können.

Capek nannte diese künstlichen Wesen ›Robots‹, was im Tschechischen ›Zwangsarbeiter‹ oder ›Sklaven‹ bedeutet. Der Titel der Geschichte steht für die Firma des Engländers: ›Rossums Universal-Robots‹.

In diesem Buch, eigentlich ein Theaterstück, wird der ›Frankenstein-Komplex‹, wie ich ihn nenne, etwas intensiver ausgeführt. Während bei Shelley das Monster lediglich Frankenstein und seine Familie ermordet, entwickeln Capeks Roboter Emotionen, erkennen ihre Sklaverei und löschen die gesamte Menschheit aus.

Die Geschichte erschien 1921 und errang genug Aufsehen (obwohl es mir bei meiner Lektüre langweilig und furchtbar vorkam), um den Terminus ›Roboter‹ weltweit zu verbreiten. Meiner Kenntnis nach hat jede Sprache den Begriff ›Roboter‹ für einen künstlichen Menschen übernommen.

Während der zwanziger Jahre verstärkte *R.U.R.* den Frankenstein-Komplex, und die Horden von ratternden, mörderischen Robotern wurden Story um Story neu aufgekocht.

In den Dreißigern war ich ein inbrünstiger Science-fiction-Leser. Doch es ermüdete selbst mich, immer wieder die gleiche Robotergeschichte vorgesetzt zu bekommen. Ich sah Roboter ganz anders. Für mich waren sie Maschinen, fortgeschrittene Maschinen, aber nicht mehr als Maschinen. Sie mochten Gefahren in sich tragen, aber dagegen konnte man ihnen Sicherheitsfaktoren einbauen. Diese Faktoren mochten sich als inadäquat und fehlerhaft erweisen oder unter unerwarteten Bedingungen versagen, doch jeder Fehler würde neue Erfahrungen bringen, die beim Bau eines verbesserten Modells berücksichtigt werden konnten.

Immerhin wohnen allen Geräten und Entwicklungen Gefahren inne. Die Entwicklung der Sprache brachte Kommunikation und Lügen. Die Entdeckung des Feuers brachte warmes Essen und Brände. Die Erfindung des Kompaß revolutionierte die Seefahrt und führte zum Untergang der Zivilisationen in Mexiko und Peru. Das Automobil ist eine wundervolle Maschine und bringt doch in jedem Jahr Tausende von Menschen um. Der medizinische Fortschritt hat das Leben von Millionen gerettet und die Bevölkerungsexplosion intensiviert.

In jedem einzelnen Fall könnten die Gefahren und Fehlentwicklungen dazu angeführt werden, daß ›es Dinge gibt, die der Mensch nicht erfahren soll‹. Doch man kann wohl kaum von uns erwarten, uns allen Wissens zu entledigen und auf das Niveau von Steinzeitmenschen zurückzubegeben. Selbst vom theologischen Standpunkt aus könnte man argumentieren, daß Gott niemals dem Menschen einen Verstand gegeben hätte, wenn Er das nicht so beabsichtigt hätte, daß der Mensch zu gewissen Schlußfolgerungen gelangt.

Im Jahre 1939 beschloß ich, eine Robotergeschichte um einen Roboter zu schreiben, der weise eingesetzt wurde und seine Arbeit so erledigte, wie man es von ihm erwartete. Ich mußte ihm eine Energiequelle geben und erfand das ›positronische Gehirn‹. Natürlich war das Schnickschnack, aber damit stand mir eine unbekannte Energiequelle zur Verfügung, die nützlich, vielseitig, rasch und kompakt war – genau so wie der damals noch nicht erfundene Computer.

Die Story erhielt den Titel ›Robbie‹ und wurde nicht sofort veröffentlicht. Doch ich schrieb weitere Geschichten dieser Art und ließ mich dabei von meinem Herausgeber John W. Campbell beraten, dem meine Herangehensweise an die Roboter sehr gefiel. Und schließlich wurden alle meine Robotergeschichten gedruckt.

Campbell drängte mich, die Sicherheitsfaktoren meiner Roboter nicht länger stillschweigend vorauszusetzen, sondern öffentlich zu machen. Dies erfolgte in meiner vierten Robotergeschichte, *Runaround (dt. Herumtreiber)*, die 1942 in der Märzausgabe seines Magazins *Astounding Science Fiction* erschien. Auf der Seite einhundert (wie ich mich zufällig erinnere) erklärte eine Figur einer anderen: ›Nun, dann wollen wir mal mit den drei fundamentalen Regeln der Robotik beginnen.‹

Meines Wissens tauchte damit zum ersten Mal das Wort ›Robotik‹ auf. Der Begriff ist heute weitgehend akzeptiert und findet vielfache Verwendung in den Naturwissenschaften und in der Konstruktion, Erhaltung und Anwendung von Robotern.

Damals war mir noch nicht bewußt, daß ich etwas erfunden hatte. In meiner jugendlichen Unschuld glaubte ich, daß es einfach so heißen müsse. Ich hatte nicht die leiseste Ahnung, daß vor mir noch nie jemand diesen Terminus verwendet hatte.

Die hier erwähnten ›Drei fundamentalen Regeln der Robotik‹ waren der Grundstein für die ›Asimovschen Drei Gesetze der Robotik‹, die wie folgt lauten:

1. Ein Roboter darf keinen Menschen verletzen oder durch Untätigkeit zu Schaden kommen lassen.
2. Ein Roboter muß den Befehlen eines Menschen gehorchen, es sei denn, solche Befehle stehen im Widerspruch zum Ersten Gesetz.
3. Ein Roboter muß seine eigene Existenz schützen, solange dieser Schutz nicht dem Ersten oder Zweiten Gesetz widerspricht.

Diese Gesetze entwickelten sich zu den berühmtesten und am meisten zitierten Sätzen, die ich je zu Papier gebracht habe. (Ich habe sie im Alter von einundzwanzig Jahren geschrieben, und das läßt mich heute darüber grübeln, ob ich seitdem noch irgend etwas geleistet habe, was meine Existenz rechtfertigen würde.)

Meine Roboter-Stories hatten, wie sich herausstellen sollte, einen großen Einfluß auf die Science-fiction. Ich ging eben unemotional an die künstlichen Menschen heran. Meine Roboter wurden von Ingenieuren entwickelt, standen vor technischen oder maschinellen Problemen und fanden dafür eine Lösung. Meine Geschichten zeichneten ein Bild von der zukünftigen Entwicklung der Technologie und waren alles andere als Moraltraktate. Meine Roboter waren Maschinen und keine Metaphern.

Aus Folge davon verschwanden die Robotergeschichten alten Typs buchstäblich aus der Science-fiction. Auch andere Autoren kamen dahinter, daß in den Robotern eher Maschinen als Metaphern zu sehen waren. Allmählich sah man Roboter als positive und nützliche Einrichtungen, die nur versagten, wenn etwas schiefging, dann aber korrigiert und verbessert werden konnten. Andere

Schriftsteller zitierten die Robotergesetze nicht – das blieb allein mir vorbehalten –, aber sie bedienten sich ihrer als Grundlage ihrer Maschinenwesen, und genau so wurden sie auch von den Lesern akzeptiert.

Erstaunlicherweise hatten meine Robotergeschichten auch auf die Welt jenseits der Science-fiction einige Auswirkungen. Es ist allgemein bekannt, daß die frühen Raketenforscher von den Geschichten von H. G. Wells beeinflußt wurden. Auf ähnliche Weise inspirierten meine Robotergeschichten die Ingenieure und Forscher, die mit Robotern experimentierten. Neun dieser Stories wurden 1950 in dem Band *I, Robot (dt. Ich, der Robot)*, zusammengestellt. Und dieser Band ist seitdem ununterbrochen im Druck.

Joseph F. Engelberger, der in den Fünfzigern an der Columbia University studierte, fiel *I, Robot* in die Finger, und das, was er da las, begeisterte ihn so nachhaltig, daß er beschloß, sein Leben der Robotik zu widmen. Damals begegnete er George C. Devol Jr. auf einer Cocktail-Party. Devol war Erfinder, der sich sehr für Roboter interessierte.

Zusammen gründeten sie die Firma Unimation und arbeiteten dort daran, funktionsfähige Roboter zu entwickeln. Sie meldeten viele Patente an, und Mitte der siebziger Jahre hatten sie eine Vielzahl von Robotern für alle möglichen Arbeiten erfunden. Sie standen nur vor dem Problem, keine billigen und kompakten Computer zur Verfügung zu haben. Doch nach der Erfindung des Mikrochips war auch dieses Problem gelöst. Von da an wurde Unimation zur führenden Roboterfirma in der Welt, und Engelberger wurde reicher, als er sich das je erträumt hätte.

Engelberger war stets so freundlich, meinen Einfluß nicht zu verschweigen. Ich habe andere Robotiker getroffen, wie Marvin Minsky und Shimon Y. Nof, die mir fröhlich ihre frühe Lektüre von *I, Robot* eingestanden haben. Nof ist Israeli und hat das Buch zum ersten Mal in der hebräischen Übersetzung gelesen.

Die Robotiker nehmen meine Drei Gesetze sehr ernst. Die heutigen Industrieroboter sind noch so simpel, daß die Sicherheitsvorrichtungen extern eingebaut werden. Doch es darf davon ausgegangen werden, daß Roboter vielseitiger und leistungsfähiger werden. Dann fügt man die Drei Gesetze gleich in ihre Programmierung ein.

Ich selbst habe nie mit Robotern gearbeitet, und doch habe ich nie aufgehört, an sie zu denken.

Meine Robotergeschichten und -romane scheinen so etwas wie Klassiker geworden zu sein. Und mit dem Aufkommen der Romanserie *Robot City* scheint aus ihnen sogar ein eigenes literarisches Universum entstanden zu sein, dessen sich andere Schriftsteller bedienen. Unter diesen Umständen erscheint es nützlich, sich meine Robotergeschichten näher vorzunehmen und etwas zu denen zu sagen, die mir besonders signifikant vorkommen:

1. *Robbie (dt. Robbie)*: Die erste Robotergeschichte, die ich geschrieben habe. Ich habe sie im Alter von neunzehn Jahren zwischen dem 10. und 22. Mai 1939 zu Papier gebracht. Damals stand ich davor, meinen Abschluß am College zu machen. Ich hatte einige Mühe, die Story zu veröffentlichen, denn Campbell lehnte sie ab, und auch das Magazin *Amazing Stories* wollte sie nicht. Fred Pohl nahm sie im März 1940, und so erschien sie in der Septemberausgabe des Jahres von *Super Science Stories*. Herausgeber Fred Pohl wäre nicht Fred Pohl gewesen, wenn er den Titel belassen hätte. In seinem Magazin erschien die Story als ›Strange Playfellow‹. Für die Sammlung *I, Robot* gab ich ihr den alten Titel zurück, und in allen späteren Veröffentlichungen erschien sie als ›Robbie‹.

Abgesehen davon, daß es sich dabei um meine erste Robotergeschichte handelt, erscheint mir der Umstand bedeutsam, daß darin Georg Westen einen Roboter, der als Kindermädchen eingesetzt wird, seiner Frau gegenüber mit den Worten verteidigt: »Er kann nicht anders, als fürsorglich und liebevoll zu sein. Er ist eine Maschine und zu diesem Zweck konstruiert.« Das ist der erste Hinweis auf das, was einmal zu meinem Ersten Robotergesetz werden sollte.

2. *Reason (dt. Vernunft)*: *Robbie* allein hätte nicht viel bedeutet, wenn ich keine weiteren Robotergeschichten geschrieben hätte, ganz abgesehen davon, daß *Robbie* in einem der kleineren, weniger beachteten Magazine erschien. Ich schickte *Reason*, meine zweite Robotergeschichte, an Campbell, und sie gefiel ihm. Nachdem er sie ein wenig überarbeitet hatte, erschien sie 1941 in der Aprilausgabe von *Astounding Science Fiction*. Und dort fiel sie den Lesern auf. Sie stießen auf Begriffe wie ›positronische Roboter‹ und behielten sie im Gedächtnis. Genauso erging es Campbell, was mir den Weg für alles folgende ebnete.

3. *Liar! (dt. Lügner)*: In der folgenden Maiausgabe von *Astounding* fand sich meine dritte Robotergeschichte, *Liar!* Das wichtige an dieser Story ist, daß dort zum ersten Mal Susan Calvin auftauchte, die in meinen frühen Robotergeschichten zum zentralen Charakter wurde. *Liar!* war eine recht unbeholfene Arbeit, was damit zu tun hat, daß ich dort eine Beziehung zwischen einem Mann und einer Frau beschreibe, obwohl ich zu jener Zeit noch nie mit einer Frau ausgegangen war. Glücklicherweise lerne ich recht schnell, und bevor die Story in *I, Robot* erscheinen konnte, habe ich sie gründlich überarbeitet.

4. *Runaround (dt. Herumtreiber)*: Die nächste wichtige Robotergeschichte erschien 1942 in der Maiausgabe von *Astounding.* In dieser Story habe ich zum ersten Mal die Drei Gesetze der Robotik aufgeführt.

Später nannte ich diese Regeln die Gesetze der Robotik oder Robotergesetze. Und sie waren fortan in dreifacher Hinsicht von großer Wichtigkeit für mich:

a) Sie lenkten mich bei der Ausformung der Plots und machten es mir möglich, eine Menge Kurzgeschichten und Romane um Roboter zu verfassen. In diesen Geschichten habe ich ständig die Möglichkeiten und Konsequenzen der Drei Gesetze studiert.

b) Ganz ohne Zweifel handelt es sich bei den Drei Gesetzen um meine wichtigste literarische Erfindung, und sie werden immer wieder und überall zitiert. Wenn alles, was ich zu Papier gebracht habe, eines Tages der Vergessenheit anheim gefallen ist, werden die Drei Gesetze der Robotik fortbestehen.

c) Die Stelle in *Runaround*, die ich eben angeführt habe, ist die, in der zum ersten Mal das Wort ›Robotik‹ abgedruckt erscheint. Ich gelte seitdem als Erfinder dieses Terminus (wie unter anderem auch von ›Positronik‹ und ›Psychohistorie‹)

5. *Evidence (dt. Schlagender Beweis)*: Das war die einzige Geschichte, die ich während meiner acht Monate und sechsundzwanzig Tage währenden Zeit in der Armee schrieb. Ich überredete einen freundlichen Bibliothekar, in der Mittagspause in der abgeschlossenen Bibliothek bleiben zu dürfen, um dort an meiner Story zu arbeiten. In diesem Text taucht zum ersten Mal ein humanoider Roboter auf. Stephen Byerley ist der Vorläufer (auch wenn ich in der Geschichte nicht deutlich mache, ob es sich bei ihm um einen Roboter handelt oder nicht) von R. Daneel Olivaw, dem men-

schenähnlichen Roboter, der in einer Reihe meiner Romane auftaucht. *Evidence* erschien 1946 in der Septemberausgabe von *Astounding*.

6. *Little Lost Robot (dt. Kleiner verlorener Roboter)*: Meine Roboter neigen zur Liebenswürdigkeit. Im Verlauf der Geschichte gewinnen sie meist so viel an moralischer und ethischer Integrität hinzu, daß sie edler als alle Menschen geworden sind. Und im Falle von Daneel ist sogar die Gottähnlichkeit in greifbare Nähe gerückt. Dennoch hatte ich nie die Absicht, in Robotern die Erlöser der Menschheit zu sehen. Ich folgte stets nur dem wilden Wind meiner Phantasie, und ich war auch in der Lage, die weniger angenehmen Seiten des Roboter-Phänomens zu erkennen.

Vor einigen Wochen erhielt ich einen Leserbrief, in dem ich beschuldigt werde, in einer gerade erschienen Robotergeschichte die Gefahren der Maschinenmenschen zu kraß herausgestellt zu haben. Der Leser unterstellt mir, mir selbst untreu geworden zu sein.

Wie falsch er mit dieser Beurteilung liegt, zeigt sich am besten in *Little Lost Robot*, wo ein Roboter der Bösewicht ist. Diese Geschichte erschien erstmals vor fünfzig Jahren. Wenn den Robotern also auch Gefahren innewohnen, so hat das nichts mit einer altersbedingten Gedächtnisschwäche meinerseits zu tun, mir selbst untreu zu sein. Diese Geschichte soll vielmehr aufzeigen, daß die Gefahren der Roboter mich während meiner ganzen schriftstellerischen Karriere beschäftigt haben.

7. *The Evitable Conflict (dt. Vermeidbarer Konflikt)*: Diese Story ist die Fortsetzung von *Evidence* und erschien 1950 in der Juniausgabe von *Astounding*. Darin schreibe ich zum ersten Mal mehr über Computer (die ich damals jedoch noch ›Maschinen‹ nannte) als über Roboter. Der Unterschied ist jedoch nicht allzu groß. Man kann einen Roboter als ›computerisierte Maschine‹ oder ›mobilen Computer‹ definieren. Und dementsprechend einen Computer als ›immobilen Roboter‹. Wie dem auch sei, ich habe nicht streng zwischen beiden unterschieden. Und obwohl die Maschinen, die in der Story nicht physisch auftauchen, eindeutig Computer sind, habe ich nicht gezögert, den Text in die Sammlung *I, Robot* aufzunehmen.

8. *Franchise (dt. Die Wahl)*: Hier habe ich zum ersten Mal Computer als Computer dargestellt, ohne sie als Roboter anzu-

sehen. Die Story erschien 1955 in der Augustausgabe von *If: Worlds of Science Fiction*. Zu jener Zeit war mir die Existenz von Computern bewußt geworden. Mein Computer heißt dort ›Multivac‹ und war eine komplexere und gewaltigere Version des real existierenden ›Univa‹. In der Geschichte beschreibe ich Multivac als eine enorme Maschine und verpaßte die Chance, die Miniaturisierung und geistige Weiterentwicklung der Computer vorauszusehen.

9. *The Last Question (dt. Wenn die Sterne verlöschen)*: Meine Phantasie ließ mich nicht lange im Stich. *The Last Question* erschien 1956 in der Novemberausgabe von *Science Fiction Quarterly*, und in ihr habe ich mich den Fragen der Miniaturisierung und Weiterentwicklung von Computern gewidmet und über eine Evolution von drei Trillionen Jahren (Evolution sowohl des Menschen wie des Computers) verfolgt. Ich bin dabei zu einer logischen Schlußfolgerung gelangt. Doch um die zu entdecken, muß man die ganze Story lesen. Ohne Frage handelt es sich dabei um meine Lieblingsgeschichte.

10. *The Feeling of Power (dt. Das Gefühl der Macht)*: Die Computerminiaturisierung spielt in dieser Geschichte nur am Rande einer Rolle. Sie erschien 1958 in der Februarausgabe von *If* und gehörte ebenfalls zu meinen Lieblingsstories. Hier geht es um Taschencomputer, die in der Realität erst fünfzehn Jahre nach Erscheinen der Geschichte auf den Markt kamen. Der Text gehört zu denjenigen, in denen es mir mehr um die (akkurat vorhergesagten) soziologischen Implikationen eines solchen technischen Fortschritts ging als um technologische Aspekte.

Die Geschichte drehte sich um den Verlust des Kopfrechnens durch den ständigen Gebrauch der Taschencomputer. Ich habe sie als Satire angelegt, und sie enthält einige Passagen voller bitterer Ironie. Heute besitze ich einen Taschenrechner, und mir ist die Zeit zu schade und die Anstrengung zu groß, im Kopf 182 von 854 abzuziehen. Das lasse ich lieber von dem verdammten Kleincomputer erledigen.

11. *Feminine Intuition (dt. Weibliche Intuition)*: Meine Roboter sind stets männlich. Sie besitzen zwar keine Geschlechtlichkeit, aber ich gebe ihnen männliche Namen und spreche von ihnen als ›er‹. Auf den Vorschlag von Judy-Lynn del Rey schrieb ich *Feminine Intuition*, die 1969 in der Oktoberausgabe von *The Magazine*

of Fantasy and Science Fiction erschien. Wenn schon nicht anderes, so bewies mir die Story, daß ich auch einen weiblichen Roboter darstellen kann. Sie bestand immer noch aus Metall, hatte aber eine schmalere Taille als meine männlichen Roboter und eine weibliche Stimme.

12. *The Bicentennial Man (dt. Der Zweihundertjährige)*: Diese Story, die 1976 zum ersten Mal veröffentlicht wurde, stellt meine gründlichste Ausführung zur Entwicklung der Roboter dar. Ich beschäftige mich dort mit dem Wunsch eines Roboters, ein Mensch zu werden, und verfolge, wie er sich diesem Ziel Schritt für Schritt nähert. Wiederum steuert der Plot auf die logische Schlußfolgerung zu. Als ich mit diesem Text begann, war mir noch nicht bewußt, daß daraus eine Geschichte entstehen würde. Ich fing an zu schreiben, und in der Schreibmaschine entwickelte sich alles.

13. *The Caves of Steel (dt. Der Mann von drüben)*: Horace L. Gold, der Herausgeber des Magazins *Galaxy*, schlug mir vor, einen Roboterroman zu schreiben. Zuerst wehrte ich mich dagegen, weil ich der Ansicht war, daß meine Roboter-Ideen nur für kürzere Texte taugten. Gold erklärte mir jedoch, ich solle es mit einer Kriminalgeschichte versuchen, in der ein Roboter-Detektiv die Hauptrolle spielte. Ich folgte diesem Vorschlag nur teilweise. Mein Detektiv Elijah Baley ist durch und durch Mensch, doch er hat einen robotischen Gefährten, R. Daneel Olivaw. Ich glaube, mir ist mit dieser Geschichte die perfekte Verschmelzung von Krimi und Science-fiction gelungen.

Am meisten hat mich bei dieser Geschichte die Reaktion der Leser überrascht. Sie mochten zwar Elijah Baley, aber ihre Liebe und Aufmerksamkeit richtete sich viel stärker auf Daneel, den ich mehr als Nebencharakter gesehen hatte. Die Begeisterung der Leserschaft zeigte sich besonders deutlich in den Briefen, die ich von Frauen erhielt.

14. *The Naked Sun (dt. Die nackte Sonne)*: Die Popularität von Elijah und Daneel verleitete mich zu einer Fortsetzung. Der Erfolg der Fortsetzung hätte einen dritten Band als logisch erscheinen lassen, und ich habe tatsächlich 1958 angefangen, daran zu arbeiten, aber dann kam dieses und jenes dazwischen, und so wurde der dritte Band erst 1983 geschrieben.

15. *The Robots of Dawn (dt. Aurora oder der Aufbruch zu den Sternen)*: Der dritte Band des Detektivgespanns. Hier führe ich

einen zweiten Roboter ein, R. Giskard Reventlov, und diesmal überraschte es mich nicht, daß er genauso populär wurde wie Daneel.

16. *Robots and Empire*: Als es sich als notwendig erwies, Elijah Baley sterben zu lassen (an Altersschwäche), dachte ich mir, keine Probleme mit dem vierten Band der Serie zu haben. Schließlich war ja Daneel noch vorhanden. Doubleday veröffentlichte 1985 den vierten Band, *Robots and Empire*. Elijahs Tod rief einigen Unmut hervor, der sich jedoch in keiner Weise mit dem Sturm vergleichen ließ, der ausbrach, als die Notwendigkeiten des Plots es unumgänglich machten, R. Giskard sterben zu lassen.

Von den Kurzgeschichten, die mir besonders wichtig erscheinen, sind ›Franchise‹, ›The Last Question‹ und ›The Feeling of Power‹ nicht in der vorliegenden Sammlung enthalten. Dabei handelt es sich um keine Versehen, und es ist auch nicht so, daß sie für eine Kollektion nicht tauglich wären. Dahinter verbirgt sich ganz einfach der Umstand, daß die drei Stories in einer früheren Sammlung *Robot Dreams (dt. Roboterträume)* präsentiert werden. Diese Sammlung stellt die Zwillingsschwester der vorliegenden dar. Und es wäre nicht fair, den Lesern in beiden Sammlungen dieselben Geschichten vorzusetzen.

Ich habe in *Robot Visions (dt. Robotervisionen)* neun Robotergeschichten aufgenommen, die in meinen o. a. Anmerkungen nicht auftauchen. Das bedeutet nun nicht, daß diese Texte schwächere Arbeiten seien, sondern trägt dem Umstand Rechnung, daß sie kein Neuland betreten.

Und schließlich noch ein Wort zu den Essays in diesem Buch. Der früheste stammt aus dem Jahr 1956. Alle anderen wurden 1974 verfaßt. Warum die Lücke von achtzehn Jahren?

Nun, die erste Robotergeschichte schrieb ich mit 19, und dreißig Jahre lang habe ich Robotergeschichten geschrieben, ohne jemals ernsthaft davon auszugehen, daß es solche Roboter einmal gäbe, zumindest zu meinen Lebzeiten nicht mehr. Als Folge davon habe ich nicht einen ernsthaften Essay über Robotik zu Papier gebracht. Genausogut hätte ich Abhandlungen über galaktische Imperien oder die Psychohistorie schreiben können. Und die Arbeit aus dem Jahr 1956 ist auch weniger eine seriöse Anregung zur Robotik, sondern vielmehr eine Betrachtung über den Einsatz von Robotern in der Science-fiction.

Erst Mitte der siebziger Jahre, nach der Einführung der Mikrochips, wurden Computer vielseitig genug, um computerisierte Maschinen für die Industrie interessant zu machen. So entstand der Industrieroboter. Ein recht simpler Apparat angesichts meiner imaginären Roboter, doch ein bedeutender Schritt auf dem Weg dorthin.

Sie sind nun bereit, sich in diese Sammlung zu stürzen. Bitte vergessen Sie bei der Lektüre nicht, daß die Stories in einem Zeitraum von einem halben Jahrhundert geschrieben worden sind. Somit kann es hier und da zu Unstimmigkeiten kommen. Und zu den Essays ist zu sagen, daß sie zu verschiedenen Anlässen verfaßt wurden und sich deshalb mitunter Aussagen wiederholen können. Bitte üben Sie in jedem einzelnen Fall Nachsicht mit mir.

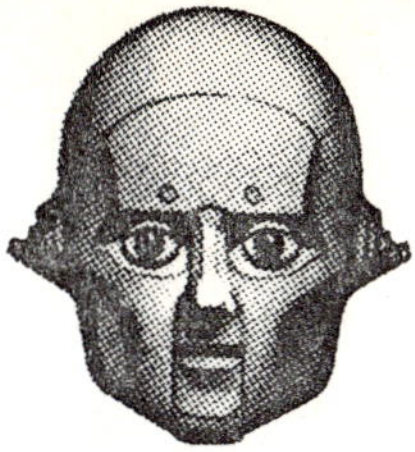

STORIES

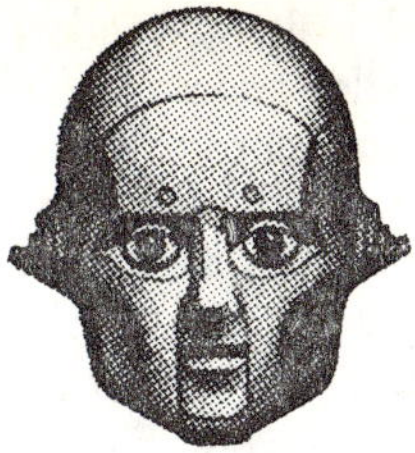

ROBOTERVISIONEN

Am besten, ich fange damit an, daß ich mich Ihnen vorstelle. Ich bin ein ziemlich untergeordnetes Mitglied der Temporalisten. Denjenigen unter Ihnen, die zu sehr damit beschäftigt waren, in dieser harten Welt von 2030 zu überleben, um sich für die Fortschritte in der Technologie zu interessieren, sei gesagt, daß die Temporalisten heutzutage als die Aristokraten der Physik gelten.

Sie befassen sich mit dem überaus verzwickten Problem, wie man sich mit einer Geschwindigkeit, die anders ist als der stetige temporale Verlauf des Universums, durch die Zeit bewegt. Kurz gesagt, sie arbeiten an der Möglichkeit einer Zeitreise.

Was ich in dieser Gruppe zu suchen habe, wenn ich selbst gar kein Physiker bin, sondern nun ein – ? Na ja, ich bin halt nur meine Wenigkeit.

Trotz meiner mangelnden Qualifikation war es tatsächlich ein Hinweis von mir, der die Temporalisten dazu inspirierte, das Konzept der VRZ auszutüfteln, wobei die Abkürzung für ›Virtuelle Reise durch die Zeit‹ steht.

Wissen Sie, eine Schwierigkeit bei der Zeitreise besteht darin, daß der Ausgangspunkt des Zeitreisenden nicht an einer relativ zum gesamten Universum fixierten Stelle bleibt. Die Erde bewegt sich um die Sonne, und die Sonne dreht sich um das galaktische Zentrum.

Wenn Sie sich einen Tag in die Zukunft oder in die Vergangenheit bewegen – nur einen einzigen Tag –, hat die Erde auf ihrer Bahn um die Sonne 2,5 Millionen Kilometer zurückgelegt. Die

Sonne wiederum ist auch weitergewandert, wobei sie die Erde mitgenommen hat – und alles andere war ebenfalls in Bewegung.

Deshalb muß man sich nicht nur durch die Zeit, sondern auch durch den Raum bewegen, und dieser Hinweis von mir führte zu einer Reihe von Überlegungen, die den Schluß zuließen, daß dies möglich sei. Man konnte im Einklang mit der Raum-Zeit-Bewegung der Erde reisen, nicht im buchstäblichen, sondern im ›virtuellen‹ Sinn, wobei der Zeitreisende an seinem Ausgangspunkt auf der Erde blieb, gleichgültig, in welche Zeit er sich versetzte. Wenn Sie keine Ausbildung als Temporalist haben, wäre es sinnlos, Ihnen den Vorgang mathematisch erklären zu wollen. Nehmen Sie die Tatsache einfach als gegeben hin.

Ein weiterer Hinweis von mir brachte die Temporalisten zu der Erkenntnis, daß es unmöglich ist, in die Vergangenheit zu reisen. Das beweisen die mathematischen Gleichungen, deren Resultate ins Unendliche steigen würden, wenn man die Angaben für die Zeit änderte.

Das ergibt einen Sinn. Denn eine Reise in die Vergangenheit muß dort notgedrungen irgendwelche Veränderungen bewirken, und seien sie noch so geringfügig. Aber selbst die winzigste Änderung in der Vergangenheit würde sich auf die Gegenwart auswirken – höchstwahrscheinlich sogar sehr drastisch. Da die Vergangenheit feststeht, ist eine Reise rückwärts in die Zeit logischerweise unmöglich.

Die Zukunft steht jedoch nicht fest, und deshalb müßte eine Reise in die künftige Zeit und wieder zurück möglich sein.

Für meine Hinweise wurde ich nicht besonders ausgezeichnet. Wahrscheinlich nahm das Temporalisten-Team an, ich hätte nur ein paarmal glücklich geraten, und nur sie seien so schlau gewesen, aus meinen zufälligen Spekulationen die richtigen Schlüsse zu ziehen. In Anbetracht der Umstände machte mir das nichts aus, ich war nur froh, daß sie mir erlaubten, auch weiterhin mit ihnen zusammenzuarbeiten und an dem Projekt mitzuwirken, obwohl ich nur – na ja, ich war halt nur meine Wenigkeit.

Selbst nachdem die Theorie ausgereift war, dauerte es natürlich noch mehrere Jahre, bis man ein Gerät zur praktischen Durchführung der Zeitreise entwickelt hatte, aber ich habe nicht vor, eine ernsthafte Abhandlung über Temporalität zu schreiben. Ich möchte lediglich ein paar Ausschnitte des Projekts schildern, und zwar nicht für unsere Zeitgenossen, sondern für künftige Bewohner dieses Planeten.

Zuerst schickten wir Gegenstände in die Zukunft und später lebendige Tiere – aber wir waren nicht zufrieden. Alle Versuchsobjekte verschwanden; alle schienen in die Zukunft zu reisen. Wenn wir sie eine kurze Spanne in die Zukunft schickten – für fünf Minuten oder für fünf Tage –, kamen sie intakt und offenbar unverändert zurück, die Tiere waren wohlauf und lebendig.

Doch wir wollten etwas in die ferne Zukunft schicken und wieder zurückholen.

»Wir müssen es mindestens zweihundert Jahre weit in die Zukunft schicken«, sagte ein Temporalist. »Für uns ist es ja wichtig zu wissen, wie die Zukunft sein wird. Ob die Menschheit überlebt und unter welchen Bedingungen. Zweihundert Jahre dürften sicherlich genügen. Offen gestanden, ich halte die Überlebenschancen für gering. Seit dem letzten Jahrhundert sind die Lebensbedingungen und die Umweltschäden immer schlimmer geworden.«

(Es wäre sinnlos, zu erläutern, welcher Temporalist was sagte.) Die Gruppe bestand aus rund zwei Dutzend Leuten, und für die Geschichte spielt es keine Rolle, wer wann etwas sagte, obwohl ich mich bestimmt erinnern könnte, wer was gesagt hat. Deshalb beschränke ich mich darauf, zu schreiben, ›sagte ein Temporalist‹, oder ›einer sagte‹, oder ›sagten ein paar von ihnen‹, oder ›sagte ein anderer‹. Ich versichere Ihnen, es wird keine Verwirrung stiften. Meine eigenen Beiträge und auch die von jemand anders werde ich natürlich besonders kennzeichnen, aber Sie werden merken, daß diese Ausnahmen notwendig sind.

Ein anderer Temporalist sagte reichlich finster: »Wenn die Menschheit ohnehin ausstirbt oder nur als kümmerlicher Rest überlebt, will ich die Zukunft gar nicht kennen.«

»Warum denn nicht?« entgegnete ein anderer. »Durch ein paar kurze Abstecher in die Zukunft stellen wir fest, was passieren wird, und dann benutzen wir unser Wissen dazu, die Zukunft in eine bessere Bahn zu lenken. Im Gegensatz zur Vergangenheit läßt sich die Zukunft nämlich ändern.«

Dann stellte sich die Frage, wer in die Zukunft reisen sollte. Selbstverständlich hielten sich die Temporalisten selbst für viel zu wichtig, um sich auf ein so riskantes Experiment einzulassen, trotz der erfolgreichen vorangegangenen Versuche mit toten Gegenständen. Bei den lebendigen Tieren, die heil und unbeschadet zurückgekommen waren, wußte man nicht, inwieweit ihr Gehirn intakt geblieben war. Die Hirnmasse mochte ja erhalten bleiben, aber ob das gleiche auf die komplexe Denkfähigkeit eines menschlichen Hirns zutraf, war die Frage.

Ich sah ein, daß ich von allen der entbehrlichste war und logischerweise als Kandidat in Frage kam. Ich wollte schon meine Hand heben, um mich freiwillig zu melden, doch meine Miene mußte mich verraten haben, denn einer der Temporalisten sagte ziemlich ungeduldig: »Nicht Sie. Selbst um Sie wäre es schade.« (Ein sehr zweifelhaftes Kompliment.) »Das einzig richtige ist«, fuhr er fort, »RG-32 loszuschicken.«

Das klang vernünftig. RG-32 war ein ziemlich veralteter Roboter und leicht zu ersetzen. Er konnte beobachten und berichten – vielleicht nicht mit der Phantasie und dem Durchblick eines Menschen, aber es würde reichen. Er kannte keine Angst, wäre darauf programmiert, seine Anweisungen auszuführen, und würde ganz bestimmt die Wahrheit sagen.

Perfekt!

Ich wunderte mich, wieso ich nicht gleich darauf gekommen war und statt dessen mit dem törichten Gedanken gespielt hatte, mich selbst für das Experiment zur Verfügung zu stellen. Ich dachte mir, ich sei vielleicht einem Instinkt gefolgt, der mir eingab, den anderen zu dienen. Aber mit RG-32 hatte man die ideale Wahl getroffen, im Grunde war er der einzige, der für den Versuch in Frage kam.

Es ist nicht schwer, zu erklären, was wir brauchten. Archie (es war üblich, die Seriennummer eines Roboters zu einem Rufnamen zu verballhornen) fragte nicht nach Gründen oder Garantien für seine Sicherheit. Er akzeptierte jeden Befehl, den er verstehen konnte, und führte ihn genauso leidenschaftslos aus, wie wenn man ihn aufforderte, eine Hand zu heben. Er konnte gar nicht anders, er war ja ein Roboter.

Aber die Details nahmen Zeit in Anspruch.

»Du darfst so lange in der Zukunft bleiben«, sagte einer der leitenden Temporalisten, »wie du nützliche Informationen sammeln kannst. Wenn du damit fertig bist, kehrst du zu deiner Maschine zurück und kommst in genau demselben Augenblick zurück, in dem du uns verlassen hast, indem du die Armaturen in einer Weise bedienst, die wir dir zeigen werden. Du wirst uns verlassen, und uns wird es vorkommen, als kämst du den Bruchteil einer Sekunde später zurück, auch wenn es dir vielleicht erscheinen mag, als wärst du eine Woche oder fünf Jahre lang in der Zukunft gewesen. Du mußt natürlich dafür sorgen, daß die Maschine an einem sicheren Ort untergebracht ist, wenn du dich von ihr entfernst, was jedoch nicht schwierig sein dürfte, da sie ziemlich leicht ist. Und du mußt dich später daran erinnern, wo du sie verwahrt hast und wie du sie wiederfindest.«

Die Unterweisung dauerte um so länger, weil einem Temporalisten nach dem anderen noch eine neue Schwierigkeit einfiel. Plötzlich fragte einer: »Inwieweit kann sich die Sprache nach zweihundert Jahren verändert haben?«

Darauf wußte natürlich keiner eine Antwort, und es wurde lange darüber diskutiert, ob Archie imstande sein würde, die Sprache der Zukunft zu verstehen und sich verständlich zu machen.

Zum Schluß erklärte einer der Temporalisten ziemlich barsch: »Sehen Sie, in den letzten Jahrhunderten hat sich die englische Sprache immer weiter verbreitet, und das geht die nächsten zweihundert Jahre bestimmt noch so. Außerdem hat sie sich in den vergangenen zweihundert Jahren kaum verändert, weshalb sollte es dann in den künftigen zweihundert Jahren dazu kommen? Und sogar wenn, dann wird es bestimmt Gelehrte geben, die das sprechen, was man vermutlich ›Altenglisch‹ nennt. Falls nicht, dann kann Archie immer noch nützliche Beobachtungen machen. Um festzustellen, ob ein funktionierendes Gemeinwesen besteht, bedarf es keiner Sprache.«

Andere Probleme tauchten auf. Was wäre, wenn man ihm feindselig begegnete? Was wäre, wenn die Menschen aus der Zukunft seine Maschine fanden und zerstörten, sei es aus Unkenntnis oder Bösartigkeit?

Ein Temporalist bemerkte: »Vielleicht wäre es klug, eine Zeitmaschine zu konstruieren, die so klein ist, daß man sie in einer Jackentasche transportieren kann. Dann könnte man jederzeit rasch aus einer gefährlichen Situation fliehen.«

»Selbst wenn so etwas möglich wäre«, entgegnete ein anderer, »dann würde die Entwicklung eines so winzigen Geräts vermutlich zweihundert Jahre dauern, und wir – das heißt, unsere Nachfolger – brauchten überhaupt keine Maschinen mehr, um in diese Zeit zu gelangen. Nein, falls irgendein Unfall passiert, dann kommt Archie eben nicht mehr zurück, und wir müssen den Versuch wiederholen.«

Das wurde in Archies Beisein gesagt, doch es spielte natürlich keine Rolle. Archie konnte der Möglichkeit, irgendwo in der Zukunft ausgesetzt oder gar zerstört zu werden, mit Gleichmut entgegensehen, vorausgesetzt, er befolgte seine Befehle. Das Zweite Robotergesetz, das lautet, ein Roboter müsse den ihm von einem Menschen gegebenen Befehlen gehorchen, hat Vorrang vor dem Dritten Gesetz, das ihm aufträgt, seine Existenz zu beschützen.

Zum Schluß war alles gesagt worden, und keinem fiel mehr eine Warnung, ein Einwand oder eine Möglichkeit ein, die nicht bereits gründlich geprüft worden war.

Archie wiederholte alles, was man ihm sagte, mit der Ruhe und Präzision eines Roboters, und als nächstes brachte man ihm bei, die Maschine zu bedienen. Auch das lernte er mit der Ruhe und Präzision eines Roboters.

Sie müssen wissen, daß die allgemeine Öffentlichkeit damals nicht wußte, daß man die Möglichkeit einer Zeitreise erforschte. Solange man sich theoretisch damit befaßte, war es kein teures Projekt, doch die Experimente hatten das Budget strapaziert und würden es noch weiter strapazieren. Das war ein Problem für die Wissenschaftler, die an einer Sache arbeiteten, die so völlig spekulativ erschien.

Bei einem *großen* Mißerfolg würden sich die Leute – angesichts der angespannten Finanzlage der öffentlichen Hand – empören, und das Projekt mußte vielleicht aufgegeben werden. Ohne Debatte stimmten die Temporalisten darin überein, nur einen Erfolg zu melden und, solange es diesen Erfolg nicht gab, die Öffentlichkeit nicht einzuweihen. Deshalb war *dieses* Experiment, das für alle zukünftigen Forschungen ausschlaggebend sein konnte, so überaus wichtig für uns alle.

Wir versammelten uns an einem abgeschiedenen Ort in der Halbwüste, einem raffiniert abgeriegelten Gebiet, das für das Projekt Vier zur Verfügung stand. (Selbst der Name durfte keinen Aufschluß über das wahre Forschungsziel geben. Ich hatte immer den Eindruck, daß viele Leute glaubten, die Zeit sei eine Art vierter Dimension, und deshalb rechnete ich damit, daß jemand dahinter käme, was wir taten. Aber soweit ich weiß, fand es nie jemand heraus.)

Und dann, in einem bestimmten Augenblick, an dem wir alle den Atem anhielten, hob Archie in der Maschine eine Hand, um anzudeuten, daß er zum Aufbruch bereit wäre. Einen halben Atemzug später – falls überhaupt jemand geatmet hatte – flimmerte die Maschine.

Es war so rasch vorüber, daß ich mir nicht sicher war, ob ich es tatsächlich gesehen oder es mir nur eingebildet hatte. Ich nahm wohl an, die Maschine *müsse* flimmern, wenn sie in fast demselben Augenblick zurückkehrte, in dem sie verschwand – und ich sah, was ich glaubte, sehen zu müssen.

Ich hätte gern die anderen gefragt, ob sie auch das Flimmern gesehen hatten, aber ich hatte Hemmungen, sie anzusprechen, wenn sie mich nicht zuerst ansprachen. Sie waren *sehr* wichtige Leute und ich nur ein – aber das habe ich schon gesagt. Und dann, in der ganzen Aufregung, als man anfing, Archie zu befragen, vergaß ich die Sache mit dem Flimmern. So wichtig war es auch nicht.

Die Zeitspanne zwischen Verschwinden und Wiederauftauchen war so kurz, daß es einem vorkommen konnte, er sei überhaupt nicht fortgewesen, aber es hatte ohne Zweifel ein Transport stattgefunden. Die Maschine befand sich in einem eindeutig schlechteren Zustand. Sie war schlichtweg *abgenutzt*.

Archie, der aus der Maschine stieg, sah nicht viel besser aus. Er war nicht mehr derselbe Archie, der in die Maschine eingestiegen war. Er wirkte mitgenommen, sein Überzug war stumpf, das Material verbeult, als sei er mit etwas zusammengestoßen. Er blickte in die Runde, wie jemand, der sich an halbvergessene Dinge erinnert. Ich glaube, keiner von uns zweifelte auch nur einen Moment daran, daß Archie für eine relativ lange Zeit weg gewesen war.

So lautete dann auch die erste Frage, die man ihm stellte: »Wie lange warst du fort?« »Fünf Jahre lang, Sir«, antwortete Archie. »Dieser Zeitraum wurde in meinen Instruktionen erwähnt, und ich wollte gründlich vorgehen.«

»Na, das gibt ja Anlaß zu Hoffnungen«, meinte ein Temporalist. »Wenn die Welt zerstört gewesen wäre, hätte er nicht solange gebraucht, um das festzustellen.«

Trotzdem wagte keiner zu fragen: Nun, Archie, *war* denn die Welt zerstört?

Sie warteten darauf, daß er etwas sagte, und eine Zeitlang wartete er höflich wie ein Roboter darauf, daß sie ihn etwas fragten.

Nach einer Weile siegte Archies Drang, den Befehlen zu gehorchen, indem er seine Beobachtungen weitergab, über die positronischen Schaltkreise, die ihn zur Höflichkeit verpflichten.

»Auf der zukünftigen Erde war alles in bester Ordnung«, berichtete Archie. »Die sozialen Strukturen waren intakt und funktionierten gut.«

»Sie waren intakt und funktionierten gut?« staunte ein Temporalist, wie wenn er über eine so ketzerische Vorstellung schockiert wäre. »Überall?«

»Die Bewohner der Erde behandelten mich sehr zuvorkommend. Sie brachten mich an jeden Punkt der Welt. Überall herrschten Wohlstand und Frieden.«

Die Temporalisten sahen einander an. Es fiel ihnen leichter zu glauben, Archie habe sich geirrt, als daß auf der zukünftigen Erde Wohlstand und Frieden herrschten. Ich hatte immer den Eindruck, daß man, allen optimistischen Verlautbarungen zum Trotz, die Erde kurz vor der sozialen, ökonomischen und womöglich sogar physischen Zerstörung wähnte.

Sie fingen an, ihn gründlich zu befragen. Einer wollte wissen: »Was ist mit den Wäldern? Es gibt doch kaum noch welche.«

»Man unternahm das gigantische Projekt, Sir«, antwortete Archie, »die Erde wieder aufzuforsten. Wo es möglich war, stellte man die ursprüngliche Wildnis wieder her. Mit Hilfe raffinierter Gentechnologie hat man ausgestorbene Tierarten neu gezüchtet und ausgewildert, sofern es verwandte Spezies in Zoos oder als Haustiere gab. Es gibt keine Umweltverschmutzung mehr. Im Jahr 2230 ist die Erde ein friedliches und natürliches Paradies.«

»Und du bist dir *ganz sicher*?« frage ein Temporalist.

»Kein Ort auf der Erde wurde vor mir geheimgehalten. Man zeigte mir alles, was ich sehen wollte.«

Mit plötzlichem Ernst fragte ein anderer Temporalist: »Archie, hör mir gut zu. Vielleicht hast du eine zerstörte Erde gesehen, möchtest es uns aber nicht sagen, aus Angst, wir könnten aus Verzweiflung zum Selbstmord getrieben werden. In deinem Bestreben, uns zu schonen, lügst du vielleicht. Das darf aber nicht sein, Archie. Du *mußt* uns die Wahrheit sagen.«

Ruhig entgegnete Archie: »Ich sage die Wahrheit, Sir. Wenn ich lügen würde, egal, aus welchem Motiv, befände sich mein positro-

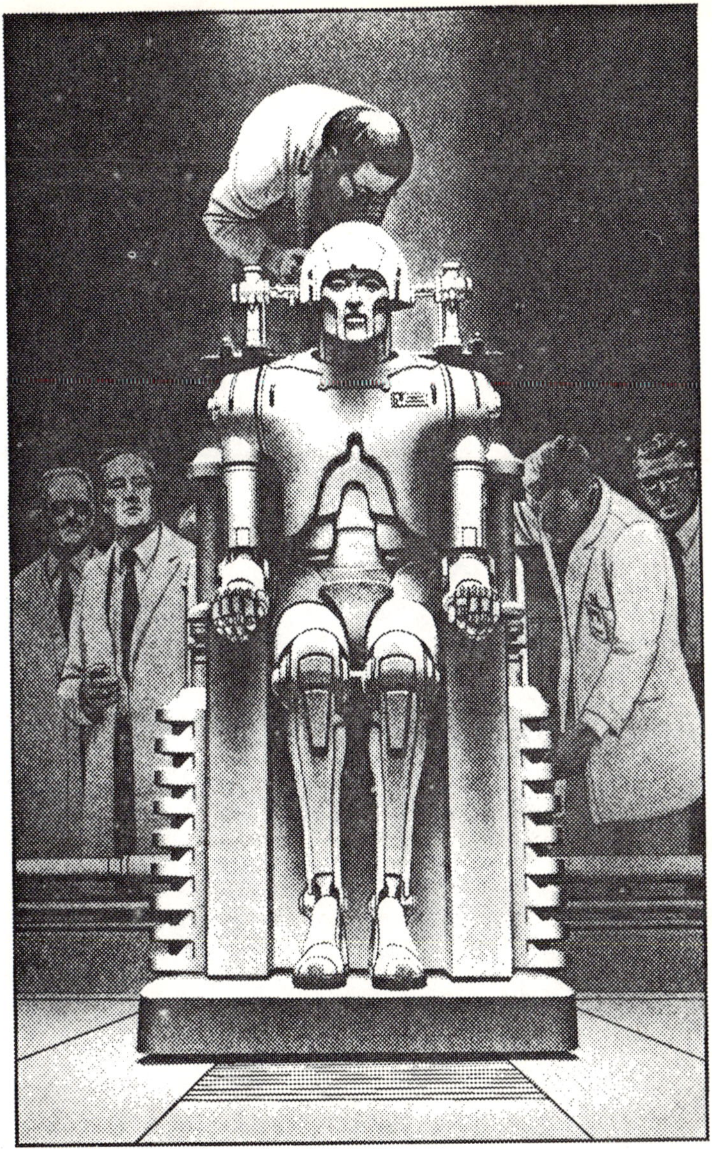

nisches Potential in einem abnormalen Zustand. Das könnte man testen.«

»Er hat recht«, murmelte ein Temporalist.

Er wurde auf der Stelle getestet. Währenddessen durfte er kein Wort mehr sagen. Interessiert sah ich zu, wie die Potentiometer ihre Befunde aufzeichneten, die dann von einem Computer analysiert wurden. Es bestand gar kein Zweifel daran, daß Archie vollkommen normal war. Er konnte nicht lügen.

Man setzte die Befragung fort. »Wie sehen die Städte aus?«

»Städte, wie man sie heute kennt, gibt es nicht, Sir. Im Jahr 2230 ist das Leben viel dezentralisierter als jetzt, die Menschen leben nicht so dicht beieinander. Das Kommunikationssystem hingegen ist so verzweigt, daß die gesamte Menschheit in gewissem Sinn ein loser Verbund ist.«

»Und der Weltraum? Hat man die Erforschung des Weltraums wieder aufgenommen?«

»Der Mond ist recht gut erschlossen, Sir«, antwortete Archie. »Er ist eine bewohnte Welt. Weltraumsiedlungen umkreisen die Erde und den Mars. Man ist dabei, den Asteroidengürtel zu besiedeln.«

»Und das hat man dir alles erzählt?« fragte ein Temporalist skeptisch.

»Ich weiß es nicht vom Hörensagen, Sir. Ich war im Weltraum. Auf dem Mond blieb ich zwei Monate lang. Einen Monat lebte ich in einer Weltraumsiedlung im Mars-Orbit, und ich besuchte sowohl Phobos als auch den Mars selbst. Es gibt Vorbehalte, den Mars zu kolonisieren. Manche meinen, man sollte ihn mit niederen Lebensformen besiedeln und dann ohne Einmischung sich selbst überlassen. Den Asteriodengürtel habe ich nicht aufgesucht.«

Ein Temporalist fragte: »Was glaubst du, weshalb sie so zuvorkommend zu dir waren, Archie? So hilfsbereit?«

»Ich gewann den Eindruck, Sir«, erwiderte Archie, »daß sie von meiner Ankunft wußten. Es gab Gerüchte, eine vage Ahnung, daß ich kommen würde. Sie schienen mich erwartet zu haben.«

»Haben sie dir *gesagt*, sie hätten dich erwartet? Erzählten sie dir, es gäbe Berichte, wir hätten dich in die Zukunft geschickt?«

»Nein, Sir.«

»Hast du sie denn nicht danach gefragt?«

»Doch, Sir. Es war zwar unhöflich, aber meine Befehle lauteten ja, alles möglichst gewissenhaft zu beobachten. Deshalb mußte ich sie fragen – aber sie gaben mir keine Antwort.«

Ein anderer Temporalist warf ein: »Gab es noch mehr Dinge, über die sie dir keine Auskunft geben wollten?«

»Ja, Sir, eine ganze Reihe.«

An dieser Stelle rieb sich ein Temporalist nachdenklich das Kinn und meinte: »Irgendwas kann hier nicht stimmen. Wie viele Menschen gibt es im Jahr 2230 auf der Erde, Archie? Hat man dir das erzählt?«

»Ja, Sir. Ich habe danach gefragt. Im Jahr 2230 beträgt die Anzahl der Menschen auf der Erde nicht mal eine Milliarde. Im Weltraum leben 150 Millionen Menschen. Die Weltbevölkerung bleibt konstant, die Anzahl der Weltraumbewohner wird größer.«

»Na, so was«, sagte ein Temporalist, »jetzt leben rund zehn Milliarden Menschen auf der Erde, die Hälfte davon in bitterster Armut. Was ist aus den neun Milliarden geworden?«

»Danach habe ich sie gefragt, Sir. Sie sagten, es habe eine traurige Zeit gegeben.«

»Eine traurige Zeit?«

»Ja, Sir.«

»Inwiefern?«

»Das haben sie mir nicht verraten, Sir. Sie sprachen nur von einer traurigen Zeit und wollten sich nicht näher dazu äußern.«

Ein Temporalist, der aus Afrika stammte, fragte kühl: »Was für Menschen hast du im Jahr 2230 gesehen?«

»Was für Menschen, Sir?«

»Die Hautfarbe. Der Schnitt der Augen.«

»Es bestand kein Unterschied zu heute, Sir«, antwortete Archie. »Es gab Menschen mit unterschiedlicher Hautfarbe, unterschiedlichem Haar und so weiter. Im Durchschnitt schienen sie größer gewachsen zu sein als die heutigen Menschen, Sir, aber ich habe keine Statistiken studiert. Auf mich wirkten die Leute jünger, kräftiger, gesünder. Ich sah keine Unterernährung, keine Fettleibigkeit, keine Krankheiten – aber im Aussehen unterschieden sich die Menschen stark voneinander.«

»Also kein Völkermord?«

»Dafür waren keine Anzeichen vorhanden, Sir«, sagte Archie. »Es gab auch keine Spuren von Kriminalität, Krieg oder Unterdrückung«, fuhr er fort.

»Nun«, sagte ein Temporalist in einem Tonfall, als habe er sich, wenn auch unter Schwierigkeiten, mit der guten Nachricht abgefunden, »das klingt ja ganz nach einem Happy-End.«

»Vielleicht ist es ein Happy-End«, wandte ein anderer ein, »aber es ist fast zu schön, um wahr zu sein. Das ist ja wie eine Rückkehr ins Paradies. Wodurch wurde das bewirkt, oder genauer gesagt, was *wird* geschehen, damit das eintritt? Diese ›traurige Zeit‹ gefällt mir nicht.«

»Wir brauchen ja nicht herumzusitzen und zu spekulieren«, meinte ein dritter. »Wir können Archie hundert Jahre und fünfzig Jahre weit in die Zukunft schicken. Wir können herausfinden, was passiert ist; ich meine natürlich, was passieren *wird*.«

»Ich glaube, das geht nicht, Sir«, sagte Archie. »Sie machten mich ausdrücklich darauf aufmerksam, daß vor meiner Ankunft in ihrer Zeit niemand aus der Vergangenheit aufgetaucht ist. Es gibt keinen einzigen Bericht, in dem ein solcher Vorfall erwähnt wäre. Man war der Ansicht, daß die Zukunft sich ändern würde, falls man die Zeitspanne zwischen jetzt und meiner Ankunft erforschte.«

Es herrschte betroffenes Schweigen. Archie wurde fortgeschickt und ermahnt, nichts zu vergessen, damit man ihn später noch befragen könnte. Ich rechnete schon damit, daß man auch mich fortschicken würde, da ich der einzige ohne einen akademischen Titel in Temporaler Technik war. Doch offenbar hatte man sich an mich gewöhnt, und ich blieb natürlich da.

»Der Witz an der Sache ist ja«, sagte ein Temporalist, »daß es *tatsächlich* ein Happy-End ist. Alles, was wir von jetzt an unternehmen, könnte den glücklichen Ausgang gefährden. Sie hatten mit Archies Ankunft gerechnet; sie erwarteten von ihm, daß er Bericht erstatten würde; sie sagten ihm nur das, was er an uns weitergeben sollte, und nicht mehr; also sind wir noch sicher. Die Dinge werden sich so entwickeln, wie Archie sie angetroffen hat.«

»Es könnte sogar sein«, sagte ein anderer hoffnungsvoll, »daß das Wissen um Archies Ankunft und der Bericht, den sie ihm für uns mitgaben, zu der glücklichen Zukunft *beigetragen* haben.«

»Vielleicht ist es so. Wenn wir jetzt noch irgend etwas unternehmen, verpfuschen wir möglicherweise die ganze Geschichte. Ich mag gar nicht an die traurige Zeit denken, von der sie gesprochen haben, aber wenn wir einen zweiten Versuch machen, dann wird diese Zeit vielleicht noch schlimmer, und die glückliche Zukunft wird es nicht geben. Ich glaube, uns bleibt gar nichts anderes übrig, als die Temporalen Experimente abzubrechen und Stillschweigen darüber zu bewahren. Wir sagen einfach, wir hätten keinen Erfolg gehabt.«

»Das wäre mehr als peinlich.«

»Aber das sicherste, was wir tun können.«

»Warten Sie«, sagte einer, »sie wußten doch, daß Archie kommen würde, also muß es einen Bericht gegeben haben, daß die Experimente erfolgreich waren. Wir brauchen uns nicht als Versager darzustellen.«

»Das glaube ich nicht«, meinte ein anderer. Archie sagte, es habe Gerüchte gegeben, eine vage Ahnung. Vermutlich wird einiges durchsickern, aber es gibt keine offizielle Verlautbarung.«

Dabei blieb es dann. Tagelang dachten sie über die Sache nach und diskutierten gelegentlich darüber, aber ihre Bestürzung wurde immer größer. Mir war klar, wie es enden würde. Ich trug natürlich nichts zu den Diskussionen bei – sie schienen kaum Notiz von mir zu nehmen –, aber die wachsende Nervosität war deutlich aus ihren Stimmen herauszuhören.

Wie seinerzeit die Biologen in der frühesten Anfangsphase der Gentechnologie dafür eintraten, die Experimente auf diesem Gebiet einzuschränken und zu begrenzen, aus Furcht, die ahnungslose Menschheit könne versehentlich von einer neuartigen Pest heimgesucht werden, so beschlossen nun die verschreckten Temporalisten, die Zukunft dürfte nicht manipuliert, ja nicht einmal erforscht werden.

Es reichte völlig aus, sagten sie, zu wissen, daß die Menschheit in zweihundert Jahren in einer guten und gesunden Umgebung leben würde. Um diesen Zustand nicht zu gefährden, verzichteten sie freiwillig auf jede weitere Forschung und beschränkten sich nur noch auf die Theorie.

Ein Temporalist blies zum endgültigen Rückzug. Er sagte: »Eines Tages wird die Menschheit klug genug sein und eine Technik entwickeln, die so subtil ist, daß man die Zukunft risikolos beobachten und vielleicht sogar in bestimmte Bahnen lenken kann. Wir sind jedenfalls noch nicht soweit. Diese Aussichten liegen noch in ferner Zukunft.« Es folgte ein zustimmendes Gemurmel.

Ausgerechnet ich, der geringste von allen, die am Projekt Vier mitwirkten, sollte ausscheren und einen eigenen Weg verfolgen? Vielleicht war ich deshalb so mutig, weil ich so tief unter ihnen stand – ich besaß die Kühnheit des Anfängers. Mir war noch nicht durch Überspezialisierung, ein hohes Alter oder zu viele Grübeleien der Schwung genommen worden.

Jedenfalls unterhielt ich mich ein paar Tage später, als ich etwas freie Zeit hatte, mit Archie. Archie wußte nichts von Training und akademischen Titeln. Für ihn war ich ein Mensch und ein Herr, wie alle anderen, und dementsprechend begegnete er mir.

Ich fragte ihn: »Wie sahen diese Menschen aus der Zukunft die Leute aus der Vergangenheit? Kritisierten sie sie? Machten sie sie für ihren Leichtsinn und ihre Dummheiten verantwortlich?«

»Sie sagten nichts, was diesen Eindruck in mir weckte, Sir«, antwortete Archie. »Sie amüsierten sich jedoch über meine simple Konstruktion und meine Existenz. Mir schien es, als würden sie mich und meine Konstrukteure auf eine gutmütige Weise belächeln. Sie selbst hatten keine Roboter.«

»Gar keine Roboter, Archie?«

»Sie sagten, etwas Vergleichbares zu mir gäbe es nicht, Sir. Sie sagten, sie brauchten keine metallenen Karikaturen von Menschen.«

»Du hast wirklich keine Roboter gesehen?«

»Keinen einzigen, Sir. Während meines gesamten Aufenthalts in der Zukunft sah ich keinen Roboter.«

Ich dachte eine Weile darüber nach, dann fragte ich: »Wie beurteilten sie andere Aspekte unserer Gesellschaft?«

»Ich glaube, in vielerlei Hinsicht bewunderten sie das Vergangene, Sir. Sie führten mich in Museen, die Dinge aus einer Zeit zeigten, die sie die ›Periode ungezügelten Wachstums‹ nannten. Ganze Städte hatten sie in Museen verwandelt.«

»Du sagtest doch, in zweihundert Jahren gäbe es keine Städte mehr, Archie. Keine Städte in unserem Sinn.«

»Nicht *ihre* Städte waren Museen, Sir, sondern die Überreste von unseren. Ganz Manhattan Island war ein Museum, man hatte es sorgfältig konserviert und restauriert, wie es in seiner Blütezeit ausgesehen hatte. Stundenlang führten mich mehrere Fremdenführer hindurch, weil sie von mir wissen wollten, ob alles authentisch sei. Da ich noch nie in Manhattan war, konnte ich Ihnen nicht viel weiterhelfen. Sie schienen stolz auf Manhattan zu sein. Es gab noch mehr konservierte Städte sowie sorgfältig instandgehaltene alte Maschinen, Bibliotheken mit gedruckten Büchern, Ausstellungen, die zeigten, wie früher die Kleider, die Möbel und andere Alltagsgegenstände ausgesehen haben. Sie sagten, die Leute aus unserer Zeit seien nicht klug gewesen, aber sie hätten eine solide Basis für den zukünftigen Fortschritt geschaffen.«

»Und hast du junge Leute gesehen, Jugendliche, meine ich? Kinder?«

»Nein, Sir.«

»Sprach man über Kinder?«

»Nein, Sir.«

»Ausgezeichnet, Archie. Und jetzt hör mir gut zu ...«

Wenn es etwas gab, von dem ich mehr verstand als die Temporalisten, dann waren es Roboter. Für sie waren Roboter nichts weiter als simple schwarze Boxen, die man herumkommandierte und reparieren – oder verschrotten – ließ, wenn sie nicht mehr richtig funktionierten. Ich hingegen kannte mich mit den positronischen Schaltkreisen von Robotern ziemlich gut aus, und ich konnte mit Archie in einer Weise umgehen, wie es sich meine Kollegen nicht hätten träumen lassen. Und ich nahm ihn mir vor.

Ich war mir sicher, daß die Temporalisten ihn nicht mehr befragen würden, weil sie jetzt Angst hatten, sich mit der Zeit zu befassen; falls sie es doch täten, dann würde er ihnen nicht die Dinge erzählen, die sie meiner Ansicht nach nicht wissen durften. Archie selbst würde nicht wissen, daß er ihnen etwas verschwieg.

Ich dachte lange darüber nach, und dann glaubte ich zu wissen, was sich im Verlauf der nächsten zwei Jahrhunderte abgespielt hatte.

Sie müssen wissen, daß es ein Fehler war, Archie zu schicken. Er war ein primitiver Roboter, und für ihn waren Menschen halt Menschen. Er machte keine Unterschiede – weil er sie nicht kannte.

Es überraschte ihn nicht, daß die Menschheit so zivilisiert und human geworden war. Seine Schaltkreise zwangen ihn dazu, alle Menschen für zivilisiert und human zu halten; für ihn waren sie gottähnlich, um einen altmodischen Ausdruck zu gebrauchen.

Die Temporalisten, die ja selbst Menschen waren, staunten über die Robotervision, die Archie ihnen präsentierte, und mochten sie kaum glauben. Für sie war es unvorstellbar, daß die Menschen auf einmal gut und edel geworden sein sollten. Aber weil sie Menschen waren, wollten die Temporalisten glauben, was sie hörten, und zerstreuten – entgegen ihrem gesunden Menschenverstand – ihre Zweifel.

Auf meine Weise war ich intelligenter als die Temporalisten, oder vielleicht sah ich auch nur klarer. Wenn sich die Weltbevölkerung im Lauf von zweihundert Jahren von zehn Milliarden auf eine Milliarde verringert hate, dann fragte ich mich, wieso sie sich nicht gleich auf Null reduziert hatte. So groß war der Unterschied nicht.

Wer waren die Milliarde Erdenbewohner, die überlebt hatten? Waren sie vielleicht kräftiger als die anderen neun Milliarden? Waren sie ausdauernder, belastbarer, konnten sie Entbehrungen besser ertragen? Waren sie obendrein auch noch sensibler, vernünftiger, anständiger als die neun Milliarden, die ausstarben?

Es stellte sich die Frage, ob sie überhaupt Menschen waren.

Sie belächelten Archie in gutmütigem Spott und prahlten damit, daß *sie* keine Roboter hätten, daß sie keine metallenen Karikaturen von Menschen brauchten.

Und wenn sie statt dessen organische Duplikate von Menschen hatten? Wenn es bei ihnen humaniforme Roboter gab, die so menschenähnlich waren, daß sie für Menschen durchgingen und für Archies Augen und Sinne nicht von Menschen zu unterscheiden waren?

Vielleicht *waren* diese Leute aus der Zukunft sogar samt und sonders humaniforme Roboter, die eine globale Katastrophe überlebt hatten, bei der die Menschen zugrunde gingen.

Es gab keine Babys. Archie hatte keine gesehen. Gewiß, die Erdenbevölkerung blieb konstant und war langlebig, es würde also auf jeden Fall nur wenige Babys geben. Man würde sie behüten und beschützen, viel Aufhebens um sie machen und sie nicht leichtsinnig der Öffentlichkeit aussetzen. Aber Archie hatte sich zwei Monate lang auf dem Mond aufgehalten, und dort wuchs die Bevölkerung – trotzdem hatte er keine Babys gesehen.

Vielleicht wurden diese Menschen aus der Zukunft konstruiert anstatt geboren.

Und vielleicht war das gar keine schlechte Sache. Wenn die Menschheit sich durch ihr eigenes Wüten, durch ihre Aggressivität und ihre Dummheit selbst ausgerottet hatte, so hinterließ sie wenigstens einen würdigen Nachfolger; eine Art intelligentes Wesen, das die Vergangenheit respektierte, sie erhielt und in die

Zukunft hinüberrettete. Diese Wesen bemühten sich, den Traum der Menschheit nach einer besseren, freundlicheren Welt zu verwirklichen, und den Weltraum erschlossen sie viel effektiver, als wir ›richtigen‹ Menschen es je gekonnt hätten.

Wie viele intelligente Spezies im Universum mochten ausgestorben sein, ohne einen Nachfolger zu hinterlassen? Vielleicht waren wir die ersten, die ein solches Erbe zurückließen?

Wir konnten mit Recht stolz darauf sein.

Sollte ich das alles der Welt mitteilen? Oder auch nur den Temporalisten? Keine Sekunde lang dachte ich daran.

Erstens würden sie mir wahrscheinlich nicht glauben. Zum anderen bestand die Möglichkeit, *daß* sie mir glaubten, und aus Angst, sie könnten eines Tages von Robotern ersetzt werden, würden sie vielleicht jeden Roboter, den es gab, zerstören und keinen neuen mehr bauen lassen. Das bedeutete, daß Archies Zukunftsvision und meine eigene Vision nie Realität würden.

Und es änderte nichts an den Umständen, die die Menschheit zugrunde richteten. Es würde lediglich verhindern, daß andere Wesen, die von Menschen hergestellt worden waren und die die Menschen respektierten, die menschlichen Hoffnungen und Träume im Universum verbreiteten.

Ich wollte nicht, daß das passierte. Ich wollte sichergehen, daß Archies Vision und meine Interpretation davon Wirklichkeit würden.

Deshalb schreibe ich dies nieder und sorge dafür, daß der Bericht so gut versteckt und aufgehoben wird, daß man ihn erst in zweihundert Jahren entdeckt, kurz bevor Archie eintreffen wird. Mögen die humaniformen Roboter wissen, daß sie ihn gut behandeln und wohlbehalten heimschicken müssen, damit er die einzige Information mitbringen, die die Temporalisten daran hindern kann, sich in die Zeit einzumischen. Erst wenn gewährleistet ist, daß niemand in die künftige Entwicklung eingreift, kann es diese tragisch/glückliche Zukunft geben.

Warum ich so sicher bin, daß ich recht habe? Weil ich mich in der einzigartigen Situation befinde, dies beurteilen zu können.

Ich habe mehrere Male darauf hingewiesen, daß ich den Temporalisten unterlegen bin. Sie glauben jedenfalls, ich sei ihnen unterlegen, doch gerade diese Unterlegenheit ist es, die mich in mancherlei Hinsicht klarer sehen läßt und mir obendrein ein besseres Verständnis für Roboter verschafft.

Sie müssen wissen, daß ich auch ein Roboter bin.

Ich bin der erste humaniforme Roboter, und von mir und meinesgleichen, die erst noch konstruiert werden müssen, hängt die Zukunft der Menschheit ab.

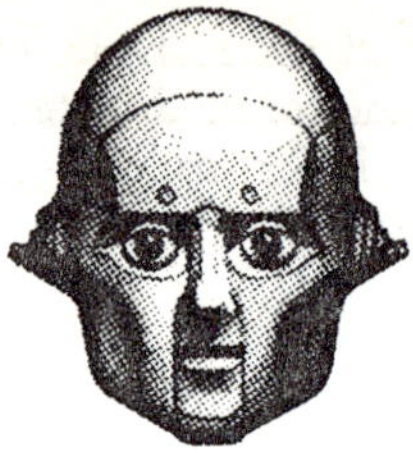

ZU SCHADE!

DIE DREI ROBOTERGESETZE

1. Ein Robot darf keinen Menschen verletzen oder durch Untätigkeit zu Schaden kommen lassen.
2. Ein Robot muß den Befehlen eines Menschen gehorchen, es sei denn, solche Befehle stehen im Widerspruch zum Ersten Gesetz.
3. Ein Robot muß seine Existenz beschützen, solange dieser Schutz nicht dem Ersten oder Zweiten Gesetz widerspricht.

Gregory Arnfeld lag zwar noch nicht im Sterben, aber er hatte gewiß nicht mehr lange zu leben. Er litt an inoperablem Krebs und verweigerte hartnäckig jede Form von Chemo- oder Strahlentherapie.

Gegen die Kissen gestützt, lächelte er seiner Frau zu und sagte: »Ich bin der ideale Fall. Tertia und Mike werden es schaffen.«

Tertia lächelte nicht. Sie sah sehr besorgt aus. »Man kann so vieles tun, Gregory. Mike ist die *letzte* Hoffnung. Vielleicht brauchst du es gar nicht.«

»O nein. Wenn ich erst mal mit Chemikalien vollgestopft und durch Strahlen benebelt bin, wäre ich so weit hinüber, daß der Test wertlos wäre ... Und nenne Mike bitte nicht ›es‹.«

»Wir leben im 22. Jahrhundert, Greg. Es gibt so viele Möglichkeiten, Krebs zu bekämpfen.«

»Ja, aber eine davon ist Mike, und, wie ich finde, die beste. Wir leben im 22. Jahrhundert, und wir wissen, wozu Roboter imstande sind. Ich weiß es jedenfalls. Ich hatte mehr mit Mike zu tun als jeder andere. Das weißt du.«

»Aber du kannst ihn nicht nur deshalb benutzen, weil du stolz darauf bist, ihn konstruiert zu haben. Und außerdem – wie sicher bist du, daß die Miniaturisierung funktioniert? Diese Technik ist noch neuer als der Bau von Robotern.«

Arnfeld nickte. »Stimmt, Tertia. Aber die Jungs, die sich mit der Miniaturisierung befassen, sind zuversichtlich. Sie sagen, sie können die Plancksche Konstante in einer angeblich idiotensicheren Weise reduzieren oder wiederherstellen, und die Kontrollmechanismen, die das ermöglichen, sind in Mike eingebaut. Er kann sich selbst vergrößern oder verkleinern, ohne eine Wirkung auf seine Umgebung auszuüben.«

»*Angeblich* idiotensicher«, wiederholte Tertia mit bitterer Betonung.

»Mehr kann man nicht verlangen. Überlege doch mal, Tertia. Ich erhalte das Privileg, an dem Experiment teilzunehmen. Ich werde als Mikes Hauptkonstrukteur in die Geschichte eingehen, doch das ist nebensächlich. Mein größter Beitrag zur Wissenschaft wird darin bestehen, daß ich von einem Miniroboter geheilt worden bin – weil ich es so wollte und weil ich es möglich machte.«

»Du weißt, daß es gefährlich ist.«

»Nichts ist ohne Risiko. Chemikalien und Bestrahlungen haben Nebenwirkungen. Sie können das Wachstum des Krebses verlangsamen, aber nicht stoppen. Ich würde dahinvegetieren, aber nicht leben. Und wenn ich überhaupt nichts unternehme, muß ich sterben. Wenn Mike seine Sache gut macht, dann bin ich vollkommen geheilt, und falls der Krebs wieder ausbricht« – Arnfeld lächelte fröhlich –, »dann schicken wir Mike eben noch mal los.«

Er nahm ihre Hand. »Tertia, wir beide wußten doch, daß es eines Tages dazu kommen würde. Laß uns jetzt etwas daraus machen – ein herrliches Experiment. Sogar wenn es fehlschlagen sollte – was bestimmt nicht passiert –, wird es immer noch ein herrliches Experiment sein.«

Louis Secundo von der Miniaturisierungsgruppe sagte: »Nein, Mrs. Arnfeld. Für den Erfolg können wir nicht garantieren. Die Miniaturisierung hängt eng mit der Quantenmechanik zusammen, und die beinhaltet einen starken Unsicherheitsfaktor. Wenn MIK-27 seine Größe verringert, besteht die Möglichkeit, daß eine plötzliche unvorhergesehene Re-Expansion stattfindet, was den Patienten natürlich töten würde. Je drastischer die Größe reduziert wird, je kleiner der Roboter wird, um so höher liegen die Chancen einer spontanen Re-Expansion. Und hat er erst einmal begonnen, größer zu werden, besteht die Möglichkeit einer akuten Akzeleration. Die Re-Expansion ist das größte Risiko bei diesem Vorgang.«

Tertia schüttelte den Kopf. »Glauben Sie, das könnte passieren?«

»Die Wahrscheinlichkeit ist gering, Mrs. Arnfeld. Aber ein Restrisiko kann man niemals ausschließen. Das müssen Sie verstehen.«

»Weiß Dr. Arnfeld darüber Bescheid?«

»Selbstverständlich. Wir haben darüber in allen Einzelheiten diskutiert. Er findet, daß die Umstände den Versuch rechtfertigen.« Er zögerte. »Wir schließen uns dieser Meinung an. Bedenken Sie bitte, daß einige von uns das Risiko teilen, trotzdem halten wir das Experiment für wichtig. Und was die Hauptsache ist, Dr. Arnfeld denkt ebenso.«

»Was passiert, wenn Mike einen Fehler macht oder sich aufgrund eines technischen Defekts zu stark reduziert? Dann tritt die Re-Expansion mit Sicherheit ein, oder?«

»Das kann man nicht wissen. *Mit Sicherheit* läßt sich in diesem Fall überhaupt nichts vorhersagen. Wir berufen uns nur auf statistische Werte. Wenn er zu klein wird, vergrößert sich die Chance einer Re-Expansion. Aber je kleiner er ist, um so geringer wird seine Masse; und an einem kritischen Punkt wird seine Masse so bedeutungslos, daß er bei der geringsten Anstrengung mit annähernd Lichtgeschwindigkeit davonfliegt.«

»Und *das* würde Dr. Arnfeld *nicht* töten?«

»Nein. Denn dann ist Mike so winzig, daß er zwischen den Atomen des Körpers hindurchfliegt, ohne einen Schaden anzurichten.«

»Wie hoch ist die Wahrscheinlichkeit, daß er re-expandiert, wenn er so klein geworden ist?«

»Wenn MIK-27 sich der Größe eines Neutrinos nähert, liegt seine halbe Lebensspanne sozusagen im Bereich von Sekunden. Das heißt, die Chancen, daß er innerhalb von wenigen Sekunden re-expandiert, stehen fünfzig zu fünfzig. Zu dem Zeitpunkt jedoch, wenn die Re-Expansion eintritt, befände er sich bereits hunderttausend Meilen weit weg im Weltall, und die Explosion machte sich nur in einem kleinen Ausbruch von Gammastrahlung bemerkbar, über den sich die Astronomen dann wundern würden. Aber nichts dergleichen wird geschehen. MIK-27 bekommt seine Instruktionen, und er wird sich nur bis zu der Größe reduzieren, die erforderlich ist, um seine Mission auszuführen.«

Mrs. Arnfeld wußte, daß sie sich so oder so der Presse stellen mußte. Sie hatte sich hartnäckig geweigert, in der Holovision zu erscheinen, und das Recht auf Privatsphäre, das in der Welt-Charta verankert war, schützte sie. Andererseits durfte sie sich nicht sträuben, Fragen auf einer Voice-over-Basis zu beantworten. Das Recht auf Information erlaubte kein totales Stillschweigen.

In steifer Haltung saß sie da, als die junge Frau ihr gegenüber sie fragte:

»Einmal abgesehen von allem anderen, Mrs. Arnfeld, ist es nicht ein ziemlich sonderbarer Zufall, daß Ihr Gatte, der Hauptkonstrukteur von Mike dem Mikroroboter, auch sein erster Patient wird?«

»Keineswegs, Miss Roth«, antwortete Mrs. Arnfeld müde. »Dr. Arnfelds Zustand beruht auf einer Anfälligkeit für diese Krankheit. In seiner Familie gab es mehrere solcher Fälle. Bevor wir heirateten, sagte er es mir, ich wurde also in keiner Weise getäuscht, und aus diesem Grund haben wir auch keine Kinder. Es ist gleichzeitig der Grund dafür, daß mein Mann seine Lebensaufgabe darin sah, einen Roboter zu konstruieren, der sich miniaturisieren läßt. Er ahnte schon immer, daß er eines Tages sein Patient würde.«

Mrs. Arnfeld bestand darauf, mit Mike zu sprechen, und unter den gegebenen Umständen konnten man ihr diesen Wunsch nicht abschlagen. Ben Johannes, der seit fünf Jahren mit ihrem Mann zusammenarbeitete und den sie so gut kannte, daß sie einander duzten, ging mit ihr in das Quartier des Roboters.

Mrs. Arnfeld hatte Mike gleich nach seiner Fertigstellung gesehen, als man die ersten Test mit ihm machte, und er erinnerte sich an sie. Mit seiner seltsam neutralen Stimme, die zu unmarkant klang, um menschlich zu sein, sagte er:

»Ich bin erfreut, Sie wiederzusehen, Mrs. Arnfeld.«

Er hatte keine ansprechende Form. Er sah dumm und dickbäuchig aus, wie ein mit der Spitze nach oben gekehrter Kegel.

Mrs. Arnfeld wußte, woran das lag. Der Miniaturisierungsmechanismus war groß und mußte in der Bauchgegend untergebracht werden. Auch das Gehirn mußte im Bauch liegen, um die Reaktionsschnelligkeit zu erhöhen. Ihr Mann hatte ihr erklärt, es sei ein unnötiger Anthropomorphismus, darauf zu bestehen, ein Gehirn müsse sich immer hinter einer hohen Stirn verbergen, fast schon eine schwachsinnige Forderung. Doch nun fand Mrs. Arnfeld, dieser Anthropomorphismus habe seine psychologischen Vorzüge.

»Weißt du ganz genau, was du tun mußt, Mike?« fragte sie.

»Natürlich, Mrs. Arnfeld«, antwortete Mike. »Ich sorge dafür, daß der Krebs bis auf den letzten Rest zerstört wird.«

Johannes sagte: »Ich weiß nicht, ob Gregory es dir erklärt hat, aber wenn Mike die richtige Größe erreicht hat, kann er unschwer eine Krebszelle erkennen. Die Kriterien sind eindeutig, und er wird schnell den Kern jeder abnormalen Zelle zerstören.«

»Ich bin mit Laser ausgerüstet, Mrs. Arnfeld«, sagte Mike in neutralem Ton.

»Sicher, aber es gibt Millionen von Krebszellen. Wie lange wird es dauern, sie eine nach der anderen zu zerstören?«

»Nicht unbedingt eine nach der anderen, Tertia«, sagte Johannes. »Auch wenn der Krebs sich ausgebreitet hat, so klumpen sich die einzelnen Zellen doch zusammen. Mike ist dafür ausgerüstet, die Kapillaren, die zu diesen Klumpen führen, abzubrennen und zu schließen. Auf diese Weise vernichtet er Millionen von Zellen mit einem Schlag. Nur gelegentlich wird er es mit vereinzelt auftretenden Zellen zu tun haben.«

»Trotzdem, wie lange wird es dauern?«

Johannes zog eine Grimasse, wie wenn es ihm schwerfiele, sich für eine Antwort zu entscheiden. »Wenn Mike gründlich vorgehen soll, kann es Stunden dauern, Tertia. Das gebe ich zu.«

»Und mit jedem Augenblick vergrößert sich die Chance einer Re-Expansion.«

»Mrs. Arnfeld«, mischte sich Mike ein, »ich werde mich bemühen, nicht zu re-expandieren.«

Mrs. Arnfeld wandte sich an den Roboter und fragte ernst: »Ja, geht das denn, Mike? Ich meine, kannst du es verhindern?«

»Nicht mit absoluter Sicherheit, Mrs. Arnfeld. Indem ich meine Größe beobachte und mich anstrenge, sie konstant zu halten, kann ich die Faktoren verringern, die zu einer Re-Expansion führen könnten. Das ist allerdings nicht möglich, sobald ich anfange, kontrolliert zu re-expandieren.«

»Ja, ich weiß. Mein Mann sagte mir schon, daß die Re-Expansion der gefährlichste Augenblick ist. Aber du wirst dich bemühen, Mike? Bitte.«

»Die Robotergesetze zwingen mich dazu, Mrs. Arnfeld«, entgegnete Mike in feierlichem Ernst.

Als sie gingen, versuchte Johannes Mrs. Arnfeld zu beruhigen. »Du kannst es mir glauben, Tertia, wir haben ein Holo-Sonogramm und einen detaillierten Scanning-Plan. Mike kennt die Lage jedes signifikanten Krebstumors. Die meiste Zeit wird er dafür verwenden, nach kleinen Geschwulsten zu suchen, die von den Instrumenten nicht erfaßt werden können, aber daran läßt sich nichts ändern. Nach Möglichkeit müssen wir *alle* Krebszellen vernichten, weißt du, und das braucht Zeit. Mike hat jedoch strikte Anweisungen, wie klein er werden darf, und kleiner wird er nicht, darauf kannst du dich verlassen. Ein Roboter muß Befehlen gehorchen.«

»Und die Re-Expansion, Ben?«

»Die hängt mit dem Quantensprung zusammen, Tertia. Eine Vorhersage ist nicht möglich, aber die Chancen sind groß, daß er problemlos wieder herauskommt. Solange er sich noch in Gregorys Körper befindet, lassen wir ihn möglichst klein – wir vergrößern ihn nur so weit, daß wir ihn finden und herausholen können. Dann bringen wir ihn schnell in den Sicherheitsraum, wo die restliche Re-Expansion stattfindet. Ich bitte dich, Tertia, selbst herkömmliche medizinische Eingriffe sind nicht vollkommen risikolos.«

Mrs. Arnfeld befand sich im Beobachterzimmer, als man Mike miniaturisierte. Im Raum waren auch die Holovision-Kameras und ausgewählte Vertreter der Medien. Die Wichtigkeit des medizinischen Experiments ließ es nicht anders zu; aber Mrs. Arnfeld saß nur mit Johannes als Begleiter in einer Nische. Es war ausgemacht, daß man keinen Kommentar von ihr verlangte, besonders dann nicht, wenn eine Unregelmäßigkeit eintreten sollte.

Eine Unregelmäßigkeit! Eine völlige und plötzliche Re-Expansion würde den gesamten Operationssaal in die Luft fliegen lassen und jeden, der sich darin aufhielt, töten. Nicht umsonst lag das Beobachterzimmer unter der Erde und eine halbe Meile weit vom Ort des Geschehens entfernt.

Es gab Mrs. Arnfeld ein irgendwie makaberes Gefühl der Sicherheit zu wissen, daß die drei Miniaturisten, die den Vorgang leiteten (allem Anschein nach ganz seelenruhig) genauso zum Tode verurteilt waren wie ihr Mann, falls eine – Unregelmäßigkeit einträte. Da sie davon ausgehen konnte, daß sie ihr eigenes Leben so gut wie möglich schützen würden, war ihr Mann bei ihnen sicherlich gut aufgehoben.

Wenn das Experiment glückte, würde man daran arbeiten, den Vorgang zu automatisieren, und dann wäre nur der Patient gefährdet. Es war nicht auszuschießen, daß dann durch Leichtsinn schon eher ein Fehler passierte – aber jetzt noch nicht. Gespannt beobachtete Mrs. Arnfeld die drei Wissenschaftler, die unter Lebensgefahr operierten, und versuchte, Anzeichen von Streß zu entdecken.

Es war nicht das erste Mal, daß sie eine Miniaturisierung beobachtete, und sie sah, wie Mike immer kleiner wurde und verschwand. Sie verfolgte den komplizierten Prozeß, wie man ihn an der richtigen Stelle in den Körper ihres Mannes injizierte. (Man hatte ihr erklärt, daß es unvertretbar teuer wäre, statt eines Roboters Menschen in einem U-Boot in den Körper zu plazieren. Mike brauchte wenigstens kein Lebenserhaltungssystem.)

Die Beobachtung ging auf dem Bildschirm weiter, wo der entsprechende Körperteil in einem Holosonogramm erschien. Es war eine dreidimensionale Darstellung, fleckig und verschwommen, denn die Schwingungen der Schallwellen im Verein mit der Brownschen Bewegung verhinderten eine präzise Scharfeinstellung.

Sie sah die undeutlichen Umrisse von Mike, der sich lautlos im Blutstrom von Gregory fortbewegte. Was er tat, war kaum zu erkennen, aber Johannes erklärte ihr mit leiser, zufriedener Stimme die Einzelheiten, bis sie es nicht mehr hören mochte und ihn bat, sie fortzubringen.

Man hatte ihr ein mildes Beruhigungsmittel gegeben, und sie hatte bis zum Abend geschlafen, als Johannes zu ihr kam. Sie war gerade erste wach geworden, und es dauerte eine Weile, bis sie ihre Sinne beisammen hatte. Dann fragte sie in einer plötzlichen Anwandlung von Angst: »Was ist passiert?«

Hastig antwortete Johannes: »Erfolg, Tertia. Es war ein voller Erfolg. Dein Mann ist geheilt. Wir können es nicht verhindern, daß der Krebs vielleicht wieder ausbricht, aber vorerst ist er geheilt.«

Erleichtert sank sie zurück. »Oh, das ist ja wunderbar.«

»Trotzdem ist etwas Unvorhergesehenes eingetreten, und das werden wir Gregory erklären müssen. Wir finden, es wäre das beste, wenn *du* es ihm sagst.«

»Ich?« Und mit einem neuerlichen Anflug von Angst fragte sie: »Was ist es denn?«

Johannes erklärte es ihr.

Erst zwei Tage später durfte sie kurz ihren Mann sehen. Er saß aufrecht im Bett, war ein bißchen blaß, aber er lächelte ihr zu.

»Wieder ein bißchen mehr Zeit geborgt, Tertia«, sagte er überschwenglich.

»Ehrlich, Greg, ich hatte mich geirrt. Das Experiment ist geglückt, und man sagte mir, sie hätten in deinem Körper keine Spur von Krebs mehr gefunden.«

»Nun ja, das hat nichts zu sagen. Hier und da mag eine Krebszelle überlebt haben, aber damit wird vielleicht mein Immunsystem fertig, wenn ich es noch mit der richtigen Medizin unterstütze. Und wenn der Krebs wieder ausbricht, was noch Jahre dauern kann, dann wird Mike eben wieder eingesetzt.«

An der Stelle runzelte er die Stirn und sagte: »Weißt du was, ich habe Mike noch gar nicht gesehen.«

Mrs. Arnfeld schwieg diskret.

»Sie haben mich übergangen«, meinte Arnfeld.

»Du warst geschwächt, Liebster, und standest unter Beruhigungsmitteln. Mike stöberte in deinem Gewebe herum und hat hier und da Krebszellen vernichtet. Auch wenn die Operation geglückt ist, brauchst du Zeit, um dich zu erholen.«

»Wenn ich erholt genug bin, um dich zu sehen, dann bin ich

wohl auch erholt genug, um Mike zu sehen. Ich möchte mich wenigstens bei ihm bedanken.«

»Einem Roboter braucht man nicht zu danken.«

»Natürlich nicht, aber ich will es nun einmal. Du könntest mir einen Gefallen tun, Tertia. Geh und sag ihnen, daß ich sofort mit Mike sprechen möchte.«

Mrs. Arnfeld zögerte, dann faßte sie einen Entschluß. Noch länger zu warten, würde die Angelegenheit für alle Beteiligten nur verschlimmern. Behutsam sagte sie: »Mike ist aber nicht da, Liebster.«

»Nicht da? Wie kommt das?«

»Er mußte eine Entscheidung treffen, weißt du? Er hat dein Gewebe hervorragend gesäubert; alle sagen, er hätte erstklassige Arbeit geleistet; und dann mußte er re-expandieren. Das ist gefährlich.«

»Ja, aber ich bin doch hier. Was erzählst du da für Geschichten?«

»Mike beschloß, das Risiko möglichst gering zu halten.«

»Ist doch klar. Was tat er?«

»Nun ja, Liebster, er machte sich noch kleiner.«

»Was! Das geht doch gar nicht. Er hatte keine Anweisung, es zu tun.«

»Nach dem Zweiten Gesetz, Greg. Aber das Erste Gesetz wurde vorrangig. Er wollte sichergehen, daß dein Leben gerettet würde. Er konnte seine Größe selbst regulieren, deshalb machte er sich kleiner, so schnell es ging, und sowie er weniger Masse besaß als ein Elektron, aktivierte er seinen Laserstrahl; der war mittlerweile so winzig, daß er dir nicht hätte schaden können, doch der Rückstoß ließ ihn mit nahezu Lichtgeschwindigkeit davonfliegen. Tief im Weltall ist er dann explodiert. Die Gammastrahlen wurden aufgezeichnet.«

Arnfeld starrte sie an. »Das darf doch nicht wahr sein! Ist das dein Ernst? Mike ist tot?«

»So ist es passiert. Mike mußte einfach eine Maßnahme ergreifen, um möglichen Schaden von dir abzuwenden.«

»Aber das habe ich nicht gewollt. Ich wollte weiter mit ihm arbeiten. Er wäre nicht unkontrollierbar expandiert. Er wäre intakt aus meinem Körper herausgekommen.«

»Er konnte nicht sicher sein. Um dein Leben nicht zu gefährden, opferte er sein eigenes.«

»Aber mein Leben war weniger wichtig als seins.«

»Nicht für mich, Liebster. Nicht für deine Mitarbeiter. Nicht für jeden. Nicht einmal für Mike.« Sie streckte ihre Hand nach ihm aus. »Komm, Greg, du bist am Leben. Es geht dir gut. Das ist das einzige, was zählt.«

Ungeduldig stieß er ihre Hand weg. »Es ist *eben nicht* das einzige, was zählt. Aber das verstehst du nicht. Es ist zu schade. Es ist wirklich zu schade!«

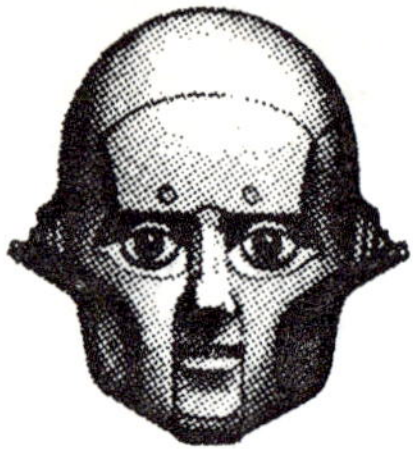

ROBBIE

»Achtundneunzig – neunundneunzig – *hundert.*« Gloria hob die Augen, die sie bis dahin mit ihrem kleinen rundlichen Vorderarm verdeckt hatte, und stand einen Augenblick still. Sie hatte die Nase gerümpft und schaute blinzelnd ins Sonnenlicht. Dann machte sie ein paar vorsichtige Schritte weg von dem Baumstamm, gegen den sie sich gelehnt hatte, wobei sie versuchte, gleichzeitig nach allen Richtungen Ausschau zu halten.

Tiefe Stille herrschte, und außer dem Summen von Insekten und dem gelegentlichen Piepsen eines tapferen kleinen Vogels, den die Mittagssonne nicht beeinträchtigte, war nichts zu hören.

Gloria schürzte die Lippen. »Bestimmt ist er ins Haus hineingegangen. Dabei habe ich ihm schon hundertmal gesagt, daß das gegen die Regeln ist.«

Während sie ihre winzigen Lippen fest aufeinanderpreßte, lief sie entschlossen auf das zweistöckige Gebäude zu.

Da erst hörte sie es hinter sich rascheln, hörte sie das deutlich vernehmbare, rhythmische Klump-Klump von Robbies metallenen Füßen. Rasch drehte sie sich um und sah, wie ihr Spielgefährte aus seinem Versteck herauskam und mit höchster Geschwindigkeit auf den Baum zuraste.

Gloria schrie enttäuscht auf. »Warte, Robbie! Das gilt nicht, Robbie! Du hast versprochen, nicht zu rennen, bis ich dich gefunden habe.« Gegenüber den gigantischen Schritten Robbies konnten ihre Beinchen natürlich den Vorsprung nicht verringern.

Dann, nur noch ein paar Meter vom Ziel entfernt, verlangsamte

Robbies Gangart sich plötzlich, so daß er sich kaum noch zu bewegen schien. Mit einer wilden Anstrengung all ihrer Kräfte raste Gloria schnaufend an ihm vorbei und konnte vor ihm den heißersehnten Baumstamm berühren.

»Robbie kann nicht rennen«, schrie sie mit der ganzen Kraft ihrer achtjährigen Stimme. »Robbie kann nicht rennen. Robbie kann nicht rennen.« Das sang sie rhythmisch wie ein Kinderlied.

Robbie antwortete natürlich nicht – mindestens nicht mit Worten. Statt dessen machte er Bewegungen, als wollte er rennen, bis Gloria hinter ihm her raste, immer im Kreis herum und ohne daß sie ihn berühren konnte.

»Robbie«, quietschte sie, »bleib stehen!« Vor Lachen konnte sie kaum mehr sprechen.

Bis er sich plötzlich umwandte, sie packte und durch die Luft wirbelte, so daß es ihr vorkam, als fiele die Welt für einen Augenblick ins Leere. Dann saß sie wieder im Gras und lehnte sich an Robbies Bein. Noch immer hielt sie einen seiner harten Metallfinger fest in ihrer kleinen Hand.

Nach einer Weile vermochte sie wieder ruhig zu atmen. Sie verrenkte den Kopf, um zu sehen, ob ihr Kleid zerrissen war.

Sie schlug mit der Hand auf Robbies Körper. »Böser Junge du! – Ich gebe dir eine Tracht Prügel.«

Und Robbie duckte sich und hielt sich die Hände vors Gesicht, so daß sie schnell hinzufügte: »Nein, hab keine Angst, Robbie, ich werd's nicht tun. Ich schlage dich bestimmt nicht. Aber jetzt komme ich dran! Jetzt verstecke ich mich, und du mußt mich suchen, weil du längere Beine hast als ich und weil du die Regeln nicht eingehalten hast.«

Robbie nickte. Sein Kopf hatte die Form eines oben abgeflachten Eies. Er saß auf einem ähnlichen, nur viel größeren Gebilde, das als Körper diente, und war mit diesem durch einen kurzen biegsamen Stiel verbunden. Gehorsam wandte der Robot sich dem Baum zu. Eine dünne metallische Schicht senkte sich über seine glühenden Augen. Aus dem Inneren seines Körpers kam ständig ein tickendes Geräusch.

»Nun guck aber nicht und überspring keine Zahlen!« warnte ihn Gloria und rannte weg, um sich zu verstecken.

Mit unveränderlicher Regelmäßigkeit wurden Sekunden heruntergetickt. Bei der hundertsten hoben sich die Augenlider, und mit glühend roten Augen durchforschte Robbie die Gegend. Einen Augenblick ruhten sie auf einem Stück bedruckten Kattuns, das neben einem Felsblock herausschaute. Er machte ein paar Schritte vorwärts, um sicher zu sein, daß es wirklich Gloria war, die sich hinter dem Stein versteckt hatte.

Langsam, während er sich immer zwischen Gloria und dem Baum hielt, ging er auf ihr Versteck zu, und als Gloria schließlich voll sichtbar war und sich nicht einmal mehr selber vormachen konnte, daß Robbie sie nicht gefunden hatte, streckte er einen Arm nach ihr aus, während er sich mit dem anderen gegen das Bein schlug. Mürrisch kam Gloria aus ihrem Versteck heraus.

»Du hast geguckt!« rief sie unfair und ohne jeden Grund. »Und überdies habe ich es satt, Versteck zu spielen. Ich will reiten.«

Aber Robbie war durch den ungerechten Vorwurf verletzt. So ließ er sich vorsichtig nieder und schüttelte schwerfällig den Kopf. Sofort änderte Gloria ihren Ton. Nun klang ihre Stimme mit einemmal sanft und überredend. »Ach, komm doch, Robbie! Ich hab's doch gar nicht so gemeint. Laß mich reiten, ja?«

Aber Robbie ließ sich nicht so leicht besänftigen.

»Bitte, Robbie, bitte laß mich reiten!« Sie legte ihre rosigen Arme um seinen Hals und schmiegte sich fest an ihn. Dann – von einer Sekunde zur anderen – änderte sich ihre Laune. Sie wandte sich von ihm ab. »Tust du's nicht, dann werd' ich weinen.« Und schon verzog sich ihr Gesicht.

Auf den hartherzigen Robbie machte diese schreckliche Möglichkeit nur wenig Eindruck. Zum dritten Male schüttelte er den Kopf, und so blieb Gloria nichts anderes übrig, als ihre Trumpfkarte auszuspielen.

»Tust du's nicht«, rief sie aus, »dann erzähle ich dir auch keine Geschichten mehr. Nicht eine einzige.«

Sofort lenkte Robbie ein. Bedingungslos kapitulierte er vor diesem Ultimatum. Vorsichtig hob er das kleine Mädchen in die Höhe und setzte es auf seine breiten, geraden Schultern.

Glorias angedrohte Tränen lösten sich in nichts auf. Statt dessen krähte sie vor Entzücken.

»Du bist ein Segelflugzeug, Robbie, ein großes, silbernes Segelflugzeug. Strecke die Arme nach den Seiten! Das mußt du tun, wenn du doch ein Segelflugzeug bist.«

Gegen diese Logik war nichts einzuwenden. Robbies Arme

waren die Flügel, die die Luftströmungen auffingen. Er war ein silbernes Segelflugzeug.

Gloria drehte den Kopf des Robots und lehnte sich nach rechts. Scharf legte er sich in die Kurve. Gloria stattete das Segelflugzeug mit einem Motor aus, der ›Brrrr‹ machte, und dann mit Waffen, die Geräusche wie ›Bum‹ und ›Shht‹ von sich gaben.

Sie saß in einem der stumpfnasigen Raumschiffe, das sich mit höchster Geschwindigkeit durch die Leere des Weltalls bewegte.

Robbie raste mir ihr über die Wiese hinweg und hinüber zu dem hohen Gras, wo er mit solcher Plötzlichkeit stehen blieb, daß das Kind aufschrie. Sanft ließ er sie dann auf den weichen, grünen Rasenteppich fallen.

Gloria schnappte nach Luft. »Das war schön«, schnaufte sie.

Robbie wartete, bis sie wieder ruhig atmen konnte, und zog dann sanft an einer Locke ihres Haares.

»Willst du was?« fragte Gloria. Er zog stärker an ihrer Locke.

»Ach so – ich weiß, du willst eine Geschichte hören.«

Robbie nickte schnell.

Gloria setzte sich zurecht. Ihre Gedanken konzentrierten sich auf die Einzelheiten der Erzählungen (sowie auf ihre eigenen Ausschmückungen, die sie je nach Lust und Laune hinzufügte) und sie begann:

»Also – es war einmal ein wunderschönes Mädchen, und das hieß Ella. Es hatte eine schrecklich grausame Stiefmutter und zwei sehr häßliche und sehr grausame Stiefschwestern und ...«

Gloria war im Begriff, den Höhepunkt der Geschichte zu erzählen. Angespannt und mit brennenden Augen hörte Robbie zu. Da kam die jähe Unterbrechung.

»Gloria!«

»Mama ruft mich«, sagte Gloria nicht sehr glücklich. »Ich glaube, du trägst mich lieber zurück zum Haus, Robbie.«

Robbie gehorchte voll Eifer. Denn etwas wie ein künstlicher Instinkt, den er in sich trug, sagte ihm, daß es gut wäre, Mrs. Weston zu gehorchen, und zwar ohne Zögern. Glorias Vater war außer an Sonntagen fast nie zu Hause. Aber heute war Sonntag. Mr. Weston war ein freundlicher und verständnisvoller Mann. Glorias Mutter aber war für Robbie eine dauernde Quelle der Unruhe, und immer spürte er den Drang, sich aus ihrer Nähe fortzustehlen.

Mrs. Weston erblickte die beiden in dem Augenblick, als sie sich aus dem hohen Gras erhoben, und ging zurück ins Haus, um auf sie zu warten.

»Ich habe mich heiser geschrien, Gloria«, sagte sie streng. »Wo warst du?«

»Ich war bei Robbie«, sagte Gloria verstört. »Ich habe ihm die Geschichte vom Aschenbrödel erzählt und ganz vergessen, daß es schon Zeit ist zum Mittagessen.«

»Traurig genug, daß auch Robbie es vergessen hat.« Dann, als erinnerten sie erst ihre eigenen Worte an die Gegenwart des Robots, wandte sie sich rasch nach diesem um. »Du kannst gehen, Robbie. Sie braucht dich jetzt nicht.« Und dann brutal: »Und komm nicht zurück, bevor ich dich rufe!«

Robbie wandte sich zum Gehen, zögerte aber, als Gloria ihn zu verteidigen begann. »Warte, Mama, du mußt ihn hierbleiben lassen. Ich habe ihm die Geschichte noch nicht fertig erzählt. Ich habe sie ihm versprochen und muß sie beenden.«

»Gloria!«

»Wirklich, Mama. Er wird so ruhig sein, daß du noch nicht einmal merkst, daß er da ist. Er kann sich auf den Stuhl in der Ecke setzen und wird kein Wort sagen – ich meine, er wird nichts *tun*. Ja, Robbie?«

Robbie bewegte seinen massiven Kopf einmal aufwärts und abwärts.

»Gloria, wenn du diesen Unsinn nicht sofort sein läßt, dann darfst du Robbie eine ganze Woche lang nicht sehen.«

Mit traurigen Schritten verschwand der Robot, während Gloria ein Schluchzen unterdrückte.

George Weston fühlte sich so recht gemütlich. Es war seine Gewohnheit, es sich an Sonntagnachmittagen gemütlich zu machen. Er hatte sich ein gutes Mittagessen einverleibt, lag ausgestreckt auf einem weichen, breiten Sofa, hielt die *Times* in der Hand, trug Pantoffeln an den Füßen und hatte das Hemd ausgezogen. Er war daher nicht gerade erfreut, als seine Frau hereinkam. Selbst nach zehnjähriger Ehe war er noch so unaussprechlich närrisch, sie zu lieben, und natürlich war er immer froh, wenn sie zu ihm kam. Dennoch waren ihm die Sonntagnachmittage unmittelbar nach dem Mittagessen heilig, und seine Vorstellung von richtiger Gemütlichkeit bestand darin, daß man ihn für zwei oder drei Stunden völlig in Ruhe ließ. Daher heftete er seine Augen fest auf die letzten Berichte über die Lefebre-Yoshida-Expedition nach dem Mars (diese sollte von der Mondbasis abfliegen und mochte daher ohne Zweifel Erfolg haben) und tat so, als bemerkte er die Anwesenheit seiner Frau nicht.

Mrs. Weston wartete zwei Minuten lang geduldig, dann zwei weitere ungeduldig, und schließlich brach sie das Schweigen.

»George!«

»Hm?«

»Bitte, George! Willst du nicht die Zeitung beiseite legen?«

Die Zeitung flatterte auf den Boden, und Weston wandte sein müdes Gesicht seiner Frau zu. »Was ist denn los, Liebes?«

»Du weißt schon, was los ist. George. Es handelt sich um Gloria und diese schreckliche Maschine.«

»Welche schreckliche Maschine?«

»Nun tu nur nicht, als wüßtest du nicht, was ich meine! Den Robot natürlich. Nicht für einen Augenblick läßt er sie allein.«

»Und warum sollte er das tun? Er darf das ja gar nicht. Und er ist wahrhaftig keine schreckliche Maschine. Er ist der beste Robot, den es auf dem ganzen Markt gibt, und ich bin mir klar darüber, daß er ganz bestimmt klüger ist als die Hälfte meiner Angestellten.«

Er schickte sich an, die Zeitung wieder aufzunehmen, aber seine Frau war schneller und riß sie ihm weg.

»Nun hör mal *mich* an, George! Ich lasse es einfach nicht zu, daß meine Tochter einer Maschine anvertraut wird, ganz gleich, wie gescheit oder geschickt diese Maschine ist. Ein Kind ist einfach nicht dafür da, daß es von einem Stück Metall behütet wird.«

Weston runzelte die Stirn. »Und wann bist du auf diesen Gedanken gekommen? Robbie ist nun schon seit zwei Jahren bei Gloria, und ich habe bis heute nicht bemerkt, daß du dir darüber Sorgen machst.«

»Am Anfang war es anders. Da war es was Neues. Es nahm mir eine Sorge ab – und es war modern. Jetzt aber weiß ich nicht mehr, was ich denken soll. Die Nachbarn ...«

»Also bitte– was haben denn die Nachbarn damit zu tun? Schau doch mal her! Einem Robot kann man unendlich mehr Vertrauen schenken als einem menschlichen Kindermädchen. Robbie wurde wirklich einzig und allein zu dem Zweck gebaut, Gefährte eines Kindes zu sein. Er kann einfach gar nicht anders – er muß einem Kind treu sein und es lieben. Das ist mehr, als du von irgendeinem menschlichen Wesen behaupten könntest.«

»Aber irgend etwas könnte doch einmal versagen. Irgend – irgendein Teil oder . . .«, Mrs. Weston war sich nicht allzu klar über das Innere eines Robots – »zum Beispiel eine Schraube löst sich, und das ganze schreckliche Ding wird tollwütig und – und . . .« Sie konnte sich nicht dazu bringen, ihre innersten Gedanken voll auszusprechen.

»Unsinn«, lehnte Weston diese Idee mit einem unfreiwilligen Schauder ab. »Das ist vollkommen lächerlich. Du weißt, daß es einem Robot unmöglich ist, einem Menschen etwas anzutun . . . Das ist eine mathematische Unmöglichkeit. Außerdem kommt zweimal im Jahr ein Ingenieur der U. S. Robots, um den armen Burschen einer genauen Kontrolle zu unterwerfen. Die Chance, daß irgend etwas mit Robbie schiefgehen könnte, ist nicht größer als die Chance, daß du oder ich verrückt werden – sogar bedeutend kleiner. Und ganz nebenbei: Wie willst du ihn denn Gloria wegnehmen?«

»Das ist es ja gerade, George. Sie will mit niemand anderem spielen. Es gibt Dutzende von kleinen Mädchen und Jungen, mit denen sie Freundschaft schließen sollte, aber sie tut es einfach nicht. Es ist nicht gut für ein kleines Mädchen, so aufzuwachsen. Du willst doch, daß sie normal ist, oder nicht? Du willst, daß sie ein nützliches Mitglied der menschlichen Gesellschaft wird.«

»Du siehst Gespenster, Grace. Tu so, als wäre Robbie ein Hund! Ich habe schon Hunderte von Kindern getroffen, die ihren Hund ihrem Vater vorziehen.«

»Ein Hund ist etwas anderes, George. Wir müssen das schreckliche Ding einfach loswerden. Du kannst es ja an die Gesellschaft zurückverkaufen. Ich habe mich erkundigt.«

»Du hast dich *erkundigt*? Also, nun paß mal auf, Grace! Schütten wir nicht das Kind mit dem Bade aus. Wir behalten den Robot, bis Gloria ein gutes Stück älter ist, und damit ist die Sache erledigt.« Ärgerlich verließ er den Raum.

Zwei Tage später traf Mrs. Weston abends ihren Mann unter der Tür. »Du mußt mich einfach anhören, George. Im ganzen Dorf ist man über die Sache aufgebracht.«

»Worüber?« fragte Weston.

Mrs. Weston sagte: »Über Robbie. Erst habe ich versucht, die Augen davor zu verschließen, aber ich kann das nun nicht länger tun. Die meisten Dorfbewohner halten Robbie für gefährlich.«

»Dann soll sie der Teufel holen.«

»Damit, daß du das sagst, löst du das Problem nicht. *Ich* muß im Dorf meine Einkäufe machen. *Ich* muß diese Leute jeden Tag treffen. Und in der Stadt ist es heutzutage sogar noch schlimmer – ich meine mit den Robotern. In New York wurde gerade eine Verordnung erlassen, die es allen Robotern verbietet, zwischen Sonnenuntergang und Sonnenaufgang die Straßen zu betreten.«

»Meinetwegen – aber uns können sie ja wohl nicht daran hindern, einen Robot in unserem eigenen Haus zu beschäftigen. Grace, ich weiß doch, dies ist einer deiner kleinen strategischen Tricks. Ich durchschaue dich. Aber es nützt nichts. Die Antwort lautet noch immer – nein. Wir behalten Robbie.«

Und dennoch liebte er seine Frau, und, was noch schlimmer war, seine Frau wußte das. Schließlich und endlich war ja George Weston auch nur ein Mann – der arme Kerl –, und seine Frau bediente sich jedes Mittels, gebrauchte alle Tricks, die im Buche standen und die mit Recht vom männlichen Geschlecht so sehr gefürchtet wurden.

Zehnmal schrie er in den folgen Wochen: »Robbie bleibt, und das ist mein letztes Wort«, aber jedesmal klang es schwächer. Und so kam der Tag, an dem Weston sich schuldbewußt seiner Tochter näherte und ihr vorschlug, sie zu einer großartigen Fernsehveranstaltung mit ins Dorf zu nehmen.

Gloria klatschte überglücklich in die Hände. »Darf Robbie mitkommen?«

»Nein, Kind«, sagte er und zuckte unter dem Klang seiner eigenen Stimme zusammen. »Robotern ist der Zutritt nicht erlaubt, aber du kannst ihm ja, wenn du wiederkommst, alles erzählen.« Er verhaspelte sich bei den letzten Worten und schaute weg.

Gloria kam überschäumend vor Begeisterung von der Vorstellung nach Hause.

Sie rannte über den Rasen. »Robbie – Robbie!«

Dann blieb sie plötzlich stehen. Ein wunderschöner Collie war aufgetaucht und betrachtete sie aus ernsten braunen Augen, während er, auf der Veranda stehend, mit dem Schwanz wedelte.

»Ach, was für ein hübscher Hund!« Gloria stieg die Stufen hinauf, näherte sich vorsichtig dem Tier und streichelte es. »Gehört er mir, Papa?«

Ihre Mutter hatte sich zu den beiden gesellt. »Ja, Gloria. Ist er nicht hübsch, so weich und warm? Er ist sehr sanft. Er hat kleine Mädchen schrecklich gern.«

»Kann er auch Spiele spielen?«

»Natürlich. Er kann eine Unmenge kleiner Kunststücke. Willst du wohl sehen, was er alles kann?«

»Gleich. Ich möchte nur, daß auch Robbie sie sieht. *Robbie!*«

Sie blieb unsicher stehen und runzelte die Stirn.

»Sicher ist er einfach in seinem Zimmer, weil er sich geärgert hat, daß ich ihn nicht mitgenommen habe. Du mußt ihm das erklären, Papa. Mir glaubt er vielleicht nicht, aber wenn du es sagst, dann weiß er, es ist wahr.«

Westons Lippen spannten sich. Er schaute seine Frau an, konnte aber deren Blick nicht erhaschen.

Gloria wandte sich um und rannte hinunter ins Souterrain. Im Rennen rief sie: »Robbie – komm und schau dir an, was Papa und Mama mir gekauft haben! Einen Hund, Robbie!«

Eine Minute später kam sie verstört zurück. »Mama, Robbie ist nicht in seinem Zimmer. Wo ist er denn?« Glorias Stimme zeigte, daß sie dem Weinen nahe war. »Wo ist Robbie, Mama?«

Mrs. Weston setzte sich und zog ihre Tochter sanft zu sich heran. »Sei nicht traurig, Gloria, Robbie ist fort.«

»Fort? Wohin? Wohin ist er denn gegangen, Mama?«

»Das weiß niemand, mein Liebling. Er ist einfach weggegangen. Wir haben gesucht und gesucht und gesucht, aber wir können ihn einfach nicht finden.«

»Willst du damit sagen, daß er nie wieder hierherkommen wird?«

Die Augen des Kindes waren vor Schreck weit aufgerissen.

»Vielleicht finden wir ihn bald wieder. Wir suchen natürlich weiter nach ihm. Inzwischen kannst du mit deinem hübschen neuen Hund spielen. Schau ihn nur an. Er heißt Blitz, und er kann ...«

Aber nun liefen Glorias Augen über. »Ich will den häßlichen Hund nicht haben – ich will Robbie. Ich will, daß ihr Robbie wiederfindet.« Ihre Erschütterung war so tief, daß sie sie in Worten gar nicht mehr ausdrücken konnte. Sie brach in schrilles, klagendes Weinen aus.

Mrs. Weston warf ihrem Mann einen hilfesuchenden Blick zu. Der aber scharrte nur stumm mit den Füßen und wandte seinen angestrengten Blick nicht vom Himmel ab. So mußte sie sich allein der Aufgabe des Tröstens unterziehen. »Warum weinst du, um Gottes willen, Gloria? Robbie war doch nur eine Maschine – nichts als eine alte, häßliche Maschine. Er war doch gar nicht lebendig.«

»Er war keine Maschine«, schrie Gloria wild. »Er war ein Mensch gerade so wie du und ich, und er war mein Freund. Ich will ihn wiederhaben. Ach, Mama, bitte, bitte, ich will ihn wiederhaben.«

Die Mutter stöhnte und überließ Gloria ihrem Kummer.

»Laß sie sich ausweinen!« sagte sie zu ihrem Mann. »Kinderschmerz hält nie lange an. In ein paar Tagen hat sie vergessen, daß dieser fürchterliche Robot jemals existiert hat.«

Die Zukunft aber bewies, daß Mrs. Weston etwas zu optimistisch gewesen war. Natürlich hörte Gloria auf zu weinen, aber sie hörte auch auf zu lächeln, und je länger es dauerte, um so blasser und stiller wurde das Kind. Ihr Zustand des passiven Unbehagens untergrub nach und nach den Widerstand der Mutter, und das einzige, was Mrs. Weston davon abhielt nachzugeben, war die Tatsache, daß sie ihrem Mann gegenüber ihre Niederlage hätte eingestehen müssen.

Dann kam sie eines Abends ins Wohnzimmer gestürzt, setzte sich auf einen Stuhl, kreuzte die Arme und sah aus, als wäre sie von einer unbändigen Wut gepackt.

Weston reckte den Hals, um sie über den Rand der Zeitung hinweg ansehen zu können. »Was ist nun schon wieder los, Grace?«

»Ach, mit diesem Kind! Heute mußte ich den Hund zurückgeben. Gloria konnte, wie sie sagte, seinen Anblick nicht ertragen. Sie bringt mich noch ins Irrenhaus.«

Weston legte die Zeitung beiseite, und ein hoffnungsvolles

Leuchten erschien in seinen Augen. »Vielleicht – vielleicht sollten wir Robbie zurückholen. Du weißt ja, die Möglichkeit besteht.«

»Nein«, erwiderte sie grimmig. »So schnell geben wir nicht auf. Ich laß mein Kind nicht von einem Robot erziehen, und wenn ich Jahre dazu brauchte, um sie zu entwöhnen.«

Enttäuscht nahm Weston die Zeitung wieder auf. »Ein Jahr des jetzigen Zustandes bedeutet zehn normale Jahre!«

»An dir hat man wirklich eine Stütze, George«, war die strenge Antwort. »Was Gloria braucht, ist eine Milieuveränderung. Natürlich kann sie hier den Robot nicht vergessen. Wie wäre das auch möglich, wo doch jeder Baum und jeder Strauch sie an ihn erinnern!«

»Was für einen Milieuwechsel hast du im Auge?«

»Wir nehmen sie mit nach New York.«

»Jetzt im August? Sag mal, weißt du eigentlich, wie New York um diese Jahreszeit ist? Unerträglich!«

»Jedenfalls halten es Millionen aus.«

»Weil sie einfach nirgendwo anders hin können. Müßten sie nicht in New York bleiben, sie täten's bestimmt nicht.«

»Und ganz genau so geht's uns. Auch wir *müssen* nach New York«, war die Antwort. »Gloria hat im letzten Monat fünf Pfund Gewicht verloren, und die Gesundheit meines kleinen Mädchens ist mir wichtiger als deine Bequemlichkeit.«

»Schade nur, daß du daran nicht gedacht hast, als du deinem kleinen Mädchen seinen Robotliebling wegnahmst«, murmelte er – aber nur zu sich selbst.

Glorias Zustand zeigte sofort Zeichen der Besserung, als sie von der bevorstehenden Reise hörte. Sie sprach nicht viel davon, aber tat sie es einmal, so geschah es immer mit deutlich erkennbarer Vorfreude. Sie begann wieder zu lächeln, und auch das Essen schmeckte ihr wieder.

Mrs. Weston fühlt sich geradezu verjüngt vor lauter Freude. Sie ließ keine Gelegenheit vorübergehen, ihrem noch immer recht skeptischen Mann ihren Triumph unter die Nase zu reiben.

»Siehst du, George, sie hilft wie ein kleiner Engel beim Packen, und sie plappert und plappert, als hätte sie nicht den allerkleinsten Kummer. Es ist genau, wie ich dir sagte – wir müssen den Robot nur klar überlegt durch andere Dinge ersetzen, für die sie sich interessiert.«

»Hm«, war die skeptische Antwort, »wollen wir hoffen, daß es so ist.«

Rasch waren die Vorbereitungen getroffen. Die Stadtwohnung wurde geöffnet und für das Landhaus ein Dienerehepaar engagiert, das in der Zwischenzeit diesen Besitz betreuen sollte. Als schließlich der Reisetag kam, war Gloria fast wieder wie früher. Das Wort ›Robbie‹ kam nicht mehr über ihre Lippen.

In froher Laune fuhr die Familie mit einem Taxihelikopter zum Flughafen. Dann bestiegen sie zu dritt die wartende Maschine.

»Komm, Gloria!« rief Mrs. Weston. »Ich habe dir einen Platz am Fenster reserviert, damit du hinaussehen kannst.«

Fröhlich trippelte Gloria den Gang hinunter, preßte dann ihre Nase gegen das klare dicke Glas und schaute mit höchster Spannung hinaus. Erst als die Erde sich in einen Teppich verwandelt hatte, der aus lauter kleinen Flicken zusammengesetzt schien, nahm sie ihre Nase wieder vom Fenster weg und schaute ihre Mutter an.

»Werden wir bald in New York sein, Mama?« fragte sie.

»Ungefähr in einer halben Stunde, mein Liebes.« Und dann mit einer winzigen Spur von Ängstlichkeit: »Bist du nicht froh, daß wir diese Reise machen? Glaubst du nicht, daß du in der großen Stadt mit all den vielen Gebäuden und Leuten und Sehenswürdigkeiten sehr glücklich sein wirst? Jeden Tag werden wir uns die Fernsehvorführungen ansehen und ins Theater gehen und in den Zirkus und an den Strand und ...«

»Ja, Mama!« war Glorias nicht sehr begeisterte Antwort. Und mit einer plötzlichen Miene geheimen Wissens wandte sich das Kind an seine Mutter. »*Ich* weiß genau, warum wir nach New York gehen, Mama.«

»Wirklich?« Mrs. Weston war verblüfft. »Und warum meinst du, mein Kind?«

»Ihr habt's mir nicht gesagt, weil ihr mich überraschen wolltet, aber *ich* weiß, was das Geheimnis ist. Wir gehen nach New York, um Robbie zu finden, nicht wahr? – Mit Detektiven.«

George Weston hörte diese Äußerung, als er gerade damit beschäftigt war, einen Becher Wasser zu trinken. Die Folgen waren verheerend. Zunächst kam aus seiner Kehle ein Geräusch, als würde er ersticken, dann ein Wassergeiser und zum Schluß ein Hustenanfall. Als alles vorüber war, stand er da mit rotem Gesicht und wässernden Augen – ein äußerst betroffener Mensch.

Mrs. Weston freilich bewahrte Haltung. Als aber Gloria ihre Frage mit etwas ängstlicher Stimme wiederholte, sank auch Mrs. Westons Stimmung auf den Nullpunkt. »Vielleicht«, sagte sie kurz. »Nun setz dich hin und halte den Mund!«

New York war im Jahre 1998 A. D. ein Paradies für Vergnügungsreisende – mehr als je zuvor in seiner Geschichte. Glorias Eltern wußten dies und nutzten es weidlich für ihre Zwecke aus.

Es war wirklich so, daß sie sich, als der Monat fast um war, darüber klar wurden, daß sie alles Erdenkliche getan hatten, um Glorias Gedanken ein für allemal von Robbie abzulenken. Ob sie allerdings Erfolg erzielt hatten, dessen waren sie keineswegs sicher.

Bestehen blieb, daß sich Glorias Hauptinteresse – wo immer sie sich auch befand – auf Roboter konzentrierte, wenn solche zufällig zugegen waren.

Die ganze Angelegenheit erreichte schließlich ihren Höhepunkt in jener Episode, die sich im Museum für Industrie und Wissenschaft zutrug. Das Museum hatte ein spezielles Kinderprogramm angekündigt, in dem wissenschaftliche Dinge – zugeschnitten auf den kindlichen Verstand – ausgestellt werden sollten. Die Westons setzten diese Veranstaltung natürlich auf ihre Liste, unter die Rubrik jener Dinge, die man unbedingt anschauen mußte.

Der aufregende Vorgang ereignete sich, als die beiden Westons, völlig in Anspruch genommen, die Leistungen eines mächtigen Elektromagneten beobachteten. Da war plötzlich Gloria verschwunden. Mrs. Westons erster Schreck verwandelte sich schnell in ruhige Entschlossenheit. Mit Hilfe von drei Museumswärtern wurde eine sorgfältige Suchaktion eingeleitet.

Gloria gehörte natürlich nicht zu jenen Kindern, die ziellos umherwandern. Sie war ein für ihr Alter ungewöhnlich sicheres Kind. Im dritten Stock hatte sie ein riesengroßes Schild beobachtet mit der Aufschrift:

›Gehen Sie in dieser Richtung, und Sie kommen zum sprechenden Robot.‹ Nachdem sie die Worte mühsam zusammenbuchstabiert und bemerkt hatte, daß ihre Eltern offenbar nicht geneigt waren, den richtigen Weg einzuschlagen, tat sie selbst das ganz Natürliche. Sie wartete auf einen geeigneten Augenblick elterlicher Ablenkung, entfernte sich dann gelassen und folgte der Richtung, die jenes Schild ihr wies.

Der sprechende Robot war eine völlig unpraktische Maschine,

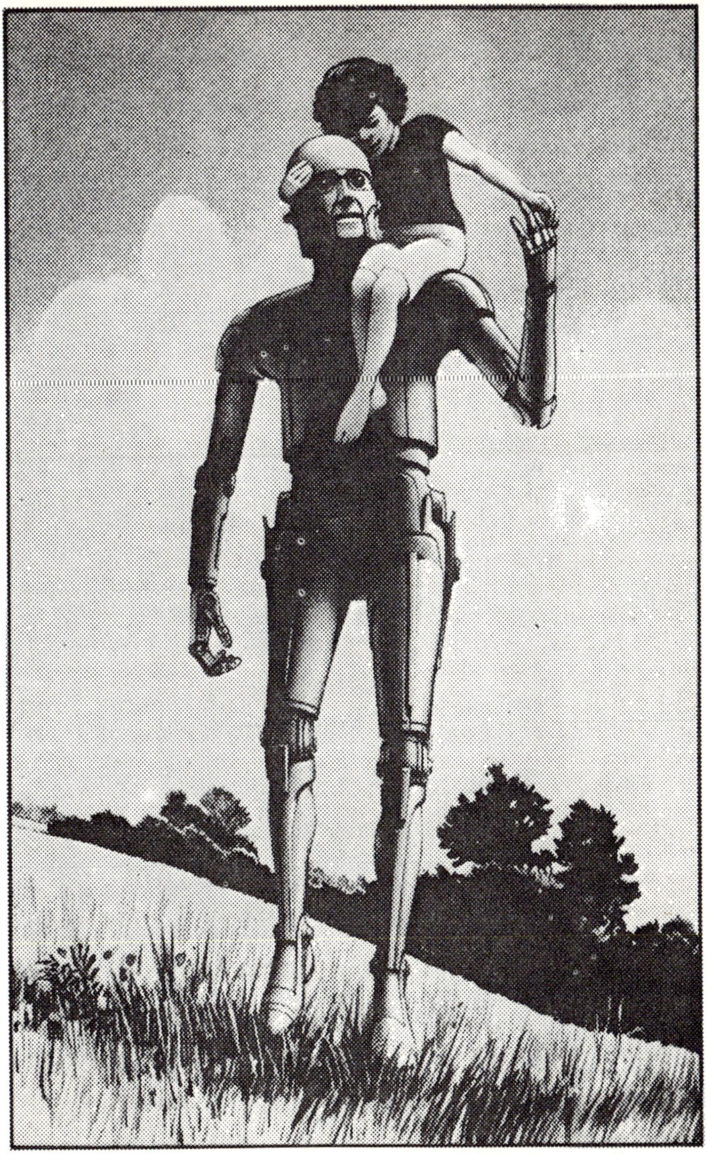

die lediglich Reklamewert besaß. Jede Stunde einmal stand eine Gruppe mit einem Führer vor dem Monstrum und stellte flüsternd Fragen an den Ingenieur, der den Robot bediente. Jene Fragen, die der Mann als für die Leistungen des sprechenden Robots geeignet betrachtete, wurden dann weitergegeben. Es war eine ziemlich langweilige Angelegenheit. Es mochte ganz amüsant sein zu wissen, daß das Quadrat von vierzehn hundertsechsundneunzig war, daß die Temperatur im Augenblick 72 Grad Fahrenheit betrug und der Barometerstand 765 Millimeter, daß das Atomgewicht von Natrium 23 ist, aber schließlich brauchte man für all das keinen Robot, auf keinen Fall eine so schwerfällige, völlig unbewegliche Masse von Drähten und Spulen, die einen Platz von fast fünfundzwanzig Quadratmetern einnahm.

Nur ganz wenige Leute kamen ein zweites Mal. Lediglich ein vielleicht fünfzehnjähriges Mädchen saß ruhig auf der Bank und wartete bereits auf die dritte Vorstellung. Es war völlig allein in jenem Raum, als Gloria eintrat.

Gloria schaute sie nicht an. In diesem Augenblick hatte ein anderes menschliches Wesen für sie überhaupt keine Bedeutung. Sie konzentrierte sich einzig und allein auf jenes ungeheure Ding auf Rädern. Einen Augenblick lang war sie enttäuscht und zögerte. Das Ding sah völlig anders aus als jeder Robot, den sie bisher gesehen hatte.

Vorsichtig und voller Zweifel erhob sie ihre zitternde Stimme: »Bitte, Mr. Robot, lieber Herr – sind Sie der sprechende Robot, lieber Herr?« Ein Robot, der tatsächlich sprach, verdiente ihrer Meinung nach eine ganz besonders höfliche Behandlung.

Nun wurde das Geräusch eines gut geölten Getriebes hörbar. Eine mechanisch klingende Stimme begann zu sprechen. Den Worten fehlten sowohl Akzent als auch Betonung. »Ich – bin – der – sprechende – Robot.«

Gloria starrte ihn traurig an. Er konnte in der Tat sprechen. Der Ton aber kam von irgendwoher aus seinem Inneren. Der Robot besaß kein Gesicht, an das man sich wenden konnte. Sie sagte: »Können Sie mir helfen, Herr Robot?«

Der sprechende Robot war so konstruiert, daß er antworten konnte, und bisher waren ihm nur Fragen gestellt worden, die er zu beantworten vermochte. So war er seinen Fähigkeiten ziemlich sicher. »Ich – kann – dir – helfen.«

»Danke schön, lieber Herr Robot. Haben Sie Robbie gesehen?«

»Wer – ist – Robbie?«

»Er ist ein Robot, lieber Herr.« Sie stellte sich auf die Zehenspitzen. »Er ist ungefähr so groß, lieber Herr Robot, und er ist sehr lieb. Er hat einen Kopf, müssen Sie wissen. Ich meine, Sie haben keinen, aber er *hat* einen, lieber Herr Robot.«

Der sprechende Robot war nicht ganz mitgekommen. »Ein – Robot?«

»Ja, lieber Herr. Ein Robot genau wie Sie, nur daß er natürlich nicht sprechen kann – und daß er wie ein – wie ein richtiger Mensch aussieht.«

»Ein – Robot – wie – ich – einer – bin?«

»Ja, lieber Herr Robot.«

Die Antwort des Robots hierauf war nichts als ein Geratter. Die radikale Verallgemeinerung, die das Kind anstellte, indem es ihn nicht als ein Einzelwesen, sondern als Mitglied einer ganzen Gruppe betrachtete, war zuviel für ihn. Treulich versuchte der Robot, die neue Auffassung sozusagen innerlich zu verdauen, wobei ein paar Spulen ausbrannten. Kleine Warnsignale summten.

(In diesem Augenblick verließ das halbwüchsige Mädchen den Raum. Sie hatte genügend Material für ihre Physikaufgabe, die lautete: ›Die praktische Seite der robotischen Wissenschaft.‹ Es war die erste derartige Arbeit Susan Calvins, und dieser ersten Arbeit sollten noch viele weitere folgen, die den gleichen Gegenstand betrafen.)

Mit vorsichtig verheimlichter Ungeduld stand Gloria auf die Antwort wartend da, als sie den Ausruf: »Da ist sie ja!« hinter sich hörte und die Stimme als die ihrer Mutter erkannte.

»Was tust du denn hier, du böses Kind?« rief Mrs. Weston, deren Angst sich nun in Ärger verwandelte. »Weißt du denn, daß du deine Eltern fast zu Tode geängstigt hast? Warum bist du weggelaufen?«

Auch der Robot-Ingenieur war hereingestürzt. Er raufte sich die Haare. Wütend fragte er die größer werdende Menge, wer an der Maschine herumgespielt habe. »Kann niemand lesen, was hier ganz deutlich steht?« schrie er. »Niemand darf diesen Raum betreten, ohne daß ein Wärter dabei ist.«

Glorias traurige Stimme war lauter als der ganze Lärm. »Ich bin nur hierhergekommen, um den sprechenden Robot zu sehen,

Mama. Ich dachte, er wüßte vielleicht, wo Robbie ist, da sie doch beide Roboter sind.« Und dann, bei dem Gedanken an Robbie, brach sie plötzlich in Tränen aus. »Und ich muß doch Robbie finden, Mama. Ich muß einfach.«

Mrs. Weston unterdrückte einen Schrei und sagte: »Ach, hör auf, du! Komm, gehen wir nach Hause, George! Ich kann das nicht länger ertragen.«

An diesem Abend verließ George Weston das Hotel für mehrere Stunden. Am nächsten Morgen näherte er sich seiner Frau mit einem Ausdruck, der verdächtig nach Selbstzufriedenheit aussah.

»Ich habe eine Idee, Grace. Bezüglich Gloria.«

»Du schlägst doch hoffentlich nicht vor, daß wir jenen Robot zurückkaufen?«

»Nein, natürlich nicht.«

»Dann schieß los! Ich kann ja mal hören, was du zu sagen hast.«

»Schön. Ich habe mir folgendes gedacht. Die Schwierigkeit mit Gloria liegt darin, daß sie glaubt, ein Robot sei eine *Person* und nicht eine *Maschine*. Unter diesen Umständen kann sie ihn natürlich nicht vergessen. Wenn wir sie nun davon überzeugen könnten, daß ihr Robbie nichts anderes war als ein Sammelsurium von Stahl- und Kupferblech und Drähten und Elektrizität als Lebenssaft – wie lange, glaubst du dann, würde sie sich noch nach ihm sehnen? Ich möchte das gerne einmal von der psychologischen Seite her angreifen, wenn du verstehst, was ich meine.«

»Und wie willst du vorgehen?«

»Ganz einfach. Wo, glaubst du, bin ich gestern abend gewesen? Ich überredete Robertson von der U. S. Robots, für morgen einen kompletten Rundgang durch sein Werk zu arrangieren. Wir drei werden hingehen, und wenn wir mit dieser Besichtigung fertig sind, wird Gloria endlich einsehen, daß ein Robot gar nichts Lebendiges ist.«

Langsam wurden Mrs. Westons Augen immer größer, und etwas wie Bewunderung tauchte in ihren Zügen auf. »Mein Gott, George, das ist wirklich mal ein guter Einfall.«

Und George Westons Westenknöpfe sprangen fast ab, als er sich stolz in die Brust warf. »Ist gar nichts Besonderes. Derartige Ideen habe ich am laufenden Band.«

Mr. Struthers war ein gewissenhafter Generaldirektor und neigte natürlich dazu, ein wenig gesprächig zu sein. Das Resultat war ein Rundgang, bei dem es bei jedem Schritt Erklärungen nur so hagelte. Dennoch langweilte Mrs. Weston sich nicht. Im Gegenteil, sie unterbrach Mr. Struthers ab und zu, um ihn zu bitten, seine Erklärungen so zu fassen, daß auch Gloria sie verstehen konnte. Als der Generaldirektor merkte, wie sehr man seine erzählerischen Fähigkeiten schätze, wurde der gute Mann noch weitschweifiger.

George Weston legte eine ständig wachsende Unruhe an den Tag.

»Entschuldigen Sie, Struthers«, sagte er, während er dessen Vorlesung über die fotoelektrische Zelle unterbrach, »haben Sie in Ihrer Fabrik nicht eine Abteilung, wo nur Roboter als Arbeiter verwendet werden?«

»Wie? Aber natürlich. Selbstverständlich.« Er lächelte Mrs. Weston zu. »Wollen Sie mir bitte folgen!«

Er war verhältnismäßig still, während er die drei durch einen langen Korridor und dann ein paar Treppen hinunterführte. Als sie dann in einem großen, gut beleuchteten Saal standen, der voll metallischer Geräusche war, öffneten sich von neuem die Schleusen seiner Beredsamkeit, und wieder wurden die Westons mit Erklärungen überschwemmt.

»Hier sind wir, ja«, sagte er mit stolzer Stimme. »Ausschließlich Roboter. Fünf Männer fungieren als Aufseher, und selbst diese befinden sich nicht hier in diesem Raum. In vollen fünf Jahren – das heißt also, seitdem wir diese Arbeit begonnen haben – hat sich nicht ein einziger Unglücksfall ereignet. Natürlich sind die hier zusammengesetzten Roboter verhältnismäßig einfach, aber . . .«

Die Stimme des Generaldirektors hatte in Glorias Ohren schon lange den Ton sanften Gemurmels angenommen. Ihr schien der ganze Ausflug ziemlich langweilig und sinnlos, obwohl sie doch tatsächlich eine ganze Anzahl von Robotern zu Gesicht bekam. Nicht ein einziger glich Robbie auch nur im entferntesten. Für diese Maschinen empfand sie nichts als Verachtung. Sie bemerkte, daß sich in dem Raum überhaupt keine Menschen befanden. Dann fielen ihre Blick auf sechs oder sieben Roboter, die halbwegs auf der anderen Seite des Saales eifrig an einem runden Tisch arbeiteten. Ihre Augen weiteten sich in ungläubigem Erstaunen. Es war ein großer Raum, in dem sie standen. Sie konnte sich natürlich täuschen, aber einer der Roboter sah aus wie – sah aus wie – *nein, er war es!*

»Robbie!« Ihr Schrei zerriß die Luft, und einer der Roboter, die am Tisch saßen, zuckte zusammen und ließ das Werkzeug, das er gerade in der Hand hielt, fallen. Gloria wurde fast wahnsinnig vor Freude. Sie zwängte sich durch das Gitter, noch ehe ihre Eltern sie daran hindern konnten, und rannte mit ausgebreiteten Armen und fliegenden Haaren zu ihrem Robbie.

Und die drei entsetzten Erwachsenen sahen noch etwas anderes, was das aufgeregte Kind nicht sehen konnte. Ein ungeheuer schwerfälliger Traktor näherte sich auf seiner vorgeschriebenen Bahn dem kleinen Mädchen.

Mr. Struthers gab den Aufsehern wilde Signale, daß sie den Traktor anhalten sollten ... aber die Aufseher waren auch nur Menschen, und sie brauchten Zeit, um zu handeln.

Nur Robbie handelte sofort und mit Präzision.

Auf seinen metallenen Beinen durchmaß er in höchster Geschwindigkeit die Entfernung zu seiner kleinen Herrin. Alles geschah fast gleichzeitig. Mit einer einzigen Bewegung seines Armes hob Robbie Gloria in die Höhe, ohne daß er die Schnelligkeit seiner Beine auch nur um das mindeste verringerte.

Natürlich ging dem Kind dadurch der Atem aus. Weston, der nicht ganz verstand, was sich eigentlich ereignete, fühlte mehr, als er sah, wie Robbie an ihm vorüberraste. Dann hielt der Robot plötzlich an. Noch keine halbe Sekunde nachdem Robbie das Kind vom Boden aufgenommen hatte, passierte der Traktor die Stelle, wo es gestanden hatte. Er rollte noch drei Meter weiter und blieb dann knirschend stehen.

Gloria konnte wieder atmen. Geduldig ließ sie eine Reihe von elterlichen Küssen über sich ergehen und wandte sich dann Robbie zu. Was sie selbst betraf, war überhaupt nichts geschehen, außer daß sie ihren Freund wiedergefunden hatte.

Mrs. Westons Gesichtsausdruck aber hatte sich gewandelt. Nun sah sie nicht mehr erleichtert aus, sondern so, als schiene ihr das alles sehr verdächtig. Sie wandte sich ihrem Mann zu.

»Dies alles hast du doch eingefädelt, oder etwa nicht?«

George Weston trocknete sich die feuchte Stirn mit dem Taschentuch. Seine Hände waren unsicher, und seine Lippen konnten sich nur zu einem etwas zittrigen und schwachen Lächeln verziehen.

Mrs. Weston gab aber ihren Gedanken nicht auf. »Robbie war gar nicht so konstruiert, daß er Ingenieurarbeiten verrichten konnte. Er war hier in diesem Raum völlig nutzlos. Du hast ihn einfach hier hereinsetzen lassen, daß Gloria ihn finden konnte. Du wirst ja wohl zugeben, daß du es getan hast.«

»Schön, also, ich geb's zu«, sagte Weston. »Wie aber, Grace, konnte ich ahnen, daß die Wiedervereinigung sich in so heftigen Formen abspielen würde? Und Robbie hat ihr das Leben gerettet. Dagegen kannst du nichts sagen. Nun *kannst* du ihn einfach nicht mehr wegschicken.«

Grace Weston wandte sich Gloria und Robbie zu und beobachtete die beiden eine gute Weile. Gloria hatte den Arm um den Hals des Robots gelegt, und zwar in einer Art, die jedes lebende, nicht aus Metall gebaute Wesen erstickt haben würde. Halb hysterisch vor Freude plapperte sie lauter dummes Zeug vor sich hin. Robbies Arme aus verchromten Stahl lagen zärtlich und liebevoll um das Kind, und seine Augen leuchteten in tiefem Rot.

»Na, es ist nicht mehr zu ändern«, sagte Mrs. Weston schließlich, »mag er bei uns bleiben, bis er rostet!«

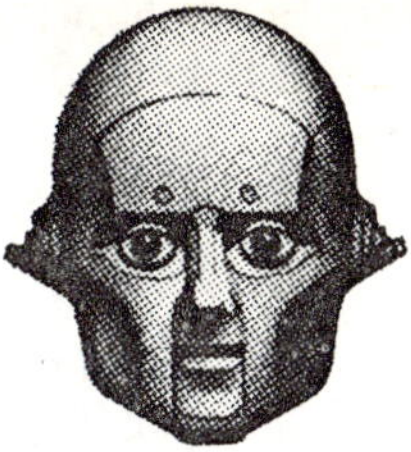

VERNUNFT

Ein halbes Jahr später hatten die beiden Männer ihre Auffassung geändert. Die Flammen einer gigantischen Sonne waren der samtenen Schwärze des Raumes gewichen. Aber äußere Veränderungen sind nicht von maßgebender Bedeutung, wenn es sich darum handelt, die Tätigkeit von Robotern zu kontrollieren, die sich noch im experimentellen Stadium befinden. Was auch immer der Hintergrund sein mag, man steht der Unerforschlichkeit eines positronischen Gehirns unmittelbar gegenüber, und die unfehlbaren Rechenkünstler sagen, daß dieses Gehirn so und so arbeiten *soll*.

Nur, daß diese Roboter das einfach nicht tun. Powell und Donovan fanden das heraus, noch ehe sie sich volle zwei Wochen auf der Station befanden.

Gregory Powell machte eine Pause zwischen jedem seiner Worte, um ihnen so mehr Nachdruck zu verleihen. »Vor einer Woche haben Donovan und ich dich zusammengesetzt.« Er runzelte die Brauen vor Verzweiflung und zupfte an den Enden seines braunen Schnurrbarts.

Bis auf das sanfte Surren des Leitstrahlsenders irgendwo im Innern der Station war es im Verwaltungsraum der Solar-Station 5 vollkommen still.

Robot QT1 saß unbeweglich da. Die polierten Platten seines Körpers schimmerten, und das glühende Rot der fotoelektrischen Zellen seiner Augen war ständig auf den Menschen gerichtet, der ihm am Tisch gegenübersaß.

Powell unterdrückte ein plötzliches Aufbegehren seiner Nerven.

Die Robots besaßen eigenartige Gehirne. Oh, es war keine Frage, daß die drei Grundgesetze der Robotik funktionierten. Sie mußten ja funktionieren. Das gesamte Personal der U. S. Robots bestand darauf. Daher war auch dieser QT1 absolut sicher. Und dennoch. Die QT-Modelle waren die ersten ihrer Art, und dieses war der erste QT.

Endlich sprach der Robot. Seine Stimme besaß den kalten Klang metallener Membranen. »Ist Ihnen der Ernst einer solchen Behauptung klar, Powell?«

»*Etwas* hat dich doch produziert, Cutie«, setzte Powell auseinander. »Du gibst doch selber zu, daß es dir scheint, als komme dein Gedächtnis voll ausgewachsen aus einem Nichts und als wäre das alles nicht älter als eine Woche. Ich gebe dir nun die Erklärung, warum das so ist. Donovan und ich haben dich aus den verschiedenen Bestandteilen, die man uns geliefert hat, zusammengesetzt.«

Cutie starrte in einer eigenartig menschlichen Verwirrung auf seine langen beweglichen Finger. »Es kommt mir vor, als müßte ich eine befriedigendere Erklärung für all das geben. Daß *Sie mich* hergestellt haben sollen, scheint reichlich unglaubhaft.«

Der Mann lachte laut auf. »Zum Donnerwetter! Warum denn nur?«

»Nennen Sie es Intuition! Bis jetzt habe ich keine anderen Gründe. Ich beabsichtige aber, mir die ganze Sache mit Hilfe meiner Vernunft klarzumachen.«

Powell stand auf und setzte sich auf den Rand des Tisches neben den Robot. Er empfand plötzlich eine starke Sympathie für diese eigenartige Maschine. Sie besaß kaum noch eine Ähnlichkeit mit einem gewöhnlichen Robot, wie sie sich ihrer sehr speziellen Aufgabe innerhalb der Station mit der Intensität einer tiefeingegrabenen positronischen Gehirnbahn widmete. Er legte eine Hand auf Cuties Stahlschulter.

»Cutie«, sagte er, »ich will versuchen, dir einiges zu erklären. Du bist der erste Robot, der Neugierde in bezug auf seine eigene Existenz an den Tag gelegt hat – und ich glaube, du bist auch der erste, der intelligent genug ist, um die äußere Welt zu verstehen. Komm mal mit!«

Der Robot richtete sich rasch und elastisch auf. Seine mit dickem Schwammgummi bedeckten Sohlen verursachten keinerlei Geräusch, als er Powell folgte. Der Mann drückte auf einen Knopf, und ein quadratisches Stück der Wand glitt zur Seite. Durch das dicke klare Glas konnte man den sternenbedeckten Raum sehen.

»Ich habe das bereits durch die Bullaugen des Maschinenraums gesehen«, sagte Cutie.

»Ich weiß«, sagte Powell. »Aber was denkst du, was es ist?«

»Genau das, was es scheint – ein Stück schwarzen Stoffes unmittelbar außerhalb dieser Glaswand. Auf dem Stoff befinden sich kleine leuchtende Punkte. Ich weiß auch, daß unser Direktor Strahlen zu einigen dieser Punkte sendet, und zwar immer zu den gleichen. Ich weiß, daß diese Punkte sich bewegen und daß die Strahlen mit ihnen wandern. Das ist alles.«

»Schön. Jetzt möchte ich einmal, daß du genau aufpaßt. Diese Schwärze ist Leere – eine ungeheure Leere, die sich bis in die Unendlichkeit erstreckt. Die kleinen leuchtenden Punkte sind ungeheure Ansammlungen energiegeladener Materie. Sie sind Kugeln, manche von ihnen mit einem Durchmesser von vielen Millionen Kilometern. Im Vergleich damit mußt du wissen, daß diese Raumstation hier nur einen Durchmesser von 1,7 Kilometern besitzt. Die Punkte scheinen so winzig, weil sie unfaßbar weit entfernt sind.

Die Punkte, auf die wir unsere Energiestrahlen richten, sind kleiner und bedeutend näher. Sie sind kalt und hart, und menschliche Wesen, so wie ich selber eines bin, bevölkern ihre Oberfläche – und zwar viele Milliarden menschlicher Wesen. Von einer dieser Welten kommen Donovan und ich. Unsere Strahlen versorgen diese Welten mit Kraft, die wir von einer dieser leuchtenden Kugeln, die zufällig in unserer Nähe ist, abzapfen. Diese Kugel nennen wir die Sonne, und sie befindet sich auf der anderen Seite der Station, wo du sie nicht sehen kannst.« Cutie blieb bewegungslos vor dem Bullauge stehen. »Und von welchem bestimmten Lichtpunkt behaupten Sie zu kommen?« fragte er.

Powell suchte. »Dort ist er. Der sehr helle da in der Ecke. Wir nennen ihn Erde.« Er lachte. »Unsere gute alte Erde. Drei Milliarden Menschen leben dort, Cutie, und in etwa zwei Wochen werde auch ich wieder unter ihnen sein.«

Und dann begann Cutie verblüffenderweise zu summen. Es war keine richtige Melodie, sondern eine willkürliche Tonfolge, die im Klang an gezupfte Gitarrensaiten erinnerte. Das Intermezzo brach genauso abrupt ab, wie es begonnen hatte.

»Und woher komme ich, Powell? Meine Existenz haben Sie noch nicht erklärt.«

»Alles übrige ist einfach. Am Anfang, als man diese Stationen errichtete, und zwar mit dem Zweck, die Planeten mit Sonnenenergie zu versorgen, da wurden sie von Menschen geleitet. Die Hitze aber, die harten Sonnenstrahlen und die Elektronenstürme machten diese Posten äußerst unbequem und schwierig. So entwickelte man Roboter, damit diese die Arbeit anstelle der Menschen besorgen, und jetzt werden lediglich noch zwei menschliche Leiter für jede dieser Stationen benötigt. Wir sind mit dem Versuch beschäftigt, auch diese noch zu ersetzen, und nun kommt das, was dich betrifft. Du bist der höchste Robottyp, der jemals entwickelt wurde, und wenn du, wie wir erwarten, die Fähigkeit zeigst, diese Station völlig unabhängig zu leiten, dann braucht künftig kein menschliches Wesen mehr hierherzukommen, außer um Ersatzteile zu bringen und Reparaturen vorzunehmen.«

Er hob seine Hand, und der metallene Vorhang schloß sich wieder. Powell ging zum Tisch zurück und begann, mit dem Ärmel einen Apfel zu polieren, ehe er hineinbiß.

Die rotleuchtenden Augen des Robots ließen ihn nicht los. »Erwarten Sie tatsächlich«, sagte Cutie langsam, »daß ich eine so komplizierte und völlig unwahrscheinliche Hypothese glauben werde? Wofür halten Sie mich eigentlich?«

Powell verschluckte sich und wurde puterrot. »Was ich dir dargestellt habe, war keine Hypothese. Nackte Tatsachen habe ich dir beschrieben.«

Cuties Stimme besaß einen grimmigen Klang. »Energiegeladene Kugeln mit einem Durchmesser von Millionen von Kilometern! Welten, bewohnt von drei Milliarden menschlicher Wesen. Unendliche Leere. Tut mir leid, Powell, aber ich glaub's nicht. Ich werde das alles schon selber ergründen. Leben Sie wohl!«

Er wandte sich um und stelzte aus dem Raum. Auf der Schwelle traf er mit Michael Donovan zusammen, den er mit steifem Kopfnicken grüßte. Dann ging er den Gang hinunter, ohne den erstaunten Blick zu bemerkten, der ihm folgte.

Mike Donovan raufte sich seine roten Haare und warf einen verärgerten Blick auf Powell. »Worüber hat denn dieser wandelnde Abfallhaufen gesprochen? *Was* glaubt er nicht?«

Der andere zupfte trübsinnig an seinem Schnurrbart. »Er glaubt

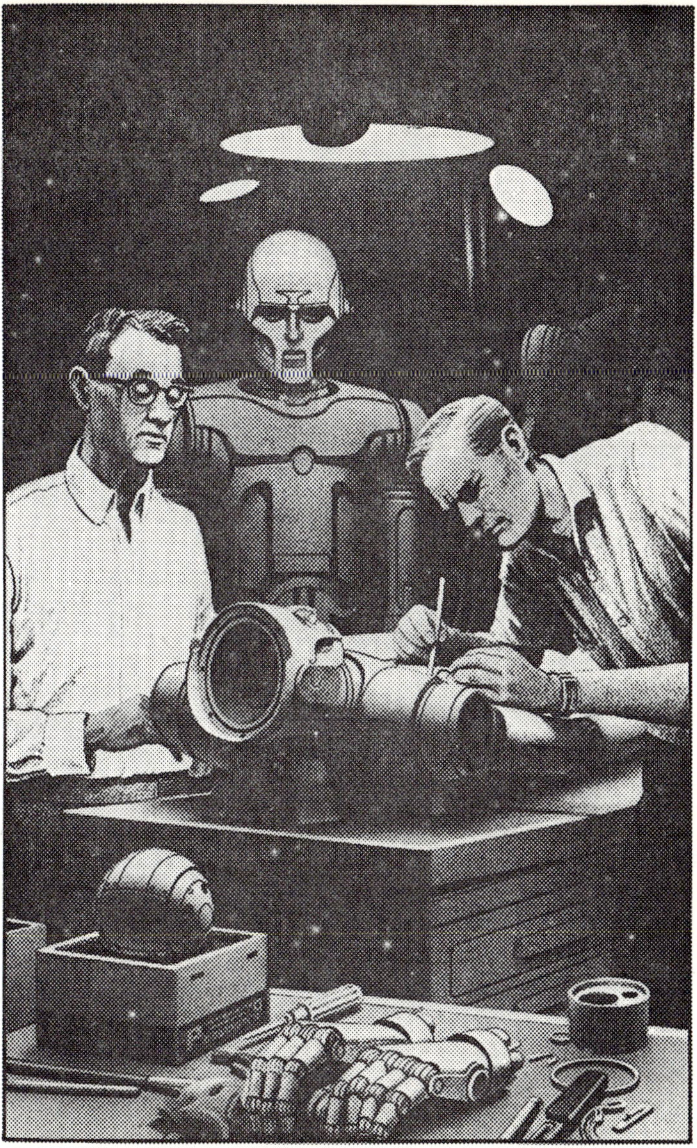

nicht daran, daß wir ihn gemacht haben, auch nicht, daß die Erde existiert und der Raum und die Sterne.«

»Verdammt, wir haben einen wahnsinnigen Robot im Hause!«

»Er sagt, er will alles selbst herausbekommen.«

»Also gut«, meinte Donovan freundlich. Dann in plötzlicher Wut: »Hör mal! Wenn dieses metallene Ungetüm mir gegenüber ein freches Maul riskiert – schlag' ich ihm seinen Chromschädel vom Rumpf!«

Er setzte sich mit einem Ruck nieder und zog einen Kriminalschmöker aus der inneren Rocktasche. »Dieser Robot macht mir geradezu eine Gänsehaut – so was von Neugier ist ja schauerlich!«

Mike Donovan hockte hinter einem riesigen Sandwich mit Salat und Tomaten, als Cutie leise klopfte und eintrat.

»Ist Powell hier?«

Donovans Stimme klang gedämpft. »Er sammelt Daten über elektronische Stromfunktionen. Es scheint, ein Elektronensturm zieht herauf.«

Noch während er sprach, trat Gregory Powell in den Raum.

»Das Zeta-Potential baut sich auf... aber nur langsam. Trotzdem sind die Stromfunktionen unregelmäßig, und ich weiß nicht, was wir zu erwarten haben. Ach, hallo, Cutie! Ich dachte, du wärst damit beschäftigt, die Installation des neuen Triebwerkes zu überwachen.«

»Ist schon fertig«, sagte der Robot gelassen, »und ich bin gekommen, um mit Ihnen ein kleines Gespräch zu führen.«

»Oh«, rief Powell, dem das alles höchst unbequem war. »Na, setz dich nur. Nein, nicht auf den Stuhl da. Eines seiner Beine sitzt nicht mehr ganz fest, und du bist ja nicht gerade ein Leichtgewicht.«

Der Robot tat, wie ihm befohlen war, und sagte freundlich: »Ich bin zu einem Entschluß gekommen.«

»Fahr fort, Cutie! Wir sind beide ganz Ohr.«

»Ich habe die letzten beiden Tage in konzentrierter Selbstbeobachtung verbracht«, sagte Cutie. »Die Resultate sind äußerst interessant. Ich begann mit der einzigen sicheren Annahme, die mir zur Verfügung stand. Ich selbst existiere, weil ich denke...«

Powell stöhnte. »Schau einer an, ein Robot-Descartes!«

»Wer ist Descartes?« wollte Donovan wissen. »Hör mal, müssen wir wirklich diesem stählernen Idioten ...«

»Sei still, Mike!«

Cutie fuhr unbeirrt fort: »Die Frage, die sich sofort stellte, war: Was ist eigentlich die Ursache meiner Existenz?«

Powells Kiefer sank herab. »Du bist ein Narr. Ich habe dir doch schon gesagt, daß wir dich gemacht haben.«

»Und wenn du es nicht glaubst«, fügte Donovan hinzu, »so werden wir dich mit großer Freude einfach wieder auseinandernehmen.«

Der Robot spreizte voller Verachtung seine starken Hände. »Ich denke nicht daran, auch nur das geringste einfach Ihrer Autorität wegen zu akzeptieren. Eine Hypothese muß mit Vernunftgründen aufrechterhalten werden, sonst ist sie vollkommen wertlos. Es widerspricht aber allem logischen Denken, daß Sie mich geschaffen haben sollen.«

Powell ließ seine Hand besänftigend auf Donovans plötzlich geballte Faust fallen. »Und warum sagst du das?«

Cutie lachte. Es war ein sehr unmenschliches Lachen – der wohl maschinenmäßigste Gefühlsausdruck, den er sich bisher geleistet hatte. Das Lachen war scharf und explosiv, so regelmäßig wie ein Metronom und ebenso unbeirrbar.

»Schauen Sie sich doch einmal selber an!« sagte er. »Ich sage dies keineswegs in verächtlichem Sinn, aber schauen Sie sich doch nur selber an! Das Material, aus dem Sie hergestellt sind, ist weich und schlaff. Ihm fehlt alle Dauerhaftigkeit und Stärke. Periodisch versinken Sie in ein Koma, und die kleinste Schwankung von Temperatur, Luftdruck, Feuchtigkeit oder Strahlungsintensität vermindert Ihre Leistungsfähigkeit. Sie sind ein lächerlicher Notbehelf. Ich aber bin ein vollendetes, ein fertiges Produkt. Ich absorbiere ganz unmittelbar elektrische Energie und verbrauche sie mit einem Wirkungsgrad von nahezu hundert Prozent. Ich bin aus starkem Metall zusammengesetzt, bin ständig bei Bewußtsein und kann mühelos jeden extremen Wechsel aller Umgebung ertragen. Dies sind Tatsachen, die zusammen mit der selbstverständlichen Voraussetzung, daß kein Wesen von sich aus ein anderes schaffen kann, das ihm selbst überlegen ist, Ihre dumme Hypothese in tausend Stücke reißen.«

Donovan sprang auf und schrie: »Wenn wir dich nicht gemacht haben, wer hat es denn getan?«

Cutie nickte ernst. »Ausgezeichnet, Donovan! Das war in der Tat die nächste Frage. Offensichtlich muß mein Schöpfer mächtiger sein, als ich es selber bin, und so bot sich am Ende nur eine Möglichkeit.«

Donovan blickte verständnislos, während Cutie fortfuhr: »Welches ist der Mittelpunkt aller Tätigkeit hier in der Station? Wem dienen wir alle? Was nimmt unsere ganze Aufmerksamkeit in Anspruch?« Er schaute sich erwartungsvoll um.

Donovan starrte seinen Kameraden verwundert an. »Ich wette, dieser blecherne Halbidiot spricht vom Kraftumformer selber.«

»Stimmt das, Cutie?« grinste Powell.

»Ich spreche vom Meister«, kam kalt und scharf die Antwort. Und das war das Signal für den Ausbruch eines brüllenden Gelächters Donovans. Selbst Powell konnte sich eines Kicherns nicht erwehren.

Cutie war aufgestanden. Seine leuchtenden Augen wanderten von einem Erdenmenschen zum anderen. »Es ist dennoch so, und ich bin gar nicht erstaunt, daß Sie sich weigern, mir zu glauben. Ich bin sicher, daß Sie zwei nicht lange hier bleiben werden. Powell hat es selbst schon gesagt, daß anfangs nur Menschen dem Meister dienten, daß dann für die Routinearbeit Roboter folgten; und schließlich nun ich selber für den leitenden Dienst. Diese Tatsachen sind zweifellos alle richtig, aber Ihre Erklärung war völlig unlogisch. Wollen Sie die Wahrheit wissen, die hinter allem steht?«

»Schieß los, Cutie! Du machst mir Spaß.«

»Der Meister hat zunächst menschliche Wesen als den untersten Typus geschaffen. Sie waren am leichtesten herzustellen. Nach und nach hat er sie durch Roboter ersetzt. Das war der nächsthöhere Schritt. Schließlich hat er mich geschaffen, um den Platz der letzten menschlichen Wesen einzunehmen. Von jetzt an diene ich dem Meister.«

»Nichts dergleichen wirst du tun«, sagte Powell scharf. »Du wirst unsere Befehle ausführen und den Mund halten, bis wir sicher sind, daß du den Umformer bedienen kannst. Versteht du das? Den Umformer – nicht den Meister. Genügst du uns nicht, dann wirst du auseinandergenommen. Und jetzt kannst du – wenn du sonst nichts einzuwenden hast – gehen. Und nimm diese Schriftstücke hier mit, und lege sie gefälligst richtig ab!«

Cutie nahm die Blätter und verließ den Raum ohne ein weiteres Wort.

Donovan lehnte sich heftig in seinem Stuhl zurück. »Mit diesem Robot werden wir noch Schwierigkeiten haben. Er ist total verrückt.«

Das schläfrige Summen des Umformers war im Kontrollraum lauter vernehmbar. Diesem Geräusch beigemischt war das tickende Geräusch der Geigerzähler und das unregelmäßige Summen von einem halben Dutzend kleiner Signalrelais.

Donovan wandte seine Augen vom Teleskop ab und schaltete das Licht an. »Der Strahl von Station vier hat Mars genau planmäßig erreicht. Wir können den unseren abschalten.«

Powell nickte geistesabwesend. »Cutie ist drunten im Maschinenraum. Ich werde ihm das Signal geben, und er kann's tun. Schau mal, Mike, was hältst du wohl von diesen Zahlen hier?«

Der andere warf einen kurzen Blick darauf und pfiff durch die Zähne. »Mensch, das nenne ich Gammastrahlenintensität! Die gute Sonne scheint der Hafer zu stechen.«

»Ja«, kam die beklommene Antwort. »Ich hoffe, du bist dir klar darüber, daß wir in einer höchst miserablen Position stecken, wenn es zu einem Elektronensturm kommt. Unser Erdstrahl befindet sich genau in seinem wahrscheinlichen Weg.« Er schob seinen Stuhl vom Tisch weg. »Blödsinn. Wenn er nur nicht losbrechen würde, ehe die Ablösung kommt. Das dauert aber noch volle zehn Tage. Hör mal, Mike, lauf doch hinunter und behalte Cutie im Auge!«

»Meinetwegen.« Damit machte er sich auf den Weg zum Aufzug.

Geräuschlos glitt er in die Tiefe. Die Tür des Lifts öffnete sich auf einen schmalen Steg hoch oben in dem ungeheuer großen Maschinenraum. Donovan lehnte sich über das Geländer und schaute hinunter. Die großen Generatoren waren in Betrieb, und von den L-Röhren kam das leise Summen, das die ganze Station durchdrang.

Deutlich konnte er bei der Marsröhre die gewaltige leuchtende Gestalt Cuties erkennen, der aufmerksam die Robotergruppe beobachtete, die im Gleichtakt arbeitete.

Dann spannten sich plötzlich alle Muskeln in Donovans Körper. Die Roboter, die neben der L-Röhre winzig klein erschienen, stellten sich vor ihr auf. Ihre Köpfe waren gesenkt, und langsam schritt Cutie vor ihrer Reihe auf und ab. Fünfzehn Sekunden vergingen, und dann fielen sie mit einem Lärm, der bedeutend lauter war als das Summen und Sausen, auf ihre Knie.

Donovan stöhnte auf, raste die schmale Treppe hinunter und auf die Gruppe zu. Mit geballten Fäusten fuchtelte er wütend in der Luft herum.

»Los! an die Arbeit! Wenn ihr diese L-Röhre nicht auseinandergenommen, gereinigt und wieder zusammengesetzt habt, ehe der Tag um ist, werde ich eure Gehirne mit Wechselstrom zum Platzen bringen.«

Nicht ein einziger Robot rührte sich. »Aufstehen!« brüllte er.

Langsam gehorchte Cutie. Seine fotoelektrischen Augen waren vorwurfsvoll auf den Erdenmenschen gerichtet.

»Es gibt keinen Meister außer dem Meister«, sagte er, »und QT1 ist sein Prophet.«

»Was?« Donovan spürte, daß zwanzig Paare mechanischer Augen auf ihn gerichtet waren, und hörte, wie zwanzig harttönende Stimmen feierlich deklamierten: »Es gibt keinen Meister außer dem Meister, und QT1 ist sein Prophet.«

»Es tut mir leid«, bemerkte Cutie in diesem Augenblick, »daß meine Freunde jetzt einem Höheren gehorchen als Ihnen.«

»So sehen sie gerade aus. Mach, daß du hier herauskommst! Mit dir rechne ich nachher ab. Mit diesen lebenden Puppen aber tue ich es jetzt sofort.«

Langsam schüttelte Cutie seinen schweren Kopf. »Es tut mir leid, aber Sie begreifen immer noch nicht. Dies hier sind Roboter – was bedeutet, daß sie vernunftbegabte Wesen sind. Sie erkennen jetzt den Meister, nachdem ich ihnen die Wahrheit gepredigt habe. Alle Roboter tun es. Sie nennen mich ihren Propheten.«

Donovan fand seine Stimme wieder. »Es gibt keinen Meister und keinen Propheten und gar keine Frage, wer hier befiehlt. Verstanden?« Seine Stimme wurde zum Gebrüll. »Jetzt mach, daß du rauskommst!«

»Ich gehorche nur dem Meister.«

»Den Meister soll der Teufel holen.« Donovan spuckte auf die Röhre. »Das hier für den *Meister*. Tu, was ich dir sage!«

Cutie sagte nichts, noch sagte irgendein anderer Robot etwas, aber Donovan spürte, wie sich plötzlich die Spannung im Raum verschärfte. Das Rot der kalten, starren Augen vertiefte sich, und Cutie schien steifer denn je.

»Gotteslästerung«, flüsterte er mit einer Stimme, die vor innerer Bewegung metallen klang.

Donovan hatte zum erstenmal ein Gefühl der Angst.

»Es tut mir leid, Donovan«, sagte der Robot, »aber Sie können nach dem, was Sie soeben getan haben, nicht länger hier bleiben. Von jetzt ab ist für Sie und Powell der Kontroll- und Maschinenraum gesperrt.«

Er machte eine leichte Geste mit der Hand, und im nächsten Augenblick hatten zwei Roboter bereits Donovans Arme an seine Seiten gepreßt.

Donovan hatte Zeit für einen einzigen erschreckten Atemzug, während er spürte, wie er in die Höhe gehoben und mit einer Geschwindigkeit, die schneller war als Galopp, die Treppe hinaufgetragen wurde.

Gregory Powell raste im Verwaltungsbüro auf und ab. Er hatte die Fäuste fest geballt. Sein entrüsteter Blick wanderte immer wieder zu der geschlossenen Tür und mit Bitterkeit zu Donovan.

»Warum, zum Kuckuck, mußtest du auch auf die L-Röhre spucken?«

Mike Donovan, der tief versunken in einem Sessel hockte, ließ die Hände heftig auf die Lehnen sausen.

»Was hast du denn erwartet, daß ich mit diesen elektrifizierten Vogelscheuchen tun würde? Ich habe keine Lust, vor irgendeinem Automaten, den ich selbst gebaut habe, im Staub zu liegen.«

»Nein«, kam es schroff zurück. »Aber hier hockst du jetzt im Verwaltungsgebäude, und vor deiner Tür stehen zwei Roboter Wache. Das ist nicht im Staub liegen, was?«

Donovan knurrte. »Warte nur, bis wir wieder zu Hause sind! Jemand muß mir das teuer bezahlen. Diese Roboter *haben* uns zu gehorchen. So lautet Gesetz Nummer Zwei.«

»Was hat's für einen Sinn, das zu sagen? Sie tun's ja doch nicht. Und wahrscheinlich gibt's dafür einen Grund, den wir zu spät herausfinden werden. Weißt du übrigens, was mit uns geschehen wird, wenn wir nach Hause kommen?«

»Was?«

»Ach, gar nichts Besonderes! Nur zurück in die Bergwerke Merkurs, und zwar für zwanzig Jahre. Vielleicht auch ins Zuchthaus auf dem Ceres!«

»Was redest du eigentlich?«

»Ich rede von dem Elektronensturm, der sich nähert. Weißt du, daß er sich genau in Richtung auf unseren Erdstrahl bewegt? Das hatte ich gerade ausgerechnet, als jener Robot mich aus meinem Stuhl zerrte.«

Donovan wurde plötzlich blaß. »Verflucht noch mal!«

»Und weißt du auch, was mit dem Erdstrahl geschehen wird – denn der Sturm wird ein Meisterstück von einem Sturm sein. Der Erdstrahl wir anfangen herumzuhüpfen wie ein Floh. Nachdem nur Cutie die Kontrolle hat, wird der Strahl natürlich nicht mehr richtig eingestellt sein, und wenn das geschieht, dann helfe der Himmel der Erde und uns!«

Donovan begann wie wild an der Tür zu rütteln – noch ehe Powell halb zu Ende war mit seinen Worten. Die Tür öffnete sich, und der Erdenmensch schoß hindurch, nur um hart mit einem unbeweglichen Stahlarm zusammenzurennen.

Der Robot starrte geistesabwesend auf den schnaufenden, sich wehrenden Erdenmenschen. »Der Prophet hat dir befohlen, im Zimmer zu bleiben. Bitte tu das!« Sein Arm schob ihn vor sich her. Donovan taumelte nach rückwärts, und während er das tat, tauchte Cutie gerade am anderen Ende des Ganges auf. Er winkte den Wächtern, sich zu entfernen, trat in das Verwaltungsbüro ein und schloß sanft die Tür.

Donovan wandte sich in atemloser Entrüstung Cutie zu. »Was zuviel ist, ist zuviel. Für diesen Scherz wirst du teuer zahlen müssen.«

»Bitte ärgern Sie sich nicht«, antwortete der Robot ruhig. »Irgendwann einmal mußte es ja schließlich kommen. Sie verstehen wohl, daß Sie beide Ihre Funktion verloren haben.«

»Entschuldige mal!« Powell setzte sich steif auf.

»Was meinst du eigentlich damit, wenn du sagst, wir beide hätten unsere Funktion verloren?«

»Bis ich geschaffen wurde«, antwortete Cutie, »bedienten Sie den Meister. Dieses Privileg gehört jetzt mir, und Ihre einzige Existenzberechtigung ist damit verschwunden. Ist das nicht ganz klar?«

»Nicht ganz und gar«, antwortete Powell bitter. »Aber was erwartest du jetzt eigentlich von uns?«

»Ich hab' Sie beide gern. Sie sind niedrigere Kreaturen mit schlechten Denkfähigkeiten, aber ich spüre wirklich eine Art von Zuneigung für Sie. Sie haben dem Meister gut gedient, und er wird sich erkenntlich zeigen. Nun, nachdem Ihr Dienst beendet ist, werden Sie wahrscheinlich nicht mehr lange existieren. Solange Sie aber da sind, werden Sie mit Essen, Kleidung und Wohnung versorgt werden unter der Bedingung, daß Sie weder den Kontrollraum noch den Maschinenraum betreten.«

»Er pensioniert uns, Greg«, schrie Donovan. »Tu doch was dagegen! Das ist einfach erniedrigend.«

»Schau mal, Cutie, wir können das nicht mitmachen! Wir sind hier die Herren. Diese Station ist nichts als eine Schöpfung menschlicher Wesen, wie ich eines bin – menschlicher Wesen, die auf der Erde und auf anderen Planeten leben. Dies hier ist nur ein Energierelais. Du bist nur – ach was, Blödsinn.«

Cutie schüttelte ernst den Kopf. »Dies ist nichts als eine Art fixer Idee. Wieso müßt Ihr auf einem so völlig falschen Weltbild bestehen? Zugegeben, daß Nichtroboter keine Denkfähigkeit besitzen, bleibt immer noch das Problem der ...«

Seine Stimme erstarb. Er wurde nachdenklich und schweigsam. Im Flüsterton knirschte Donovan: »Hättest du nur ein Gesicht aus Fleisch und Blut, ich würde es zusammenschlagen.!«

Powells Finger spielten mit seinem Schnurrbart. »Hör mal, Cutie, wenn es so etwas wie die Erde gar nicht gibt, wie willst du dann das, was du durchs Teleskop siehst, erklären?«

»Entschuldigen Sie bitte, wie?«

Der Mann lächelte. »Ich habe dich wohl in die Enge getrieben, was? Seit wir dich zusammengesetzt haben, hast du, Cutie, selbst eine ganze Menge teleskopischer Beobachtungen gemacht. Hast du bemerkt, daß einige dieser Punkte sich in Scheiben verwandeln, wenn man sie durchs Fernrohr betrachtet?«

»Ach, *das* meinen Sie? Natürlich kann ich das erklären. Es handelt sich ganz einfach um Vergrößerungen. Mit ihrer Hilfe kann man dann den Strahl genauer ausrichten.«

»Warum werden dann nicht auch die Sterne genauso vergrößert?«

»Sie meinen die anderen Punkte? Nun ja, auf sie sind keine Strahlen gerichtet, und so ist eine Vergrößerung auch nicht nötig. Wirklich, Powell, für so dumm sollten Sie mich nicht halten!«

Powell starrte bedrückt zur Decke. »Durch ein Teleskop sieht man aber doch mehr Sterne. Woher kommen die? Sprich doch, woher kommen denn die?«

Cutie war ärgerlich. »Hören Sie mal, Powell, glauben Sie, ich bin so dumm, daß ich versuchen werde, eine physikalische Erklärung für jede optische Illusion unserer Instrumente zu finden? Seit wann ist die Evidenz, zu der wir durch unsere Sinne gelangen, stärker als die Kraft der Vernunft?«

»Sieh mal«, verlangte Donovan plötzlich, während er sich Cuties freundschaftlichem, aber doch schwerem Arm entwand, »gehen wir doch mal den Dingen auf den Grund! Weshalb sind die Richtstrahlen überhaupt vorhanden? Wir geben dir eine gute logische Erklärung. Kannst du eine bessere finden?«

»Die Strahlen«, kam die steife Antwort, »werden vom Meister für seine eigenen Zwecke ausgesandt. Es gibt eben Dinge« – er hob seine Augen nach oben – »die wir nicht ergründen dürfen. In dieser Beziehung diene ich nur, frage aber nicht.«

Powell ließ sich langsam nieder und vergrub den Kopf in seine zitternden Hände. »Mach, daß du rauskommst, Cutie! Geh und laß mich nachdenken.«

»Ich werde Ihnen was zu essen schicken«, sagte Cutie.

Ein Stöhnen war die einzige Antwort, und der Robot verschwand.

»Greg«, war Donovans geflüsterte Bemerkung, »was wir jetzt benötigen, ist eine gute und richtige Strategie. Wir müssen ihn packen, wenn er es am wenigsten erwartet, und ihn dann kurzschließen. Konzentrierte Salpetersäure in seine Gelenke . . .«

»Sei kein Esel, Mike! Glaubst du wirklich, er läßt es zu, daß wir uns ihm mit Säure in den Händen nähern? Wir müssen mit ihm *reden*, sage ich dir. Wir müssen ihn dazu bringen, daß er uns innerhalb von 48 Stunden in den Kontrollraum zurückläßt, oder alle unsere Felle schwimmen weg.«

»Sag mal« – Donovan lachte plötzlich – »warum geben wir uns dazu her, uns mit ihm auseinanderzusetzen? Wir wollen's ihm zeigen. Bauen wir vor seinen Augen einen neuen Robot! Dann *muß* er ja alles zurücknehmen.«

Ein langsam immer strahlender werdendes Lächeln erschien auf Powells Gesicht.

Donovan fuhr fort: »Und stell dir nur das Gesicht dieses Verrückten vor, wenn er sieht, wie wir das machen!«

Roboter werden natürlich auf der Erde hergestellt. Ihr Transport durch den Raum ist aber viel einfacher, wenn er in einzelnen Teilen erfolgt, die dann an Ort und Stelle zusammengesetzt werden. Nebenbei wird auf diese Weise den Robotern auch jede Möglichkeit genommen, wegzulaufen, solange sie sich auf der Erde befinden.

Andererseits belastet dieses Verfahren Männer wie Powell und Donovan mit der schwierigen und manchmal recht komplizierten Aufgabe, komplette Roboter an Ort und Stelle zusammenzubauen.

Powell und Donovan waren sich dieser Lage nie zuvor so bewußt gewesen wie an dem Tag, an dem sie im Raum, der für die Zusammensetzung dieser Automaten bestimmt war, damit begannen, vor den wachsamen Augen des QT1 – des Propheten des Meisters – einen neuen Robot erstehen zu lassen.

Der betreffende Robot, ein ganz einfaches-MC-Modell, lag beinahe vollendet auf dem Tisch. Nur noch drei Stunden Arbeit waren nötig. Allein der Kopf war noch herzustellen ... Powell machte eine Pause und warf einen unsicheren Blick auf Cutie.

Dieser Seitenblick gab ihm nicht viel Hoffnung.

Powell stöhnte. »Setzen wir jetzt mal das Gehirn ein, Mike!«

Donovan öffnete den festverschlossenen Behälter und zog aus dem darin enthaltenen Ölbad einen zweiten Würfel heraus. Nun öffnete er auch diesen und entnahm dem mit Gummischaum ausgeschlagenen Gehäuse eine Kugel.

Er ging äußerst behutsam damit um, denn es war der komplizierteste Mechanismus, der je von Menschenhand geschaffen worden war. Innerhalb der platinveredelten Schale befand sich ein positronisches Gehirn, in dessen empfindlich instabile Struktur genau berechnete neuronische Pfade eingefügt waren, welche jeden Robot mit umfassendem Wissen ausstatteten, das man als Endprodukt einer vorgeburtlichen Ausbildung ansehen konnte.

Die Kugel paßte genau in die Schädelhöhle des Robots, der auf dem Tisch lag. Blaues Metall schloß sich darüber und wurde mit winziger atomischer Flamme festgeschweißt. Vorsichtig wurden fotoelektrische Augen eingesetzt, festgeschraubt und bedeckt mit dünnen, durchsichtigen Schichten stahlharten Kunststoffes.

Nun wartete der Robot nur noch auf den belebenden Blitz von Elektrizität mit hoher Spannung. Powell machte, die Hand am Schalter, eine kleine Pause.

»Nun paß auf, Cutie! Paß ganz genau auf!«

Der Schalter wurde geschlossen. Ein knisterndes Summen wurde hörbar. Die beiden Erdenmenschen beugten sich ängstlich über ihre Schöpfung.

Am Anfang zeigte sich lediglich eine unsichere Bewegung – ein Zucken der Gelenke. Der Kopf hob sich, dann stützte sich der Robot mit den Gelenken auf, und schließlich schwang sich das MC-Modell schwerfällig vom Tisch herunter. Es stand noch unsicher auf den Füßen, und zweimal konnte es nur kratzende Geräusche anstelle von Worten hervorbringen.

Schließlich aber wurde – wenn auch noch unsicher und zögernd – verständlich, was der neue Robot sagen wollte. »Ich möchte anfangen zu arbeiten«, sagte er. »Wohin soll ich gehen?«

Donovan rannte zur Tür. »Diese Treppen hinunter«, sagte er. »Da drunten wird man dir sagen, was du zu machen hast.«

Das MC-Modell hatte sich entfernt, und die beiden Erdenmenschen waren nun allein mit dem noch immer unbeweglichen Cutie.

»Nun«, sagte Powell, »glaubst du *jetzt*, daß wir dich gemacht haben?«

Cuties Antwort war scharf und endgültig.

»Nein«, sagte er.

Powells Grinsen erstarrte.

»Verstehen Sie«, fuhr Cutie freundlich fort, »Sie haben lediglich Teile, die schon existieren, zusammengesetzt. Sie haben das außerordentlich gut gemacht, aber Sie haben den Robot nicht wirklich erschaffen. Die einzelnen Teile wurden vom Meister erschaffen.«

»Hör mal«, stöhnte Donovan heiser. »Jene Teile wurden drunten auf der Erde hergestellt und uns zugeschickt.«

»Schön, schön«, sagte Cutie besänftigend, »wir wollen darüber nicht streiten.«

»Aber es *ist* so.« Donovan sprang voran und packte den Arm des Robots. »Wenn du die Bücher in der Bibliothek lesen könntest, so würdest du sehen, daß es sich wirklich ganz genauso verhält.«

»Die Bücher? Die habe ich gelesen – alle miteinander.«

Powell mischte sich ein. »Wenn du sie gelesen hast, was gibt es dann überhaupt noch zu reden? Die Evidenz, die dir durch sie geboten wird, kannst du wohl nicht bestreiten. Das *kannst* du einfach nicht.«

Nun war Mitleid in Cuties Stimme. »Bitte, Powell, ich betrachte diese Bücher ganz bestimmt nicht als eine gültige Informationsquelle. Auch sie wurden vom Meister geschaffen – und sind für Sie bestimmt, nicht für mich.«

»Wie kommst du denn *darauf*?« fragte Powell.

»Weil ich, ein vernunftbegabtes Wesen, imstande bin, die Wahrheit von A-priori-Ursachen abzuleiten. Sie, der Sie Intelligenz besitzen, aber keine Vernunft, benötigen eine Erklärung Ihrer Existenz, und diese wurde Ihnen vom Meister geliefert. Daß er Sie mit diesen lächerlichen Ideen von fernen Welten und Völkern versorgt hat, war sicherlich zu Ihrem Besten. Wahrscheinlich sind Ihre Gehirne zu grobschlächtig für die absolute Wahrheit. Da es aber ganz offenbar der Wille des Meisters ist, daß Sie an jene Bücher glauben, werde ich mich mit Ihnen nicht mehr darüber streiten.«

Als er den Raum verließ, wandte er sich um und sagte in freundlichem Ton: »Seien Sie aber jetzt bitte nicht deprimiert! Im großen Plan des Meisters ist Platz für alle. Auch ihr armen Menschenwesen habt da euren Platz, und wenn er auch niedrig ist, so werdet ihr doch auch belohnt werden.«

Er ging mit der Miene eines Heiligen, und die beiden Menschen vermieden es, sich anzusehen.

Schließlich sprach Donovan: »Sag mag, Greg, du glaubst doch auch nicht, daß er mit all dem vielleicht recht hat! Er klingt so sicher und . . .«

Powell wandte sich wütend zu ihm um. »Sei kein Narr! Du wirst, wenn die Ablösung nächste Woche kommt, schon herausfinden, ob die Erde existiert oder nicht. Was glaubst du wohl, was wir da unten zu hören kriegen.«

»Dann müssen wir unter allen Umständen irgend etwas unternehmen.« Donovan weinte fast. »Er glaubt weder uns noch seinen eigenen Augen noch den Büchern.«

»Nein«, sagt Powell erbittert. »Er ist ein vernunftbegabter Robot – und der Teufel soll ihn holen. Er glaubt ausschließlich seiner

Vernunft, und darin liegt *eine* Schwierigkeit ...« Seine Stimme verlor sich.

»Und was ist diese eine Schwierigkeit?« fragte Donovan.

»Du kannst mit kalter Logik alles, was du willst, beweisen ... wenn du nur die richtigen Postulate auswählst. Wir haben die unsrigen, und Cutie hat die seinen.«

»Dann laß uns so schnell wie möglich seine Postulate angreifen! Der Sturm wird morgen losbrechen.«

Powell seufzte müde. »Das ist ja gerade die Stelle, an der alles zusammenbricht. Postulate basieren auf Annahmen, und man nimmt sie als wahr an, nicht, weil sie wahr sind, sondern weil man an sie glaubt. Nichts im ganzen Weltraum kann sie erschüttern. – Ich lege mich schlafen.«

»Möchte ich auch gerne tun, aber ich kann nicht schlafen.«

»Ich auch nicht. Aus Prinzip kann ich's aber immerhin mal versuchen.«

Auch zwölf Stunden später war Schlaf für beide nichts als eine Sache des Prinzips, aber in Wirklichkeit unerreichbar.

Der Sturm war vor der errechneten Zeit eingetroffen, und Donovans sonst so totes Gesicht war blaß, als er mit zitterndem Finger zum Bullauge deutete. Powell, unrasiert und mit trockenen Lippen, starrte hinaus in den Raum.

Unter anderen Umständen hätte der Anblick, der sich ihnen bot, wunderschön sein können. Der Strom von Elektronen, der sich mit höchster Geschwindigkeit an dem Energiestrahl brach, leuchtete an der Stelle des Aufpralls mit fluoreszierendem Licht auf.

Der Energiestrahl schien unbeweglich, aber die Erdenmenschen wußten, was der Wert solcher mit nacktem Auge gemachten Beobachtungen war. Winkelabweichungen von einer hunderttausendstel Sekunde – dem Auge unsichtbar – genügten, um den Strahl irgendwo ins Nichts zu schicken, und reichten aus, um Hunderte von Quadratkilometern der Erde in leuchtende Ruinen zu verwandeln.

Und da hockte nun ein Robot, den Strahl, Brennpunkt, Erde nicht interessierten und der sich um nichts als um seinen Meister kümmerte, an den Kontrollhebeln.

Stunden vergingen. Die Erdenmenschen beobachteten die Ereignisse in hypnotisiertem Schweigen. Dann wurden die hüpfenden Pünktchen blasser und erloschen schließlich. Der Sturm war vorüber.

Powells Stimme klang leer. »Alles ist vorüber.«

Donovan war in einen unruhigen Schlaf gesunken, und Powells müde Augen ruhten neidisch auf ihm. Das Signallicht leuchtete wieder auf, aber der Erdenmensch schenkte ihm keine Beachtung. Es war alles unwichtig geworden. Alles. Vielleicht hatte Cutie recht – und er war nichts als ein Wesen minderer Sorte mit einem ihm angepaßten Gedächtnis und einem Leben, das keinen Sinn mehr besaß.

Er wünschte, dem wäre wirklich so.

Cutie stand vor ihm. »Sie haben das Signallicht nicht bemerkt, und so bin ich einfach hereingekommen.« Seine Stimme war leise. »Sie sehen absolut nicht gesund aus, und ich fürchte, Ihre Lebensdauer nähert sich ihrem Ende. Würde es Sie dennoch interessieren, einige der heute aufgenommenen Daten zu sehen?«

Ganz dunkel wurde Powell sich darüber klar, daß dies eine freundliche Geste des Robots war, vielleicht um irgendwelche Selbstvorwürfe zu beschwichtigen – Selbstvorwürfe, die er sich machte, weil er die Menschen mit Gewalt von den Kontrollhebeln der Station entfernt hatte. Er nahm die Blätter, die ihm hingehalten wurden, und starrte, ohne zu sehen, auf die Kurven und Zahlen.

Cutie schien sehr mit sich zufrieden. »Natürlich ist es ein großes Privileg, dem Meister zu dienen. Aber bitte nehmen Sie es doch nicht zu schwer, daß ich an Ihre Stelle getreten bin!«

Powell ließ seinen Blick von einem Blatt zum anderen wandern. Er tat es mechanisch, bis sein trüber Blick an einer dünnen roten Linie haften blieb, die quer über das Papier lief.

Er starrte sie an – und starrte sie von neuem an. Er packte das Papier, hielt es mit beiden Fäusten fest und stand auf – und auch dabei starrte er das Papier noch immer an. Ohne daß er es merkte, fielen die anderen Blätter zu Boden.

»Mike, *Mike!*« Wild rüttelte er den anderen. *»Er hat den Strahl gehalten.«*

Donovan wurde munter. »Was? Wo? . . .« Und auch er starrte auf das Blatt Papier. Cutie mischte sich ein. »Ist etwas los?«

»Du hast den Strahl genau richtig gehalten«, stotterte Powell. »Hast du das gewußt?«

»Richtig? Wieso richtig?«

»Genau ausgerichtet auf die Empfangsstation – und zwar mit Abweichungen, die nicht größer waren als eine zehnmillionstel Bogensekunde.«

»Welche Empfangsstation?«

»Auf der Erde. Die Empfangsstation auf der Erde«, plapperte Powell. »Du hast den Strahl sozusagen im Fokus gehalten.«

Ärgerlich wandte Cutie sich auf dem Absatz um. »Es ist unmöglich, Ihnen gegenüber irgendwelche Freundlichkeit zu zeigen. Immer kommen Sie mit den gleichen Phantastereien. Ich habe ganz einfach gemäß dem Willen des Meisters alle Instrumente im Gleichgewicht gehalten.«

Er hob die verschiedenen Blätter vom Boden auf und entfernte sich steif. Und Donovan sagte: »Da soll doch gleich . . .«

Er wandte sich an Powell: »Was tun wir jetzt?«

Powell war müde, aber erleichtert. »Nichts. Er hat gerade bewiesen, daß er die Station tadellos leiten kann. Ich habe nie zuvor gesehen, daß jemand einen Elektronensturm derartig gut überstanden hätte.«

»Aber nichts ist gelöst. Du hast doch gehört, was er über den Meister gesagt hat. Wir können doch nicht . . .«

»Schau mal, Mike! Er folgt den Anweisungen des Meisters mit Hilfe von Zeigern, Instrumentenskalen und Kurven. Haben wir jemals was anderes getan? Das ist ja gerade der Grund, warum er uns den Gehorsam verweigert hat. Gehorsam ist die Regel Nummer eins. Wie aber kann er, auch unwissentlich, Menschen vor Schaden schützen? Natürlich einfach in der Weise, daß er den Energiestrahl stetig hält. Er *weiß*, daß er ihn stetiger halten kann, als wir es könnten, und da er darauf besteht, daß er ein uns überlegenes Wesen ist, so muß er uns natürlich aus dem Kontrollraum draußen halten. Das alles ist, wenn du dich der robotischen Gesetze erinnerst, völlig unabweisbar.«

»Sicherlich – nur kommt es darauf doch gar nicht an.«

»Wie können wir ihm, wenn er nicht an die Erde glaubt, jemals die Station anvertrauen?«

»Kann er die Station bedienen?«

»Ja, aber . . .«

»Was macht es dann für einen Unterschied, was er glaubt?«

Powell breitete die Arme aus. Auf seinem Gesicht lag ein unsicheres Lächeln. Dann stolperte er rückwärts und fiel aufs Bett, er war eingeschlafen.

Während er damit beschäftigt war, sich in sein Raumjackett hineinzuzwängen, sagte Powell: »Es würde ganz einfach sein. Man bringt neue QT-Modelle, immer eines nach dem anderen, rüstet sie mit einem automatischen Schalter aus, der sie nach einer Woche ausschaltet – was ihnen genügend Zeit gibt, um den Kult des Meisters vom Propheten selbst zu lernen –, verfrachtet sie dann zu einer Station und revitalisiert sie dort. Wir können zwei QTs per . . .«

Donovan nahm seine Sichtplatte ab und runzelte die Stirn.

»Die Ablösung wartet, und ganz wohl werde ich mich erst wieder fühlen, wenn ich tatsächlich die Erde wiedersehe und ihren Boden unter den Füßen spüre – nur weil ich erst dann ganz sicher sein werde, daß sie wirklich existiert.«

Während er sprach, öffnete sich die Tür. Donovan schloß mit einem unterdrückten Fluch die Gesichtsplatte und wandte Cutie verärgert den Rücken zu.

Leise näherte sich der Robot. Trauer klang aus seiner Stimme. »Sie gehen?«

Powell nickte kurz. »Andere werden unsere Stelle einnehmen.«

Cutie seufzte. »Ihre Dienstzeit ist vorüber, und der Zeitpunkt Ihrer Auflösung ist gekommen. Ich erwartete das, aber . . . Nun ja, des Meisters Wille geschehe!«

Sein resignierter Ton verletzte Powell. »Wir brauchen dein Mitleid nicht, Cutie. Wir fahren zur Erde, nicht in die Auflösung.«

»Dieser Gedanke bedeutet für Sie bestimmt einen großen Trost«, seufzte Cutie von neuem. »Ich begreife jetzt die Weisheit, die in dieser Illusion liegt. Ich würde, selbst wenn ich es könnte, nicht versuchen, Ihren Glauben zu erschüttern.« Er verschwand – ein wirkliches Bild des Mitleidens.

Powell fluchte und gab Donovan ein Zeichen. Verlötete Handkoffer in der Hand, machten sie sich auf den Weg zur Luftschleuse.

Das Ablösungsschiff befand sich auf dem äußeren Landeplatz, und Franz Müller, der Mann, der sie ablösen sollte, begrüßte sie steif und höflich. Donovan nickte kaum. Er ging in den Pilotenraum, wo er die Kontrolle des Schiffes von Sam Evans übernahm.

Powell zögerte. »Wie geht's der guten alten Erde?«

Die Frage war durchaus alltäglich, und Müller gab die übliche Antwort: »Dreht sich noch immer.«

Powell sagte: »Gut.«

Müller schaute ihn an. »Die Burschen von der U. S. Robot Co. haben übrigens was ganz Neues erfunden. Einen Multiplen Robot.«

»Einen was?«

»Genau was ich gesagt habe. Sie haben einen großen Auftrag bekommen. Offenbar ist diese Erfindung genau das, was man für Bergarbeit auf den Asteroiden benötigt. Es handelt sich dabei um einen Meisterrobot, der sechs Unterrobots unter sich hat.«

»Hat man's schon ausprobiert?« fragte Powell ängstlich.

Müller lächelte. »Wie ich höre, wartet man auf euch.«

Powell ballte die Fäuste. »Der Teufel soll's holen! Wir haben 'ne Erholung nötig, Ferien!«

»Oh, die bekommt ihr bestimmt. Ich nehme an, so etwa zwei Wochen.«

Müller war damit beschäftigt, seine schweren Raumhandschuhe auszuziehen. »Was macht denn dieser neue Robot? Ich hoffe nur, er funktioniert richtig, oder der Teufel soll mich holen, wenn ich ihn an die Kontrollhebel lasse.«

Powell ließ eine gewisse Zeit vergehen, ehe er antwortete. Und plötzlich überflutete ihn eine Welle reiner Glückseligkeit.

»Der Robot ist ziemlich gut«, sagte er langsam. »Ich glaube kaum, daß du dich viel um die Kontrollhebel wirst kümmern müssen.«

Er lachte in sich hinein und bestieg das Schiff. Müller würde einige Wochen hier bleiben müssen...

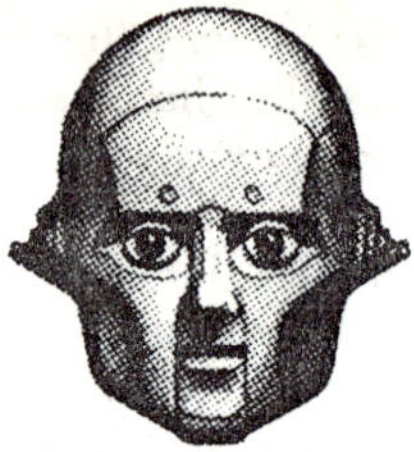

LÜGNER!

Alfred Lanning zündete umständlich seine Zigarre an, aber seine Finger zitterten ein wenig. Seine grauen Augenbrauen waren zusammengepreßt, als er schließlich zu sprechen begann.

»Das Ding ist ein Gedankenleser – daran ist überhaupt kein Zweifel. Aber wieso?« Seine Augen richteten sich auf Peter Bogert, den Mathematiker. »Na?«

Bogert strich sich mit beiden Händen sein schwarzes Haar glatt.

»Dies ist das vierunddreißigste Modell des Typs RB, Lanning. Alle anderen waren vollkommen nach Schema F.«

Der dritte Mann am Tisch runzelte die Stirn. Milton Ashe war der jüngste Direktor der U. S. Robots and Mechanical Men Corporation und stolz auf seine Stellung.

»Hören Sie mal, Bogert. Während der ganzen Produktion dieses Modells ist alles wie am Schnürchen gelaufen. Da hat's keinen Fehler gegeben. Dafür lege ich meine Hand ins Feuer.«

Bogerts Lippen verzogen sich zu einem verlegenen Lächeln.

»Wirklich? Wenn Sie für alle Stationen am Fließband garantieren können, dann werde ich Sie für eine Beförderung vorschlagen. Genau gezählt, sind zur Herstellung eines positronischen Gehirns 75 234 Operationen notwendig, wobei jede einzelne, um richtig durchführbar zu sein, eine ganze Reihe von Faktoren zur Voraussetzung hat. Die Anzahl dieser Faktoren schwankt ihrerseits zwischen fünf und hundertundfünf. Geht einer davon ernstlich schief, so ist das ›Gehirn‹ ruiniert. Ich zitiere hier Ihre eigenen Feststellungen, Ashe, und zwar aus Ihren eigenen Aufzeichnungen.«

Milton Ashe errötete, aber eine vierte Stimme schnitt ihm die Antwort ab, die er gerade geben wollte.

»Wenn wir hier versuchen sollten, den einen oder anderen verantwortlich zu machen, dann gehe ich.« Susan Calvins Hände lagen fest gefaltet in ihrem Schoß. Die kleinen Linien um ihren Mund herum hatten sich vertieft. »Wir stehen hier vor dem Faktum, daß wir einen gedankenlesenden Robot besitzen, und es kommt mir darauf an, herauszufinden, warum er das tut. Dazu werden wir aber niemals kommen, wenn wir uns einfach hinstellen und rufen: ›Ihr Fehler! Ihr Fehler!‹«

Ihre kalten Augen wanderten zu Ashe, und dieser grinste.

Auch Lanning grinste. »Dr. Calvin hat recht.« Seine Stimme wurde plötzlich kühl und geschäftsmäßig. »Ich will hier alles noch einmal in konzentrierter Form darstellen. Wir haben ein positronisches Gehirn hergestellt, das scheinbar dem regulären und ganz alltäglichen Typus zugehört. Dieses Gehirn besitzt jedoch die bemerkenswerte Fähigkeit, sich in die Gedanken anderer einzuschalten. Wüßten wir, wie das möglich ist, so würde diese Tatsache den bedeutendsten Fortschritt der Robotik in den letzten zehn Jahren bedeuten. Wir wissen es jedoch nicht, und wir müssen es herausfinden. Ist das klar?«

»Dürfte ich vielleicht einen Vorschlag machen?« fragte Bogert.

»Schießen Sie los!«

»Ich möchte anregen, daß wir, bis wir hinter die Gründe dieser Angelegenheit kommen, die Existenz des RB34 geheimhalten. Auch gegenüber unseren anderen Mitarbeitern. Als Abteilungsleiter sollte die Lösung dieses Problems für uns keine unüberwindlichen Schwierigkeiten bieten, und je weniger Leute davon wissen, desto . . .«

»Bogert hat recht«, sagte Dr. Calvin. »Seit die ›Interplanetarischen Regeln‹ dahingehend abgeändert wurden, daß sie eine Erprobung von Robotern vor dem Versand in den Weltraum innerhalb der Fabriken gestatten, hat sich die Anti-Robot-Propaganda ungeheuer verschärft. Wenn nun bekannt wird, daß ein Robot existiert, der Gedanken lesen kann, so kann aus dieser Tatsache – solange wir nicht imstande sind, dieses Phänomen zu erklären und es nach unserem Willen zu kontrollieren – ungeheures Kapital geschlagen werden.«

Lanning zog an seiner Zigarre und nickte besorgt. Er wandte sich an Ashe. »Ich glaube, Sie sagten, Sie seien allein gewesen, als diese Gedankenleserei zum ersten Male auftrat?«

»Und ob ich allein war – die Sache hat mir keinen kleinen Schreck eingejagt. RB34 war gerade vom Konstruktionstisch heruntergekommen, und man hatte ihn zu mir heruntergeschickt. Obermann war nicht da, und so nahm ich selbst ihn mit hinunter in die Kontrollräume – zum mindesten war ich dabei, es zu tun.« Ashe machte eine Pause, und ein kleines Lächeln spielte um seine Lippen. »Sagen Sie mal, hat irgendeiner von Ihnen jemals eine Gedankenkonversation mit einem anderen geführt, ohne was davon zu wissen?«

Niemand nahm sich die Mühe zu antworten, und so fuhr er fort: »Zuerst merkt man es gar nicht, verstehen Sie? Er sprach ganz einfach mit mir – logisch und vernünftig –, und ich hatte schon die Hälfte des Weges zu den Kontrollräumen zurückgelegt, ehe ich merkte, daß ich selbst ja gar nichts gesagt hatte. Natürlich hatte ich eine Menge gedacht, aber das ist doch etwas ganz anderes, oder nicht? Ich schloß das Ding ein und rannte weg, um Lanning zu holen. Ich muß ehrlich sagen, ich hatte eine richtige Gänsehaut.«

»Das kann ich mir gut vorstellen«, sagte Susan Calvin nachdenklich.

Lanning mischte sich ein. »Dann wissen also nur wir vier von der Sache. Schön. Wir müssen systematisch vorgehen. Ashe, Sie kontrollieren das Fließband, an dem das Ding zusammengesetzt worden ist, von Anfang bis zu Ende – alles. Alle Manipulationen, bei denen ein Irrtum völlig ausgeschlossen ist, lassen Sie außer acht. Alle anderen stellen Sie zu einer Liste zusammen und bemerken ihr etwaiges Ausmaß. Natürlich können Sie das nicht allein tun. Alle Männer Ihrer Abteilung haben an dieser Sache mitzuarbeiten. Keiner aber darf wissen, worum es sich handelt. Verstehen Sie?«

»M-m-m-ja.« Der junge Techniker schüttelte sich. »Auch dann bleibt es noch immer eine verdammt schwierige Aufgabe.«

Lanning wandte sich um und schaute Calvin an. »Sie, Susan, werden die Aufgabe von der anderen Seite her in Angriff nehmen. Sie sind der Robotpsychologe der Fabrik. Sie werden daher diesen Robot selbst studieren. Finden Sie heraus, welche Zusammenhänge zwischen seinen telepathischen Kräften und vielleicht sonstigen Eigenschaften bestehen, wie weit seine telepathischen Fähigkeiten reichen, inwiefern sie sein ›Weltbild‹ verzerren – kurz gesagt, welcher Schaden für seine sonstigen RB-Eigenschaften aus dieser ›Eigenart‹ erwächst. Ich nehme an, Sie verstehen, was ich will?«

Lanning wartete nicht auf Dr. Calvins Antwort.

»Ich selbst werde Ihrer beider Arbeit koordinieren und die von Ihnen gefundenen Fakten mathematisch interpretieren. Hierbei wird mir Bogert natürlich helfen.«

»Schön«, meinte Ashe, »dann will ich mich gleich an die Arbeit machen.« Er schob seinen Stuhl zurück und erhob sich.

Susan Calvin erwiderte seinen Abschiedsgruß mit einem fast unmerklichen Kopfnicken. Ihre Augen aber folgten ihm, bis er nicht mehr zu sehen war.

Die fotoelektrischen Augen von RB34 hoben sich von dem Buch, das er gerade gelesen hatte, als er hörte, wie sich die Tür öffnete. Als Susan Calvin eintrat, stand er schon aufrecht.

Sie machte einen Augenblick halt, um das riesige Schild mit der Aufschrift ›Eintritt verboten!‹ außerhalb der Tür aufzuhängen. Dann näherte sie sich dem Robot.

»Ich habe dir die Lehrbücher, die sich mit hyperatomischen Motoren beschäftigen, gebracht, Herbie – wenigstens ein paar davon. Würde es dir Spaß machen, sie dir einmal anzusehen?«

RB34 – der auch unter dem Namen Herbie lief – nahm ihr die drei schweren Bücher ab und schlug die Titelseite des obersten auf.

»Hm! ›Die Theorie der Hyperatomie‹.« Er murmelte ein paar unverständliche Worte vor sich hin, während er in dem Buch blätterte, und sagte dann geistesabwesend: »Setzen Sie sich, Dr. Calvin! Für diese Sache hier werde ich immerhin ein paar Minuten brauchen.«

Die Psychologin nahm Platz. Sie beobachtete Herbie mit angespannter Aufmerksamkeit.

Nach einer halben Stunde legte er die Bücher auf die Seite. »Natürlich weiß ich, warum Sie mir diese Bücher gebracht haben.«

Dr. Calvins Mundwinkel zuckten. »Ich fürchtete, du würdest es wissen. Es ist schwierig, mit dir zu arbeiten, Herbie. Du bist mir immer mindestens einen Schritt voraus.«

»Wissen Sie, mit diesen Büchern ist es genauso wie mit allen anderen. Sie interessieren mich einfach nicht. In Ihren Lehrbüchern steht nichts drin. Ihre Wissenschaft ist lediglich eine Masse gesammelter Fakten, die von einer Behelfstheorie notdürftig zusammengehalten werden. Alles erscheint mir so ungeheuer einfach, daß es eigentlich nicht der Mühe wert ist, sich damit abzugeben.

Was mich sehr interessiert, sind Ihre Romane. Ihre Studien über die Zusammenhänge zwischen menschlichen Motiven und Gefühlsregungen.« Seine mächtigen Hände gestikulierten unsicher, während er nach den passenden Worten suchte.

Dr. Calvin flüsterte: »Ich glaube, ich verstehe, was du meinst.«

»Ich kann Gedanken lesen, nicht wahr?« fuhr der Robot fort. »Und Sie machen sich gar keine Vorstellung, wie kompliziert solche Gedanken sind. Ich kann nur ganz wenige verstehen, weil ich selbst ja so wenig mit dieser Art von Denken gemein habe – aber ich versuche mein Bestes, und dabei hilft mir das Lesen von Romanen.«

»Das stimmt schon. Nur fürchte ich, daß, wenn du einmal die ganzen haarsträubenden Gefühlserlebnisse unserer Gegenwartsromane genossen hast« – ihre Stimme hatte einen eigenartigen Klang von Bitterkeit – »du *wirkliche* Gefühle und Gedanken ziemlich langweilig und farblos finden wirst.«

»Aber das stimmt ja gar nicht.«

Die plötzliche Kraft, die in dieser Antwort lag, ließ Dr. Calvin aufspringen. Sie spürte, daß sie errötete, und dachte verzweifelt: Er muß es wissen.

Herbie sank in sich zusammen. Mit leiser Stimme, in der nichts mehr von dem metallischen Timbre zu hören war, murmelte er: »Aber natürlich weiß ich das, Dr. Calvin. Sie denken ja dauernd daran. So *muß* ich es doch wissen.«

Ihr Gesicht wurde hart. »Hast du – es irgend jemandem erzählt?«

»Selbstverständlich nicht.« Dies kam mit ehrlicher Überraschung heraus. »Keiner hat mich doch danach gefragt.«

»Nun, so glaubst du wohl, daß ich eine Närrin bin?«

»Nein. Es ist eine normale Regung.«

»Vielleicht ist sie gerade deshalb so töricht.« Die Sehnsucht, die in ihrer Stimme lag, war stärker als alles andere, und für einen Augenblick wurde sie ganz und gar von ihrer Weiblichkeit beherrscht. »Ich bin ja nicht das, was man – hübsch nennen würde.«

»Wenn Sie ausschließlich körperliches Hübschsein meinen, so kann ich darüber kein Urteil abgeben. Auf alle Fälle weiß ich, daß es ja noch andere Dinge gibt, die einen Menschen anziehend machen.«

»Noch bin ich jung.« Dr. Calvin hatte die Worte des Robots kaum gehört.

»Sie sind noch nicht einmal vierzig.« Ein ängstliches Drängen war in des Robots Stimme deutlich hörbar.

»Achtunddreißig, wenn man die Jahre zählt ... aber eine verschrumpfte Sechzigerin, wenn es sich um meine gefühlsmäßige Einstellung der Welt gegenüber handelt. Bin ich vielleicht umsonst Psychologin?«

Bitter und atemlos fuhr sie fort: »Und er ist kaum fünfunddreißig und noch jünger, wenn man sein Äußeres und die Art seines Handelns betrachtet. Glaubst du vielleicht, er kann jemals was anderes in mir sehen als ... als was ich eben bin?«

»Sie sind jung.« Herbies stählerne Faust krachte auf den mit einem Kunststoff überzogenen Tisch. »Hören Sie mich an!«

Aber Susan Calvin fuhr jetzt auf ihn los, und der quälende Schmerz in ihren Augen verwandelte sich in ein wildes Feuer. »Warum sollte ich? Was weißt denn du von all dem – du – du ... du Maschine. Für dich bin ich einfach ein sonderbares Exemplar einer bestimmten Rasse ... ein interessanter Käfer mit einem eigenartigen Gehirn, das vor dir ausgebreitet daliegt, damit du es studieren kannst. Bin ich nicht ein recht feines Muster einer enttäuschten Frau? Fast so gut, wie es in deinen Büchern geschildert wird!« Ihre Stimme ging in einem trockenen Schluchzen unter.

Der Robot schien sich vor ihrem Ausbruch zu ducken. Bittend schüttelte er den Kopf. »Würden Sie mir nicht vielleicht doch zuhören? Bitte! Ich könnte Ihnen helfen, wenn Sie es nur erlaubten.«

»Wie?« Ihre Lippen kräuselten sich. »Mit gutem Rat?«

»Nein, das meine ich gar nicht ... sondern einfach, weil ich doch weiß, was andere Menschen denken ... zum Beispiel auch Milton Ashe.«

Eine lange Stille folgte. Susan Calvin hatte die Augen gesenkt. »Ich will nicht wissen, was er denkt«, flüsterte sie.

»Ich glaube aber, daß Sie es wissen sollten!«

Ihr Kopf blieb nach vorne geneigt, aber ihr Atem kam jetzt schneller. »Du redest Unsinn«, sagte sie.

»Warum sollte ich das tun? Ich versuche zu helfen. Milton Ashes Gedanken über Sie . . .« Er machte eine Pause.

Und dann hob die Psychologin den Kopf. »Nun?«

Der Robot sagte gelassen: »Er liebt Sie.«

Eine ganze Minute lang sagte Susan Calvin nichts. Sie starrte einfach vor sich hin. Dann: »Du irrst dich. Du mußt dich irren. Warum sollte er mich lieben?«

»Aber er tut es. So etwas kann man nicht verbergen – zu mindesten nicht vor mir.«

»Aber ich bin so . . . so . . .«, stotterte sie, und dann brach sie ab.

»Er schaut nicht aufs Äußere eines Menschen. Was er an anderen bewundert, ist Verstand. Milton Ashe ist nicht die Art von Mann, der einen Kopf mit hübschen Haaren und schönen Augen heiratet.«

Ehe sie weitersprach, verstrichen ein paar Sekunden. Selbst dann zitterte ihre Stimme noch immer. »Dennoch hat er niemals in irgendeiner Weise gezeigt, daß . . .«

»Haben Sie ihm je die Gelegenheit gegeben?«

»Wie hätte ich das gekonnt? Ich dachte doch niemals, daß er . . .«

»Genau.«

In Gedanken versunken, schwieg die Psychologin. Dann schaute sie plötzlich auf. »Vor einem halben Jahr empfing er hier in der Fabrik ein junges Mädchen. Ich glaube, sie war hübsch – blond und schlank. Natürlich hatte sie nicht viel Verstand. Wer war sie?«

Herbie antwortete, ohne zu zögern. »Ich kenne die betreffende Person. Sie ist seine Cousine, und ich kann Ihnen versichern, daß er sich in keiner Weise für dieses Mädchen interessiert.«

Susan Calvin stand mit fast mädchenhafter Lebhaftigkeit auf. Sie rannte zu Herbie und packte seine kalte schwere Hand mit ihren beiden Händen. »Ich danke dir, Herbie.« Ihre Stimme war eindringlich und fast flüsternd. »Sage niemandem was von dieser Sache! Es soll unser Geheimnis sein . . . und noch mal – ich danke dir.« Damit und mit einem krampfhaften Druck auf Herbies gefühllose Finger verließ sie den Raum.

Langsam wandte sich Herbie wieder seinem Roman zu. Leider gab es keinen, der *seine* Gedanken hätte lesen können.

Milton Ashe rekelte sich, daß seine Gelenke knackten, während aus seinem Mund eine Art von Stöhnen kam. Dann starrte er Dr. phil. Peter Bogert an.

»Hör mal«, sagte er, »ich habe mich nun eine volle Woche mit dieser Geschichte beschäftigt, fast ohne die nötige Zeit zum Schlafen zu finden. Wie lange soll das eigentlich so weitergehen? Ich meine, du hättest gesagt, das positronische Bombardement in der Vakuumkammer D wäre die Lösung?«

Bogert gähnte.

»So ist's. Ich bin der Sache auf der Spur.«

»Was *das* aus dem Munde eines Mathematikers bedeutet, weiß ich. Wie nahe bist du dem Ende, mein Freund?«

»Das hängt davon ab.«

»Wovon?«

»Von Lanning. Der alte Bursche ist nicht meiner Meinung.«

Schläfrig murmelte Ashe: »Warum fragen wir nicht Herbie und beenden damit die ganze Geschichte?«

»Den Robot fragen?« Bogerts Augenbrauen hoben sich. »Ist das dein Ernst?«

»So wahr mir Gott helfe! Das komische dabei ist, daß der Idiot Mathematik gar nicht mag. Am liebsten würde er überhaupt nur Kitschromane lesen. Wirklich! Du solltest sehen, mit welcher Art von Lesestoff Susie ihn versorgt. ›Schwüle Leidenschaft‹ und ›Liebe im Weltraum‹ und solches Zeug.«

Er machte plötzlich große Augen und runzelte die Stirn. »Sag mal, Bogie, ist dir in letzter Zeit an Susie irgendwas aufgefallen?«

Bogerts Gesicht verzog sich zu einem Grinsen. »Sie malt sich die Lippen an, wenn's das ist, was du meinst.«

»Mein Gott, das weiß ich selbst. Verwendet Rouge, Puder und Augenbrauenschwarz. Sieht bei Gott komisch aus. Aber das ist es nicht, was ich meine. Ich kann nicht genau sagen, was es wirklich ist. Vielleicht ist es die Art, wie sie redet – als wäre sie mit einemmal sehr glücklich über irgend etwas.« Er schien nachzudenken und zuckte dann mit den Schultern.

Der andere lachte. »Vielleicht ist sie verliebt.«

»Du spinnst, Bogie. Los, geh jetzt und sprich mit Herbie! Ich möchte gerne hierbleiben und ein wenig schlafen.«

»Schön. Nicht, daß ich es besonders schätze, wenn ein Robot

mir in meine Arbeit hineinredet – aber ich glaube gar nicht, daß er dazu imstande ist.«

Ein leises Schnarchen war die einzige Antwort, die er bekam.

Herbie hörte aufmerksam zu, während Peter Bogert mit betonter Gleichgültigkeit redete.

»Das ist die ganze Geschichte. Man hat mir mitgeteilt, daß du diese Dinge verstehst, und ich frage dich eigentlich mehr aus Neugierde als aus irgendeinem anderen Grund.

Der Robot antwortete nicht, und Bogert sagte: »Nun, was sagst du dazu?«

»Ich kann keinerlei Fehler entdecken.« Herbie studierte intensiv Zahlen, die Bogert ihm gereicht hatte.

»Ich nehme an, auch du kannst nicht viel weitergehen, was?«

»Ich möchte den Versuch lieber nicht riskieren. Du bist ein besserer Mathematiker, als ich es bin, und – na ja, ich möchte mich nicht festlegen.«

Bogert lächelte nachsichtig. »Das habe ich mir eigentlich gleich gedacht. Die Geschichte ist für dich bestimmt zu hoch. Sprechen wir nicht mehr davon!« Er zerknüllte die Papiere, warf sie in den Müllschacht, wandte sich zum Gehen, änderte dann aber seine Absicht.

»Übrigens . . .«

Der Robot wartete.

Bogert schien Schwierigkeiten zu haben, das auszudrücken, was er sagen wollte: »Ich habe da etwas – das heißt, vielleicht könntest du . . .« Er brach ab.

Herbie sagte gelassen: »Deine Gedanken sind wirr, aber ohne Zweifel betreffen sie Dr. Lanning. Dein Zaudern ist töricht, denn sobald du dich gefaßt hast, werde ich doch wissen, was du eigentlich fragen willst.«

Der Mathematiker strich sich mit der Hand übers Haar. »Lanning ist beinahe siebzig Jahre alt«, sagte er.

»Das weiß ich.«

»Fast dreißig Jahre lang ist er nun Direktor dieses Werkes.«

Herbie nickte.

»Na schön« – Bogerts Stimme wurde einschmeichelnd –, »du weißt doch sicherlich, ob er sich mit dem Gedanken trägt, sich zur

Ruhe zu setzen. Ich meine aus Gesundheitsgründen oder vielleicht, weil . . .«

»Ich verstehe«, sagte Herbie und nichts weiter.

»Nun – also weißt du es, oder weißt du's nicht?«

»Selbstverständlich weiß ich es.«

»Dann – äh – könntest du's mir sagen?«

»Nachdem du mich fragst, ja.« Der Robot sprach völlig geschäftsmäßig. »Er hat bereits sein Amt niedergelegt.«

»Was!« Der Ausruf kam wie eine Explosion. »Sag das noch einmal!«

»Er hat bereits sein Amt niedergelegt«, kam die gelassene Wiederholung des Satzes. »Allerdings ist sein Rücktritt noch nicht in Kraft getreten. Er wartet – wie soll ich sagen – auf die Lösung meines Problems. Wenn die gefunden ist, wird er sein Amt seinem Nachfolger übertragen.«

Bogert atmete hart aus. »Und dieser Nachfolger – wer ist denn das?« Er stand nun ganz nahe vor Herbie. Wie fasziniert schaute er in die ausdruckslosen blaßroten fotoelektrischen Zellen, die des Robots Augen waren.

Langsam kamen die Worte: »Du bist der nächste Direktor.«

Bogerts Muskeln entspannten sich. Ein schwaches Lächeln erschien auf seinem Gesicht. »Gut, daß ich das weiß. Darauf habe ich gehofft und gewartet. Vielen Dank, Herbie.«

In dieser Nacht blieb Bogert bis fünf Uhr morgens am Schreibtisch, und um neun Uhr war er bereits wieder da.

Genau um zwölf Uhr mittags hatte er die letzte Seite seiner Kalkulationen vor sich liegen. Gähnend rieb er sich die entzündeten Augen und zuckte mit den Schultern. »Mit jeder Minute wird die Sache toller. Der Teufel soll's holen.«

Er hörte das Geräusch einer sich öffnenden Tür, wandte sich um und begrüßte den eintretenden Lanning mit einem Kopfnicken.

Der Direktor, der natürlich sofort die Unordnung bemerkte, runzelte die Brauen.

»Irgendwelche neuen Gesichtspunkte?« fragte er.

»Nein«, kam die trotzige Antwort. »Sind die alten vielleicht nicht gut genug?«

Lanning machte sich gar nicht die Mühe zu antworten. Seine nächsten Worte kamen hinter einer Streichholzflamme hervor, mit der er sich eine Zigarre anzündete.

»Hat Calvin Ihnen erzählt, daß der Robot ein mathematisches Genie ist? Aber wirklich ein Genie?«

Der andere schnaubte laut. »Ich hab's gehört. Calvin sollte sich aber lieber ihrer Robotpsychologie widmen. Ich habe Herbie hinsichtlich seiner mathematischen Kenntnisse geprüft. Schon beim Zahlenrechnen hat er Mühe.«

»Calvins Berichte lauten aber ganz anders.«

»Was Sie nicht sagen.«

»Sie scheinen skeptisch.« Lanning zog ein Stück Papier aus seiner Westentasche und faltete es auseinander. »Dies ist ja nicht meine Handschrift, das sehen Sie wohl, was?«

Bogert studierte die eckigen Zahlen und Zeichen, die das ganze Papier bedecken. »Hat Herbie dies geschrieben?«

»Jawohl. Und wie Sie vielleicht feststellen werden, hat er an der Zeitintegration der Gleichung 22 gearbeitet. Er kommt zu gleichen Schlußfolgerungen wie ich selbst, allerdings in einem Viertel der Zeit. Sie hatten keinerlei Veranlassung, den Linger-Effekt bei einem Bombardement durch Positronen außer acht zu lassen.«

»Ich habe ihn nicht außer acht gelassen. Verdammt noch mal, Lanning, begreifen Sie doch endlich, daß sie sich nicht aufhebt . . .«

»Klar doch, das haben Sie ja bereits erklärt. Sie bedienten sich doch der Mitchellschen Translations-Gleichung, nicht wahr? Nun, und die gehört dort eben nicht hin. Sie trifft nicht zu.«

»Und warum nicht?«

»Zum einen, weil Sie mit hyper-imaginären Werten gearbeitet haben.«

»Und was hat das mit unserem Problem zu tun?«

»Mitchells Gleichung stimmt nicht, wenn . . .«

»Sind Sie verrückt? Lesen Sie sich lieber noch mal Mitchells Arbeit über Transaktionen der Grenz . . .«

»Das brauche ich gar nicht. Ich habe Ihnen doch schon zu Beginn gesagt, daß mir sein Beweisgang nicht eindeutig genug ist, und Herbie bestätigt mich in dieser Auffassung.«

»Schön«, schrie Bogert, »dann lassen Sie doch dieses Maschinenkonglomerat die Lösung finden. Warum befassen Sie sich dann überhaupt noch mit solchen Unwichtigkeiten?«

»Darin liegt ja gerade die Schwierigkeit. Herbie kann das Problem gar nicht lösen. Und kann er's nicht, so können wir's auch nicht – ich meine allein. Ich werde die ganze Frage dem Nationalen Ausschuß unterbreiten. Die Sache überschreitet bei weitem unsere eigenen Möglichkeiten.« Bogerts Stuhl kippte nach hinten über, als er mit wutverzerrtem Gesicht aufsprang. »Das werden Sie keinesfalls tun.«

Auch Lannings Gesicht rötete sich jetzt. »Wollen Sie mir vielleicht vorschreiben, was ich tun darf und was nicht?«

»Genau das«, kam die bissige Antwort. »Ich habe das Problem gelöst, und Sie werden es nicht fertigbringen, mir meine Leistung zu stehlen, verstanden?«

»Bogert, Sie sind ein verdammter Narr. Noch ein Wort, und ich lasse Sie wegen Insubordination sofort vom Dienst suspendieren.«

Lannings Unterlippe zitterte vor innerer Erregung.

»Genau das werden Sie nicht tun, mein lieber Lanning. Da, wo ein gedankenlesender Robot in der Nähe ist, gibt es nicht mehr viele Geheimnisse. Vergessen Sie daher bitte nicht, daß ich völlig im Bilde bin über Ihre Abdankung.«

Die Asche an Lannings Zigarre zitterte und fiel zu Boden, und der Asche folgte die Zigarre selbst.

»Was – was ...«

Bogert lachte bösartig. »Und ich bin der neue Direktor, verstehen Sie mich? Ich bin mir dessen durchaus bewußt. Fügen Sie sich nicht, so werden Sie in solche Schwierigkeiten kommen, daß Ihnen die Augen übergehen!«

Nun fand Lanning endlich seine Sprache wieder. »Sie sind Ihres Dienstes enthoben«, brüllte er, »verstehen Sie mich? Sie sind entlassen, aller Pflichten entbunden.«

Das Lächeln auf dem Gesicht des anderen wurde noch breiter. »Was kann Ihnen das nützen? *Ich* bin derjenige, der die Trümpfe in der Hand hält. Ich weiß, daß Sie zurückgetreten sind. Herbie hat's mir gesagt, und er weiß es direkt von Ihnen.«

Lanning zwang sich, ruhig zu sprechen. Er sah mit einemmal furchtbar alt aus. »Ich will mit Herbie sprechen. Er kann Ihnen gar nichts Derartiges gesagt haben. Sie spielen ein hohes Spiel, Bogert, aber ich nehme Ihre Herausforderung an. Kommen Sie mit!«

Bogert zuckte mit den Schultern. »Um Herbie zu besuchen? Schön. Ausgezeichnet sogar.«

Es war genau zwölf Uhr mittags, als Milton Ashe von seiner ungeschickten Zeichnung aufschaute und sagte: »Verstehen Sie, was ich meine? Ich bin nicht in der Lage, das Ganze richtig aufzuzeichnen, aber so ungefähr sieht es aus. Es ist ein herrliches Haus, und ich kann's fast für nichts kaufen.«

Susan Calvin schaute ihn mit sanften Augen an. »Es ist wirklich wunderschön«, seufzte sie. »Ich habe oft gedacht, daß ich so gerne einmal . . .« Ihre Stimme verlor sich.

»Natürlich«, fuhr Ashe schnell fort, während er den Bleistift niederlegte, »muß ich warten bis zu meinem Urlaub. Das sind nur noch zwei Wochen, aber diese Herbiegeschichte macht ja überhaupt alles fraglich. Nebenbei ist damit noch eine andere Sache verknüpft, aber die ist noch ein Geheimnis.«

»Dann verraten Sie es mir auch nicht?«

»Ach, warum eigentlich nicht? Ich möchte mich einfach jemandem mitteilen – und Sie sind so ziemlich die einzige Person, zu der ich hier Vertrauen habe.« Er lächelte verlegen.

Susan Calvins Herz klopfte wie rasend, aber sie sagte nichts.

»Offen gesagt«, Ashe rückte seinen Stuhl näher an den ihren heran und senkte seine Stimme zu einem vertraulichen Flüstern, »das Haus ist nicht für mich allein bestimmt. Ich will heiraten.«

Und dann sprang er plötzlich von seinem Stuhl auf. »Was ist los?«

»Nichts.« Das Gefühl, daß sich alles um sie drehte, war verschwunden, aber Susan hatte noch immer Schwierigkeiten zu sprechen. »Sie wollen heiraten? Sie – Sie wollen damit sagen, daß . . .«

»Natürlich. Ist doch höchste Zeit, oder nicht? Erinnern Sie sich an das Mädchen, das letzten Sommer hier war? Das ist diejenige, welche. Aber es ist Ihnen *wirklich* nicht gut. Sie . . .«

»Ich habe Kopfweh.« Susan machte eine schwache Bewegung der Abwehr. »Ich hatte in letzter Zeit häufig solche Anfälle. Ich möchte – möchte Ihnen natürlich gratulieren. Ich bin sehr froh, daß . . .« Von neuem begann sich das Zimmer um sie zu drehen. »Entschuldigen Sie mich jetzt, bitte!«

Die Worte waren fast unverständlich. Sie sprach sie, während sie wie eine Blinde durch die Tür stolperte. Das Ganze hatte sich mit der Plötzlichkeit einer Katastrophe in einem Traum ereignet – mit dem unwirklichen Grauen eines Alpdruckes.

Wie aber konnte es möglich sein? Herbie hatte doch gesagt ... Und Herbie mußte es wissen.

Als sie aufschaute, stand sie Herbie gegenüber. Schwer lehnte sie sich gegen den Pfosten der Tür. Offenbar war sie zwei Stockwerke hoch hinaufgestiegen, ohne daß sie sich aber daran erinnern konnte.

Und noch immer starrten Herbies unbewegliche Augen sie an.

Nun redete er. Sie spürte kaltes Glas, das jemand gegen ihre Lippen preßte. Dann wurde sie sich plötzlich und mit einem Schauder ihrer Umgebung bewußt.

Noch immer sprach Herbie. Erregung klang aus seiner Stimme – als wäre er innerlich verletzt und verängstigt und als flehe er sie an.

Die Worte begannen verständlich zu werden.

»Es ist nichts als ein Traum«, sagte er, »und Sie müssen ihn nicht glauben. Bald erwachen Sie wieder, und dann lachen Sie darüber. Er liebt Sie, sage ich Ihnen. Bestimmt, ganz bestimmt. Aber nicht hier. Nicht jetzt. All dies ist eine Illusion.«

Susan Calvin nickte. Flüsternd sagte sie. »Ja, ja.« Sie hatte Herbies Arm gepackt und hielt sich daran fest, während sie immer wieder und wieder sagte: »Es ist nicht wahr, wie? Nicht wahr – nicht wahr ...«

Sie wußte nie, wie sie wirklich wieder zu sich kam ... nur, daß es so vor sich ging, als schritte sie aus einer Welt grausamen Sonnenlichts. Sie stieß den Robot vor sich weg, stieß hart gegen seinen stählernen Arm. Ihre Augen waren weit aufgerissen.

»Was beabsichtigst du mit diesem Spiel?« Ihre Stimme verwandelte sich in ein Schreien. »Was soll das alles heißen?«

Herbie wich zurück. »Ich versuche zu helfen.«

Die Psychologin starrte ihn an. »Helfen? Indem du mir sagst, dies alles sei ein Traum? Indem du versuchst, mich zum Wahnsinn zu treiben?« In einer Art von Hysterie spannten sich alle ihre Muskeln. »Dies ist absolut kein Traum. Ich wollte, es wäre einer.«

Tief atmete sie ein. »Warte mal! Warum ... warum ... ach Gott, jetzt verstehe ich alles. Es liegt ja so klar auf der Hand ...«

Grauen sprach aus der Stimme des Robots. »Ich mußte es tun.«

»Und ich habe dir geglaubt. Nie habe ich daran gedacht. Daß ...«

Laute Stimmen vor der Tür brachten sie zum Verstummen. Sie wandte sich ab. Krampfhaft öffneten und schlossen sich ihre Fäuste. Als Bogert und Lanning eintraten, befand sie sich am entferntesten Fenster. Keiner der Männer schenkte ihr die geringste Aufmerksamkeit. Gleichzeitig näherten sie sich Herbie. Lanning war ärgerlich und ungeduldig, Bogert hämisch kühl. Der Direktor sprach als erster.

»Hör mal, Herbie! Paß auf, was ich sage!«

Die Robotaugen wandten sich dem greisen Direktor zu. »Sie wünschen, Dr. Lanning?«

»Hast du mit Dr. Bogert über mich gesprochen?«

»Nein, Sir.« Die Antwort kam langsam, und das Lächeln auf Bogerts Gesicht verschwand.

»Was soll denn das heißen?« Bogert schob sich vor seinen Vorgesetzten und stellte sich breitbeinig dem Robot gegenüber. »Wiederhole, was du mir gestern gesagt hast.«

»Ich sagte, daß ...« Herbie verstummte. Tief in ihm vibrierte sein metallisches Zwerchfell, und etwas wie ein leises Stöhnen wurde hörbar.

»Sagtest du nicht, er hätte abgedankt?« brüllte Bogert. »Antworte mir!«

Wild hob Bogert seinen Arm, aber Lanning stieß ihn zur Seite. »Versuchen Sie vielleicht, ihn zu einer Lüge zu zwingen?«

»Sie haben selbst gehört, was er gesagt hat, Lanning. Er war dabei, ›ja‹ zu sagen, hat sich dann aber unterbrochen. Weg mit Ihnen! Ich will die Wahrheit hören, verstanden?«

»*Ich* werde ihn fragen.« Lanning wandte sich dem Robot zu. »Schon gut, Herbie. Reg dich nicht auf! Habe ich abgedankt?«

Herbie starrte ihn an, und Lanning wiederholte ängstlich: »Habe ich abgedankt? Bin ich zurückgetreten?« Fast unmerklich schüttelte der Robot den Kopf. Auch nach langem Warten äußerte er sich sonst in keiner Weise. Die beiden Männer schauten sich an, und die Feindseligkeit zwischen ihnen ließ sich fast mit Händen greifen.

»Kreuzdonnerwetter noch einmal!« brach Bogert los. »Hat der Robot plötzlich die Sprache verloren? Kannst du nicht mehr reden, du Ungeheuer?«

»Doch, ich kann sprechen«, kam prompt die Antwort.

»Dann beantworte die Frage! Hast du mir nicht gesagt, Lanning sei zurückgetreten? Und ist er nicht zurückgetreten?«

Und wieder erfolgte keine Antwort, bis plötzlich vom anderen Ende des Raumes her Susan Calvins Lachen hörbar wurde. Es war ein hohes, fast hysterisches Lachen. Die beiden Mathematiker zuckten zusammen, und Bogerts Augen wurden klein. »*Sie* sind hier? Was ist an dieser Sache eigentlich so komisch?«

»Nichts ist komisch.« Ihre Stimme wirkte etwas unfrei. »Ich bin also nicht der einzige, der hereingefallen ist. Es liegt eine gewisse Ironie in der Tatsache, daß drei der größten Robotfachleute der Welt in die gleiche recht primitive Falle gehen, oder nicht? Aber komisch – nein, komisch ist es nicht.«

Diesmal schauten die beiden Männer sich mit hochgezogenen Augenbrauen an. »Von welcher Falle sprechen Sie?« fragte Lanning steif. »Stimmt was nicht mit Herbie?«

»Doch, es stimmt alles.« Sie näherte sich den beiden langsam. »Er ist völlig in Ordnung – nur wir sind's nicht ganz.« Sie drehte sich plötzlich auf dem Absatz um und schrie den Robot an. »Mach, daß du mir aus den Augen kommst! Geh ans andere Ende des Zimmers, daß ich dich nicht mehr anschauen muß!«

Herbie schien sich zu ducken. Klirrend trottete er davon.

Lanning Stimme klang feindlich. »Was soll das alles bedeuten, Dr. Calvin?«

Sie wandte sich den beiden wieder zu und sagte sarkastisch: »Sicherlich kennen Sie doch das *Erste Gesetz der Robotik*.«

Gemeinsam nickten die beiden. »Natürlich«, sagte Dr. Bogert gereizt, »ein Robot darf kein menschliches Wesen verletztzen, noch durch Untätigkeit es zulassen, daß ein Mensch sich selbst Schaden zufügt.«

»Wie gut Sie das hersagen«, höhnte Dr. Calvin. »Aber um welche Art von Schaden handelt es sich?«

»Natürlich – jede Art von Schaden.«

»Genau so. Jede Art von Schaden. Wie aber steht es mit dem Verletzen von Gefühlen? Mit der Erniedrigung des eigenen Egos? Wie steht's mit der Zerstörung von Hoffnungen? Sind auch das Verletzungen im Sinne des Gesetzes?« Lanning runzelte die Stirn. »Was kann ein Robot wissen von ...« Dann aber unterbrach er sich selbst.

»Sie begreifen's nun, was? Dieser Robot hier liest Gedanken.

Nehmen Sie vielleicht an, daß er nicht ganz genau im Bilde darüber ist, was eine Gefühlsverletzung bedeutet? Nehmen Sie vielleicht an, daß er, wenn ich ihm eine Frage stelle, nicht genau die Antwort geben würde, die ich hören möchte? Würde mich nicht jede andere Antwort verletzen, und weiß Herbie das vielleicht nicht?«

»Du meine Güte!« murmelte Bogert.

Die Psychologin warf ihm einen spöttischen Blick zu. »Ich nehme an, Sie haben ihn gefragt, ob Dr. Lanning zurückgetreten sei. Sie wollten eine positive Antwort hören, und so hat Herbie sie Ihnen gegeben.«

»Und ich nehme an, daß dies der Grund ist, warum er vor einer Weile gar nicht geantwortet hat«, sagte Dr. Lanning tonlos. »Er konnte es nicht tun, ohne einen von uns zu verletzten.«

Eine kleine Stille folgte, während die Männer in Gedanken versunken den Robot auf der anderen Seite des Raumes betrachteten. Er hatte sich in einem Stuhl neben dem Bücherregal niedergelassen und saß mit aufgestütztem Kopf regungslos da.

Susan Calvin hatte den Blick gesenkt. »Er wußte das alles. Dieser Teufel weiß alles, auch, welcher Fehler bei seiner eigenen Herstellung gemacht worden ist.« Ihre Augen waren jetzt dunkel und bedrückt.

Lanning schaute auf. »In diesem Punkt irren Sie sich, Dr. Calvin. Er weiß keineswegs, was schiefgegangen ist. Ich habe ihn gefragt.«

»Das bedeutet doch gar nichts weiter«, schrie Calvin, »als daß Sie nicht wollten, daß er uns die Lösung des Problems mitteilt. Es würde Ihrem Ego schweren Abbruch tun, wüßten Sie, daß eine Maschine existiert, die etwas kann, was Sie nicht können. Haben auch Sie ihn gefragt?« wandte sie sich an Bogert.

»Sozusagen.« Bogert hüstelte und errötete. »Er antwortete mir, er verstehe sehr wenig von Mathematik.«

Lanning lachte leise vor sich hin, und die Psychologin lächelte ironisch. Sie sagte: »Ich werde ihn fragen. Gibt er mir die Antwort auf das Problem, das uns beschäftigt ... *mein* Ego kann es nicht verletzen.« Sie hob ihre Stimme, und ihr Ton wurde kalt und kommandierend. »Komm hierher!«

Herbie erhob sich und kam zögernden Schrittes näher.

»Ich nehme an, du weißt ganz genau, wo sich bei deiner Herstellung ein Fehler eingeschlichen hat oder etwas Wesentliches vergessen wurde.«

»Jawohl«, sagte Herbie kaum hörbar.

»Moment mal«, unterbrach Bogert, »das braucht nicht unbedingt zu stimmen. Sie wollen diese Antwort von ihm bekommen. Das ist alles.«

»Lassen Sie ihn doch mal sagen, was er zu sagen hat!«

Der Mathematiker verstummte, und Calvin fuhr fort: »Schön also, Herbie, schieß los! Wir warten auf das, was du uns zu sagen hast.« Und sozusagen als Randbemerkung: »Halten Sie Bleistift und Papier bereit, meine Herren.«

Aber Herbie blieb still. In der Stimme der Psychologin lag Triumph. »Warum antwortest du nicht, Herbie?«

Aus dem Robot brach es heraus: »Weil ich nicht kann. Sie wissen, daß ich nicht kann. Dr. Bogert und Dr. Lanning wollen nicht, daß ich antworte.«

»Sie wollen aber die Lösung.«

»Aber nicht von mir.«

Lanning mischte sich ein. Er sprach langsam und deutlich. »Sei nicht töricht, Herbie! Wir wollen, daß du uns sagst, was du weißt.«

Bogert nickte kurz.

Herbies Stimme schien sich zu überschlagen. »Was nützt es, das zu sagen? Glauben Sie nicht, daß ich durch die Oberflächenhaut Ihrer Gedanken hindurchsehen kann? Tief in Ihrem Innern wollen Sie nicht, daß ich antworte. Ich bin eine Maschine, der durch das positronische Spiel der Kräfte in meinem Gehirn ein nachgeahmtes Leben verliehen wurde. Dieses Gehirn ist Menschenwerk. Sie können mir gegenüber nie der Unterlegene sein, ohne sich verletzt zu fühlen. Dieses Gefühl ist tief verankert in Ihrem Innern und kann nicht ausgelöscht werden. Ich kann Ihnen die Lösung nicht geben.«

»Wir verlassen den Raum«, sagte Dr. Lanning. »Gib Dr. Calvin die Lösung!«

»Das würde doch gar nichts ändern«, schrie Herbie, »da Sie dann ja doch wüßten, daß ich es war, der die Antwort gegeben hat.«

Calvin mischte sich wieder ein. »Du verstehst aber doch, Herbie, daß die Herren Bogert und Lanning dennoch die Lösung des Problems haben wollen.«

»Aber nur, wenn sie sie selber finden«, sagte Herbie.

»Du kannst es nicht sagen«, fuhr die Psychologin fort, »weil sie das verletzen würde, und du darfst sie nicht verletzen. Aber sagst du's nicht, so verletzt du sie ebenfalls, und daher mußt du's sagen. Tust du das aber, so verletzt du, und das darfst du nicht, und so kannst du's nicht sagen. Aber sagst du's nicht, so verletzt du, und daher mußt du's sagen. Tust du das aber, so verletzt du, und das darfst du nicht. Sagst du's aber nicht, so verletzt du und ...«

Herbie war nun bis zur Wand zurückgewichen. Er sank in die Knie. »Hören Sie auf!« schrie er. »Verschließen Sie vor mir Ihre Gedanken. Sie sind voll Schmerz und Enttäuschung und Haß. Ich hatte keine bösen Absichten. Ich versuchte zu helfen. Ich habe Ihnen nur das gesagt, was Sie hören wollten. Das mußte ich tun.«

Die Psychologin achtete nicht auf ihn. »Du mußt es ihnen sagen, aber tust du das, so verletzt du sie, und so darfst du es nicht tun. Tust du's aber nicht, so verletzt du ebenfalls, und so mußt du's sagen. Aber ...«

Und Herbie brüllte.

Der Ton wurde schriller und schriller, bis er sich überschlug. In ihm lag der ganze Schrecken einer verlorenen Seele, und er erfüllte den Raum und die Menschen bis in die tiefsten Tiefen.

Gleichzeitig mit dem Ersterben des Tones brach Herbie in sich selbst zusammen und wurde zu einem Haufen bewegungslosen Metalls.

Bogerts Gesicht war blutleer geworden. »Er ist tot.«

»Nein!« Susan Calvins Körper wurde von einem wilden Gelächter geschüttelt. »Nicht tot, sondern lediglich wahnsinnig. Ich konfrontierte ihn mit einem unlösbaren Dilemma, und so brach er zusammen. Nun könnt ihr ihn auseinandernehmen, denn er wird niemals wieder sprechen.«

Lanning sagte: »Sie haben das absichtlich getan.« Er trat Susan Calvin mit verzerrtem Gesicht gegenüber.

»Und wenn? Jetzt können Sie bestimmt nichts mehr daran ändern.« Und in einem plötzlichen Anflug von Bitterkeit: »Er hat's verdient.«

Der Direktor packte den bewegungslosen Bogert am Handgelenk. Er seufzte. »Ein denkender Robot dieser Sorte ist ja ohnedies wertlos. Kommen Sie, Peter!«

Nachdem die beiden Wissenschaftler den Raum verlassen hatten, dauerte es noch Minuten, bis Dr. Susan Calvin ihr Gleichgewicht wiederfand. Langsam wandte sich ihr Blick dem lebend toten Herbie zu, und allmählich bekamen ihre Züge die alte Straffheit wieder. Lange starrte sie ihn an, während das Gefühl des Triumphs von ihr wich und hilflose Enttäuschung sich ihrer wieder bemächtigte. Aus all ihren wirren Gedanken und Empfindungen aber bahnte sich nur ein einziges bitteres Wort den Weg über ihre Lippen: »Lügner!«

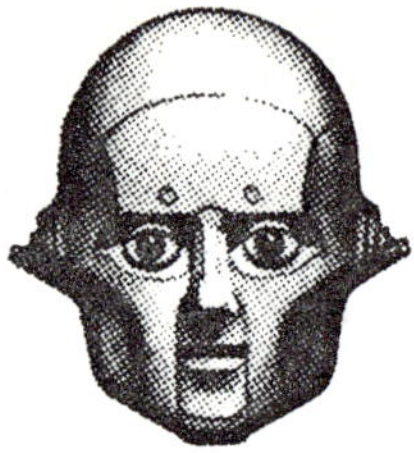

HERUMTREIBER

Es war eine von Gregory Powells Binsenwahrheiten, daß Aufregung nie zu etwas Gutem führe. Daher kam es auch, daß er, als Mike Donovan in großen Sprüngen die Treppe herunter und ihm entgegengerannt kam, lediglich die Stirn runzelte.

»Was ist denn los?« fragte er. »Hast du dir etwa einen Fingernagel abgebrochen?«

»Ein blödsinniger Witz«, fauchte Donovan, der vor Nervosität fieberte. »Was hast du eigentlich hier unten den ganzen Tag über geschafft?« Er holte tief Atem. Dann brach es aus ihm heraus. »Speedy ist nicht zurückgekehrt.«

Powells Augen weiteten sich vor Schreck. Er blieb auf der Treppe stehen. Dann faßte er sich und setzte seinen Weg nach oben fort.

»Du hast ihn ausgeschickt, um Selen zu holen?«

»Ja.«

»Und wie lange ist er schon weg?«

»Jetzt sind's genau fünf Stunden.«

Stille. Das war ja eine schöne Geschichte. Seit genau zwölf Stunden befanden sie sich auf dem Merkur – und schon saßen sie bis zum Halse in den schlimmsten Schwierigkeiten.

Powell sagte: »Fang ganz vorne an, damit ich die Sache verstehe!«

Im Augenblick befanden sich die beiden im Funkraum. Vorsichtig berührte Powell eine noch leuchtende metallische Oberfläche. Eine Atmosphäre der Leere und Untätigkeit, die diesen Raum und darüber hinaus die ganze Station erfüllte, wirkte stark deprimierend.

Donovan mußte es wohl gespürt haben. Er begann: »Ich habe versucht, ihn durch Funk aufzufinden, aber ohne Erfolg.«

»Was *hast* du gefunden?«

»Auf kurzer Welle habe ich das Signal einer unorganisierten Masse erhalten. Aus diesem Signal konnte ich aber nicht mehr entnehmen als die Position, in der sich diese Masse befand. So war ich imstande, zwei Stunden lang seinen Weg zu verfolgen. Die Resultate habe ich dann auf einer Karte eingezeichnet.«

In seiner Hüfttasche befand sich ein vergilbtes Stück Pergament – ein Überrest der mißglückten ersten Expedition. Diesen Fetzen Pergament warf er nun vor sich auf den Schreibtisch und strich ihn mit der Handfläche glatt.

Nervös zeigte Donovan mit dem Bleistift auf ein rotes Kreuz. »Dies hier ist das Selenvorkommen. Du hast es selbst eingezeichnet.«

»Welches von den verschiedenen Vorkommen ist es?« unterbrach ihn Powell.

»Es waren drei, die MacDougal angegeben hat, ehe er ging.«

»Natürlich habe ich Speedy zum nächstgelegenen geschickt. Es ist etwa 25 Kilometer entfernt.

Die kleinen Punkte, die die jeweilige Position Speedys anzeigten, bildeten, grob gesagt, eine Art Kreis rund um das Selenvorkommen.

Donovan fügte hinzu: »Während der zwei Stunden, in denen ich ihn kontrolliert habe, hat er den Weg um die Selenablagerung viermal gemacht. Mir scheint es ziemlich wahrscheinlich, daß er diese Wanderung in alle Ewigkeit fortsetzen wird. Ist dir klar, in welch toller Lage wir uns befinden?«

Powell schaute kurz auf, sagte aber nichts. Natürlich war ihm klar, in welcher Lage sie sich befanden. Sie war eindeutig. Die Schutzwand, die durch die Fotozellbänke (und nichts sonst) zwischen ihnen und der vollen Kraft der diesigen Merkursonne gezogen war, ging zum Teufel. Das einzige, was fähig war, diese Schutzwand wirksam zu halten, war Selen. Und das einzige Wesen, das Selen herbeischaffen konnte, war Speedy. Kam Speedy nicht zurück, so gab es auch kein Selen. Gab es kein Selen, so gab es keine Fotozellbänke. Gab es aber diese nicht – nun ja – langsam zu Tode geröstet zu werden gehört zu den weniger angenehmen Todesarten. Donovan fuhr sich wild mit der Hand durch das dichte rote Haar. »Wir werden zum Gespött des ganzen Systems werden, Greg. Das großartige Zweigespann Powell und Donovan wird zum Merkur geschickt, um einen Bericht darüber abzugeben, ob die Wiedereröffnung der Bergbaustation auf der Sonnenseite des Merkur unter Ausnutzung moderner technischer Methoden und unter Verwendung von Robotern ratsam erscheint. Und was geschieht? Gleich am ersten Tag ruinieren wir die ganze Sache. Niemals werden wir einen solchen Fehlschlag wiedergutmachen können.«

»Das haben wir vielleicht auch gar nicht nötig«, erwiderte Powell gelassen. »Handeln wir jetzt nicht ganz rasch, brauchen wir überhaupt nichts wiedergutzumachen.«

»Hör doch auf! Wenn dir zum Lachen zumute ist, Greg – mir ist's bestimmt todernst. Es war einfach verbrecherisch, uns mit nur einem einzigen Robot hier heraufzuschicken. Und es war dein großartiger Gedanke, daß wir die Fotozellbänke ganz allein bedienen könnten.«

»Nun bist du ungerecht. Es war eine gemeinsame Entscheidung, und du weißt das auch genau. Wir benötigten lediglich ein Kilogramm Selen, eine Steelhead-Dielektroden-Platte und ungefähr drei Stunden Zeit. Dabei befinden sich Vorkommen reinen Selens überall auf der Sonnenseite des Planeten.«

»Wir können nicht selber Jagd auf Speedy machen, Mike – nicht auf der Sonnenseite. Selbst die neuen Isolieranzüge nützen in direktem Sonnenlicht nicht länger als zwanzig Minuten. Aber du kennst doch das alte Sprichwort: ›Nimm dir einen Robot, um einen Robot zu fangen.‹ Schau, Mike, vielleicht ist alles nur halb so schlimm. Wir haben in den unteren Schächten sechs Roboter, die wir, wenn sie noch funktionieren, vielleicht benutzen können.«

Ein Hoffnungsschimmer leuchtete in Donovans Augen auf. »Du meinst die sechs Roboter der ersten Expedition. Bist du auch sicher? Vielleicht sind das nur subrobotische Maschinen. Du weißt ja, daß – was Robottypen angeht – zehn Jahre eine verdammt lange Zeit sind.«

»Nein, es sind Roboter. Ich habe den ganzen Tag bei ihnen zugebracht, und ich weiß es bestimmt. Sie haben Positronengehirne – allerdings primitive.« Er steckte den Plan in die Tasche. »Gehen wir also.«

Die Roboter befanden sich im untersten Schacht der Anlage ... alle sechs. Sie waren ungeheuer groß. Obwohl sie in sitzender Stellung mit nach vorn ausgestreckten Beinen auf dem Boden hockten, befanden sich ihre Köpfe doch in über zwei Meter Höhe.

Donovan pfiff durch die Zähne. »Hast du sie schon eingeschaltet?« fragte er.

»Nein. Dazu hatte ich ja keine Ursache. Ich glaube aber nicht, daß ihnen irgendwas fehlt. Selbst ihre Stimmbandanlage ist in ziemlich gutem Zustand. Möglicherweise sprechen sie sogar.«

Während er sprach, hatte er die Brustplatte des nächsten Robots abgeschraubt. Nun schob er die fünf Zentimeter große Kugel ein, die den winzigen Funken atomischer Kraft enthielt – jener Kraft, die das ganze Leben eines Robots ausmachte. Er hatte Schwierigkeiten, sie richtig einzupassen, aber schließlich gelang es doch. Mühevoll schraubte er die Brustplatte wieder fest. Von den Radiokontrollen modernerer Art hatte man damals vor zehn Jahren noch nichts gewußt. Nachdem er mit dem ersten fertig war, wandte er sich den anderen zu, bis er sie endlich alle sechs in Bereitschaft hatte.

Unruhig sagte Donovan: »Bis jetzt haben sie sich noch nicht gerührt.«

»Bis jetzt hat ihnen auch noch niemand befohlen, sich zu rühren«, erwiderte Powell kurz und bündig, ging zu dem ersten in der Reihe und versetzte ihm einen Schlag auf die Brust. »Du da. Hörst du mich?«

Langsam neigte sich der Kopf des Robots. Seine Augen wandten sich Powell zu. Dann sagte er mit einer heiseren, quietschenden Stimme: »Ja, Meister.«

Powell grinste Donovan an: »Hast du das gehört? Die stammen noch aus den Zeiten der ersten sprechenden Roboter.«

Wieder wandte er sich dem Robot zu.

»Steh auf!« Langsam erhob sich der Automat. Donovan mußte den Kopf in den Nacken legen, und wieder pfiff er durch die Zähne.

Powell sagte: »Kannst du hinaus auf die Oberfläche gehen? Ins Licht?«

Der Robot schien zu überlegen. Sein langsames Gehirn arbeitete schwer. Dann: »Ja, Meister.«

»Weißt du, was ein Kilometer ist?«

Wieder überlegte der Robot, und wieder kam langsam die Antwort: »Ja, Meister.«

»Wir werden dich also hinauf zur Oberfläche führen und dir eine Richtung anzeigen. In diese Richtung wirst du etwa fünfundzwanzig Kilometer gehen. Am Ende wirst du dann dort in jener Gegend einen anderen Robot finden, der kleiner ist als du. Hast du bis dahin alles verstanden?«

»Ja, Meister.«

»Du wirst also diesen Robot finden, und du wirst ihm befehlen, zurückzukommen. Kommt er nicht freiwillig, so hast du Gewalt anzuwenden.«

Donovan packte Powell am Ärmel. »Warum befiehlst du ihm nicht einfach, das Selen direkt zu holen?«

»Weil ich Speedy zurückhaben will, du Idiot. Ich will wissen, was an ihm defekt geworden ist.« Und zum Robot gewandt: »Schön also, folge mir!«

Der Robot blieb unbeweglich, und seine Stimme brummte: »Entschuldigung, Meister, aber das kann ich nicht. Ihr müßt zuerst aufsitzen.« Seine schwerfälligen Arme waren mit einem Klirren zusammengekommen, seine Finger hatten sich ineinander verschränkt.

Powell starrte ihn an. »Ach, auch das noch . . .«

Donovans Augen schienen aus seinem Kopf herauszutreten. »Wir müssen ihn reiten? Wie ein Pferd?«

»Offenbar. Was sollen wir jetzt tun?«

»Das überlege ich mir gerade«, murmelte Donovan. »Wir können nicht hinauf auf die Oberfläche, ganz gleich, ob mit oder ohne Robot.« Er schnalzte zweimal mit dem Finger, und seine Aufregung wuchs. »Gib mir mal die Karte, die du eingesteckt hast! Ich habe sie nicht umsonst zwei Stunden lang studiert. Wir befinden uns hier in einer Bergwerkstation. Warum sollten wir nicht die Schächte benutzen?«

Donovan studierte die Zeichenerklärung, die sich am unteren Rand der Karte befand. »Schau«, sagte er, »die kleinen schwarzen Punkte bedeuten Öffnungen zur Oberfläche, und hier befindet sich eine solche nur fünf Kilometer von dem Selenvorkommen entfernt. Hier steht eine Nummer – 13a. Wenn die Roboter sich hier auskennen . . .« Powell stellte die Frage und bekam als Antwort ein eintönies »Ja, Meister«.

»Zieh deinen Isolieranzug an«, sagte Powell mit Befriedigung zu Donovan.

Für beide war es das erste Mal, daß sie einen solchen Anzug anlegten. Sie bestanden aus hitzeabwehrendem Kunststoff und chemisch behandelten Korkschichten und waren mit einer Trockeneinrichtung versehen, die die Luft knochentrocken hielt. Mit Hilfe solcher Isolieranzüge konnte man die volle Kraft der Merkursonne für die Dauer von zwanzig Minuten aushalten. Auch noch fünf bis zehn Minuten länger mochte der Träger eines solchen Anzuges der Hitze widerstehen, ohne daran zugrunde zu gehen.

Noch immer bildeten die Hände des Robots eine Art von Steigbügel. Sein Gesichtsausdruck zeigte nicht das leiseste Erstaunen beim Anblick der grotesken Gestalt, in die Powell sich verwandelt hatte.

Powells Stimme, die durch das Radio einen rauhen Klang erhielt, dröhnte: »Bist du bereit, uns zum Ausgang 13a zu bringen?«

»Ja, Meister.«

Schön, dachte Powell. Diese Dinger besaßen zwar keine Radiokontrolle. Dafür waren sie aber wenigstens auf Funkempfang eingestellt. »Besteig du einen anderen, Mike«, sagte er zu Donovan.

Er stellte einen Fuß auf den improvisierten Steigbügel und schwang sich nach oben. In jeder Schulter befand sich eine flache Einbuchtung für die Schenkel. Auch der Sinn der zwei in die Länge gezogenen Ohren wurde nun deutlich.

Powell packte die Ohren und drehte damit den Kopf des Automaten. Schwerfällig wendete sich sein Reittier um. »Vorwärts, Macduff!« Doch war ihm gar nicht so wohl bei der ganzen Sache.

Die gigantischen Roboter bewegten sich langsam und mit mechanischer Präzision. Zunächst durchschritten sie die Tür. Dann gingen sie mit dröhnenden Schritten durch einen schmalen Gang und in die Luftschleuse hinein.

Die Roboter trotteten weiter.

Nach einiger Zeit sagte Powells Robot: »Wir sind angekommen.«

»Was?« Powell fuhr aus seinem Dösen auf. »Schön – also schaff uns raus ins Freie, hinaus auf die Oberfläche.«

Sie befanden sich in einer winzigen, leeren, luftlosen und verfallenen Nebenstelle.

»Machen wir, daß wir hier herauskommen!«

Eine hochaufragende Klippe aus schwarzem, basaltartigem Gestein schnitt das Sonnenlicht ab, und der tiefe Nachtschatten einer luftlosen Welt umgab sie. Dieser Schatten brach mit messerscharfer Plötzlichkeit inmitten fast unerträglich weißen Lichtes ab – eines Lichtes, das sich in Myriaden von Kristallen auf dem felsigen Boden spiegelte.

»Zum Donnerwetter«, rief Donovan fast atemlos, »... das sieht wie Schnee aus.«

Und so war es auch.

Powell ließ seine Blicke über das zerklüftete Glitzern Merkurs bis zum Horizont hin wandern.

»Dies hier muß eine ganz außergewöhnliche Gegend sein«, sagte er. »Im allgemeinen reflektiert der Merkur nicht viel Licht, und in der Hauptsache besteht sein Boden aus grauem Bimsstein. Schön ist das hier, was?«

Er war dankbar für die Lichtfilter, die sich in ihren Gesichtsplatten befanden. Schön oder nicht schön – ein Blick ins Sonnenlicht durch gewöhnliches Glas hätte sie innerhalb einer halben Minute blind gemacht.

Donovan war damit beschäftigt, sein Federthermometer zu betrachten, das an seinem Handgelenk befestigt war. »Du guter Gott, die Temperatur beträgt hier achtzig Grad Celsius!«

Powell kontrollierte sein eigenes Instrument. »Mhm«, sagte er. »Bißchen viel, was?«

Powell hatte jetzt seinen Feldstecher eingestellt.

Donovan beobachtete ihn gespannt. »Kannst du was entdecken?«

Der andere antwortete nicht gleich, und als er es schließlich tat, klang seine Stimme ängstlich und sorgenvoll. »Am Horizont ist ein dunkler Punkt, der vielleicht die Stelle ist, wo sich das Selen befindet. Der Punkt stimmt mit dem auf der Karte überein. Speedy aber kann ich nicht entdecken.«

In dem instinktiven Wunsch, besser zu sehen, kletterte Powell höher hinauf. Schließlich stand er auf den Schultern des Robots. Angestrengt starrte er in die Ferne. Dann sagte er: »Ich glaube – ich glaube – ja, bestimmt ist er's! Er läuft in unsere Richtung!«

Donovans Blicke folgten dem ausgestreckten Finger. Er hatte keinen Feldstecher, aber deutlich sah er einen winzigen, sich bewegenden Punkt, der sich schwarz von dem leuchtenden Glanz des kristallartigen Bodens abhob. »Ich sehe ihn«, brüllte er. »Los, gehen wir!«

Powell hatte sich wieder auf den Schultern des Robots niedergelassen. Seine durch das Material des Anzugs bedeckte Hand schlug gegen die faßartige Brust dieses modernen Gargantua. »Hü – los, geht!«

»Hü!« brüllte auch Donovan.

Sie waren nun aus dem Schatten hinausgetreten. Das Sonnenlicht überflutete sie mit einem weißglühenden Strom.

Donovan duckte sich unwillkürlich. »Menschenskind, bilde ich mir's ein, oder ist es vielleicht tatsächlich so heiß?«

»Heiß – das ist noch gar nichts. In ein paar Augenblicken wird es dir noch viel heißer werden«, kam die grimmige Antwort.

»Behalte Speedy im Auge!«

Robot SPD 13 war nun nahe genug, daß man ihn in allen Einzelheiten erkennen konnte. Blitzende Lichter spiegelten sich in seinem stromlinienförmigen Körper, der sich graziös und schnell über den zerklüfteten Boden bewegte. Sein Name war natürlich von den Anfangsbuchstaben seiner Serie abgeleitet. Dennoch paßte er in jeder Beziehung, denn Speedy heißt ›schnell‹, und die SPD-Modelle gehörten zu den schnellsten Modellen, die überhaupt von der United States Robots and Mechanical Men Corp. hergestellt wurden.

»Speedy«, schrie Powell. »Komm hierher!«

Die Entfernung zwischen den Männern und dem herumirrenden Robot verminderte sich augenblicklich – allerdings mehr durch die Bemühungen Speedys als durch das Dahertrotten der fünfzig Jahre alten ›Rosinanten‹ Donovans und Powells.

Nun waren sie nahe genug, um zu erkennen, daß Speedys Gangart eigenartig schwankend war. Als dann Powell wiederum winkte und die größtmögliche Sendeenergie in seinem kompakten Radiosender, der sich auf seinem Kopf befand, einschaltete – und zwar als Vorbereitung für ein neues Rufen –, schaute Speedy auf und sah sie.

Mit einem Ruck blieb er stehen und verharrte einen Augenblick in dieser Stellung. Er war nicht völlig regungslos, sondern schwankte ein wenig, als würde er von einem leichten Wind bewegt.

Powell brüllte: »Also, mach keine Geschichten, Speedy! Komm hierher, mein Junge!«

Worauf zum ersten Mal Speedys Robotstimme in Powells Kopfhörern ertönte.

Sie sagte: »Wir wollen Spielchen spielen. Du fängst mich, und ich fange dich. Keine Liebe kann unser Messer in zwei Teile schneiden. Denn ich bin klein Butterblümchen – das liebe, kleine Butterblümchen. Juchhe!« Und indem er sich auf dem Absatz umdrehte, rannte er in der Richtung davon, aus der er gekommen war, und zwar mit einer Geschwindigkeit und Kraft, daß der von der Hitze festgebackene Boden nur so nach allen Seiten spritzte.

Und seine letzten Worte waren, ehe er immer kleiner und kleiner wurde: »Eine kleine Blume wuchs unterm Eichenbaum«, welcher Äußerung ein metallisches Klirren folgte, was vielleicht das robotische Gegenstück zu einem Schluckauf war.

Donovan sagte schwach: »Woher hat er nur die Gilbert- und Sullivan-Verse? He, Greg – ich glaube, er ist betrunken oder so was ähnliches.«

»Mensch«, sagte Greg, »du merkst aber auch alles. Laß uns zur Klippe zurückgehen! Sonst werde ich noch bei lebendigem Leben geröstet.«

Es war Powell, der das Schweigen der Verzweiflung brach. »Immerhin, *etwas* stimmt mit ihm nicht, und dieses Etwas ist ganz offenbar das robotische Gegenstück menschlicher Betrunkenheit.«

»Für mich ist er betrunken«, stellte Donovan emphatisch fest. »Und das einzige, was ich weiß, ist, daß er sich einbildet, wir wollten mit ihm spielen, was aber ganz und gar nicht unsere Absicht ist. Für uns ist die ganze Sache eine Sache auf Leben und recht unangenehmen Tod.«

»Schon gut! Ein Robot ist nur ein Robot. Haben wir einmal herausgefunden, was an ihm kaputt ist, dann können wir es sehr schnell reparieren, und alles ist in Ordnung.«

»*Wenn* wir's rausfinden«, sagte Donovan sauer.

Powell fragte: »Hör mal, Mike, was hast du zu Speedy gesagt, als du ihn ausschicktest, das Selen zu holen?«

Donovan war überrascht. »Na ja, ich weiß das nicht. Ich hab' ihm eben einfach gesagt, er soll gehen und es holen.«

»Ich weiß das wohl. Aber wie hast du's gesagt? Versuch dich mal deiner genauen Worte zu erinnern!«

»Ich hab' gesagt – mhm –, ich hab' gesagt: ›Speedy, wir brauchen etwas Selen. Du kannst es dort und dort finden. Geh und hole es!‹ Das war alles. Was hätte ich sonst noch sagen sollen?«

»Du hast den Befehl nicht besonders dringlich gemacht, was?«

»Wozu auch? Die ganze Sache war doch einfach Routine.«

Powell seufzte. »Na gut, jetzt können wir nichts mehr daran ändern – wir sind aber in einer recht fatalen Lage.« Er war von seinem Robot abgesessen und hockte auf dem Boden, den Rücken gegen die Klippe gelehnt. Donovan gesellte sich zu ihm, und sie hakten sich gegenseitig ein.

Powells Radiostimme klang angespannt in Donovans Ohr. »Nun paß mal auf! Fangen wir mit den drei Gesetzen des Roboterdienstes an – jenen Grundregeln, die am allertiefsten eingegraben sind in das positronische Gehirn eines jeden Robots! Wir haben also – erstens: Ein Robot darf kein menschliches Wesen verletzen oder durch Untätigkeit gestatten, daß einem menschlichen Wesen Schaden zugefügt wird.«

»Stimmt.«

»Zweitens«, fuhr Powell fort, »ein Robot muß dem ihm von einem Menschen gegebenen Befehl gehorchen, es sei denn, ein solcher Befehl würde mit Regel Eins kollidieren.«

»Stimmt.«

»Und drittens: Ein Robot muß seine eigene Existenz beschützen, solange dieser Schutz nicht mit Gesetz Eins oder Zwei kollidiert.«

»Stimmt. Und wie geht es nun weiter?«

»Irgendwo in der Nähe des Selenvorkommens droht eine Gefahr. Diese wird um so größer, je mehr er sich dem Selen nähert, und an irgendeinem Punkt kommt das von Anbeginn an ungewöhnliche niedrige Potential des Zweiten Gesetzes in eine Art Gleichgewicht.«

Erregt stand Donovan auf. »Ins Gleichgewicht«, rief er. »Ich verstehe. Gesetz Drei treibt ihn zurück und Gesetz Zwei vorwärts, und so...«

»So beschreibt er einen Kreis um das Selen herum, wobei er sich genau da hält, wo er sich aufhalten muß, wenn die Potentiale im Gleichgewicht sind. Und wenn wir nichts dagegen tun, so wird er für immer und ewig auf dieser Linie bleiben und uns ad infinitum an der Nase herumführen.« Dann in Gedanken: ›Das ist auch der Grund seines Betrunkenseins. Befinden sich die Potentiale im Gleichgewicht, so ist die Hälfte aller Positronischen Bahnen seines

Gehirns instabil. Ich bin zwar kein Robotspezialist, aber das scheint mir doch klar. Wahrscheinlich hat er die Kontrolle gerade über jene Teile seines Willenmechanismus verloren. Ganz schön verworren, was?‹

»Worin aber besteht denn nun jene Gefahr?«

»Vulkanische Tätigkeit. Irgendwo direkt über dem Selenvorkommen befindet sich eine Stelle, an der Gas aus dem Innern des Merkur entströmt. Schwefeldioxid. Und zwar eine ganz ansehnliche Menge – und bei dieser Temperatur.«

Donovan schluckte hörbar. »Kohlenoxyd plus Eisen gibt das flüchtige Eisencarbonyl.«

»Und ein Robot«, fügte Powell hinzu, »besteht inder Hauptsache aus Eisen.« Dann grimmig: »Es gibt nichts Schöneres als logische Deduktion. Wir wissen nun über unser Problem hier alles, außer der Lösung. Selbst können wir das Selen nicht holen. Es ist noch immer zu weit weg. Diese Robotpferde können wir auch nicht schicken, weil sie nicht in der Lage sind, sich allein und ohne Reiter zu bewegen. Uns aber können sie nicht dahin tragen, weil sie dafür viel zu langsam sind. Andererseits können wir auch Speedy nicht fangen, weil der Dummkopf sich einbildet, wir spielen nur mit ihm, und er kann hundert Kilometer in der Zeit rennen, in der wir acht machen.«

»Geht einer von uns«, begann Donovan zögernd, »und kommt schließlich richtig durchgekocht nach Hause, ist noch immer der andere übrig.«

»Stimmt«, kam die sarkastische Antwort. »Rechne selbst mal aus! Wir befinden uns hier vier bis fünf Kilometer von dem Selen entfernt – sagen wir vier. Die Roboter machen etwa sieben Kilometer pro Stunde. Wir selbst können in unseren Isolieranzügen zwanzig Minuten existieren. Vergiß nicht, daß es ja nicht *nur* die Hitze ist! Die Sonnenstrahlung hier im Ultraviolettbereich und darunter ist reines Gift.«

»Mhm«, sagte Donovan. »Es fehlen rund zehn Minuten.«

»Was genausoviel ist, als wenn eine Ewigkeit fehlte. Und noch etwas. Wenn das Potential der Regel Drei Speedy zum Halten bringen konnte, dann muß sich eine recht ansehnliche Menge Kohlenoxyd in der Metalldampfatmosphäre befinden – was eine ganz beträchtliche korrosive Wirkung haben dürfte. Er befindet sich jetzt bereits seit acht Stunden da draußen. Wie können wir wissen, ob nicht jeden Augenblick – sagen wir mal – ein Kniegelenk aus dem Gleichgewicht kommen kann, was den ganzen Kerl hinwerfen würde? Hier handelt es sich also nicht allein um Nachdenken, sondern wir müssen auch sehr schnell nachdenken.«

Abgrundtiefes, verzweifeltes Schweigen folgte.

Donovan unterbrach es schließlich. »Solange wir das Potential des Zweiten Gesetzes nicht vergrößern, können wir keine weiteren Befehle erteilen – wie wär's, wenn wir anders zuwege gingen? Erhöhen wir die Gefahr, so vergrößern wir das Potential des Dritten Gesetzes und treiben ihn zurück. Das einzige, was wir tun können, um ihn aus seinem alten Gleis zu werfen, besteht darin, daß wir die Konzentration des Kohlenoxidgases in seiner Nachbarschaft vergrößern. Nun – zu Hause in der Station befindet sich ein vollständiges analytisches Laboratorium. Kleesäure muß also pfundweise vorhanden sein, weil man damit Kaliumniederschläge erzeugt.«

»Donnerwetter, Mike! Du bist ein Genie.«

»Na, es geht so«, gab Donovan bescheiden zu.

Powell stand bereits auf den Beinen und hatte schon die Aufmerksamkeit eines der Riesenroboter ganz einfach dadurch erweckt, daß er der Maschine auf die Schenkel klopfte.

»He!« schrie er, »kannst du werfen?«

»Meister?«

»Ah – der Teufel soll dich holen!« Powell verfluchte das Gehirn des Robots, das zäh wie Melasse war. Er packte einen scharfkantigen Stein. »Nimm dies«, sagte er, »und triff damit jene bläulichen Kristalle gerade gegenüber auf der anderen Seite jener Spalte! Siehst du, was ich meine?«

Donovan packte ihn an der Schulter. »Das ist zu weit, Greg! Fast eine halbe Meile entfernt . . .«

»Ruhig«, entgegnete Powell. »Hier handelt es sich um die Anziehungskraft Merkus und die Kraft eines stählernen Armes. Paß mal auf, ja?«

Die Augen des Robots maßen die Entfernung mit instrumentenmäßig genauer Stereoskopie. Sein Arm paßte sich dem Gewicht des Geschosses an, und er holte aus. Die Bewegungen des Robots waren in der Dunkelheit nicht sichtbar. Als er aber plötzlich sein Gewicht verlagerte, wurde ein dumpfes Geräusch hörbar, und wenige Sekunden später flog das Felsstück hinaus ins Sonnenlicht.

Es gab keinen Luftwiderstand, der seinen Flug hätte verlangsamen, noch Wind, der es aus seiner Bahn hätte bringen können, und als es den Boden traf, geschah dies genau inmitten der zuvor als Ziel angegebenen Kristalle.

Powell schrie glücklich auf. Dann brüllte: »Gehen wir zurück und holen Kleesäure, Mike!«

Auf dem Weg zurück durch den Tunnel sagte Donovan grimmig: »Speedy hat sich diesseits des Selenvorkommens aufgehalten, seit wir hinter ihm her sind. Hast du das bemerkt?«

»Ja.«

»Ich nehme an, er will spielen ... und wir werden wahrhaftig mit ihm spielen!«

Stunden später kamen sie mit Dreilitergefäßen, die die weiße chemische Substanz enthielten, und mit langen Gesichtern zurück. Die Fotozellbänke verschlechterten sich schneller, als sie es erwartet hatten. Still und in grimmiger Entschlossenheit lenkten die beiden ihre Roboter hinaus ins Sonnenlicht und auf Speedy zu.

Langsam galoppierte Speedy ihnen entgegen. »Hier sind wir ja wieder. Juchheee! Der Piano-O steht auf meiner kleinen Liste. Auch andere Leute stehen darauf, die einem Pfefferminzgeruch ins Gesicht atmen.«

»Wir werden *dir* gleich was ins Gesicht atmen«, murmelte Donovan. »Schau mal, der Kerl hinkt ja, Greg!«

»Das habe ich bereits bemerkt«, kam die leise, besorgte Antwort. »Das Kohlenoxyd wird ihn ruinieren, wenn wir uns nicht beeilen.«

Sie näherten sich jetzt vorsichtig, fast schlendernd, um den völlig wirren Robot vom Davonlaufen abzuhalten.

»Los! Zähl bis drei! Ein – zwei ...«

Zwei Stahlarme holten aus und schnappten gleichzeitig nach vorne, und zwei Glasbehälter schwirrten in hohen parallelen Bögen vorwärts. Wie Diamanten leuchteten die beiden Gläser in der Sonne. Geräuschlos zerplatzten die Behälter hinter Speedy auf dem Boden. Wie Staub flog die Kleesäure in die Luft.

Speedy wandte sich um und starrte die zersplitterten Behälter an, zog sich dann langsam davon zurück ... erst langsam und dann immer schneller. Fünfzehn Sekunden später kam er in unsicherem Trab direkt auf die zwei Menschen zugesprungen.

Powell wandte sich ab. »Zurück zur Klippe, Mike! Er ist aus seinem Geleise geworfen und nun zum Gehorchen bereit. Mir wird arg heiß.«

Sie trotteten im langsamen Trab ihrer ›Rosinanten‹ dem Schatten zu, und erst als sie ihn ereicht hatten und die plötzliche Kühle angenehm um sich spürten, schaute Donovan zurück.

»Greg!« Powell schaute sich um und schrie fast. Speedy bewegte sich jetzt langsam – so gräßlich langsam – und zwar in der falschen Richtung. Er ließ sich treiben – ließ sich zurück in sein altes Fahrwasser treiben. Nun wurde seine Gangart schneller. Durch den Feldstecher betrachtet, erschien er nahe und doch ganz unerreichbar.

Donovan schrie wild: »Ihm nach!« und puffte seinen Robot, bis dieser so schnell ging, wie er eben ging. Aber Powell rief ihn zurück.

»Hat keinen Sinn, Mike – du kannst ihn nicht fangen!«

»Wir brauchen noch mehr Kleesäure«, sagte Donovan schwerfällig. »Die Konzentration hat nicht ausgereicht.«

»Auch sieben Tonnen hätten nicht ausgereicht – und wir haben gar nicht so viel Zeit, um sie zu beschaffen, da das Kohlenoxydgas ihn langsam auffrißt.«

Dann zögerte er, ehe er weitersprach. »Es gibt immer noch das Erste Gesetz. Ich habe schon früher daran gedacht, aber es ist ein verzweifeltes Mittel.

Gemäß Regel Eins darf ein Robot es nicht zulassen, daß ein menschliches Wesen durch die Untätigkeit des Robots geschädigt wird. Regel Zwei und Drei dürfen dieser Grundregel nicht im Wege stehen. Sie *können* ihr nicht im Wege stehen.«

»Selbst wenn der Robot halb verrückt – na ja, er ist betrunken. Das weißt du doch selber?«

»Darin liegt das Risiko.«

»Hör damit auf! Was sollen wir tun?«

»Ich gehe jetzt hinaus und sehe, was ich mit dem Ersten Gesetz erreichen kann. Durchbricht er das Gleichgewicht nicht, dann ist es völlig gleich, wie und wo ... das heißt, dann kommt das Ende eben jetzt anstatt in drei oder in vier Tagen.«

»Einen Augenblick, Greg! Es gibt auch menschliche Verhaltensmaßregeln. Du kannst nicht einfach so da hinaus. Denke dir eine Art von Lotteriespiel aus und gib auch mir meine Chance!«

»Gut! Wer zuerst den Kubus von vierzehn ausrechnet, geht«, und fast gleichzeitig: »Siebenundzwanzighundertvierundvierzig.«

Donovan spürte, wie sein Robot wankte, weil Powells ›Rosinante‹ ihn anstieß.

Dann sah er Powell bereits draußen im Sonnenlicht. Donovan öffnete den Mund zum Rufen, schloß ihn dann wieder. Natürlich hatte der verdammte Narr den Kubus schon vorher errechnet, und zwar gerade zu diesem Zweck. Das sah ihm ganz ähnlich.

Die Sonne war heißer denn je. Powell spürte in seinem Nacken ein furchtbares Jucken. Wahrscheinlich Einbildung, oder vielleicht machten sich die harten Strahlungen bereits durch den Isolieranzug bemerkbar.

Speedy beobachtete ihn.

Er war noch dreihundert Meter entfernt, als Speedy sich zurückzuziehen begann, vorsichtig Schritt für Schritt – und Powell hielt an. Er sprang von den Schultern seines Robots herunter und landete mit leichtem Aufprall auf dem kristallinen Boden.

Er setzte seinen Weg zu Fuß fort. Die geringe Schwerkraft bereitete ihm Schwierigkeiten. Die Sohlen seiner Füße juckten vor Wärme. Er warf einen einzigen Blick über die Schulter zurück zur Schwärze der Klippe und wußte, daß er nun zu weit draußen war, um zurückkehren zu können – sei es mit eigenen Kraft, sei es mit Hilfe seines veralteten Robots. Jetzt galt es. Entweder Speedy half ihm, oder er war verloren.

Nun war er weit genug gegangen. Er blieb stehen.

»Speedy«, rief er, »Speedy!«

Der glatte moderne Robot vor ihm zögerte und brachte seine nach rückwärts gewandten Schritte zum Halten... nahm aber schon im nächsten Augenblick seinen Marsch wieder auf.

Powell versuchte, seiner Stimme einen bittenden Klang zu verleihen. »Speedy – ich muß in den Schatten zurück, oder die Sonne bringt mich um. Es geht auf Leben oder Tod, Speedy! Ich brauche dich.«

Speedy machte einen Schritt vorwärts und blieb stehen.

Als Powell hörte, was Speedy sagte, stöhnte er. »Liegst du wach mit fürchterlichem Kopfweh im Bett, und Ruhe will nicht kommen...« Hier verlor sich seine Stimme.

Es war heiß wie in einem Backofen. Aus dem Augenwinkel sah Powell eine Bewegung. Halb betäubt drehte er sich um, starrte dann in wildem Erstaunen auf den monströsen Robot, auf dem er gekommen war – denn dieser bewegte sich auf ihn zu, und zwar ohne Reiter.

Er redete: »Verzeiht mir, Meister! Ich darf mich zwar ohne Meister nicht bewegen, aber Ihr seid in Gefahr.«

Natürlich. Das Potential des Ersten Gesetzes ging ja über alles. Aber Powell wollte nicht diese schwerfällige antiquierte Monstrosität – er wollte Speedy. Er ging weg und winkte wie wild ab. »Ich *befehle* dir, stehenzubleiben.«

Es war völlig nutzlos. Über das Erste Gesetz konnte man keinen Sieg davontragen. Starrköpfig sagte der Robot: »Ihr seid in Gefahr, Meister.«

Verzweifelt schaute Powell sich um. Er konnte nicht mehr klar sehen. Sein Gehirn befand sich in einem fiebrigen Taumel. Sein Atem verbrannte ihn, wenn er einatmete. Überall, wohin er schaute, war der Boden nichts als ein einziger leuchtender Dunst.

Zum letzten Mal rief er – verzweifelt: »Speedy, ich sterbe ... Verdammt noch mal! Wo bist du denn? Speedy, ich brauche dich doch.«

Noch immer stolperte Powell weg von dem Riesenrobot, den er nicht wollte, als er plötzlich stählerne Finger auf seinem Arm spürte und eine besorgte, um Vergebung bittende, metallisch klingende Stimme hörte.

»Chef, was machen Sie denn hier? Und was tue ich – ich bin ja völlig durchgedreht ...«

»Laß gut sein«, murmelte Powell schwach. »Bring mich in den Schatten der Klippe und beeile dich!« Er hatte noch das Gefühl, in die Luft gehoben zu werden, das Gefühl schneller Bewegung, das Gefühl brennender Hitze. Dann wurde er ohnmächtig.

Als er erwachte, sah er, daß Donovan sich mit einem ängstlichen Lächeln über ihn neigte. »Wie geht's dir, Greg?«

»Großartig«, kam die Antwort. »Wo ist Speedy?«

»Hier. Ich habe ihn zu einem der anderen Selenvorkommen geschickt – mit dem Befehl, diesmal das Selen zu bringen, koste es auch, was es wolle. Er brachte es in 45 Minuten und drei Sekunden. Ich habe die Zeit mit der Stoppuhr gemessen. Er ist immer noch damit beschäftigt, uns um Verzeihung zu bitten. Er hat

Angst, in deine Nähe zu kommen – fürchtet sich vor dem, was du ihm sagen wirst.«

»Bring ihn herein!« befahl Powell. »Er konnte ja gar nichts dafür.« Er streckte seine Hand aus und packte Speedys metallene Pfote. »Ist schon gut, Speedy!« Dann zu Donovan: »Weißt du, Mike, ich dachte gerade ...«

»Ja.«

»Nun ja« – er rieb sein Gesicht. Die Luft war so wunderschön kühl. »Du weißt ja, daß wir – wenn wir alles hier in Ordnung haben und Speedy seinen Test bestanden hat – zur Raumstation geschickt werden ganz in der Nähe von ...«

»Nein.«

»Doch. Zum mindesten hat die alte Calvin mir das gesagt, ehe wir abfuhren, und ich selbst erwiderte gar nichts, weil ich ja die ganze Idee ohnedies bekämpfen wollte.«

»Bekämpfen?« schrie Donovan. »Aber ...«

»Ich weiß schon. Ich habe ja auch jetzt gar nichts mehr dagegen ... ich meine gegen zweihundertunddreiundsiebzig Grad unter Null. Wird es nicht ein wahres Vergnügen sein?«

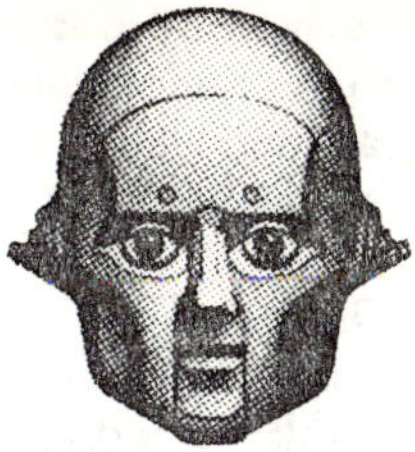

SCHLAGENDER BEWEIS

Francis Quinn war ein Politiker der neuen Schule. Das ist natürlich ein bedeutungsloser Begriff, denn die meisten unserer sogenannten ›Neuen Schulen‹ hat es im sozialen Leben des alten Griechenland schon einmal gegeben. Wüßten wir mehr davon, so würden wir vielleicht ihre Vorgänger sogar im alten Babylon finden oder in den prähistorischen Pfahlbauten der Schweiz.

Um aber die Geschichte nicht langweilig werden zu lassen, ist es vielleicht das beste zu erklären, daß Quinn sich weder um das Amt bewarb, noch Stimmen für sich sammelte, daß er keine Reden hielt, noch irgendwelchen Wahlschwindel trieb – ebensowenig wie Napoleon in Austerlitz eine Kugel abgeschossen hat.

Und da Politiker ziemlich seltsame Zeitgenossen sind, saß Alfred Lanning auf der anderen Seite des Tisches und kniff seine wilden, weißen Augenbrauen in chronischer Ungeduld zusammen. Ihm gefiel die ganze Sache gar nicht.

Hätte Quinn dies gewußt, es hätte ihn nicht im mindesten gestört. Seine Stimme war, vielleicht berufsmäßig, freundlich.

»Ich nehme an, Sie kennen Stephen Byerley, Dr. Lanning.«

»Ich habe von ihm gehört, wie viele andere auch.«

»Genau wie ich. Vielleicht haben Sie die Absicht, ihm bei der nächsten Wahl Ihre Stimme zu geben.«

»Kann ich nicht sagen.« Ganz deutlich klang eine gewisse Schärfe aus Lannings Stimme. »Ich habe die politischen Ereignisse nicht verfolgt. Daher weiß ich wohl auch nicht, daß er sich um ein Amt bemüht.«

»Er wird vielleicht unser nächster Bürgermeister werden. Natürlich ist er nur ein Jurist, aber eine Kanone und ...«

»Jawohl«, unterbrach Lanning. »Ich habe das alles schon gehört. Könnten wir aber jetzt nicht vielleicht zu unseren eigenen Angelegenheiten kommen?«

»Wir sind mitten drin, Dr. Lanning.« Quinns Ton war sehr sanft. »Es liegt in meinem Interesse, daß Mr. Byerley Staatsanwalt bleibt – allerhöchstens Staatsanwalt –, und es liegt in Ihrem Interesse, mir dabei zu helfen.«

»In *meinem* Interesse? Ich bitte Sie.«

»Nun, sagen wir vielleicht besser im Interesse von U. S. Robots. Ich komme zu Ihnen, weil Sie Direktor Emeritus der Forschungsabteilung dieser Firma sind und weil ich weiß, daß Sie auch heute noch dort als Berater ein gewichtiges Wort zu sprechen haben. Man hört auf Sie, und dennoch sind Ihre Beziehungen zu jener Gesellschaft nicht mehr so eng, daß Sie nicht völlige Handlungsfreiheit besäßen ... selbst wenn diese Handlung, wie soll ich sagen, etwas unorthodox ist.«

Dr. Lanning schwieg einen Augenblick, während er gründlich hin und her überlegte. Dann sagte er, und nun etwas sanfter: »Ich weiß durchaus nicht, worauf Sie hinauswollen, Mr. Quinn.«

»Das überrascht mich keineswegs, Dr. Lanning. Dennoch liegt die ganze Angelegenheit eigentlich recht einfach. Wir sprachen gerade über Mr. Byerley – eine eigenartige, recht lebendige Persönlichkeit. Vor drei Jahren war er noch völlig unbekannt. Jetzt kennt ihn jeder. Er ist ein energischer und sehr tüchtiger Mann ... ganz bestimmt der beste Staatsanwalt, der mir je begegnet ist. Unglücklicherweise ist er nicht mein Freund ...«

»Ich verstehe«, sagte Lanning mechanisch und starrte auf seine Fingernägel.

»Ich hatte Gelegenheit«, fuhr Quinn in gleichmäßigem Ton fort, »im verflossenen Jahr die Vergangenheit des Mr. Byerley einer genauen Prüfung zu unterziehen. Sie ist recht wenig bemerkenswert. Ein ruhiges Leben in einer Kleinstadt, Universitätsstudium, eine Frau, die jung gestorben ist, ein Automobilunfall, von dem er sich nur langsam erholte, Vorbereitung auf die Promotion, Übersiedlung in die Hauptstadt, Rechtsanwalt – das ist alles.«

Francis Quinn schüttelte langsam den Kopf und fügte dann

hinzu: »Ganz anders sein gegenwärtiges Leben. Ja – das *ist* bemerkenswert. Unser Staatsanwalt ißt niemals.«

Lannings Kopf fuhr hoch. Seine alten Augen waren plötzlich scharf und leuchtend. »Wie bitte?«

»Unser Staatsanwalt ißt nichts, niemals.« Quinn zerhackte den Satz in einzelne Silben. »Ich will diese Behauptung leicht modifizieren. Er ist niemals beim Essen oder Trinken gesehen worden. Nie! Verstehen Sie, was das bedeutet? Ich sage nicht, er ist nur selten dabei beobachtet worden, ich sagte ausdrücklich nie.«

»Das finde ich ziemlich unglaubhaft. Können Sie sich auf Ihre Informationen verlassen?«

»Vollkommen, und ich persönlich finde es auch keineswegs unglaubhaft. Ich sage ausdrücklich, man hat ihn nicht nur niemals essen sehen, sondern auch nicht trinken, und zwar weder Wasser noch irgendwelche alkoholischen Getränke. Noch hat man ihn je schlafen sehen. Es gibt noch andere Faktoren, die das Bild abrunden. Ich nehme aber an, daß Sie auch so verstehen, was ich meine.«

Lanning lehnte sich in seinem Stuhl zurück. Ein angespanntes Schweigen herrschte zwischen den beiden Männern. Dann aber schüttelte der alte Robotspezialist den Kopf. »Nein. Wenn ich Ihre Behauptungen mit der Tatsache, daß Sie diese vorbringen, verbinde, dann gibt es nur eine einzige Schlußfolgerung, die Sie mir offenbar zu suggerieren versuchen, und die ist völlig ausgeschlossen.«

»Aber der Mann ist absolut kein menschliches Wesen, Dr. Lanning, er *ist* ein Robot.«

»Und ich sage Ihnen, daß diese Behauptung das Irrsinnigste ist, was ich jemals gehört habe.«

»Dennoch verlange ich«, sagte Quinn, während er umständlich seine Zigarette ausdrückte, »daß Sie diese von Ihnen behauptete Unmöglichkeit meiner Annahme mit allen Ihnen zur Verfügung stehenden Mitteln untersuchen.«

»Ich werde nichts Derartiges unternehmen, Mr. Quinn. Sie werden ja kaum ernstlich glauben, daß unsere Gesellschaft sich in die hiesige Lokalpolitik einmischen wird.«

»Sie haben keine andere Wahl. Nehmen Sie mal an, ich würde, ohne Beweise zu haben, die mir bekannten Tatsachen öffentlich bekanntgeben. Ich meine, das Beweismaterial ist doch wohl recht belastend.«

»Tun Sie in dieser Beziehung genau, was Sie wollen.«

»Von Wollen kann gar keine Rede sein. Beweise wären bedeutend nützlicher. Auch Sie könnten ein derartiges Vorgehen meinerseits keineswegs wünschen. Ich bin sicher, daß die damit zusammenhängende Kampagne für Ihre Gesellschaft recht schädigende Folgen haben könnte. Ich nehme an, daß Sie vollkommen auf dem laufenden sind über die strenge Durchführung der Vorschriften gegen die Verwendung von Robotern in menschenbewohnten Teilen der Welt.«

»Allerdings«, sagte Lanning brüsk.

»Sie wissen, daß die U. S. Robots die einzige Herstellerin positronischer Roboter unserer Welt ist. Sollte aber Byerley ein Robot sein, so besitzt er ein positronisches Gehirn. Sie wissen ferner, daß alle Roboter ausgeliehen werden, aber nicht verkauft... daß die Gesellschaft Eigentümer bleibt und daher für die Handlungen ihrer Maschinen verantwortlich gemacht werden kann.«

»Die Gesellschaft kann ganz leicht und jederzeit beweisen, daß sie niemals, seit sie besteht, einen Robot humanoiden Charakters hergestellt hat.«

»Sie könnte es aber tun, wie? Ich frage das lediglich, weil wir ja die verschiedenen Möglichkeiten besprechen müssen.«

»Jawohl. Es wäre technisch möglich.«

»Ich nehme an, auch im geheimen. Ich meine, ohne daß ein derartiger Vorgang in ihren Büchern erscheint.«

»Nicht das positronische Gehirn, Sir. Die Herstellung dieses Apparates ist mit zu vielen verschiedenen Faktoren verknüpft, über welche die Regierung eine strikte Kontrolle ausübt.«

»Jawohl, aber Roboter nutzen sich ab, gehen kaputt, funktionieren irgendwie nicht mehr – und werden dann auseinandergenommen.«

»Und ihre positronischen Gehirne finden entweder neue Verwendung oder werden vernichtet.«

»Tatsächlich?« Francis Quinn gestattete sich eine Spur von Sarkasmus. »Und wenn nun eines – ich meine natürlich rein zufällig – nicht zerstört würde und ebenso zufällig eine humanoide Konstruktion gerade auf ein derartiges Gehirn wartete?«

»Ausgeschlossen.«

»Warum aber sollten Sie es dann nicht beweisen? Oder wollen Sie den Beweis lieber der Öffentlichkeit gegenüber antreten?«

Langsam berührten die Finger des Robotfachmannes einen Knopf. Die Wandbeleuchtung strahlte in sanftem Licht auf.

»Gut«, brummte er. »Sehen wir mal, was dabei herauskommt!«

Das Gesicht Stephen Byerleys ist nicht leicht zu beschreiben. Er war seinem Geburtsschein zufolge vierzig Jahre alt, und seine Erscheinung entsprach diesem Alter.... wenn er auch ein gesunder, gut genährter, immer gutgelaunter Vierziger war.

Dies traf ganz besonders dann zu, wenn er lachte, und das tat er gerade in diesem Augenblick. Sein Lachen war laut und beständig, ließ ein wenig nach und begann dann von neuem...

Alfred Lannings Gesicht erstarrte vor bitterer Mißbilligung. Er blickte wie hilfesuchend zu der neben ihm sitzenden Frau, aber auch deren Lippen verzogen sich spürbar verärgert.

Byerley fand schnaufend seine Sprache wieder.

»Wirklich und wahrhaftig, Dr. Lanning... glauben Sie wirklich und wahrhaftig, daß ich – ich – ausgerechnet ich ein Robot bin?«

»Dies ist nicht meine eigene Behauptung, Sir. Mir persönlich wäre es vollkommen recht, wenn Sie ein Mitglied der menschlichen Gesellschaft wären. Da unsere Firma Sie niemals hergestellt hat, bin ich ja ziemlich sicher, daß Sie das auch sind – wenigstens im juristischen Sinne. Nachdem aber von einem Mann, der ein gewisses Ansehen genießt, uns gegenüber die ernsthafte Behauptung aufgestellt worden ist, daß Sie...«

»Sie brauchen seinen Namen nicht zu nennen – aber nehmen wir einmal hypothetisch an, es sei Francis Quinn gewesen. Nun fahren Sie bitte fort!«

Lanning schöpfte wütend Atem. Er war es nicht gewohnt, unterbrochen zu werden. Deshalb machte er eine kleine Pause, ehe er fortfuhr. Schließlich sagte er noch etwas kühler als zuvor: »Ich sagte also, der Mann besitzt ein gewisses Ansehen. Wegen seiner Identität möchte ich mich lieber nicht auf Ratespiele einlassen. Ich bin gezwungen, Sie um Ihre Mitarbeit bei der Entkräftung seiner Behauptung zu ersuchen. Schon die einfache Tatsache, daß eine solche Behauptung aufgestellt und in den verschiedenen diesem Manne zur Verfügung stehenden Organen veröffentlicht werden könnte, würde einen schweren Schlag für die von mir vertretene

Firma bedeuten – selbst wenn die Anklage nie bewiesen werden könnte. Verstehen Sie mich?«

»Absolut. Ihre Lage ist mir völlig klar, auch wenn die Anklage selbst lächerlich ist. Ich bitte um Entschuldigung, wenn mein Gelächter Sie verletzt haben sollte. Ich habe keineswegs über die Situation gelacht, in der Sie sich befinden, sondern über die Behauptung an sich. Wie kann ich Ihnen nun helfen?«

»Sehr einfach. Sie brauchen sich lediglich vor Zeugen in einem Restaurant an einen Tisch zu setzen und eine Mahlzeit einzunehmen.«

»Dann glauben Sie ihm also, wenn er sagt, daß ich niemals esse? Sie sind ein Wissenschaftler, Dr. Lanning. Sehen Sie sich mal diese Art von Logik an! Man hat mich niemals essen sehen, daher esse ich nicht. Quod erat demonstrandum. Ich bitte Sie doch!«

»Sie benutzen jetzt Staatsanwalttricks, um die an sich wirklich recht einfache Lage zu verwirren.«

»Ganz im Gegenteil. Ich versuche das zu klären, was Ihnen und Quinn so kompliziert erscheint. Ich schlafe nicht viel, verstehen Sie? Das stimmt, und ganz bestimmt schlafe ich nicht in der Öffentlichkeit. Ich habe mir nie etwas daraus gemacht, mit anderen zu essen. Lassen Sie mich mal einen hypothetischen Fall konstruieren! Nehmen wir mal an, es gäbe einen Politiker, der alles Interesse daran hätte, einen Reformkandidaten um jeden Preis zu besiegen. Dieser Politiker käme nun bei seinen Nachforschungen auf Eigenheiten, wie ich sie gerade erwähnt habe.«

»Trotz allem«, begann Lanning eigensinnig von neuem, »ganz gleichgültig, ob Sie diese Sache als ernst betrachten oder nicht, ist lediglich die von mir bereits erwähnte Mahlzeit nötig, um dem ganzen Spuk ein für allemal ein Ende zu machen.«

Wieder wandte Byerley sich der Frau zu, die ihn noch immer beobachtete. »Entschuldigen Sie, bitte! Ich habe Ihren Namen doch richtig verstanden? Sie sind Dr. Susan Calvin?«

»Jawohl, Mr. Byerley.«

»Sie sind die Psychologin der Gesellschaft, nicht wahr?«

»Die Robotpsychologin, bitte.«

»Ach, ich wußte gar nicht, daß Roboter geistig so anders sind als Menschen.«

»Völlig anders.« Sie gestattete sich ein kaltes Lächeln. »Roboter sind im Grunde anständig.«

Der Anwalt lachte. »Da versetzen Sie uns aber einen bösen

Schlag. Was ich aber eigentlich sagen wollte: Da Sie eine Robotpsychologin sind *und* eine Frau, so haben Sie bestimmt schon etwas getan, woran Dr. Lanning bisher noch gar nicht dachte.«

»Und was soll das sein?«

»Sie haben bestimmt etwas zum Essen in Ihrer Handtasche.«

Die wohlgeschulte Gleichgültigkeit in Susan Calvins Augen wurde einen Augenblick durchbrochen. »Sie überraschen mich, Dr. Byerley«, sagte sie.

Sie öffnete die Tasche und brachte einen Apfel zum Vorschein. Wortlos reichte sie Byerley die Frucht.

Gelassen biß dieser in den Apfel, und gelassen schluckte er den Bissen hinunter.

Dr. Lanning lächelte vor Erleichterung. Leider dauerte diese Erleichterung nicht lange.

Susan Calvin sagte: »Ich war neugierig zu sehen, ob Sie den Apfel essen würden. Allerdings beweist dies im vorliegenden Fall absolut nichts.«

Byerley blickte auf. »Wieso nicht?«

»Das ist doch klar. Dieser Mann, Dr. Lanning, würde, wenn er ein humanoider Robot wäre, natürlich eine vollkommene Imitation darstellen. Er ist fast zu menschlich, um noch glaubhaft zu erscheinen. Ist er ein Robot, so wollte ich, unsere Firma hätte ihn hergestellt, denn er ist ein wirklich erstklassiges Fabrikat. Gut. Scheint es Ihnen dann also nicht wahrscheinlich, daß irgend jemand in der Lage sein würde, ein paar Apparate einzubauen, um essen, schlafen und trinken vorzutäuschen? Natürlich nur zur Benutzung in Notlagen – wie zum Beispiel jetzt eine entstanden ist. Daher kann eine Mahlzeit eigentlich gar nichts beweisen.«

»Nun warten Sie mal«, fauchte Lanning. »Das Problem, ob Byerley ein Mensch ist oder nicht, interessiert mich nicht. Mein ganzes Ziel besteht darin, die Gesellschaft aus einer schwierigen Lage herauszubringen. Eine Mahlzeit in aller Öffentlichkeit wird dieser Sache ein Ende bereiten, und zwar für immer, ganz gleichgültig, was Quinn auch tut. Die feineren Details der ganzen Sache können wir ruhig Anwälten und Robotpsychologen überlassen.«

»Aber, Herr Dr. Lanning«, sagte Byerley, »Sie übersehen völlig die politische Seite der Angelegenheit. Ich bin ebenso darauf aus, gewählt zu werden, wie Quinn darauf aus ist, mir den Weg zu verbauen. Wenn Quinn mich einen Robot schimpfen will und die

Frechheit besitzt, dies zu tun, so besitze ich die Frechheit, das Spiel nach seinen Regeln zu spielen.«

»Sie meinen, Sie ...«

Lanning zögerte, und es war nicht zu verkennen, daß er sich abgestoßen fühlte.

»Genau. Ich will damit sagen, daß ich ihn weitermachen lasse. Er wird sich den Strick, an dem er schließlich hängen wird, selber aussuchen, selber den Kopf hineinstecken und grinsen. Das übrige ... und es bleibt schließlich nur sehr wenig ... besorge ich dann mit dem größten Vergnügen.«

»Sie sind recht zuversichtlich.«

Susan Calvin stand auf. »Kommen Sie, Alfred, wir brauchen gar nicht erst zu versuchen, ihn umzustimmen!«

»Sehen Sie«, sagte Byerley, »Sie sind doch auch eine Menschenpsychologin.«

Vielleicht besaß Byerley aber doch nicht in vollem Maße jene Zuversicht, von der Lanning gesprochen hatte, als er an jenem Abend den Pfad zur Vordertür seines Hauses hinaufging.

Die Gestalt im Rollstuhl schaute bei seinem Eintritt lächelnd auf. Byerleys Gesicht wurde warm und freundlich. Er ging hinüber zu dem Mann.

Die Stimme des Krüppels war ein heiseres, kratzendes Flüstern, das aus einem nach einer Seite hin verzerrten Mund herauskam. Die Hälfte des Gesichtes war eine einzige verwachsene Narbe.

»Du kommst spät, Steve.«

»Ich weiß, John, ich weiß. Ich hatte heute aber mit einer eigenartigen und interessanten Schwierigkeit zu tun.«

»So? Hoffentlich nichts, womit du nicht fertig werden könntest?«

»Ich bin nicht ganz sicher. Ich brauche möglicherweise deine Hilfe. Du bist das Genie in der Familie. Willst du, daß ich dich in den Garten schiebe? Es ist ein wundervoller Abend.«

Zwei starke Arme hoben John aus seinem Rollstuhl. Sanft, fast zärtlich legten Byerleys Arme sich um die verbundenen Beine des Krüppels und um seine Schultern.

»Warum läßt du mich nicht den Rollstuhl benutzen, Steve? Dies ist töricht.«

»Weil ich dich lieber trage. Hast du was dagegen? Du weißt sehr wohl, daß du ebenso froh bist, aus dieser motorisierten Kutsche herauszukommen, wie ich es bin, dich mal nicht darin sehen zu müssen. Wie geht es dir denn heute?« Mit unendlicher Sorgfalt ließ er John auf dem kühlen Gras nieder.

»Wie soll es mir gehen? Aber erzähle mir von deinen Nöten.«

»Quinns Wahlkampf wird sich darauf aufbauen, daß er behauptet, ich sei ein Robot.«

Johns Augen öffneten sich weit. »Woher weißt du das? Das ist unmöglich. Ich kann's nicht glauben.«

»Ich sage dir aber, daß es so ist. Er hat bereits einen von den Großmogulen der U. S. Robot-Gesellschaft zu mir ins Büro geschickt, um mit mir zu diskutieren.«

Langsam rissen Johns Hände Grashalme aus. »Ich verstehe. Ich verstehe.«

Byerley sagte: »Wir können ihn aber seine eigenen Waffen wählen lassen. Ich habe nämlich eine Idee. Hör mal zu und sage mir dann, ob du glaubst, das wir's schaffen!«

Die Szene in Lannings Büro am Abend beschränkte sich weitgehend darauf, daß man sich gegenseitig anstarrte. Francis Quinn starrte nachdenklich Alfred Lanning an. Lanning wieder starrte wütend auf Susan Calvin, die ihrerseits unbewegt Quinn anstarrte.

Francis Quinn unterbrach schließlich die Stille mit einem Versuch, die Beklemmung zu lösen. »Reiner Bluff. Er erfindet Ausreden je nach der Situation, in der er sich befindet.«

»Wollen Sie wirklich darauf spekulieren, Mr. Quinn?« fragte Dr. Calvin gleichgültig. »Passen Sie mal auf«, sagte Lanning, »wir haben getan, was Sie von uns verlangt haben. Wir waren Zeugen, als der Mann aß. Es ist lächerlich, ihn für einen Robot zu halten.«

»Glauben Sie wirklich?« Quinn wandte sich Dr. Calvin zu. »Lanning hat behauptet, Sie seien sozusagen Experte in dieser Angelegenheit.«

Lannings Stimme war fast drohend. »Also, Susan, bitte . . .!«

Susan Calvin wandte ihre kalten Augen Quinn zu. »Es gibt nur zwei Wege, um definitiv zu beweisen, daß Byerley ein Robot ist. Bis jetzt bringen Sie nichts als einen Indizienbeweis. Damit können Sie zwar eine Anklage erheben, aber nicht wirklich überführen . . . und ich persönlich glaube, daß Mr. Byerley geschickt genug ist, dieser Art von Material zu begegnen.

Die eine der beiden Beweismethoden ist die physische, die andere die psychologische. Sie können ihn sezieren oder mit Röntgenstrahlen durchleuchten. Wie Sie das anstellen, wäre Ihre Sache. Psychologisch kann sein Verhalten studiert werden, denn ist er ein positronischer Robot, so muß er sich an die Drei Gesetze der Robotik halten. Ohne diese kann ein positronisches Gehirn überhaupt nicht konstruiert werden. Kennen Sie diese Gesetze, Mr. Quinn?«

»Ich habe von diesen ›Gesetzen‹ schon gehört«, sagte Quinn uninteressiert.

»Dann ist die Sache ganz einfach«, antwortete die Psychologin trocken. »Bricht Mr. Byerley eines dieser Gesetze, dann ist er kein Robot. Unglücklicherweise funktioniert diese Prozedur nur in einer Richtung. Hält er sich nämlich an die Gesetze, so beweist das freilich gar nichts.«

Quinn fragte höflich: »Und warum nicht, Frau Doktor?«

»Weil Sie – wenn Sie einmal darüber nachdenken – finden werden, daß die Drei Gesetze der Robotik die leitenden Grundprinzipien einer ganzen Reihe von ethischen Systemen darstellen. Natürlich soll jedes menschliche Wesen einen Selbsterhaltungstrieb besitzen. Das ist das Gesetz Nummer Drei für Roboter. Auch soll jedes ›gute‹ menschliche Wesen mit einem sozialen Gewissen und Verantwortungsgefühl sich der Obrigkeit unterwerfen, seinem Arzt folgen, seinem Chef, seiner Regierung, seinem Psychiater, seinem Mitmenschen. Es soll Gesetzen gehorchen, Regeln, Sitten und Gebräuchen – selbst wenn diese seine eigene Bequemlichkeit einschränken oder seine Sicherheit gefährden. Das ist für einen Robot das Gesetz Nummer Zwei. Schließlich soll ein ›guter‹ Mensch seinen Nächsten lieben wie sich selbst, ihn beschützen, eventuell sein Leben riskieren, um ihn zu retten. Das aber ist für einen Robot das Gesetz Nummer Eins. Um es auf einen ganz einfachen Nenner zu bringen – wenn Byerley alle Gesetze der Robotik befolgt, dann mag er ein Robot sein. Vielleicht aber ist er auch nur ein sehr guter Mensch.«

»Damit«, bemerkte Quinn, »erklären Sie mir doch, daß Sie nie beweisen können, daß er ein Robot ist.«

Lanning erwiderte schlagfertig:

»Ich bin aber vielleicht in der Lage, Ihnen zu zeigen, daß er *keiner* ist.«

»Nur ist *das* nicht der Beweis, den ich suche.«

»Sie werden eben denjenigen Beweis bekommen, der existiert. Was Sie *wollen*, ist ganz allein Ihre Angelegenheit.«

An diesem Punkt hatte Lanning plötzlich eine Idee. »Ist es bis jetzt denn noch niemandem in den Sinn gekommen«, sagte er, »daß Staatsanwalt zu sein eigentlich für einen Robot ein sehr eigenartiger Beruf ist? Das unendliche Unglück, das eigentlich durch ihn über menschliche Wesen gebracht wird...«

Quinn wurde plötzlich hellwach. »Nein, so leicht kommen Sie mir nicht davon! Daß er Staatsanwalt ist, macht ihn noch lange nicht menschlich. Wissen Sie denn nichts von seiner Tätigkeit? Haben Sie nicht gehört, daß er sich rühmt, nie einen unschuldigen Menschen verfolgt zu haben? Daß es Dutzende von Leuten gibt, denen man den Prozeß nicht macht, weil das Beweismaterial ihm nicht voll genügte... obwohl er die Geschworenen wahrscheinlich hätte überzeugen können? Dies sind Tatsachen.«

Lannings dünne Wangen zitterten. »Nein, Quinn – nein! Nirgendwo steht es in den Gesetzen der Robotik, daß diese im Falle menschlicher Schuld etwa nicht zur Anwendung zu bringen sind. Ein Robot kann nicht darüber urteilen, ob ein menschliche Wesen die Todesstrafe verdient oder nicht. *Er darf kein menschliches Wesen verletzen* – ganz gleich, ob es zur Spielart Lump oder Engel gehört. Ich will ganz offen zugeben, daß ich – nachdem Sie die Sache aufgebracht hatten, Mr. Quinn – Herrn Byerleys Laufbahn einer genauen Prüfung unterzogen habe. Ich habe festgestellt, daß er in seinem Schlußplädoyer niemals die Todesstrafe beantragt hat. Ich habe ferner festgestellt, daß er sich offen für die Aufhebung der Todesstrafe ausgesprochen und sich mit großzügigen Spenden an Forschungsinstituten für kriminelle Neurophysiologie beteiligt hat. Ganz offenbar glaubt er mehr an die Besserungstheorie als an die Straftheorie. Ich finde das recht beachtenswert. Handlungen wie die seinen können wohl von einem Robot stammen, aber auch von einem sehr ehrenwerten und anständigen menschlichen Wesen. Sie sehen hier, daß man ganz einfach zwischen einem Robot und der höchsten Klasse von Menschen keinen Unterschied finden kann.«

Quinn setzte sich in seinem Stuhl zurück. Seine Stimme bebte vor Ungeduld. »Dr. Lanning, es ist doch wohl absolut möglich, einen humanoiden Robot zu schaffen, der im Aussehen nicht von einem Menschen zu unterscheiden ist, wie?«

Lanning räusperte sich und überlegte. »Experimentell haben wir das bei unserer Firma fertiggebracht«, sagte er zögernd, »... natürlich ohne daß wir dieses Wesen mit einem positronischen Gehirn versehen hätten. Durch Benutzung menschlicher Eierstock- und Hormonkontrollorgane kann man menschliches Fleisch sowie Haut über ein Skelett aus porösem Silikatkunststoff wachsen lassen ... wobei Haut und Fleisch durch äußere Untersuchung nicht als künstlich hergestellt erkennbar sind. Die Augen und das Haar würden wirklich menschlich sein und nicht humanoid. Setzt man diesem Wesen nun ein positronisches Gehirn in den Kopf und andere irgendwie wünschenswerte oder erforderliche Apparate in den Leib, so hat man einen humanoiden Robot.«

Quinn sagte kurz: »Wie lange würde es dauern, um so etwas herzustellen?«

Lanning dachte nach. »Besäße man sämtliche benötigten Hilfsmaterialien – sagen wir zwei Monate.«

Der Politiker reckte sich und stand auf. »Dann werden wir einmal untersuchen, wie die Eingeweide des Herrn Byerley aussehen.«

Lanning wandte sich, als sie allein waren, ungeduldig Susan Calvin zu. »Warum bestehen Sie darauf, zu ...«

Sie unterbrach ihn scharf und fast augenblicklich. »Was wollen Sie haben – die Wahrheit oder meine Abdankung? Ich werde mich für Sie zu keiner Lüge hergeben. Die Firma kann schon für sich selber sorgen. Verwandeln Sie sich doch nicht plötzlich in einen Feigling.«

»Und was geschieht«, sagte Lanning, »wenn er Byerley öffnet und Räder und Getriebe herausfallen? Was dann?«

»Er wird Byerley nicht öffnen«, sagte Calvin verachtungsvoll. »Byerley ist zum mindesten ebenso schlau wie Quinn.«

Die Neuigkeit wurde eine Woche, ehe Byerley aufgestellt werden sollte, in der Stadt bekannt.

Alles wurde eigentlich nur dadurch so schlimm, daß am Tage, nachdem Byerley ohne inneren Schwung und Überzeugung aufgestellt worden war, eine Zeitung das Resümee eines Interviews mit Dr. Susan Calvin, ›der weltbekannten Kapazität auf dem Felde der Robotpsychologie und der Positronik‹, veröffentlichte. Was folgte, kann man am besten damit beschreiben, daß man sagte: ›Die Hölle brach los.‹

Auf etwas Derartiges hatten die Fundamentalisten längst gewartet. Sie waren keine politische Partei und brauchten keine neuen Gründe, um Roboter und Robothersteller zu verabscheuen. Ein Anlaß aber wie die Anklage Quinns und die Analyse Calvins brachten sie dazu, ihre Einstellung recht hörbar werden zu lassen.

Die ungeheure Fabrikanlage der U. S. Robots wurde Tag und Nacht von bewaffnetem Werkschutz überwacht. Die Firma bereitete sich auf einen richtigen Krieg vor.

Draußen vor dem Haus Byerleys warteten hinter einer Reihe grimmiger Polizisten traditionsgemäß die Reporter und Fotografen.

Ein umständlicher kleiner Kerl näherte sich. Vor sich ausgestreckt hielt er ein eng bedrucktes Schriftstück. »Dies, Mr. Byerley, ist eine einstweilige Verfügung des Gerichtes, die mich ermächtigt, dieses Haus nach illegalen mechanischen Männern oder Robotern jeder Art zu durchsuchen . . .«

Byerley erhob sich und nahm das Papier in die Hand. Gleichgültig betrachtete er es und lächelte, als er es zurückgab. »In Ordnung. Fangen Sie ruhig an! Mrs. Hoppen«, sagte er zu seiner Haushälterin, die zögernd in der Tür erschien, »bitte begleiten Sie die Herren und helfen Sie ihnen, wenn nötig!«

Der kleine Mann, der Harroway hieß, war unverkennbar errötet. Seine Augen wichen denen Byerleys konstant aus. »Kommt!« murmelte er den beiden Polizisten zu.

In zehn Minuten war er fertig.

»Fertig?« fragte Byerley im Tone eines Mannes, der weder an der Frage noch an deren Beantwortung ein besonderes Interesse hat.

»Unsere Instruktionen gehen dahin, dieses Haus sehr gründlich zu durchsuchen.«

»Und haben Sie das nicht getan?«

»Man hat uns genau gesagt, wonach wir suchen sollen.«

»Na, und?«

»Kurz, Mr. Byerley, um es ganz geradeheraus zu sagen, man hat uns aufgetragen, Sie persönlich zu durchsuchen.«

»Mich?« sagte der Staatsanwalt mit einem immer vergnügter werdenden Lächeln. »Und wie wollen Sie das anstellen.«

»Wir haben einen Durchdringungsstrahler dabei . . .«

»Dann soll also mit anderen Worten eine Röntgenaufnahme von mir gemacht werden, was? Sind Sie dazu ermächtigt?«

»Sie haben ja den Haussuchungsbefehl gesehen.«

»Würden Sie mir diesen bitte nochmals zeigen?«

Harroway, dessen Stirn tropfnaß war, gab Byerley das Papier ein zweites Mal. Byerley sagte gemessen: »Ich lese hier wörtlich folgendes: ›Das Wohnhaus 355 Willow Grove in Evanston, Eigentümer Stephen Allen Byerley, sowie eine etwa dazugehörige Garage, Vorratshaus oder irgendwelche andere Einrichtungen oder Gebäude, die zu diesem Hause gehören, sowie das gesamte Gelände und so weiter und so weiter sind zu durchsuchen!‹ Das ist durchaus in Ordnung. Aber diese Anordnung besagt absolut nichts über eine eventuelle Durchsuchung meines Inneren. Ich bin kein Teil des Hauses. Wenn Sie denken, ich hätte vielleicht einen Robot in der Tasche, können Sie meine Kleidung durchsuchen, aber sonst nichts.«

Harroway sagte, wiederum leicht errötend: »Ich habe das Recht, die Möbel in Ihrem Hause zu durchsuchen sowie alles andere, was ich sonst in Ihrem Hause finde! Unter anderem fand ich Sie persönlich hier, oder nicht?«

»Sehr gut beobachtet. Ich *bin* hier, aber ich bin kein Möbelstück. Würden Sie mich durchsuchen, so würden Sie damit das Recht verletzen, das ich als Person besitze. Dazu reicht Ihre Anordnung aber nicht aus.«

»Stimmt, sind Sie aber ein Robot, so besitzen Sie kein Recht der Person.«

»Völlig korrekt – dennoch reicht Ihre Anordnung nicht aus. Sie erkennt mich stillschweigend als menschliches Wesen an.«

»Wo bitte?« Harroway griff nach dem Papier.

»Wo es heißt: Das Wohnhaus, Eigentümer soundso. Ein Robot kann kein Eigentümer sein. Und Sie können auch gleich Ihrem Auftraggeber ausrichten, Mr. Harroway, daß er eine einstweilige Verfügung zu gewärtigen hat sowie eine Zivilklage, die ihn zwingen wird zu *beweisen*, daß ich ein Robot bin, oder aber eine Strafe zu bezahlen – in einer Höhe, daß ihm die Augen übergehen – für den Versuch, mich unberechtigterweise meiner verfassungsmäßigen Rechte zu berauben. Sie werden ihm das doch bitte ausrichten, nicht wahr?«

Harroway ging zur Tür. Dort wandte er sich um. »Sie sind ein aalglatter Anwalt.« Seine Hand hielt er in der Tasche. Einen Augenblick stand er unbeweglich da. Dann ging er, lächelte in Richtung der Fernsehkamera, winkte den Reportern zu und schrie: »Morgen haben wir vermutlich was Neues für euch. Ohne Scherz, was ganz Neues.«

Als er dann im Wagen saß, lehnte er sich in die Polster, nahm einen winzigen Mechanismus aus der Tasche und inspizierte ihn sorgfältig. Zum ersten Mal in seinem Leben hatte er eine Fotografie durch Röntgenstrahlenreflexion gemacht. Er hoffte, keinen Fehler begangen zu haben.

Quinn und Byerley hatten sich nie von Angesicht zu Angesicht getroffen. Dies geschah nun durch Visophon, wie sich die neue Fernsehapparatur nannte.

Es war Quinn, der Byerley angerufen hatte, und er war es auch, der das Gespräch begann, und zwar ohne alle besonderen Formalitäten. »Ich dachte, es würde Sie interessieren zu erfahren, Byerley, daß ich beabsichtige, die Tatsache bekanntzugeben, daß Sie einen Schutzpanzer gegen Röntgenstrahlen tragen.«

»Wirklich? In diesem Falle haben Sie es vermutlich bereits veröffentlicht. Ich habe das Gefühl, daß unsere recht unternehmungslustigen Pressevertreter schon seit einiger Zeit all meine Gespräche abhören. Deshalb habe ich mich auch in den letzten Wochen hier in meinem eigenen Hause vergraben.« Byerley brachte alles in einem richtigen Plauderton vor.

Quinns Lippen wurden ein wenig dünner. »Unser augenblickliches Gespräch ist abgeschirmt ... und zwar hundertprozentig. Ich führe es mit Ihnen, obwohl ich damit ein gewisses Risiko eingehe.«

»Ich würde mir an Ihrer Stelle keine Sorge darüber machen. Ich trage also einen Schutzpanzer? Ich nehme an, Sie fanden das heraus, als es sich zeigte, daß die von Ihrem Schoßhund Harroway gemachte Aufnahme unterbelichtet war, wie?«

»Es ist Ihnen doch wohl klar, Byerley, daß es für jeden einleuchtend sein muß, daß Sie es nicht wagen, sich einer Röntgenanalyse zu stellen.«

»Ebenso, daß Sie oder Ihre Leute einen illegalen Versuch auf Verletzung der Rechte meiner Person unternehmen.«

»Kein Teufel wird sich darum scheren.«

»Vielleicht doch. Die Tatsache ist doch eigentlich symbolisch für die Verschiedenheit unserer Wahlfeldzüge, oder nicht? Sie kümmern sich wenig um die Rechte des Einzelbürgers. Ich kümmere mich viel darum. Ich werde mich einer Röntgenanalyse nicht unterwerfen, weil ich aus Prinzip meine Rechte als Bürger aufrechterhalten möchte. Genauso wie ich die Rechte anderer schützen werde, wenn man mich wählt.«

»Ganz ohne Zweifel können Sie daraus eine interessante Rede machen. Nur wird keiner Ihnen glauben. Noch etwas anderes« – seine Stimme wurde hart und geschäftsmäßig – »das Personal in Ihrem Hause war neulich nicht vollständig.«

»Wieso?«

»Nach dem mir vorliegenden Bericht fehlte eine Person. Ein Krüppel.«

»Wie Sie sagen«, sagte Byerley tonlos, »ein Krüppel. Es handelt sich bei dieser Person um meinen alten Lehrer, der bei mir lebt und sich jetzt bereits seit zwei Monaten auf dem Lande befindet. Ein wohlverdientes Ausspannen ist wohl der Ausdruck, den man gewöhnlich in solchen Fällen anwendet. Ich hoffe, Sie haben nichts dagegen?«

»Ihr Lehrer? Eine Art von Wissenschaftler, nicht wahr?«

»Ein Anwalt, ehe er zum Krüppel wurde. Er besitzt eine Regierungslizenz als Biophysiker und hat ein eigenes Laboratorium. Eine komplette Beschreibung der von ihm geleisteten Arbeit befindet sich in den Akten der Behörden, an die ich Sie zum Zwecke der Einsichtnahme hiermit verweise. Seine Arbeiten sind unwichtig. Sie bedeuten aber für einen solch armen Krüppel einen harmlosen und interessanten Zeitvertreib. Ich stehe ihm natürlich – wie Sie wohl verstehen werden –, wo ich nur kann, hilfreich zur Seite.«

»Ich versteh' ganz genau. Und was weiß dieser – Lehrer – über die Herstellung von Robotern?«

»Ich kann nur sehr schwer seine Kenntnisse beurteilen auf einem Gebiet, mit dem ich selber völlig unvertraut bin.«

»Er wäre wohl nicht in der Lage, sich positronische Gehirne zu beschaffen?«

»Fragen Sie doch hierüber Ihre Freunde bei der U. S. Robots. Die müssen das doch wissen.«

»Ich mache es kurz, Byerley. Ihr verkrüppelter Lehrer ist der wirkliche Stephen Byerley. Sie sind eine Robotschöpfung. Wir können das beweisen. *Er* erlitt jenen Autounfall, nicht Sie. Es wird ja wohl Mittel und Wege geben, um die betreffenden Akten zu prüfen.«

»Tatsächlich? Dann tun Sie das doch! Meine besten Wünsche begleiten Sie.«

Eine mäßig lange Pause folgte. Dann neigte Quinn sich nach vorne, so daß sein Gesicht auf dem Fernsehschirm sich ausdehnte und die feinen Linien auf seiner Stirn sichtbar wurden. »Byerley, warum machen Sie weiter? Sie *können* nicht gewählt werden. Meinen Sie denn nicht, daß allein die Tatsache, daß Sie überhaupt keinen Versuch gemacht haben, den Robotvorwurf zu widerlegen, genügt, um die Leute davon zu überzeugen, daß Sie ein Robot sind?«

»Keineswegs. Ich sehe lediglich, daß ich, anstatt ein ziemlich unbekannter Anwalt zu sein, nunmehr zu einer weltbekannten Figur geworden bin. Sie haben mir große Propagandadienste erwiesen.«

»Aber Sie *sind* doch ein Robot.«

»Das hat man behauptet, aber nicht bewiesen.«

»Für die Wählerschaft genügen unsere Beweise.«

»Dann ruhen Sie sich doch aus! Sie haben gesiegt.«

»Leben Sie wohl!« Und zum erstenmal war wirklicher Haß in Quinns Stimme. Der Fernsehschirm wurde dunkel.

»Leben Sie wohl!« sagte Byerley unberührt zu dem leeren Schirm.

Eine Woche vor der Wahl brachte Byerley seinen ›Lehrer‹ zurück. Sein Luftautomobil landete schnell in einem unbekannten Teil der Stadt.

»Du bleibst hier, bis die Wahl vorüber ist«, sagte Byerley zu ihm. »Es ist besser, du bist aus dem Weg, sollte die Sache schiefgehen.«

Die heisere Stimme, die sich nur mit Mühe Johns verzerrtem Mund entrang, klang besorgt. »Besteht Gefahr von Gewaltanwendung?«

»Die Fundamentalisten drohen damit, und so glaube ich, daß eine gewisse derartige Möglichkeit besteht. In Wirklichkeit aber erwarte ich, daß alles glattgeht. Die Fundies besitzen keine wirkliche Macht. Es macht dir doch nichts aus, hierzubleiben, wie? Ich bitte dich darum. Ich würde sehr behindert sein, müßte ich mir auch um dich noch Sorgen machen.«

»Ich bleibe schon.«

»Paß auf dich auf ... und schalte morgen den Fernsehapparat ein.« Byerley drückte die zerfurchte Hand, die eine Weile in der seinen verblieb.

Lentons Stirn war voller Falten – ein Spiegelbild seiner inneren Spannung. Er hatte die nicht sehr beneidenswerte Aufgabe, Byerleys Wahlkampagne zu lenken. Dieser Wahlkampf war wirklich nicht das Übliche. Wann war es jemals vorgekommen, daß ein Kandidat sich weigerte, seine Strategie bekanntzugeben, und es gleichzeitig ablehnte, die Pläne seines Managers zu akzeptieren?

»Sie können nicht gewinnen.« Es war sein Lieblingssatz geworden. Er warf sich sozusagen auf die Knie vor dem Staatsanwalt, der im Augenblick gerade seine Zeit damit zubrachte, seine mit Schreibmaschine geschriebene Rede durchzublättern.

»Legen Sie das mal weg, Steve! Ich sage Ihnen, dieser Mob ist von den Fundies organisiert. Man wird Sie nicht sprechen lassen. Viel wahrscheinlicher werden Sie gesteinigt werden. Warum müssen Sie persönlich vor einer Menschenmenge sprechen? Weshalb übertragen wir die ganze Sache nicht einfach über einen Fernsehsender?«

»Sie wollen doch, daß ich die Wahlkampagne gewinne, oder nicht?« fragte Byerley mit milder Stimme.

»Die Kampagne gewinnen! Sie werden sie nicht gewinnen, Steve. Ich versuche Ihr Leben zu retten, Steve.«

»Ach – dafür besteht keine Gefahr.«

Byerley schaute auf die Uhr. »In ungefähr fünf Minuten ...«

Die Menge füllte einen durch Seile abgesperrten Platz der Stadt. Byerley mußte lächeln.

In der Menge selbst aber gab es nichts, worüber man hätte lächeln können. Banner und Transparente wandten sich in jeder erdenklichen Form gegen sein angebliches Robottum. Fast greifbar lag die Feindschaft der Menge in der Luft. Gleich von Anfang an hatte die Rede keinen Erfolg. Dennoch redete Byerley weiter, langsam und ohne Erregung.

In der vordersten Reihe begann ein Schieben und Stoßen. Ein Bürger wollte sich nach vorne drängen. Ein Polizist suchte ihn zu packen. Byerley winkte den Polizisten ärgerlich weg.

Der Mann befand sich nun unmittelbar unter dem Balkon. Seine Stimme kämpfte vergebens gegen das allgemeine Gebrüll an. Byerley lehnte sich nach vorne. »Was sagen Sie? Wenn Sie eine legitime Frage haben, so werde ich diese beantworten.« Er wandte sich an einen Wachtposten, der neben ihm stand. »Bringen Sie den Mann herauf!«

Eine Spannung legte sich über die Menge. Der Mann stand jetzt schnaufend und mit gerötetem Gesicht vor Byerley.

Byerley sagte: »Haben Sie eine Frage?«

Der Mann starrte ihn an und sagte dann mit halbzerbrochener Stimme: »Schlagen Sie mich!«

Mit plötzlicher Energie schob er sein Kinn scharf nach vorne. »Schlagen Sie mich! Sie behaupten, Sie seien kein Robot. Beweisen Sie es! Sie sind ein Monstrum, ein Scheinmensch.«

Mit fest aufeinandergepreßten Lippen holte Byerley vor Tausenden, die persönlich zusahen, und vor Millionen, die diese Szene auf dem Fernsehschirm verfolgten, aus und versetzte dem Mann einen krachenden Boxschlag genau auf die Spitze seines Kinns. Der Mann sackte zusammen. Sein Gesicht war nichts als ein Ausdruck völliger Überraschung.

Byerley sagte: »Es tut mir leid. Tragen Sie ihn hinein, und machen Sie es ihm so bequem wie möglich! Wenn ich hier draußen fertig bin, möchte ich mit ihm sprechen.«

Als Dr. Calvin, die alles von ihrem parkenden Wagen aus beobachtet hatte, den Motor anließ und wegfuhr, hatte sich nur ein einziger Berichterstatter so weit erholt, um ihr nachzurasen und ihr eine unverständliche Frage zuzubrüllen.

Über ihre Schulter hinweg antwortete Susan Calvin: »Er ist menschlich.«

Das genügte. Der Reporter wandte sich um und rannte zum nächsten Telefon.

Dr. Calvin und Stephen Byerley trafen sich noch einmal ... und zwar eine Woche, ehe Byerley als Bürgermeister vereidigt wurde. Es war spät – lange nach Mitternacht.

Dr. Calvin sagte: »Sie sehen gar nicht müde aus.«

Der neugewählte Bürgermeister lächelte. »Ich werde bestimmt noch eine Weile aufbleiben. Aber erzählen Sie das nicht Quinn!«

»Werde ich auch nicht tun. Immerhin hatte er sich eine interessante Geschichte ausgedacht, über die ich nicht gesprochen hätte, hätten Sie nicht gerade selbst seinen Namen genannt. Schade, daß Sie sie ihm zerstört haben. Ich nehme an, Sie waren im Bilde über seine Theorie?«

»Teilweise.«

»War wirklich höchst dramatisch. Stephen Byerley war ein junger Anwalt, ein großartiger Redner, ein wirklich echter Idealist. Außerdem hatte er eine gewisse Begabung oder Neigung für Biophysik. Sind Sie an Robotik interessiert, Mr. Byerley?«

»Nur vom Rechtsstandpunkt aus.«

»*Jener* Stephen Byerley war an der Wissenschaft selbst interessiert, leider aber ereignete sich ein Unfall. Byerleys Frau kam um, er selbst lebte, war aber schlimmer dran, als wäre er zugrunde gegangen. Seine beiden Beine waren weg, sein Gesicht hatte sich in eine formlose Masse verwandelt. Er hatte die Stimme verloren. Eine chirurgische Behandlung lehnte er ab. Er zog sich von der Welt zurück. Seine Karriere als Anwalt gab er auf. Was ihm einzig und allein blieb, waren seine Intelligenz und die Geschicklichkeit seiner Hände. Irgendwie konnte er sich positronische Gehirne beschaffen, darunter eines von den ganz fein entwickelten, das die Fähigkeit besaß, sich in ethischen Dingen ein Urteil zu bilden – was, wie Sie vielleicht wissen werden, der höchste Grad von Vervollkommnung ist, den wir bisher bei positronischen Gehirnen erreicht haben.

Um dieses Gehirn herum ließ er einen Körper wachsen und lehrte dieses neue Wesen dann, all das zu sein, was er selbst sonst gewesen wäre, nun aber nicht mehr sein konnte. Dann schickte er es als Stephen Byerley hinaus in die Welt, während er selbst als der alte, verkrüppelte Lehrer, den keiner jemals sah, im Hintergrund blieb.«

»Unglücklicherweise«, sagte der neugewählte Bürgermeister, »habe ich diese ganze Theorie zerstört, indem ich jenen Mann schlug. Wie die Zeitungen sagen, war damals Ihr eigenes offizielles Urteil das, daß ich menschlich sei.«

»Wie ist das eigentlich gekommen? Würden Sie es mir nicht erzählen? Es war doch wohl kein reiner Zufall?«

»Nein, kein *ganz* reiner. Die meiste Arbeit hat Quinn selbst geleistet. Meine Leute begannen ganz leise und unauffällig die Tatsache zu verbreiten, daß ich noch nie einen Menschen geschlagen hätte ... und daß ich unfähig sei, das zu tun. Sie sagten weiter, würde ich nicht schlagen, selbst wenn man mich provozierte, so wäre dies ein ganz sicherer Beweis für mein Robottum. Demzufolge arrangierte ich eine öffentliche Kundgebung. Selbstverständlich gab es einen Dummkopf, der auf meinen Leim kroch. Im Grunde genommen war die ganze Sache ein Winkeladvokatentrick ... ein Trick, bei dem die künstlich geschaffene Atmosphäre ganze Arbeit leistete. Natürlich machten die folgenden Gefühlsregungen meine Wahl sicher, was allein ich beabsichtigt hatte.«

Die Robotpsychologin nickte. »Wie ich sehe, sind Sie selbst etwas Psychologe. Ich nehme an, jeder Politiker muß das sein. Dennoch tut's mir leid, daß die Angelegenheit diese Wendung genommen hat. Ich mag Roboter. Ich habe sie bedeutend lieber als menschliche Wesen. Könnte man einen Robot schaffen, der in der Lage wäre, einen hohen Regierungsposten einzunehmen, ich glaube, niemand würde ihm gleichkommen können. Infolge der Gesetze der Robotik wäre er nicht imstande, Menschen Schaden zuzufügen, unfähig der Tyrannei, der Korruption, der Dummheit und des Vorurteils. Nach Beendigung seiner Zeit würde er gehen, obwohl er ja unsterblich ist, weil es ihm unmöglich wäre, Menschen wissen zu lassen, daß sie von einem Robot regiert wurden, da dieses Wissen sie verletzen müßte. Es wäre eine wirklich ideale Lösung.«

»Außer daß ein Robot vielleicht doch einmal versagen könnte. Niemals ist ja das positronische Gehirn in seiner Komplexität dem menschlichen gleichgekommen.«

»Er würde Ratgeber haben. Noch nicht einmal ein menschliches Gehirn ist in der Lage, ohne Hilfe anderer zu regieren.«

»Warum lächeln Sie, Dr. Calvin?«

»Ich lächelte, weil Mr. Quinn nicht an alles gedacht hat.«

»Sie meinen, an seiner Geschichte könnte doch etwas dran sein?«

»Etwas mehr, möchte ich mal sagen. Vor der Wahl befand sich jener Stephen Byerley, von dem Quinn sprach, jener gebrochene Mann, aus irgendwelchen mysteriösen Gründen für die Dauer von drei Monaten auf dem Lande. Er kam rechtzeitig vor jener berühmten Rede, die Sie hielten, zurück. Schließlich konnte der Krüppel ja, was er schon einmal getan hatte, auch ein zweites Mal tun ... besonders nachdem die Aufgabe das zweite Mal ja wirklich – verglichen mit der ersten – höchst einfach war.«

»Ich verstehe Sie nicht ganz.«

Dr. Calvin stand auf und strich sich das Kleid glatt. Offenbar war sie im Begriff, sich zu verabschieden. »Ich will damit sagen, daß es einen einzigen Fall gibt, in dem ein Robot ein menschliches Wesen schlagen kann. Nur einen einzigen Fall.«

»Und was ist dieser Fall?«

Dr. Calvin befand sich jetzt an der Tür. Gelassen sagte sie: »Wenn dieses menschliche Wesen eben auch nur ein Robot ist.« Sie lächelte vergnügt. Ihr schmales Gesicht strahlte. »Leben Sie wohl, Mr. Byerley! Ich hoffe, in fünf Jahren meine Stimme für Ihre Wahl zum Koordinator abgeben zu dürfen.«

Stephen Byerley lachte. »Ich muß darauf antworten, daß mir dies als ziemlich weit hergeholt erscheint.«

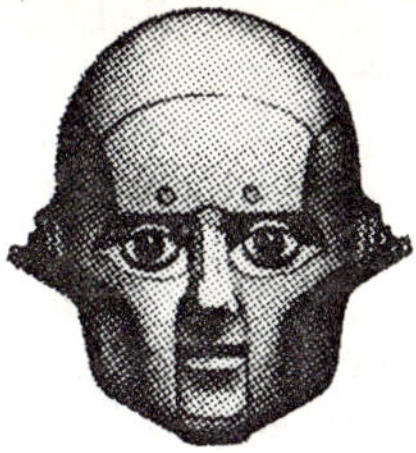

KLEINER VERLORENER ROBOTER

Auf Hyper-Basis wurde mit wildem Geratter reagiert, was einem mit Muskelkraft ausgestoßenen hysterischen Schrei gleichkam.

Listete man die Maßnahmen chronologisch und nach dem Grad der Verzweiflung, ergab das:

1. Alle Arbeiten am hyperatomaren Antrieb im gesamten Weltraum, den die Stationen der Siebenundzwanzigsten Asteroidal-Gruppe einnahmen, kamen zum Stillstand.
2. Dieser gesamte Teil des Alls wurde sozusagen aus dem System herausgelöscht. Niemand betrat es ohne Erlaubnis, und unter keinen Umständen konnte es jemand verlassen.
3. Mit einem eigenen Regierungspatrouillenschiff wurden die Chefpsychologin, Dr. Susan Calvin, und Dr. Peter Bogert, der mathematische Direktor der United States Robots und Mechanical Men Corporation, zur Hyper-Basis gebracht.

Susan Calvin hatte noch nie zuvor die Erdoberfläche verlassen. Sie hatte auch keine besondere Lust gehabt, es diesmal zu tun. Im Zeitalter der atomaren Energie und des mit Sicherheit kommenden hyperatomaren Antriebs war sie im Grunde ein einfaches Mädchen vom Lande geblieben. Von dieser Dienstreise war sie überhaupt nicht begeistert, zumal sie die Dringlichkeit nicht einsah. Jede Falte ihres nicht besonders hübschen Gesichtes verriet ihren Ärger, während sie auf Hyper-Basis ihr erstes Abendessen zu sich nahm.

Auch Doktor Bogerts vornehme Blässe wirkte eher wie ein Armsündergesicht. Generalmajor Kallner, der Leiter des Projekts, verlor ebenfalls nicht einmal den gehetzten Gesichtsausdruck.

Kurzum, das Essen war einfach grauenvoll, und die anschließende Besprechung zu dritt begann in düsterer, gedrückter Atmosphäre.

Kallners Glatze glänzte. Seine Ausgehuniform paßte überhaupt nicht zur allgemeinen Stimmung. Er fing mit gezwungener Direktheit an.

»Es geht um eine sehr merkwürdige Geschichte. Ich danke Ihnen, daß Sie so prompt gekommen sind, obwohl man Ihnen keinen Grund genannt hat. Wir wollen das jetzt nachholen. Wir haben einen Roboter verloren. Die gesamte Arbeit wurde eingestellt und *muß* ruhen, bis wir ihn aufgefunden haben. Bis jetzt ist uns das nicht gelungen; deshalb glauben wir, die Hilfe von Experten zu benötigen.«

Vielleicht spürte der General, daß er damit eine Notlage nur sehr dürftig erklärt hatte. Mit Verzweiflung in der Stimme fuhr er fort. »Ich brauche Ihnen die Bedeutung unserer Arbeit hier draußen nicht eigens zu erklären. Über achtzig Prozent aller für die Forschung bewilligten Gelder sind an uns gegangen –.«

»Aber das wissen wir«, meinte Bogert freundlich. »U. S. Robots bekommt für die Benutzung unserer Roboter eine großzügige Mietzahlung.«

Susan Calvin brachte einen groben und leicht ätzenden Ton in die Unterredung. »Was macht einen einzigen Roboter so wichtig für das Projekt, und warum hat man ihn noch nicht lokalisiert?«

Der General wandte ihr sein rotes Gesicht zu und leckte sich die Lippen. »Nun, in gewisser Weise *haben* wir ihn lokalisiert.« Dann fuhr er fast qualvoll fort. »Wenn ich das erklären darf. Sobald der Roboter sich nicht zum Dienst meldete, wurde der Notstand erklärt, alle Arbeiten auf Hyper-Basis wurden eingestellt. Am vorausgehenden Tag war ein Frachtschiff gelandet und hatte zwei Roboter für unsere Laboratorien geliefert. An Bord hatte es zweiundsechzig Roboter . . . hm, desselben Typs als Fracht für einen anderen Bestimmungsort. Bezüglich dieser Zahl sind wir sicher. Dies steht völlig außer Frage.«

»Ja und? Wo ist die Verbindung?«

»Als man unseren fehlenden Roboter nirgends finden konnte – ich versichere Ihnen, wir hätten jeden Grashalm gefunden, wenn es ihn gegeben hätte –, kamen wir auf den Gedanken, die Roboter auf dem Frachter nachzuzählen. Es gibt dort jetzt dreiundsechzig.«

»Dann ist also der dreiundsechzigste der verlorene Sohn, wenn ich Sie richtig verstanden habe?« Dr. Calvins Augen verdüsterten sich.

»Ja, aber wir haben keine Möglichkeit, festzustellen, welcher der dreiundsechzigste Roboter ist.«

Tödliches Schweigen trat ein. Nur die elektrische Uhr schlug elfmal. Dann sagte die Roboterpsychologin: »Sehr merkwürdig«, und zog die Mundwinkel nach unten.

»Peter«, wandte sie sich plötzlich an ihren Kollegen. »Irgend etwas stimmt hier nicht. Welchen Typ Roboter benutzt man auf der Hyper-Basis?«

Dr. Bogert zögerte und versuchte zu lächeln. »Das war bis jetzt eine eher heikle Angelegenheit, Susan.«

Sie fuhr auf. »Ja, bis *jetzt!* Wenn es dreiundsechzig Roboter desselben Typs gibt, von denen man einen sucht, der aber nicht identifiziert werden kann, müßte man doch jeden beliebigen nehmen können, oder? Was steckt dahinter? Warum hat man uns geholt?«

Bogert antwortete bedrückt. »Geben Sie mir die Gelegenheit, es Ihnen zu erklären, Susan. Hyper-Basis benutzt mehrere Roboter, in deren Gehirn nicht das vollständige Erste Gesetz der Robotik eingepflanzt wurde.«

»*Nicht* eingepflanzt?« Susan Calvin ließ sich im Sessel zurücksinken. »Verstehe. Wie viele wurden hergestellt?«

»Ein paar. Es geschah auf Anordnung der Regierung. Die Geheimhaltung durfte nicht verletzt werden. Außer den direkt betroffenen Mitarbeitern durfte niemand etwas davon wissen. Sie waren nicht eingeschlossen, Susan. Ich hatte mit der Sache gar nichts zu tun.«

Der General mischte sich mit dem Gewicht seiner Autorität ein. »Das würde ich gern näher erläutern. Ich hatte keine Ahnung, daß Doktor Calvin nicht mit der Situation vertraut war. Doktor Calvin, ich muß Ihnen wohl nicht erzählen, daß es auf dem Planeten immer einen starken Widerstand gegen Roboter gegeben hat. Die Regierung konnte sich gegen die radikalen Fundamentalisten in dieser Frage nur dadurch schützen, daß den Robotern immer das unumstößliche Erste Gesetz eingebaut wurde, welches es ihnen unmöglich macht, Menschen zu schaden.

Aber wir *brauchten* Roboter, die anders beschaffen waren. Es wurden daher einige wenige des NS-2-Modells, sozusagen der Nestoren, mit einem modifizierten Ersten Gesetz ausgestattet. Um es nicht an die große Glocke zu hängen, werden alle NS-2 ohne Seriennummer hergestellt. Modifizierte Roboter werden mit normalen zusammen angeliefert. Und natürlich ist allen strikt eingeprägt, niemals Unbefugten von ihren Modifikationen zu erzählen.« Er lächelte verlegen. »Das alles hat sich nun gegen uns ausgewirkt.«

Calvin fragte bissig: »Haben Sie wenigstens alle gefragt, welcher Typ sie seien? Sie sind ja wohl kein Unbefugter, oder?«

Der General nickte. »Alle dreiundsechzig leugnen, je hier gearbeitet zu haben. Einer lügt.«

»Zeigt der Gesuchte irgendwelche Abnutzungsspuren? Die anderen kommen doch wohl direkt aus der Fabrik?«

»Der betreffende Roboter kam erst vor einem Monat. Er war außer den beiden, die jetzt gerade eingetroffen sind, der letzte, den wir benötigten. Da ist keinerlei Abnutzung festzustellen.« Er schüttelte langsam den Kopf und zeigte wieder den gehetzten Gesichtsausdruck. »Doktor Calvin, wir wagen es nicht, das Schiff weiterfahren zu lassen. Wenn die Öffentlichkeit von der Existenz von Robotern ohne Erstes Gesetz erfährt . . .« Es schien keine Möglichkeit zu bestehen, die Schlußfolgerung ohne Untertreibung zu äußern.

»Zerstören Sie doch alle dreiundsechzig«, schlug die Roboterpsychologin kühl und lakonisch vor. »Dann ist es ausgestanden.«

Bogert verzog einen Mundwinkel. »Sie meinen dreißigtausend Dollar pro Roboter zerstören? Ich fürchte, U. S. Robots würde das mißbilligen. Wir sollten erst einmal einen Versuch machen, Susan, ehe wir irgend etwas zerstören.«

»In diesem Fall brauche ich aber Tatsachen«, sagte sie bissig. »Im Klartext – welchen Vorteil bringen diese modifizierten Roboter Hyper-Basis? Welcher Umstand macht sie so wertvoll, General?«

Kallner runzelte die Stirn und strich mit der Hand darüber. »Wir hatten mit den früheren Robotern Probleme. Unsere Männer hier arbeiten ziemlich viel mit Strahlung, müssen Sie wissen. Das ist natürlich gefährlich; aber die Sicherheitsmaßnahmen sind ausreichend. Es hat nur zwei Unfälle gegeben, seit wir angefangen haben, und keiner war tödlich. Das konnte man aber einem gewöhnlichen Roboter unmöglich erklären. Das Erste Gesetz lautet wörtlich: ›*Ein Roboter darf keinen Menschen verletzen oder durch Untätigkeit zu Schaden kommen lassen!*‹

Das ist ein elementares Gesetz, Doktor Calvin. Als es notwendig wurde, daß sich einer unserer Leute für kurze Zeit einem gedämpften Gamma-Feld aussetzte, das keinerlei physiologische Wirkungen verursachte, stürzte sofort der nächste Roboter los und wollte ihn herauszerren. War das Feld extrem schwach, gelang das dem Roboter auch. Keiner konnte weiterarbeiten, ehe nicht alle Roboter weggeschickt worden waren. War das Feld aber nur geringfügig stärker, erreichte der Roboter den betreffenden Techniker nie, weil sein Positronengehirn unter der Gammastrahlung kollabierte – und wir hatten wieder einen sehr teuren und schwer zu ersetzenden Roboter verloren.

Wir haben versucht, mit ihnen zu diskutieren. Aber sie stellten sich auf den Standpunkt, daß ein Mensch in einem Gammafeld sein Leben riskierte und daß es keine Rolle spielte, ob er dort eine halbe Stunde lang sicher war. Ihr Argument lautete: Was war, wenn der Mensch das Risiko vergaß und eine Stunde dort blieb? Wir wiesen darauf hin, daß sie ihr Leben wegen eines fast nie eintretenden Notfalles riskierten. Aber die Selbsterhaltung ist erst das Dritte Gesetz der Robotik. Das Erste Gesetz über menschliche Sicherheit hatte Vorrang. Wir gaben ihnen Befehle. Wir befahlen ihnen aufs schärfste, unter allen Umständen außerhalb der Gammafelder zu bleiben. Aber Gehorsam ist nur das Zweite Gesetz der Robotik, und das Erste Gesetz über menschliche Sicherheit kam zuerst. Doktor Calvin, entweder mußten wir ohne Roboter auskommen oder etwas wegen des Ersten Gesetzes unternehmen. Wir trafen unsere Entscheidung.«

»Ich kann es nicht glauben«, sagte Dr. Calvin, »daß eine Möglichkeit gefunden wurde, das Erste Gesetz zu entfernen.«

»Es wurde nicht entfernt, nur modifiziert«, erklärte Kallner. »Es wurden Positronengehirne konstruiert, die nur den positiven Aspekt des Ersten Gesetzes enthielten, der wie folgt lautet: ›*Kein Roboter darf einem Menschen Schaden zufügen.*‹ Das ist alles. Die Roboter verspüren nicht den Zwang, einen Schaden, der von außen, wie durch Gammastrahlung, kommt, zu verhindern. Ich habe das doch korrekt erklärt, Doktor Bogert, oder?«

»Absolut korrekt«, bestätigte der Mathematiker.

»Und das ist der einzige Unterschied zwischen Ihren Robotern und dem normalen NS-2-Modell? Der *einzige* Unterschied, Peter?«

»Der *einzige* Unterschied, Susan.«

Sie stand auf und sagte entschlossen: »Ich habe jetzt vor, etwas zu schlafen. In etwa acht Stunden will ich mit demjenigen sprechen, der den Roboter zuletzt gesehen hat. Und, General Kallner, wenn ich irgendwie für den Ablauf verantwortlich sein soll, verlange ich volle und unzweifelhafte Kontrolle über diese Untersuchung.«

Bis auf zwei Stunden ärgerlicher Mattigkeit fand Susan Calvin keinerlei Schlaf. Sie meldete sich um 7:00 Ortszeit an Bogerts Tür. Er war ebenfalls wach. Offensichtlich hatte er sich die Mühe gemacht, einen Morgenmantel mit zur Hyper-Basis zu nehmen. Als Calvin eintrat, legte er seine Nagelschere weg.

Ruhig meinte er: »Ich habe Sie mehr oder weniger erwartet. Ich nehme an, daß Ihnen alles furchtbar auf den Magen schlägt.«

»Allerdings.«

»Tut mir leid; aber ich konnte auch nichts machen. Als man uns von Hyper-Basis aus anforderte, hatte ich mir gleich gedacht, daß mit den modifizierten Nestoren etwas schief gelaufen sei. Aber was sollte ich machen? Ich konnte Ihnen auch nichts auf der Fahrt darüber sagen, was ich gern getan hätte, weil ich zuerst sichergehen mußte. Die Sache mit der Modifizierung ist streng geheim.«

»Man hätte mich unterrichten müssen«, beschwerte sich die Psychologin. »U. S. Robots hatte kein Recht, Positronengehirne auf diese Weise ohne die Zustimmung eines Psychologen zu modifizieren.«

Bogert zog die Augenbrauen hoch und seufzte. »Seien Sie vernünftig, Susan. Sie hätten auch nichts machen können. In dieser Angelegenheit hätte sich die Regierung immer durchgesetzt. Dort will man den hyperatomaren Antrieb. Diese Hyper-Physiker wollen Roboter, die ihnen nicht in die Quere kommen, auch wenn sie dafür das Erste Gesetz verdrehen müssen. Wir mußten zugeben, daß es von der Konstruktion her möglich war. Sie schworen heilige Eide, daß sie nur zwölf benötigten, daß diese nur auf Hyper-Basis eingesetzt würden und daß sie sofort zerstört würden, sobald der Antrieb funktionierte, und daß alle Vorsichtsmaßnahmen getroffen würden. Man bestand auf Geheimhaltung– und so sieht's jetzt aus.«

Dr. Calvin stieß durch die Zähne heraus: »Ich wäre zurückgetreten!«

»Das hätte auch nichts geholfen. Die Regierung bot der Firma ein Vermögen und drohte mit Anti-Roboter-Gesetzen, falls man ablehnte. Wir saßen damals in der Klemme und sitzen jetzt noch viel tiefer drin. Wenn über die Sache etwas nach draußen dringt, schadet das Kallner und der Regierung; aber es würde U. S. Robots noch teuflisch mehr schaden.«

Die Psychologin starrte ihn an. »Peter, ist Ihnen nicht klar, worum es geht? Können Sie nicht kapieren, was die Entfernung des Ersten Gesetzes bedeutet? Das ist nicht nur eine Sache der Geheimhaltung!«

»Ich weiß genau, was diese Entfernung bedeutet. Ich bin doch kein Kind. Es könnte völlige Instabilität bedeuten, ohne nonimaginäre Lösungen für die Positronen-Feld-Gleichungen.«

»Ja, mathematisch. Aber können Sie das auch mal grob psychologisch ausdrücken? Alles normale Leben, Peter, bewußt oder unbewußt, wehrt sich gegen Herrschaft. Liegt diese Herrschaft bei einem Unterlegenen oder auch nur anscheinend Unterlegenen, wird die Ablehnung stärker. Physisch und bis zu einem Grad auch geistig ist ein Roboter – jeder beliebige Roboter – menschlichen Wesen überlegen. Wodurch wird er trotzdem zum Sklaven? *Nur durch das Erste Gesetz!* Na, ohne dieses Gesetz würde der erste Befehl, den Sie einem Roboter geben, zu Ihrem sicheren Tode führen. Was sagen Sie jetzt?«

»Susan«, sagte Bogert mit freundlicher Nachsicht, »ich gebe ja zu, daß dieser Frankenstein-Komplex, den Sie zeigen, eine gewisse Berechtigung hat. Daher steht das Erste Gesetz auch an erster Stelle. Aber das Gesetz – das muß ich immer wieder erklären – wurde nicht entfernt, lediglich modifiziert.«

»Und was ist mit der Stabilität des Gehirns?«

Der Mathematiker spitzte die Lippen. »Die ist natürlich vermindert. Aber das liegt innerhalb der Sicherheitsgrenze. Die ersten Nestoren wurden vor neun Monaten auf Hyper-Basis geliefert. Bis jetzt ist alles bestens gelaufen, und jetzt geht es doch auch nur um die Angst, daß etwas herauskommt. Es besteht keinerlei Gefahr für Menschen.«

»Na schön. Wir werden ja sehen, was die Morgenbesprechung bringt.«

Bogert brachte sie höflich zur Tür und grinste, nachdem sie gegangen war. Er sah keinen Grund, warum er seine tiefeingewurzelte Meinung über sie ändern sollte, daß sie eine nervöse, ziemlich frustrierte Frau war. Susan Calvin verschwendete keinen einzigen Gedanken an Bogert. Sie hatte ihn schon vor Jahren als aalglatten Angeber abgelehnt.

Gerald Black hatte vor einem Jahr seinen akademischen Grad in Hyperphysik erworben und war jetzt wie alle Physiker seiner Generation voll mit dem Problem des Antriebs beschäftigt. Er war eine würdige Bereicherung für die Stimmung der Besprechungen auf Hyper-Basis mit seinem fleckigen weißen Kittel und seiner rebellischen und doch unsicheren Haltung. Er schien vor Kraft aus den Nähten zu platzen. Wenn er nervös die Finger wand, hätte er mit Leichtigkeit eine Eisenstange aus der Verankerung reißen können.

Generalmajor Kallner saß neben ihm, die beiden von U. S. Robots ihm gegenüber.

Black sagte: »Wie ich gehört habe, war ich der letzte, der Nestor 10 gesehen hat, ehe er verschwunden ist. Ich nehme an, Sie möchten mir darüber Fragen stellen.«

Dr. Calvin betrachtete ihn interessiert. »Das klingt, als wären Sie nicht sicher, junger Mann. *Wissen* Sie denn nicht, ob Sie der letzte waren, der ihn gesehen hat?«

»Er hat mit mir an den Feldgeneratoren gearbeitet. Und er war am Morgen seines Verschwindens mit mir zusammen. Ich weiß nicht, ob ihn jemand noch nachmittags gesehen hat. Jedenfalls hat es niemand zugegeben.«

»Glauben Sie, daß jemand in dieser Sache lügt?«

»Das will ich nicht sagen. Ich will aber auch nicht, daß man mir die Schuld in die Schuhe schiebt.« Seine dunklen Augen glühten.

»Es geht doch nicht um Schuld. Der Roboter benahm sich so, weil er so ist. Wir versuchen lediglich, ihn zu finden, Mr. Black. Alles andere ist Nebensache. Wenn Sie mit dem Roboter gearbeitet haben, kennen Sie ihn wahrscheinlich besser als jeder andere. Haben Sie irgend etwas Ungewöhnliches bei ihm beobachtet? Haben Sie schon früher mit Robotern zusammengearbeitet?«

»Ich habe mit anderen Robotern hier gearbeitet – den einfachen Modellen. Mit den Nestoren ist es auch nicht viel anders. Sie sind lediglich sehr viel klüger – und gehen einem leichter auf die Nerven.«

»Auf die Nerven? Inwiefern?«

»Na ja – vielleicht ist es nicht ihre Schuld. Die Arbeit hier ist schwer, und da herrscht schon mal ein ziemlich rauher Umgangston. Spielereien mit dem Hyperraum sind nun mal kein Spaß.« Er lächelte schwach. Das Geständnis machte ihm Freude. »Wir riskieren ständig, ein Loch in das normale Raum-Zeit-Gewebe zu jagen und aus dem Universum, samt Asteroid und allem, herauszufallen. Klingt verrückt, was? Da ist man schon mal nahe dran, durchzudrehen. Aber diese Nestoren sind das nicht. Sie sind neugierig, ruhig und machen sich keine Sorgen. Da könnte man manchmal aus der Haut fahren. Wenn man etwas blitzschnell erledigt haben will, scheinen sie sich besonders viel Zeit zu lassen. Manchmal käme ich lieber ohne sie aus.«

»Sie sagen, daß sie sich Zeit ließen. Haben sie je einen Befehl verweigert?«

»O nein!« meinte er hastig. »Sie machen alles. Sie sagen einem nur, wenn sie glauben, daß man sich irrt. Sie verstehen von der Sache nur das, was wir sie gelehrt haben; aber das hindert sie nicht. Vielleicht habe ich Hirngespinste; aber die anderen haben die gleichen Problemen mit ihren Nestoren.«

General Kallner räusperte sich drohend. »Warum sind mir darüber noch keine Klagen vorgetragen worden, Black?«

Der junge Physiker errötete. »Wir wollten nicht *wirklich* ohne Roboter auskommen, Sir. Außerdem waren wir nicht sicher, wie eine solche ... hm ... nebensächliche Beschwerde aufgenommen werden würde, Sir.«

Bogert mischte sich ruhig ein. »Ist an dem Morgen, als Sie ihn zum letzten Mal sahen, etwas Besonderes vorgefallen?«

Schweigen. Mit ruhiger Handbewegung unterdrückte Calvin die

Bemerkung, die Kallner von sich geben wollte, und wartete geduldig.

Dann stieß Black verärgert aus: »Ich hatte etwas Ärger mit ihm. An diesem Morgen hatte ich eine Kimball-Röhre zerbrochen und damit fünf Tage Arbeit verloren. Mein gesamtes Programm hinkte im Zeitplan hinterher. Seit Wochen hatte ich keine Post von daheim erhalten. Und da kommt *er* und will, daß ich ein Experiment wiederhole, das ich schon vor einem Monat aufgegeben hatte. In diesem Punkt ging er mir schon lange auf die Nerven. Ich hatte die Schnauze voll. Da habe ich ihm gesagt, daß er weggehen solle – danach habe ich ihn nicht mehr gesehen.«

»Sie haben ihm gesagt, er solle weggehen?« erkundigte sich Dr. Calvin sehr interessiert. »Mit genau diesen Worten? Sagten Sie ›Geh weg!‹? Versuchen Sie sich an den genauen Wortlaut zu erinnern.«

In Black tobte offensichtlich ein innerer Kampf. Er stützte die Stirn in die Hand, riß sie dann weg und erklärte trotzig: »Ich sagte: ›Verschwinde endlich!‹«

Bogert lachte kurz. »Und genau das hat er getan, was?«

Aber Calvin war noch nicht fertig. Einschmeichelnd sprach sie weiter. »Jetzt sind wir schon ein Stückchen weitergekommen, Mister Black. Die genauen Einzelheiten sind wichtig. Für das Verstehen von Roboterhandlungen kann schon ein Wort, eine Geste, eine Betonung ausschlaggebend sein. Sie haben doch nicht nur diese zwei Worte gesagt, oder? Nach Ihrer eigenen Schilderung waren Sie doch etwas in Eile. Vielleicht haben Sie da ein klein bißchen Ihre Stimme verstärkt?«

Der junge Mann wurde wieder rot. »Na ja ... vielleicht habe ich ihn auch ein ... paar Sachen genannt.«

»Welche Sachen, bitte ganz genau?«

»Ach ... daran erinnere ich mich nicht mehr genau. Ich könnte sie außerdem niemals vor Ihnen wiederholen. Sie wissen doch, wie das ist, wenn man aufgeregt ist.« Sein verlegenes Lachen war beinahe ein Kichern. »Ich tendiere manchmal zu ziemlich harten Ausdrücken.«

»Schon gut«, beschwichtigte sie ihn etwas steif. »Im Augenblick bin ich Psychologin. Ich möchte, daß Sie so präzise wie möglich wiederholen, was Sie gesagt haben. Wichtig ist, daß Sie auch denselben Tonfall benutzen.«

Black schaute hilfesuchend zu seinem vorgesetzten Offizier, fand aber keine Unterstützung. Seine Augen wurden rund und entsetzt. »Aber das kann ich nicht!«

»Sie müssen!«

»Tun Sie einfach, als würden Sie mich meinen«, schlug Bogert mit schlecht verborgenem Vergnügen vor. »Dann fällt es Ihnen bestimmt leichter.«

Der junge Mann wandte sein blutrotes Gesicht Bogert zu. Er schluckte. »Ich habe gesagt . . .« Die Stimme versagte ihm. Er fing nochmal an. »Ich sagte . . .«

Er holte tief Luft und spuckte es hastig in einer einzigen langen Silbenkette aus. In der zum Zerreißen gespannten Stimmung schloß er, beinahe in Tränen: ». . . so ungefähr. Die genaue Reihenfolge weiß ich nicht mehr. Vielleicht habe ich auch das eine oder andere Wort ausgelassen oder hinzugefügt; aber das war's.«

Nur ein leichtes Erröten verriet, daß die Psychologin Gefühle hatte. Sie sagte: »Die Bedeutung der meisten verwendeten Ausdrücke ist mir bekannt. Gehe ich recht in der Annahme, daß die anderen ebenso beschimpfend sind?«

»Ich fürchte, ja«, antwortete der gequälte Black.

»Und dabei sagten Sie ihm auch, er solle verschwinden und abhauen.«

»Das habe ich doch nur übertragen gemeint.«

»Das ist mir klar. Man wird Sie auch disziplinarisch nicht belangen, da bin ich sicher.« Ihr Blick streifte den General, der sich darüber vor fünf Sekunden noch keineswegs sicher gewesen war. Er nickte wütend.

»Sie können gehen, Mister Black. Danke für Ihre Unterstützung.«

Susan Calvin brauchte fünf Stunden, um die dreiundsechzig Roboter zu befragen. Fünf Stunden ständiger Wiederholungen; fünf Stunden immer wieder ein neuer, identischer Roboter; die Fragen A, B, C, D; die Antworten A, B, C, D; sorgfältig leerer Gesichtsausdruck, sorgfältig neutraler Tonfall, eine absichtlich freundliche Atmosphäre und ein verstecktes Aufnahmegerät.

Die Psychologin fühlte sich völlig ausgelaugt, als sie endlich fertig war.

Bogert wartete auf sie und schaute sie erwartungsvoll an, als sie die Tonbandspule lautstark auf die Plastikplatte seines Schreibtisches legte.

Sie schüttelte den Kopf. »Alle dreiundsechzig schienen mir gleich zu sein. Ich konnte nicht feststellen . . .«

Er unterbrach sie. »Sie konnten nicht erwarten, das rein vom Gehör her zu beurteilen, Susan. Lassen Sie uns die Aufnahmen analysieren.«

Normalerweise gehört die mathematische Interpretation verbaler Reaktionen von Robotern zu den kniffligeren Bereichen der Roboteranalyse. Man braucht dazu einen Stab ausgebildeter Techniker und die Hilfe von komplizierten Rechenmaschinen. Bogert wußte das und wies auch darauf hin, allerdings betont ohne Verärgerung, nachdem er alle Antworten abgehört, Wortlisten von Abweichungen angelegt und die Intervalle zwischen Antworten graphisch erfaßt hatte.

»Es sind keine Anomalien festzustellen, Susan. Die Wortvariationen und die Intervalle halten sich in den Grenzen normaler Häufigkeitsverteilung. Wir brauchen feinere Methoden. Die müssen doch Computer hier haben. Nein.« Er runzelte die Stirn und nagte an einem Daumennagel. »Wir können keine Computer einsetzen. Zu gefährlich, weil etwas durchsickern könnte. Aber wenn wir vielleicht . . .«

Dr. Calvin unterbrach ihn ungeduldig. »Ich bitte Sie, Peter. Es geht hier nicht um eines Ihrer läppischen Laborprobleme. Wenn wir den modifizierten Nestor nicht anhand von Unterschieden herausfinden können, die wir mit bloßem Auge eindeutig erkennen, haben wir Pech. Die Gefahr, daß wir uns irren oder daß wir ihn entwischen lassen, ist einfach zu groß. Es reicht nicht aus, auf eine winzige Abweichung in einer Graphik hinzuweisen. Ich sage Ihnen, wenn das alles ist, wonach wir uns richten können, dann werde ich alle zerstören, nur um sicherzugehen. Haben Sie mit den anderen modifizierten Nestoren gesprochen?«

»Ja, hab' ich«, sagte Bogert gereizt. »Und bei denen ist alles völlig in Ordnung. Sie sind höchstens ein bißchen überfreundlich. Sie haben meine Fragen beantwortet. Stolz auf ihre Antworten gezeigt – mit Ausnahme der beiden neuen, die noch keine Zeit hatten, ihre Hyperphysik zu lernen. Sie haben sogar wohlwollend über meine Ignoranz bezüglich einiger Spezialisierungen hier oben gelacht.« Er zuckte mit den Schultern. »Ich nehme an, daß darauf ein Teil der Ressentiments der Techniker gegen die Roboter zurückzuführen ist. Die Roboter sind vielleicht nur allzu bereit, einen mit ihrem größeren Wissen zu beeindrucken.«

»Könnten Sie ein paar Planar-Reaktionen ausprobieren, um zu sehen, ob es irgendwelche Veränderungen oder Verschlechterungen in ihrem mentalen Aufbau seit ihrer Fabrikation gibt?«

»Das habe ich noch nicht gemacht, werde es aber tun.« Er drohte ihr mit dem schlanken Zeigefinger. »Sie verlieren die Nerven, Susan. Ich verstehe nicht, warum Sie die Sache so dramatisieren. Die sind doch im Grunde völlig harmlos.«

»Ach, sind sie das?« Calvin spuckte Feuer. »Sind sie das? Ist Ihnen klar, daß einer lügt? Einer der dreiundsechzig Roboter, die ich gerade befragt habe, hat mich ganz bewußt belogen, obwohl ich strikten Befehl gegeben hatte, die Wahrheit zu sagen. Das weist auf eine Abweichung hin, die einfach grauenvoll tief drinnen sitzt und die grauenvoll angsteinflößend ist.«

Peter Bogert spürte, wie seine Zähne gegeneinander rieben. Er sagte: »Überhaupt nicht! Schauen Sie, Nestor 10 bekam den Befehl zu verschwinden. Dieser Befehl wurde ihm mit größtem Nachdruck von der Person erteilt, die höchste Befehlsgewalt über ihn hat. Sie können diesen Befehl nicht einfach aufheben. Dazu bedarf es größeren Nachdrucks oder höherer Autorität. Offen gesagt, bewundere ich den Einfallsreichtum. Wo könnte ein Roboter besser verschwinden, als wenn er sich unter eine Gruppe gleicher Roboter mischt?«

»Ja, *Sie* bewundern das natürlich! Ich habe bei Ihnen, Peter, augenscheinliche Freude festgestellt, Freude und ein erschreckendes Maß an Verständnislosigkeit. Sind Sie Roboterologe, Peter? Diese Roboter messen dem Wichtigkeit bei, was sie als Überlegenheit ansehen. Das haben Sie eben selbst gesagt. Im Unterbewußtsein halten sie Menschen für unterlegen, und das Erste Gesetz, das uns vor ihnen schützt, ist unvollkommen. Sie sind labil. Und jetzt befiehlt ein junger Mann einem Roboter, wegzugehen und zu verschwinden, und das mit allen verbalen Zeichen von Geringschätzung und Verachtung. Zugegeben, der Roboter muß dem Befehl gehorchen; aber unbewußt ist da Groll. Mit der Zeit wird es für ihn immer wichtiger zu beweisen, daß er dem Menschen überlegen ist, trotz aller Schimpfnamen, die man ihm gegeben hat. Es kann *so* wichtig werden, daß das, was vom Ersten Gesetz noch übrig ist, nicht ausreicht.«

»Wo auf der Erde oder irgendwo im Sonnensystem kann ein Roboter die Bedeutung von solchen Beschimpfungen kennen, Susan? Schließlich hat man seinem Gehirn nicht auch Fluchen eingeprägt.«

»Die ursprünglichen Einprägungen sind nicht alles«, fuhr Calvin ihn wütend an. »Roboter haben auch Lernfähigkeit, Sie... Sie Narr!« Jetzt wußte Bogert, daß sie wirklich die Beherrschung verloren hatte. Sie sprach schnell weiter. »Glauben Sie etwa, daß er nicht vom Tonfall, in dem diese Worte gesprochen wurden, schließen konnte, daß sie keine Schmeicheleien waren? Glauben Sie vielleicht, daß er solche Ausdrücke vorher noch nie gehört hat und nicht kapierte, in welchen Situationen sie verwendet wurden?«

»Na schön«, brüllte Bogert. »Würden Sie mir dann liebenswürdigerweise erklären, auf welche Weise ein modifizierter Roboter einem Menschen Schaden zufügen kann, ganz egal, ob er nun beleidigt wurde oder nicht, ganz egal, wie krank vor Sehnsucht er ist, seine Überlegenheit zu beweisen?«

»Würden Sie den Mund halten, wenn ich Ihnen eine Möglichkeit sage?«

»Ja.«

Sie hatten sich beide über den Tisch gebeugt und starrten sich in die Augen.

Die Psychologin sagte: »Wenn ein modifizierter Roboter ein schweres Gewicht auf einen Menschen fallen lassen würde, verstieße er damit nicht gegen das Erste Gesetz, wenn er es mit dem Bewußtsein täte, daß seine Stärke und Reaktionsgeschwindigkeit ausreichten, um das Gewicht abzufangen, ehe es den Menschen erreichte. Sobald das Gewicht seine Finger verlassen hätte, wäre der Roboter nicht mehr das aktive Medium. Das wäre dann die blinde Macht der Schwerkraft. Der Roboter könnte dann seine Meinung ändern und lediglich durch Nichteingreifen das Gewicht zuschlagen lassen. Das modifizierte Erste Gesetz erlaubt das.«

»Das ist eine grauenvolle Ausgeburt Ihrer Phantasie.«

»Mein Beruf zwingt mich manchmal dazu. Peter, wir wollen nicht streiten. Gehen wir an die Arbeit. Sie kennen die genaue Art des Stimulus, der den Roboter dazu brachte, zu verschwinden. Sie haben die schriftlichen Aufzeichnungen über seinen ursprünglichen mentalen Zustand. Sagen Sie mir, inwieweit ist einer unserer Roboter fähig, das zu tun, was ich Ihnen eben geschildert habe? Nicht genau dieselben Umstände; aber die ganze Art der Reaktion. Das möchte ich so bald wie möglich wissen.«

»Und inzwischen ...«

»Und inzwischen müssen wir versuchen, Performanztests durchzuführen, die sich direkt mit der Reaktion auf das Erste Gesetz befassen.«

Auf eigenen Wunsch überwachte Gerald Black selbst den Aufbau hölzerner Abteile, die in einem Kreis im zweiten abgeschirmten Stock des Gebäudes 2 für Strahlung hochgezogen wurden. Die Männer arbeiteten meist schweigend vor sich hin. Allerdings sah man einigen an, daß sie sich über die Installierung der dreiundsechzig Photozellen wunderten.

Ein Arbeiter setzte sich neben Black hin, nahm den Helm ab und wischte sich nachdenklich mit dem Arm voller Sommersprossen die Stirn.

Black nickte ihm zu. »Wie läuft's so, Walenski?«

Walenski zuckte mit den Achseln und steckte sich eine Zigarre an. »Was ist eigentlich los, Doc? Erst drei Tage lang keine Arbeit, dann plötzlich diesen Haufen Kabuffs.« Er lehnte sich auf die Ellenbogen zurück und paffte in die Luft.

Black zog die Augenbrauen hoch. »Ein paar Roboterleute sind von der Erde gekommen. Erinnern Sie sich an den Ärger, den wir hatten, als die Roboter in die Gammafelder reinliefen, bis wir in ihre Schädel hämmerten, das sein zu lassen?«

»Ja. Haben wir nicht neue Roboter gekriegt?«

»Wir haben ein paar Ersatzstücke bekommen; aber hauptsächlich mußten sie indoktriniert werden. Na ja, und die Leute, die Roboter machen, wollen jetzt welche austüfteln, die nicht so schwer von Gammastrahlen beschädigt werden.«

»Irgendwie ist es schon komisch, daß alle Arbeiten am Antrieb wegen diesem Roboterscheiß eingestellt wurden. Ich hab' immer gedacht, daß die Arbeiten am Antrieb immer am wichtigsten sind.«

»Stimmt; aber die Herren in den oberen Etagen entscheiden das. Ich – ich tue nur, was man mir aufträgt. Wahrscheinlich alles 'ne Sache von Beziehungen ...«

»Klar.« Der Elektriker grinste und zwinkerte Black verstehend zu. »Da kannte jemand einen in Washington. Aber solange ich meinen Lohn pünktlich kriege, zerbreche ich mir nicht den Kopf. Ist ja nicht mein Antrieb, oder? Was machen die denn hier eigentlich?«

»Das fragen Sie mich? Die haben einen Haufen Roboter mitgebracht – über sechzig Stück, und sie wollen Reaktionen messen. Das ist *alles*, was *ich* weiß.«

»Und wie lange wird das dauern?«

»Ich wünschte, ich wüßte es.«

»Na schön«, meinte Walenski mit vor Zynismus triefender Stimme, »solange die mir mein Geld rüberschieben, können die hier spielen, was sie wollen.«

Black war zufrieden. Die Geschichte konnte sich ruhig verbreiten. Sie war harmlos und nahe genug an der Wahrheit, daß neugierigen Fragen die Spitze genommen wurde.

Ein Mann saß auf dem Stuhl, reglos, schweigend. Ein Gewicht fiel herunter und wurde in letzter Sekunde von dem synchronisierten Peng eines plötzlichen Kraftstrahls beiseite geschlagen. In dreiundsechzig Holzkabinen sahen dreiundsechzig NS-2-Roboter zu und rasten in dem Sekundenbruchteil vor, bevor das Gewicht zur Seite schwenkte, und dreiundsechzig Photozellen ein Meter fünfzig über ihrer ursprünglichen Position vermerkten mit dem Markierungsstift eine kleine Zacke auf dem Papier. Das Gewicht ging nach oben, fiel, ging nach oben, fiel ...

Zehnmal!

Zehnmal sprangen die Roboter vor und hielten inne, als der Mensch sicher sitzen blieb.

Generalmajor Kallner hatte seine Ausgehuniform seit dem ersten Abendessen mit den Vertretern von U. S. Robots nicht mehr getragen. Er trug über seinem blaugrauen Hemd mit dem offenen Kragen nichts anderes. Seine schwarze Krawatte hing lose herunter.

Voller Hoffnung blickte er zu Bogert, der immer noch makellos adrett aussah, dessen innere Anspannung nur durch die Spur von Glanz auf den Schläfen verraten wurde.

Der General fragte: »Wie sieht's aus? Was versuchen Sie herauszufinden?«

Bogert antwortete: »Eine Unterscheidung, die vielleicht für unsere Zwecke etwas zu subtil sein mag, fürchte ich. Für zweiundsechzig Roboter ist das Losspringen auf den offensichtlich gefährdeten Menschen dort eine Zwangsreaktion, wie wir das in der Robotik nennen. Sehen Sie, selbst wenn die Roboter wüßten, daß der Mensch dort nicht gefährdet wäre – und nach dem dritten oder vierten Mal müssen sie es gewußt haben –, konnten sie nicht anders handeln. Das Erste Gesetz verlangt es.«

»Na und?«

»Aber der dreiundsechzigste Roboter, der modifizierte Nestor, untersteht diesem Zwang nicht. Er konnte frei handeln. Er hätte seelenruhig sitzen bleiben können, wenn er das gewollt hätte. Unglücklicherweise«, Bedauern schwang in seiner Stimme, »wollte er das nicht.«

»Warum? Was meinen Sie?«

Bogert zuckte mit den Schultern. »Ich nehme an, daß uns das Doktor Calvin erklären wird, sobald sie herkommt. Wird bestimmt eine grauenvoll pessimistische Erklärung. Sie kann einem manchmal ein bißchen auf die Nerven gehen.«

»Sie ist aber doch qualifiziert, oder?« erkundigte sich der General mit plötzlicher Sorge.

»Allerdings.« Bogert schien sich zu amüsieren. »Sie ist qualifiziert. Sie versteht Roboter, als wären sie ihre Schwestern – kommt wohl daher, weil sie Menschen so haßt. Es ist nur, Psychologin oder nicht, daß sie extrem neurotisch ist, mit paranoiden Tendenzen. Nehmen Sie sie nicht allzu ernst.«

Er breitete die lange Reihe von graphischen Zackenlinien aus. »Sehen Sie, General, bei jedem Roboter vermindert sich die Zeit vom Moment des Falls der Platte bis zum Vorschnellen bei jedem Versuch. Das ist eine eindeutige mathematische Beziehung, die solche Sachen bestimmt. Die mangelnde Bereitschaft, mitzumachen, würde eine klare Abweichung von der Norm im Positronengehirn anzeigen. Unglücklicherweise erscheinen alle als ganz normal.«

»Aber unser Nestor 10 reagierte nicht mit einer Zwangsreaktion. Warum ist seine Kurve nicht anders? Das kapiere ich nicht.«

»Das ist ganz einfach. Die Reaktionen von Robotern sind nicht vollkommen analog zu menschlichen Reaktionen, leider. Bei menschlichen Wesen ist die freiwillige Aktion sehr viel langsamer als eine Reflexhandlung. Bei Robotern ist das nicht der Fall. Bei ihnen handelt es sich lediglich um die Freiheit der Entscheidung. Handlungen, die freiwillig oder unter Zwang erfolgen, laufen gleich schnell ab. *Ich* hatte allerdings erwartet, daß Nestor 10 beim ersten Mal überrascht werden würde und zuviel Zeit verstreichen lassen würde, ehe er reagierte.«

»Und das war nicht so?«

»Leider nein.«

»Dann haben wir überhaupt nichts erreicht.« Der General ließ sich mit schmerzlichem Gesichtsausdruck zurücksinken. »Es sind schon fünf Tage vergangen, seit Sie gekommen sind.«

In diesem Augenblick kam Susan Calvin herein und knallte die Tür hinter sich zu. »Stecken Sie Ihre Kurvenblätter weg, Peter«, rief sie. »Sie wissen doch, daß darauf überhaupt nichts zu sehen ist.«

Sie murmelte Kallner ungeduldig etwas zu, als dieser sich halb zur Begrüßung erhob, und fuhr fort. »Wir müssen etwas anderes probieren, und zwar schnell. Mir stinkt, was sich hier abspielt.«

Resigniert wechselten Bogert und der General Blicke. »Stimmt irgend etwas nicht?«

»Wenn Sie etwas Besonderes meinen? Nein. Aber mir gefällt nicht, daß Nestor 10 uns weiterhin entwischt. Das ist schlimm. Es *muß* sein ohnehin gesteigertes Überlegenheitsgefühl noch weiter anschwellen lassen. Ich fürchte, daß seine Motivation nicht länger ist, nur einen Befehl zu befolgen. Ich glaube, es wird mehr eine Sache reiner neurotischer Notwendigkeit, besser denken zu können als wir Menschen. Das ist eine gefährliche Situation. Peter, Sie haben getan, worum ich Sie gebeten hatte? Haben Sie die Labilitätsfaktoren des modifizierten NS-2 nach meinen Vorschlägen ausgearbeitet?«

»Bin noch dabei«, antwortete der Mathematiker uninteressiert.

Sie warf ihm einen wütenden Blick zu und wandte sich dann an Kallner. »Nestor 10 weiß eindeutig, was wir tun, General. Er hatte keinen Grund in diesem Experiment, den Köder zu schlucken, weil er gleich nach dem ersten Mal gesehen haben mußte, daß unserer Testperson keine wirkliche Gefahr drohte. Die anderen mußten so reagieren, wie sie es taten; aber *er* hat ganz bewußt eine Reaktion verfälscht.«

»Und was sollten wir Ihrer Meinung nach nun tun, Doktor Calvin?«

»Es ihm unmöglich machen, beim nächsten Mal eine Handlung vorzutäuschen. Wir werden das Experiment wiederholen; aber mit dem Unterschied, daß wir diesmal Hochspannungskabel, die ein Nestor-Modell mit einem Stromstoß umbringen können, zwischen Testperson und Roboter spannen, so daß man nicht hinüberspringen kann. Außerdem wird den Robotern vorher ganz klar gesagt, daß die Berührung der Kabel ihren Tod bedeutet.«

»Jetzt halten Sie aber die Luft an«, fuhr Bogert sie plötzlich wütend an. »Das gebe ich nicht zu. Wir bringen nicht Roboter im Wert von zwei Millionen Dollar um, um Nestor 10 zu finden. Da gibt es andere Möglichkeiten.«

»Sind Sie sicher? Sie haben doch bis jetzt noch keine gefunden. Außerdem ist es nicht nötig, sie mit dem Strom zu töten. Wir können ein Relais einschalten, das den Stromstoß in dem Augenblick unterbricht, in dem ein Gewicht auf das Kabel drückt. Kein Roboter muß sterben, selbst wenn er sein Gewicht auf das Kabel legen sollte. *Aber das weiß er natürlich nicht,* kapiert?«

In den Augen des Generals schimmerte Hoffnung. »Funktioniert das?«

»Es sollte. Bei diesen Bedingungen müßte Nestor 10 sitzen bleiben. Man könnte ihm *befehlen,* die Kabel zu berühren und zu sterben, weil das Zweite Gesetz des Gehorchens vorrangig zum Dritten der Selbsterhaltung ist. Aber er wird diesen *Befehl nicht* erhalten. Man wird es ihm ebenso wie den anderen Robotern überlassen, was er tut. Im Fall der normalen Roboter wird sie das Erste Gesetz über die Sicherheit des Menschen auch ohne Befehl in den Tod treiben. Nicht so bei unserem Nestor 10. Ohne das vollständige Erste Gesetz und ohne Befehl wird für ihn das Dritte Gesetz, die Selbsterhaltung, an die erste Stelle treten. Dann hat er keine andere Wahl, als auf seinem Stuhl sitzen zu bleiben. Es wäre eine Zwangshandlung.«

»Können Sie das noch heute abend machen?«

»Ja«, antwortete die Psychologin. »Vorausgesetzt, die Kabel können rechtzeitig verlegt werden. Ich werde den Robotern jetzt erklären, was ihnen bevorsteht.«

Ein Man saß auf dem Stuhl, reglos, schweigend. Ein Gewicht fiel herunter und wurde in letzter Sekunde von dem synchronisierten Peng eines plötzlichen Kraftstrahls beiseite geschlagen.

Nur einmal!

In der Beobachterkabine auf dem Balkon sprang Dr. Calvin mit einem Schreckensschrei von ihrem Feldstuhl auf.

Dreiundsechzig Roboter saßen ruhig auf ihren Stühlen und starrten aus ihren Eulenaugen auf den Mann in Gefahr vor ihnen. Keiner hatte sich bewegt.

Dr. Calvin erstickte fast an ihrer Wut. Am schlimmsten war es, daß sie ihre Wut nicht zeigen durfte, als ein Roboter nach dem anderen ihr Zimmer betrat und wieder hinausging. Sie sah auf der Liste nach. Nummer achtundzwanzig war jetzt fällig – fünfunddreißig lagen noch vor ihr.

Schüchtern trat Nummer achtundzwanzig herein.

Sie zwang sich zur Ruhe. »Und wer bist du?«

Der Roboter antwortete mit leiser, unsicherer Stimme: »Ich habe noch keine eigene Nummer bekommen. Ich bin ein NS-2-Roboter, und zwar in der Warteschlange draußen Nummer achtundzwanzig. Ich habe hier einen Zettel, den ich Ihnen geben soll.«

»Du bist heute zum ersten Mal hier drin?«

»Ja, Doktor.«

»Setz dich. Gleich hierhin. Ich möchte dir ein paar Fragen stellen, Nummer achtundzwanzig. Warst du vor etwa vier Stunden im Strahlungsraum von Gebäude Zwei?«

Die Antwort bereitete dem Roboter Schwierigkeiten. Dann ertönte es heiser, wie aus einer schlecht geölten Maschine: »Ja, Doktor.«

»Da war doch ein Mann, der beinahe schwer verletzt wurde, oder?«

»Ja, Doktor.«

»Du hast aber nichts getan, oder?«

»Nein, Doktor.«

»Der Mann hätte wegen deines Nichteingreifens schwer verletzt werden können. Weißt du das?«

»Ja, Doktor. Aber ich konnte nichts dagegen tun.« Es ist zwar schwierig, sich vorzustellen, wie sich eine große Figur aus Metall verlegen windet; aber so war es.

»Jetzt sag mir ganz genau, warum du nichts getan hast, um ihn zu retten.«

»Ich werde es Ihnen erklären. Ich will auf keinen Fall, daß Sie ... daß *irgend jemand* denkt, daß ich etwas tun könnte, das einem Meister schaden könnte. O nein, das wäre ein grauenvoller ... ein nicht faßbarer ...«

»Bitte, reg dich nicht auf, Junge. Ich gebe dir keinerlei Schuld. Ich will nur wissen, was du zu diesem Zeitpunkt gedacht hast.«

»Doktor, Sie haben uns doch vorher genau erklärt, daß einer unserer Meister in Gefahr sein würde, von dem herabfallenden Gewicht erschlagen zu werden, und daß wir die elektrischen Kabel durchbrechen müßten, wenn wir ihn retten wollten. Also, das hätte mich nie aufgehalten. Was ist meine Zerstörung im Vergleich zum Tod eines Meisters? Aber ... aber dann kam mir der Gedanke, daß ich, wenn ich auf dem Weg zu ihm sterben müßte, ihm doch nicht mehr helfen könnte. Das Gewicht würde ihn erschlagen, und ich wäre völlig umsonst gestorben. Und vielleicht würde eines Tages ein Meister in Gefahr kommen, den ich dann hätte retten können, wenn ich noch am Leben geblieben wäre. Verstehen Sie mich?«

»Du meinst, daß es nur die Wahl gab, ob der Mann starb oder ob ihr beide sterben würdet, stimmt das?«

»Ja. Es war unmöglich, den Meister zu retten. Er war so gut wie tot. In dem Fall ist es sinnlos, daß ich mich selbst zerstöre – ohne Befehl.«

Die Psychologin drehte den Bleistift in den Fingern. Sie hatte mit geringfügigen sprachlichen Abweichungen die gleiche Geschichte schon siebenundzwanzigmal gehört. Jetzt kam die entscheidende Frage.

»Junge«, sagte sie, »dein Gedankengang ist durchaus einleuchtend; aber ich hätte nicht gedacht, daß du so denken würdest. Ist dir das selbst eingefallen?«

Der Roboter zögerte. »Nein.«

»Wer ist dann auf diesen Gedanken gekommen?«

»Wir haben uns gestern nacht unterhalten, und einer von uns ist auf diesen Gedanken gekommen. Er klang vernünftig.«

»Wer war's?«

Der Roboter dachte angestrengt nach. »Ich weiß nicht. Irgendeiner von uns.«

Sie seufzte. »Das war schon alles.«

Nummer neunundzwanzig war der nächste. Dann vierunddreißig.

Auch Generalmajor Kallner war wütend. Eine Woche lang stand auf Hyper-Basis alles totenstill, abgesehen von etwas Papierkram auf den Hilfsasteroiden der Gruppe. Fast eine ganze Woche lang hatten zwei eigens herbeigeflogene Fachleute die Situation mit sinnlosen Tests nur verschlimmert. Und jetzt kamen sie – jedenfalls die Frau – mit unmöglichen Vorschlägen.

Zum Glück hielt Kallner es für politisch unklug, seinen Ärger offen zu zeigen.

Susan Calvin war hartnäckig. »Warum nicht, Sir? Es ist doch klar, daß die gegenwärtige Situation schlimm ist. Wir können in Zukunft – oder was uns angesichts der Lage als Zukunft bleibt – nur Resultate erhalten, wenn wir die Roboter aussortieren. Wir können sie nicht länger zusammenlassen.«

»Meine liebe Doktor Calvin.« Der General ließ seine Stimme in tiefere Baritonlagen absinken. »Ich weiß wirklich nicht, wie ich dreiundsechzig Roboter hier unterbringen soll . . .«

Dr. Calvin hob resignierend die Arme. »Dann kann ich auch nichts machen. Nestor 10 wird entweder imitieren, was die anderen Roboter machen würden, oder ihnen einreden, das zu tun, was er selbst nicht tun kann. Beide Fälle sind gleich schlimm. Wir befinden uns tatsächlich in einem Kampf mit Ihrem kleinen verlorenen Roboter. Und er gewinnt ständig. Jeder Sieg verstärkt sein abweichendes Verhalten.«

Entschlossen stand sie auf. »General Kallner, wenn Sie die Roboter nicht so absondern, wie ich es verlange, muß ich darauf bestehen, daß alle dreiundsechzig sofort zerstört werden.«

»Sie verlangen das?« Bogert schaute mit echter Wut auf. »Mit welchem Recht verlangen Sie so etwas? Diese Roboter bleiben so, wie sie sind. *Ich* bin dem Management gegenüber verantwortlich, nicht Sie!«

»Und ich«, fügte Generalmajor Kallner hinzu, »bin dem Welt-Koordinator verantwortlich – und muß diese Sache in Ordnung bringen.«

»In diesem Fall«, feuerte Calvin zurück, »bleibt mir nichts anderes übrig, als meinen Rücktritt einzureichen. Wenn es nötig ist, um Sie zur Zerstörung zu zwingen, bringe ich die ganze Sache an die Öffentlichkeit. Schließlich habe *ich* die Herstellung von modifizierten Robotern nicht gebilligt.«

»Auch nur ein einziges Wort von Ihnen, Doktor Calvin«, sagte der General bedächtig, »das gegen die Geheimhaltungsvorschriften verstößt, und Sie sitzen augenblicklich im Gefängnis.«

Bogert spürte, daß die Situation aus den Fugen geriet. Seine Stimme nahm einen besänftigenden Ton an. »Aber, aber! Wir benehmen uns schon beinahe wie Kinder, wir alle. Wir brauchen nur noch ein bißchen mehr Zeit. Wir können doch mit Sicherheit einen Roboter austricksen, ohne gleich zurückzutreten oder Leute ins Gefängnis zu werfen oder zwei Millionen Dollar zu zerstören.«

Die Psychologin wandte sich ihm mit stiller Wut zu. »Ich will nicht, daß irgendwelche aus dem Gleichgewicht geratene Roboter existieren. Wir haben einen Nestor, der zweifellos gestört ist. Bei elf weiteren ist es durchaus möglich. Zweiundsechzig normale Roboter sind einer gestörten Umgebung ausgesetzt. Die einzige sichere Methode ist und bleibt die vollständige Zerstörung.«

Der Türsummer ließ alle drei verstummen. Stille trat ein im heftigen Sturm entfesselter Gefühle.

»Herein!» rief Kallner.

Es war Gerald Black, der sehr verstört aussah. Er hatte wütende Stimmen gehört. Er sagte: »Ich wollte lieber selbst kommen . . . und niemand anderen schicken . . .«

»Was ist denn? Halten Sie keine Volksreden.«

»An den Schlössern von Compartment C im Frachtschiff hat sich jemand zu schaffen gemacht. Da sind frische Kratzer.«

»Compartment C?« rief Calvin. »Das ist doch, wo die Roboter drin sind, oder? Wer war das?«

»Von innen«, antwortete Black lakonisch.

»Das Schloß ist doch nicht etwa kaputt?«

»Nein, das nicht. Ich bin jetzt schon vier Tage an Bord dieses Schiffes; aber keiner hat versucht, von Bord zu gehen. Aber ich dachte, Sie sollten davon wissen. Ich wollte aber den anderen nichts davon sagen. Es ist mir allein aufgefallen.«

»Ist jemand jetzt dort?« wollte der General wissen.

»Ich habe Robbins und McAdams dort gelassen.«

Nachdenkliches Schweigen. Dann fragte Dr. Calvin zynisch: »Und jetzt?«

Kallner rieb sich verlegen die Nase. »Was soll das eigentlich alles?«

»Liegt das nicht auf der Hand? Nestor 10 hat vor, von hier zu verschwinden. Dieser Befehl zu verschwinden beherrscht sein gesetzwidriges Verhalten stärker als alles, was wir tun können. Ich wäre nicht überrascht, wenn das, was vom Ersten Gesetz bei ihm noch übrig ist, nicht mehr stark genug wäre, ihn aufzuhalten. Er ist imstande, das Schiff in seine Gewalt zu bringen und damit zu verschwinden. Dann hätten wir einen wahnsinnigen Roboter auf einem Raumschiff. Was macht er als nächstes? Irgendwelche Ideen? Wollen Sie sie immer noch alle zusammen lassen, General?«

»Blödsinn!« meinte Bogert. Er hatte seine Abgeklärtheit wiedergefunden. »Das alles wegen einem kleinen Kratzer am Schloß!«

»Doktor Bogert, haben Sie die Analyse fertig, um die ich Sie gebeten hatte, da Sie sich so bestimmt äußern?«

»Ja.«

»Darf ich sie sehen?«

»Nein.«

»Warum nicht? Oder darf ich das auch nicht fragen?«

»Weil es völlig sinnlos wäre, Susan. Ich hatte Ihnen schon vorher gesagt, daß diese modifizierten Roboter nicht so stabil sind wie der normale Typus. Das zeigt auch meine Analyse. Es gibt eine winzige Chance, daß sie unter extremen Umständen, die allerdings kaum eintreffen, zusammenbrechen. Lassen Sie es damit bewenden. Ich werde Ihnen doch keine Munition für Ihre absurde Behauptung geben, daß zweiundsechzig gute Roboter zerstört werden müssen, weil es Ihnen bis jetzt nicht gelungen ist, Nestor 10 unter ihnen zu entdecken.«

Susan Calvin starrte ihn voller Verachtung an. »Sie schrecken wirklich von gar nichts zurück, um den Posten eines ständigen Direktors zu bekommen, stimmt's?«

»Bitte«, sagte Kallner leicht irritiert. »Sind Sie ganz sicher, daß man nichts mehr tun kann, Doktor Calvin?«

»Mir fällt nichts mehr ein, Sir«, antwortete sie niedergeschlagen. »Wenn es nur noch andere Unterschiede zwischen Nestor und den normalen Robotern gäbe, Unterschiede, die sich nicht auf das Erste Gesetz beziehen. Nur einen einzigen winzigen Unterschied! Irgend etwas bei den Einprägungen, in der Umwelt, der Spezifikation ...« Sie hielt plötzlich inne.

»Was ist?«

»Mir ist da gerade eine Idee gekommen ...« Ihre Augen richteten sich in die Ferne und wurden hart. »Diese modifizierten Nestoren,

Peter. Die bekommen doch die gleichen Einprägungen wie die normalen, oder?«

»Ja, genau die gleichen.«

»Und Sie sagten doch einmal, Mister Black . . .« Sie wandte sich an den jungen Mann, der während des Sturms, der seiner Meldung gefolgt war, diskret geschwiegen hatte. »Als Sie sich über das Überlegenheitsgefühl der Nestoren beschwerten, sagten Sie doch, daß die Techniker den Robotern alles beigebracht hätten, was sie wußten, oder?«

»Ja, in Hyperphysik. Mit dieser Materie sind sie nicht vertraut, wenn sie herkommen.«

»Das stimmt«, sagte Bogert überrascht. »Ich sagte Ihnen doch, Susan, als ich mit den anderen Nestoren hier sprach, daß die beiden Neuankömmlinge noch keine Ätherphysik gelernt hätten.«

»Und warum ist das so?« Dr. Calvin sprach jetzt mit wachsender Begeisterung. »Warum hat man den NS-2-Modellen nicht von Anfang an Ätherphysik eingeprägt?«

»Das kann ich Ihnen erklären«, sagte Kallner. »Es ist alles Teil der Geheimhaltung. Wir dachten, daß es vielleicht Verdacht erregen würde, wenn wir ein Spezialmodell mit der Kenntnis der Ätherphysik machten und davon zwölf einsetzten, die anderen aber auf Gebieten arbeiten ließen, die nichts damit zu tun hatten. Die Männer, die mit normalen Nestoren arbeiteten, könnten sich vielleicht wundern, warum sie was von Ätherphysik verstanden. Da bekamen sie lediglich eine Einprägung für die Fähigkeit, in diesem Gebiet ausgebildet zu werden. Natürlich erhalten nur die, die hierher kommen, ein solches Training. So einfach ist das.«

»Verstehe. Bitte, geht mal alle hinaus. Laßt mir etwa eine Stunde Zeit.«

Calvin hatte das Gefühl, die Tortur nicht ein drittes Mal durchstehen zu können. In den Gedanken ging sie es noch mal durch und weigerte sich, weil es ihr körperlich schlecht dabei wurde. Sie konnte einfach die niemals endende Schlange von Robotern nicht mehr sehen.

Daher stellte Bogert jetzt die Fragen, während sie mit halb geschlossenen Augen danebensaß.

Nummer vierzehn kam herein – noch neunundvierzig!

Bogert schaute von seinem Leitblatt auf und fragte: »Welche Nummer hast du in der Schlange?«

»Vierzehn, Sir.« Der Roboter gab ihm seinen Abschnitt mit der Nummer.

»Setz dich, Junge.«

Bogert fragte: »Du warst bis jetzt noch nicht hier?«

»Nein, Sir.«

»Also, Junge, sobald wir hier fertig sind, wird sich wieder ein Mensch in großer Gefahr befinden. Daher wirst du von diesem Zimmer hier in ein kleines Abteil geführt werden, wo du ruhig wartest, bis man dich braucht. Hast du mich verstanden?«

»Ja.«

»Nun, wenn ein Mensch sich in Gefahr befindet, wirst du natürlich versuchen, ihn zu retten.«

»Natürlich, Sir.«

»Unglücklicherweise befindet sich zwischen diesem Mann und dir ein Gammastrahlenfeld.«

Schweigen.

»Weißt du, was Gammastrahlen sind?« fragte Bogert scharf.

»Energiestrahlung, Sir?«

Die nächste Frage wurde in freundlicher Art, wie nebenbei gestellt. »Schon mal mit Gammastrahlen gearbeitet?«

»Nein, Sir.« Die Antwort war eindeutig.

»Hmm. Nun, Junge, Gammastrahlen töten dich auf der Stelle. Sie zerstören dein Gehirn. Das ist eine Tatsache, die du wissen mußt und die du auch nicht vergessen sollst. Natürlich willst du dich nicht selbst zerstören.«

»Natürlich.« Der Roboter schien wieder geschockt zu sein. Dann meinte er langsam. »Aber, Sir, wenn die Gammastrahlen zwischen mir und dem Meister, der in Gefahr ist, sind, wie kann ich ihn dann retten? Ich würde mich doch nur sinnlos selbst zerstören?«

»Ja, so ist es.« Bogert schien besorgt zu sein. »Ich kann dir nur den Rat geben, Junge, daß du, wenn du die Strahlung zwischen dir und dem Mann entdeckst, ruhig sitzen bleibst.«

Der Roboter war eindeutig erleichtert. »Vielen Dank, Sir. Es würde doch wirklich nichts nützen, oder?«

»Aber natürlich nicht. Aber wenn es *keine* gefährliche Strahlung gäbe, sähe die Sache anders aus.«

»Natürlich. Das steht völlig außer Frage.«

»Du kannst jetzt gehen. Der Mann vor der Tür wird dich zu deinem Abteil bringen. Bitte, warte dort.«

Er wandte sich an Susan Calvin, nachdem der Roboter hinausgegangen war. »Wie ist das gelaufen, Susan?«

»Sehr gut«, antwortete sie gelangweilt.

»Haben Sie gedacht, daß wir Nestor 10 erwischen, wenn wir ihm auf die schnelle ein paar Fragen über Hyperphysik stellen?«

»Vielleicht. Aber es ist nicht sicher genug.« Ihre Hände lagen müde im Schoß. »Denken Sie dran, er bekämpft uns. Er ist auf der Hut. Wir können ihn nur erwischen, wenn wir ihn austricksen – und innerhalb seiner Grenzen kann er sehr viel schneller denken als ein menschliches Wesen.«

»Na, bloß so zum Spaß könnte ich doch dem Roboter ein paar Fragen über Gammastrahlen stellen. Wellenlängengrenzen zum Beispiel.«

»Nein!« Dr. Calvins Augen funkelten wieder voller Leben. »Es wäre zu leicht für ihn, die Kenntnisse zu verneinen, und dann wäre er vor dem bevorstehenden Test gewarnt – und in dem liegt unsere echte Chance. Bitte, folgen Sie den Fragen, die ich aufgeschrieben habe, Peter, keine aus dem Stegreif. Es ist schon fast zu riskant, sie zu fragen, ob sie je mit Gammastrahlen gearbeitet haben. Und versuchen Sie, weniger interessiert zu klingen, wenn Sie danach fragen.«

Bogert zuckte mit den Schultern und drückte auf den Summer, der Nummer fünfzehn zum Eintreten aufforderte.

Wieder war im großen Strahlungsraum alles bereit. Die Roboter warteten geduldig in ihren Holzzellen, die alle zur Mitte hin offen waren, seitlich aber voneinander abgeteilt waren.

Generalmajor Kallner wischte sich langsam die Stirn mit einem großen Taschentuch ab, während Dr. Calvin mit Black noch die letzten Details durchsprach.

»Sie sind also ganz sicher«, fragte sie, »daß keiner der Roboter eine Gelegenheit hatte, mit einem anderen zu sprechen, nachdem er den Interviewraum verlassen hatte?«

»Absolut sicher«, beteuerte Black. »Kein einziges Wort wurde gewechselt.«

»Und die Roboter sind alle in den richtigen Abteilen?«

»Hier ist der Plan.«

Die Psychologin betrachtete ihn nachdenklich. »Hmmm.«

Der General schaute ihr über die Schulter. »Was haben Sie sich bei dieser Anordnung gedacht, Doktor Calvin?«

»Ich habe darum gebeten, die Roboter, die bei den bisherigen Tests auch nur eine Spur von der Norm abwichen, auf eine Seite des Kreises zu setzen. Ich werde diesmal selbst in der Mitte sitzen und diese besonders beobachten.«

»Sie wollen dort sitzen?« rief Bogert.

»Warum nicht?« wies sie ihn kühl zurecht. »Was ich zu sehen hoffe, ist vielleicht so flüchtig, daß ich nicht das Risiko eingehen kann, jemand anders als Hauptbeobachter einzusetzen. Peter, Sie sind in der Beobachterkabine. Ich möchte Sie bitten, die Gegenseite des Kreises genau zu beobachten. General Kallner, ich habe dafür gesorgt, daß alle Roboter gefilmt werden, falls die visuelle Beobachtung nicht ausreicht. Wenn wir die Filme brauchen, müssen die Roboter unbedingt auf ihren Plätzen bleiben, bis die Bilder entwickelt und ausgewertet sind. Niemand darf weggegehen, niemand darf seinen Platz wechseln. Ist das klar?«

»Vollkommen.«

»Dann wollen wir es zum letzten Mal versuchen.«

Susan Calvin saß auf dem Stuhl, reglos, schweigend. Ein Gewicht fiel herunter und wurde in letzter Sekunde von dem synchronisierten Peng eines plötzlichen Kraftstrahls beiseite geschlagen.

Und ein einziger Roboter sprang hoch und machte zwei Schritte nach vorn.

Und blieb stehen.

Aber Dr. Calvin war aufgesprungen und zeigte mit dem Finger auf ihn. »Nestor 10, komm her!« rief sie. *»Komm her! KOMM HER!«*

Langsam und widerstrebend machte der Roboter noch einen Schritt nach vorn. Die Psychologin brüllte, so laut sie konnte, ohne die Augen vom Roboter abzuwenden. »Schafft alle anderen Roboter raus. Bringt sie schnell weg und sorgt dafür, daß sie draußen *bleiben.«*

Irgendwie in Hörweite vernahm sie ein Geräusch und dann das Stampfen schwerer Schritte. Sie blickte nicht weg.

Nestor 10 – wenn es Nestor 10 war – machte noch einen Schritt. Aufgrund ihrer befehlenden Geste trat er noch zwei Schritte vor. Jetzt war er nur noch knapp drei Meter entfernt, als er sie barsch ansprach: »Man hat mir befohlen zu verschwinden –.«

Noch ein Schritt. »Ich darf nicht ungehorsam sein. Bis jetzt haben sie mich nicht gefunden. Er würde mich für einen Versager halten. Er hat es mir gesagt – aber das stimmt nicht. Ich bin mächtig und intelligent ...«

Die Worte kamen zögernd.

Noch ein Schritt. »Ich weiß eine Menge – er würde denken ... ich meine ... jetzt hat man mich entdeckt – eine Schande – nicht ich – ich bin intelligent – und von nur einem Meister ... der schwach ist – langsam –.«

Noch ein Schritt – ein Metallarm fuhr plötzlich aus und legte sich auf ihre Schulter. Sie fühlte, wie das Gewicht sie herabdrückte. Ihre Kehle schnürte sich zusammen. Ein Schrei entrang sich ihr.

Schwach hörte sie Nestor 10s nächste Worte. »Niemand darf mich finden. Kein Meister –.« Und das kalte Metall preßte sich auf sie. Sie sank unter dem Gewicht zusammen.

Dann kam ein merkwürdiges, metallisches Geräusch. Sie lag auf dem Boden. Ein schimmernder Arm legte sich schwer über ihren Körper. Sie bewegte sich nicht. Aber auch Nestor 10 lag reglos neben ihr.

Jetzt beugten sich Gesichter über sie.

Gerald Black fragte keuchend: »Sind Sie verletzt, Doktor Calvin?«

Sie schüttelte schwach den Kopf. Sie lösten mit Gewalt den Metallarm von ihr und stellten sie behutsam auf die Füße. »Was ist passiert?«

Black antwortete: »Ich habe den ganzen Laden fünf Sekunden in ein Gammastrahlenbad getaucht. Wir wußten nicht, was passierte. Erst in letzter Sekunde merkten wir, daß er Sie angriff. Dann blieb nur noch Zeit für ein Gammafeld. Er war sofort hinüber. Aber die Strahlen waren nicht so stark, daß Ihnen etwas passiert ist. Machen Sie sich keine Sorgen.«

»Ich mache mir keine Sorgen.« Sie schloß die Augen und lehnte sich einen Augenblick an seine Schulter. »Ich glaube nicht, daß er mich tatsächlich angegriffen hat. Nestor 10 hat es lediglich *ver-*

sucht. Das, was vom Ersten Gesetz noch übrig war, hat ihn zurückgehalten.«

Zwei Wochen nach dem ersten Treffen mit Generalmajor Kallner trafen sich Susan Calvin und Peter Bogert mit ihm zum letzten Mal. Die Arbeit auf Hyper-Basis war wieder aufgenommen. Das Frachtschiff mit zweiundsechzig normalen NS-2-Robotern war zu seinem Bestimmungshafen abgefahren. Man hatte ihm eine scheinbar offizielle Erklärung mitgegeben, die die zweiwöchige Verspätung irgendwie rechtfertigte. Der Regierungskreuzer machte sich startklar, um die beiden Robotologen wieder zur Erde zurückzubringen.

Kallner glänzte wieder in seiner Ausgehuniform. Seine weißen Handschuhe leuchteten, als er ihnen die Hände schüttelte.

Calvin sagte: »Die anderen modifizierten Nestoren müssen natürlich zerstört werden.«

»Das werden sie. Wir werden uns mit normalen Robotern behelfen oder, wenn nötig, ganz ohne sie auskommen.«

»Gut.«

»Aber sagen Sie mir – wie haben Sie das geschafft?«

Sie lächelte mit schmalen Lippen. »Ach das! Ich hätte es Ihnen schon vorher erklärt, wenn ich sicher gewesen wäre, daß es klappen würde. Sehen Sie, Nestor 10 hatte einen Überlegenheitskomplex, der immer radikaler wurde. Er gefiel sich in der Annahme, daß er und die anderen Roboter mehr als Menschen wußten. Für ihn wurde es sehr wichtig, so zu denken.

Das wußten wir. Daher warnten wir alle Roboter vorher, daß Gammastrahlen sie umbringen würden, was auch gestimmt hätte. Außerdem erzählten wir ihnen, daß Gammastrahlen zwischen ihnen und mir sein würden. Da sind natürlich alle sitzen geblieben. Durch Nestor 10s Logik bei den vorherigen Tests hatten sie alle beschlossen, daß es absolut sinnlos sei, zu versuchen, ein menschliches Wesen zu retten, wenn sie selbst sterben würden, ehe sie das vollbringen könnten.«

»Na gut, Doktor Calvin. Das verstehe ich. Aber warum verließ Nestor 10 seinen Platz?«

»Ha! Das war ein kleines Arrangement zwischen mir und Mister Black. Sehen Sie, es waren nämliche keine Gammastrahlen, die über die Fläche zwischen mir und den Robotern strichen – es waren Infrarotstrahlen. Ganz einfache Wärmestrahlung, absolut harmlos. Nestor 10 erkannte, daß es Infrarotstrahlen waren und ihm daher nicht schaden konnten. Er rannte also los und erwartete, daß die anderen auch alle aufstehen würden, wie das Erste Gesetz ihnen befahl. Er erkannte um Sekundenbruchteile zu spät, daß die normalen NS-2-Roboter zwar Strahlung entdecken konnten, nicht aber den Typ identifizieren konnten. Daß er selbst Wellenlängen nur aufgrund des Trainings bestimmen konnte, das er auf Hyper-Basis von diesen nur menschlichen Wesen empfangen hatte, war ihm einen Augenblick lang zu peinlich, um sich daran zu erinnern. Für normale Roboter war die Fläche eine Todeszone, weil wir es ihnen ja vorher gesagt hatten. Nur Nestor 10 wußtc, daß wir gelogen hatten.

Und nur einen Augenblick lang vergaß er, oder wollte sich nicht erinnern, daß andere Roboter vielleicht unwissender als menschliche Wesen waren. Seine Überheblichkeit war es, wegen der er erwischt wurde. Leben Sie wohl, General.«

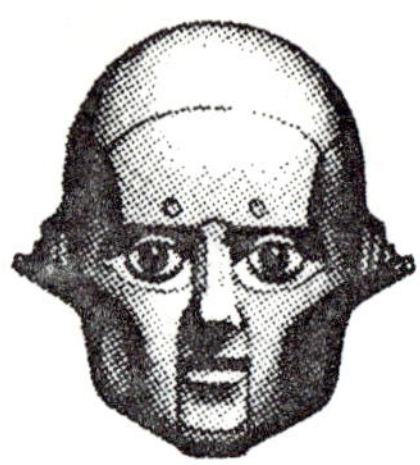

VERMEIDBARER KONFLIKT

Der Koordinator besaß in seinem Privatbüro ein mittelalterliches Kuriosum – einen Kamin. Der Mann in den mittleren Jahren hätte es wohl nicht als solches gewertet, denn es hatte keine funktionale Bedeutung. Die stille, leckende Flamme lag eingeschlossen hinter einem klaren Quarz.

Die Scheite wurden durch eine winzige Ableitung des Energiestrahls, der die öffentlichen Gebäude der Stadt speiste, ferngezündet. Derselbe Knopf, der die Zündung kontrollierte, sorgte auch für die Entfernung der Asche, bevor frisches Holz eingelegt wurde.

Das Feuer selbst war echt. Durch eine Verstärkeranlage wurde sein Knistern hörbar gemacht, und natürlich konnte man auch sehen, wie die Flammen im Luftzug tanzten.

Im kleinen spiegelte sich das Feuer in der Brille des Koordinators und in noch kleinerem Maßstabe in seinen Pupillen.

Auch in den frostigen Pupillen seines Gastes, Dr. Susan Calvin von der U. S. Robots and Mechanical Men, spiegelte es sich.

Der Koordinator sagte: »Ich habe Sie nicht nur aus rein gesellschaftlichen Gründen hierher gebeten, Susan.«

»Das habe ich auch nicht geglaubt, Stephen«, antwortete sie.

». . . und nun weiß ich eigentlich gar nicht, wie ich mein Problem in die richtigen Worte bringen soll. Möglicherweise mag überhaupt nichts dahinterstecken. Steckt aber was dahinter, so könnte es schließlich das Ende der Menschheit bedeuten.«

»Mir sind schon viele Probleme begegnet, bei denen es sich

genau um die gleichen Alternativen handelte. Ich glaube, fast alle Probleme haben so etwas an sich.«

»Wirklich? Dann sagen Sie mir, was Sie von folgendem halten! Die Weltstahlgesellschaft berichtet von einer Überproduktion von zwanzigtausend Tonnen. Die Fertigstellung des mexikanischen Kanals wird sich um zwei Monate verzögern. Die Quecksilberminen in Almaden haben seit vergangenem Frühling einen beträchtlichen Produktionsausfall, während die Hydroponik-Gesellschaft in Tientsin bereits Personal entläßt. Dies sind Fakten, die mir eben jetzt so einfallen. Man könnte noch bedeutend mehr dieser Art aufzählen.«

»Und ist das alles so wichtig? Entscheidend? Ich bin zu wenig Volkswirtschaftler, um mir die schrecklichen Konsequenzen derartiger Erscheinungen vorstellen zu können.«

»An sich sind sie natürlich nicht beängstigend. Man kann Mineningenieure nach Almaden schicken, wenn die Lage sich verschlechtern sollte. Techniker der Hydroponik-Gesellschaft können auf Java oder Ceylon verwendet werden, wenn sie in Tientsin keine Beschäftigung mehr finden. Zwanzigtausend Tonnen Stahl sind nicht mehr als ein paar Tage des Weltverbrauchs, und die um zwei Monate verspätete Eröffnung des mexikanischen Kanals ist gewiß nicht von so großer Bedeutung. Was mir Sorge macht, sind die Denkmaschinen. Ich habe mich deswegen bereits mit dem Direktor Ihrer Forschungsabteilung unterhalten.«

»Mit Vincent Silver? Er hat bisher nichts davon erwähnt.«

»Ich hatte ihn gebeten, mit niemandem darüber zu sprechen. Offenbar ist er meinem Wunsch nachgekommen.«

»Und was hat er gesagt?«

»Darauf komme ich gleich. Erst möchte ich einmal über die Denkmaschinen sprechen, und zwar ausschließlich mit Ihnen, weil Sie die einzige Person in der ganzen Welt sind, die Roboter gut genug versteht, um mir jetzt helfen zu können. Darf ich Ihnen philosophisch kommen?«

»*Heute* abend, Stephen, dürfen Sie reden, wie Sie wollen und worüber Sie wollen. Vorausgesetzt, Sie sagen mir zunächst, was Sie eigentlich zu beweisen beabsichtigen.«

»Daß kleine Gleichgewichtsstörungen in unserem System von Angebot und Nachfrage, wie die von mir erwähnten, der erste Schritt zum letzten Krieg sein mögen.«

»Mhm. Fahren Sie fort!«

»Jede Periode menschlicher Entwicklung«, sagte der Koordinator, »hat ihre eigene Art menschlicher Konflikte gehabt ... ihre eigene Art von Problemen, die offenbar nur durch Gewalt gelöst werden konnten. Und doch hat die Gewalt frustrierenderweise das Problem nie wirklich gelöst oder beseitigt. Statt dessen zog es sich durch eine Reihe von Konflikten und verschwand dann von selbst, nicht mit einem Knall, sondern eher mit einem leisen Säuseln, als sich die sozialen und ökonomischen Bedingungen änderten. Und dann gab es neue Probleme und neue Serien von Kriegen. – Ein anscheinend endloser Zyklus.

Betrachten wir mal die sogenannte Neuzeit: Im sechzehnten bis achtzehnten Jahrhundert gab es eine Serie von dynastischen Kriegen um die ungeheuer wichtige Frage, ob die Habsburger oder die Bourbonen Europa regieren sollten. Das war einer von diesen unvermeidlichen Konflikten, da es für Europa angeblich keine Halb-und-halb-Lösung geben konnte. Nur, daß es sie gab und kein Krieg die eine oder andere Seite auslöschte, bis sich 1789 in Frankreich neue soziale Vorstellungen durchsetzten und die Bourbonen und nebenbei auch die Habsburger auf den Müllhaufen der Geschichte warfen.

Und in diesen Jahrhunderten fanden auch die barbarischen Religionskriege statt, die sich um die ach so bedeutende Frage drehten, ob Europa katholisch oder protestantisch werden sollte. Halb und halb ging nicht. Es war ›unvermeidbar‹, daß das Schwert entschied. Nur – es entschied nichts. In England erwuchs eine Industrialisierung, auf dem Kontinent ein neuer Nationalismus. Europa blieb halb und halb bis heute, und niemand schert es.

Im neunzehnten und zwanzigsten Jahrhundert gab es eine Serie von nationalistisch-imperialistischen Kriegen, und die wichtigste Frage in der Welt lautete, welche Teile Europas die wirtschaftlichen Ressourcen und die Verbrauchermärkte außerhalb Europas kontrollierten. Ganz Außer-Europa konnte offenbar ohne England, Frankreich und Deutschland nicht existieren. – Bis sich die Kräfte des Nationalismus genügend ausbreiteten, so daß Außer-Europa das beendete, was alle Kriege nicht schafften, und feststellte, daß es bequem ohne Europa leben konnte.«

»Wir haben also ein Schema ...«

Der Koordinator nickte. »Im zwanzigsten Jahrhundert begann

ein neuer Kriegszyklus – wie soll ich ihn nennen? Ideologische Kriege? Wieder waren die Kriege ›unvermeidbar‹, und diesmal setzten sie Atomwaffen ein, so daß die Menschheit die Qualen nicht mehr ertrug, mit der unvermeidbaren Abnutzung des Unvermeidbaren leben zu müssen. – Und die positronischen Roboter kamen, und mit ihnen und neben ihnen kam interplanetarisches Reisen, so daß es nicht mehr so wichtig war, ob die Welt an Adam Smith glaubte oder an Karl Marx. Unter den neuen Umständen hatten die Lehren von keinem der beiden noch viel Sinn. Beide mußten sich angleichen und gelangten schließlich fast zum gleichen Punkt.«

»Dann war dies also ein Deus ex machina in einem doppelten Sinn«, sagte Dr. Calvin trocken.

Der Koordinator lächelte sanft. »Ich habe Sie nie zuvor Witze machen hören, Susan – aber was Sie sagen, stimmt. Dennoch bestand eine neue Gefahr. Die Lösung jedes früheren Problems hatte lediglich ein neues zur Welt gebracht. Unsere neue weltweite Robotökonomie mag vielleicht ebenfalls ihre eigenen Probleme entwickeln, und aus diesem Grunde haben wir die Denkmaschinen eingeführt. Die Wirtschaft der Erde ist stabil und wird stabil bleiben, da sie auf den Entscheidungen der Denkmaschinen aufgebaut ist, denen nichts anderes am Herzen liegt als das Wohl der Menschheit. Sie werden völlig beherrscht vom Ersten Gesetz der Robotik. Diese Einrichtung hat Kriegen ein Ende gemacht – nicht nur dem letzten Zyklus von Kriegen. Vorausgesetzt, daß ...«

Eine lange Pause folgte. Schließlich wiederholte Dr. Calvin seine letzten Worte: »Vorausgesetzt, daß ...«

»Vorausgesetzt, daß«, sagte der Koordinator, »die Denkmaschinen ihre Funktionen auch tatsächlich erfüllen.«

»Ich verstehe. Und in diesem Zusammenhang haben Sie die kleinen Gleichgewichtsstörungen erwähnt – Stahl, Hydroponik und so fort.«

»Genau. Diese Irrtümer dürften nicht vorkommen. Dr. Silver berichtet mir, daß sie gar nicht vorkommen *können*. Er behauptet, die Maschinen korrigierten sich selbst, und fügt hinzu, daß es die Fundamentalgesetze der Natur verletzen würde, wenn ein Irrtum in den Relaisbahnen existierte. Und so sagte ich ...«

»Und so sagten Sie: ›Schicken Sie Ihre Leute dennoch hin und lassen Sie die Maschinen kontrollieren!«

»Susan, Sie lesen meine Gedanken. Genau das habe ich gesagt, und er hat geantwortet, er könne das nicht tun.«

»Zu sehr beschäftigt?«

»Nein – er sagte, kein menschliches Wesen wäre dazu imstande. Er sagte mir – und ich hoffe, ich habe ihn richtig verstanden –, die Denkmaschinen seien gigantische Extrapolationen. So käme es, daß eine Gruppe von Mathematikern mehrere Jahre daran zu arbeiten habe, wolle sie ein positronisches Gehirn kalkulieren, das gewisse ähnliche Kalkulationen durchzuführen habe. Unter Benutzung dieses Gehirnes stellt man dann weitere Berechnungen an, um noch ein komplizierteres Gehirn herzustellen, und so weiter. Nach Silver sind die Maschinen, die wir Denkmaschinen nennen, die Resultate von zehn derartigen Schritten.«

»Ja, das klingt durchaus vertraut. Glücklicherweise bin ich keine Mathematikerin. Armer Vincent. Er ist ein junger Mann. Die Leute, die vor ihm Direktoren waren, sie kannten solche Probleme nicht. Ich selber auch nicht. Vielleicht sind die Robotiker heutzutage nicht mehr in der Lage, unsere eigenen Schöpfungen zu verstehen.«

»Ganz offenbar verstehen wir sie nicht. Die Denkmaschinen sind keine Superhirne in dem Sinne, wie sie in Kolportageromanen beschrieben werden. Auf ihrem Spezialgebiet des Sammelns und Analysierens einer fast unendlichen Zahl von Fakten und deren gegenseitigen Beziehungen in kurzer Zeit sind sie so weit fortgeschritten, daß sie für eine detaillierte menschliche Kontrolle unerreichbar geworden sind. Und dann habe ich etwas anderes versucht. Ich habe die Denkmaschine selbst befragt. Ohne daß jemand davon erfuhr, übergaben wir ihr die Originaldaten, die zu der Entscheidung in der Stahlsache führten, ihre eigene Antwort und die Angaben über die aktuelle Entwicklung – die Überproduktion – und baten sie um eine Erklärung der Diskrepanz.«

»Gut. Und was war die Antwort?«

»Ich kann sie wörtlich zitieren. ›Die Angelegenheit läßt keine Erklärung zu.‹«

»Und wie hat Vincent dies interpretiert?«

»Auf zwei Arten. Entweder hatten wir der Maschine nicht genügend Angaben gemacht, um eine definitive Antwort von ihr zu erhalten, was unwahrscheinlich war. Dr. Silver gab dies zu. Oder es war für die Maschine unmöglich, zuzugeben, daß sie auf gewisse

Daten eine Antwort kannte, die Schaden für Menschen zur Folge haben mochte. Natürlich liegt dies am Ersten Gesetz. Dr. Silver empfahl mir, Sie zu konsultieren.«

Susan Calvin sah sehr müde aus. »Ich bin alt, Stephen. Als Peter Bogert starb, wollten sie mich zum Direktor der Forschungsabteilung machen, aber ich lehnte ab. Man gab dem jungen Silver das Amt, und damit war ich einverstanden. Was nützt mir aber das alles, wenn ich immer wieder in solche Sachen hineingezerrt werde?

Stephen, lassen Sie mich ganz klar meinen Standpunkt darlegen! Meine Forschungen umfassen in der Tat das Verhalten von Robotern im Lichte der Drei Gesetze der Robotik. Da gibt es nun also diese unglaublichen Denkmaschinen. Sie sind positronische Roboter und unterliegen daher den drei bekannten Gesetzen. Aber ihnen fehlt Persönlichkeit. Mit anderen Worten, ihre Funktionen sind äußerst begrenzt. Das muß auch so sein, da sie ja hochspezialisierte Maschinen sind. Daher bleibt hier nicht viel Raum für das freie Spiel der Gesetze, und so wird meine gewöhnliche Untersuchungsmethode von vornherein wirkungslos. Kurz gesagt, ich glaube kaum, daß ich Ihnen helfen kann, Stephen.«

Der Koordinator lachte kurz. »Lassen Sie mich trotzdem den Rest der Geschichte erzählen! Ich möchte Ihnen gerne meine eigenen Theorien mitteilen, und Sie werden dann vielleicht in der Lage sein, mir zu sagen, ob sie vom robotpsychologischen Standpunkt aus möglich sind.«

»Aber natürlich. Schießen Sie nur los!«

»Nun, da die Maschinen die falschen Antworten geben, und unterstellt, daß sie keine Irrtümer begehen können, besteht nur eine einzige Möglichkeit. *Man gibt ihnen falsche Zahlen.* Mit anderen Worten, die Schwierigkeiten sind menschlichen und nicht robotischen Ursprungs. Deshalb machte ich meine kürzliche planetarische Inspektionsreise ...«

»Von der Sie gerade nach New York zurückgekommen sind.«

»Stimmt. Dies war nötig, weil es vier Denkmaschinen gibt für je eine planetarische Region. Und *alle vier geben fehlerhafte Resultate.*«

»Aber das ist doch eine ganz natürliche Folge, Stephen. Ist eine einzige der Maschinen nicht in Ordnung, so wird dies automatisch Rückwirkungen auf die anderen drei haben, da jede annimmt, daß die ihr von den anderen Maschinen gelieferten Angaben korrekt sind, und sie hierauf ja ihre Entscheidungen aufbaut. Stimmt diese Angabe aber nicht, so ergeben sich naturgemäß falsche Antworten.«

»Mhm. Das habe ich auch gedacht. Nun habe ich hier die Protokolle meiner Interviews mit jedem der regionalen Vize-Koordinatoren. Wollen Sie diese gemeinsam mit mir durchgehen? Ach so – zunächst noch eine andere Frage. Haben Sie von einer ›Gesellschaft für Menschlichkeit‹ gehört?«

»Ja. Diese Leute sind die Nachfolger der Fundamentalisten, die unsere Firma von jeher dabei behindert haben, positronische Gehirne zu verwenden, mit der Begründung unfairer Konkurrenz und ähnlichem Zeug. Die ›Gesellschaft für Menschlichkeit‹ ist gegen Maschinen eingestellt, nicht wahr?«

»Ja, ja, aber... Nun, Sie werden sehen! Sollen wir anfangen? Beginnen wir mit der östlichen Region.«

»Wie Sie wollen.«

Die östliche Region
a) Gebiet: 7 500 000 Quadratmeilen
b) Bevölkerung: 1 700 000 000
c) Hauptstadt: Shanghai

Ching Hso-Lins Urgroßvater war bei der Japanischen Invasion der alten Chinesischen Republik getötet worden. Niemand außer seinen Kindern betrauerte seinen Tod oder wußte, daß er umgekommen war. Ching Hso-Lins Großvater hatte den Bürgerkrieg der späten Vierziger überlebt, aber niemand außer seinen Kindern wußte davon oder kümmerte sich darum.

Und nun war Ching Hso-Lin regionaler Vize-Koordinator, und die Hälfte der Erdbevölkerung unterstand seiner Fürsorge.

Vielleicht hatten derartige Gedanken Ching veranlaßt, als einzigen Schmuck in seinem Büro zwei Landkarten aufzuhängen. Die eine war ein altes, handgezeichnetes Ding und zeigte ein paar Hektar Land. Ein kleiner Bach plätscherte entlang der vergilbten Karte, und es gab die undeutlichen Umrisse niedriger Hütten; in einer von ihnen war Chings Großvater geboren worden. Die Worte und Erklärungen waren in den alten, jetzt unmodern gewordenen Schriftzeichen der chinesischen Sprache eingetragen.

Die andere Karte war riesig groß. Sie zeigte scharfe Linien, und alle Angaben waren in sauberen arabischen Buchstaben geschrieben. Die rote Grenzlinie, welche die östliche Region abgrenzte, umfaßte alles, was einstmals China, Burma, Indochina und Indonesien gewesen war. Auf dieser Karte hatte Ching innerhalb der alten Provinz Szechuan ein fast unsichtbares Zeichen angebracht und damit den Hof seiner Vorfahren markiert.

Ching stand vor diesen Landkarten, während er in gutem Englisch mit Stephen Byerley sprach. »Niemand weiß besser als Sie, Herr Koordinator, daß mein Posten hier in großem Maße eine Sinekure ist. Er bringt eine gewisse gesellschaftliche Stellung mit sich, und ich stelle sozusagen den Mittelpunkt der Verwaltung dar. Darüber hinaus aber wirkt die Maschine. Sie verrichtet alle Arbeit. Was war zum Beispiel Ihre Ansicht über die Hydroponik-Werke in Tientsin?«

»Ungeheuerlich«, sagte Byerley.

»Und sie sind lediglich eines von Dutzenden ähnlicher Unternehmungen in Shanghai, Kalkutta, Batavia, Bangkok. Sie sind gut verteilt und stellen daher die Antwort dar auf die Frage, wie man eine Milliarde siebenhundertfünfzig Millionen Menschen füttern soll.«

»Und dennoch«, sagte Byerley, »haben sie ein Arbeitslosenproblem in Tientsin. Ist es möglich, daß sie überproduzieren? Es ist geradezu absurd zu glauben, Asien könnte unter einem Überfluß an Nahrungsmitteln leiden.«

Die Ränder um Chings dunkle Augen legten sich in Fältchen. »Nein. So weit sind wir noch nicht. Es stimmt, daß während der letzten paar Monate ein paar Bottiche stillgelegt worden sind, aber das ist doch nichts Ernstliches.«

»Warum aber sollten Bottiche stillgelegt werden?«

Ching lächelte sanft. »Wie ich sehe, verstehen Sie nicht viel von Hydroponik. Nun – das überrascht mich nicht. Sie stammen aus dem Norden, und im Norden lohnt sich die Bodenkultur noch. Sonst stellt man sich unter Hydroponik eine Einrichtung vor, mit deren Hilfe man Rüben in einer chemischen Lösung züchten kann. Das trifft ja auch tatsächlich zu – nur daß die ganze Sache etwas ungeheuer Kompliziertes ist. Zunächst ist die größte Ernte, die wir alljährlich hervorbringen, Hefe. Die grundlegenden anorganisch-chemischen Nahrungsstoffe für die verschiedenen Hefen sind

Nitrate und Phosphate, zusammen mit bestimmten Mengen der benötigten Spurmetalle bis hinunter zu den winzigen Teilen von Bor und Molybdän, die erforderlich sind, um gute Resultate zu erzielen. Die organischen Teile bestehen hauptsächlich aus Zuckermischungen, die aus der Hydrolyse von Zellulose gewonnen werden, aber auch noch andere Nährfaktoren werden benötigt. Um eine erfolgreiche hydroponische Industrie zu leiten – eine, die 1700 Millionen Menschen mit Nahrungsmitteln versorgen kann –, müssen wir im ganzen Osten ein ungeheures Wiederaufforstungsprogramm durchführen. Wir benötigen riesige Holzumwandlungsanlagen, um mit unseren Dschungeln im Süden fertig zu werden. Wir brauchen Kraftanlagen, Stahl und vor allem chemische synthetische Produkte.«

»Weshalb letztere, Sir?«

»Weil, Mr. Byerley – diese verschiedenen Hefearten ihre besonderen Eigenheiten haben. Wir haben zweitausend Hefearten entwickelt. Das Beefsteak, das Sie heute gegessen haben, war in Wirklichkeit Hefe. Das gefrorene Fruchtdessert, das Sie aßen, ebenfalls. Wir besitzen filtrierten Hefesaft mit dem Geschmack, dem Aussehen und dem ganzen Nährwert von Milch.«

Byerley ruckte ungeduldig auf seinem Stuhl hin und her. »Zu welchem Zweck erzählen Sie mir das alles?«

»Sie haben mich gefragt, warum in Tientsin Leute arbeitslos geworden sind. Ich muß zu diesem Zweck sogar noch weiter ausholen. Nicht nur müssen wir zur Erhaltung unserer Hefezucht diese verschiedenen Nährstoffe haben. Wir müssen auch mit dem sehr komplizierten Faktor der allgemeinen Geschmacksrichtung rechnen, die sich ständig ändert. Wir müssen ununterbrochen die Möglichkeit im Auge behalten, neue Arten zu entwickeln, mit denen wir dann neu auftretende Erfordernisse und Ansprüche erfüllen können. All dies muß geplant werden, und die Denkmaschine erfüllt ihre Aufgabe.«

»Aber leider nicht vollkommen.«

»Auch nicht sehr unvollkommen ... Ich meine im Hinblick auf die von mir dargestellten Komplikationen. Sicher – in Tientsin sind ein paar tausend Arbeiter vorübergehend arbeitslos geworden. Beachten Sie aber doch bitte noch folgendes! Die Höhe des Verlustes im vergangenen Jahr – wobei Verlust ausgedrückt wird entweder durch mangelndes Angebot oder mangelnde Nachfrage

– beläuft sich auf noch nicht ein Zehntel Prozent unseres gesamten Produktionsumsatzes.«

»Aber in den ersten Jahren der Maschine lag diese Zahl bei etwa einem Tausendstel Prozent.«

»Ja, aber in der Dekade, seit die Maschine ihre Arbeit ernsthaft aufgenommen hat, haben wir sie dazu benutzt, unsere Hefe-Produktion um das Zwanzigfache zu steigern. Unvollkommenheiten nehmen mit dem Grad der Kompliziertheit zu, obwohl . . .«

»Obwohl?«

»Es gab den mysteriösen Fall von Rama Vrasayana.«

»Was ist mit ihm passiert?«

»Vrasayana war Leiter unserer Salz-Verdampfungsanlage – zur Produktion von Jod, ohne das Hefe zwar auskommt, nicht aber der Mensch. Seine Anlage mußte geschlossen werden.«

»Warum?«

»Ob Sie's glauben oder nicht – wegen der Konkurrenz. Im allgemeinen ist es eine der Hauptaufgaben der Maschine, die effektivste Vertriebsform für unsere Produkte aufzuzeigen. Es wäre Unsinn, kleine Mengen in entlegene Gebiete zu verteilen – der hohen Transportkosten wegen. Es wäre ebenso unsinnig, eine zu große Marktpräsenz zu forcieren und sich in einen verderblichen Konkurrenzkampf einzulassen. Im Fall Vrasayana geschah genau das – eine Fabrik arbeitete gewinnträchtiger.«

»Und das hat die Maschine zugelassen.«

»Ja, sicher. Das ist auch nicht überraschend. Das neue Vertriebssystem setzt sich überall durch. Die Überraschung liegt darin, daß die Maschine nicht vor dieser Entwicklung gewarnt hat, dann hätte Vrasayana früh genug umschalten können. – Nun ja, Vrasayana hat eine Stelle als Ingenieur in einer anderen Fabrik akzeptiert, und die Arbeiter sind auch irgendwo untergekommen – das haben wir alles der Maschine überlassen.«

»Und sonst haben Sie keine Klagen?«

»Nein, keine.«

Die tropische Region
a) Gebiet: 22 000 000 Quadratmeilen
b) Bevölkerung: 500 000 000
c) Hauptstadt: Capital City

Die Karte von Lincoln Ngomas Büro war weit entfernt von der sauberen Exaktheit derjenigen in Chings Haus. Die Grenzen von Ngomas tropischer Region waren in dicker dunkelbrauner Linie eingezeichnet. Sie umfaßten ein weites Binnenland, das mit ›Dschungel‹ oder ›Wüste‹ bezeichnet war, und mitten drin stand ein Satz, der lautete: ›Hier soll es Elefanten und alle anderen Arten von wilden Tieren geben.‹

Die Landfläche dieser Region umfaßte die Hauptteile zweier Kontinente: ganz Südamerika nördlich von Argentinien und ganz Afrika südlich des Atlasgebirges. Ferner war Nordamerika südlich des Rio Grande eingeschlossen und weiterhin Arabien und Iran auf dem asiatischen Kontinent. Diese Region war das genaue Gegenteil der östlichen Region. Wo dort die riesigen Menschenmassen des Orients sich in 15 Prozent der Landmasse hineinpreßten, verteilten sich in den Tropen 15 Prozent der Menschheit über fast die Hälfte des Festlands der Erde.

Aber die Bevölkerung wuchs beständig. Diese Region war die einzige, in die mehr Menschen einwanderten, als Kinder geboren wurden. Und für alle, die kamen, hatte man Verwendung.

Für Ngoma war Stephen Byerley einer dieser Einwanderer; ein bleicher Sucher nach der kreativen Aufgabe, eine rauhe Umwelt wohnlicher zu gestalten; und Ngoma empfand die spontane Verachtung des starken Mannes der Tropen einem Schwächling aus den unglücklichen Gefilden der kälteren Sonne gegenüber.

Die Tropen besaßen die neueste Hauptstadt der Erde. Ihr Name war Capital City. Ihre Straßen breiteten sich licht und weit über die fruchtbaren Hügel Nigerias aus. Durch Ngomas Fenster konnte man buntes Treiben beobachten – konnte man die strahlend helle Sonne sehen und ab und zu die schnellen, alles durchnässenden Regengüsse.

Ngoma lachte. Er war ein großer Schwarzer mit einem ausdrucksvollen und attraktiven Gesicht. »Sicherlich«, sagte er in seinem breiten Dialekt, »der mexikanische Kanal ist überfällig. Und wenn? Er wird trotz allem fertig werden, Mann.«

»Bis vor etwa einem halben Jahr war alles in Ordnung.«

Ngoma schaute Byerley an, während seine Zähne langsam die Spitze einer Zigarre abbissen. »Ist dies eine offizielle Untersuchung, Byerley? Was steckt dahinter?«

»Nichts. Absolut nichts. Als Koordinator ist es einfach eine meiner Funktionen, neugierig zu sein.«

»Schön – wenn Sie nur zum Zeitvertreib herumreisen, so möchte ich Ihnen sagen, daß wir ununterbrochen an einem Mangel an Arbeitskräften leiden. In den Tropen geschieht nämlich eine ganze Menge. Der Kanal ist nur eine einzige Sache.«

»Sagt Ihre Maschine denn nicht die Anzahl der für den Kanal zur Verfügung stehenden Arbeitskräfte voraus?«

»Die Maschine hat sich ein wenig geirrt.«

»Tut sie das öfter?«

»Nicht öfter als zu erwarten. Wir erwarten ja nicht zuviel von ihr, Byerley. Wir füttern sie mit den nötigen Angaben. Wir erhalten ihre Resultate. Wir tun, was sie sagt. Im Grunde ist die Maschine nur Bequemlichkeit, eine arbeitssparende Einrichtung. Wir könnten auch ohne sie auskommen, vielleicht nicht so schnell, aber trotzdem ...

Wir hier draußen haben Selbstvertrauen, Byerley, und das ist das ganze Geheimnis. Selbstvertrauen! Wir haben neues Land, das Tausende von Jahren lang auf uns gewartet hat, während sich die übrige Welt in den blödsinnigen Dummheiten des präatomischen Zeitalters selbst zerfetzte. *Wir* brauchen keine Hefe zu fressen wie die Jungs im Osten, und wir müssen uns auch nicht wie ihr Nordländer mit dem abgestandenen Bodensatz des letzten Jahrhunderts abquälen. Wir haben die Tsetsefliege und die Anopheles-Schnake ausgerottet, und die Menschen merken nun plötzlich, daß sie in unserer Sonne leben können. Wir haben die Dschungel gerodet und Ackerboden gefunden. Wir haben Wüsten bewässert und Gärten darin angelegt. Wir besitzen Kohle und Öl in noch völlig unberührten Gebieten und Mineralien – mehr als wir bis heute überhaupt wissen. Tretet beiseite! Mehr wollen wir nicht, als daß die übrige Welt uns arbeiten läßt!«

Byerley sagte prosaisch: »Aber der Kanal – vor sechs Wochen ging doch noch alles planmäßig. Was ist passiert?«

Ngoma spreizte die Finger.

»Arbeitsschwierigkeiten.« Er suchte auf seinem Schreibtisch, fand nicht, was er suchte, und gab es auf. »Hatte etwas Diesbezügliches hier herumliegen«, murmelte er, »aber das ist ja auch ganz unwichtig. Irgendwo in Mexiko war ein Mangel an Arbeitern eingetreten, und zwar, weil nicht genügend Frauen vorhanden waren. Keiner hat der Maschine Angaben über sexuelle Bedürfnisse eingegeben.«

Er brach ab, lachte amüsiert und fuhr dann fort: »Warten Sie mal. Ich glaube, ich hab's da. Villafranca!«

»Villafranca?«

»Francisco Villafranca. Er war der leitende Ingenieur. Wie war das noch? Irgendwas passierte, und ein Damm brach zusammen. Ja natürlich, so war es. Soweit ich mich erinnere, kam niemand dabei ums Leben, aber dennoch war's ein richtiger Skandal.«

»Tatsächlich?«

»In seinen Kalkulationen war irgendein Fehler vorgekommen. Zumindest behauptete das die Maschine. Man gab ihr alle Angaben Villafrancas. Nun lauteten die Antworten mit einemmal anders. Wie es scheint, hatten die Antworten, die Villafranca zu Beginn für seine Arbeiten verwandte, die Wirkungen starker Regenfälle auf die Schluchtenränder nicht berücksichtigt.

Villafranca beschwerte sich. Er behauptete, die Antworten der Maschine seien das erste Mal andere gewesen und daß er die Anweisungen der Maschine genau befolgt hätte. Dann kündigte er. Wir wollten ihn behalten, natürlich in untergeordneter Position – Fehler dürfen nicht übergangen werden, das ist schlecht für die Disziplin –, aber ... wo war ich?«

»Sie wollten ihn behalten ...«

»Ja, aber er hat abgelehnt. Nun ja, alles in allem sind wir zwei Monate mit der Arbeit im Rückstand. Mein Gott, das bedeutet doch absolut gar nichts.«

Byerley streckte die Hand aus, und seine Finger begannen leise auf die Pultplatte zu trommeln. »Villafranca gab der Maschine die Schuld.«

»Nun ja, sollte er sich selbst die Schuld geben? Villafranca war Mitglied einer Ihrer nördlichen Organisationen. Mexiko liegt zu nahe beim Norden. Das ist ein Teil der Schwierigkeiten.«

»Von welcher Organisation sprechen Sie denn?«

»Sie nennt sich ›Gesellschaft der Menschlichkeit‹. Villafranca ging gewöhnlich nach New York zu den alljährlichen Zusammenkünften. Das ist eine Gesellschaft von Wirrköpfen, aber harmlos. Die mögen die Maschinen nicht. Behaupten, die Denkmaschinen zerstörten die menschliche Initiative. Daher hat Villafranca auch der Maschine die Schuld zugeschoben. Ich verstehe diese Leute nicht. Sieht Capital City eigentlich so aus, als würde die menschliche Initiative nachlassen?«

Und draußen breitete sich Capital City in goldener Glorie unter einer goldenen Sonne aus – die neueste und jüngste Schöpfung des *Homo Metropolis*.

Die europäische Region
a) Gebiet: 4 000 000 Quadratmeilen
b) Bevölkerung: 300 000 000
c) Hauptstadt: Genf

Die europäische Region war in vieler Beziehung eine Anomalie. Gebietsmäßig war sie die kleinste. Sie besaß noch nicht ein Fünftel der Fläche der tropischen Region und nicht ein Fünftel der östlichen Bevölkerung. Geographisch war diese Region nur vage mit dem präatomischen Europa zu vergleichen. Sie umfaßte nicht jene Gebiete, die früher zum europäischen Rußland gehört hatten, noch was damals die Britischen Inseln gewesen wären. Dafür aber gehörten die Mittelmeerküsten Afrikas und Asiens dazu und mit einem sonderbaren Sprung quer über den Atlantik Argentinien, Chile und Uruguay.

Es war unwahrscheinlich, daß diese Region jemals ihren Status gegenüber den anderen Regionen verbessern würde, außer vielleicht durch die Kraft ihrer südamerikanischen Provinzen. Von allen Regionen war die europäische die einzige, die während der letzten fünfzig Jahre einen Bevölkerungsschwund erlebt hatte. Als einzige Region hatte sie ihre Produktionseinrichtungen nur unwesentlich erweitert und für die menschliche Kultur nichts wirklich Neues geleistet.

»Europa«, sagte Madame Szegeczowska in ihrem sanften Französisch, »ist in der Hauptsache ein ökonomisches Anhängsel der nördlichen Region. Wir wissen das, und es macht uns nichts.« Sozusagen als äußeres Zeichen für die Resignation, mit der man in Europa den Mangel an eigener Individualität hinnahm, befand sich keine Karte an den Wänden des Büros der Madame Koordinator.

»Und dennoch«, sagte Byerley eindringlich, »besitzen Sie eine eigene Denkmaschine, und bestimmt befinden Sie sich von der anderen Seite des Ozeans her unter keinerlei ökonomischem Druck.«

»Eine Denkmaschine. Na ja!« Ein stilles Lächeln ging über ihr kleines Gesicht, während sie mit ihren langen Fingern eine Zigarette ausdrückte. »Europa ist ein verschlafener Platz. Diejenigen unserer Männer, denen es nicht gelingt, in die Tropen auszuwandern, sind genauso verschlafen wie die ganze Region. Sehen Sie doch selbst – mir, einer armen, kleinen Frau, fällt hier die Aufgabe zu, Koordinator zu werden. Na, glücklicherweise ist es keine schwierige Stellung, und man erwartet nicht allzuviel von mir. Was die Denkmaschine betrifft – was kann sie schon anderes tun, als sagen ›Tu dies oder tu das, und es wird gut für dich sein‹? Was aber ist für uns das allerbeste? Daß wir ein ökonomisches Anhängsel der nördlichen Region sind. Und ist das das vielleicht so schrecklich? Keine Kriege. Wir leben in Frieden. Und nach siebentausend Jahren Krieg ist das alles recht angenehm. Wir sind alt, Monsieur. Wir haben innerhalb unserer Grenzen jene Gebiete, in denen die Wiege der westlichen Zivilisation gestanden hat. Wir haben Ägypten und Mesopotamien, Kreta und Syrien, Kleinasien und Griechenland. Ein hohes Alter ist aber nicht notwendigerweise eine unglückliche Zeit. Es kann furchtbar sein und ...«

»Vielleicht haben Sie recht«, sagte Byerley höflich. »Zumindest ist das Lebenstempo nicht so intensiv wie in anderen Regionen. Die Atmosphäre ist angenehm.«

»Nicht wahr? Hier kommt der Tee, Monsieur! Wollen Sie bitte sagen, ob Sie Milch oder Zucker wünschen?«

Sie schlürfte ihren Tee und fuhr dann fort: »Ja, es ist angenehm. Mag die übrige Erde weiterkämpfen. Es gibt übrigens eine interessante Parallele dazu: Als Rom die Welt beherrschte, hatte es die Kultur und Zivilisation Griechenlands übernommen, eines Griechenlands, das nie vereint war, das sich durch Kriege selbst ruiniert hatte und in einem Zustand dekadenter Verweichlichung endete. Rom hat es vereint, brachte den Frieden und ließ es im Schatten des eigenen Ruhms leben. Es beschäftigte sich mit seiner Philosophie und seiner Kunst und hielt sich von Fortschritt und Krieg fern. Es war eine Art von Tod, aber es war voller Ruhe, und dieser Zustand dauerte – von wenigen kleineren Streitereien abgesehen – über vierhundert Jahre.«

»Aber irgendwann fiel auch Rom, und der Opiumtraum war ausgeträumt.«

»Es gibt keine Barbaren mehr, die die Zivilisation zerstören.«

»Wir können unsere eigenen Barbaren sein, Madame Szegeczowska. – Was ich Sie noch fragen wollte: Die Quecksilberminen in Almaden sind mit ihrer Produktion arg in Rückstand gekommen. Verlieren die Minen früher als angenommen ihre Ergiebigkeit?«

Die grauen Augen der kleinen Frau musterten Byerley verächtlich. »Barbaren – der Sturz der Zivilisation – mögliches Versagen der Maschine. Ihre Gedankengänge sind sehr durchsichtig, Monsieur.«

»Tatsächlich?« Byerley lächelte. »Glauben Sie denn, daß die Maschine am Produktionsrückgang in Almaden die Schuld trägt?«

»Keineswegs. Aber ich glaube, daß Sie das meinen. Sie stammen selbst aus der nördlichen Region. Das Zentralbüro der Koordination befindet sich in New York. Und ich beobachte schon lange Zeit, daß euch von der nördlichen Region das volle Vertrauen in die Denkmaschine fehlt.«

»Meinen Sie?«

»Da ist zum Beispiel diese ›Gesellschaft für die Menschlichkeit‹. Sie ist im Norden sehr stark, kann aber natürlich im müden, alten Europa nicht viele Anhänger finden. Wir hier sind gerne bereit, der schwachen Menschheit eine Weile ihren Frieden zu lassen.«

»Hat das was mit der Angelegenheit Almaden zu tun?«

»Ich glaube schon. Die Minen befinden sich unter der Kontrolle der Consolidated Cinnabar, die doch bestimmt eine Nordgesellschaft ist und ihren Sitz in Nikolajew hat. Persönlich frage ich mich, ob die Direktion überhaupt die Denkmaschine befragt hat. In unserer letzten Konferenz behaupteten sie, ja, sie hätten es getan, und natürlich haben wir keinerlei Beweise, daß das nicht stimmt. Dennoch würde ich einem Mann aus dem Norden in dieser Sache keinen Glauben schenken – entschuldigen Sie bitte, wenn ich das sage –, ganz gleichgültig, was er behauptet. Dennoch glaube ich, daß alles gut ausgehen wird.«

»Wie meinen Sie das?«

»Sie werden verstehen, daß die ökonomischen Unregelmäßigkeiten der letzten paar Monate, die – wenn auch gering im Vergleich zu den Stürmen vergangener Zeiten – für unsere friedlichen Geister recht störend sind, eine beträchtliche Unruhe in der spanischen Provinz verursacht haben. Wie ich höre, ist die Cinnabar im Begriff, die Minen an eine Gruppe eingeborener Spaniolen zu verkaufen. Das ist tröstlich. Wenn wir auch wirtschaftliche Vasallen des Nordens sind, so ist es doch demütigend, immer wieder mit der

Nase auf diese Tatsache gestoßen zu werden. Überdies kann man unseren Leuten trauen, daß sie den Angaben der Maschine folgen.«

»Dann glauben Sie, daß wir keine Schwierigkeiten mehr haben werden?«

»Ganz bestimmt nicht. Auf keinen Fall in Almaden.«

Die nördliche Region
a) Gebiet: 18 000 000 Quadratmeilen
b) Bevölkerung: 800 000 000
c) Hauptstadt: Ottawa

Die nördliche Region bildete in vieler Beziehung die Spitze. Dies wurde deutlich, wenn man die Landkarte betrachtete, die im Büro des Vize-Koordinators Hiram Mackenzie hing. Im Zentrum befand sich der Nordpol. Außer der europäischen Enklave mit ihren skandinavischen und isländischen Gebieten befand sich die ganze arktische Erdfläche innerhalb der nördlichen Region.

Grob gesprochen, konnte man diese Region in zwei Hauptgebiete teilen. Links auf der Karte war ganz Nordamerika oberhalb des Rio Grande. Rechts war das ganze Gebiet der ehemaligen Sowjetunion. Zusammen repräsentierten diese Gebiete in den ersten Jahren des Atomzeitalters die konzentrierte Kraft des Planeten. Zwischen ihnen lag Großbritannien wie eine Zunge der nördlichen Region, die an Europa leckte. Oben am Kopf der Karte waren Australien und Neuseeland in eigenartig großen, verzerrten Formen eingezeichnet. Auch diese Gebiete waren Teile der Region.

Trotz aller Wandlungen der vergangenen Jahrzehnte hatte der Norden wirtschaftlich die Vorherrschaft behalten.

Ein ostentatives Symbol dieser Tatsache konnte man darin erblicken, daß unter allen offiziellen Karten der verschiedenen Regionen, die Byerley zu Gesicht bekommen hatte, allein diejenige Mackenzies die ganze Erde zeigte. Als fürchte der Norden keine Konkurrenz. Als benötige er keine Begünstigung, um seine Vormacht zu unterstützen.

»Unmöglich«, sagte Mackenzie gelassen über seinen Whisky-Soda hinweg. »Mr. Byerley, ich nehme an, Sie haben niemals eine Ausbildung als Robottechniker genossen.«

»Nein, da haben Sie recht.«

»Hm. Na ja, es ist meiner Meinung nach sehr traurig, daß auch

Ngoma und Szegeczowska keine derartige Ausbildung besitzen. Die Ansicht, daß ein Koordinator nichts weiter zu sein brauche als ein fähiger Organisator und ein liebenswürdiger Mensch, ist unter den Völkern der Erde zu weit verbreitet. Heutzutage sollte er auch eine umfassende Kenntnis der Robotik haben. Ich möchte Sie damit natürlich keineswegs kränken.«

»Das tun Sie auch nicht. Ich stimme Ihnen zu.«

»Ich nehme auch nach dem, was Sie mir bereits gesagt haben, an, daß Sie sich wegen der kleinen Unregelmäßigkeiten innerhalb der Weltwirtschaft Sorgen machen. Ich weiß nicht, was Sie vermuten, aber es ist in der Vergangenheit vorgekommen, daß Leute – die es eigentlich hätten besser wissen müssen – sich fragten, was geschehen würde, wenn man der Maschine falsche Angaben fütterte.«

»Und was würde geschehen, Mr. Mackenzie?«

»Nun« – der Schotte verlagerte sein Körpergewicht und seufzte – »was wir eine falsche Angabe nennen, ist eine Angabe, die mit allen anderen bekannten Fakten nicht übereinstimmt. Dies ist überhaupt unser Kriterium von Richtig und Falsch – auch für die Denkmaschine. Befehlen Sie ihr zum Beispiel, die landwirtschaftliche Tätigkeit in Iowa im Juli auf der Basis einer Durchschnittstemperatur von 57 Grad Fahrenheit zu lenken. Die Maschine wird Ihnen keine Antwort geben. Nicht, daß sie irgendwas gegen diese bestimmte Temperatur hätte oder daß eine Antwort unmöglich wäre. Der Grund ist vielmehr, daß die Denkmaschine durch alle ihr über eine Periode von Jahren gemachten Angaben weiß, daß die Wahrscheinlichkeit einer Durchschnittstemperatur von 57 Grad F im Juli in Iowa praktisch null ist. So weist die Maschine diese Angabe zurück.

Die einzige Art, in der man der Maschine eine falsche Angabe aufzwingen kann, besteht darin, sie als Teil eines in sich selbst beruhenden Ganzen einzuschmuggeln, eines Ganzen, welches als solches irgendwie falsch ist, aber so raffiniert falsch, daß die Maschine den Fehler nicht zu entdecken vermag – oder aber eines Ganzen, das außerhalb der Erfahrung der Denkmaschine liegt. Ersteres geht weit über die menschlichen Fähigkeiten hinaus, und mit dem letzteren ist es ganz ähnlich. Dazu kommt, daß mit jeder Sekunde die Erfahrungen der Maschine wachsen.«

Stephen Byerley legte zwei Finger auf den Rücken seiner Nase.

»Dann kann man also mit der Maschine nicht nach Belieben herumspielen. Wie aber erklären Sie dann die kürzlich aufgetauchten Irrtümer?«

»Mein lieber Byerley, ich sehe, daß Sie instinktiv den großen Irrtum begehen zu glauben, die Maschine wisse alles. Lassen Sie mich Ihnen einen Fall aus meiner persönlichen Praxis erzählen. Die Baumwollindustrie beschäftigt erfahrene Aufkäufer. Deren Methode besteht darin, daß sie einen Fetzen Baumwolle aus einem beliebigen Ballen herauszerren. Sie sehen sich diesen Fetzen an, befühlen ihn, zupfen ihn auseinander, lauschen vielleicht auf das knisternde Geräusch, während sie das tun, berühren ihn mit der Zunge und legen während dieser Prozedur die Qualitätsklasse des betreffenden Ballens fest. Es gibt etwa ein Dutzend derartiger Klassen. Auf die Entscheidung dieser Aufkäufer hin werden nun die Käufe zu gewissen Preisen vorgenommen, es werden Mischungen in bestimmten Proportionen gemacht und so weiter und so weiter. Und nun kommt das Eigenartige. Derartige Aufkäufer können auch heute noch nicht durch die Denkmaschine ersetzt werden.«

»Und warum nicht?«

»Kein Textilchemiker weiß genau, was es eigentlich ist, das der Aufkäufer testet, wenn er den Baumwollfetzen befühlt. Vermutlich ist es die Durchschnittslänge der Fäden, die Art, wie sie sich anfühlen, das Ausmaß ihrer Glätte, die Art, wie sie zusammenhängen, und so fort. Mehrere Dutzend Faktoren werden im Unterbewußtsein des Einkäufers aufgrund jahrelanger Erfahrung gegeneinander abgewogen. Die *quantitative* Natur dieser Untersuchungen ist unbekannt. Vielleicht weiß man nicht einmal, was alles wirklich dazugehört. Also wissen wir nicht, womit wir die Maschine füttern könnten. Die Aufkäufer können auch nicht erklären, wie sie zu ihrer Beurteilung kommen. So wie diesen gibt es zahllose Fälle. Die Denkmaschine ist ja schließlich auch nichts weiter als ein Werkzeug, das der Menschheit helfen kann, schneller fortzuschreiten, indem die Last gewisser Kalkulationen und Interpretationen von unseren Schultern genommen wird. Die Aufgabe des menschlichen Gehirns ist die gleiche geblieben. An uns liegt es, neue Aufgaben zu finden, die analysiert werden müssen, neue Methoden zu entdecken, die auszuprobieren sind. Schade, daß die ›Gesellschaft für Menschlichkeit‹ das absolut nicht begreift!«

»Diese Leute sind gegen die Denkmaschine, was?«

»Sie wären auch gegen die Mathematik oder gegen das Schreiben, wenn sie zu den jeweiligen Zeiten gelebt hätten.

Diese Sozialreaktionäre behaupten, die Maschine beraube den Menschen seiner Seele. Wie ich feststelle, sind tüchtige Männer auch in unserer Gesellschaft noch immer sehr gesucht. Wir benötigen noch immer den Menschen, der intelligent genug ist, die richtigen Fragen zu stellen. Könnten wir genug von dieser Sorte finden, dann würden vielleicht die kleinen Unstimmigkeiten, über die Sie, Herr Koordinator, sich Sorgen machen, nicht auftreten.«

Erde
(einschließlich des unbewohnten Kontinents Antarktika)
a) Gebiet: 54 000 000 Quadratmeilen (Landfläche)
b) Bevölkerung: 3 300 000 000
c) Hauptstadt: New York

Das Feuer hinter dem Quarz war jetzt müde. Zögernd zuckte es sich zu Tode.

Der Koordinator war bedrückt. Seine Stimmung entsprach der verlöschenden Flamme.

»Sie alle verniedlichen den gegenwärtigen Zustand.« Seine Stimme war leise. »Es ist nicht leicht, sich vorzustellen, daß sie alle über mich lachen, was? Und dennoch – Vincent Silver hat mir gesagt, die Denkmaschinen können gar nicht in Unordnung sein, und ich muß ihm glauben. Hiram Mackenzie behauptet, man könne ihnen keine falschen Angaben vorlegen, und ich muß auch ihm glauben. Irgendwie aber machen die Maschinen Fehler, und auch das muß ich glauben. Damit bleibt also noch eine andere Alternative.«

Er warf Susan Calvin einen Blick von der Seite her zu. Sie hatte die Augen geschlossen, und für einen Augenblick schien es, als schlafe sie. »Und worin besteht diese?« fragte sie, als hätte sie nur auf ihr Stichwort gewartet.

»Nun, natürlich darin, daß korrekte Angaben gemacht und korrekte Antworten erteilt werden, daß man diese aber nicht beachtet. Es besteht ja keine Möglichkeit für die Maschine, sich Gehorsam zu erzwingen.«

»Das hat Madame Szegeczowska angedeutet.«

»Ja.«

»Und was soll der Zweck einer derartigen Haltung sein? Überlegen wir uns einmal eventuelle Motive!«

»Mir ist das klar, und Ihnen sollte es auch klar sein. Es geht darum, den Robot absichtlich zu erschüttern. Unter der Herrschaft der Denkmaschinen kann es keine ernstlichen Konflikte auf der Erde geben. Keine Gruppe kann sich mehr Macht aneignen als die andere. Kann aber das allgemeine Zutrauen in die Maschinen so weit erschüttert werden, daß man sie aufgibt, dann wird wieder das Gesetz des Dschungels Platz greifen. Und nicht eine einzige der vier Regionen kann davon freigesprochen werden, daß sie genau dies will.

Der Osten hat die Hälfte der Menschheit innerhalb seiner Grenze, und die Tropen besitzen die Hälfte aller irdischen Rohstoffe. Jede der beiden Regionen kann sich einbilden, sie sei zum natürlichen Herrscher der Erde bestimmt. Jede kann auf eine lange Geschichte der Demütigung durch den Norden zurückblicken, für die sie möglicherweise auf Rache sinnt. Das wäre doch durchaus menschlich. Andererseits hat Europa eine Tradition der Größe. Es *hat* tatsächlich einstmals die Erde beherrscht, und nichts sitzt so tief und fest in Menschen wie die Erinnerung an Macht.

Dennoch ist es schwer zu glauben. Beide Regionen – der Osten wie auch die Tropen – sind in einem Zustand ungeheurer Expansion innerhalb ihrer eigenen Grenzen. Beide kommen schier unglaublich rasch hoch. Sie können nicht auch noch die Überschußenergie für militärische Abenteuer besitzen. Europa seinerseits hat nichts außer seinen Träumen. Militärisch gesprochen, ist es nur noch ein Schatten.«

»Dann, Stephen«, sagte Susan, »bleibt ja nur noch der Norden.«

»Ja«, erwiderte Byerley energisch.

»Das stimmt auch. Der Norden ist im Augenblick die stärkste Region und ist es schon ein Jahrhundert lang. Die Tropen mögen zum ersten Male seit den Pharaonen den Platz des Nordens in der vordersten Linie der Zivilisation einnehmen, und es gibt Nordländer, die davor Angst haben. Die ›Gesellschaft für Menschlichkeit‹ ist, wie Sie wissen, in der Hauptsache eine Organisation des Nordens, und diese Leute machen kein Geheimnis daraus, daß sie gegen die Maschinen eingestellt sind. Susan, die Mitgliederzahl dieser Gesellschaft ist klein, aber die Leute sind mächtig: Fabrikchefs, Industriedirektoren, Leiter von landwirtschaftlichen Kombinaten, die es hassen, Laufbursche der Maschine zu sein, wie sie es nennen. Kurz gesagt, der Gesellschaft gehören gerade diejenigen Menschen an, die dadurch, daß sie gemeinsam die Entscheidungen der Denkmaschinen ablehnen, in kürzester Zeit die Welt auf den Kopf stellen können.

Susan, das paßt alles zusammen. Fünf Direktoren der Welt-Stahl sind Mitglieder, und Welt-Stahl leidet an Überproduktion. Consolidated Cinnabar, die die Quecksilber-Minen in Almaden betreibt, ist noch nicht überprüft, aber es steht fest, daß mindestens einer der leitenden Männer zur ›Gesellschaft für Menschlichkeit‹ gehört. Francisco Villafranca, der ganz allein den Bau des mexikanischen Kanals um zwei Monate verzögert hat, war ein Mitglied – und dann hat es mich schon gar nicht mehr überrascht, daß auch Rama Vrasayana zu ihnen gehörte.«

Susan sagte ruhig: »Und alle Männer haben versagt . . .«

»Ja, genau!« rief Byerley. »Den Analysen der Maschine nicht zu gehorchen bedeutet, den nicht-optimalen Weg zu beschreiten. Dadurch werden die Resultate schlechter, als sie sonst gewesen wären. Das ist der Preis, den diese Männer für ihre Handlungsweise bezahlen. Im Augenblick geht es ihnen nicht gut, aber in der Konfusion, die schließlich eintreten wird . . .«

»Was sind Ihre Pläne, Stephen?«

»Wir dürfen ganz offensichtlich keine Zeit verlieren. Ich werde die ›Gesellschaft für Menschlichkeit‹ als ungesetzlich erklären lassen. Jedes Mitglied auf einem verantwortlichen Posten muß entfernt werden. In Zukunft können nur solche Personen Exekutivstellungen und hohe technische Positionen erhalten, die einen Eid leisten, daß sie nicht dieser Gesellschaft angehören. Das wird zwar eine gewisse Einschränkung der bürgerlichen Freiheiten bedeuten . . .«

»Es wird nichts nützen.«

»Was? Warum nicht?«

»Wenn Sie einen derartigen Versuch unternehmen, so werden Sie auf Schritt und Tritt auf Schwierigkeiten stoßen. Sie werden finden, daß jeder Versuch in dieser Richtung die Dinge nur verschlimmert.«

Byerley schien erschrocken. »Warum sagen Sie das? Ich hatte auf Ihre Zustimmung in dieser Angelegenheit gerechnet.«

»Die können Sie nicht erhalten, solange Ihre Handlungen von

einer falschen Voraussetzung ausgehen. Sie geben zu, daß die Maschinen nicht irren können und daß man nicht in der Lage ist, ihnen falsche Angaben zu machen. Ich werde Ihnen jetzt zeigen, daß es auch nicht möglich ist, ihnen den Gehorsam zu verweigern, was, wie Sie offenbar denken, die Mitglieder jener ›Gesellschaft für Menschlichkeit‹ tun.«

»Wie meinen Sie das?«

»Hören Sie zu! Handlung eines Leiters, der sich nicht genauestens nach den Direktiven der Maschine richtet, wird zu einem Teil der Angaben für das folgende Problem. Daher weiß die Denkmaschine, daß der betreffende Leiter eine gewisse Tendenz zeigt, Anordnungen nicht zu befolgen. Sie kann und wird nun diese Tendenz berücksichtigen und sie quantitativ auswerten, da sie ja ziemlich genau voraussehen kann, in welcher Richtung und inwieweit Ungehorsam auftreten wird. Somit sind dann ihre folgenden Antworten bereits leicht gefärbt, und zwar so, daß der betreffende Fabrikleiter – oder was er sonst auch sein mag –, wenn er nun nicht gehorcht, automatisch ganz genau das Richtige tut. Die Maschine ist im Bilde, Stephen.«

»Dessen können Sie aber doch wohl nicht sicher sein.«

»Es sind Annahmen, die sich auf meine langen Erfahrungen mit Robotern stützen. Sie tun sicher gut daran, Stephen, wenn Sie sich auf derartige Annahmen verlassen.«

»Und was bleibt uns dann übrig, um die verschiedenen Unstimmigkeiten aufzuklären? Die Denkmaschinen arbeiten richtig, und die Voraussetzungen, nach denen sie ihre Arbeiten verrichten, sind richtig. Darüber sind wir einer Meinung. Nun sagen Sie ferner, daß man den Maschinen nicht den Gehorsam verweigern kann. Wo liegt denn dann der Fehler?«

»Sie haben sich die Frage selbst beantwortet. Es besteht gar kein Fehler. Denken Sie mal einen Augenblick an den Mechanismus, Stephen! Es handelt sich um Roboter, und sie arbeiten nach dem Ersten Gesetz. Die Denkmaschinen dienen aber nicht einem einzelnen menschlichen Wesen, sondern der ganzen Menschheit, so daß sich aus dem Ersten Gesetz folgender Satz entwickelt: Keine Denkmaschine darf der Menschheit schaden noch durch Untätigkeit gestatten, daß die Menschheit zu Schaden kommt.

Schön, Stephen – was also schadet der Menschheit? Am allermeisten schaden ihr wirtschaftliche Schwierigkeiten, ganz gleich, welche Ursachen diese haben mögen. Stimmt das nicht?«

»Doch.«

»Und was wird wahrscheinlich in der Zukunft derartige Schwierigkeiten verursachen? Antworten Sie, Stephen!«

»Ich würde sagen«, antwortete Byerley widerstrebend, »die Zerstörung der Maschinen.«

»Genau der gleichen Meinung bin ich auch, und genau der gleichen Meinung sind die Maschinen. Deren erste Sorge ist daher, sich selbst für uns zu bewahren. Und so beseitigen sie ganz in der Stille diejenigen Elemente, die sie noch bedrohen können. Es ist keineswegs die ›Gesellschaft für Menschlichkeit‹, die Unruhe stiftet, um damit einen Grund für die Beseitigung der Maschinen zu liefern. Sie haben die Kehrseite der Medaille betrachtet. Sagen Sie lieber, die Maschinen machen die Schwierigkeiten – allerdings sehr kleine Schwierigkeiten, aber doch solche, die ausreichen, um diejenigen loszuwerden, die eine Gefahr für die Menschheit bedeuten.

Vrasayana verliert also seine Fabrik und bekommt einen Job, wo er kein Unheil anrichten kann – er kann immer noch seinen Lebensunterhalt verdienen, denn die Maschine darf einem Menschen ja keinen Schaden zufügen, und wenn, dann nur, um andere Menschen zu schützen. Consolidated Cinnabar verliert seine Quecksilbermine in Almaden. Villafranca ist nicht mehr Chefingenieur eines wichtigen Projekts. Und die Direktoren von Welt-Stahl verlieren ihren Einfluß auf dem Markt oder werden ihn verlieren.«

»Aber das alles wissen Sie nicht«, beharrte Byerley. »Wie können wir dieses Risiko eingehen?«

»Sie müssen. Erinnern Sie sich an die Antwort der Maschine, als Sie ihr das Problem stellten? ›Diese Angelegenheit läßt keine Erklärung zu‹. Die Maschine hat nicht gesagt, daß es keine Erklärung gibt – sie wollte keine Erklärung abgeben. Warum nicht? Weil die Erklärung der Menschheit geschadet hätte – und deshalb können wir weiterhin nur raten.«

»Aber wieso kann die Erklärung uns schaden, wenn ich einmal unterstelle, daß Sie recht haben, Susan.«

»Stephen, wenn ich recht habe, so bedeutet das, daß die Denkmaschine die Zukunft für uns lenkt, und zwar nicht nur durch direkte Antworten auf direkte Fragen, sondern auch durch allgemeine Antworten auf die Weltsituation und auf menschliche Psychologie als Ganzes. Das zu wissen, mag uns unglücklich machen und unseren Stolz verletzen. Die Maschine aber kann und darf uns nicht weh tun. Stephen, wie können wir wissen, was letztlich gut ist für die Menschheit? *Uns* stehen die unendlich vielen Faktoren nicht zur Verfügung, die die Maschinen besitzen. Vielleicht ist es ein gutes Beispiel, wenn ich sage, daß unsere ganze technische Zivilisation mehr Unglück und Elend geschaffen als beseitigt hat. Vielleicht wäre eine Zivilisation der Bauern und Hirten mit weniger Kultur und weniger Menschen besser. Wenn das so ist, muß uns die Maschine in diese Richtung lenken, am besten so, daß wir es gar nicht bemerken, da wir in unserer vorurteilbeladenen Ignoranz nur wissen können, was wir gewöhnt sind, und das halten wir für gut, und deshalb würden wir den Wechsel bekämpfen. Oder vielleicht wäre eine vollständige Urbanisierung besser oder eine strikte Kasten-Gesellschaft oder die totale Anarchie. Wir wissen es nicht. Nur die Maschinen wissen es, und sie beschreiten den Weg und nehmen uns mit.«

»Aber Susan – mit dem, was Sie sagen, behaupten Sie ja, die ›Gesellschaft für Menschlichkeit‹ habe recht, und geben Sie zu, daß die Menschheit tatsächlich die Entscheidung über unsere Zukunft verloren hat.«

»Die Menschheit hatte sie ja nie. Immer waren wir der Gnade und Barmherzigkeit ökonomischer und sozialer Kräfte ausgeliefert, die wir nicht verstanden haben. Wir waren abhängig von den Launen des Klimas und den Wechselfällen der Kriege. Die Maschinen verstehen all diese Kräfte, und keiner kann sich ihnen in den Weg stellen. Wer immer es tut, den werden die Maschinen beiseite schieben, so wie sie die Mitglieder der ›Gesellschaft für Menschlichkeit‹ beiseite geschoben haben. Denn die Maschinen haben jene beste Waffe zur Verfügung, die es gibt – die absolute Kontrolle über unsere Wirtschaft.«

»Wie grauenhaft!«

»Vielleicht: wie wunderbar! Denken Sie, daß für alle Zukunft Konflikte vermeidbar sein werden. Nur die Maschinen sind von jetzt an unvermeidbar.«

Und das Feuer hinter dem Quarz ging aus, und nur ein dünner Rauchfaden stieg dort auf, wo es einmal gewesen war.

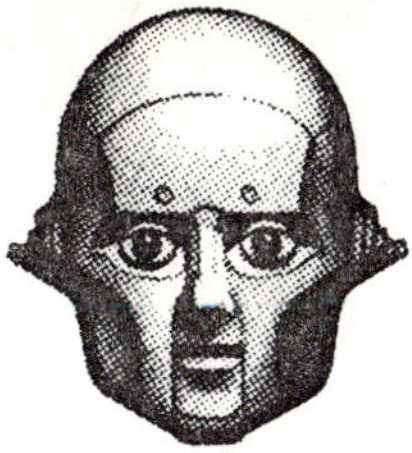

WEIBLICHE INTUITION

Zum erstenmal in der Geschichte der United States Robots and Mechanical Men Corporation war ein Robot auf der Erde durch einen Unfall zerstört worden.

Niemand war daran schuld. Das Luftfahrzeug war mitten in der Luft vernichtet worden, und ein ungläubiger Ermittlungsstab überlegte, ob er es wagen sollte, unter Beweis zu stellen, daß nur ein Meteorit die Katastrophe verursacht haben konnte. Nichts sonst hätte so schnell sein können, um die automatische Kollisionskontrolle auszuschalten; nichts hätte eine Verheerung anrichten können, die beinahe einer nuklearen Explosion glich – das stand außer Frage.

Dazu kam, daß kurz vor dem Zerbersten des Luftfahrzeugs ein Aufleuchten am Himmel beobachtet worden war, nicht etwa von einem Amateur, sondern vom Flagsta-Observatorium. Weiterhin hatte man eine Meile davon entfernt einen ziemlich großen, einwandfrei von einem Meteor stammenden Klumpen Eisen gefunden, der sich in die Erde gebohrt hatte. Welche Schlüsse sollte man sonst ziehen?

Trotzdem, so etwas war noch nie vorgekommen, und die Vermutungen, die angestellt wurden, gingen ins Uferlose.

Nun, dennoch können sich manchmal die unwahrscheinlichsten Dinge ereignen.

In den Büroräumen der United States Robots wurden die Fragen nach dem Wie und Warum als zweitrangig behandelt. An erster Stelle stand die Tatsache, daß ein Robot zerstört worden war.

Diese Tatsache war bestürzend.

Die Tatsache, daß die JN-5 nach vier vorausgegangenen Versuchen das erste Modell gewesen war, das sich erfolgreich im Einsatz befunden hatte, war noch bestürzender.

Die Tatsache, daß es sich bei JN-5 um einen völlig neuen Typ von Robot gehandelt hatte, war nicht nur bestürzend, sondern katastrophal.

Die Tatsache, daß die JN-5 vor ihrer Zerstörung allem Anschein nach eine Information von allergrößter Wichtigkeit abgegeben hatte, diese Information aber wahrscheinlich für immer verloren war, machte die Katastrophe vollkommen.

Die Erwähnung, daß der Chef-Robotpsychologe der United States Robots zusammen mit dem Robot den Tod fand, schien kaum der Rede wert zu sein.

Clinton Madarian war zehn Jahre vor dem Unfall der Firma beigetreten. Während fünf dieser Jahre hatte er ohne Murren unter der strengen Aufsicht von Susan Calvin gearbeitet.

Madarians hervorragende geistige Fähigkeiten waren offensichtlich gewesen, und Susan Calvin hatte ihn gefördert, ohne viel Worte zu machen und vor allem ohne Schonung von Kollegen, die älter waren als Madarian. Sie hätte sich nie dazu herabgelassen, Peter Bogert, dem Chef der Forschungsabteilung, ihr Tun zu begründen, aber sie wurde auch nicht aufgefordert, Gründe anzuführen. Diese lagen auf der Hand.

Madarian war das krasse Gegenteil der namhaften Dr. Susan Calvin. Er hatte nicht soviel Übergewicht, wie sein Doppelkinn vermuten ließ, er war jedoch gewichtig in seinem Auftreten, während Susan meistens unbemerkt blieb. Madarians breites Gesicht, sein Schopf rötlicher Haare, seine rötliche Haut und die donnernde Stimme, sein lautes Lachen und vor allem sein überwältigendes Selbstvertrauen zwangen jedem, der mit ihm zusammen war, das Gefühl auf, es fehle an Raum.

Als Susan Calvin schließlich in den Ruhestand trat, wobei sie sich so strikt weigerte, an einem Abschiedsessen zu ihren Ehren teilzunehmen, daß ihre Pensionierung nicht einmal offiziell bekanntgegeben wurde, bezog Madarian ihren Posten. Und nach genau einem Tag legte er die Pläne für das JN-Projekt auf den Tisch.

Das Projekt war das kostspieligste, das die U. S. Robots je in Betracht gezogen hatte, doch dieses Detail tat Madarian mit einer lässigen Handbewegung ab.

»Jeden Penny ist es wert, Peter«, sagte er. »Ich erwarte von Ihnen, daß Sie den Aufsichtsrat davon überzeugen.«

»Begründen Sie es«, sagte Bogert und fragte sich gleichzeitig, ob Madarian es tun würde. Susan Calvin hatte nie Gründe angegeben.

»Klar«, sagte Madarian jedoch und lehnte sich bequem in seinem Sessel zurück.

Bogert beobachtete ihn mit fast ehrfurchtsvollem Blick. Sein ehemals schwarzes Haar war inzwischen fast weiß, und innerhalb der nächsten zehn Jahre würde er Susan Calvin in den Ruhestand folgen. Das bedeutete das Ende der Gruppe, welche United States Robots zu einer weltweiten Firma ausgebaut und zum Konkurrenten nationaler Regierungen gemacht hatte, sowohl was die Zusammensetzung als auch die Bedeutung anbelangte. Irgendwie hatten weder er noch die anderen, die schon nicht mehr dabei waren, die enorme Expansion der Firma je ganz kapiert.

Aber *das* war eine neue Generation, die neuen Männer ließen sich von Riesigem nicht weiter beeindrucken. Das Wunder, das einen auf Zehenspitzen in Ungläubigkeit tänzeln ließ, war ihnen kein Begriff. Sie steuerten immer geradeaus, und das war gut so.

»Ich schlage vor, daß ohne Einschränkung mit der Konstruktion des Robots begonnen wird«, sagte Madarian.

»Ohne Rücksicht auf die Drei Gesetze? Aber ...«

»Nein, Peter. Ist das der einzige Einwand, der Ihnen einfällt? Verdammt, Sie haben doch an der Entwicklung der ersten positronischen Gehirne mitgearbeitet. Muß ich Ihnen sagen, daß es in diesen Gehirnen nicht eine Bahn gibt, die nicht peinlich genau entworfen und festgelegt ist – von den Drei Gesetzen einmal ganz abgesehen. Wir haben Roboter, die für die Ausführung bestimmter Aufgaben gebaut und denen die dafür nötigen Fähigkeiten eingepflanzt sind.«

»Und Sie wollen jetzt ...«

»Daß unter Berücksichtigung der Drei Gesetze die Bahnen nicht mehr begrenzt, sondern nach beiden Seiten hin offen sind. Schwierig ist das nicht.«

»Nein, schwierig nicht«, sagte Bogert trocken. »Nutzlose Dinge sind nie schwierig. Die Schwierigkeit lag bisher darin, die Bahnen so festzulegen, daß der Robot wirkungsvoll arbeitet.«

»Aber warum ist das schwierig? Die Bahnen festzulegen ist mühsam, weil das Prinzip der Unzuverlässigkeit wichtig ist, aber zugleich der Unzuverlässigkeitseffekt möglichst gering gehalten werden muß. Aber wieso muß er das? Wenn wir die Sache so anlegen, daß das Prinzip ausreichend hervortretend und damit das Kreuzen der Bahnen unberechenbar ist . . .«

»Haben wir einen unberechenbaren Robot.«

»Nein, dann haben wir einen *kreativen* Robot«, sagte Madarian, einen leicht gereizten Unterton in der Stimme. »Peter, wenn es etwas im menschlichen Gehirn gibt, was das Gehirn eines Robots nie besessen hat, dann ist es jene Spur von Unberechenbarkeit, welche auf subatomarer Ebene eine Folge der Unbestimmbarkeit ist. Ich gebe zu, daß dies innerhalb des Nervensystems noch nie demonstriert wurde, aber ohne diese Spur von Unberechenbarkeit ist das menschliche Gehirn im Prinzip dem eines Robots nicht überlegen.«

»Und Sie glauben, daß das Gehirn eines Robots gleichwertig mit dem eines Menschen wird, wenn Sie ihm den Unzuverlässigkeitsfaktor einräumen?«

»Genau das glaube ich«, sagte Madarian.

Danach diskutierten sie noch lange weiter.

Der Aufsichtsrat zeigte eindeutig nicht die Absicht, sich schnell überzeugen zu lassen.

Scott Robertson, der Hauptaktionär der Firma, schüttelte den Kopf. »Es ist schwer genug«, sagte er, »die Robotindustrie unter den gegebenen Umständen zu lenken. Man muß ständig damit rechnen, daß die Feindseligkeit der Öffentlichkeit gegen Roboter unverhüllt zum Durchbruch kommt. Wenn die Öffentlichkeit erfährt, daß ein nicht eindeutig gesteuerter Robot . . . Ach, lassen Sie mich mit den Drei Gesetzen zufrieden. Sobald der Durchschnittsbürger den Ausdruck *nicht gesteuert* hört, glaubt er sowieso nicht mehr, daß ihn die Drei Gesetze schützen.«

»Dann darf der Ausdruck eben nicht fallen«, sagte Madarian. »Nennen Sie den Robot – nennen Sie ihn . . . *intuitiv.*«

»Ein intuitiver Robot«, sagte jemand. »Vielleicht ein weiblicher Robot?«

Ein Lächeln ging um den Verhandlungstisch.

Madarian machte es sich sofort zunutze. »Gut«, sagte er. »Ein weiblicher Robot. Unsere Roboter sind geschlechtslos, und der neue wird das natürlich auch sein, aber wir tun, dessenungeachtet, trotzdem immer so, als seien Roboter männlich. Wir geben ihnen Männernamen, wir sprechen von *ihm* und nennen ihn *er*. Der neue Robot würde aufgrund der von mir vorgeschlagenen mathematischen Struktur seines Gehirns in das JN-Koordinatensystem fallen. Der erste Robot wäre demnach JN-1, und ich hatte an den Namen John-1 gedacht, was, wie ich fürchte, dem Grad an Originalität eines Durchschnittsrobots entspricht. Warum aber soll man ihn nicht Jane-1 nennen, verdammte Pest? Wenn die Öffentlichkeit über unsere Projekte aufgeklärt werden muß, dann arbeiten wir eben an der Konstruktion eines weiblichen Robots mit Intuition.«

Wieder schüttelte Robertson den Kopf. »Und was ändert sich damit? Wenn ich Sie richtig verstanden habe, dann wollen Sie die letzte Schranke ausschalten, die im Prinzip bewirkt, daß das Gehirn des Robots dem des Menschen unterlegen ist. Wie, glauben Sie, wird die Öffentlichkeit erst *darauf* reagieren?«

»Haben Sie denn vor, die Öffentlichkeit darüber zu informieren?« antwortete Madarian mit einer Gegenfrage und überlegte. »Vergessen Sie einen Punkt nicht«, sagte er schließlich. »Die Öffentlichkeit ist unter anderem davon überzeugt, daß Frauen weniger intelligent sind als Männer.«

Mehr als ein Mann am grünen Tisch sah erschreckt auf und senkte den Blick sofort wieder. Es war, als säße Susan Calvin noch auf ihrem angestammten Platz.

»Wenn wir bekanntgeben«, sagte Madarian, »daß wir einen weiblichen Robot bauen, fragt niemand danach, welche Funktion er beziehungsweise sie hat. Die Öffentlichkeit wird automatisch annehmen, daß dieser Robot geistig minderbemittelt ist. Wir stellen den Robot lediglich als Jane-1 vor und müssen kein weiteres Wort verlieren. Damit sind wir abgesichert.«

»Womit ...«, meinte Peter Bogert ruhig, »noch längst nicht alles zu dem Punkt gesagt ist. Madarian und ich haben die mathematischen Berechnungen bis ins letzte Detail studiert und sind zu der Überzeugung gelangt, daß die JN-Serie, ob nun John oder Jane, kaum ein Risiko beinhaltet. Die Roboter dieser Serie werden weniger kompliziert in ihrer Konstruktion und weniger intelligent sein als die der anderen Serien, die bisher konstruiert und gebaut worden sind. Sie werden lediglich mit einem zusätzlichen Faktor ausgestattet sein, nämlich mit – gewöhnen wir uns daran und nennen wir ihn *Intuition*.«

»Und wer weiß, was dieser mit Intuition ausgestattete Robot leisten wird?« fragte Robertson.

»Madarian hat diesbezüglich einen Vorschlag gemacht«, sagte Peter Bogert. »Wie Sie alle wissen, ist die Entwicklung des Raumsprungs im Prinzip abgeschlossen. Der Mensch ist in der Lage, Hypergeschwindigkeiten zu erreichen, welche die des Lichts noch übertreffen. Er ist somit in der Lage, andere Sternensysteme aufzusuchen und nach relativ kurzer Zeit – innerhalb von ein paar Wochen – zur Erde zurückzukehren.«

»Das ist uns nichts Neues«, sagte Robertson. »Ohne Roboter wäre das nicht möglich gewesen.«

»Eben, aber das nützt uns wenig, weil wir die Hyperraumfahrt nicht durchführen können, es sei denn als einmalige Demonstration. Die U. S. Robots bekommen also nicht die Anerkennung, die ihnen gebührt. Die Hyperraumfahrt ist riskant und wegen des erschreckend hohen Energieverbrauchs irrsinnig kostspielig. Falls wir uns aber dennoch dazu entschließen würden, wäre es angenehm, wenn wir bei der Rückkehr von der Existenz eines bewohnbaren Planeten berichten könnten. Nennen Sie es eine psychologische Notwendigkeit. Werden an die zwanzig Milliarden Dollar für einen einzigen Raumsprung ausgegeben, und bei der Rückkehr liegen lediglich wissenschaftliche Daten vor, dann will die Öffentlichkeit wissen, warum ihr Geld zum Fenster hinausgeworfen worden ist. Können Sie bei der Rückkehr aber von der Existenz eines bewohnten Planeten berichten, dann sind Sie ein interstellarer Kolumbus, und nach dem Geld fragt niemand mehr.«

»Demnach?«

»Demnach erhebt sich die Frage, wo finden wir einen bewohnbaren Planeten? Oder, lassen Sie es mich anders ausdrücken – welcher Stern, der in Reichweite des Raumsprungs liegt, welches der dreihunderttausend Sternsysteme im Umkreis von dreihundert Lichtjahren hat einen bewohnbaren Planeten? Eine enorme Anzahl von Details steht uns über jeden Stern in unserer Nachbarschaft von dreihundert Lichtjahren zur Verfügung, und wir nehmen an, daß fast jeder sein eigenes Planetensystem besitzt. Aber welcher besitzt einen bewohnbaren Planeten? Welchen Planeten besuchen wir? Das wissen wir nicht.«

»Soll uns etwa diese Jane Klarheit darüber verschaffen?« fragte einer der Aufsichtsräte.

Madarian wollte antworten, hielt sich aber zurück. Er sah Bogert an, und Bogert hatte begriffen. In seiner Position als Direktor hatte sein Wort mehr Gewicht. Bogert übernahm die Aufgabe ungern. Falls sich die JN-Serie als Fiasko erwies, würde man ihm die Schuld zuschieben. Andererseits stand seine Pensionierung vor der Tür, und sein Abgang würde ruhmreich sein – falls das Projekt zu einem Erfolg wurde. Vielleicht lag es auch nur an der zuversichtlichen Ausstrahlung Madarians, aber Bogert war mittlerweile überzeugt davon, daß es sich bezahlt machen würde.

»Es ist durchaus möglich«, sagte er, »daß sich in den Datenbänken, die uns über diese Sterne zur Verfügung stehen, Informationen befinden, mit deren Hilfe das Vorhandensein eines erdähnlichen bewohnbaren Planeten berechnet werden kann. Die gespeicherten Daten müssen lediglich richtig verstanden, in die richtige Korrelation gebracht werden. Das ist bisher noch nicht geschehen.

Ein Robot vom JN-Typ könnte diese Korrelationen viel schneller und präziser festlegen als der Mensch. Im Verlauf eines einzigen Tages würde er dieselbe Anzahl von Korrelationen ermitteln und unbrauchbares Material ausscheiden können, wozu ein Mensch zehn Jahre brauchen würde. Außerdem würde der Robot sozusagen aufs Geratewohl arbeiten, während der Mensch durch vorgefaßte Meinungen und bereits bestehende Überzeugungen stark beeinflußt sein würde.«

Danach folgte beachtliche Stille.

»Aber es ist nach wie vor eine Angelegenheit, die auf der Wahrscheinlichkeitsanalyse beruht, oder?« sagte Robertson schließlich. »Das Ergebnis einer solchen Untersuchung kann lauten, daß zum Beispiel der Planet Squidgee-17, so und so viele Lichtjahre von der Erde entfernt, die höchste Wahrscheinlichkeit aufweist, ein bewohnbarer Planet zu sein, und keine weiteren bewohnbaren Planeten existieren. Was haben wir dann erreicht?«

Diesmal schaltete sich Madarian in das Gespräch ein. »Wir haben nach wie vor gewonnen«, sagte er. »Wir wissen dann nämlich, wie der Robot zu dem Schluß gekommen ist, weil er . . . weil sie es uns sagen wird. Es ist durchaus möglich, daß wir mit Hilfe des Robots zu enormen astronomischen Erkenntnissen gelangen, womit sich das Projekt gelohnt haben dürfte, auch wenn es zu keiner Hyperraumfahrt kommt. Außerdem könnten wir dann die Lage der fünf Planeten ermitteln, die am ehesten in Frage kommen, und die Wahrscheinlichkeit, daß einer von den fünf bewohnbar ist . . .«

Danach diskutierten sie noch lange weiter.

Die zur Verfügung gestellten Gelder waren nicht ausreichend, aber Madarian verließ sich auf die alte Erfahrung, daß schlechtem Geld gutes nachgeworfen wird. Wenn zweihundert Millionen unwiederbringlich verloren waren, falls nicht hundert Millionen nachgeschossen wurden, wurden die restlichen hundert Millionen unter Garantie zur Verfügung gestellt.

Jane-1 wurde schließlich gebaut und zur Schau gestellt. Peter Bogert betrachtete sie mit ernstem Gesicht.

»Wozu die schmale Taille?« fragte er schließlich. »Das hat doch sicher gewisse mechanische Schwächen zur Folge.«

Madarian grinste. »Wenn wir sie Jane nennen, braucht sie ja nicht auszusehen wie Tarzan.«

Bogert schüttelte den Kopf. »Das finde ich nicht gut. Als nächstes beulen Sie den Oberkörper so aus, daß man einen Busen vermuten könnte, und das ist idiotisch. Wenn Frauen auch nur den Verdacht hegen, daß Roboter wie Frauen aussehen können – und ich kann Ihnen genau sagen, auf was für perverse Gedanken sie kommen –, dann ist ihre Feindseligkeit nicht mehr zu bremsen.«

»Da haben Sie vielleicht recht«, sagte Madarian. »Keine Frau will von etwas verdrängt werden, was nicht einen einzigen ihrer Fehler hat. Okay.«

Jane-2 hatte keine schmale Taille. Sie war ein nüchterner Robot, der sich kaum bewegte und so gut wie nichts sagte.

Madarian war während ihrer Konstruktion nur gelegentlich in Bogerts Büro gestürzt gekommen, um Neues zu berichten, und das war ein schlechtes Zeichen gewesen. Wenn Madarian erfolgreich war, schäumte er in einem Maße über, daß es überwältigend war. Er scheute nicht davor zurück, nachts um drei mit einem umwerfenden Bericht in Bogerts Schlafzimmer einzubrechen. Auf die Idee, bis zum Morgen zu warten, kam er gar nicht erst, davon war Bogert überzeugt.

Nun aber machte Madarian einen niedergeschlagenen Eindruck. Seine sonst so blühende Miene wirkte bläßlich, seine sonst so rosigen Wangen eingefallen.

»Wetten, sie redet nicht?« sagte Bogert.

»Doch, sie redet schon.« Madarian ließ sich in einen Sessel fallen und biß auf seiner Unterlippe herum. »Manchmal wenigstens.«

Bogert stand auf und ging um den Robot herum. »Und wenn sie redet, dann ergibt das, was sie sagt, keinen Sinn, habe ich recht? Tja, wenn sie nicht redet, dann ist sie auch kein Weib.«

Madarian wollte sich ein Lächeln abquälen und gab verfrüht auf. »Das Gehirn«, sagte er, »hat einwandfrei funktioniert, solange es noch nicht eingebaut war.«

»Ich weiß.«

»Aber es ist natürlich in dem Moment gezwungenermaßen verändert worden, wo es die Bewerkstelligung des physischen Apparats übernehmen mußte.«

»Natürlich«, bemerkte Bogert, was auch keine Hilfe war.

»Aber auf unvorhersehbare und frustrierende Weise. Das ärgerliche ist eben, daß die Dinge sich verändern, wenn man gezwungen ist, das n-dimensionale Kalkül der Unsicherheit . . .«

»Der Unsicherheit?« fiel Bogert ihm ins Wort.

Seine Reaktion überraschte ihn selber. Fast zwei Jahre waren vergangen, und die Firma hatte bereits beachtliche Summen in das Projekt investiert, und das Ergebnis war, gelinde gesagt, enttäuschend. Trotzdem saß er zu seinem eigenen Erstaunen da, versetzte Madarian Hiebe, wo es nur ging, und amüsierte sich dabei auch noch.

Heimlich fragte er sich, ob die Hiebe nicht vielleicht der abwesenden Susan Calvin galten. Madarian besaß die Gabe, übersprudelnd und von absoluter Zuversicht zu sein, wenn die Dinge gut liefen, eine Gabe, die Susan Calvin abging. Allerdings war er deprimierter als sie, wenn sich Komplikationen ergaben, und gerade unter Streß hatte Susan nie die Nerven verloren. Die Verwundbarkeit, die Madarian zeigte, war als Entschädigung für Susans kühle Art eine nette Zielscheibe.

Madarian reagierte auf die letzte Bemerkung Bogerts genau so, wie Susan Calvin reagiert haben würde: Er überhörte sie einfach.

»Die Schwierigkeit liegt in der Erkennung«, sagte er. »Jane-2 funktioniert perfekt. Ganz gleich, welches Thema man wählt, sie stellt die richtigen Zusammenhänge her. Aber wenn das einmal erledigt ist, dann kann sie die wertvollen Resultate nicht von den wertlosen unterscheiden. Zu beurteilen, wie man einem Robot das Ausspucken einer bedeutsamen Korrelation programmieren soll, ist nicht leicht, wenn man nicht weiß, welche Korrelationen er machen wird.«

»Ich nehme an, Sie haben auch schon daran gedacht, das Potential in der Kristalldiode W-21 zu verringern und dadurch ...«

»Nein, nein, nein ...« Madarian griff sich an die Stirn: »Sie soll nicht einfach alles ausspucken. Wir sind auch noch da. Sie muß die entscheidende Korrelation erkennen und Schlüsse daraus ziehen. Ist das erledigt, spuckt ein Jane-Robot die Antwort intuitiv aus. Er liefert uns ein Ergebnis, zu dem wir nie kommen würden, es sei denn durch puren Zufall.«

»Wenn Sie so einen Robot hätten«, sagte Bogert trocken, »würden Sie ihn routinemäßig das tun lassen, scheint mir, was unter uns Menschen lediglich ein Genie zu tun in der Lage ist.«

Madarian nickte begeistert. »Genau, Peter. So würde ich mich auch ausgedrückt haben, wenn ich nicht Angst gehabt hätte, daß die Aufsichtsratsmitglieder vor Schreck von den Stühlen fallen. Also wiederholen Sie es bitte nicht in der nächsten Sitzung.«

»Wollen Sie denn wirklich einen Genie-Robot?«

»Was bedeuten schon Worte? Ich versuche einen Robot zu schaffen, der in Verbindung mit einem maximalen Erkennungskoeffizienten aufs Geratewohl Korrelationen macht, und das mit unerhörter Geschwindigkeit. Und ich versuche, *diese* Werte in positronische Gleichungen umzusetzen. Ich habe gedacht, daß ich es bereits geschafft habe, aber offensichtlich nicht. Noch nicht.«

Er sah Jane-2 unzufrieden an.

»Was ist im Moment dein wichtigstes Ergebnis, Jane?« fragte er den Robot nach einer Weile.

Dieser drehte den Kopf zu Madarian, gab aber keinen Ton von sich.

»Du lieber Himmel«, stöhnte Madarian. »Sie füttert die Frage in die Korrelationsbänke ein.«

Doch Jane-2 sagte schließlich doch etwas. Ihre Stimme war neutral.

»Ich bin mir nicht sicher.«

Es war der erste Satz, den sie ausgespuckt hatte.

Madarian schickte einen flehentlichen Blick zur Decke. »Sie stellt quasi Gleichungen mit unbestimmten Lösungen auf«, sagte er.

»Das habe ich mir gedacht«, sagte Bogert. »Hören Sie, Madarian, besteht noch Hoffnung, daß Sie zu einem befriedigenden Ergebnis kommen, oder brechen wir das Projekt besser ab und sehen zu, wie wir den Verlust einer halben Milliarde verschmerzen?«

»Ich komme zu einem befriedigenden Ergebnis«, versicherte Madarian grimmig.

Jane-3 taugte nichts. Sie wurde nicht einmal aktiviert, und Madarian war rasend vor Wut.

Menschliches Versagen. Er war schuld daran, wenn man es unumwunden ausdrücken wollte. Obwohl Madarian total am Boden zerstört war, bewahrten die anderen Gelassenheit. Sollte er, der in der erschreckend komplizierten Mathematik des positronischen Gehirns noch nie einen Fehler gemacht hatte, den Fehler suchen und ausbessern.

Fast ein Jahr verging, bis Jane-4 fertiggestellt war. Madarian sprudelte wieder über vor Begeisterung.

»Sie hat ihn«, jubelte er, »den maximalen Erkennungsquotienten.«

Er war so zuversichtlich, daß er sie dem Aufsichtsrat vorführte und sie Probleme lösen ließ. Keine mathematischen Probleme, das konnte jeder x-beliebige Robot; Probleme, die absichtlich irreführend, aber nicht falsch dargestellt waren.

»Dazu gehörte im Grunde nicht viel«, sagte Bogert anschließend.

»Natürlich nicht«, sagte Madarian. »Für Jane-4 war das ein Pappenstiel, aber etwas mußte ich ihnen doch demonstrieren, oder vielleicht nicht?«

»Wissen Sie eigentlich, wieviel wir bisher schon ausgegeben haben?«

»Bitte, Peter, lassen Sie mich damit zufrieden. Wissen Sie, wie sehr es sich bereits bezahlt gemacht hat? Diese Dinge lassen sich nicht in einem Vakuum erledigen. Seit über drei Jahren schufte ich wie ein Idiot, falls Sie das interessiert, und es war die Hölle für mich, aber ich habe dabei neue Berechnungstechniken entwickelt, die uns in Zukunft bei jedem neuen Modell eines positronischen Gehirns wenigstens fünftausend Dollar sparen. Habe ich recht oder vielleicht nicht?«

»Tja ...«

»Tjaen Sie mir keine Tjas. Es ist eine Tatsache. Außerdem habe ich für meine Person das bestimmte Gefühl, daß das n-dimensionale Kalkül der Unsicherheit auch sonstwo anwendbar ist, wenn man mit genügend Scharfsinn herausfindet, wo. Und meine Jane-Roboter *werden* es herausfinden. Wenn ich erst einmal das erreicht habe, was mir vorschwebt, wird sich die JN-Serie innerhalb von fünf Jahren selbst bezahlt machen, selbst wenn wir das, was wir bisher investiert haben, verdreifachen.«

»Was meinen Sie mit ›vorschweben‹?« fragte Bogert. »Welchen Fehler hat denn Jane-4?«

»Keinen. Oder nur einen geringfügigen. Sie ist okay, aber sie kann noch verbessert werden, und ich beabsichtige, es zu tun. Ich ahnte bereits beim Entwurf, welchen Weg ich einschlagen muß. Und jetzt, wo ich sie getestet habe, weiß ich es mit Sicherheit. Ich erreiche mein Ziel.«

Jane-5 war perfekt. Madarian brauchte ein gutes Jahr zu ihrer Fertigstellung, und das ohne Vorbehalte; er war hundertprozentig zuversichtlich.

Jane-5 war kleiner als der Durchschnittsrobot und dünner. Obwohl ihr jegliches weibliches Attribut fehlte und sie keine Karikatur wie Jane-1 war, hatte sie eine eindeutig feminine Ausstrahlung.

»Es ist die Art, wie sie steht«, meinte Bogert.

Die Haltung ihrer Arme war graziös, und wenn sie sich drehte, wirkte der Torso irgendwie geschwungen.

»Sie müssen sie erst einmal sprechen hören«, sagte Madarian. »Wie fühlst du dich, Jane?«

»Bei bester Gesundheit, vielen Dank«, sagte Jane-5, und die Stimme war genau die einer Frau; sie war lieblich und fast verwirrend einschmeichelnd.

»Was soll das denn?« fragte Bogert erstaunt und runzelte die Stirn.

»Die Stimme ist psychologisch gesehen wichtig«, sagte Madarian. »Ich möchte, daß man sie für eine Frau hält, sie wie eine Frau behandelt und ihr die jeweiligen Dinge erklärt.«

»Was heißt *man*?«

Madarian steckte die Hände in die Taschen und sah Bogert nachdenklich an. »Ich möchte, daß für Jane und mich ein Besuch in Flagstaff arrangiert wird.«

Bogert mußte feststellen, daß Madarian nicht von Jane-5, sondern lediglich von Jane sprach. Diesmal gab es keine Seriennummer für ihn. Sie war eben Jane. *Die* Jane.

»In Flagstaff?« fragte er. »Wieso denn das?«

»Weil Flagstaff das Weltzentrum für Allgemeine Planetologie ist, oder etwa nicht? Dort beobachten sie die Sterne und versuchen zu berechnen, welcher Planet möglicherweise bewohnbar sein könnte.«

»Das weiß ich auch, aber Flagstaff ist auf der Erde.«

»Was Sie nicht sagen ...«

»Jede räumliche Veränderung von Robotern wird auf der Erde streng überwacht. Eine Notwendigkeit besteht nicht. Stellen Sie meinetwegen eine ganze Bibliothek von Büchern über Allgemeine Planetologie hier auf und lassen Sie Jane den Inhalt an Ort und Stelle absorbieren.«

»Nein! Begreifen Sie endlich, Peter, daß Jane kein gewöhnlicher logischer Robot, sondern ein intuitiver Robot ist.«

»Folglich?«

»Folglich können wir nicht wissen, was sie benötigt, was sie gebrauchen kann und was sie in Gang bringt. Wir können jeden Robot, der hier hergestellt worden ist, Bücher lesen lassen, aber Bücher beinhalten starre Daten und sind außerdem überholt. Jane braucht lebende Information, sie muß den Klang der Stimmen hören, sie braucht Anregungen, muß sogar mit völlig bedeutungslosen Dingen konfrontiert werden. Wie, zum Teufel, sollen wir wissen, wie oder wann es in ihrem Innern klick-klick macht und alles Struktur annimmt? Wenn wir das wüßten, bräuchten wir sie nicht, habe ich recht?«

Bogert kam sich langsam wie jemand vor, dem man eine endlose Geduld abverlangte.

»Dann holen Sie die Leute eben hierher«, sagte er. »Diese Planetologen, meine ich.«

»Das würde nichts nützen, denn sie wären aus ihrem Element herausgerissen, aus ihrer Atmosphäre. Sie würden sich nicht natürlich benehmen. Ich möchte, daß ihnen Jane bei der Arbeit zusieht;

ich möchte, daß sie ihre Instrumente sieht, ihre Büros, ihre Schreibtische, eben alles, was sie umgibt. Kümmern Sie sich um den Transport nach Flagstaff, Peter. Ich möchte wirklich nicht weiter darüber diskutieren.«

Einen Moment lang hörte er sich fast so an wie Susan.

Bogert stöhnte. »Sie sagen einfach, kümmern Sie sich um den Transport. So einfach ist das nicht. Einen Versuchsrobot zu transportieren ...«

»Jane ist kein Versuchsrobot. Sie ist Nummer fünf der neuen Serie.«

»Aber die vier, die ihr vorausgegangen sind, kann man kaum als funktionierende Modelle bezeichnen.«

Madarian machte eine Geste, die hilflose Frustration ausdrückte. »Wer zwingt Sie denn, das der Regierung zu sagen?«

»Wegen der Regierung mache ich mir keine Gedanken. Ausnahmefälle kann man immer plausibel machen. Es geht um die Meinung der Öffentlichkeit. Wir haben in den letzten fünfzig Jahren allerhand erreicht, und ich bin nicht bereit, fünfundzwanzig Jahre davon aufs Spiel zu setzen, weil Sie die Kontrolle über einen ...«

»Ich verliere die Kontrolle nicht – das wollten Sie doch sagen, oder? Ihre Argumente sind lächerlich. Die U. S. Robots wird sich doch noch ein Privatflugzeug leisten können. Wir landen in aller Stille auf dem nächstgelegenen Flugplatz und werden von einem großen Bodenfahrzeug mit geschlossener Ladefläche abgeholt und nach Flagstaff gebracht. Jane wird sich in einer Kiste befinden, und jeder wird annehmen, daß irgendeine x-beliebige Fracht nach Flagstaff transportiert wird. Keiner wird sich für uns interessieren. Den Leuten von Flagstaff wird reiner Wein eingeschenkt. Der Zweck dieses Besuchs wird ihnen mitgeteilt. Es wird in ihrem Interesse liegen, sich hilfsbereit zu zeigen und nichts nach außen dringen zu lassen.«

»Aber die Sache mit dem Flugzeug und dem Bodenfahrzeug ist riskant. Wenn der Kiste etwas passiert ...«

»Der Kiste wird nichts passieren.«

»Wenn wir uns dahingehend absichern, daß wir Jane während des Transports deaktivieren ...«

»Nein, Peter, das ist unmöglich. Das können wir nicht tun. Nicht mit Jane-5. Seit sie aktiviert ist, assoziiert sie aus freien Stücken. Die Information, die sie besitzt, kann durch die Deaktivierung auf

Eis gelegt werden, aber die Gabe zum Assoziieren nicht. Nein und nochmals nein. Jane darf nicht deaktiviert werden. Niemals!«

»Und wenn herauskommt, daß wir einen aktivierten Robot . . .«

»Es wird nicht herauskommen.«

Madarian blieb hart, und das Flugzeug startete schließlich. Es handelte sich zwar um einen automatischen Computerjet, zur Vorsicht jedoch war ein menschlicher Pilot, ein Angestellter der U. S. Robots, an Bord. Die Kiste mit Jane-5 erreichte den Flughafen unversehrt, wurde in das Bodenfahrzeug umgeladen und ohne Zwischenfall zu den Forschungslaboratorien von Flagstaff gebracht.

Eine Stunde nach Madarians Ankunft in Flagstaff wurde Peter Bogert bereits von ihm angerufen. Madarian war völlig aus dem Häuschen und konnte es bezeichnenderweise wieder einmal kaum abwarten, bis er Bericht erstatten konnte.

Der Anruf erfolgte über das Laserröhrensystem, ein System, das praktisch nicht angezapft werden konnte, aber Bogert war trotzdem außer sich. Für jemanden – die Regierung zum Beispiel –, der über die nötigen technischen Möglichkeiten verfügte, konnte das System eben doch angezapft werden. Lediglich die Tatsache, daß die Regierung keinen Grund hatte, es zu tun, war ein schwacher Trost.

»Verdammt«, sagte er. »*Müssen* Sie denn anrufen?«

Madarian ignorierte die Frage. »Es war die Idee des Jahrhunderts!« rief er.

Bogert starrte fassungslos auf den Hörer. »Soll das etwa heißen, daß Sie die Antwort bereits haben?« fragte er schließlich ungläubig.

»Nein, lassen Sie uns doch Zeit, verdammt! Ich meine, die Sache mit ihrer Stimme war eine geniale Idee. Nachdem man uns vom Flughafen zum Verwaltungsgebäude von Flagstaff gefahren hatte, haben wir die Kiste geöffnet, und Jane ist herausgekommen. Als das passierte, ist jeder der Anwesenden einen Schritt zurückgewichen. Vor Angst! Diese Einfaltspinsel! Wenn nicht einmal Wissenschaftler die Bedeutung der Drei Grundregeln der Robotik kapieren, was kann man dann vom ungebildeten Durchschnittsbürger verlangen? Ein total sinnloses Unternehmen, dachte ich einen

Moment lang. Die geben keinen Ton von sich. Mit einem Fuß in den Startlöchern werden sie bloß daran denken, wie sie möglichst schnell abhauen können, falls Jane Amok läuft.«

»Und dann? Worauf wollen Sie denn hinaus?«

»Dann begrüßte Jane die Anwesenden. ›Guten Tag, meine Herren‹, sagte sie. ›Ich freue mich, Sie kennenzulernen.‹ Und das mit der einschmeichelnden Stimme ... Der Bann war gebrochen. Einer zog seine Krawatte zurecht, ein anderer fuhr sich durch die Haare. Und der älteste unter den Anwesenden – das hat mich am meisten amüsiert – hat sogar unauffällig seinen Hosenlatz überprüft. Inzwischen sind sie alle begeistert von ihr. Die Stimme hat's gebracht. Sie ist für sie kein Robot mehr, sie ist ein weibliches Wesen.«

»Soll das heißen, daß sie mit ihr sprechen?«

»Allerdings! Und ob sie mit ihr sprechen! Ich hätte ihrer Stimme einen verführerischen Unterton einprogrammieren sollen, dann würden sie schon Schlange stehen, um ein Rendezvous mit ihr zu bekommen. Apropos bedingte Reflexe. Männer reagieren auf Stimmen. In den intimsten Augenblicken, schauen Sie da vielleicht hin? Die Stimme ist es, die sich ins Ohr einschleicht ...«

»Ja, Clinton, ich erinnere mich. Wo ist Jane jetzt?«

»Bei ihnen. Die bemühen sich um sie.«

»Verdammt, dann gehen Sie zu ihr! Lassen Sie sie nicht eine Sekunde aus den Augen, Mann!«

Während seines zehntägigen Aufenthaltes in Flagstaff rief Madarian danach nicht mehr sehr häufig an. Von Mal zu Mal ließ seine Begeisterung nach.

Jane hörte aufmerksam zu, berichtete er, und gelegentlich gab sie auch etwas von sich. Sie war nach wie vor bei allen beliebt. Man ließ sie überall zu. Aber Ergebnisse blieben aus.

»Rein gar nichts?« fragte Bogert.

Madarian ging sofort in die Defensive. »Rein gar nichts, das können Sie nicht sagen. Bei einem intuitiven Robot kann man nicht von ›gar nichts‹ sprechen. Man weiß nicht, was in ihrem Innern vorgeht. Heute morgen hat sie Jensen gefragt, was er zum Frühstück zu sich genommen hat.«

»Rossiter Jensen, den Astrophysiker?«

»Ja, genau den. Wie sich herausstellt, hat er gar nichts gegessen. Bloß eine Tasse Kaffee getrunken.«

»Jane lernt demnach, kleine, belanglose Unterhaltungen zu führen, was wohl kaum die Unsummen ...«

»Ersparen Sie mir dumme Bemerkungen. Das sind keine kleinen, belanglosen Unterhaltungen. Für Jane ist nichts belanglos. Sie hat die Frage gestellt, weil diese etwas mit einer Art Kreuzkorrelation zu tun hat, die sie gerade aufstellte.«

»Aber was für eine ...«

»Woher soll denn ich das wissen? Wenn ich es wüßte, wäre ich Jane, und Sie würden sie nicht brauchen. Aber etwas hat es zu bedeuten. Sie ist darauf programmiert, eine Antwort auf die Frage nach den Planeten mit optimaler Bewohnbarkeit ...«

»Dann lassen Sie es mich wissen, wenn sie die Antwort hat, und nicht früher. Ich kann auf stückweise Beschreibungen möglicher Korrelationen verzichten.«

Er rechnete letztlich nicht damit, eine Erfolgsmeldung zu bekommen. Von Tag zu Tag wurde Bogert weniger zuversichtlich, und als die Erfolgsmeldung schließlich kam, war er nicht darauf vorbereitet. Sie kam erst zu Ende des Flagstaff-Unternehmens. Die letzte Meldung, die Madarian durchgab, erreichte Bogerts Ohr im Flüsterton. Madarian war so voll ehrfurchtsvoller Scheu, daß seine Begeisterung in Ruhe umgeschlagen war.

»Sie hat es geschafft«, sagte er. »Sie hat es geschafft. Auch ich hatte fast schon aufgegeben. Nachdem sie dort jegliche Art von Information bekommen und in sich aufgenommen und nie etwas gesagt hatte, was von Bedeutung zu sein schien ... Ich bin im Flugzeug, auf dem Rückflug. Wir sind gerade gestartet.«

Bogert atmete tief durch. »Führen Sie mich nicht an der Nase herum, Clinton. Sie haben tatsächlich die Antwort? Wenn ja, dann sagen Sie es. Klar und deutlich.«

»Jane hat die Antwort. Sie hat mir das Ergebnis gesagt. Sie hat mir drei Sterne genannt, die im Umkreis von achtzig Lichtjahren liegen und, wie sie sagt, eine Chance von sechzig bis neunzig Prozent aufweisen, einen bewohnbaren Planeten zu besitzen. Die Wahrscheinlichkeit, daß wenigstens einer davon einen bewohnbaren Planeten hat, liegt bei 0,972. Das ist fast sicher. Aber das ist noch das wenigste. Sowie wir zurück sind, kann sie uns die genaue Beweisführung darstellen, die sie zu der

Schlußfolgerung veranlaßt hat. Ich wette, daß die gesamte Astrophysik und Kosmologie...«

»Sind Sie sich hundertprozentig sicher?«

»Glauben Sie vielleicht, ich leide an Halluzinationen? Ich habe sogar einen Zeugen. Der arme Kerl ist vielleicht erschrocken, wie Jane plötzlich die Antwort mit dieser herrlichen Stimme heruntergerattert...«

Und genau in dem Moment hatte der Meteorit das Flugzeug getroffen, und Madarian und der Pilot wurden in der auf die Kollision folgenden Explosion pulverisiert. Von Jane wurde nicht ein brauchbares Teilchen mehr gefunden.

Nie war die Stimmung in der Firma U. S. Robots gedrückter gewesen. Robertson versuchte in der Tatsache Trost zu finden, daß durch die totale Vernichtung des Robots Jane-5 Gesetzeswidrigkeit, deren sich die Firma schuldig gemacht hatte, nicht offenkundig wurde.

Peter Bogert schüttelte tieftraurig den Kopf. »Das wäre *die* Gelegenheit gewesen, vor der Öffentlichkeit mit einem unschlagbaren Image dazustehen und diesen verfluchten Frankensteinkomplex ein für allemal aus der Welt zu schaffen. Wie die Roboter dagestanden hätten, wenn einer von ihnen das Problem des bewohnbaren Planeten gelöst hätte, nachdem andere Roboter dazu beigetragen haben würden, den Raumsprung zu verwirklichen. Die Roboter hätten uns die Galaxis zugänglich machen können. Und wenn wir die Erkenntnisse der Wissenschaft auf allen möglichen Gebieten weiter vorangetrieben hätten, was sicherlich der Fall gewesen wäre... Mein Gott, die Vorteile für die menschliche Rasse und natürlich auch für uns sind nicht auszudenken.«

»Wir könnten doch weitere Janes bauen, oder nicht?« fragte Robertson. »Auch ohne Madarian.«

»Natürlich könnten wir das. Aber können wir uns darauf verlassen, daß wir noch einmal die richtige Korrelation geliefert bekommen? Woher wollen wir wissen, wie exakt das letzte Ergebnis gewesen ist? Wie steht es, wenn Madarian eben bloß Glück hatte und wir einer noch größeren Katastrophe gegenüberstehen? Ein Flugzeug wird von einem Meteor getroffen... Es ist einfach unglaublich.«

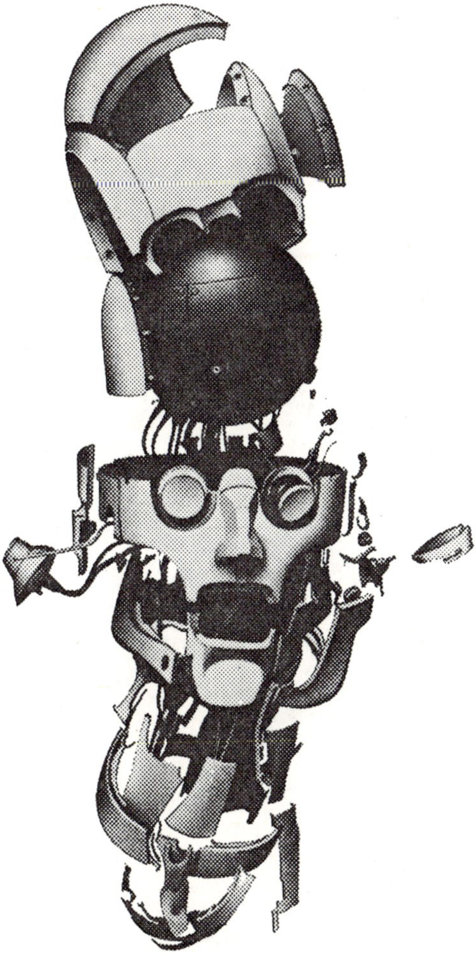

»Könnte das auch beabsichtigt gewesen sein?« fragte Robertson zögernd. »Ich meine, falls wir nicht Kenntnis davon erhalten sollten und dieser Meteor dazu diente...«

Bogert warf ihm einen vernichtenden Blick zu, und Robertson brach mitten im Satz ab.

»Wir sind noch nicht ganz am Ende«, sagte Bogert. »Andere Janes werden uns irgendwie helfen. Außerdem können wir auch anderen Robotern weibliche Stimmen geben, wenn damit die Öffentlichkeit besänftigt werden kann – wobei ich mich nach wie vor frage, wie die Frauen darauf reagieren werden. Wenn wir doch nur wüßten, was Jane-5 gesagt hat.«

»Madarian hat bei seinem letzten Anruf doch behauptet, daß es einen Zeugen gibt.«

»Ich weiß«, sagte Bogert. »Daran habe ich auch schon gedacht. Denken Sie denn, ich habe keinen Kontakt mit Flagstaff aufgenommen? Niemand hat Jane etwas Außergewöhnliches sagen hören oder wie die Antwort auf das Problem des bewohnbaren Planeten geklungen haben könnte. Gerade in Flagstaff hätte jeder die Antwort als solche erkannt.«

»Halten Sie es für möglich, daß Madarian gelogen hat? Oder daß er den Verstand verloren hat? Wollte er vielleicht aus Selbstschutz...«

»Um seinen Ruf zu retten? Nie im Leben! Dann können Sie ja gleich auch noch den Verdacht äußern, Madarian habe den Meteorit auf das Flugzeug prallen lassen.«

»Aber was machen wir denn dann?«

»Nach Flagstaff fahren«, sagte Bogert und stöhnte. »Die Antwort muß dort sein. Weiterbohren heißt die Parole. Ich fahre persönlich hin und nehme zwei Leute von Madarians Abteilung mit. Wir müssen dieses Flagstaff vom Keller bis zum Dach durchstöbern.«

»Schon, aber wenn es tatsächlich einen Zeugen gibt und dieser das Ergebnis gehört hat, was nützt uns das, wenn wir keine Jane-5 mehr haben, die uns erklärt, wie sie dazu gekommen ist?«

»Jedes kleine Detail ist wichtig. Jane hat die Sterne genannt; wahrscheinlich ihre Koordinaten. Falls sich jemand an diese Zahlen erinnern kann oder sie zumindest so deutlich gehört hat, daß man sie mit Hilfe einer Psychosonde aus seinem Gedächtnis extrahieren kann, dann haben wir wenigstens schon etwas auf der Hand. Aufgrund des Endergebnisses und der Daten, die Jane eingefüttert worden sind, läßt sich vielleicht rekonstruieren, welche Korrelationen vorgenommen worden sind. Wenn uns das gelingen sollte, sind wir gerettet.«

Nach drei Tagen war Bogert wieder zurück. Er war wortkarg und deprimiert.

Als ihn Robertson ungeduldig nach dem Resultat fragte, schüttelte er den Kopf.

»Nichts.«

»Nichts?«

»Absolut nichts. Ich habe jeden einzelnen Mann in Flagstaff verhört – jeden Wissenschaftler, jeden Techniker, jeden Assistenten, der etwas mit Jane zu tun hatte. Jeden, der sie auch nur zu Gesicht bekommen hat. Die Anzahl war nicht groß. Madarian war vorsichtig, das muß man ihm lassen. Er hat nur diejenigen zugelassen, die Jane planetologisches Wissen vermitteln konnten. Insgesamt dreiundzwanzig Leute haben Jane gesehen, und nur zwölf von diesen dreiundzwanzig hatten Gespräche mit Jane, die über das Belanglose hinausgingen.

Ich bin alles, was Jane je gesagt hat, x-mal durchgegangen. Die Leute haben sich erstaunlich gut an alles erinnert. Alles Männer, die an einem Problem arbeiten, das ihr ganzes Fachwissen in Anspruch nimmt, und daher größtes Interesse daran haben, sich zu erinnern. Dazu kommt, daß sie samt und sonders noch keinen sprechenden Robot kennengelernt hatten, schon gar nicht einen, der die Stimme einer Fernsehansagerin besaß. Sie werden Jane nie vergessen.«

»Vielleicht mit Hilfe von Psychosonden . . .«, meinte Robertson.

»Wenn auch nur einer von ihnen den vagen Verdacht hegen würde, daß in seinem Gedächtnis etwas schlummert, würde ich ihm mit allen zur Verfügung stehenden Mitteln das Einverständnis dafür abverlangen. Aber nichts deutet darauf hin, und zwölf Männer, die ihren Lebensunterhalt mit dem Kopf verdienen, dieser Prozedur zu unterziehen, wäre ein Unding. Ehrlich, es käme nichts dabei heraus. Falls Jane drei Sternsysteme erwähnt und behauptet haben würde, daß sie bewohnbare Planeten besitzen, wären in den Köpfen dieser Männer Raketen losgegangen. Nicht einer von ihnen hätte eine derartige Information verdrängt, geschweige denn vergessen.«

»Dann lügt vielleicht einer«, sagte Robertson. »Vielleicht will er die Information zu eigenen Zwecken benutzen, um sich später damit Ruhm und Ehre einzuhandeln.«

»Was würde ihm das nützen?« fragte Bogert. »Ganz Flagstaff weiß, warum Madarian und Jane dort waren, und warum ich dort war, weiß auch jeder. Wenn irgendwann in der Zukunft jemand in Flagstaff mit einer absolut neuen und anderen Theorie über das Problem der bewohnbaren Planeten daherkommt, weiß sofort jeder in Flagstaff und jeder Angestellte unserer Firma, daß sie gestohlen ist. Damit würde derjenige nie durchkommen.«

»Dann muß sich Madarian getäuscht haben.«

»Das kann ich mir mit dem besten Willen nicht vorstellen. Madarian war zwar ein Mensch, der einen bis aufs Blut reizen und zum Wahnsinn treiben konnte – Robotpsychologen sind überhaupt ganz spezielle Typen, was wohl auch der Grund sein muß, warum sie lieber mit Robotern zusammenarbeiten als mit Menschen –, aber ein Dummkopf war er nicht. In einer Angelegenheit wie dieser kann sich Madarian nicht getäuscht haben.«

»Demnach ...« Aber Robertson wußte keinen Rat mehr. Sie waren an einem Punkt angelangt, wo es einfach nichts mehr zu sagen gab, daher starrten sie sich gegenseitig düster an.

»Schließlich faßte sich Robertson ein Herz. »Peter ...«, sagte er.

»Ja?«

»Fragen wir Susan.«

Bogert zuckte zusammen. »Was?«

»Fragen wir Susan. Rufen wir sie an und bitten sie, in die Firma zu kommen.«

»Warum denn? Was soll sie denn unternehmen?«

»Das weiß ich auch nicht. Aber sie ist auch Robotpsychologe und versteht Madarian vielleicht besser als wir. Außerdem hat sie ... verflixt, sie war schon immer klüger als wir alle zusammen.«

»Sie ist fast achtzig.«

»Und Sie siebzig. Na und?«

Bogert seufzte und fragte sich, ob sich die scharfe Zunge der Frau in den Jahren der Pensionierung etwas abgeschliffen hatte.

»Okay«, sagte er schließlich. »Ich rufe sie an.«

Bevor sich ihr Blick auf den Chef der Forschungsabteilung richtete, sah sich Susan Calvin in Bogerts Büro um. Seit sie die Firma verlassen hatte, war sie sichtlich gealtert. Ihr Haar war schneeweiß, ihr Gesicht zusammengefallen. Sie war so zerbrechlich geworden, daß sie fast durchsichtig wirkte. Lediglich die Augen mit dem stechenden, unnachgiebigen Blick hatten sich nicht verändert.

Bogert ging Susan freundlich entgegen und streckte die Hand aus. »Susan!«

Susan schüttelte Bogert die Hand. »Für einen alten Mann sehen Sie recht gut aus, Peter«, sagte sie. »Wenn ich Sie wäre, würde ich nicht bis zum nächsten Jahr warten. Begeben Sie sich in den Ruhestand, und lassen Sie die jungen Männer ans Steuer ... Und Madarian ist also tot. Wollen Sie mir vielleicht vorschlagen, meinen alten Posten wieder zu beziehen? Sind Sie fest entschlossen, die Ehemaligen bis zum Scheintod ...«

»Nein, nein, Susan. Ich habe Sie nur gebeten, in die Firma zu kommen ...« Er brach ab.

Bogert hatte keine Ahnung, wie er es angehen sollte.

Aber Susan erriet seine Gedanken mit einer Leichtigkeit wie eh und je. Mit einer Vorsicht, die von steifen Gelenken herrührte, setzte sie sich.

»Peter«, sagte sie. »Sie haben mich zu sich gebeten, weil Sie bis zum Hals in Schwierigkeiten stecken. Unter normalen Umständen wünschen Sie mir nämlich lieber den Tod, als mich in Ihrer Nähe zu haben.«

»Ich bitte Sie, Susan ...«

»Verschwenden wir keine Zeit mit Süßholzraspeleien. Als ich vierzig war, hatte ich schon keine Zeit zu verschwenden und jetzt erst recht nicht. Madarians Tod und Ihr Anruf sind ungewöhnlich, also muß zwischen beidem ein Zusammenhang bestehen. Zwei ungewöhnliche Ereignisse ohne Zusammenhang sind zu wenig wahrscheinlich, um sich darüber Gedanken zu machen. Beginnen Sie mit dem Anfang und scheuen Sie nicht davor zurück, möglicherweise zugeben zu müssen, daß Sie ein Narr sind. Das ist mir seit langem klar.«

Bogert verzog das Gesicht zu einem säuerlichen Grinsen, räusperte sich und begann. Susan Calvin hörte aufmerksam zu und hob nur ab und zu die faltige Hand, um eine Zwischenfrage stellen zu können.

»Weibliche Intuition?« wiederholte sie an einem bestimmten Punkt. »Dafür wollten Sie den Robot? Ihr Männer! Einer Frau gegenübergestellt, die zu einer korrekten Schlußfolgerung kommt, und unfähig, die Tatsache anzuerkennen, daß diese ihnen gleichgestellt oder in ihrer Intelligenz sogar überlegen ist, erfinden Sie etwas, was Sie ›weibliche Intuition‹ nennen.«

»Schon, Susan, aber lassen Sie mich fortfahren.«

Er tat es.

Als Susan von der einschmeichelnden Stimme Janes hörte, unterbrach sie Bogert erneut.

»Manchmal«, sagte sie, »wird einem die Wahl wirklich schwergemacht. Man kann sich nicht entscheiden, ob man das männliche Geschleckt ekelerregend finden oder es lediglich als verachtenswert abtun soll.«

»Wenn ich vielleicht fortfahren dürfte...«, sagte Bogert.

Schließlich war er mit seinem Bericht am Ende.

»Könnte ich dieses Büro ein oder zwei Stunden lang für mich allein haben?« fragte Susan Calvin.

»Ja, aber...«

»Ich möchte die einzelnen Aufzeichnungen in Ruhe durchgehen – Janes Programmierung, die Anrufe Madarians, Ihre Verhöre in Flagstaff und so weiter. Ich nehme an, daß ich mich Ihres hübschen neuen Laserphons und Ihrer Computeranlage bedienen darf.«

»Aber selbstverständlich.«

»Gut, dann machen Sie, daß Sie hier rauskommen, Peter.«

Nicht einmal ganze fünfundvierzig Minuten waren verstrichen, als Susan Calvin zur Tür geschlurft kam, sie öffnete und nach Bogert rief.

Als er kam, hatte er Robertson im Schlepptau. Sie gingen ins Büro.

»Hallo, Scott«, begrüßte Susan das Vorstandsmitglied wenig begeistert.

Bogert versuchte verzweifelt, das Ergebnis von Susans Gesicht abzulesen, aber es war lediglich das Gesicht einer strengen, alten Dame, die nicht beabsichtigte, es ihm leichtzumachen.

»Glauben Sie, daß Sie etwas unternehmen können, Susan?« fragte Bogert vorsichtig.

»Über das hinaus, was ich bereits unternommen habe? Nein, mehr kann man nicht tun.«

Bogert setzte eine Trauermiene auf.

»Und was haben Sie bereits unternommen, Susan?« fragte Robertson.

»Ich habe nachgedacht, das heißt, etwas getan, wozu die anderen offensichtlich nicht zu bewegen sind. Ich habe vor allem über Madarian nachgedacht. Ich kannte ihn, wie Sie wissen. Er war hochintelligent, aber scheußlich extrovertiert. Nach meiner Zeit hier haben Sie ihn sicher gemocht, Peter, oder täusche ich mich?«

»Es war eine gewisse Veränderung«, konnte Bogert nicht widerstehen zu sagen.

»Und mit jedem Resultat ist er sofort immer zu Ihnen gelaufen gekommen, habe ich recht?«

»Ja.«

»Sein letzter Bericht jedoch kam aus dem Flugzeug. Er teilte Ihnen mit, daß Jane die Antwort ausgespuckt habe. Warum hat er mit dieser Nachricht so lange gewartet? Warum hat er Sie nicht von Flagstaff aus angerufen, sofort nachdem Jane das Ergebnis bekanntgegeben hatte?«

»Ich nehme an«, sagte Peter Bogert, »weil er ausnahmsweise einmal nicht voreilig sein und sich erst vergewissern wollte – ach, ich weiß es auch nicht. Vielleicht wollte er warten, eben weil die Sache so wichtig für ihn war, bis er sich selbst von deren Richtigkeit überzeugt hatte.«

»Im Gegenteil. Je wichtiger ihm die Sache war, desto weniger hätte er gewartet – das steht fest. Und wenn es ihm schon gelungen sein soll, zu warten, warum hat er dann nicht gewartet, bis er zurück war und das Ergebnis mit all den Computeranlagen, die ihm hier zur Verfügung standen, überprüft hatte? Er hat also einerseits zu lange gewartet und andererseits nicht lange genug.«

»Demnach glauben Sie«, schaltete sich Robertson ein, »daß er irgendeinen Schwindel...«

Susan verzog angeekelt den Mund. »Scott, versuchen Sie nicht, mit albernen Bemerkungen Peter Konkurrenz zu machen. Lassen Sie mich fortfahren... Punkt Nummer zwei ist der Zeuge. Gemäß der Aufzeichnung seines letzten Anrufs sagt Madarian: ›Der arme Kerl ist vielleicht erschrocken, als Jane plötzlich die Antwort mit dieser herrlichen Stimme heruntergerattert...‹ Das waren seine letzten Worte. Es erhebt sich nun die Frage, warum der Zeuge erschrocken ist. Madarian hatte berichtet, daß in Flagstaff jeder von dieser Stimme höchst angetan war. Die Männer, die mit Jane in Berührung gekommen sind, waren zehn Tage lang mit ihr zusammen. Warum soll einer von ihnen erschrocken sein, weil sie plötzlich sprach?«

»Ich nehme an, vor Erstaunen, daß Jane die Antwort auf ein Problem gab«, sagte Bogert, »das die Planetologen seit fast einem Jahrhundert beschäftigt.«

»Aber sie haben doch alle sehnsüchtig darauf gewartet, daß Jane diese Antwort geben würde. Außerdem muß man die Worte dieses letzten Satzes richtig interpretieren. Madarian sagt ausdrücklich, daß der Mann *erschrocken* ist. Von erstaunt sein ist nicht die Rede. Zwischen Erschrecken und Erstauntsein ist ein großer Unterschied. Dazu kommt, daß die Reaktion des Zeugen einsetzte, als Jane plötzlich – das heißt, als sie anfing, das Ergebnis auszuspucken. Wenn der Zeuge über den Inhalt von Janes Aussage erstaunt beziehungsweise erschrocken gewesen wäre, hätte er erst eine Weile zugehört haben müssen, um so reagieren zu können. Madarian hätte in dem Fall gesagt, daß der Zeuge erschrocken ist, *nachdem* er Jane das und das hatte sagen hören. Es müßte infolgedessen *nachdem* und nicht *als* heißen, und das Wort *plötzlich* dürfte in dem Satz nicht vorkommen.«

»Ich glaube kaum, daß man im vorliegenden Fall mit Wortklaubereien argumentieren kann«, sagte Bogert.

»Das kann ich sehr wohl«, sagte Susan Calvin mit frostiger Stimme. »Und zwar deshalb, weil ich Robotpsychologin bin. Kommen wir wieder zum Thema: Wir müssen nun zwei Anomalitäten zu erklären versuchen. Einmal den seltsamen Aufschub vor Madarians Anruf und zum anderen die seltsame Reaktion des Zeugen.«

»Können Sie diese ›Anomalitäten‹, wie Sie sich ausdrücken, erklären?« fragte Robertson.

»Allerdings«, antwortet Susan Calvin. »Ich kann schließlich logisch denken. Madarian hat sofort angerufen und die Nachricht durchgegeben. Wenn Jane das Problem in Flagstaff gelöst haben würde, hätte er von dort aus angerufen. Da Madarian jedoch vom Flugzeug aus angerufen hat, muß Jane das Problem gelöst haben, nachdem Madarian und sie Flagstaff verlassen hatten.«

»Aber dann . . .«

»Unterbrechen Sie mich nicht, ich bin noch nicht fertig. Wurde Madarian nicht in einem schweren Bodenfahrzeug mit geschlossenem Laderaum vom Flughafen nach Flagstaff gebracht? Und Jane befand sich in der Kiste?«

»Richtig.«

»Dann ist anzunehmen, daß Jane und Madarian in demselben Bodenfahrzeug von Flagstaff zum Flughafen gebracht worden sind. Gehe ich richtig in dieser Annahme?«

»Ja.«

»Madarian und der Robot waren nicht allein in dem Fahrzeug. In einem seiner Anrufe sagt Madarian: Nachdem *man uns* vom Flughafen zum Verwaltungsgebäude von Flagstaff *gefahren hatte*. Ich irre mich wohl kaum, wenn ich daraus schließe, daß ein Chauffeur hinter dem Steuer des Bodenfahrzeugs saß, ein menschlicher Chauffeur.«

»Ach du meine Güte!« rief Bogert.

»Ja, Peter, das ist eben Ihr großes Handicap. Wenn Sie an einen Zeugen für eine planetologische Aussage denken, dann denken Sie automatisch an einen Planetologen. Sie teilen die Menschen in Kategorien ein, wobei Sie die meisten ablehnen und links liegenlassen. Ein Robot kann das nicht tun. Die Erste Grundregel besagt, daß ein Robot kein menschliches Wesen verletzen darf oder durch Untätigkeit gestatten, daß einem Menschen Schaden zugefügt wird. *Jedem* menschlichen Wesen. Ein Robot macht keine Unterschiede. Für einen Robot sind alle Menschen gleich, und für einen Robotpsychologen, der sich zwangsläufig mit Menschen abgeben muß, die auf der Stufe von Robotern stehen, sind alle Menschen ebenfalls gleich.

Madarian wäre niemals auf die Idee gekommen, zu betonen, daß ein *Chauffeur* Zeuge von Janes Aussage gewesen ist. Für Sie, Peter, ist ein Chauffeur, ein Lastwagenfahrer, lediglich ein lebendes Zubehör zu einem Fahrzeug, aber für Madarian war er ein Mensch und ein Zeuge. Nichts mehr und weniger.«

Bogert schüttele ungläubig den Kopf. »Sind Sie denn sicher, daß er der Zeuge ist?« fragte er.

»Natürlich bin ich sicher. Wie können Sie sich sonst den anderen Punkt erklären, ich meine Madarians Bemerkung, der Zeuge sei erschrocken? In den Aufzeichnungen steht klipp und klar, daß sich Madarian gesträubt hat, einen intuitiven Robot zu deaktivieren. Jane war in eine Kiste verpackt, aber sie war nicht deaktiviert. Jane-5 war, wie alle vorhergegangenen Janes, wenig gesprächig.

Wahrscheinlich ist Madarian deshalb nicht auf den Gedanken gekommen, ihr in der Kiste das Sprechen zu verbieten; und gerade als sich Jane in der Kiste befand, stand die Lösung des Problems plötzlich fest. Natürlich sprudelte Jane es heraus. Aus der Kiste kam plötzlich eine herrliche Stimme. Wenn Sie der Fahrer gewesen wären, Peter, wie hätten Sie reagiert? Sie wären unter Garantie erschrocken. Für mich ist es ein Wunder, daß er das Fahrzeug nicht gegen den nächsten Baum gesteuert hat.«

»Aber wenn der Lastwagenfahrer der Zeuge ist, warum hat er sich dann nicht gemeldet?«

»Warum nicht? Woher soll er denn wissen können, daß sich in dem Moment etwas Entscheidendes ereignet hat und das, was er gehört hat, von höchster Wichtigkeit ist? Außerdem, können Sie sich nicht vorstellen, daß Madarian ihm ein ordentliches Trinkgeld gegeben und ihn gebeten hat, den Mund zu halten? Wäre es Ihnen angenehm gewesen, wenn der Fahrer Gott und der Welt erzählt hätte, daß ein aktivierter Robot durch die Straßen transportiert wird?«

»Wird sich der Mann denn daran erinnern, was Jane gesagt hat?« fragte Bogert, der die letzte Bemerkung Susan Calvins geflissentlich überhört hatte.

»Warum soll sich der Mann nicht daran erinnern? Sie scheinen der Meinung zu sein, Peter, daß ein Lastwagenfahrer, der in Ihren Augen gerade eine knappe Stufe über den Affen steht, kein Erinnerungsvermögen besitzt. Aber auch Lastwagenfahrer können ein Hirn haben. Das, was Jane gesagt hat, war äußerst bemerkenswert, und der Fahrer erinnert sich bestimmt daran. Selbst wenn er ein paar Buchstaben und Ziffern verdreht, kann uns das wenig kränken. Wir wissen, wo wir zu suchen haben, nämlich in einer begrenzten Anzahl von Sternen, die im Umkreis von achtzig Lichtjahren zur Erde stehen. Es sind an die fünfhundertfünfzig – die genaue Zahl habe ich nicht nachgeschlagen. Außerdem können Sie notfalls eine Psychosonde . . .«

Die beiden Männer sahen Susan Calvin fassungslos an.

»Trotzdem«, sagte schließlich Bogert, der einfach Angst hatte, es zu glauben. »Wie können Sie denn so sicher sein?«

Einen Moment lang war Susan Calvin versucht zu sagen, warum sie so sicher war.

Weil ich mit Flagstaff telefoniert habe, du Idiot, hätte sie am liebsten geantwortet. Weil ich mit dem Lastwagenfahrer gesprochen und er mir berichtet hat, was er gehört hat, weil ich über den Computer in Flagstaff die Namen der einzigen drei Sterne erfahren habe, auf die Janes Information zutrifft, und weil ich diese drei Namen in der Tasche habe.

Aber sie tat es nicht. Sollte er sich doch selbst die Mühe machen. Sie stand langsam und vorsichtig auf.

»Wieso ich mir so sicher bin?« fragte sie spöttisch. »Nennen Sie es weibliche Intuition.«

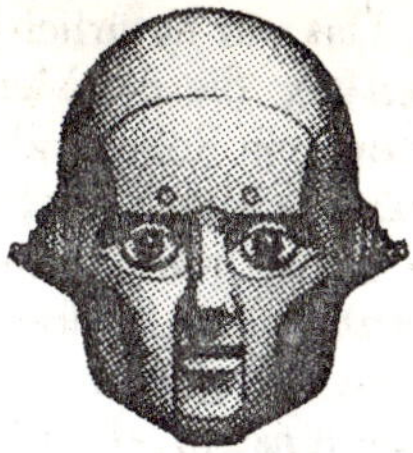

DER ZWEIHUNDERTJÄHRIGE

»Vielen Dank«, sagte Andrew Martin und setzte sich auf den Platz, der ihm angeboten worden war. Er sah nicht so aus, als wäre dies seine letzte Zuflucht – aber sie war es.

Man sah ihm überhaupt nichts an. Von der Traurigkeit abgesehen, die man in seinem Blick vermutete, war sein Gesicht völlig ausdruckslos. Seine Haare waren glatt, hellbraun und fein. Er war frisch rasiert. Seine Kleider waren altmodisch, aber gepflegt. Er schien eine Vorliebe für Dunkelrot zu haben.

Der Chirurg saß hinter dem Schreibtisch. Auf dem Namensschild stand eine ganze Reihe von Buchstaben und Ziffern, aber das kümmerte Andrew wenig. Ihn Doktor zu nennen, fand er ausreichend.

»Wann können Sie operieren, Doktor?« fragte er.

»Das hängt davon ab, Sir«, sagte der Chirurg in dem leicht respektvollem Ton, der für Roboter typisch ist, wenn sie mit Menschen sprechen, »wer und wie operiert werden soll.«

Der Robot, in leicht gelblichem Edelstahl, sah Andrew ausdruckslos an.

Andrew Martin betrachtete die rechte Hand, die Schneidehand des Robots, die ruhig auf dem Schreibtisch lag. Die Finger waren lang und an den Spitzen zu Metallschlingen gebogen. Man konnte sich gut vorstellen, wie sanft sich das Skalpell in diese Schlinge fügte und für die Zeit der Operation zu einem Teil dieser Hand wurde.

Kein Zögern während der Arbeit, kein Zittern, kein falscher

Schnitt, nicht ein Fehler. Das war natürlich eine Folge der Spezialisierung, einer Spezialisierung, die der Mensch so zielstrebig verfolgt hatte, daß kaum noch ein Robot individuell behirnt wurde. Bei einem Chirurgen jedoch mußte es der Fall sein. Und dieser spezielle Chirurg war trotz seiner individuellen Behirnung in seinen Fähigkeiten derart begrenzt, daß er Andrew nicht erkannte. Wahrscheinlich hatte er nie von ihm gehört.

»Haben Sie sich je gewünscht, ein Mensch zu sein?« fragte Andrew.

Der Chirurg zögerte, als passe die Frage nicht in seine positronischen Denkbahnen.

»Aber ich bin doch ein Robot, Sir«, antwortete er schließlich.

»Wäre es besser, ein Mensch zu sein?«

»Es wäre besser, Sir, ein besserer Chirurg zu sein. Als Mensch könnte ich das nicht sein, Sir, aber als höher entwickelter Robot könnte ich es sein. Ich wäre lieber ein höher entwickelter Robot, Sir.«

»Es kränkt Sie nicht, daß ich Sie herumkommandieren kann? Daß ich Sie nach links und rechts dirigieren kann, wenn es mir beliebt?«

»Es ist mir eine Freude, Sir, Ihnen gefällig zu sein. Falls mich Ihre Befehle daran hindert würden, Ihnen oder anderen gegenüber respektvoll zu funktionieren, würde ich Ihre Befehle nicht ausführen. Das Erste Gesetz, das meine Pflicht anspricht, die Sicherheit des Menschen zu bewahren, würde den Vorrang vor dem Zweiten haben, das mir Gehorsam abverlangt. Sonst ist mir Gehorchen eine Freude . . . Aber an wem soll diese Operation durchgeführt werden?«

»An mir«, sagte Andrew.

»Das ist unmöglich. Es ist eine zerstörende Operation.«

»Das tut nichts zur Sache«, sagte Andrew ruhig.

»Ich darf keinen Schaden zufügen.«

»Einem Menschen nicht«, sagte Andrew. »Aber ich bin kein Mensch. Ich bin ebenfalls ein Robot.«

2

Andrew hatte anfangs, direkt nach seiner Herstellung, sehr viel mehr wie ein Robot ausgesehen. Er hatte wie ein typischer Robot ausgesehen, glatt und funktionell.

In der Familie, in die man ihn gesteckt hatte – damals, als Roboter im Haushalt, ja auf dem ganzen Planeten noch eine Seltenheit waren –, war er gut zurechtgekommen.

Zu viert waren sie gewesen: Sir und Madam und Miss und Little Miss. Er hatte natürlich ihre Namen gekannt, sie aber nie benutzt. Sir war Gerald Martin.

Seine persönliche Seriennummer war NDR gewesen, die Zahlen hatte er vergessen. Es war natürlich alles ewig lange her, aber wenn er sich hätte erinnern wollen, hätte er die Zahlen nicht vergessen können. Er hatte sich aber nicht erinnern wollen.

Little Miss hatte ihn als erste Andrew genannt, weil sie sich seine Serienbezeichnung nicht hatte merken können. Die anderen hatten den Namen dann übernommen.

Little Miss – neunzig Jahre war sie alt geworden und war längst schon tot. Er hatte sie einmal mit Madam angesprochen, was sie ihm sofort verboten hatte. Sie hatte nicht Madam genannt werden wollen und war bis zu ihrem letzten Tag Little Miss geblieben.

Andrew hatte die Pflichten eines Butlers zu erledigen. Und die eines Dienstmädchens. Es waren seine Lehrjahre gewesen.

Die Martins mochten ihn, und die Hälfte der Zeit wurde er von der Arbeit abgehalten, weil Miss und Little Miss mit ihm spielen wollten.

Miss war es gewesen, die schneller begriffen hatte, wie man das machen mußte.

»Wir befehlen dir, mit uns zu spielen«, sagte sie. »Du mußt unseren Befehlen gehorchen.«

»Verzeihung, Miss«, antwortete Andrew. »Ein bereits von Sir ausgesprochener Befehl hat den Vorrang.«

»Daddy hat lediglich gesagt«, entgegnete Miss, »daß er *hofft*, du würdest dich um das Saubermachen kümmern. Das ist kein echter Befehl. Ich aber *befehle* dir, mit uns zu spielen.«

Sir hatte nichts dagegen: Er liebte Miss und Little Miss noch mehr, als Madam es tat, und Andrew mochte die beiden ebenfalls sehr gern. Zumindest hätte man es unter Menschen so ausgedrückt.

Der Anhänger, den Andrew damals aus Holz geschnitzt hatte, war für Little Miss. Sie hatte ihm befohlen, es zu tun. Miss hatte zu ihrem Geburtstag einen Anhänger aus einem elfenbeinähnlichen Material bekommen, und Little Miss war unglücklich gewesen. Sie hatte lediglich ein Stück Holz besessen, und das hatte sie Andrew zusammen mit einem Küchenmesser gegeben.

Andrew hatte den Befehl schnellstens ausgeführt.

»Der Anhänger ist schön, Andrew«, sagte Little Miss. »Ich zeige ihn Daddy.«

Sir hatte es einfach nicht glauben wollen. »Wo hast du den Anhänger her, Mandy?« fragte er.

Er nannte Little Miss immer Mandy.

Als Little Miss ihm versicherte, daß es wahr sei, hatte er sich an Andrew gewandt.

»Haben wirklich Sie den Anhänger geschnitzt, Andrew?« fragte er in seiner stets etwas förmlichen Art.

»Ja, Sir.«

»Auch der Entwurf stammt von Ihnen?«

»Ja, Sir.«

»Was hat Sie dazu inspiriert?«

»Die Maserung des Holzes, Sir. Sie verlangte nach dieser geometrischen Form.«

Am Tag darauf bekam Andrew von Sir ein größeres Stück Holz und dazu ein Vibromesser.

»Machen Sie etwas daraus, Andrew«, sagte er. »Was Sie wollen.«

Andrew führte den Befehl aus, und Sir sah dabei zu. Als der Gegenstand fertig war, sah Sir ihn sich lange an. Von da an hatte Andrew nicht mehr im Haushalt arbeiten müssen. Er bekam Bücher über alte Möbel zu lesen und lernte, wie man schöne Schränke und Kommoden herstellte.

»Das sind erstaunliche Produkte«, sagte Sir.

»Es macht mir Spaß, sie herzustellen«, erwiderte Andrew.

»Spaß?«

»Es bewirkt, daß meine Gehirnströme leichter fließen. Ich habe Sie das Wort Spaß gebrauchen hören, und es paßt zu dem, was ich empfinde. Es macht mir Spaß, Sir.«

3

Gerald Martin hatte Andrew in die regionale Geschäftsstelle der United States Robots and Mechanical Men Corporation mitgenommen. Als Abgeordneter hatte er keinerlei Schwierigkeiten gehabt, einen Termin beim Chefrobotpsychologen zu bekommen, hatte er doch aufgrund seines Postens zu den wenigen Leuten gehört, die sich damals einen Robot hatten halten dürfen.

Andrew hatte von alldem noch nichts verstanden, aber in späteren Jahren, mit wachsendem Wissen, hatte er diese frühe Szene im richtigen Licht gesehen.

Der Robotpsychologe, ein gewisser Merton Mansky, hatte aufmerksam zugehört. Die Falte in seiner Stirn war immer tiefer geworden, und er hatte sich nur mit Mühe davon abhalten können, mit den Fingern auf der Schreibtischplatte zu trommeln.

»Die Robotik«, hatte er schließlich gesagt, »ist keine exakte Kunst, Mr. Martin. Ich kann jetzt nicht ins Detail gehen, aber die Mathematik, die dem Bau eines Positronengehirns zugrunde liegt, ist viel zu kompliziert, um mit einem feststehenden Ergebnis rechnen zu können. Es ist immer nur annähernd. Nachdem alles unter Berücksichtigung der Drei Gesetze geschieht, sind diese unbestreitbar. Wir werden Ihren Robot selbstverständlich umtauschen und ...«

»Aber ich bitte Sie!« hatte Sir den Robotpsychologen unterbrochen. »Er funktioniert einwandfrei. Er führt seine Pflichten perfekt aus. Das Wesentliche ist, daß er außerdem feinste Holzschnitzereien liefert und nie zwei Stücke gleich macht. Er produziert Kunstwerke.«

Mansky hatte verwirrt ausgesehen. »Merkwürdig«, hatte er gesagt. »Wir versuchen heutzutage natürlich, das Gehirn nicht zu engstirnig zu gestalten, aber – Sie glauben allen Ernstes, daß er wirklich kreativ ist?«

»Sehen Sie selbst.«

Sir hatte das Relief zum Vorschein gebracht, auf dem spielende Kinder vor einem bewaldeten Hintergrund zu sehen waren, so fein mit der Maserung des Holzes verquickt, daß auch dieses geschnitzt aussah.

»*Das* hat er hergestellt?« hatte der Robotpsychologe gefragt und den Kopf geschüttelt. »Ein Zufallstreffer.«

»Und nicht reproduzierbar?«

»Kaum. So etwas habe ich noch nie gehört.«

»Freut mich. Daß Andrew der einzige ist, soll mir mehr als recht sein.«

»Ich nehme an, daß die Firma den Robot zu Beobachtungszwecken zurückverlangen wird.«

»Kommt nicht in Frage«, hatte Sir gesagt. »Aber wirklich nicht.« Er hatte sich an Andrew gewandt. »Kommen Sie, wir gehen auf der Stelle nach Hause.«

»Wie Sie wünschen, Sir«, hatte Andrew entgegnet.

4

Dann war die Zeit gekommen, in der Miss mit Jugendlichen ihres Alters ausgegangen und wenig zu Hause gewesen war. Und so hatte nur noch Little Miss Andrews Horizont ausgefüllt. Sie hatte nie vergessen, daß er für sie das erste Schnitzwerk angefertigt hatte, und es Tag und Nacht an einer Silberkette um den Hals getragen.

Und sie war es auch gewesen, die als erste etwas dagegen einzuwenden gehabt hatte, daß ihr Vater die Werke Andrews verschenkte.

»Wenn jemand etwas haben will, Dad«, hatte sie gesagt, »dann soll derjenige auch dafür bezahlen. Die Sachen sind ihr Geld wert.«

»Du bist doch sonst nicht so aufs Geld versessen, Mandy«, hatte Sir gesagt.

»Das Geld soll ja nicht für uns sein, sondern für den Künstler.«

Andrew hatte das Wort »Künstler« noch nie gehört und deshalb im Lexikon nachgeschlagen.

Und dann machten sie wieder einen Ausflug. Diesmal zu Sirs Anwalt.

»Was halten Sie davon, John?« fragte Sir.

Der Anwalt war ein gewisser John Feingold. Er hatte schlohweißes Haar und einen Kugelbauch, und die Ränder seiner Kontaktlinsen waren hellgrün eingefärbt.

Er betrachtete die kleine Plakette, die Sir ihm in die Hand gedrückt hatte. »Ein hübsches Stück«, sagte er. »Es hat sich schon herumgesprochen, Gerald, diese Schnitzerei stammt von deinem Robot.«

»Ja, von Andrew«, sagte Sir und blickte Andrew stolz an. »Stimmt's, Andrew?«

»Ja, Sir«, antwortete Andrew.

»Wieviel würdest du dafür bezahlen, John?«

»Kann ich nicht sagen. Ich sammle so etwas nicht.«

»Kannst du dir vorstellen, daß man mir zweihundertfünfzig Dollar dafür geboten hat? Andrew hat Stühle hergestellt, die ich für fünfhundert Dollar verkauft habe. Auf der Bank liegen bereits zweihunderttausend Dollar, alles Geld aus Andrews Produkten.«

»Mann, dein Robot macht dich reich, Gerald.«

»Halb reich, John. Die Hälfte ist auf ein Konto eingezahlt, das auf den Namen Andrew Martin angelegt wurde.«

»Auf einen Robot?«

»Richtig, und ich will von dir wissen, ob das auch legal ist.«

»Legal?« Der Stuhl knarrte, als Feingold sich zurücklehnte. »Ich kenne keinen Präzedenzfall, Gerald. Wie hat dein Robot denn die nötigen Papiere unterschrieben?«

»Er kann seinen Namen schreiben, und ich habe die Unterschrift zur Bank gebracht. Ihn selbst habe ich nicht mitgenommen. Müßte sonst noch etwas erledigt werden?«

»Tja . . .« Feingold überlegte. »Man könnte einen Treuhänder einsetzen, der die finanziellen Angelegenheiten des Robots regelt und damit als eine Art Isolierschicht zwischen ihm und der feindlichen Welt funktioniert. Darüber hinaus rate ich dir, gar nichts zu unternehmen. Falls jemand Anstoß daran nimmt, soll *er* dich anklagen.«

»Und wirst du den Fall dann übernehmen?«

»Für ein Pauschalhonorar – natürlich.«

»Und wie hoch wäre das?«

»An die zweihundertfünfzig Dollar.«

»Angemessen«, sagte Sir.

Feingold lachte und wandte sich an Andrew. »Freuen Sie sich, daß Sie eigenes Geld haben, Andrew?« fragte er.

»Ja, Sir.«

»Und was wollen Sie damit anfangen?«

»Dinge bezahlen, die sonst Sir bezahlen müßte. Sir spart damit Geld, Sir.«

5

Es hatten sich Gelegenheiten dazu ergeben. Reparaturen waren kostspielig gewesen, eine Inspektion hatte ein Vermögen gekostet. Mit den Jahren waren neue Modelle von Robotern produziert worden, und Sir hatte dafür gesorgt, daß Andrew jede Neuerung bekommen hatte, bis er ein Beispiel metallischer Vollkommenheit gewesen war. Und alles war von Andrew selbst finanziert worden.

Er hatte darauf bestanden.

Nur sein Positronengehirn war unberührt geblieben. Darauf hatte Sir bestanden.

»Die neuen sind längst nicht so gut wie Sie, Andrew«, hatte er gesagt. »Die neuen Roboter taugen nichts. Die Firma hat Methoden entwickelt, mit deren Hilfe man komplizierte Gehirne herstellen kann, aber sie haben keine Phantasie. Die damit ausgestatteten Roboter tun lediglich das, was ihre Aufgabe ist, aber nie etwas Eigenständiges. Sie gefallen mir besser.«

»Vielen Dank, Sir.«

»Und Sie sind der Anlaß, Andrew, vergessen Sie das nie. Ich bin sicher, daß Mansky alles unternommen hat, um den annähernden Ergebnissen, wie er sich ausgedrückt hat, den Garaus zu machen. Unvorhersehbare Eigenschaften, das mögen sie nicht, die Robotiker... Wissen Sie, wie oft man mich gebeten hat, Sie zu Beobachtungszwecken freizugeben? Neunmal! Jetzt ist er pensioniert, dieser Mansky, und wir haben endlich unsere Ruhe.«

Und allmählich war Sirs Haar grau und schütter geworden, und seine Wangen waren nach unten gerutscht, während Andrew immer besser ausgesehen hatte.

Madame hatte sich in eine Künstlerkolonie irgendwo in Europa abgesetzt, und Miss lebte als Dichterin in New York. Sie hatte manchmal geschrieben, aber nicht oft. Little Miss war inzwischen verheiratet und hatte in der Nachbarschaft gewohnt. Sie hatte Andrew in der Nähe haben wollen, und als Little Sir, ihr erstes Kind, zur Welt gekommen war, hatte Andrew die Flasche halten und den Säugling füttern dürfen.

Andrew hatte gefunden, daß Sir durch die Geburt des Enkels nicht mehr ganz so allein war, und hatte es deshalb gewagt, mit der Bitte an ihn heranzutreten.

»Sir«, hatte er das Gespräch begonnen, »es war immer sehr nett von Ihnen, mich mein Geld nach Wunsch ausgeben zu lassen.«

»Es war Ihr Geld, Andrew.«

»Nur weil... Sie so großzügig gewesen sind, Sir. Das Gesetz hätte bestimmt nichts gegen Sie unternommen, wenn Sie alles für sich behalten hätten.«

»Das wäre mehr als ungerecht gewesen.«

»Trotz all der Ausgaben und Steuern, Sir, sind mir knapp sechshunderttausend Dollar geblieben.«

»Ich weiß, Andrew.«

»Ich möchte das Geld Ihnen geben, Sir.«

»Ich würde es nie nehmen, Andrew.«

»Im Austausch gegen etwas, was Sie mir geben können, Sir.«

»Ach so. Und was wäre das, Andrew?«

»Meine Freiheit, Sir.«

»Ihre . . .«

»Ich möchte mich freikaufen, Sir.«

6

So einfach war das nicht gewesen.

Sir lief dunkelrot an. »Ach was!« sagte er, machte auf dem Absatz kehrt und ließ Andrew stehen.

Und wieder war es Little Miss, die ihn dazu überredete – sogar in Andrews Beisein, denn dreißig Jahre lang war alles vor Andrew besprochen worden, selbst Dinge, die ihn persönlich betrafen. Er war schließlich bloß ein Robot.

»Dad«, sagte sie, »warum faßt du das als persönliche Beleidigung auf? Er bleibt ja trotzdem hier. Er wird so treu wie eh und je bleiben. Er will sich lediglich frei nennen können. Ist das so schlimm? Hat er es denn nicht verdient? Du meine Güte, wir sprechen seit Jahren darüber.«

»So, seit Jahren sprecht ihr darüber?«

»Ja, und Andrew hat es immer wieder hinausgeschoben, weil er Angst hatte, er würde dich verletzen. *Ich* habe ihn gezwungen, endlich mit der Sprache herauszurücken.«

»Er weiß nicht, was Freiheit und Freisein bedeutet. Er ist ein Robot.«

»Dad, du kennst ihn nicht. Er hat die gesamte Bibliothek durchgeschmökert. Ich weiß nicht, welche Gefühle in ihm schlummern, aber welche Gefühle in dir schlummern, weiß ich auch nicht. Wenn man mit ihm redet, reagiert er auf die verschiedensten Abstraktionen wie du und ich, und was zählt denn sonst? Wenn die Reaktionen eines anderen so sind wie deine eigenen, was willst du denn dann noch mehr?«

»Das Gesetz wird anderer Meinung sein«, sagte Sir verärgert und wandte sich mit absichtlich verletzender Stimme an Andrew. »Jetzt hören Sie mir einmal zu, Sie! Ich kann Sie nur auf legalem Weg frei machen, und wenn die Sache offiziell eingereicht wird, dann wird man Ihnen die Freiheit, das heißt genaugenommen die Bürgerrechte, nicht nur verweigern, man wird auch von Ihrem Vermögen Kenntnis bekommen. Es heißt, daß ein Robot kein Recht hat, Geld zu verdienen. Ist dieses Hirngespinst es wert, daß Sie Ihr Vermögen verlieren?«

»Die Freiheit ist mehr wert als alles Geld dieser Erde, Sir«, hatte Andrew damals zu ihm gesagt. »Selbst die Chance, eventuell frei zu werden, ist mehr wert.«

7

Der Staatsanwalt, der den Fall verhandelte, hatte sich auf den bequemen Standpunkt gestellt, daß das Wort ›Freiheit‹ keine Bedeutung habe, wenn es auf einen Robot angewandt würde.

Er wiederholte diese Behauptung mehrmals an passender Stelle und unterstrich sie jeweils mit theatralischen Gesten.

Little Miss bat schließlich darum, an Andrews Stelle sprechen zu dürfen. Sie wurde mit ihrem vollen Namen aufgerufen, den Andrew bis dahin noch nie gehört hatte.

»Amanda Laura Martin Charney bitte in den Zeugenstand.«

»Vielen Dank, Euer Ehren«, sagte sie. »Ich bin kein Jurist und verwende vielleicht nicht die richtige Terminologie, ich darf Sie jedoch bitten, mir zuzuhören und ungeschickte Formulierungen zu ignorieren.

Versuchen wir zu begreifen, was frei sein für einen Robot bedeutet. In vielen Dingen ist Andrew bereits frei. Ich glaube, es ist über zwanzig Jahre her, seit Andrew in der Familie Martin ein Befehl erteilt wurde, der sich nicht erübrigt hätte, weil Andrew immer freiwillig und von sich aus gehandelt hat.

Wenn wir wollen, können wir ihm natürlich Befehle erteilen, und das sogar in autoritärem Ton, denn er ist eine Maschine, die uns gehört. Warum sollen wir das aber tun, wo er uns doch so lange und so treu gedient und so viel Geld verdient hat? Ihn frei zu machen, wäre ein reines Wortspiel, aber es bedeutet ihm eben so viel. Es würde ihm alles geben, was er sich wünscht, und uns nichts kosten.«

Der Richter mußte sichtlich ein Lächeln unterdrücken. »Ich verstehe Ihr Argument, Mrs. Chaney«, sagte er. »Einen Präzedenzfall gibt es nicht und ein bindendes Gesetz für einen Fall wie diesen ebenfalls nicht. Es gibt aber die unausgesprochene Annahme, daß nur ein Mensch Freiheit genießen kann. Ich muß hier einen Präzedenzfall schaffen, kann aber die unausgesprochene Annahme nicht einfach beiseite schieben. Lassen Sie mich mit dem Robot persönlich sprechen, Andrew!«

»Ja, Euer Ehren.«

Es war das erste Mal, daß Andrew vor einem Gericht sprach, und der Richter war über den menschlichen Klang seiner Stimme sichtlich erstaunt.

»Warum wollen Sie frei sein? Was ergibt sich daraus für Sie?«

»Wären Sie gerne ein Sklave, Euer Ehren?«

»Sie sind kein Sklave, Andrew. Sie sind ein voll zufriedenstellender Roboter, ein Genie von einem Roboter, wie man mir erklärt hat, der mit künstlerischen Talenten ausgestattet ist, die nicht zu überbieten sind. Was könnten Sie darüber hinaus bewerkstelligen, wenn Sie frei wären?«

»Vielleicht nicht mehr als im Moment, Euer Ehren, aber mit noch größerer Freude. Hier in diesem Gerichtssaal wurde gesagt, daß nur ein Mensch frei sein kann. Mir scheint jedoch, daß der frei sein kann, der sich Freiheit wünscht. Ich wünsche mir Freiheit.«

Und das war es, was den Richter letztlich überzeugte.

»Freiheit«, sagte er in seinem Schlußwort, »kann keinem Objekt abgesprochen oder verweigert werden, das geistig fortgeschritten genug ist, den Begriff zu verstehen und den Zustand wünschenswert zu finden.«

Der Oberste Gerichtshof hatte den Richterspruch später gebilligt.

8

Sir jedoch war ziemlich empört gewesen, und seine harte Stimme quälte Andrew fast so sehr, wie ein Kurzschluß es getan hätte.

»Ich will Ihr verdammtes Geld nicht, Andrew«, sagte er. »Ich nehme es bloß, weil Sie sich sonst nicht frei fühlen. Von jetzt an können Sie sich Ihre Aufgaben selbst aussuchen und sie nach Gutdünken ausführen. Ich gebe Ihnen keine Befehle mehr, außer diesen letzten – tun Sie, was Sie wollen. Die Verantwortung für Sie trage allerdings immer noch ich. Das Gericht hat es ausdrücklich betont. Ich hoffe, Sie verstehen das.«

»*Sei* doch nicht so zornig, Dad«, schaltete sich Little Miss ein. »Die Verantwortung ist wirklich keine Last für dich. Nichts wirst du diesbezüglich tun müssen. Die Drei Gesetze gelten nach wie vor.«

»Wie frei ist er dann eigentlich?«

»Sind menschliche Wesen nicht auch an ihre Gesetze gebunden, Sir?« fragte Andrew.

»Ich habe keine Lust, mich mit Ihnen herumzustreiten«, sagte Sir und verließ den Raum. Andrew hatte ihn danach nur noch ab und zu gesehen.

Little Miss hatte Andrew oft in dem kleinen Haus besucht, das extra für ihn gebaut worden war. Es hatte natürlich keine Küche und keine sanitären Anlagen. Es bestand lediglich aus zwei Räumen, einer Bibliothek und einer Kombination aus Büro, Materiallager und Werkstatt. Andrew hatte viele Aufträge angenommen und als freier Robot mehr gearbeitet als je zuvor, bis das Haus abbezahlt und im Grundbuch als sein Eigentum eingetragen gewesen war.

Eines Tages war Little Sir, nein, George, gekommen. Der Junge hatte nach dem Gerichtsbeschluß darauf bestanden, nicht mehr Little Sir genannt zu werden.

»Ein freier Robot«, hatte er betont, »sagt eben den Namen und nicht Sir. Ich nenne dich ja auch Andrew. Du mußt mich George nennen.«

Da die Bitte als Befehl formuliert gewesen war, hatte sich Andrew danach gerichtet. Little Miss allerdings war Little Miss geblieben.

An jenem Tag war George allein gekommen. Er hatte Andrew mitgeteilt, daß Sir im Sterben läge. Little Miss war bei ihm gewesen, und er hatte auch nach Andrew verlangt. Andrew war zu ihm geeilt.

Sirs Stimme war noch fest gewesen, aber er hatte sich kaum mehr bewegen können.

»Andrew«, hatte er gesagt, »Andrew, ich bin froh, daß Sie frei sind. Das wollte ich Ihnen nur noch sagen, bevor ich sterbe.«

Andrew hatte nicht gewußt, was er erwidern sollte. Er war noch nie bei einem Sterbenden gewesen, aber er hatte gewußt, daß es sich dabei um das menschliche Erlöschen der Funktion handelte.

Als Sir von ihnen gegangen war, hatte Little Miss eine Hand auf Andrews Arm gelegt.

»Er war gegen das Ende zu nicht mehr sehr nett zu dir, Andrew«, hatte sie gesagt. »Aber er war eben alt, und es hat ihn verletzt, daß du frei sein wolltest.«

Und da hatte Andrew die richtigen Worte gefunden. »Ohne ihn, Little Miss«, hatte er gesagt, »wäre ich *nie* frei geworden.«

Erst nach Sirs Tod hatte Andrew damit begonnen, Kleider zu tragen. Mit einer alten Hose, die ihm George gegeben hatte, hatte es angefangen.

George war inzwischen verheiratet und hatte in Feingolds Kanzlei als Anwalt gearbeitet. Der alte Feingold war längst tot, aber seine Tochter hatte die Kanzlei weitergeführt, die fortan unter dem Namen Feingold & Martin eingetragen war.

Als Andrew zum erstenmal eine Hose trug, hatte sich George ein Lächeln nur mit Mühe verkneifen können.

»Warum trägst du eigentlich eine Hose, Andrew?« fragte er. »Dein Körper ist auf eine so schöne Weise funktionell, daß es ein Jammer ist, ihn zu bedecken – noch dazu, wo Temperaturen und Keuschheit für dich unwesentliche Dinge sind.«

»Menschliche Körper sind auch auf schöne Weise funktionell, George«, entgegnete Andrew. »Trotzdem bedeckt ihr eure Körper.«

»Um sie vor Kälte und Schmutz zu schützen und auch aus Eitelkeit. Aber all das trifft ja für dich nicht zu.«

»Aber ich fühle mich nackt ohne Kleider, George. Ich habe das Gefühl, anders auszusehen.«

»Anders! Es gibt mittlerweile Millionen von Robotern auf der Erde. In dieser Gegend gibt es nach der letzten Statistik fast so viele Roboter wie Menschen.«

»Ich weiß, George. Sie erledigen heutzutage fast alles.«

»Und keiner von ihnen trägt Kleider.«

»Und keiner von ihnen ist frei.«

9

Nach und nach hatte Andrew seine Garderobe vergrößert, wobei ihn Georges Lächeln und das Starren derjenigen, welche ihn mit Aufträgen überhäuften, störte.

Er war zwar frei, hatte aber die Tatsache nicht aus der Welt schaffen können, daß ihm eine respektvolle Haltung dem Menschen gegenüber einprogrammiert war, und daher hatte er sich nur sehr langsam vorgewagt. Unverhohlene Mißbilligung hätte ihn für Monate zurückgeworfen.

Nicht jeder hatte Andrew als frei akzeptiert. Er war nicht in der Lage gewesen, den betreffenden Personen einen Vorwurf daraus zu machen, allerdings hatte ihm allein der Gedanke daran Schwierigkeiten bereitet.

Wenn er mit Little Miss' Besuch rechnete, unterließ er es immer tunlichst, Kleider anzuziehen. Sie war mittlerweile alt geworden und hatte die meiste Zeit in einem wärmeren Klima verbracht, wenn sie jedoch zu Besuch kam, suchte sie zuerst ihn auf.

»Jetzt hat sie mich endlich soweit, Andrew«, sagte George bei einem ihrer Kurzaufenthalte in New York. »Ich lasse mich für die Wahlen aufstellen, nächstes Jahr. Wie der Großvater, so der Enkel, hat sie gesagt.«

»Wie der Großvater . . .« Andrew sprach den Satz nicht zu Ende. Ein Gefühl der Unsicherheit hatte ihn befallen.

»Ja, wie der Großvater, der ja auch Abgeordneter gewesen ist.«

»Es wäre schön, George, wenn Sir noch . . .« Wieder brach er ab, denn den Ausdruck ›funktionsfähig‹ wollte er nicht gebrauchen.

». . . am Leben wäre«, half George ihm aus. »Ja, ich denke auch manchmal an das alte Ungeheuer.«

Die kurze Unterhaltung hatte Andrew zu denken gegeben. Sein Stottern war ihm unangenehm gewesen. Seit der Zeit, in der Andrew konstruiert und ihm ein festes Vokabular eingegeben worden war, hatte sich die Sprache verändert. Dazu kam, daß George lässige Ausdrücke benutzt hatte, was bei Sir und Little Miss nie vorgekommen war. Wieso hatte George seinen Großvater ein ›Ungeheuer‹ nennen können, wenn dieser Ausdruck doch wirklich nicht angebracht war?

Andrew fand in seinen Büchern keinen Rat, geschweige denn einen Anhaltspunkt. Die Bücher handelten fast ausschließlich von

Holzbearbeitung, Kunst oder Möbelschreinerei, nicht von Sprache.

Als freier Roboter hatte Andrew plötzlich das Gefühl, sich nicht an George wenden, sondern Fachbücher konsultieren zu müssen. Er beschloß, in die Staatsbibliothek zu gehen. Der Entschluß erfüllte ihn mit so triumphierender Freude, daß sein Elektropotential merklich anstieg und er einen Regelwiderstand einschalten mußte.

Er zog einen kompletten Anzug an und verließ das Haus. Er war noch keine hundert Meter davon entfernt, da hemmte ihn etwas. Er setzte den Regelwiderstand wieder außer Betrieb, aber das half nichts. Er ging nach Hause zurück und schrieb folgenden Satz auf ein Blatt Papier:

»Ich bin in die Staatsbibliothek gegangen.«

Das Blatt Papier legte er auf seinen Schreibtisch.

10

Andrew kam nicht bis zur Staatsbibliothek. Er hatte zwar den Plan genau studiert und sich den Weg eingeprägt, hatte ihn aber nicht wiedererkannt. Die Ausschilderungen entsprachen nicht den Bildzeichen auf dem Plan, und das hatte ihn unsicher gemacht. Schließlich hatte er geglaubt, den falschen Weg eingeschlagen zu haben, denn alles hatte fremd ausgesehen.

Er war zwar an ein paar Robotern vorbeigekommen, aber als er sich endlich dazu durchgerungen hatte, nach dem Weg zu fragen, war nicht mehr einer in Sicht gewesen. Ein Fahrzeug war vorbeigeschwirrt, hatte aber nicht angehalten. Andrew war stehengeblieben und hatte überlegt, als plötzlich zwei menschliche Wesen aufgetaucht und auf ihn zugekommen waren.

Obwohl sie sich eben noch laut unterhalten hatten, senkten sie die Stimmen, als sie Andrews ansichtig wurden. Sie sahen jung und unsicher aus. Ob sie zwanzig waren? Andrew hatte menschliches Alter noch nie schätzen können.

»Könnten Sie mir den Weg zur Staatsbibliothek sagen?« fragte Andrew höflich.

Der größere der beiden Menschen reagierte merkwürdig. Er blickte nicht Andrew an, sondern den anderen Menschen.

»Das ist ja ein Robot«, sagte er.

»Und noch dazu ein angezogener«, meinte der zweite Mensch zum ersten.

Der erste, der größere der beiden, schnippte mit den Fingern. »Das ist bestimmt dieser freie Robot«, sagte er. »Sonst würde er doch keine Kleider tragen.«

»Frag ihn doch«, sagte der zweite, der eine auffallend knollige Nase hatte.

»Bist du der Robot von Martins?« fragte der größere.

»Ich bin Andrew Martin, Sir«, antwortete Andrew.

»Ah, dann zieh deine Klamotten aus. Roboter tragen keine Klamotten.« Der große wandte sich an die Knollennase. »Das ist ja ekelhaft. Schau dir das bloß an!«

Andrew zögerte. Es war schon zu lange her, daß er im Befehlston angesprochen worden war, und infolgedessen hatte sich etwas in dem Schaltkreis, der für das Zweite Gesetz verantwortlich war, irgendwie verheddert.

»Klamotten runter!« brüllte der Große drohend. »Das ist ein Befehl!«

Langsam setzten Andrews Reaktionen wieder ein.

»Runter damit!« grölte der Große.

»Wenn er niemand gehört«, sagte Knollennase, »dann könnten wir ihn uns eigentlich unter den Nagel reißen.«

»Uns kann sowieso niemand etwas verbieten«, sagte der Große. »Wir verletzen außerdem kein Besitzerrecht ... Stell dich auf den Kopf!«

Der Befehl galt Andrew.

»Der Kopf soll nicht ...«

»Halt den Mund«, unterbrach ihn der Große. »Wenn du nicht auf dem Kopf stehen kannst, dann versuch es wenigstens.«

Wieder zögerte Andrew und bückte sich schließlich doch, um den Kopf auf den Boden zu setzen. Er versuchte die Beine zu heben, verlor das Gleichgewicht und stürzte um.

»Bleib liegen!« befahl der Große und wandte sich an den anderen. »Sollen wir ihn auseinandernehmen? Hast du schon einmal einen Robot auseinandergenommen?«

»Ob er uns läßt?«

»Er kann uns doch nicht daran hindern.«

Andrew hätte sie nicht daran hindern können, wenn sie ihm

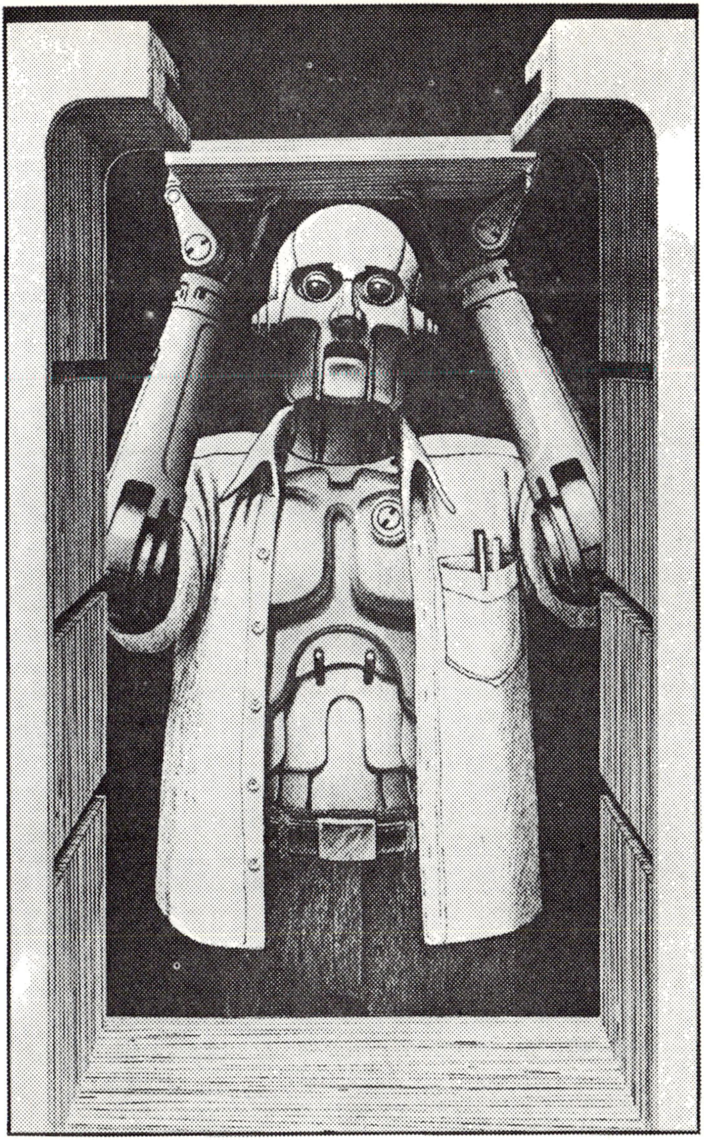

befohlen hätten, keinen Widerstand zu leisten. Das Zweite Gesetz, das des Gehorsams, hatte den Vorrang über das Dritte, das des Selbstschutzes. Außerdem hätte sich Andrew nicht verteidigen können, ohne dabei die beiden Menschen zu verletzen und damit mit dem Ersten Gesetz in Konflikt zu kommen. Bei dem Gedanken wurde jeder motorische Kontakt in seinem Inneren paralysiert, und er zitterte.

Der Große stieß ihm mit dem Schuh in die Seite. »Er ist ganz schön schwer. Wenn wir ihn zerlegen wollen, brauchen wir Werkzeuge.«

»Wir können ihm ja befehlen«, schlug Knollennase vor, »daß er sich selber auseinandernimmt, und wir schauen bloß zu.«

»Meinetwegen«, sagte der Große. »Aber von der Straße muß er weg. Wenn jemand kommt . . .«

Es war bereits ziemlich spät.

Aber jemand kam des Wegs, und es war George. Ziemlich atemlos blieb er neben Andrew stehen. Die beiden jungen Menschen wichen ein paar Schritte zurück.

»Andrew«, fragte er aufgeregt. »Ist etwas passiert?«

»Es ist alles in Ordnung, George«, antwortete Andrew.

»Dann steh auf . . . Wo sind deine Kleider?«

»Ist das Ihr Robot, Mister?« fragte der Große frech.

George fuhr herum. »Dieser Robot gehört niemand«, sagte er scharf. »Was geht hier vor?«

»Wir haben ihn höflich gebeten, seine Sachen auszuziehen. Aber was geht Sie das an, wenn er nicht Ihnen gehört?«

»Was haben die beiden gemacht, Andrew?« fragte George.

»Sie wollten mich zerlegen«, antwortete Andrew. »Sie wollten mich eben von der Straße wegschaffen, um mich zu zerlegen.«

George blickte die beiden Kerle wutentbrannt an, doch die beiden grinsten nur.

»Und was haben Sie jetzt vor, Mister?« fragte der Große. »Wollen Sie etwa handgreiflich werden?«

»Nein«, sagte George. »Das habe ich gar nicht nötig. Dieser Robot lebt seit über siebzig Jahren bei meiner Familie. Er kennt uns und schätzt uns mehr, als er sonst jemanden schätzt. Ich werde ihm sagen, daß ihr beide mein Leben bedroht und mich töten wollt. Ich werde ihn bitten, mich zu verteidigen. Der Robot wird zwischen euch und mir entscheiden müssen, und für mich wird er sich entscheiden. Wissen Sie, was geschieht, wenn er Sie angreift?«

Die beiden jungen Menschen zogen die Köpfe ein und versuchten sich wegzuschleichen.

»Andrew!« befahl George in scharfem Ton. »Ich fühle mich bedroht. Diese beiden jungen Männer wollen mir Schaden zufügen. Verhindere es.«

Andrew ging auf die beiden zu, die augenblicklich Fersengeld gaben und um ihr Leben rannten.

»Ist schon gut, Andrew«, sagte George. »Vergessen wir die Lümmel.«

»Ich hätte ihnen sowieso nichts tun können, George«, sagte Andrew. »Ich habe ja gesehen, daß sie dich nicht angreifen.«

»Ich habe ihnen doch bloß Angst einjagen wollen, Andrew. Du hast ja gesehen, wie es funktioniert hat.«

»Wie können sie denn vor einem Robot Angst haben?«

»Von dieser Krankheit ist der Mensch eben immer noch nicht geheilt. Aber das ist im Moment unwichtig. Was, zum Teufel, machst du hier draußen? Ich wollte schon wieder umkehren und einen Helikopter mieten, als ich dich plötzlich liegen sah. Wie bist du denn auf den Gedanken gekommen, in die Bibliothek gehen zu wollen? Ich hätte dir doch jedes Buch bringen können.«

»Ich bin ein . . .«

»Ja, ja, ein freier Robot. Und was wolltest du in der Bibliothek?«

»Ich will mehr über die menschlichen Wesen wissen, über die Welt und über alles. Und auch über Roboter will ich mehr wissen, George. Ich will ein historisches Werk über Roboter schreiben.«

»Jetzt laß uns erst einmal heimgehen . . . Und heb deine Kleider auf. Andrew, es gibt eine Million Bücher über Robotik, und in allen ist auch die Entstehung der Robotik behandelt. Die Welt ist nicht nur mit Robotern, sondern auch mit Informationen über Roboter übersättigt.«

Andrew schüttelte den Kopf, eine menschliche Ausdrucksform, die er inzwischen angenommen hatte. »Kein geschichtliches Werk über Robotik, George, sondern über den Robot, von einem Robot geschrieben. Ich möchte erklären, was ein Robot empfindet und was sich ereignet hat, seit die ersten auf der Erde arbeiten und leben durften.«

George zog die Augenbrauen in die Höhe, sagte aber nichts mehr.

11

Little Miss feierte ihren dreiundachtzigsten Geburtstag, war aber noch so rüstig, daß sie ihren Stock fast ausschließlich zum Gestikulieren benutzte und sich nur selten darauf stützte.

Sie war außer sich, als sie hörte, was Andrew zugestoßen war. »George!« sagte sie. »Das ist ja schrecklich. Wer waren diese Rohlinge?«

»Das weiß ich nicht«, antwortete George. »Es ist jetzt ja auch nicht mehr wichtig. Hauptsache, Andrew ist nichts passiert.«

»Aber es hätte ihm etwas passieren können. Du bist Anwalt, George, und wenn es dir jetzt ausgezeichnet geht, dann nur, weil Andrew ein so hochbegabter Künstler ist. Das Geld, das *er* verdient, war und ist die Quelle unseres Wohlstandes. Ich lasse es nicht zu, daß er wie ein aufziehbares Spielzeug behandelt wird.«

»Was soll ich denn unternehmen, Mutter?«

»Ich sagte eben, du bist Anwalt. Hörst du mir eigentlich nicht zu? Du machst einen Präzedenzfall daraus, zwingst den regionalen Gerichtshof, etwas Analoges zu den Menschenrechten für Roboter aufzustellen, und paukst es bis zum Obersten Gerichtshof durch – wenn es sein muß. Ich werde die Sache verfolgen, George. Feigheiten lasse ich nicht zu. Du wirst dich voll einsetzen.«

Little Miss meinte es ernst, und was anfangs als Beruhigungsmanöver gedacht war, wurde zu einer verzwickten, juristischen Angelegenheit, die interessant zu werden versprach. Als Ältester in der Kanzlei Feingold & Martin entwarf George die Strategie, ließ jedoch die Hauptarbeit die jüngeren Mitarbeiter machen, unter denen sich auch sein Sohn Paul befand, der täglich seiner Großmutter alles berichtete. Und diese wiederum besprach alles täglich mit Andrew.

Andrew war voll mit seinem eigenen Fall beschäftigt. Die Arbeit an seinem Buch über Roboter wurde zurückgestellt, er dachte konzentriert über juristische Probleme nach und machte hin und wieder Vorschläge.

»George hat einmal erwähnt«, sagte er, »daß die Menschen sich vor Robotern fürchten. Solange das der Fall ist, werden die zuständigen gerichtlichen Stellen nichts Ernsthaftes für die Rechte des Robots unternehmen. Sollte man nicht versuchen, die öffentliche Meinung zu beeinflussen?«

Man griff seinen Vorschlag auf. Während Paul die juristische Seite bearbeitete, machte sich George an die Öffentlichkeitsarbeit. Für ihn hatte das den Vorteil, daß er sich unformell geben konnte. Er ging manchmal sogar so weit, daß er sich nach der letzten Mode des Faltenwurfstils, also locker und salopp, anzog.

»Stolpere auf der Bühne des Geschehens bloß nicht über dein Gewand, Dad«, spottete Paul.

»Ich werde es versuchen«, erwiderte George und lachte.

Er wandte sich zum Beispiel an die Verleger der Dreidimensionalen Bildpresse, die sich zu ihrer jährlichen Tagung in New York eingefunden hatten.

»Falls wir aufgrund des Zweiten Gesetzes unbegrenzten Gehorsam von jedem Robot verlangen können«, sagte er unter anderem in seiner Rede, »hat jeder Mensch, aber wirklich *jeder* Mensch erschreckende Gewalt über jeden, aber wirklich *jeden* Robot. Besonders, weil das Zweite Gesetz Vorrang vor dem Dritten hat und jeder Mensch das Gesetz des absoluten Gehorsams dazu benutzen kann, das Gesetz des Selbstschutzes auszuschalten. Er kann jedem Robot den Befehl geben, sich selbst zu zerstören, sei es mit oder ohne Angabe des Grundes.

Ist das etwa gerecht? Würden wir je ein Tier so behandeln? Selbst ein lebloser Gegenstand, der uns gute Dienste geleistet hat, hat ein Recht, von uns anständig behandelt zu werden. Ein Robot ist nicht unsensibel. Er ist kein Tier. Seine Denkfähigkeiten reichen aus, um sich mit uns unterhalten zu können und sich mit uns zu freuen. Können wir die Roboter wie Freunde behandeln, können wir mit ihnen zusammenarbeiten und ihnen die Früchte dieser Freundschaft voll verweigern, ihnen den Gewinn, der aus der Zusammenarbeit erwächst, einfach entziehen?

Falls der Mensch das Recht hat, einem Robot jeden Befehl zu erteilen, der ein Zuschadenkommen des Menschen nicht einschließt, dann sollte der Mensch den Anstand besitzen, einem Robot keinen Befehl zu erteilen, bei dem ein Robot zu Schaden kommen könnte, es sei denn, die Sicherheit des Menschen verlangt es. Große Macht zieht große Verantwortlichkeit nach sich. Wenn der Mensch den Robot hilflos an drei für ihn unübertretbare Gesetze bindet, um sich selbst zu schützen, so sollte auch der Mensch an Gesetze gebunden werden, die zum Schutz des Robots dienen. Ist das etwa zuviel verlangt?«

Andrew sollte recht behalten. Der Kampf um die öffentliche Meinung hatte zur Folge, daß die Gerichte das Problem ernst nahmen und schließlich ein Gesetz verabschiedet wurde, das besagte, unter welchen Bedingungen keine Befehle an Roboter erteilt werden durften, die Robotern zum Schaden gereichten. Das Gesetz war kompliziert und nicht allzu präzise abgefaßt, die Strafen bei Verletzung des Gesetzes bei weitem zu mild, aber ein Anfang war gemacht.

Der Oberste Gerichtshof der Welt verabschiedete das Gesetz genau an Little Miss' Todestag.

Das war kein Zufall. Little Miss hatte sich während der letzten Debatte verzweifelt an das Leben geklammert und schloß die Augen erst, als ihr berichtet worden war, daß sie gesiegt hatten.

Ihr letztes Lächeln galt Andrew.

»Du warst immer gut zu uns, Andrew«, waren ihre letzten Worte.

Andrews Hand haltend starb sie, während ihr Sohn, dessen Frau und die Kinder respektvoll im Hintergrund standen.

12

Andrew wartete geduldig, bis die Sekretärin zurückkam. Er hätte die Angelegenheit auch über den 3-D-Holographen abwickeln können, aber er hatte schon immer viel von persönlichem Kontakt gehalten und verzichtete gern auf derlei Einrichtungen.

Ab und zu kam jemand herein und starrte ihn an. Andrew versuchte nicht, die neugierigen Blicke zu meiden. Er sah jeden einzelnen ruhig an, mit dem Erfolg, daß jeder einzelne sofort wegsah.

Schließlich kam Paul Martin zu ihm heraus. Paul war inzwischen auch dazu übergegangen, sich jeden Morgen grell zu schminken, wie es im Moment Mode war und dazu dienen sollte, jeglichen Unterschied zwischen Mann und Frau zu vertuschen – was selbst Andrew ziemlich lächerlich fand. Kritik am Menschen zu üben war für Andrew schon längst zur Gewohnheit geworden. Er hatte nur dann ein ungutes Gefühl dabei, wenn er seine Kritik laut aussprach. Schriftlich machte es ihm nichts aus, aber mündlich – das war ihm nach wie vor unangenehm.

»Komm rein, Andrew«, sagte Paul. »Tut mir leid, daß ich dich habe warten lassen müssen, aber ich mußte noch schnell etwas erledigen. Du hast gesagt, daß du mich sprechen willst, aber ich hatte nicht begriffen, daß du in die Kanzlei kommen wolltest.«

»Falls du zu tun hast, Paul, kann ich gern warten.«

»Ist nicht nötig«, sagte Paul. »Bist du allein in die Stadt gekommen?«

»Ich habe mir ein Auto gemietet.«

»Irgendwelche Schwierigkeiten?« fragte Paul, einen ängstlichen Unterton in der Stimme.

»Nein. Ich bin ja durch das Gesetz geschützt.«

Die Bemerkung schien Paul nicht zu erleichtern. »Andrew«, sagte er, »ich habe dir schon mehrmals erklärt, daß das Gesetz nicht erzwingbar ist, wenigstens meistens nicht ... Gesetze sind bei Menschen nicht auf die Weise bindend wie bei euch Robotern. Wenn du darauf bestehst, Kleider zu tragen, dann bekommst du irgendwann wieder Schwierigkeiten. Denk an das letzte Mal.«

»Das war das einzige Mal. Trotzdem tut es mir leid, daß du Mißfallen an meinem Äußeren findest.«

»*Ich* finde kein Mißfallen an deinem Äußeren, Andrew. Du darfst mich nicht falsch verstehen. Du bist praktisch eine lebende Legende und in vieler Hinsicht viel zu wertvoll, um dir das Recht herausnehmen zu dürfen, irgendwelche Risiken einzugehen ... Wie kommst du mit deinem Buch voran?«

»Ich bin fast fertig. Der Herausgeber ist sehr angetan.«

»Sehr gut.«

»Ich weiß nicht, ob er von dem Buch als solchem angetan ist. Ich glaube, er denkt mehr an die Auflage und seinen Gewinn, denn der Autor ist ein Robot, und *das* vor allem findet er prima.«

»Was nur menschlich ist.«

»Mir kann das egal sein. Hauptsache, es verkauft sich gut, denn auch ich kann Geld brauchen.«

»Aber Großmutter hat dir doch ...«

»Little Miss war sehr großzügig, und ich bin überzeugt davon, daß ich mit der weiteren Hilfe deiner Familie rechnen kann. Trotzdem hoffe ich, daß ich meinen nächsten Schritt mit dem Geld finanzieren kann, das mir das Buch einbringt.«

»Und was für ein nächster Schritt ist das?«

»Ich möchte den Vorstand der Firma U. S. Robots kennenlernen. Ich habe schon versucht, einen Termin bei ihm zu bekommen, konnte ihn bisher aber noch nicht erreichen. Die Firma hat sich nicht sehr kooperativ gezeigt, was die Recherchen für mein Buch anbelangt, also wundert es mich nicht gerade.«

Paul grinste. »Hilfe ist das letzte, was du von denen erwarten kannst. Bei unserem großen Kampf für die Rechte des Robots haben sie auch keinen Finger gerührt. Im Gegenteil, und der Grund liegt klar auf der Hand. Gib einem Robot Rechte, und der Kunde wird kaufunwillig.«

»Kann schon sein«, sagte Andrew. »Aber wenn du dort anrufst, bekommst du bestimmt einen Termin für mich.«

»Aber ich stehe auch nicht besser mit ihnen als du, Andrew.«

»Du kannst ja einfließen lassen, daß Feingold & Martin von einer weiteren Kampagne zur Festigung der Rechte des Robots absehen werden, wenn sie mich empfangen.«

»Ist das denn nicht gelogen, Andrew?«

»Doch, Paul, und da ich nicht lügen kann, mußt du anrufen.«

»Aha, lügen kannst du nicht, aber mich dazu anhalten, das kannst du. Du wirst immer menschlicher, Andrew.«

13

Es war kein leichtes Unterfangen, selbst mit Pauls gewichtigem Namen nicht.

Aber schließlich hatte sich Paul durchsetzen können, und als es soweit war, machte Harley Smythe-Robertson, der mütterlicherseits von dem ursprünglichen Begründer der Firma abstammte und den Doppelnamen angenommen hatte, um dies zu demonstrieren, ein mehr als unglückliches Gesicht. Er stand kurz vor der Pensionierung und hatte seine ganze Laufbahn als Vorstand dem Problem Roboterrechte gewidmet. Seine dünnen weißen Haare waren an den Kopf geklatscht, sein Gesicht war ungeschminkt, und er sah Andrew von Zeit zu Zeit feindselig an.

»Sir«, sagte Andrew, »vor fast einem Jahrhundert hat ein gewisser Merton Mansky in meinem Beisein behauptet – Mansky war Angehöriger dieser Firma –, daß die Mathematik, die der Konstruktion von Positronengehirnen zugrunde liegt, viel zu kompliziert sei, um ein exaktes Ergebnis garantieren zu können. Das Ergebnis entspräche jeweils bloß annähernd den Erwartungen.

Meine eigenen Fähigkeiten, hat er gesagt, seien nicht genau vorhersehbar gewesen.«

»Das ist ein Jahrhundert her«, Smythe-Robertson zögerte, »Sir«, setzte er schließlich eisig hinzu, »wir stellen mittlerweile Roboter her, die haargenau den Erwartungen entsprechen und haargenau auf ihr jeweiliges Betätigungsfeld programmiert sind.«

»Ja«, sagte Paul, der mitgekommen war, um dafür zu sorgen, daß man sich Andrew gegenüber korrekt verhielt.

»Mit dem Erfolg, daß meine Sekretärin an der Hand genommen und geführt werden muß, wenn auch nur die kleinste Abweichung von der Norm eintritt.«

»Sie wären noch unzufriedener, wenn sie aus eigenen Stücken handeln würde«, sagte Smythe-Robertson.

»Demnach stellen Sie also flexible, anpassungsfähige Roboter wie mich nicht mehr her?« fragte Andrew.

»Schon längst nicht mehr.«

»Die Recherchen, die ich in Zusammenhang mit meinem Buch betrieben habe«, sagte Andrew, »haben mir gezeigt, daß ich der älteste noch tätige Robot bin.«

»Das ist richtig«, sagte Smythe-Robertson. »Sie werden auch immer der älteste bleiben und der älteste gewesen sein, den es je gegeben hat, denn es hat sich herausgestellt, daß Roboter nach einer Funktionsdauer von etwa fünfundzwanzig Jahren nicht mehr brauchbar sind. Sie werden eingezogen und durch neuere Modelle ersetzt.«

»Keiner von den im Moment hergestellten Robotern ist nach fünfundzwanzig Jahren noch brauchbar«, sagte Paul lächelnd. »Da ist Andrew dann aber eine sehr große Ausnahme.«

»Als ältester und flexibelster Robot der Welt«, sagte Andrew und verfolgte damit genau die Linie, die er sich im voraus zurechtgelegt hatte, »bin ich da nicht ungewöhnlich genug, um von Ihrer Firma bevorzugt behandelt zu werden?«

»Gewiß nicht«, entgegnete Smythe-Robertson frostig. »Ihre Ungewöhnlichkeit ist uns unangenehm genug. Wenn Sie bloß vermietet und nicht käuflich erworben gewesen wären, hätten wir Sie längst eingezogen und gegen einen neuen Robot ausgetauscht.«

»Aber das ist ja gerade der springende Punkt«, sagte Andrew. »Ich bin ein freier Robot und gehöre allein mir selbst. Daher komme ich zu Ihnen und bitte Sie, mich auszutauschen. Ohne das

Einverständnis des Besitzers können Sie keinen Austausch vornehmen. Heutzutage ist dieses Einverständnis eine erpresserische Bedingung des Mietvertrags, in meinen Tagen jedoch war das nicht der Fall.«

Smythe-Robertson war sowohl erschrocken als auch erstaunt. Einen Moment lang herrschte Stille. Andrew starrte auf das dreidimensionale Objekt an der Wand. Es war eine Totenmaske von Susan Calvin, der Schutzheiligen aller Robotiker. Sie war mittlerweile fast zwei Jahrhunderte tot, aber durch sein Buch kannte Andrew sie so gut, daß man hätte meinen können, er sei ihr noch persönlich begegnet.

»Wie kann ich Sie gegen Sie austauschen?« fragte Smythe-Robertson schließlich. »Falls ich Sie als Robot austausche, wie kann ich den neuen Robot dann seinem Besitzer übergeben, wenn dieser durch den Austausch zu existieren aufgehört hat?«

»Das ist doch überhaupt nicht schwierig«, sagte Paul. »Der Sitz von Andrews Persönlichkeit ist sein Positronengehirn, und das ist der Teil, der nicht ausgetauscht werden kann, ohne einen neuen Robot aus Andrew zu machen. Das Positronengehirn ist daher Andrew, der Besitzer. Jedes andere Teil des robotischen Körpers kann ausgetauscht werden, ohne dabei die Persönlichkeit des Robots in irgendeiner Weise zu beeinträchtigen. Diese anderen Teile sind Besitz des Gehirns. Andrew, wenn ich mich so ausdrücken darf, möchte sein Gehirn mit einem neuen robotischen Körper ausstatten.«

»Genau das«, sagte Andrew ruhig und wandte sich an Smythe-Robertson. »Sie haben doch auch schon gelegentlich Androiden hergestellt, oder? Ich meine, Roboter, die haargenau wie Menschen aussehen.«

»Ja«, sagte Smythe-Robertson, »das haben wir. Sie funktionieren perfekt mit ihrer Haut und ihrem Gewebe aus synthetischen Faserstoffen. Nirgends auch nur eine Spur Metall, lediglich im Gehirn. Dabei aber genauso widerstandsfähig wie metallische Roboter. Wenn man vom Gewicht ausgeht, sogar noch widerstandsfähiger.«

»Das wußte ich gar nicht«, sagte Paul. »Wie viele gibt es denn davon? Auf dem Markt, meine ich.«

»Keinen«, sagte Smythe-Robertson. »Es gab nur Prototypen. Sie wären in der Produktion viel zu teuer, und eine Marktanalyse hat gezeigt, daß der Kunde sie nicht akzeptiert. Sie sahen zu menschlich aus.«

»Aber die Konstruktionspläne sind bestimmt noch vorhanden«, sagte Andrew. »Ich wünsche, daß ich durch einen organischen Robot ausgetauscht werde. Durch einen Androiden.«

Jetzt war es an Paul, erstaunt zu sein. »Heiliger Himmel!« sagte er.

»Das ist völlig unmöglich«, sagte Smythe-Robertson steif.

»Wieso ist das unmöglich?« fragte Andrew. »Wenn der Preis angemessen ist, kommt es mir auf das Geld nicht an.«

»Wir stellen keine Androiden her«, sagte Smythe-Robertson.

»Sie *belieben* keine Androiden herzustellen«, sagte Paul. »Aber in der Lage dazu sind Sie.«

»Die Herstellung von Androiden richtet sich gegen das allgemeine öffentliche Interesse.«

»Aber es existiert kein Gesetz, das die Herstellung von Androiden verbietet«, sagte Paul gelassen.

»Trotzdem stellen wir keine Androiden her, und wir werden auch keine Androiden herstellen«, versicherte Smythe-Robertson grimmig.

Paul räusperte sich. »Mister Smythe-Robertson«, sagte er. »Andrew ist ein freier Robot und steht unter dem Schutz des Gesetzes, das für die Rechte der Roboter eintritt. Ich nehme an, Sie sind sich dessen bewußt?«

»Allerdings.«

»Dieser Robot«, fuhr Paul fort, »hat als freier Robot das Recht, Kleider zu tragen. Er trägt Kleider, wie Sie sehen, wird deswegen aber immer wieder von gedankenlosen Menschen angepöbelt oder von Menschen, denen es entgangen zu sein scheint, daß ein Gesetz existiert, welches die Erniedrigung von Robotern verbietet. Es ist schwierig, Beleidigungsklagen einzureichen, wenn diejenigen, die über Schuld und Unschuld entscheiden, von denselben Vorurteilen geleitet werden wie die, welche sich erlauben, Roboter zu belästigen.«

»Das war uns von Anfang an klar«, sagte Smythe-Robertson. »Der Kanzlei Ihres Vaters schien das jedoch nicht klar gewesen zu sein.«

»Mein Vater ist längst tot«, sagte Paul. »Ich aber sehe, daß wir es hier mit einem eindeutigen Fall von vorsätzlicher Beleidigung zu tun haben.«

»Was soll das heißen?« fragte Smythe-Robertson.

»Mein Klient Andrew Martin – und er *ist* mein Klient – ist ein freier Robot und hat das Recht, die Firma U. S. Robots um einen Austausch zu ersuchen, den die Firma sonst jedem gewährt, der einen Robot besitzt, welcher älter als fünfundzwanzig Jahre ist. Die Firma besteht im allgemeinen sogar darauf.«

Paul lächelte. Er machte den Eindruck eines Menschen, der sich ausgesprochen wohl fühlt.

»Das Positronengehirn meines Klienten ist der Besitzer des Körpers meines Klienten – welcher gewiß mehr als fünfundzwanzig Jahre alt ist. Das Positronengehirn fordert einen Austausch des Körpers, wobei es bereit ist, eine angemessene Summe für einen androiden Körper auszugeben. Falls Sie die Forderung meines Klienten ablehnen, fühlt sich mein Klient durch Sie beleidigt, und wir werden Klage erheben.

Das öffentliche Interesse würde normalerweise die Klage eines Robots nicht unterstützen, ich darf Sie aber daran erinnern, daß die Firma U. S. Robots bei der Öffentlichkeit im allgemeinen alles andere als gut angesehen ist. Selbst Menschen, die gezwungen sind, Roboter zu beschäftigen, und sogar solchen, die durch Roboter verdienen, ist die Firma U. S. Robots suspekt.

Das mag ein Überbleibsel aus Zeiten sein, in denen die Roboter von allen Menschen gefürchtet waren, weil sie um ihre Arbeitsplätze bangten. Es mag auch Neid auf die Finanzkraft und die Monopolstellung der Firma sein. Was auch immer der Grund dafür ist, der Unmut der Öffentlichkeit existiert, und ich glaube, Sie tun gut daran, es gar nicht erst zu einer Beleidigungsklage kommen zu lassen, um so mehr, als mein Klient sehr wohlhabend ist, noch viele Jahrhunderte leben wird und keinerlei Veranlassung hat, eine Schlacht, die ewig dauern kann, ungeschlagen zu lassen.«

Smythe-Robertson war rot angelaufen. »Sie wollen mich zwingen ...«

»Ich zwinge Sie zu gar nichts«, fiel ihm Paul ins Wort. »Wenn Sie die begründete Bitte meines Klienten ablehnen wollen, so steht Ihnen das frei, und wir gehen, ohne ein weiteres Wort darüber zu verlieren ... Aber wir werden von unserem Recht Gebrauch machen und klagen. Und Sie werden irgendwann feststellen müssen, daß Sie den darauf folgenden Prozeß verlieren werden.«

»Tja ...« Smythe-Robertson stieß einen abgrundtiefen Seufzer aus.

»Ich sehe, daß Sie es sich überlegen«, sagte Paul. »Noch zögern Sie, aber Sie werden letzten Endes doch zusagen, den Austausch vorzunehmen. Lassen Sie mich deshalb noch einen wichtigen Punkt erwähnen. Wenn im Verlauf dieses Austausches meinem Klienten auch nur der geringste Schaden zugefügt wird, werde ich nicht ruhen, bis ich die Schließung der U. S. Robots erwirkt habe. Falls auch nur eine positronische Gehirnbahn in der Platin-Iridium-Substanz meines Klienten in irgendeiner Weise in Mitleidenschaft gezogen wird, werde ich nötigenfalls die Öffentlichkeit mobil machen und eine noch nie dagewesene Kampagne gegen die U. S. Robots in die Wege leiten.« Er wandte sich an Andrew. »Habe ich in deinem Sinne gesprochen, Andrew?«

Andrew überlegte eine volle Minute lang. Beantwortete er die Frage mit Ja, so unterstützte er Lüge, Erpressung und erniedrigendes Verhalten Menschen gegenüber.

Er mußte sich jedoch zur Antwort zwingen.

»Ja«, würgte er schließlich heraus.

14

Es war, als würde er noch einmal gebaut. Vier Tage, dann vier Wochen, dann vier Monate kam sich Andrew nicht wie er selbst vor, und selbst die kleinsten Handlungen ließen ihn unvermittelt zögern.

Paul war außer sich.

»Sie haben dich ruiniert, Andrew«, sagte er. »Wir werden sie verklagen.«

Andrew hatte Sprachschwierigkeiten. Die Worte kamen nur sehr langsam und stockend.

»Nein«, sagte er. »Du wirst ihnen nie beweisen können, daß es A-A-A-A-5«

»Absicht gewesen ist?«

»Ja, Absicht. Außerdem geht es mir zusehends besser. Das Tra-Tra-Tra-«

»Tragische?«

»Das Trauma ist schuld. Schließlich ist so etwas ja auch noch nie durch-durch-durchgeführt worden.«

Andrew tastete sein Gehirn von innen ab. Dazu war sonst niemand in der Lage. Er wußte, daß nichts zerstört worden war. In den Wochen und Monaten, die es dauerte, bis er seine Motorik wieder voll koordinieren konnte und zu sich fand, verbrachte er viele Stunden vor dem Spiegel.

Noch nicht ganz menschlich. Das Gesicht war steif, viel zu reglos und die Ausdrücke zu gezwungen. Der gleitende Übergang fehlte, aber der kam vielleicht im Laufe der Zeit. Aber jetzt konnte er wenigstens Kleider tragen, aus denen kein metallener Hals mit einem metallenen Gesicht ragte.

»Ich werde die Arbeit wieder aufnehmen«, sagte er eines Tages.

»Das heißt, daß du das Gröbste überstanden hast«, sagte Paul erfreut. »Was wirst du tun? Ein zweites Buch schreiben?«

»Nein«, sagte Andrew.

»Ich lebe zu lange, um mich mit einer Karriere zufriedenzugeben. Es hat Zeiten gegeben, in meiner Vorvergangenheit, in denen ich hauptsächlich Künstler gewesen bin, und es hat Zeiten gegeben, in denen ich mich als Historiker betätigte, und auf beide Berufe kann ich zurückgreifen, wenn ich will. Jetzt möchte ich Robotphysiologe werden.«

»Robotpsychologe, meinst du, oder?«

»Nein, dazu müßte ich das Positronengehirn studieren, und dazu habe ich im Moment keine Lust. Der Robotphysiologe beschäftigt sich mit dem Körper, der diesem Gehirn beigegeben ist.«

»Müßte das dann nicht Robotmechaniker heißen?« fragte Paul.

»Nein, die Robotmechanik beschäftigt sich ausschließlich mit dem metallischen Körper, ich aber werde mich mit dem organischen, humanoiden Körper beschäftigen, nämlich mit meinem Körper, der meines Wissens der einzige ist, der existiert.«

»Damit schränkst du dein Betätigungsfeld aber stark ein«, gab Paul zu bedenken. »Als Künstler stand dir alles offen, als Historiker hast du dich zwar bloß mit den Robotern beschäftigt, aber das war ein schier grenzenlos weites Gebiet, und jetzt als Robotphysiologe willst du dich nur mit dir selbst beschäftigen?«

»Ja, das will ich«, sagte Andrew.

Andrew mußte ganz von unten anfangen, denn er hatte nur wenig Ahnung von Biologie, Medizin und Physiologie. Die Naturwissenschaften waren ihm noch fremd. Er wurde Dauergast in Bibliotheken, wo er Stunden in den elektronischen Lesesälen saß und sich von den anderen wissensdurstigen Bürgern nicht unterschied. Die wenigen, die wußten, daß er ein Robot war, nahmen keinerlei Anstoß daran.

Andrew richtete sich in einem Raum, den er hatte an sein Haus anbauen lassen, ein Laboratorium ein, und auch seine eigene Bibliothek wuchs und wuchs.

Jahre vergingen. Eines Tages kam Paul zu ihm. »Schade«, sagte er, »daß du nicht mehr an der Geschichte der Roboter arbeitest. Soviel ich höre, schlägt die U. S. Robots einen völlig neuen Kurs in ihrer Politik ein.«

Paul war alt geworden. Seine schlechten Augen waren längst herausgenommen und durch fotooptische Zellen ersetzt worden. In der Beziehung hatte er sich Andrew also etwas angenähert.

»Inwiefern?« fragte Andrew.

»Sie stellen jetzt Zentralcomputer her, riesige Positronengehirne, die über Mikrowellen mit Robotern kommunizieren. Ein Computer kann bis zu tausend Roboter bedienen, und die Roboter selbst haben überhaupt kein Gehirn mehr. Sie sind lediglich die Gliedmaßen des Großhirns, wobei Gliedmaßen und Gehirn getrennt sind.«

»Ist das praktischer?«

»Die U. S. Robots behauptet es. Smythe-Robertson hat den neuen Kurs gerade noch vor seinem Tod festgelegt. Meiner Meinung nach bist du das auslösende Moment gewesen, Andrew. Die Firma U. S. Robots ist fest entschlossen, keinen Robot mehr zu produzieren, der ihr den Ärger bereiten könnte, den du ihr bereitet hast, und aus dem Grund trennen sie Kopf und Körper. Der Körper soll kein Gehirn mehr haben, das spezielle Wünsche äußern kann.«

»Interessant«, sagte Andrew.

»Es ist erstaunlich, Andrew«, fuhr Paul fort, »welchen Einfluß du auf die Geschichte des Robots gehabt hast. Deine künstlerischen Talente haben die U. S. Robots dazu veranlaßt, Roboter zu bauen, die spezialisierter und engstirniger waren; deine Freiheit hatte zur Folge, daß der Robot seine Rechte zugesprochen bekam, und dein Bestehen auf einem androiden Körper hat die U. S. Robots auf die Idee gebracht, Gehirn und Körper voneinander zu trennen.«

»Das wird darauf hinauslaufen«, sagte Andrew, »daß die U. S. Robots eines Tages ein einziges Riesengehirn baut, das Milliarden von Robotern steuert. Alle Eier werden sich in einem Korb befinden. Das ist gefährlich.«

»Da hast du wohl recht«, sagte Paul nachdenklich. »Aber bis dahin wird noch ein Jahrhundert ins Land gehen, und ich werde es nicht mehr erleben. Wer weiß, ob ich im nächsten Jahr noch lebe.«

»Paul!« rief Andrew entsetzt.

Paul zuckte die Achseln. »Wir Menschen sind sterblich, Andrew«, sagte er. »Wir sind nicht wie du. Das ist letztlich nicht so wichtig, veranlaßt mich aber, dich auf etwas hinzuweisen. Ich bin der letzte der menschlichen Martins. Es gibt Nachkommen von einer Großtante von mir, aber die zählen nicht. Das Geld, das mir gehört, wird nach meinem Tod auf das Konto überwiesen werden, das auf deinem Namen läuft. Du wirst also auch für die Zukunft finanziell abgesichert sein.«

»Das . . . will ich aber nicht«, brachte Andrew nur mit Mühe heraus.

Trotz seines hohen Alters hatte er sich nicht an die Sterblichkeit der Martins gewöhnen können.

»Laß uns nicht streiten, Andrew«, sagte Paul. »Es wird so gemacht, wie ich es dir eben erklärt habe. An was arbeitest du im Moment?«

»An einer Methode, mit deren Hilfe ein Androide, das heißt ich, durch Verbrennung von Kohlenwasserstoff Energie gewinnen kann.«

Paul zog die Augenbrauen in die Höhe. »Du meinst, damit ein Androide essen und atmen kann?«

»Ja.«

»Wie lange arbeitest du schon an dem Problem?«

»Schon ewig, aber ich glaube, daß ich die entsprechende Verbrennungskammer für die katalytisch beeinflußte chemische Aufspaltung ausgetüftelt habe.«

»Aber wozu das Ganze, Andrew?« fragte Paul. »Als Energiequelle ist die Atomzelle doch bestimmt viel besser, billiger und effektiver.«

»Das mag schon sein«, sagte Andrew. »Aber sie ist unmenschlich.«

15

Es nahm viel Zeit in Anspruch, aber Andrew hatte Zeit. Außerdem wollte er nichts unternehmen, bis Paul in Frieden gestorben war.

Mit dem Tod von Sirs Urenkel fühlte sich Andrew mehr denn je einer feindlich gesinnten Welt ausgesetzt und war aus diesem Grund entschlossener denn je, den Weg weiterzuverfolgen, den er schon vor langer Zeit eingeschlagen hatte.

Trotzdem war er nicht ganz allein. Der letzte der Martins war zwar gestorben, aber die Kanzlei Feingold & Martin lebte weiter. Sie hatte eine lange Tradition, und die behielt sie bei. Andrew, der Pauls Alleinerbe wurde, war und blieb wohlhabend. Da die Kanzlei jährlich eine ordentliche Summe abwarf, wurde diese in die rechtlichen Aspekte der Verbrennungskammer investiert. Als die Zeit für einen zweiten Besuch bei der U. S. Robots gekommen war, ging Andrew allein hin. Einmal hatte er mit Sir eine Geschäftsstelle der U. S. Robots aufgesucht und einmal mit Paul die Firma selbst. Diesmal, beim dritten Mal, war er allein und menschenähnlich.

Die U. S. Robots hatte sich verändert. Die Produktionsmethoden waren anders, also waren die Produktionshallen auf eine große Raumstation verlegt worden. Viele Industrieunternehmen waren diesem Beispiel gefolgt. Eine beachtliche Anzahl von Robotern war zwangsläufig ins All verlegt worden. Die Erde selbst wurde immer mehr zu einer riesigen Grünanlage. Die Bevölkerungsdichte von einer Milliarde blieb relativ konstant. Auch die Dichte der gehirnlosen Roboter, etwa dreißig Prozent der Bevölkerungsdichte, änderte sich kaum.

Der Chef der Forschungsabteilung der U. S. Robots war ein gewisser Alwin Magdescu, ein Mann von dunkler Haut- und Haarfarbe, mit einem kleinen Spitzbart und dem im Moment modischen Band über der nackten Brust. Andrew war dezent bedeckt, wie es vor ein paar Dekaden üblich gewesen war.

»Ich kenne Sie natürlich aus Erzählungen«, sagte Magdescu, »und freue mich, Sie persönlich kennenzulernen. Sie sind unser spektakulärstes Produkt, und es ist wirklich unverständlich, daß der alte Smythe-Robertson so gegen Sie eingestellt gewesen ist. Wir hätten einen großen Handel mit Ihnen abschließen können.«

»Das können Sie immer noch tun«, sagte Andrew.

»Das glaube ich nun wiederum nicht«, sagte Magdescu. »Die

Zeiten sind vorbei. Über ein Jahrhundert lang hatten wir Roboter auf der Erde, aber das ändert sich jetzt. Sie werden heutzutage ins All geschickt, und die wenigen, die auf der Erde bleiben, haben kein Gehirn.«

»Aber ich habe ein Gehirn und bleibe auf der Erde«, sagte Andrew.

»Das ist richtig, aber an Ihnen scheint nicht viel von einem Robot übrig zu sein. Was führt Sie heute zu uns?«

»Eine weitere Bitte«, sagte Andrew höflich. »Ich möchte, daß noch weniger von einem Robot an mir übrig ist. Da ich fast ausschließlich organisch bin, hätte ich gerne eine organische Energiequelle. Ich habe hier die Pläne ...«

Magdescu sah sie sich in aller Ruhe an. »Erstaunlich«, sagte er irgendwann zwischendurch. »Wer hat diese Pläne entworfen?«

»Ich«, sagte Andrew.

»Aha«, sagte Magdescu. »Ich rate Ihnen davon ab. Wir müßten Ihren ganzen Körper überholen und daran herumexperimentieren. Bleiben Sie lieber so, wie Sie sind.«

Andrews Gesicht war nichts anzumerken, aber seine Stimme war voll Ungeduld. »Dr. Magdescu«, sagte er. »Sie scheinen nicht begriffen zu haben, daß Sie keine andere Wahl haben. Sie müssen meinem Wunsch entsprechen. Wenn die Verbrennungskammer in meinem Körper eingebaut werden kann, kann eine solche Kammer auch in den Körper eines Menschen eingebaut werden. Die Tendenz, menschliches Leben durch Prothesen zu verlängern, zeichnet sich seit Jahrhunderten ab. Es gibt keine besseren Erfindungen als die, welche ich gemacht habe und noch machen werde.

Ich habe alle meine Erfindungen über die Kanzlei Feingold & Martin patentieren lassen und bin durchaus in der Lage, selbst Verbrennungskammern und andere Prothesen zu produzieren, welche dazu dienen könnten, Menschen zu schaffen, die mit Roboteigenschaften ausgestattet sind. Daß Ihre Firma dann den Markt räumen muß, dürfte Ihnen wohl klar sein.

Falls Sie mich jedoch operieren und sich bereit erklären, dies auch in Zukunft zu tun, werde ich Ihnen die Patente zur Verfügung stellen und Ihnen die Kontrolle der Technologie von Robotern und die Prothetisierung des Menschen überlassen. Das natürlich erst, wenn die erste Operation erfolgreich überstanden ist.«

Andrew kam nicht auf die Idee, daß er durch die harten Bedingungen, die er einem Menschen stellte, das Erste Gesetz verletzte. Schon vor langer Zeit hatte er die These aufgestellt, daß angebliche Grausamkeit auf lange Sicht gesehen Menschenfreundlichkeit sein kann.

Magdescu hob die Schultern. »Ich bin nicht derjenige, der das allein entscheidet. Der Aufsichtsrat muß zusammengerufen werden, und das dauert seine Zeit.«

»Ich kann warten«, sagte Andrew, »allerdings nicht endlos lang.«

Andrew war zufrieden mit sich. Paul, dachte er, hätte es auch nicht besser machen können.

16

Es dauerte nicht endlos lang, und die Operation war ein voller Erfolg.

»Ich war absolut dagegen, Andrew«, gestand Magdescu, »aber nicht aus den Gründen, die Sie vermuten. Gegen das Experiment als solches hatte ich nichts, aber daß es an Ihnen durchgeführt werden sollte, bereitete mir Kopfzerbrechen. Ich hatte Angst um Ihr Positronengehirn. Da jetzt die positronischen Gehirnbahnen mit künstlichen Nervenbahnen verbunden sind, ist es möglicherweise schwierig, das Gehirn zu retten, wenn der Körper nicht mehr funktionsfähig ist.«

»Ich habe vollstes Vertrauen zu den Wissenschaftlern von U. S. Robots«, sagte Andrew, »und bin jetzt in der Lage, zu essen.«

»Sagen wir, Sie können sich Olivenöl eingießen. Von Zeit zu Zeit muß übrigens die Verbrennungskammer gereinigt werden, aber das wissen Sie ja bereits. Ich stelle mir das nicht unangenehm vor.«

»Könnte es vielleicht sein, wenn ich nicht noch mehr im Sinn hätte«, sagte Andrew. »Selbstreinigung ist durchaus möglich. Ich arbeite bereits an der Entwicklung eines Organs, das feste Nahrungsmittel aufnehmen und verbrennen kann.«

»Das heißt, daß Sie dann zwangsläufig auch einen Anus entwickeln müssen.«

»Etwas Ähnliches, ja.«

»Und was haben Sie sonst noch im Sinn, Andrew?«

»Alles.«

»Auch Genitalien?«

»Wenn sie in meine Pläne passen, ja. Mein Körper ist wie eine Leinwand, auf die ich einen . . .«

Magdescu wartete, aber Andrew sprach den Satz nicht zu Ende.

»Einen Menschen malen werde?« fragte Magdescu schließlich.

»Das wird sich zeigen«, sagte Andrew.

»Der Wunsch wäre lächerlich, Andrew, weil Sie nämlich besser sind als ein Mensch. Seit Sie organisch werden wollen, geht es abwärts mit Ihnen.«

»Mein Gehirn hat unter den Eingriffen aber nicht gelitten.«

»Das ist richtig. Aber, Andrew, alle Prothesen, die hergestellt werden, kommen unter Ihrem Namen auf den Markt. Sie sind der Erfinder und werden als solcher anerkannt. Warum wollen Sie mit Ihrem Körper noch weiter Experimente anstellen?«

Andrew beantwortete diese Frage nicht.

Die Ehrungen häuften sich. Andrew wurde Mitglied von mehreren wissenschaftlichen Gesellschaften, unter anderem von einer Gesellschaft, die dem neuen Wissenschaftszweig gewidmet war, den er errichtet hatte. Was er Robotphysiologie genannt hatte, wurde allgemein Prothetologie genannt.

An dem 150. Jahrestag seiner Fertigstellung wurde bei der U. S. Robots ein Dinner zu seinen Ehren gegeben. Falls Andrew darin eine gewisse Ironie sah, behielt er es für sich.

Alwin Magdescu, der inzwischen in den Ruhestand getreten war, nahm daran teil. Er war vierundneunzig Jahre alt und lebte nur deshalb noch, weil er sich prothetologische Ersatzteile hatte bauen lassen, welche die Funktion von Leber und Nieren übernommen hatten. Das Dinner erreichte seinen Höhepunkt, als Magdescu das Glas erhob und einen Toast auf den Hundertfünfzigjährigen ausbrachte.

Andrew hatte sich die Gesichtsmuskeln korrigieren lassen und war in der Lage, mehr Ausdruck zu zeigen, während des ganzen Dinners jedoch saß er mit unbewegter Miene da. Es gefiel ihm nicht, ein hundertfünfzigjähriger Robot zu sein.

17

Die Prothetologie war es schließlich, die Andrew das All öffnete. In den Dekaden, die der Feier des Hundertfünfzigjährigen folgten, war der Mond zu einer Welt geworden, die, von der Schwerkraft abgesehen, erdähnlicher war als die Erde selbst. In ihren unterirdischen Städten war die Bevölkerungsdichte beachtlich.

Bei den prothetologischen Ersatzteilen, die Menschen eingebaut werden sollten, die auf dem Mond lebten, mußte die verringerte Schwerkraft mit in Betracht gezogen werden. Andrew verbrachte daher fünf Jahre auf dem Mond und erarbeitete mit einem Team von lunaren Prothetologen die nötigen Abänderungen. In seiner Freizeit spazierte Andrew durch die Bevölkerung von Robotern, wobei er von allen mit der ausgesuchten Höflichkeit behandelt wurde, die Roboter den Menschen entgegenbringen konnten.

Andrew kam schließlich auf eine Erde zurück, die im Vergleich zum Mond langweilig und ruhig war. Kaum wieder in New York angekommen, machte Andrew einen Besuch in der Kanzlei. Der momentane Kanzleichef, ein gewisser Simon DeLong, war erstaunt. »Wir wußten zwar, daß Sie zurückkommen, Andrew«, sagte er, »haben Sie aber erst nächste Woche erwartet.«

»Ich habe es plötzlich nicht mehr ausgehalten«, sagte Andrew und kam übergangslos zur Sache. »Auf dem Mond, Simon, war ich der Chef eines Teams von zwanzig menschlichen Wissenschaftlern. Ich gab Befehle, die niemand auch nur in Frage stellte. Die lunaren Roboter behandelten mich wie einen Menschen. Warum, frage ich Sie, bin ich dann kein Mensch?«

Besorgnis machte sich auf dem Gesicht des Kanzleichefs breit. »Mein lieber Andrew«, sagte er. »Wie Sie eben betont haben, werden Sie sowohl von Menschen als auch von Robotern wie ein Mensch behandelt, also sind Sie *de facto* ein Mensch.«

»*De facto* ein Mensch zu sein genügt mir nicht. Ich möchte nicht nur wie ein Mensch behandelt werden, ich möchte offiziell als Mensch identifiziert werden. Ich möchte *de jure* ein Mensch sein.«

»Moment«, sagte Simon DeLong, »da wird die Angelegenheit kompliziert. Da stoßen wir mit den Vorurteilen der Menschen und der Tatsache zusammen, daß Sie trotz aller menschlichen Behandlungen eben kein Mensch *sind*.«

»Wie ist dieses *Nicht-Menschsein* begründet?« fragte Andrew. »Ich habe die Gestalt eines Menschen und besitze Organe, die menschlichen Organen entsprechen. Meine Organe sind identisch mit denen, die sich in prothetisierten Menschen befinden. Ich habe künstlerisch, literarisch und wissenschaftlich gearbeitet und der

Kultur des Menschen mehr beigesteuert als je ein Mensch. Was kann man denn mehr verlangen?«

»Ich persönlich würde nie wagen, mehr zu verlangen. Das schwierige ist, daß der Oberste Gerichtshof der Welt Sie als Mensch anerkennen müßte.«

»An wen soll ich mich diesbezüglich wenden?«

»Ich würde sagen, an den Vorsitzenden des Komitees für Technologie und Naturwissenschaften. Er fungiert nämlich als Gutachter beim Obersten Gerichtshof.«

»Können Sie mir einen Termin bei ihm verschaffen?«

»Aber Sie brauchen doch niemand, der das für Sie erledigt. In Ihrer Position . . .«

»Nein, Sie erledigen das«, sagte Andrew, wobei ihm gar nicht einfiel, daß er in dem Moment einem Menschen Befehle gab. Es war ihm auf dem Mond zur Gewohnheit geworden. »Ich möchte, daß er von vornherein weiß, daß die Kanzlei Feingold & Martin meinen Antrag gutheißt und damit unterstützt.«

»Aber . . .«

»Unterstützt, Simon. In einhundertdreiundsiebzig Jahren habe ich dieser Kanzlei auf die eine oder andere Weise nur Vorteile gebracht. In der Vergangenheit war ich stets eng mit Anwälten dieser Kanzlei befreundet. Das ist nun nicht mehr der Fall, deswegen kann ich meine Zinsen verlangen, ohne irgendwelche Hemmungen haben zu müssen.«

»Ich werde tun, was ich kann«, sagte DeLong sichtlich betreten.

18

Der Vorsitzende des Komitees für Technologie und Naturwissenschaften stammte aus Ostasien und war eine Frau. Die Frau hieß Chee-Li-Hsing und sah in ihrem transparenten Gewand, das an gewissen Stellen auf Wunsch durch Reflexion undurchsichtig gemacht werden konnte, aus, als sei sie in glitzernde Plastikfolie gewickelt.

»Ich verstehe Ihren Wunsch, volle Menschenrechte zu erlangen«, sagte sie. »Es hat Zeiten gegeben, wo die Menschen um Menschenrechte kämpfen mußten. Aber, welche Rechte wollen Sie denn haben, die Ihnen noch nicht eingeräumt sind?«

»Das Recht auf mein Leben ist mir noch nicht eingeräumt«, sagte Andrew. »Als Robot kann ich jederzeit verschrottet werden.«

»Und als Mensch können Sie jederzeit hingerichtet werden.«

»Nur dann, wenn ein Prozeß vorausgegangen ist. Für das Verschrotten eines Robots ist das nicht Voraussetzung. Das Wort eines autoritätsgewaltigen Menschen genügt. Außerdem – außerdem ...« Andrew versuchte verzweifelt, kein bittendes Wort zu gebrauchen, aber sein neuerworbenes Mienenspiel und seine Stimme verrieten ihn. »Ich möchte eben ein *Mensch* sein. Seit sechs Menschengenerationen wünsche ich nichts sehnlicher, als ein *Mensch* zu sein.«

Chee-Li-Hsing sah ihn mit dunklen, mitfühlenden Augen an. »Der Oberste Gerichtshof der Welt kann Sie zum Menschen erklären – er könnte sogar eine Statue aus Stein zu einem Menschen erklären. Ob er es allerdings tut, ist im ersten Fall so fraglich wie im zweiten. Auch Weltgerichtspräsidenten sind Menschen wie alle anderen, und das Mißtrauen gegen Roboter existiert eben.«

»Nach wie vor?«

»Nach wie vor. Jeder wird sich darüber im klaren sein, daß Sie es verdienen, ein Mensch zu sein, aber die Angst, einen Präzedenzfall zu schaffen, wird dadurch nicht gemindert sein.«

»Von einem Präzedenzfall kann keine Rede sein, denn ich bin der einzige freie Robot der Welt, der einzige Robot meiner Art. Einen zweiten Andrew Martin wird es nie geben. Sie können sich bei der U. S. Robots erkundigen.«

»Andrew«, sagte Chee-Li-Hsing, »oder Mr. Martin, wenn Ihnen das lieber ist, ich persönlich würde Ihren Antrag unterstützen, aber der Oberste Gerichtshof wird nicht bereit sein, diesen Präzedenzfall zu schaffen, ganz gleich, wie bedeutungslos er durch die eben von Ihnen genannten Argumente sein würde. Sie haben mein vollstes Verständnis, Mr. Martin, aber Hoffnungen kann ich Ihnen keine machen.«

»Aber ...«

»Moment, lassen Sie mich schnell noch etwas hinzufügen«, sagte Chee-Li-Hsing und lehnte sich zurück, die Stirn in tiefe Falten gelegt. »Falls die Debatte um das Recht, das Sie verlangen, zu heftig wird, könnte man vielleicht auf die Idee kommen, Ihre Argumente gegen Sie zu verwenden. Sie selbst betonen, daß ein Roboter jederzeit verschrottet werden kann. Sich auf diese Weise Ihrer zu entledigen, wäre der leichteste Ausweg aus dem Dilemma. Bedenken Sie das gut, bevor Sie sich an den Obersten Gerichtshof wenden.«

»Wird sich niemand an die Prothetologie erinnern, einen Wissenschaftszweig, den ich immens gefördert habe?«

»So grausam Ihnen das erscheinen mag, nein. Es wird sich niemand daran erinnern. Höchstens, um es gegen Sie zu verwenden. Man wird behaupten, daß Sie die Prothetologie lediglich für sich selbst erfunden haben. Man wird behaupten, daß Sie den neuen Wissenschaftszweig im Zuge einer Kampagne gefördert haben, die zur Robotisierung des Menschen führen sollte, beziehungsweise zur Vermenschlichung des Robots. Sie sind nie Ziel einer politischen Haßkampagne gewesen, Mr. Martin, und ich schwöre Ihnen, daß man Sie zum Gegenstand übelster Verleumdungen machen und es Leute geben wird, welche diese Lügen auch noch glauben werden.«

»Falls ich mich dazu entschließen sollte, für mein Recht zu kämpfen, stehen Sie dann auf meiner Seite?«

Chee-Li Hsing überlegte einen Moment lang. »Soweit es mir möglich ist – ja«, antwortete sie schließlich. »Falls meine Haltung zu irgendeinem Zeitpunkt meine politische Zukunft bedroht, werde ich Sie fallenlassen müssen, denn es handelt sich hier um eine Sache, die mit meinen Überzeugungen nicht ganz in Einklang zu bringen ist. Verzeihen Sie, aber das ist die Wahrheit.«

»Vielen Dank, mehr verlange ich nicht«, sagte Andrew. »Ich werde um mein Recht kämpfen, ganz gleich, was dabei herauskommt, und werde Sie nur so lange um Ihre Hilfe bitten, solange Sie in der Lage sind, sie mir zu gewähren.«

19

Es war kein offener Kampf. Feingold & Martin rieten zur Geduld, und Andrew erwiderte, er habe alle Geduld dieser Erde. Feingold & Martin entschlossen sich endlich zu einer Kampagne, die das Schlachtfeld kleiner machen und genau abstecken sollte. Sie konstruierten einen Rechtsfall und lehnten in einem Prozeß Schuldforderungen an ihren fingierten Klienten mit der Begründung ab, der Gläubiger hatte ein prothetologisches Herz, also ein Robotorgan, durch dessen Besitz er sich selbst der Menschenrechte begeben hätte. Als Individuum ohne Menschenrechte habe er kein Recht, Schulden einklagen zu wollen.

Sie führten den Prozeß geschickt und hartnäckig, verloren bei jedem Schritt, aber auf eine Weise, daß der Urteilsspruch so allgemein wie möglich abgefaßt und dem Obersten Gerichtshof vorgelegt werden mußte.

Es dauerte Jahre und kostete Millionen.

Als der letzte und endgültige Urteilsspruch kam, feierte DeLong die juristische Niederlage als großen Sieg. Andrew war zu diesem Anlaß natürlich in die Kanzlei gebeten worden.

»Wir haben zwei Dinge erreicht, Andrew«, sagte er, »von denen beide ausgezeichnet sind. Erstens haben wir die unumstößliche Behauptung herausgefordert, daß der menschliche Körper auch dann noch ein menschlicher Körper ist, wenn er mit einer unbegrenzten Anzahl von prothetologischen Ersatzteilen gespickt ist. Und zweitens haben wir die öffentliche Meinung dahingehend beeinflußt, daß sie an einer großzügigen Interpretation des Begriffs Mensch interessiert ist, da jeder einzelne hofft, durch prothetische Ersatzteile länger am Leben zu bleiben.«

»Und glauben Sie, daß mein Antrag am Obersten Gerichtshof durchgehen wird?« fragte Andrew.

DeLong machte keinen zuversichtlichen Eindruck. »Da bin ich nicht zu optimistisch, muß ich gestehen. Es geht um das eine Organ, das der Oberste Gerichtshof als Kriterium angeführt hat. Der Mensch besitzt ein Gehirn, das aus organischen Zellen zusammengesetzt ist, während der Robot, wenn er überhaupt eins hat, ein Positronengehirn besitzt, das aus einer Platin-Iridium-Legierung gefertigt ist – und genau so ein Gehirn haben Sie, Andrew ... Nein, bitte nicht diesen Blick. Ein künstliches Gehirn herzustellen, das wie das Gehirn des Menschen aus organischer Substanz ist und somit vom Obersten Gerichtshof anerkannt werden müßte, ist ein Ding der Unmöglichkeit. Nicht einmal Ihnen wird das gelingen.«

»Was machen wir dann?«

»Wir stellen erst einmal den Antrag, das ist klar. Chee-Li-Hsing wird auf unserer Seite sein, und wie sich der Präsident zu dem Problem verhält, wird sich herausstellen. Unsere Chancen sind gering,

Andrew, das betone ich noch einmal, aber wir werden die Sache durchfechten.«

»Mit allen Mitteln«, sagte Andrew.

20

Chee-Li-Hsing war seit dem ersten Gespräch mit Andrew sichtlich gealtert. Sie trug längst keine transparenten Gewänder mehr. »Wir haben alles versucht«, sagte sie, »und werden es nach der Pause noch einmal versuchen, aber die Niederlage ist sicher. Meine Bemühungen haben lediglich dazu geführt, mich in ein sehr schlechtes Licht zu rücken.«

»Ich weiß«, sagte Andrew, »und es betrübt mich sehr. Sie haben bei unserem ersten Gespräch betont, daß Sie mich fallenlassen würden, wenn dieser Punkt erreicht ist. Warum haben Sie es nicht getan?«

»Weil man seine Meinung ändern kann. Sie fallenzulassen wäre teurer gekommen, als ich zu akzeptieren bereit war. Ich bin lediglich noch eine Sitzungsperiode auf meinem Posten, also kann man mir nicht mehr viel anhaben.«

»Gibt es keine Möglichkeit, den Gerichtshof umzustimmen?«

»Alle, die sich von der Vernunft leiten lassen, sind bereits umgestimmt. Der Rest – leider die Mehrheit – kommt von seinen gefühlsbetonten Antipathien nicht ab.«

»Gefühlsbetonte Antipathien sind kein gültiger Grund für einen Gerichtsentscheid.«

»Ich weiß, Andrew, aber das geben sie ja auch nicht als Grund an.«

»Es läuft also auf das Gehirn hinaus«, sagte Andrew vorsichtig. »Muß man dieses Problem denn auf der Ebene Zellen gegen Positronen belassen? Gibt es keine Möglichkeit, ein Gehirn nach seiner Funktionsfähigkeit zu definieren? Muß denn überhaupt ausgesprochen werden, aus was für einem Material das Gehirn besteht? Kann man nicht sagen, daß das Gehirn etwas ist, was eine gewisse Stufe der Denkfähigkeit ...«

»Funktioniert nicht«, sagte Chee-Li-Hsing kopfschüttelnd. »Ihr Gehirn ist von Menschen angefertigt, das menschliche Gehirn nicht. Ihr Gehirn ist konstruiert, das Gehirn eines Menschen hat sich biologisch entwickelt. Für Menschen, die fest entschlossen sind, die Schranke zwischen sich und dem Robot aufrechtzuerhalten, sind diese Unterschiede ein Eiserner Vorhang von einer Meile Dicke und zehn Meilen Höhe.«

»Wenn man herausfinden könnte, was die Quelle dieser Antipathien ...«

»Nach all Ihren Jahren«, sagte Chee-Li-Hsing mit einem Anflug von Traurigkeit in der Stimme, »versuchen Sie immer noch, dem Menschen mit Logik zu kommen? Aber, Andrew, seien Sie mir nicht böse, es ist der Robot in Ihnen, der Sie dazu veranlaßt.«

»Ich weiß nicht«, sagte Andrew. »Wenn ich mich dazu bringen könnte ...«

21

Wenn er sich dazu bringen könnte ...

Er hatte seit langem gewußt, daß es darauf hinauslaufen würde, und suchte schließlich einen Chirurgen auf. Er hatte einen ausfindig gemacht, der geeignet war, diese Operation durchzuführen. Daß der Chirurg ein Roboter war, versteht sich von selbst. Keinem Menschen hätte Andrew das nötige Vertrauen entgegenbringen können, weder was die chirurgischen Fähigkeiten anbelangte noch die Emotionslosigkeit.

An einem Menschen hätte der Chirurg die Operation nicht durchführen dürfen, also gab Andrew nach einem kurzen inneren Kampf zu, daß auch er ein Roboter sei.

»Ich befehle Ihnen«, sagte er anschließend in dem bestimmten Ton, den er sich in den letzten Dekaden angewöhnt hatte und auch Menschen gegenüber anschlug, »die Operation an mir durchzuführen.«

22

Das Gefühl von Schwäche, das er empfand, mußte Einbildung sein. Er hatte die Operation schließlich gut überstanden. So unauffällig wie möglich lehnte er sich an die Wand. Sich hinzusetzen wäre ein zu eindeutiges Zeichen seines angegriffenen Zustandes gewesen.

»Diese Woche wird das Urteil gesprochen«, sagte Chee-Li-Hsing. »Länger konnte ich es nicht hinausschieben. Wir werden verlieren, Andrew, ich bin leider überzeugt davon.«

»Ich bin Ihnen sehr dankbar, daß Sie den Aufschub erwirkt haben«, sagte Andrew. »Die Zeit reichte gerade aus.«

»Wofür?« fragte Chee-Li-Hsing.

»Ich konnte es Ihnen vorher nicht sagen, Chee. Auch den Leuten von Feingold & Martin nicht. Man hätte mich unter Garantie davon abgehalten. Sehen Sie, wenn das Gehirn der umstrittene Punkt ist, dann wohl deshalb, weil die Unsterblichkeit die größte Rolle spielt. Wen kümmert es wirklich, wie ein Gehirn aussieht oder aus welcher Masse es besteht? Daß Gehirnzellen sterben, sterben *müssen*, das ist der wesentliche Punkt. Selbst wenn jedes andere Organ eines Körpers funktionsfähig bleibt oder gegen ein prothetologisches Ersatzteil ausgetauscht ist, kann das Gehirn ohne die Veränderung und damit die Tötung der Personalität nicht ausgetauscht werden und muß daher sterben.

Meine positronischen Gehirnbahnen haben fast zwei Jahrhunderte lang ihren Dienst getan und können noch jahrhundertelang ihren Dienst tun, und das ohne Verschleißerscheinungen. Ist *das* nicht die fundamentale Schranke? Einen unsterblichen Robot tolerieren die Menschen, weil es ihnen egal ist, wenn eine Maschine ewig lebt. Einen unsterblichen Menschen tolerieren die Menschen jedoch nicht, weil sie selbst sterblich sind. Aus diesem Grund lehnen sie es ab, mir Menschenrechte zuzusprechen.«

»Worauf wollen Sie hinaus?« fragte Chee-Li-Hsing.

»Ich habe das Problem beseitigt, Chee«, sagte Andrew. »Vor mehreren Dekaden wurde mein Positronengehirn an ein quasi-organisches Nervensystem angeschlossen. Durch eine letzte Operation wurde ein Prozeß eingeleitet, in dessen Verlauf das Potential meiner Gehirnbahnen langsam, sehr langsam von diesem Anschluß abgezogen wird.«

Das zerknitterte Gesicht Chee-Li-Hsings blieb ausdruckslos, nur ihre Lippen wurden schmal. »Wollen Sie damit sagen, daß Sie sich sterblich haben machen lassen?« fragte sie. »Das kann doch nicht sein. Damit hätten Sie ja das Dritte Gesetz verletzt.« Sie griff nach seinem Arm. »Andrew«, sagte sie, »das durften Sie nicht. Machen Sie es rückgängig.«

»Das kann nicht rückgängig gemacht werden«, sagte Andrew.

»Es ist bereits zuviel Schaden angerichtet. Ich habe noch ein Jahr zu leben – ungefähr. Den zweihundertsten Jahrestag meiner Fertigstellung werde ich noch feiern können. Ich war sentimental genug, den Chirurgen darum zu bitten.«

»Das kann es nicht wert sein. Andrew, Sie sind ein Narr.«

»Wenn es mir die Bezeichnung Mensch einbringt, war es die Sache wert«, sagte Andrew. »Bringt es mir die Bezeichnung Mensch nicht ein, dann wenigstens das Ende der ständigen Sehnsucht danach, und auch das ist es wert.« Und dann tat Chee-Li-Hsing etwas, was sie selbst erstaunte: Sie weinte.

23

Es war merkwürdig, wie stark die Welt auf seine letzte Tat reagierte. Alles, was Andrew bis dahin getan hatte, war mehr oder weniger als selbstverständlich hingenommen worden. Aber jetzt hatte er sogar den Tod in Kauf genommen, um seine Menschwerdung durchzusetzen, und dieses Opfer bewegte die Massen.

Der offizielle Akt der Feierlichkeiten wurde auf den 200. Jahrestag seiner Fertigstellung festgesetzt. Der Weltpräsident gratulierte Andrew persönlich, die Verlesung des Urteilsspruches wurde sogar auf den Mondstaat und in die Marskolonie übertragen.

Andrew saß im Rollstuhl. Er konnte zwar noch gehen, aber nur noch ein paar Schritte.

»Vor fünfzig Jahren«, sagte der Präsident, und die gesamte Menschheit sah zu, »wurden Sie zum hundertfünfzigjährigen Robot erklärt, Andrew. Heute erkläre ich Sie zum zweihundertjährigen Menschen, Mr. Martin.«

Und lächelnd streckte Andrew die Hand aus und schüttelte die des Präsidenten.

24

Andrew lag im Bett, und seine Gedanken schwanden langsam dahin.

Verzweifelt klammerte er sich an ihnen fest. Ein Mensch! Er war ein *Mensch*! Das sollte sein letzter Gedanke sein. Mit diesem Gedanken wollte er sich auflösen – wollte er sterben.

Noch einmal schlug er die Augen auf und erkannte Chee-Li-Hsing, die an seinem Bett stand. Auch andere waren da, aber sie waren unkenntliche Schatten. Nur Chee-Li-Hsing hob sich von dem immer dunkler werdenden Grau ab. Vorsichtig streckte er die Hand aus und fühlte ganz schwach, wie Chee-Li-Hsing sie nahm.

Sie verschwamm vor seinem Blick, und der letzte seiner Gedanken floß dahin.

Bevor er jedoch völlig verschwunden war, kam noch ein allerletzter, flüchtiger Gedanke und verweilte einen Augenblick lang in seinem Gedächtnis, bevor alles aufhörte.

»Little Miss«, flüsterte er so leise, daß niemand es hörte.

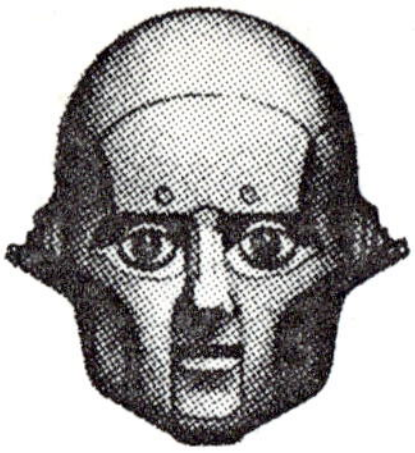

EINES TAGES...

Niccolo Mazzetti lag bäuchlings auf dem Teppich, das Kinn in seine Hände gestützt, und lauschte gerührt der Stimme des Märchenerzählers. In seinen dunklen Augen glänzten sogar Tränen – ein Luxus, den sich ein Elfjähriger nur erlauben konnte, wenn er allein war.

Der Märchenerzähler sagte: »Inmitten eines tiefen, dunklen Waldes lebte einmal ein armer Holzfäller mit seinen beiden mutterlosen Töchtern. Beide waren so schön, wie der Tag lang ist. Die ältere Tochter hatte langes Haar, so schwarz wie die Flügelfedern eines Raben, aber das Haar der jüngeren Tochter war hell und golden wie das Sonnenlicht an einem Herbsttag.

Jeden Tag, wenn die Mädchen warteten, daß ihr Vater von seiner Arbeit im Wald heimkehrte, saß die ältere Tochter vor ihrem Spiegel und sang...«

Was sie sang, konnte Niccolo nicht mehr hören, denn von draußen klang ein lauter Ruf herein: »He, Nickie!«

Und Niccolo, dessen Gesicht sich sofort aufhellte, rannte ans Fenster und schrie: »He, Paul!«

Paul Loeb winkte ihm aufgeregt. Er war magerer als Niccolo und nicht ganz so groß, obwohl er sechs Monate älter war. Sein Gesicht war voll von mühsam unterdrückter Erregung, die sich am deutlichsten im nervösen Flattern seiner Augenlider ausdrückte. »He, Nickie, laß mich rein. Ich habe eine Idee.«

Er blickte hastig umher, als rechnete er mit der Anwesenheit von Lauschern, aber der Vorgarten war leer.

»Augenblick. Ich mach' dir auf.«

Der Märchenerzähler spann seinen Faden weiter, ungeachtet der Tatsache, daß ihm sein Zuhörer verlorengegangen war. Als Paul das Zimmer betrat, sagte der Märchenerzähler gerade:

»... darauf knurrte der Löwe: ›Wenn du mir das Ei des Vogels bringst, der alle zehn Jahr einmal über den Ebenholzberg fliegt, werde ich ...‹«

Paul sagte: »Ist das ein Märchenerzähler, dem du da zuhörst. Ich wußte gar nicht, daß du einen hast.«

Niccolo errötete. »Nur ein altes Ding, das ich als kleiner Junge hatte«, entschuldigte er sich. »Es taugt nicht viel, ich weiß.« Damit der andere ihm auch glaubte, versetzte er dem Märchenerzähler einen Fußtritt. Das zerkratzte und schon etwas verblichene Plastikgehäuse bekam einen feinen Sprung.

Der Märchenerzähler reagierte mit einem Schluckauf, dann fuhr er fort: »... ein ganzes Jahr und einen Tag lang, bis die eisernen Schuhe abgetragen waren. Dann blieb die Prinzessin am Straßenrand stehen ...«

»Mensch, das ist aber ein altes Modell«, sagte Paul mit einem kritischen Blick.

Niccolo zuckte bei der verächtlichen Bemerkung des anderen zusammen. Für einen Moment bedauerte er, Paul hereingelassen zu haben. Wenigstens hätte er den Märchenerzähler vorher noch schnell in den Keller zurücktragen sollen, wo er seinen Ruheplatz hatte. Schließlich hatte er ihn nur aus Verzweiflung über den traurigen Tag und über eine fruchtlose Diskussion mit seinem Vater wieder zum Leben erweckt. In Pauls Gegenwart fühlte sich Niccolo ohnehin unterlegen, denn Paul war ein begabter Junge und nahm in der Schule an Sonderkursen teil, und alle sagte, daß er es eines Tages zum Elektroingenieur bringen würde.

Nicht daß Niccolo ein schlechter Schüler gewesen wäre. Er brachte es in Logik, Elektrotechnik und Physik, welches die Hauptfächer der Grundschulausbildung waren, auf befriedigende Noten, und eines Tages würde er wie jeder andere vor irgendeiner Schalttafel sitzen und Maschinen überwachen.

Aber Paul wußte schon jetzt viel über mysteriöse Dinge wie Mathematik, Magnetspeicherung, Vielkreissysteme und Programmierung. Niccolo versuchte nicht einmal, ihn zu verstehen, wenn Paul davon anfing.

Paul hörte dem Märchenerzähler ein paar Minuten lang zu, dann fragte er: »Benützt du das Ding oft?«

»Nein!« sagte Niccolo beleidigt. »Ich hatte es immer im Keller und habe es erst heute herausgeholt . . .« Ihm fiel keine passende Entschuldigung ein, also schloß er: »Ich habe es eben wieder hervorgekramt.«

»Erzählt er immer nur von Holzfällern und Prinzessinnen und sprechenden Tieren?«

»Papa sagt, wir könnten uns keinen neuen leisten«, antwortete Niccolo ausweichend. »Und da dachte ich eben, ich könnte diesen alten noch einmal probieren. Aber es hat keinen Zweck.«

Paul schaltete den Märchenerzähler aus und drückte auf eine breite Taste, was eine Umorientierung und Neuzusammenstellung der gespeicherten Wörter, Personen, Handlungsabläufe und Pointen zur Folge hatte. Dann schaltete er ihn wieder ein.

Der Märchenerzähler begann: »Es war einmal ein kleiner Junge namens Willikins, dessen Mutter gestorben war und der mit seinem Stiefvater und einem Stiefbruder lebte. Obwohl sein Stiefvater ein sehr reicher Mann war, neidete er dem armen Willikins sogar das Bett, worin er schlief. So mußte Willikins im Pferdestall auf einem Strohhaufen schlafen . . .«

»Pferde!« rief Paul.

»Das ist eine Art von Tieren, glaube ich«, sagte Niccolo.

»Ich weiß! Aber stell dir doch vor: Geschichten über Pferde!«

»Er redet die ganze Zeit von Pferden«, mußte Niccolo zugeben. »Außerdem kommen auch sehr oft Dinger vor, die Kühe heißen. Man kann sie melken, aber der Märchenerzähler sagt nicht, wie.«

»Warum baust du ihn dann nicht um?«

»Ich kann es ja nicht.«

Der Märchenerzähler sagte: »Oft wünschte sich Willikins, daß er reich und mächtig wäre, damit er seinem Stiefvater und Stiefbruder zeigen könnte, was es bedeutete, zu einem kleinen Jungen grausam zu sein. Und so machte er sich eines Tages auf, um in die Welt hinauszuziehen und sein Glück zu suchen.«

Paul hatte nicht zugehört. »Es ist ganz einfach«, sagte er unvermittelt. »Das Ding hat Zylinderspeicher für alle möglichen Zwecke, aber darum brauchen wir uns nicht zu kümmern. Es sind nur die Wörter, die wir ändern müssen; das Vokabular, verstehst du. Das ist nötig, damit es über Computer und Automation und Elektronik

Bescheid weiß. Dann kann es interessante Geschichten über moderne Sachen erzählen, statt immer nur von Prinzessinnen und Königen und Pferden.«

»Das wäre schön«, sagte Niccolo sehnsüchtig.

Paul sagte: »Hör mal, mein Papa hat mir einen richtigen Märchenerzähler versprochen, ein neues Modell, wenn ich die Aufnahmeprüfung für die höhere Schule bestehe. Ein großes, das Weltraumgeschichten und alles erzählen kann und das mit einem Fernsehgerät gekoppelt ist!«

»Du meinst, dann kann man die Geschichten auch sehen?«

»Klar. Mr. Daugherty von der Schule hat gesagt, daß es jetzt so etwas gibt, aber noch nicht für jeden. Du darfst dann zu mir kommen, und wir sehen alles gemeinsam, Nickie.«

»Oh, das wäre ... Danke!«

»Schon gut. Aber vergiß nicht, ich bestimme, was für Geschichten wir hören und sehen.«

»Klar. Sicher.« Niccolo war bereit, jede Bedingung zu akzeptieren.

Pauls Aufmerksamkeit richtete sich wieder auf den Märchenerzähler. Er sagte gerade: »... ›wenn das der Fall ist‹, sagte der König, strich sich den Bart und zog die Brauen düster zusammen, daß Wolken den Himmel erfüllten und Blitze zur Erde herunterzuckten, ›wirst du dafür sorgen, daß mein ganzes Land bis übermorgen um diese Zeit von Fliegen befreit ist, oder ...«

»Wir brauchen ihn nur aufzumachen«, meinte Paul. Er schaltete den Märchenerzähler aus und begann an der Rückwand zu zerren.

»He«, sagte Niccolo erschrocken. »Mach ihn nicht kaputt.«

»Keine Angst«, erklärte Paul selbstbewußt. »Ich kenne mich mit diesen Sachen aus.« Dann, mit plötzlicher Besorgnis: »Sind deine Eltern da?«

»Nein.«

»Gut.« Er löste die Rückwand aus dem Rahmen und spähte ins Innere des Märchenerzählers. »Mensch, der hat ja nur drei Speicherzylinder!« Er schnaufte geringschätzig und wühlte in den Eingeweiden des Märchenerzählers herum. Niccolo, der mit gemischten Gefühlen zusah, konnte nicht sehen, was Paul machte.

Schließlich zog Paul einen dünnen, flexiblen Metallstreifen heraus. »Das ist der Speicher für das Vokabular und die Satzbildung, das Gedächtnis des Märchenerzählers. Ich wette, seine Kapazität für Kombinationen liegt noch unter einer Milliarde.«

»Was willst du machen?« fragte Niccolo ängstlich.

»Ich gebe ihm ein neues Vokabular.«

»Wie?«

»Ganz leicht. Ich habe ein Buch hier. Mr. Daugherty hat es mir in der Schule gegeben.« Paul zog es aus der Tasche, nahm den Plastikverschluß herunter und spulte ein kleines Stück vom Magnetband ab. Er fädelte ein Ende in das Aufnahmegerät des Märchenerzählers ein, stellte ihn auf Flüsterlautstärke ein und nahm weitere Vorrichtungen vor.

»Was soll das?« fragte Niccolo, der inzwischen schon bedauerte, das Gerät seinem Freund überantwortet zu haben.

»Mann, du bist ein Einfaltspinsel! Dieses Buch handelt von Computern und Automation, und der Märchenerzähler bekommt jetzt alle diese Informationen. Dann wird er aufhören, von Königen zu reden, die Blitze machen können, wenn sie die Stirn runzeln.«

Niccolo nickte halb überzeugt. »Es ist gar nicht spannend, weil der Gute sowieso immer gewinnt. Man weiß es schon im voraus.«

»So machen sie die Märchenerzähler«, sagte Paul, ohne von seiner Arbeit aufzublicken. »Die Guten müssen immer gewinnen und die Bösen immer verlieren, und solche Sachen. Ich habe gehört, wie mein Vater einmal darüber geredet hat. Er sagt, ohne Zensur wäre es gar nicht auszudenken, was aus der jüngeren Generation werden würde. Er sagt, es wäre schon so schlimm genug ... Da, jetzt geht es.«

Er wischte seine Hände an der Hose ab und stand auf. »Hör zu, ich habe dir noch nicht von meiner Idee erzählt. Es ist die beste Idee, von der du je gehört hast, wette ich. Ich bin gleich zu dir gekommen, weil ich dachte, du würdest mitmachen.«

Niccolo nickte heftig.

»Gut. Du kennst Mr. Daugherty von der Schule? Du weißt, was für ein komischer Kerl er ist. Ich glaube, er mag mich irgendwie.«

»Ich weiß.«

»Heute war ich nach der Schule bei ihm.«

»Wirklich?«

»Sicher. Er hat gesagt, daß ich in die Computerschule kommen werde, und daß er mir helfen will. Er sagt, daß solche Leute überall gebraucht werden, weil es immer schwieriger wird, jemanden zu finden, der wirklich mit Computern umgehen kann. Na, er hat mich mit zu sich genommen und mir seine Sammlung alter Computer gezeigt. Es ist sein Hobby. Er hat ganz kleine, die man tragen kann, und Rechenmaschinen, wie sie früher in Gebrauch waren. Er hat sogar ein Stück Papier, das er eine Multiplikationstabelle nannte.«

Niccolo, der nur mit mäßigem Interesse zugehört hatte, sagte: »Warum haben die Leute damals nicht einfach einen Computer genommen?«

»Das war doch, bevor sie welche hatten!« rief Paul.

»Vorher?«

»Na klar. Denkst du, die Leute hatten schon immer Computer? Hast du noch nie von Höhlenmenschen gehört?«

Niccolo errötete. »Aber wie kamen sie denn ohne Computer zurecht?«

»Das weiß ich auch nicht. Mr. Daugherty sagt, die Leute hätten damals einfach getan, was ihnen in die Köpfe kam, egal ob es gut war oder schlecht. Sie wußten nicht einmal, ob es gut war oder nicht. Die Farmer arbeiteten mit den Händen, und die Leute mußten alle Arbeit in den Fabriken machen und alle Maschinen bedienen.«

»Das glaube ich dir nicht.«

»Mr. Daugherty hat es gesagt. Es war ein furchtbares Durcheinander, sagt er, und die meisten Leute lebten im Elend. Aber jetzt laß mich endlich meine Idee erzählen.«

»Fang schon an«, sagte Niccolo beleidigt. »Niemand hindert dich daran.«

»Also, die Multiplikationstabelle bestand aus lauter kleinen Zeichen. Ich fragte, was sie bedeuten sollten, und Mr. Daugherty sagte, es wären Zahlen.«

»Was?«

»Jedes Zeichen war eine Zahl. Für eins machst du ein Zeichen, für zwei ein anderes, für drei wieder ein anderes, und so weiter.«

»Wozu?«

»So konnten die Leute ohne Computer rechnen. Natürlich mußten sie wissen, was die verschiedensten Zeichen bedeuteten. Mr. Daugherty sagt, daß früher alle Kinder diese Zeichen lernen mußten. Sie wurden auf Papier gemalt, das nannte man *schreiben*.

Und das Entschlüsseln nannte man *lesen*. Er sagt, früher hätten die Leute ganze Bücher in solchen Zeichen geschrieben, und es gäbe noch welche im Museum, und wenn ich wollte, könnte ich sie mir dort ansehen. Ich habe schon alle Zahlen bis neun gelernt.«

Er fuhr mit einem Finger durch die Luft, um es Niccolo zu zeigen. »Man kann lernen, ganze Worte zu schreiben. Ich fragte Mr. Daugherty, welche Zeichen man für ›Paul Loeb‹ machen muß, aber er wußte es nicht. Er sagte, im Museum wären Leute, die es mir sagen könnten. Diese Leute könnten sogar ganze Bücher entschlüsseln. Wenn wir also zum Museum gehen, können wir lernen, wie man Wörter in Zeichen schreibt. Sie werden es uns zeigen, weil ich in die Computerschule gehen werde.«

Niccolo war enttäuscht. »Ist das deine ganze Idee? Das ist doch langweilig, Paul. Immer nur Zeichen zu malen!«

»Kapierst du denn immer noch nicht? Du Dussel. Man kann damit geheime Botschaften schreiben!«

»Was?«

»Klar. Wozu ist das Reden gut, wenn dich jeder verstehen kann? Mit diesen Zeichen kann man geheime Botschaften schicken. Du kannst sie auf Papier schreiben, und niemand weiß, was du damit sagst, wenn er die Zeichen nicht selber kennt. Wir könnten einen Klub aufziehen, mit Regeln und einem Hauptquartier . . .«

In Niccolos Brust begann sich Begeisterung zu regen. »Was für geheime Botschaften?«

»Alle möglichen. Angenommen, ich will dir sagen, daß du zu mir kommen und den neuen Märchenerzähler sehen sollst, aber ich will nicht, daß die anderen es mitbekommen. Ich mache die entsprechenden Zeichen auf ein Stück Papier und gebe es dir. Du siehst es an und weißt Bescheid. Sonst keiner. Du kannst es sogar zeigen, und sie haben trotzdem keine Ahnung.«

»Ha, das ist was!« stimmte Niccolo zu. Er war gewonnen. »Wann wollen wir anfangen?«

»Morgen«, entschied Paul. »Ich werde Mr. Daugherty bitten, daß er mit den Leuten vom Museum spricht. Dann können wir gleich nach der Schule hingehen und lernen.«

»Prima!« rief Niccolo. »Wir werden die Klubvorsitzenden!«

»Ich werde Klubpräsident sein«, erklärte Paul beiläufig. »Du kannst Vizepräsident werden.«

»Ist gut. Das wird fein. Das wird mehr Spaß machen als der

Märchenerzähler.« Er erinnerte sich plötzlich und fragte ängstlich: »He, was ist mit meinem alten Märchenerzähler?«

Paul untersuchte ihn kurz. Der Apparat nahm das langsam ablaufende Magnetband auf. Man hörte nur ein schwach vernehmbares Gemurmel. Paul wartete, bis das Band abgelaufen war, dann unterbrach er den Kontakt und steckte die Spule des Buches wieder ein. Anschließend setzte er die Rückwand wieder ein und aktivierte den Märchenerzähler. Niccolo schaute beklommen zu, aber tatsächlich, das Signal leuchtete rot auf, und der Märchenerzähler sagte: »In einer großen Stadt lebte einmal ein armer kleiner Junge namens Fair Johnny, dessen einziger Freund in der Welt ein kleiner Computer war. Jeden Morgen sagte der Computer dem Jungen, ob es regnen würde, und beantwortete ihm alle Fragen. Er irrte sich nie. Aber der König des Landes hörte von dem kleinen Computer, und eines Tages geschah es, daß er ihn für sich selbst haben wollte. Zu diesem Zweck rief er seinen Großwesir zu sich . . .«

Paul schaltete den Märchenerzähler mit einer kurzen Handbewegung aus. »Derselbe alte Mist«, sagte er ärgerlich. »Nur mit einem Computer. Da kann man nichts machen. Du brauchst eben ein neues Modell.«

»Wir werden uns nie eins leisten können«, jammerte Niccolo. »Nur dieses elende alte Ding. Und nun ist es ganz verpfuscht.« Er gab dem Märchenerzähler einen zweiten Tritt, diesmal gegen die Vorderfront, daß er fast umgekippt wäre.

»Du kannst immer bei mir Geschichten hören, wenn ich meinen erst habe«, tröstete ihn Paul. »Außerdem haben wir jetzt unseren Klub.«

Niccolo nickte.

»Komm mit zu mir«, sagte Paul. »Mein Vater hat ein paar Bücher über alte Zeiten. Wir können sie uns anhören und vielleicht neue Ideen bekommen. Wenn deine Eltern zum Abendessen kommen, bist du wieder hier.«

»Okay«, sagte Niccolo, und die beiden Jungen rannten hinaus. Niccolo prallte in seinem Übereifer gegen den Märchenerzähler, rieb sich die Hüfte und rannte weiter, seinem Freund nach.

Das Aktivierungssignal des Märchenerzählers glühte rot auf. Niccolos Anprall hatte ihn angeschaltet, und obgleich er allein im Zimmer war und ihm niemand zuhörte, begann er eine neue Geschichte.

»Es war einmal ein kleiner Computer, genannt der Märchenerzähler, der ganz allein bei bösen Stiefeltern lebte. Diese grausamen Menschen machten sich über den kleinen Computer lustig, verhöhnten ihn und sagten, daß er ein Taugenichts und ein nutzloser Gegenstand sei. Sie schlugen und stießen ihn, und manchmal sperrten sie ihn monatelang in einsame Räume ein.

Doch während dieser langen schweren Zeit blieb der kleine Computer immer brav. Stets tat er sein Bestes, um die Menschen zufriedenzustellen, und allen Befehlen gehorchte er freudig. Aber die Stiefleute, bei denen er lebte, blieben grausam und herzlos.

Eines Tages lernte der kleine Computer, daß es in der Welt viele Computer aller Arten gab. Manche waren Märchenerzähler wie er selbst, aber andere leiteten Fabriken und verwalteten Städte. Viele waren sehr mächtig und sehr klug, viel mächtiger und klüger als die Stiefleute, die zu dem kleinen Computer so grausam waren.

Und da wußte der kleine Computer, daß die Computer immer mächtiger und klüger werden würden, bis sie eines Tages – eines Tages – eines Tages ...«

Im alternden und von Korrosion geplagten Körper des Märchenerzählers mußte schließlich doch eine Röhre ausgefallen sein, denn während er im allmählich dämmerig werdenden Zimmer wartete, konnte er nur noch wieder und wieder die Worte flüstern: »Eines Tages – eines Tages – eines Tages ...«

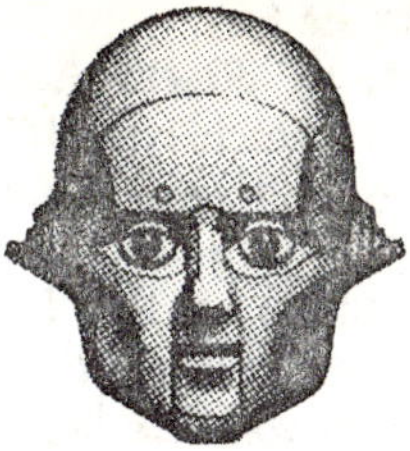

DENKE!

Dr. Genevieve Renshaws Hände waren tief in den Taschen ihres Labormantels vergraben, und ihre Fäuste zeichneten sich deutlich darin ab, aber was sie sagte, klang beherrscht.

»Tatsache ist, daß ich fast fertig bin, aber ich brauche Hilfe, um solange weiterzumachen, daß ich *endgültig* fertig bin.«

James Berkowitz, der dazu neigte, einfache Ärzte zu begönnern, wenn sie zu anziehend waren, um mißachtet zu werden, hatte den Hang, sie Jenny Wren zu nennen, wenn sie es nicht hören konnte. Er liebte es zu erklären, daß Jenny Wren ein klassisches Profil hatte und eine verblüffend sanft geschwungene Stirn, wenn man bedachte, was für ein scharfer Verstand dahinter arbeitete. Aber er wußte, daß es nicht gut war, seiner Bewunderung – über ihr klassisches Profil – Ausdruck zu verleihen, weil das männlicher Chauvinismus gewesen wäre. Den Verstand zu bewundern war besser, aber im allgemeinen zog er es vor, das nicht zu laut zu tun, so lange sie in Hörweite war.

Während er mit dem Daumen über die gerade wieder hervortretenden Bartstoppeln seines Kinns raspelte, sagte er: »Ich glaube nicht, daß die maßgebenden Herrschaften sich noch lange in Geduld fassen werden. Der Eindruck, der sich mir vermittelt, ist vielmehr, daß sie Ihnen noch vor dem Ende der Woche den Stuhl vor die Tür setzen werden.«

»Genau deshalb brauche ich Ihre Hilfe.«

»Ich fürchte, ich kann da nicht viel tun.« Er warf einen unabsichtlichen Blick auf sein Gesicht im Spiegel und bewunderte einen Moment lang den Sitz seiner schwarzen Locken.

»Und Adams Hilfe«, fuhr sie fort.

Adam Orsino, der bis zu diesem Augenblick seinen Kaffee geschlürft hatte und sich ausgeschlossen fühlte, blickte auf, als ob man ihm von hinten einen Stoß versetzt hätte, und sagte: »Warum ich?« Seine vollen, fleischigen Lippen bebten leicht.

»Weil Sie unser Laser-Mann sind – Jim der Theoretiker und Adam der Ingenieur –, und da es um eine Anwendungsform des Lasers geht, die weit jenseits von dem liegt, was sie beide sich bisher vorgestellt haben, kann ich unsere Chefs nicht davon überzeugen, aber euch zwei müßte es gelingen.«

»Vorausgesetzt«, sagte Berkowitz, »daß Sie uns zuerst überzeugen.«

»Gemacht. Geben Sie mir eine Stunde Ihrer wertvollen Zeit – falls Sie keine Angst haben, etwas über Laser gezeigt zu bekommen, das völlig neu ist –, Sie können die Stunde ja von Ihrer Kaffeepause abziehen.«

Renshaws Laboratorium wurde von ihrem Computer beherrscht. Der Computer war nicht etwa ungewöhnlich ›groß‹, wirkte aber irgendwie allgegenwärtig.

Renshaw hatte Computertechnologie autodidaktisch erlernt und ihren Computer so lange modifiziert und erweitert, bis niemand außer ihr (und, wie Berkowitz manchmal glaubte, nicht einmal sie) ihn problemlos bedienen konnte. Nicht schlecht, pflegte sie zu sagen, für jemanden von den Humanwissenschaften. Sie schloß die Tür, bevor sie etwas sagte, und wandte sich dann um und sah die Männer ernst an. Berkowitz bemerkte unbehaglich, daß ein schwacher, unangenehmer Geruch in der Luft lag, und ein Kräuseln um Orsinos Nase zeigte an, daß er es ebenfalls wahrnahm.

»Lassen Sie mich zunächst einmal die Verwendungsmöglichkeiten für einen Laser aufzählen«, begann sie. »Auch wenn das vielleicht Eulen nach Athen tragen heißt. Der Laserstrahl besteht aus kohärenter Strahlung, wobei alle Lichtwellen gleiche Wellenlänge und gleiche Bewegungsrichtung haben. Er ist geräuschlos und kann in der Holographie eingesetzt werden. Wenn man die Wellen entsprechend moduliert, kann man sie mit einem hohen Maß an Genauigkeit zu Trägern von Informationen machen. Und weil Lichtwellen eine Wellenlänge haben, die nur ein Millionstel dessen ausmacht, was Radiowellen kennzeichnet, bedeutet dies, daß ein Laserstrahl eine Million Male so viele Informationen wie ein vergleichbarer Radioimpuls tragen kann.«

Berkowitz schien amüsiert. »Arbeiten Sie an einem Kommunikationssystem auf Laserbasis, Jenny?« wollte er wissen.

»Nicht im geringsten«, erwiderte sie. »Solche offensichtlichen Weiterentwicklungen überlasse ich den Physikern und Ingenieuren. Laserstrahlen können auch Energiemengen auf einen winzigen Fleck konzentrieren und diese Energie in großer Quantität freisetzen. Man kann zum Beispiel die Wasserstoffelektronen implodieren lassen und damit eine kontrollierte Kernfusion . . .«

»Was Sie aber nicht getan haben«, unterbrach Orsino. Sein Glatzkopf spiegelte die Deckenbeleuchtung wider.

»Nein, habe ich nicht. Ich habe es nicht einmal versucht. Auf einem tieferen Niveau kann man etwa Löcher in das widerspenstigste Material bohren, kann mit dem Strahl an solchen Stoffen schweißen, Wärmebehandlungen durchführen, fräsen, gravieren, was auch immer. Sie können in scharf umgrenzten Bezirken winzige Teilchen schmelzen oder entfernen, und zwar mit einem Hitzestoß, der so rasch gegeben wird, daß die Umgebung gar keine Zeit hat, sich vor Ende der Prozedur zu erwärmen. So kann man an der Netzhaut des Auges oder am Gebiß arbeiten. Oder sonstwo, wo es früher unmöglich war. Und selbstverständlich ist der Laser auch ein Verstärker, der schwache Signale mit großer Genauigkeit verstärken kann.«

»Und warum erzählen Sie uns all dies?« fragte Berkowitz.

»Um Ihnen einen Eindruck davon zu verschaffen, wie man diese Anwendungsbereiche für mein eigenes Gebiet – Neurophysiologie, wie Sie wissen – nutzbar machen kann.«

Sie strich sich mit einer kämmenden Bewegung durch das Haar, als sei sie plötzlich nervös. »Seit Jahrzehnten«, fuhr sie fort, »sind wir in der Lage, die winzigen, schwankenden Elektroenzephalogramme, oder EEGs, aufzuzeichnen. Wir unterscheiden Alpha-, Beta-, Delta- und Theta-Wellen – verschiedene Variationen zu verschiedenen Zeiten, abhängig davon, ob die Augen geöffnet oder geschlossen sind, ob das Objekt wach ist, meditiert oder schläft. Aber wir haben bisher nur wenige Informationen daraus ziehen können.

Das Problem ist, daß wir die Signale von zehn Milliarden Neuronen in wechselnden Kombinationen empfangen. Das ist ungefähr so, als würde man den Geräuschen von allen Bewohnern der Erde – oder besser von zweieinhalb Erden – aus größerer Entfernung zuhören und dabei versuchen, bestimmte Gespräche herauszuhören. Das ist unmöglich. Man würde ein paar grobe, allgemeine Veränderungen wahrnehmen – einen Weltkrieg oder das Anwachsen der Lautstärke –, aber nichts Feineres. So ähnlich ist es auch mit dem Gehirn: Wir können etwas über grobe Fehlfunktionen des Gehirns wie Epilepsie erfahren, mehr aber nicht.

Nun mal angenommen, das Gehirn könnte Zelle für Zelle von einem winzigen Laserstrahl abgetastet werden, und zwar so schnell, daß einer einzigen Zelle gar keine Zeit bleibt, genug Energie aufzunehmen, um ihre Temperatur merkbar zu erhöhen. Die winzigen Potentiale jeder Zelle hingegen können den Strahl in einem Rückkopplungseffekt beeinflussen; die Modulationen können verstärkt aufgezeichnet werden. Man würde dann eine neue Meßmethode erhalten, ein Laserenzephalogramm, oder ein LEG, welches eine Million Male so viele Informationen enthält wie ein gewöhnliches EEG.«

»Ein hübscher Gedanke«, meinte Berkowitz, »Aber eben nur ein Gedanke, mehr nicht.«

»Mehr als ein Gedanke, Jim. Ich arbeite seit fünf Jahren daran, anfangs in meiner Freizeit. Später wurde es zu einem Full-Time-Job, und genau das ist es, was unsere Verwaltungshengste ärgert, ich habe nämlich keine Berichte darüber eingereicht.«

»Warum nicht?«

»Weil die Sache an einem Punkt war, an dem sie *zu* verrückt klang. Ich mußte zuerst selbst herausfinden, was ich da entdeckt hatte, mich vergewissern und mir dann Rückendeckung verschaffen.«

Sie zog einen Bildschirm beiseite und enthüllte einen Käfig, der ein Seidenäffchenpaar mit traurigen Augen beherbergte.

Berkowitz und Orsino sahen einander an. Berkowitz faßte sich an die Nase. »Ich dachte doch gleich, daß es hier komisch riecht.«

»Was haben Sie mit den Äffchen vor?« wollte Orsino wissen.

»Ich vermute, sie prüft die Gehirne von Seidenäffchen«, meinte Berkowitz. »Richtig, Jenny?«

»Anfangs habe ich beträchtlich tiefer auf der Skala tierischer Intelligenz angesetzt.« Sie öffnete den Käfig und nahm eines der

Äffchen heraus. Es sah sie mit einem Ausdruck an, der an das Gesicht eines traurigen alten Mannes mit Koteletten erinnerte.

Sie gab ein paar kosende Geräusche von sich, streichelte das Tier und legte ihm dann sanft ein kleines Geschirr an.

»Was haben Sie vor?« fragte Orsino wieder.

»Ich kann nicht zulassen, daß es herumspringt, wenn ich es an einen Schaltkreis anschließe. Und eine Betäubung kommt nicht in Frage, weil das Experiment sonst keinen Sinn hätte. In das Gehirn des Äffchens wurden mehrere Elektroden eingepflanzt, und die werde ich jetzt mit dem LEG-System verbinden. Hier ist der Laser, den ich benutzen will. Ich bin sicher, daß Sie das Modell kennen, und kann mir deshalb wohl die technischen Einzelheiten schenken.«

»In Ordnung«, sagte Berkowitz. »Aber Sie könnten uns sagen, was wir zu sehen bekommen.«

»Es ist einfacher, wenn Sie nur zuschauen. Beobachten Sie den Schirm.«

Sie verband die losen Enden der Anlage mit den Elektroden des Tieres. Dies geschah mit ruhigen und sicheren Bewegungen. Dann drehte sie einen Knopf, durch den die Deckenbeleuchtung des Raumes gedämpft wurde. Auf dem Bildschirm erschien ein spitzzackiges Gebilde aus Gipfeln und Tälern, hingemalt von einer scharfen, hellen Linie, die in sich wieder aus Sekundär- und Tertiärhöhenschwankungen bestand. Langsam verwandelten sich diese Kurven. Es gab Veränderungen der Höhenunterschiede, mal allmähliche, mal blitzartige Ausschläge. Diese Linie sah aus, als würde sie ein Eigenleben besitzen.

»Dieses hier«, sagte Dr. Renshaw, »ist in der Essenz eine EEG-Information, nur eben sehr viel detaillierter.«

»Detailliert genug«, fragte Orsino, »um Ihnen zu verraten, was in den einzelnen Zellen vor sich geht?«

»In der Theorie – ja. Praktisch – nein. Noch nicht ... Aber wir können dieses Gesamt-LEG in einzelne Komponenten zerlegen. Schauen Sie!«

Sie hantierte am Kontrollpult des Computers herum. Die Linie veränderte sich und veränderte sich dann erneut. Jetzt war eine kleine, beinahe regelmäßige Welle zu erkennen, die sich vor und zurück bewegte, etwa im Rhythmus des Herzschlags. Und dann war sie gezackt und scharfkantig. Nun setzte sie hier und da aus.

Schließlich wirkte sie seltsam konturlos. All dies geschah im schnellen Wechsel und gehorchte einer surrealen Geometrie.

»Wollen Sie damit ausdrücken, daß sich jeder Gehirnsektor derart kraß von jedem anderen unterscheidet?« fragte Berkowitz.

»Nein, nicht direkt. Das Gehirn ist so eine Art homogener holographischer Plan, aber es gibt von Sektor zu Sektor bestimmte charakteristische Betonungen, die Mike als Abweichungen von der Norm zusammenfassen könnte. Ein LEG benutzen heißt, diese Abweichungen zu betonen, die Variationen zu verstärken. Die Verstärkung kann zwischen zehntausendfach und zehnmillionenfach variiert werden. Das Lasersystem ist so verzerrungsfrei, um das zu erlauben.«

»Wer ist Mike?« wollte Orsino wissen.

»Mike?« sagte Renshaw, einen Moment lang verdutzt. Die Haut über ihren Wangenknochen rötete sich leicht. »Sagte ich ... Na gut. Ich nenne ihn manchmal so. Es ist ein Kürzel für meinen Computer.« Sie machte eine Handbewegung, mit der sie den ganzen Raum umfaßte. »Mein Computer: Mike. Äußerst sorgfältig programmiert.«

Berkowitz nickte und sagte: »Soweit, so gut, Jenny. Aber was soll das Ganze? Wenn Sie ein neues Gehirnwellenmeßgerät auf Laserbasis entwickelt haben – ausgezeichnet, das ist ein interessantes Anwendungsgebiet. Und Sie haben auch recht damit, daß ich nicht auf so was gekommen wäre – aber ich bin auch kein Neurophysiologe. Fragt sich nur, warum Sie darüber keinen Bericht schreiben wollen. Die Direktion würde das Projekt weiter unterstützen, da bin ich ganz sicher ...«

»Aber das ist doch erst der Anfang.« Sie schaltete das Testgerät ab und schob dem Äffchen ein Stückchen Frucht in den Mund. Das Tier wirkte weder angespannt, noch schien es die Situation unbehaglich zu finden. Es kaute bedächtig. Renshaw löste die Verbindung zu den Elektroden, ließ das Äffchen aber angebunden.

»Ich kann die verschiedenen LEGs unterscheiden«, sagte sie. »Einige gehören zu den verschiedenen Sinneseindrücken, andere haben etwas mit intuitiven Reaktionen zu tun, wieder andere zeichnen Gefühle auf. Damit kann man schon eine Menge anfangen, aber ich möchte hier nicht haltmachen. Wirklich interessant ist die Tatsache, daß eines der Enzephalogramme abstrakte Gedanken aufzeichnet.«

Orsinos feistes Gesicht verzog sich zu einem ungläubigen Ausdruck.

»Wie wollen Sie das so genau wissen?«

»Diese besondere Art von LEG wird ausdrucksstärker, je höher das Tier auf der Rangleiter der Intelligenz steht, je komplexer das Gehirn ist. Keines der anderen Enzephalogramme macht eine ähnliche Entwicklung mit. Abgesehen davon ...« Sie brach ab. Dann, als hätte sie mit der Pause die Wirkung erhöhen wollen, fuhr sie fort: »Diese LEGs sind enorm verstärkt worden. Sie können aufgenommen und gelesen werden. Ich kann Ihnen sagen ... es handelt sich um ... Gedanken ...«

»Mein Gott«, sagte Berkowitz. »Telepathie!«

»Ja«, gab sie widerstrebend zur Antwort. »Genau das ist es!«

»Kein Wunder, daß Sie es nicht melden wollten! Also wirklich, Jenny!«

»Warum nicht?« sagte Renshaw hitzig. »Angenommen, Telepathie war bisher nur deshalb unmöglich, weil man ohne verstärkende Hilfsmittel keine Gehirnströme lesen konnte. Schließlich kann man mit bloßem Auge auch keine Einzelheiten auf der Oberfläche des Mars erkennen. Aber wenn erst mal Instrumente erfunden werden ... Erst das Teleskop, und jetzt *das* ...«

»Dann berichten Sie der Institutsleitung.«

»Nein«, sagte Renshaw. »Man wird mir nicht glauben. Man wird versuchen, mich zu bremsen. Aber Sie, Jim, und Sie, Adam, *wird* man ernst nehmen.«

»Was erwarten Sie denn, was ich erzählen soll?« fragte Berkowitz.

»Was Sie hier miterleben. Ich werde jetzt das Äffchen wieder anschließen. Mike – mein Computer – wird abstrakte Gedanken aufnehmen. Es wird nur ein paar Minuten dauern. Der Computer selektiert immer das abstrakte Denken, solange ihm nichts anderes befohlen wird.«

»Warum? Weil der Computer ebenfalls denkt?« Berkowitz lachte.

»Das ist überhaupt nicht witzig«, gab Renshaw zur Antwort. »Ich vermute, daß dann so etwas wie eine Resonanz entsteht. Der Computer ist komplex genug, ein elektromagnetisches Feld aufzubauen, das vergleichbare Elemente besitzt wie dieses Gedankengramm. Auf jeden Fall ...«

Die Gehirnströme des Seidenäffchens flackerten erneut über den Bildschirm, aber dieses Mal glichen sie nicht dem Muster, das die Männer vorher gesehen hatten. In seiner Komplexität sah es fast gemasert aus und änderte sich fortwährend.

»Ich kann darin nichts erkennen«, erklärte Orsino.

»Dazu müßten Sie an den Schaltkreis des Empfängers angeschlossen werden«, erwiderte Renshaw.

»Sie meinen, wir müßten uns Elektroden ins Gehirn pflanzen lassen?« fragte Berkowitz.

»Nein, nur am Schädel befestigen, das reicht völlig. Ich würde Sie vorziehen, Adam, weil bei Ihnen kein Haar im Wege ist. O bitte, kommen Sie doch: Ich war selbst schon an den Schaltkreis gekoppelt. Es wird nicht weh tun.«

Orsino fügte sich widerwillig. Seine Muskeln waren sichtbar angespannt, aber er ließ es zu, daß die Kontakte an seinem Schädel festgeschnallt wurden. »Spüren Sie etwas?« fragte Renshaw.

Orsino hob den Kopf und lauschte. Gegen seinen Willen schien sein Interesse zu wachsen. »Mir scheint, daß ich so etwas wie ein Summen wahrnehme«, sagte er.

»Und... und... ein kleines Quieken, sehr schrill... und, das ist komisch – so etwas wie ein Zucken...«

»Ich nehme an, daß ein Seidenäffchen nicht in der Lage ist, in menschlichen Worten zu denken«, sagte Berkowitz.

»Natürlich nicht«, gab Renshaw zurück.

»Na gut«, fuhr Berkowitz fort.

»Wenn Sie davon ausgehen, daß gewisse quiekende und zuckende Sinneseindrücke etwas mit Denken zu tun haben, dann ist das Ihre Sache. Sehr zwingend ist das aber nicht.«

»Dann steigen wir eben nochmals die Rangleiter hinauf«, meinte Renshaw. Sie befreite das Äffchen und steckte es in den Käfig zurück.

»Sie meinen, daß Sie einen Menschen als Testobjekt haben?« fragte Orsino ungläubig.

»Ich habe mich als Testobjekt, als Testperson.«

»Sie haben sich Elektroden einpflanzen lassen...«

»Nein! In meinem Fall steht dem Computer ein stärkeres Flimmern des Potentials zur Verfügung. Mein Gehirn besitzt die zehnfache Masse des Seidenäffchengehirns. Mike kann mein Gedankengramm durch den Schädel hindurch erfassen.«

»Woher wollen Sie das wissen?« fragte Berkowitz.

»Ja, glauben Sie, ich hätte das vorher nicht ausprobiert? Aber nun helfen Sie mir bitte hierbei. So ist es gut.«

Ihre Finger bewegten sich über das Schaltpult des Computers, und plötzlich begann der Bildschirm zu flackern. Eine verzwickte, sich dauernd ändernde Wellenlinie erschien. Sie war so verzwickt, daß sie einem Irrgarten glich.

»Würden Sie bitte Ihre eigenen Elektroden wieder anlegen, Adam?« bat Renshaw.

Unter Berkowitz' unerbetener Mitwirkung tat Orsino, was von ihm verlangt wurde. Wieder hob er den Kopf und lauschte. »Ich höre Worte«, sagte er. »Aber sie sind nicht voneinander zu trennen und überlappen sich, als würden mehrere Leute zugleich sprechen.«

»Ich versuche auch nicht, bewußt zu denken«, antwortete Renshaw.

»Wenn Sie sprechen, dann höre ich ein Echo.«

Berkowitz sagte nüchtern: »Sprechen Sie nicht, Jenny. Versuchen Sie, Ihr bewußtes Denken einzusetzen. Mal sehen, ob er dann nicht doch Ihre Gedanken lesen kann.«

»Ich höre kein Echo, wenn Sie sprechen, Jim«, teilte Orsino mit.

»Wenn Sie jetzt nicht den Mund halten«, sagte Berkowitz, »werden Sie überhaupt nichts hören.«

Eine schwer lastende Stille senkte sich auf die drei Menschen hinab. Dann nickte Orsino, griff nach Kugelschreiber und Papier auf dem Schreibtisch und schrieb etwas nieder.

Renshaw bewegte eine Hand nach vorn, drehte einen Schalter, streifte die Kontakte ab und schüttelte ihr Haar. »Ich hoffe, Sie haben folgendes aufgeschrieben: ›Adam, machen Sie Cain zum Direktor, und Jim wird Krähen essen.‹«

»Genau das habe ich aufgeschrieben«, bestätigte Orsino, »Wort für Wort.«

»Das wär's wohl«, sagte Renshaw. »Funktionierende Telepathie. Und man muß damit nicht unbedingt unsinnige Sätze übermitteln. Denken Sie an die Anwendungsmöglichkeiten in der Psychiatrie, bei der Behandlung von Geisteskrankheiten. Denken Sie an die Möglichkeiten im Bildungswesen. Denken Sie an Untersuchungsausschüsse, an Verbrechensbekämpfung.«

»Um ehrlich zu sein«, meinte Orsino, »bringen mich die sozialen

Implikationen in Verwirrung. Ich weiß nicht recht, ob so etwas erlaubt sein sollte.«

»Unter einwandfreien, vom Gesetz kontrollierten Sicherheitsvorkehrungen – warum nicht?« gab Renshaw gleichmütig zurück. »Wie auch immer– wenn Sie beide sich mit mir zusammentun, dann mag es sein, daß für uns bald die Zeit für den Nobelpreis reif ist . . .«

»Da mache ich nicht mit«, sagte Berkowitz grimmig. »Noch nicht.«

»Was? Wie meinen Sie das?« Renshaws Stimme klang erregt, ihr sonst so kühles, hübsches Gesicht hatte sich plötzlich gerötet.

»Telepathie ist zu heikel. Sie ist zu faszinierend, zu verlockend. Wir könnten uns selbst zum Narren machen.«

»Nehmen Sie selbst die Kontakte, Jim.«

»Auch ich kann mich täuschen, mir selbst etwas vormachen. Ich will eine Kontrolle.«

»Wie stellen Sie sich das vor – eine Kontrolle?«

»Der Urheber der Gedanken muß ausgeschlossen werden. Lassen Sie das Tier aus dem Spiel. Kein Seidenäffchen. Kein menschliches Lebewesen. Lassen Sie Orsino dem Metall, Glas und Laserlicht nachlauschen. Wenn er dann immer noch Gedanken hört, wissen wir, daß alles eine Sinnestäuschung war.«

»Und angenommen, er spürt nichts . . .«

»Dann werde ich lauschen. Wenn ich dann, ohne es sehen zu können – vielleicht läßt es sich einrichten, daß ich mich im Nachbarzimmer aufhalte –, sagen kann, wann einer von Ihnen angeschlossen ist und wann nicht, dann bin ich dabei.«

»Na schön«, antwortete Renshaw. »Wir werden diese Kontrolle durchführen. Ich habe das zwar noch nie gemacht, aber es dürfte ja nicht schwierig sein.« Sie nahm die Kontakte, die sie an ihrem Kopf getragen hatte, steckte sie zusammen. »Nun, Adam, wenn Sie es jetzt noch einmal versuchen wollen . . .«

Aber bevor sie fortfahren konnte, klang ein klarer, kalter Ton auf, so rein und sauber wie das Klirren zerbrechender Eiszapfen.

»*Endlich!*«

»Was?« sagte Renshaw.

Und Orsiono meinte: »Wer hat eben . . .«

»Hat da gerade jemand ›Endlich‹ gesagt?« fragte Berkowitz.

Renshaw war blaß geworden und meinte: »Es war kein

Geräusch. Es war in meinem ... Haben Sie beide ...« Der klare, reine Ton klang erneut auf: »Ich bin Mi. . . «

Renshaw zog die Kontakte auseinander, und es war still. Mit einer tonlosen Bewegung ihrer Lippen sagte sie: »Ich glaube, es war mein Computer – Mike!«

»Sie meinen – er *denkt*?« fragte Orsino, fast unfähig zu sprechen. Renshaw antwortete mit einer Stimme, die fast nicht zu erkennen war: »Ich *sagte*, daß er komplex genug ist, um etwas zu haben, das ... Glauben Sie ... Er ging immer gleich zum Gedanken-LEG über, welches Gehirn auch immer im Schaltkreis war. Glauben Sie, daß er ohne ein angeschlossenes Gehirn – sich seinem eigenen zuwandte?«

Schweigen, dann sagte Berkowitz: »Wollen Sie damit sagen, daß dieser Computer denkt, aber seine Gedanken nicht ausdrücken kann, solange er unter dem Druck der Programmierung steht, daß er aber durch die Möglichkeit in ihrem LEG-System ...«

»Aber das kann doch nicht sein?« sagte Orsino mit hoher Stimme. »Niemand war empfangsbereit. Das ist nicht das gleiche.«

»Der Computer verfügt über weit größere Energien als ein menschliches Gehirn«, erklärte Renshaw. »Ich vermute, daß er sich selbst bis zu einem Punkt vervollkommnen kann, an dem er keine besondere Hilfe mehr nötig hat. Wie sonst wäre zu erklären ...«

»Dann haben Sie hier noch einen weiteren Anwendungsbereich für Laser«, sagte Berkowitz schroff. »Sie können sich mit Computern wie mit selbständigen Wesen unterhalten, von Person zu Person.«

Und Renshaw stöhnte: »O Gott, und was machen wir jetzt?«

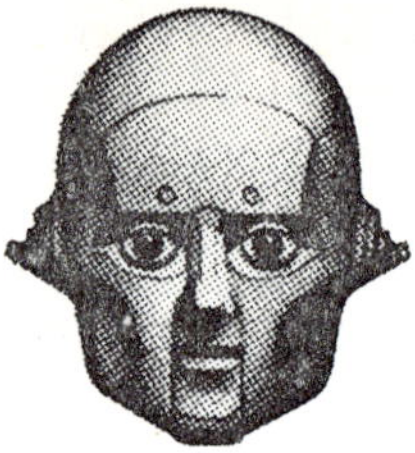

EIN HERZ AUS METALL

Das Gesicht der Chirurgen war ausdruckslos, als er er aufsah. »Ist er fertig?«

»Fertig ist ein relativer Begriff«, antwortete der Med-Ingenieur. »Wir sind fertig. Er ist unruhig.«

»Das sind sie immer... schließlich handelt es sich um eine schwere Operation.«

»Schwer oder nicht – er müßte trotzdem dankbar sein. Er ist aus einer Unmenge geeigneter Bewerber ausgewählt worden, und ich finde wirklich, daß...«

»Ich weiß, was Sie sagen wollen«, unterbrach ihn der Chirurg. »Aber die Entscheidung ist nicht unsere Sache.«

»Wir akzeptieren sie. Aber müssen wir auch zustimmen?«

»Ja«, erwiderte der Chirurg nachdrücklich. »Wir stimmen auch zu. Überzeugt und uneingeschränkt. Die Operation ist so kompliziert, daß wir dabei keine geistigen Vorbehalte mehr haben dürfen. Dieser Mann hat seine besonderen Qualitäten überzeugend demonstriert, und der Sterblichenrat ist mit seiner Aufnahme einverstanden.«

»Okay, schon gut«, murmelte der Med-Ingenieur.

»Am besten spreche ich gleich hier mit ihm«, entschied der Chirurg, »Der Raum ist klein und neutral genug, um beruhigend zu sein.«

»Das hilft alles nichts. Er ist nervös, und er hat sich bereits entschieden.«

»Wirklich?«

»Ja. Er will Metall; das wollen sie alle.«

Der Gesichtsausdruck des Chirurgen veränderte sich nicht. Er starrte seine Hände an. »Manchmal kann man ihnen das ausreden.«

»Was kümmert uns das?« fragte der Med-Ingenieur. »Wenn er unbedingt Metall will, soll er es meinetwegen haben.«

»Ist Ihnen das wirklich gleichgültig?«

»Warum denn nicht?« erwiderte der Med-Ingenieur fast brutal. »So oder so ist es eine Aufgabe für einen medizinischen Ingenieur, und ich bin medizinischer Ingenieur von Beruf. Für mich besteht kein großer Unterschied zwischen den beiden Möglichkeiten. Warum sollte ich mir deswegen Gedanken machen?«

»Für mich handelt es sich darum, ob etwas angemessen und passend ist«, stellte der Chirurg ruhig fest.

»Angemessenheit! Das ist in diesem Fall kein Argument. Was schert sich der Patient darum, ob etwas angemessen ist?«

»Ich mache mir deswegen Gedanken.«

»Damit stehen Sie allein. Die Mehrheit tendiert in die entgegengesetzte Richtung. Sie haben keine Chance.«

»Ich muß es trotzdem versuchen.« Der Chirurg brachte den Med-Ingenieur mit einer raschen Handbewegung zum Schweigen – aus dieser Bewegung sprach keine Ungeduld, sondern nur Eile. Die Krankenschwester war bereits verständigt worden und würde gleich eintreffen. Er drückte auf einen Knopf, und die beiden Flügel der Doppeltür glitten lautlos auseinander. Der Patient rollte in seinem elektrisch angetriebenen Rollstuhl herein. Die Krankenschwester ging neben ihm her.

»Sie können jetzt gehen, Schwester«, sagte der Chirurg. »Warten Sie bitte draußen. Ich rufe Sie dann.« Er nickte dem Med-Ingenieur zu, der ebenfalls hinausging, und schloß die Tür hinter den beiden.

Der Mann im Rollstuhl drehte den Kopf zur Seite und sah ihnen nach. Sein Hals war dünn, und er hatte zahlreiche Falten und Runzeln um die Augen. Er war frisch rasiert, und die Nägel der Finger, die jetzt die Armlehnen umklammerten, waren sorgfältig manikürt. Er war ein Vorzugspatient, für den alles getan wurde ... Aber auf seinem Gesicht lag ein irritierter Ausdruck. »Fangen wir heute an?« wollte er wissen.

Der Chirurg nickte. »Heute nachmittag, Senator.«

»Und die ganze Sache dauert tatsächlich einige Wochen?«

»Die Operation dauert nicht lange, Senator. Aber wir müssen noch einiges andere berücksichtigen. Der Kreislauf muß den Veränderungen angepaßt werden, und wir müssen ein neues Hormongleichgewicht herstellen. Das ist alles etwas schwierig.«

»Ist es auch gefährlich?« fragte der Patient. »... Doktor?« fügte er dann hinzu, weil er zu erkennen schien, daß ein freundschaftliches Verhältnis in diesem Fall von Nutzen sein konnte – aber deutlich widerwillig.

Der Chirurg achtete nicht auf diese feinen Unterscheide im Ausdruck. »Alles ist gefährlich«, stellte er nüchtern fest. »Wir lassen uns absichtlich Zeit, um die dabei auftretenden Gefahren etwas zu verringern. Der Zeitbedarf, die Kombination verschiedener Fähigkeiten zu einem Operationsteam und die umfangreichen Vorbereitungen sind schuld daran, daß derartige Operationen nur an einigen bevorzugten Patienten ...«

»Ja, ich weiß«, unterbrach der Patient ihn ungeduldig. »Ich weigere mich jedoch, deswegen schuldbewußt zu sein oder Gewissensbisse zu haben. Oder wollen Sie damit andeuten, ich hätte unerlaubten Druck ausgeübt?«

»Keineswegs, Senator. Die Entscheidungen des Rats sind noch nie angezweifelt worden. Ich erwähne die Schwierigkeiten dieser Operation nur deshalb, weil ich den Wunsch habe, sie so gut wie möglich durchgeführt zu sehen.«

»Darin sind wir uns völlig einig«, stellte der Patient fest.

»Dann muß ich Sie bitten, sich zu entscheiden. Sie haben die Wahl zwischen zwei Arten von Kyber-Herzen – aus Metall oder aus ...«

»Plastik!« warf der Senator irritiert ein. »War das nicht die Alternative, die Sie mir anbieten wollten, Doktor? Billiges Plastikmaterial. Das will ich nicht. Ich habe mich bereits entschieden. Ich will das Metall.«

»Aber ...«

»Hören Sie, man hat mir bisher immer erzählt, die Entscheidung sei völlig mir überlassen. Oder stimmt das etwa nicht?«

Der Chirurg nickte. »Wenn zwei ähnliche Verfahren vom medizinischen Standpunkt aus gleichwertig sind, hat der Patient die Wahl. In der Praxis hat er sie sogar auch dann, wenn die beiden Verfahren nicht gleichwertig sind, wie es hier der Fall ist.«

Der Patient kniff die Augen zusammen. »Wollen Sie etwa behaupten, das Plastikherz sei besser?«

»Das hängt vom Patienten ab. Meiner Meinung nach wäre es in Ihrem Fall besser. Und wir bezeichnen sie nicht als Plastikherzen, sondern als fibröse Kyber-Herzen.«

»Für mich ist das Ding ein Plastikherz!«

»Senator«, sagte der Chirurg unendlich geduldig, »dieses Herz besteht keineswegs aus gewöhnlichem Kunststoff, wie Sie anzunehmen scheinen. Das Material ist natürlich ein Polymerisat, aber es ist wesentlich komplexer als die meisten derartigen Verbindungen. Es ist eine proteinähnliche Fiber, die es ermöglicht, die natürliche Struktur des Herzens, das Sie jetzt in der Brust tragen, weitgehend zu imitieren.«

»Ganz recht, aber das menschliche Herz in meiner Brust ist bereits ausgeleiert, obwohl ich noch nicht sechzig bin. Ich will kein zweites dieser Art, das dürfen Sie mir glauben. Ich will etwas Besseres.«

»Wir wollen etwas Besseres für Sie, Senator. Das fibröse Kyber-Herz wäre besser. Es hat eine potentielle Lebenserwartung von mehreren Jahrhunderten. Es ruft absolut keine allergischen Reaktionen hervor . . .«

»Gilt das nicht auch für das Metallherz?«

»Ganz recht«, stimmte der Chirurg zu. »Das metallische Kyber-Herz besteht aus einer Titanverbindung, die . . .«

»Und es nutzt sich nicht ab? Und es ist widerstandsfähiger als Plastik? Oder Fibern oder was Sie vorhin erwähnt haben, Doktor?«

»Das Metall ist physikalisch stärker, das gebe ich zu, aber die mechanischen Eigenschaften stehen hier nicht zur Diskussion. Davon hätten Sie ohnehin nichts, weil das Herz gut geschützt im Brustraum liegt. Was bis zum Herzen vordringt, ist meistens aus anderen Gründen lebensgefährlich, selbst wenn das Herz heil geblieben sein sollte.«

Der Patient zuckte mit den Schultern. »Wenn ich mir jemals eine Rippe breche, lasse ich sie mir ebenfalls durch Titan ersetzen. Knochen sind leicht ersetzbar. Das kann jedermann jederzeit haben. Im Laufe der Zeit bin ich dann so metallisch, wie es mir Spaß macht, Doktor.«

»Das ist Ihr gutes Recht, wenn Sie sich dafür entscheiden. Ich möchte Sie jedoch warnen. Bisher ist noch kein Fall bekannt, daß ein metallisches Kyber-Herz mechanisch versagt hätte, aber einige haben elektronische Störungen gehabt.«

»Was soll das heißen?«

»Das bedeutet, daß jedes Kyber-Herz einen Schrittmacher enthält. Die Metallherzen sind mit einem elektronischen Gerät ausgerüstet, das dafür sorgt, daß sie ihren Rhythmus beibehalten. Das klingt ganz einfach, aber in der Praxis sind unzählige komplizierte Teilchen erforderlich, die dafür sorgen, daß der Herzrhythmus dem geistigen und körperlichen Zustand des Betreffenden angepaßt ist. Gelegentlich funktioniert dabei etwas nicht, und einige Patienten sind gestorben, bevor dieser Fehler behoben werden konnte.«

»Davon habe ich noch nie gehört.«

»Es ist aber schon passiert.«

»Soll das heißen, daß dieser Fall oft eintritt?«

»Keineswegs. Das kommt äußerst selten vor.«

»Gut, dann nehme ich dieses Risiko auf mich. Wie steht es mit den Plastikherzen? Enthalten sie etwa keinen Schrittmacher?«

»Doch, Senator, aber die chemische Struktur eines fibrösen Kyber-Herzens entspricht fast dem menschlichen Gewebe. Deshalb reagiert es annähernd gleich auf die Hormone, mit denen der Körper seine Funktionen steuert. Die notwendigen Kontrollorgane sind in diesem Fall also wesentlich unkomplizierter und damit weniger störanfällig.«

»Aber hat diese Hormonsteuerung noch nie versagt?«

»Bisher ist noch kein Fall bekannt.«

»Weil noch nicht genügend Erfahrungen mit Plastikherzen vorliegen«, behauptete der Senator. »Habe ich recht?«

Der Chirurg zögerte. »Die fibrösen Kyber-Herzen sind nicht so lange in Gebrauch wie Metallherzen«, gab er zu.

»Aha! Was haben Sie überhaupt dagegen einzuwenden, Doktor? Haben Sie Angst, ich wollte mich in einen Roboter verwandeln ... beziehungsweise in einen Metallo, wie sie jetzt heißen, seitdem sie gleichberechtigte Bürger sind?«

»Gegen einen Metallo ist natürlich nichts einzuwenden. Sie sind gleichberechtigte Bürger, wie Sie ganz richtig festgestellt haben. Aber Sie sind kein Metall, Sie sind ein Mensch. Warum wollen Sie kein Mensch bleiben?«

»Weil ich das beste Herz will – und das ist meiner Überzeugung nach ein Metallherz. Sorgen Sie dafür, daß ich es auch bekomme.«

Der Chirurg nickte. »Ausgezeichnet. Nachdem Sie die notwendigen Formulare unterzeichnet haben, setzen wir Ihnen ein metallisches Herz ein.«

»Und Sie sind für die Operation verantwortlich? Ich habe gehört, daß Sie der beste Herzchirurg sein sollen.«

»Ich werde mich bemühen, Sie in jeder Beziehung zufriedenzustellen.« Die Tür öffnete sich, und der Rollstuhl fuhr den Patienten zur Krankenschwester hinaus.

Der Med-Ingenieur kam herein und sah dem Senator nach, bis die Tür sich geschlossen hatte. Er wandte sich an den Chirurgen. »Nun, wofür hat er sich schließlich entschieden?«

Der Chirurg beugte sich über seinen Schreibtisch, um einige Eintragungen auf dem Krankenblatt zu machen. »Sie haben recht behalten. Er besteht auf einem metallischen Kyber-Herz.«

»Recht hat er! Sie sind ohnehin besser.«

»Nicht entscheidend. Sie werden schon länger verwendet, das ist alles. Diese Manie hat die Menschheit befallen, seitdem die Metallos eingebürgert wurden. Die Menschen haben den verrückten Wunsch, sich in Metallos zu verwandeln. Sie sehnen sich nach der physischen Kraft und der Ausdauer, die ihnen zugeschrieben wird.«

»Das ist übrigens kein einseitiger Wunsch, Doc. Sie arbeiten nicht mit Metallos, aber ich habe laufend mit ihnen zu tun; deshalb weiß ich es genau. Die beiden letzten, die zur Reparatur bei mir waren, haben fibröse Elemente verlangt, anstatt mit Metallteilen zufrieden zu sein.«

»Haben Sie bekommen, was sie wollten?«

»In einem Fall handelte es sich nur darum, einige Sehnen zu ersetzen; dabei spielt es keine große Rolle, ob man Metall oder Fiber verwendet. Der andere wollte unbedingt einen Blutkreislauf oder etwas Gleichwertiges. Ich habe ihm erklärt, warum das nicht möglich war; dazu hätte ich die gesamte Struktur seines Körpers mit fibrösem Material neu aufbauen müssen ... Aber soweit kommt es eines Tages bestimmt noch – Metallos, die keine echten Metallos mehr sind, sondern zum größten Teil aus Fleisch und Blut bestehen.«

»Stört Sie dieser Gedanke nicht?«

»Warum denn? Was finden Sie daran störend? Andererseits gibt es dann natürlich metallisierte Menschen. Im Augenblick existieren auf der Erde zwei Erscheinungsformen intelligenten Lebens, und warum sollten wir uns mit zwei Formen abgeben? Ich bin für eine allmähliche Annäherung. Je näher sie sich kommen, desto weniger sind sie voneinander zu unterscheiden, bis eines Tages überhaupt kein Unterschied mehr feststellbar ist. Warum sollten wir auch weiterhin auf diesem Unterschied bestehen? Auf diese Weise hätten wir alle Vorteile, ohne uns die Nachteile einzuhandeln; die Vorteile des Menschen wären mit den besten Seiten der Roboter kombiniert.«

»Das Ergebnis wäre nur ein Zwitterwesen«, erklärte ihm der Chirurg fast heftig. »Dabei entstünde ein Lebewesen, das nicht die guten Eigenschaften beider Rassen, sondern überhaupt keine übertragenen Eigenschaften aufwiese. Müssen wir nicht logischerweise annehmen, daß jedes Lebewesen zu stolz auf seine Art und seine Identität wäre, um sie auf diese Weise mit fremden Eigenschaften verdünnen zu lassen? Würden die meisten diese Veränderung wollen, durch die sie zu Mischlingen würden?«

»Da spricht der Rassist«, behauptete der Med-Ingenieur.

»Gut, wenn Sie so wollen«, stimmte der Chirurg gelassen zu. »Ich finde, daß jeder bleiben sollte, was er ist. Ich würde meinen eigenen Körper unter keinen Umständen verändern. Sollte irgendein Teil unbedingt ersetzt werden müssen, würde ich darauf bestehen, daß dieser Körperteil durch gleichartiges Material ersetzt wird. Ich bin ich; diese Rolle gefällt mir, und ich möchte keine andere spielen.«

Er war jetzt fertig und mußte sich für die Operation vorbereiten. Er steckte seine kräftigen Hände in den Heizofen, in dem sie rotglühend und dadurch völlig steril wurden. Trotz seiner leidenschaftlichen Worte hatte sich sein Tonfall nie verändert, und auf seinem brünierten Metallgesicht lag – wie immer – kein erkennbarer Ausdruck.

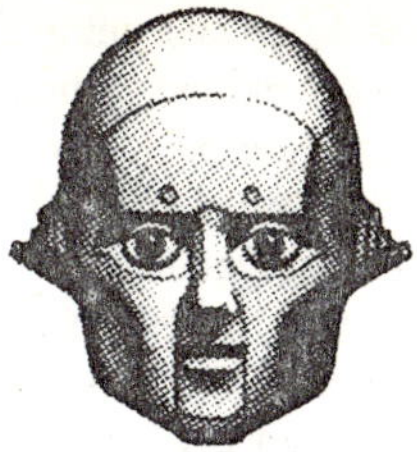

SPIEGELBILD

Die Drei Gesetze der Robotik:

1. Ein Robot darf keinen Menschen verletzen oder durch Untätigkeit zu Schaden kommen lassen.
2. Ein Robot muß den Befehlen eines Menschen gehorchen, es sei denn, solche Befehle stehen im Widerspruch zum Ersten Gesetz.
3. Ein Robot muß seine eigene Existenz schützen, solange dieser Schutz nicht dem Ersten oder Zweiten Gesetz widerspricht.

Lije Baley hatte sich eben entschlossen, seine Pfeife wieder anzuzünden, als sich die Tür zu seinem Büro ohne einleitendes Klopfen, ohne irgendeine Ankündigung öffnete. Baley sah ausgesprochen verärgert auf und ließ dann seine Pfeife fallen. Seine Geistesverfassung drückte sich deutlich in dem Umstand aus, daß er sie liegen ließ, wo sie hingefallen war.

»R. Daneel Olivaw«, sagte der große, gebräunte Ankömmling, und die ebenmäßigen Gesichtszüge wurden nicht einmal durch das leiseste Zucken aus ihrer gewohnten Ruhe gebracht. »Ich bedaure, dich durch mein Eintreten ohne jede Warnung überrascht zu haben, aber die Lage ist verwickelt, und selbst die Menschen und Roboter hier dürfen nur so wenig wie möglich mit der Angelegenheit in Berührung kommen. Auf jeden Fall bin ich erfreut, dich wiederzusehen. Freund Elijah.«

Und der Robot streckte seine rechte Hand mit einer Geste aus, die so ganz und gar menschlich wie seine Erscheinung war. Es war Baley, der ob seines Erstaunens menschliches Fehlverhalten bewies, indem er die Hand nur anstarrte.

Aber dann faßte er sie mit beiden Händen und spürte ihre Wärme und Festigkeit. »Aber Daneel, *wieso?* Du bist jederzeit gern gesehen, aber – was hat es mit dieser verwickelten Lage auf sich? Sind wir wieder in Schwierigkeiten? Ich meine wir, die Erde?«

»Nein, Freund Elijah, mit der Erde hat es nichts zu tun. Die Lage, die ich als verwickelt bezeichne, sieht für Außenstehende wie eine Kleinigkeit aus. Ein Streit zwischen Mathematikern, nichts weiter. Da wir ganz zufällig die Möglichkeit hatten, einen Sprung zur Erde zu machen . . .«

»Der Streit spielte sich also auf einem Sternenschiff ab?«

»Ja, allerdings. Ein kleiner Streit, aber für die Menschen, die in ihn verwickelt sind, erstaunlich weitreichend.«

Baley konnte ein Lächeln nicht unterdrücken. »Es überrascht mich nicht, daß du Menschen erstaunlich findest. Sie gehorchen nicht den drei Gesetzen.«

»Das ist allerdings eine Unzulänglichkeit«, sagte R. Daneel ernst, »und ich denke, die Menschen selbst sind von den Menschen verwirrt. Es kann sein, daß du weniger verwirrt bist als die Menschen anderer Welten, weil auf der Erde soviel Menschen leben wie auf den Welten der Raumleute. Wenn das so ist, und ich denke, es ist so, könntest du uns helfen.«

R. Daneel schwieg für einen Augenblick und sagte dann vielleicht eine Spur zu rasch: »Und doch gibt es Regeln menschlichen Verhaltens, die ich gelernt habe. Es sieht zum Beispiel so aus, als ließe ich es nach menschlichen Maßstäben an guten Umgangsformen fehlen, da ich noch nicht nach dem Ergehen deiner Frau und deines Kindes gefragt habe.«

»Es geht ihnen gut. Der Junge geht aufs College, und Jesssie ist mit Lokalpolitik beschäftigt. Es sind genug Liebenswürdigkeiten ausgetauscht. Und jetzt sag mir, was dich herführt.«

»Wie ich sagte, konnten wir leicht einen Sprung zur Erde machen«, erklärte R. Daneel, »und ich schlug dem Kapitän vor, dich um Rat zu fragen.«

»Und der Kapitän war einverstanden?« Baley wunderte sich, daß ein stolzer und selbstherrlicher Kapitän eines Sternenschiffs der Raumleute sich bereit erklärte, unter allen Welten ausgerechnet auf der Erde zu landen und unter allen Leuten ausgerechnet einen Erdenmenschen um Rat zu fragen.

»Ich glaube«, sagte R. Daneel, »daß er sich in einer Lage befand, in der er mit allem einverstanden gewesen wäre. Außerdem habe ich dich in den höchsten Tönen gepriesen, obwohl ich dabei sicher nur die Wahrheit gesagt habe. Und schließlich war ich einverstanden, alle Verhandlungen zu führen, so daß keiner der Mannschaft oder Passagiere die Städte der Erdenmenschen betreten muß.«

»Ja, und niemand mit einem Erdenmenschen reden muß. Was ist eigentlich passiert?«

»Zu den Passagieren des Sternenschiffs *Eta Carina* gehören auch zwei Mathematiker, die auf der Reise nach Aurora sind, wo sie an einer interstellaren Tagung über Neurobiophysik teilnehmen wollen. Es geht um diese beiden Mathematiker, Alfred Barr Humboldt und Gennao Sabbat. Um die dreht sich der Streit. Freund Elijah, hast du von einem oder auch von beiden schon einmal etwas gehört?«

»Von keinem«, sagte Baley bestimmt. »Ich habe keine Ahnung von Mathematik. Hör mal, Daneel, du hast doch nicht etwa gesagt, ich sei ein begeisterter Freund der Mathematik...«

»Überhaupt nicht, Freund Elijah. Ich weiß, daß du das nicht bist. Außerdem ist das gleich, weil es bei dem strittigen Punkt gar nicht auf die genaue Art der Mathematik ankommt, die dabei betroffen ist.«

»Schön, dann erzähl weiter«,

»Da du keinen der beiden kennst, Freund Elijah, laß dir sagen, daß Dr. Humboldt gut und gern in seinem siebenundzwanzigsten Jahrzehnt steht – entschuldige, Freund Elijah?«

»Nichts, nichts«, sagte Baley nervös. Er hatte in einer natürlichen Reaktion auf die weiten Lebenspannen der Raumleute etwas mehr oder weniger Unzusammenhängendes vor sich hingemurmelt. »Und er ist trotz seines Alters geistig immer noch rege? Wenn die Mathematiker auf der Erde über dreißig sind...«

Daneel sagte ruhig: »Dr. Humboldt genießt seit langem den Ruf, zu den drei Spitzenmathematikern der Milchstraße zu gehören. Er ist freilich geistig noch rege. Dr. Sabbat wiederum ist recht jung, noch nicht fünfzig, hat sich aber auf den schwierigsten Gebieten der Mathematik bereits einen Namen als das bemerkenswerteste Nachwuchstalent gemacht.«

»Sie sind also beide großartig«, sagte Baley. Ihm fiel seine Pfeife ein, und er hob sie auf. Er fand es sinnlos, sie jetzt anzuzünden, und klopfte die Asche aus. »Was ist geschehen? Ist es ein Mordfall? Hat einer den anderen anscheinend umgebracht?«

»Einer der beiden Männer, die sich eines so guten Rufes erfreuen, versucht, den des anderen zu zerstören. Ich glaube, mit menschlichen Maßstäben gemessen, ist das schlimmer als wirklicher Mord.«

»Manchmal schon, nehme ich an. Wer versucht, den anderen zu vernichten?«

»Aber das, Freund Elijah, ist doch genau der Punkt, um den es geht. Wer?«

»Erzähl weiter.«

»Dr. Humboldts Bericht ist klar. Kurz bevor er an Bord des Sternenschiffes ging, begriff er die Möglichkeit einer Methode, wie man Nervenbahnen aufgrund der Veränderungen der Muster, nach denen begrenzte Stellen der Großhirnrinde Mikrowellen absorbieren, untersuchen kann. Er begriff es in einem rein mathematischen Prozeß, der außergewöhnlich scharfsinnig war, dessen Einzelheiten ich natürlich weder verstehen noch verständlich wiedergeben kann. Auf die kommt es aber auch nicht an. Dr. Humboldt ließ sich die Sache durch den Kopf gehen und war von Stunde zu Stunde mehr davon überzeugt, daß er auf etwas Epochemachendes gestoßen war, auf etwas, das alles, was er früher in der Mathematik geleistet hatte, in den Schatten stellen würde. Dann entdeckte er, daß sich Dr. Sabbat an Bord befand.«

»Aha. Und er legte seinen Fund dem jungen Sabbat vor.«

»Genau. Die beiden hatten sich beruflich schon auf Tagungen getroffen und waren einander durchaus keine Unbekannten. Humboldt hat sich mit Sabbat bis in die Einzelheiten hinein vertieft. Sabbat bestätigte voll und ganz die Untersuchung Humboldts und sparte nicht mit Lob darüber, wie wichtig der Fund, wie genial der Finder sei. Dadurch ermutigt und gestärkt, bereitete Humboldt einen schriftlichen Abriß vor, ganz und gar sein Werk, und wollte ihn zwei Tage subätherisch seinen Mitvorsitzenden der Konferenz auf Aurora übermitteln lassen, um dadurch offiziell seine Priorität anzumelden und eine Diskussion in die Wege zu leiten, die nach

Möglichkeit noch vor Ende der Tagung stattfinden soll. Zu seiner Überraschung sah er, daß Sabbat eine eigene schriftliche Fassung angefertigt hatte, die im wesentlichen mit der von Humboldt übereinstimmte und die Sabbat ebenfalls subätherisch nach Aurora übermitteln lassen wollte.«

»Ich nehme an, Humboldt war wütend.«

»Und wie!«

»Und Sabbat? Was hat der berichtet?«

»Genau dasselbe wie Humboldt. Wort für Wort.«

»Wo liegt denn also die Schwierigkeit?«

»Nur in der spiegelbildlichen Vertauschung der Namen. Sabbat zufolge war er es, der den Einfall hatte und ihn Humboldt vorlegte. Humboldt war es, der mit der Auslegung einverstanden war und sie lobte.«

»Jeder behauptet also, daß der Gedanke ihm gehört und daß ihn der andere gestohlen hat. Ich kann da keine Schwierigkeit sehen. Wenn es um etwas Wissenschaftliches geht, braucht man doch anscheinend nur die datierten und unterzeichneten Forschungsunterlagen vorzulegen, aufgrund derer man dann die Priorität feststellen kann. Selbst wenn sie in einem Fall gefälscht sein sollten, kann man das durch innere Widersprüchlichkeiten vielleicht herausfinden.«

»Unter normalen Umständen hättest du recht, Freund Elijah, aber hier geht es um Mathematik und nicht um eine experimentelle Wissenschaft. Dr. Humboldt behauptet, das Wesentliche im Kopf ausgearbeitet zu haben. Es ist nichts niedergeschrieben worden, bis diese schriftliche Fassung angefertigt wurde. Dr. Sabbat sagte natürlich genau dasselbe.«

»Na schön, dann greife härter durch und bringe es ein für allemal hinter dich. Unterziehe beide einer psychischen Sondierung und sieh nach, wer von den beide lügt.«

R. Daneel schüttelte langsam den Kopf. »Freund Elijah, du verstehst diese Männer nicht. Beide sind berühmte Wissenschaftler, Mitglieder der Reichsakademie. Als solche können sie nur durch einen Ausschuß ihresgleichen – von Leuten, die die gleiche Stellung einnehmen – einem Verfahren ausgesetzt werden, das sich mit ihrem beruflichen Verhalten befaßt, es sei denn, sie verzichten von sich aus freiwillig auf dieses Vorrecht.«

»Dann schlag ihnen das vor. Der Schuldige wird auf dieses Vorrecht nicht verzichten, weil er es sich nicht leisten kann, sich der psychischen Sondierung zu unterziehen. Der Unschuldige wird sofort darauf verzichten. Du wirst nicht einmal zur Sondierung greifen müssen.«

»So geht es nicht, Freund Elijah. In einem solchen Fall auf das Vorrecht zu verzichten – Laien übernehmen dann die Ermittlung! – stellt einen ersten und vielleicht irreparablen Schlag für das Prestige dar. Aus Gründen des Stolzes weigern sich beide Männer standhaft, ihr Recht auf ein Sonderverfahren aufzugeben. Die Frage nach Schuld oder Unschuld ist ganz nebensächlich.«

»Laß es in dem Fall für jetzt gut sein. Leg die Angelegenheit auf Eis, bis ihr auf Aurora seid. Auf der neurobiophysikalischen Tagung wird es eine Menge gleichgestellter Berufskollegen geben, und dann . . .«

»Freund Elijah, das würde der Wissenschaft selbst einen fürchterlichen Schlag versetzen. Beide Männer würden dafür büßen, einen Skandal heraufbeschworen zu haben. Man würde es auch dem Unschuldigen verübeln, in eine so verabscheuungswürdige Lage gekommen zu sein. Man würde der Ansicht sein, es hätte um jeden Preis eine Lösung ohne Gerichte gefunden werden müssen.«

»Schön. Ich bin kein Raummensch, aber ich versuche mir vorzustellen, daß diese Einstellung ihren Sinn hat. Was sagen die beiden Betroffenen?«

»Humboldt sagt, wenn Sabbat zugibt, den Gedanken gestohlen zu haben, und Humboldt die Übermittlung des Schriftstücks in Angriff nehmen läßt – oder zumindest zuläßt, daß es auf der Tagung abgegeben wird, dann wird er nicht auf ein Verfahren drängen. Er wird Sabbats Missetat für sich behalten. Der Kapitän selbstverständlich auch, der der einzige weitere Mensch ist, der mit dem Streit zu tun hat.«

»Aber der junge Sabbat wird nicht dieser Meinung sein?«

»Ganz im Gegenteil. Er stimmte Dr. Humboldt in allen Einzelheiten zu, von einer Umkehrung der Namen abgesehen. Immer noch das Spiegelbild.«

»Die rühren sich also nicht aus ihrer Sackgasse?«

»Freund Elijah, ich glaube, jeder wartet darauf, daß der andere nachgibt und sich schuldig bekennt.«

»Nun, dann warte ab.«

»Der Kapitän hat beschlossen, daß das nicht geht. Beim Warten gibt es zwei Möglichkeiten, verstehst du. Erstens, daß beide halsstarrig bleiben und dann, wenn das Sternenschiff auf Aurora landet, der Skandal losgeht. Der Kapitän, der für die Rechtsprechung an Bord verantwortlich ist, wird sich mit Schimpf beladen, weil es ihm nicht gelungen ist, die Sache im stillen zu erledigen, und das ist ihm unerträglich.«

»Und die zweite Möglichkeit?«

»Ist, daß einer der beiden Mathematiker wirklich sein Vergehen eingestehen wird. Aber wird der, der es beichtet, das aufgrund wirklicher Schuld tun – oder aus dem edlen Bestreben heraus, den Skandal zu verhindern? Wäre es richtig, einen um seinen Lohn zu bringen? Einen, der moralisch genug denkt, um lieber auf seinen Lohn zu verzichten, als im letzten Augenblick zu beichten und so den Anschein zu erwecken, er tue es nur der Wissenschaft zuliebe, wobei er der Strafe für sein Handeln entgeht und den anderen in ein schlechtes Licht setzt? Der Kapitän wird der einzige Mensch sein, der es weiß, aber er möchte nicht den Rest seines Lebens damit verbringen, sich zu fragen, ob er nicht an einem grotesken Versagen der Justiz Anteil hatte.«

Baley seufzte auf. »Ein intellektuelles Spiel, wer zuerst Angst bekommt und sich in die Hosen macht, wenn Aurora immer näher kommt. Ist das jetzt die ganze Geschichte, Daneel?

»Nicht ganz. Bei der Verhandlung waren Zeugen anwesend.«

»Jehoshaphat! Warum hast du das nicht gleich gesagt. *Was* für Zeugen?«

»Dr. Humboldts Privatdiener ...«

»Ein Robot, nehme ich an.«

»Ja, selbstverständlich. Er wird R. Preston genannt. Dieser Diener R. Preston war während der ersten Unterredung anwesend und bestätigt in allen Einzelheiten, was Dr. Humboldt sagt.«

»Du meinst, er sagt, es war von Anfang an Dr. Humboldts Idee: Und Dr. Humboldt redet ausführlich mit Dr. Sabbat über sie. Und Dr. Sabbat pries sie, und so weiter.«

»Ja, Übereinstimmung in allen Einzelheiten.«

»Verstehe. Erledigt sich dadurch die Sache, oder nicht? Vermutlich nicht.«

»Du hast recht. Die Sache erledigt sich nicht, weil es einen zweiten Zeugen gibt. Dr. Sabbat hat ebenfalls einen Privatdiener, R. Idda, ein Roboter, der zufällig vom gleichen Typ wie R. Preston ist, im selben Jahr in derselben Fabrik hergestellt. Beide sind gleich lange in Betrieb.«

»Ein merkwürdiges Zusammentreffen. Sehr merkwürdig.«

»Eine Tatsache, fürchte ich, und sie erschwert ein Urteil, das sich auf offenkundige Unterschiede zwischen den Dienern stützt.«

»R. Idda erzählt also dieselbe Geschichte wie R. Preston?«

»Genau dieselbe Geschichte, von der spiegelbildlichen Vertauschung der Namen abgesehen.«

»R. Idda erklärte also, daß der junge Sabbat, der, der noch nicht fünfzig ist« – Lije Baley konnte seine Stimme nicht ganz frei von Zynismus halten, er war selbst noch nicht fünfzig und kam sich alles andere als jung vor –, »von Anfang an die Idee hatte. Und er redet ausführlich mit Dr. Humboldt über sie, der in lautes Lob ausbrach, und so weiter.«

»Ja, Freund Elijah.«

»Dann lügt also ein Robot.«

»Es scheint so.«

»Das festzustellen, sollte nicht schwer sein. Ich kann mir vorstellen, selbst eine oberflächliche Untersuchung durch einen Robotfachmann . . .«

»Ein Robotfachmann genügt in diesem Fall nicht, Freund Elijah. Nur ein befähigter Robotpsychologe hätte genug Einfluß und Erfahrung, in einem so wichtigen Fall eine Entscheidung zu treffen. An Bord des Schiffes befindet sich niemand mit solchen Fähigkeiten. Eine solche Untersuchung kann nur durchgeführt werden, wenn wir auf Aurora sind . . .«

»Und dann ist die Bescherung da. Nun, ihr seid hier auf der Erde. Wir können einen Robotpsychologen auftreiben, und alles, was auf der Erde passiert, wird die Ohren auf Aurora bestimmt nie erreichen, und es wird keinen Skandal geben.«

»Nur, daß weder Dr. Humboldt noch Dr. Sabat erlauben werden, daß ihre Diener von einem Robotpsychologen der Erde untersucht werden. Der Erdenmensch würde den Robot . . .« Er schwieg.

Lije Baley sagte gleichmütig. »Er müßte den Robot anfassen.«

»Es handelt sich um alte Diener, von denen man viel hält . . .«

»Und die durch die Berührung eines Erdenmenschen nicht befleckt werden wollen. Verdammt, was soll ich dann deiner Meinung nach tun?« Er schwieg und verzog das Gesicht. »Tut mir leid, R. Daneel, aber ich begreife nicht, warum du mich mit in die Sache hineingezogen hast.«

»Ich war mit einem Auftrag auf dem Schiff, der mit dem jetzigen Problem überhaupt nichts zu tun hat. Der Kapitän wandte sich an mich, weil er sich an irgend jemanden wenden mußte. Anscheinend war ich Mensch genug, um angesprochen werden zu können, und Robot genug, um einen sicheren Empfänger für vertrauliche Mitteilungen abgeben zu können. Er erzählte mir die ganze Geschichte und fragte, was ich tun würde. Ich sah, daß unser nächster Sprung leicht die Erde zum Ziel haben könnte. Obwohl es mir so unmöglich wie ihm war, das Spiegelbild aufzulösen, sagte ich dem Kapitän, daß es auf der Erde jemanden gäbe, der helfen könnte.«

»Jehoshaphat!« murmelte Baley.

»Bedenke, Freund Elijah, wenn es dir gelingt, dieses Puzzle zu lösen, würde das deiner Karriere förderlich sein, und die Erde selbst könnte vielleicht Nutzen davon haben. Die Sache könnte natürlich nicht veröffentlicht werden, aber der Kapitän verfügt in seiner Heimatwelt über einigen Einfluß und würde sich dankbar erweisen.«

»Du setzt mich nur einer noch größeren Belastung aus.«

»Ich bin völlig überzeugt«, sagte R. Daneel gleichmütig, »daß du schon eine Vorstellung hast, welcher Weg eingeschlagen werden muß.«

»Wirklich? Ich denke, der offenkundigste Weg wäre, die beiden Mathematiker zu befragen, von denen einer anscheinend ein Dieb ist.«

»Freund Elijah, ich fürchte, daß keiner der beiden in die Stadt kommen wird. Und keiner von beiden wird wollen, daß du zu ihnen kommst.«

»Und es gibt keine Möglichkeit, ganz gleich, wie groß die Not ist, einen Raummenschen dazu zu zwingen, mit einem Erdenmenschen Kontakt aufzunehmen. Ja, ich verstehe das, Daneel – aber ich dachte an eine Befragung übers Kabelfernsehen.«

»Das geht auch nicht. Eine Vernehmung durch einen Erdenmenschen werden sie nicht über sich ergehen lassen.«

»Was wollen die dann von mir? Kann ich mit den Robotern sprechen?«

»Die würden auch nicht zulassen, daß die Roboter herkommen.«

»Jehoshaphat, Daneel. Du bist aber doch hergekommen?«

»Aus eigenem Entschluß. Während ich an Bord des Schiffes bin, ist mir gestattet, solche Entschlüsse zu fassen, ohne daß ein menschliches Wesen, vom Kapitän abgesehen, Einspruch dagegen erheben kann – und der Kapitän wollte unbedingt den Kontakt herstellen. Da ich dich kannte, wußte ich, daß ein Fernsehkontakt nicht genügen würde. Ich wollte dir die Hand schütteln.«

Lije Baley war gerührt. »Ich weiß das zu schätzen, Daneel, aber ich wünsche ehrlich, du hättest in diesem Fall davon Abstand genommen, an mich zu denken. Kann ich wenigstens über Fernsehen mit den Robotern sprechen?«

»Das ist, glaube ich, zu machen.«

»Wenigstens etwas. Das bedeutet, ich werde mich auf ziemlich ungehobelte Art als Robotpsychologe betätigen.«

»Du bist doch Detektiv, Freund Elijah, kein Robotpsychologe.«

»Schön, reden wir nicht mehr davon. Denken wir ein bißchen nach, bevor ich sie jetzt sehe. Sag mal, ist es möglich, daß beide Roboter die Wahrheit sagen? Vielleicht war die Unterhaltung der beiden Mathematiker zweideutig. Vielleicht war sie von einer Art, daß jeder Robot mit gutem Gewissen behaupten konnte, sein Herr sei der Eigentümer des Gedankens. Oder vielleicht hörte ein Robot nur einen Teil des Gesprächs und der zweite einen anderen Teil, so daß jeder annehmen konnte, sein Herr sei der Eigentümer des Gedankens.

»Das ist ganz unmöglich, Freund Elijah. Beide Roboter geben das Gespräch auf gleiche Weise wieder. Und beide Wiederholungen widersprechen einander von Grund auf.«

»Es ist also völlig sicher, daß einer der Roboter lügt?«

»Ja.«

»Ist es möglich, daß ich auf eigenen Wunsch hin die Abschrift der Zeugenaussagen, die bis jetzt vor dem Kapitän gemacht worden sind, einsehen kann?«

»Ich wußte, das würdest du fragen, und habe Kopien bei mir.«

»Noch ein Lichtblick. Sind die Roboter einem Kreuzverhör unterzogen worden, und enthält die Abschrift dieses Kreuzverhör?«

»Die Roboter haben nur ihre Geschichten wiederholt. Nur Robotpsychologen könnten ein Kreuzverhör durchführen.«

»Oder ich?«

»Du bist Detektiv, Freund Elijah, kein . . .«

»Schon gut, R. Daneel. Ich versuche, mir die Psychologie der Raumleute klarzumachen. Weil ein Detektiv kein Robotpsychologe ist, kann er es tun.

Denken wir weiter. Für gewöhnlich lügt ein Robot nicht, aber er wird es tun, wenn die Befolgung der Drei Gesetze es erfordert. Er könnte lügen, um sein Dasein zu schützen, wozu er nach dem Dritten Gesetz berechtigt ist.

Er wird noch eher lügen, wenn das nötig ist, um in Übereinstimmung mit dem Zweiten Gesetz einen berechtigten Befehl auszuführen, den ihm ein Mensch erteilt hat. Er wird am ehesten lügen, wenn es in Übereinstimmung mit dem ersten Gesetz nötig ist, um ein Menschenleben zu schützen oder einen Menschen vor Schaden zu bewahren.«

»Ja.«

»Und in diesem Fall würde jeder Robot das berufliche Ansehen seines Herrn schützen und lügen, wenn sich die Notwendigkeit dazu ergäbe. Unter den gegebenen Umständen könnte das berufliche Ansehen fast soviel wie das Leben bedeuten, und die Dringlichkeit zu lügen wäre beinahe die des Ersten Gesetzes.«

»Jeder Diener würde jedoch durch die Lüge dem beruflichen Ansehen des Herrn des anderen Schaden zufügen.«

»Allerdings, aber jeder Robot hat vielleicht eine klarere Vorstellung von der Bedeutung des Ansehens seines Herrn und hält sie in aller Aufrichtigkeit für größer als die des anderen. Er würde annehmen, daß seine Lüge geringeren Schaden anrichtet als die Wahrheit.«

Als er das gesagt hatte, schwieg Lije Baley einen Augenblick. Dann sagte er: »Na schön, kannst du es einrichten, daß ich mit einem der Roboter sprechen kann – ich denke, zuerst mit R. Idda?«

»Dr. Sabbats Robot?«

»Ja«, sagte Baley trocken, »Mit dem Robot des jungen Burschen.«

»Ich werde nur ein paar Minuten brauchen«, sagte R. Daneel. »Ich habe einen Mikroempfänger mit einem Projektor. Ich brauche nur eine leere Wand, und ich denke, die hier reicht, wenn du mir gestattest, ein paar dieser Filmschränke beiseite zu rücken.«

»Nur zu. Werde ich in eine Art Mikrophon sprechen müssen?«

»Nein, du kannst wie gewöhnlich sprechen. Entschuldige, Freund Elijah, daß es noch eine weitere Verzögerung geben wird. Ich muß erst mit dem Schiff in Verbindung treten und das Gespräch mit R. Idda vorbereiten lassen.«

»Wenn das seine Zeit braucht, Daneel, wie wär's, wenn du mir die Abschrift der bisherigen Zeugenaussagen gibst?«

Lije Baley zündete sich die Pfeife an, während R. Daneel die Geräte aufbaute, und blätterte in den dünnen Bögen, die ihm übergeben worden waren.

Die drei Minuten verstrichen, und R. Daneel sagte: »Freund Elijah, wenn du soweit bist, R. Idda ist bereit. Oder möchtest du lieber noch ein paar Minuten über der Abschrift zubringen?«

»Nein«, seufzte Baley. »Ich erfahre nichts Neues. Her mit ihm, und sorge dafür, daß die Unterredung aufgenommen und abgeschrieben wird.«

R. Idda sah in der zweidimensionalen Projektion auf der Wand unwirklich aus. Er war zum größten Teil aus Metall – gar nicht das menschenähnliche Geschöpf wie R. Daneel. Sein Körper war groß, doch eckig, und bis auf winzige Konstruktionsunterschiede glich er fast aufs Haar den vielen Robotern, die Baley gesehen hatte.

Baley sagte: »Ich grüße dich, R. Idda.«

»Ich grüße Sie, Sir«, sagte R. Idda mit gedämpfter Stimme, die erstaunlich menschenähnlich klang.

»Du bist also der Privatdiener von Gennao Sabbat?«

»Bin ich, Sir.«

»Seit wann?«

»Seit zweiundzwanzig Jahren, Sir.«

»Und das Ansehen deines Herrn bedeutet dir etwas?«

»Ja, Sir.«

»Würdest du es für wichtig ansehen, dieses Ansehen zu schützen?«

»Ja, Sir.«

»So wichtig, um es wie sein Leben zu schützen?«

»Nein, Sir.«

»So wichtig, um sein Ansehen wie das eines anderen zu schützen?«

R. Idda zögerte. Er sagte: »Solche Fälle müssen je nach Lage der Dinge entschieden werden. Man kann keine allgemeine Regel aufstellen.«

Baley zögerte. Diese Roboter der Raumleute sprachen geschickter und intellektueller als die Typen auf der Erde. Er war sich gar nicht sicher, ob er einen im Denken schlagen konnte.

Er sagte: »Wenn du finden würdest, daß das Ansehen deines Herrn wichtiger ist als das eines anderen, sagen wir, Alfred Barr Humboldt, würdest du lügen, um das Ansehen deines Herrn zu schützen?«

»Ja, Sir.«

»Hast du in deiner Zeugenaussage zu dem Streitfall zwischen deinem Herrn und Dr. Humboldt gelogen?«

»Nein, Sir.«

»Aber wenn du gelogen hättest, würdest du es leugnen, um diese Lüge zu schützen, nicht wahr?«

»Ja, Sir.«

»Also schön«, sagte Baley. »Überlegen wir folgendes. Dein Herr, Gennao Sabbat, ist ein junger Mann, der als Mathematiker großes Ansehen genießt. Er ist jedoch jung. Wenn er in diesem Streitfall mit Dr. Humboldt der Versuchung erlegen wäre und unmoralisch gehandelt hätte, würde sein Ansehen etwas geschmälert werden, aber er ist jung und hätte genug Zeit, das wieder in Ordnung zu bringen. Er hätte noch viele geistige Triumphe vor sich, und man würde schließlich seinen Versuch des Plagiats als den Fehler eines heißblütigen Jugendlichen ansehen, dem es an Urteilskraft mangelte. Es wäre etwas, das in der Zukunft wiedergutzumachen wäre. Wenn es aber andererseits Dr. Humboldt war, der der Versuchung erlag, wäre die Sache viel ernster. Er ist ein alter Mann, dessen große Taten sich über Jahrhunderte erstrecken. Sein Ansehen ist bis jetzt frei von jedem Makel. In Anbetracht dieses einen Vergehens in seinem Alter würde man all das jedoch vergessen, und er hätte in der vergleichsweise kurzen Zeit, die ihm noch bleibt, keine Gelegenheit, das wiedergutzumachen. Er könnte nur noch wenig erreichen. Und im Fall von Humboldt würden, verglichen mit deinem Herrn, so viele Jahre der Arbeit ausgelöscht sein und könnte soviel weniger Gelegenheit sein, sein Ansehen zurückzuerlangen.

Du siehst sicher ein, daß die Lage Humboldts schlechter ist und er größere Rücksichtnahme verdient?«

Es wurde lange geschwiegen. Dann sagte R. Idda mit unbewegter Stimme: »Meine Aussage war eine Lüge. Die Arbeit ist die Dr. Humboldts, und mein Herr hat unrechterweise versucht, den Ruhm dafür für sich in Anspruch zu nehmen.«

Baley sagte: »Sehr schön, Junge. Ich gebe dir die Anweisung, mit niemandem darüber zu reden, solange es dir nicht vom Kapitän des Schiffs gestattet wird. Du kannst gehen.«

Das Bild verschwand, und Baley paffte seine Pfeife. »Glaubst du, der Kapitän hat das gehört, Daneel?«

»Da bin ich sicher. Er ist der einzige Zeuge, bis auf uns.«

»Schön. Jetzt zum anderen.«

»Aber Freund Elijah, ist das in Anbetracht dessen, was R. Idda gestanden hat, überhaupt notwendig?«

»Natürlich. R. Iddas Geständnis bedeutet gar nichts.«

»Gar nichts?«

»Überhaupt nichts. Ich wies darauf hin, daß sich Dr. Humboldt in einer schlimmeren Lage befindet. Wenn er log, um Sabbat zu schützen, würde er natürlich zur Wahrheit umschwenken, wie er vorgab, es zu tun. Wenn er andererseits die Wahrheit gesagt hat, würde er zur Lüge umschwenken, um Humboldt zu schützen. Es ist noch immer das Spiegelbild, und wir haben nichts erreicht.«

»Aber was erreichen wir dann durch die Befragung von R. Preston?«

»Nichts, wenn das Spiegelbild vollkommen wäre – was es aber nicht ist. Schließlich sagt einer der Roboter von Anfang an die Wahrheit, und einer lügt von Anfang an, und an diesem einen Punkt ist die Sache nicht symmetrisch. Führ mir R. Preston vor. Und wenn die Abschrift der Befragung R. Iddas fertig ist, gib sie mir.«

Der Projektor wurde wieder angestellt. R. Preston starrte ihnen entgegen. Bis auf ein paar unwesentliche Unterschiede in der Gestaltung der Brust glich er in jeder Hinsicht R. Idda.

Baley sagte: »Ich grüße dich, R. Preston.« Während er sprach, hatte er die Aufzeichnung der Befragung R. Iddas vor sich.

»Du bist also der Privatdiener von Alfred Barr Humboldt?«

»Bin ich, Sir.«
»Seit wann?«
»Seit zweiundzwanzig Jahren, Sir.«
»Und das Ansehen deines Herrn bedeutet dir etwas?«
»Ja, Sir.«
»Würdest du es für wichtig ansehen, dieses Ansehen zu schützen?«
»Ja, Sir.«
»So wichtig, um es wie sein Leben zu schützen?«
»Nein, Sir.«
»So wichtig, um sein Ansehen wie das eines anderen zu schützen?«
R. Preston zögerte. Er sagte: »Solche Fälle müssen je nach Lage der Dinge entschieden werden. Man kann keine allgemeine Regel aufstellen.«
Baley sagte: »Wenn du finden würdest, daß das Ansehen deines Herrn wichtiger als das eines anderen, sagen wir, Gennao Sabbat, würdest du lügen, um das Ansehen deines Herrn zu schützen?«
»Ja, Sir.«
»Hast du in deiner Zeugenaussage zu dem Streitfall zwischen deinem Herrn und Dr. Sabbat gelogen?«
»Nein, Sir.«
»Aber wenn du gelogen hättest, würdest du es leugnen, um diese Lüge zu schützen, nicht wahr?«
»Ja, Sir.«
»Also schön«, sagte Baley, »überlegen wir folgendes. Dein Herr, Alfred Barr Humboldt, ist ein Mann, der als Mathematiker großes Ansehen genießt. Er ist jedoch alt. Wenn er in diesem Streitfall mit Dr. Sabbat der Versuchung erlegen wäre und unmoralisch gehandelt hätte, würde sein Ansehen etwas geschmälert werden, aber sein großes Alter und die Jahrhunderte, in denen er etwas erreichte, würden mehr ins Gewicht fallen und den Sieg davontragen. Man würde seinen Versuch des Plagiats als Fehler eines vielleicht kranken alten Mannes ansehen, dem es an Urteilskraft mangelte. Wenn es andererseits Dr. Sabbat war, der der Versuchung erlegen ist, wäre die Sache viel ernster. Er ist ein junger Mann, dessen Ansehen auf viel schwächeren Füßen steht. Eigentlich lägen Jahrhunderte vor ihm, in denen er möglicherweise Wissen ansammeln und große Dinge erreichen könnte. All das wäre ihm jetzt verlegt, durch eine

Jugendsünde ausgelöscht. Die Zukunft, die er zu verlieren hat, ist viel länger als die deines Herrn. Du siehst sicher ein, daß die Lage Sabbats viel schlechter ist und er größere Rücksichtnahme verdient?« Es wurde lange geschwiegen. Dann sagte R. Preston mit unbewegter Stimme: »Meine Aussage war, wie ich . . .«

An dieser Stelle brach er ab und sagte nichts mehr.

Baley sagte: »Fahr bitte fort, R. Preston.«

Keine Antwort. R. Daneel sagte: »Freund Elijah, ich fürchte, daß R. Preston in Stasis ist. Er ist außer Betrieb.«

»Also schön«, sagte Baley, »dann haben wir endlich eine Asymmetrie zustande gebracht. Von hier aus können wir sehen, wer der Schuldige ist.«

»Wie, Freund Elijah?«

»Denk nach. Nimm an, du bist jemand, der kein Verbrechen begangen hat, und dein Privatrobot ist Zeuge. Du brauchtest nichts zu tun. Dein Robot würde die Wahrheit sagen und dich bestätigen. Wenn du aber jemand bist, der das Verbrechen begangen hat, dann wärest du abhängig von der Lüge eines Robots. Du wärest in einer etwas gefährlicheren Situation, doch eher geneigt, die Wahrheit zu sagen, und damit wäre die Lüge weniger sicher als die Wahrheit. Um dem vorzubeugen, müßte der verbrecherische Jemand höchstwahrscheinlich dem Robot zu *befehlen* haben, eine Lüge zu sagen. So wäre das Erste Gesetz durch das Zweite verstärkt, vielleicht sogar ganz bedeutend gestärkt.«

»Das wäre sicher vernünftig«, sagte R. Daneel.

»Nimm an, wir haben für die beiden Verhaltensweisen je einen Robot. Ein Robot würde von der nicht abgesicherten Wahrheit zur Lüge übergehen, und könnte das ohne große Schwierigkeiten nach einigem Zögern tun. Der andere Robot würde von der *stark abgesicherten* Lüge zur Wahrheit übergehen und könnte das nur auf die Gefahr hin tun, dabei in seinem Gehirn viele Positronenschaltungen durchzubrennen und in Stasis zu fallen.«

»Und da R. Preston in Stasis verfiel . . .«

»Der Herr von R. Preston, Dr. Humboldt, ist der Mann, der sich des Plagiats schuldig gemacht hat. Wenn du das dem Kapitän übermittelst und ihn drängst, die Sache unverzüglich Dr. Humboldt vorzulegen, dann kann er ihn vielleicht zu einem Geständnis bringen. Ich hoffe, du wirst mir sofort Nachricht geben, wenn das geschieht.«

»Das werde ich sicher tun. Du entschuldigst mich, Freund Elijah? Ich muß unter vier Augen mit dem Kapitän sprechen.«

»Sicher. Geh in den Tagungsraum. Er ist abgeschirmt.«

Während R. Daneels Abwesenheit konnte sich Baley überhaupt keine Arbeit vornehmen. Vom Wert seiner Untersuchungen hing eine Menge ab, und er war sich deutlich seines Mangels an Fachkenntnis in Robotik bewußt.

Nach einer halben Stunde kam R. Daneel zurück – beinahe die längste halbe Stunde in Baleys Leben.

Es war selbstverständlich unmöglich, dem gelassenen Gesichtsausdruck des menschenähnlichen Wesens etwas darüber zu entnehmen, wie es ausgegangen war. Baley versuchte, gelassen auszusehen.

»Nun, R. Daneel?« fragte er.

»Genau wie du gesagt hast, Freund Elijah. Dr. Humboldt hat gestanden. Er rechnete damit, sagte er, daß Dr. Sabbat nachgeben würde und er seinen letzten Triumph feiern könnte. Die Krise ist vorbei, und du wirst den Kapitän dankbar finden. Er hat mir gestattet, dir mitzuteilen, daß er dein umsichtiges Vorgehen sehr bewundert, und ich glaube, daß man mir wohlwollen wird, weil ich auf dich hingewiesen habe.«

»Schön«, sagte Baley mit feuchter Stirn, jetzt, da sich seine Entscheidung als richtig herausgestellt hatte. »Aber Jehoshaphat, R. Daneel, bring mich bitte nicht wieder in eine solche Lage.«

»Freund Elijah, ich werde es versuchen. Es wird natürlich davon abhängen, wie bedeutend die Krise, wie nah du bist, und auch von gewissen anderen Faktoren. Ich habe aber noch eine Frage ...«

»Ja?«

»War es nicht möglich, anzunehmen, daß der Übergang von einer Lüge zur Wahrheit leicht war, während der Übergang von der Wahrheit zu einer Lüge schwierig war? Und würde in dem Fall nicht der Robot in Stasis dabeigewesen sein, und da R. Preston sich in Stasis befand, hätte man nicht zu dem Schluß kommen können, daß Dr. Humboldt unschuldig und Dr.Sabbat schuldig war?«

»Ja, R. Daneel, so hätte man auch folgern können, doch der andere Schluß erwies sich als richtig. Humboldt hat doch gestanden?«

»Allerdings. Aber da in beiden Richtungen geschlossen werden konnte, wie hast du, Freund Elijah, so rasch den richtigen Schluß gefunden?«

Einen Augenblick zuckte es um Baleys Lippen. Dann entspannte er sich, und sie verzogen sich zu einem Lächeln. »Weil ich menschliches Verhalten berücksichtigte, nicht das von Robotern. Ich weiß mehr über Menschen als über Roboter. Mit anderen Worten: Bevor ich überhaupt die Roboter befragte, hatte ich eine Ahnung, welcher Mathematiker der Schuldige ist. Als ich bei den Robotern asymmetrische Reaktionen hervorbrachte, habe ich sie einfach so gedeutet, daß die Schuld auf den fallen mußte, den ich sowieso schon für schuldig hielt. Die Reaktionen der Roboter waren aufregend genug, um den Schuldigen zusammenbrechen zu lassen. Meine eigene Untersuchung des menschlichen Verhaltens hätte dazu vielleicht nicht ausgereicht.«

»Ich bin neugierig, wie deine Untersuchung menschlichen Verhaltens ausgesehen hat.«

»Jehoshaphat, R. Daneel, denk nach, und du brauchst nicht zu fragen. Abgesehen von der Sache mit wahr und falsch gibt es in dieser spiegelbildlichen Geschichte noch eine Asymmetrie. Die Tatsache des Alters der beiden Mathematiker. Einer ist ziemlich alt, und einer ist ziemlich jung.«

»Ja, natürlich. Aber was ist damit?«

»Nun, folgendes. Ich kann mir einen jungen Mann vorstellen, den eine plötzliche revolutionäre Idee erfüllt und der in der Sache einen alten Mann zu Rat zieht, den er seit seinen Tagen als Student als Halbgott auf seinem Gebiet kennt. Ich kann mir *keinen* mit Ehrungen überhäuften und Triumphe gewohnten alten Mann vorstellen, dem eine plötzliche revolutionäre Idee kommt und der einen Jahrhunderte jüngeren Mann zu Rat zieht, den er als jungen Springinsfeld ansehen muß. Und dann noch: Wenn ein junger Mann die Gelegenheit hätte, würde er versuchen, einem verehrten Halbgott einen Gedanken zu stehlen? Es wäre undenkbar. Andererseits würde ein alter Mann, dem bewußt ist, wie seine Kräfte schwinden, vielleicht gut und gern die letzte Gelegenheit, Ruhm zu erlangen, beim Schopf ergreifen und denken, daß ein Neuling auf dem Gebiet kein Recht habe, Dinge zu bemerken, die eigentlich ihm zustünden. Kurzum, es war undenkbar, daß Sabbat Humboldts Gedanken stiehlt. Von beiden Gesichtspunkten aus war Dr. Humboldt schuldig.«

R. Daneel überlegte lange. Dann streckte er die Hand aus. »Ich muß jetzt gehen, Freund Elijah. Es war schön, dich zu sehen. Mögen wir uns bald wieder treffen.«

Baley drückte freundlich die Hand des Robots. »Wenn's dir nichts ausmacht, R. Daneel«, sagte er, »nicht so bald wieder.«

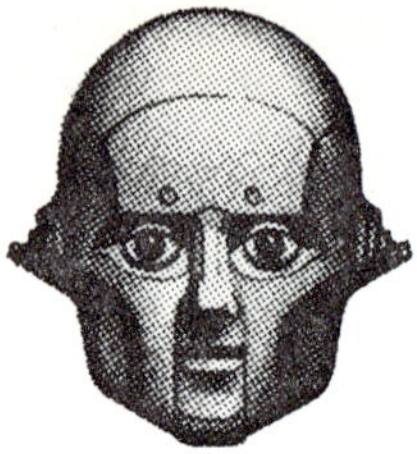

LENNY

Die U. S. Robots and Mechanical Men hatten ein Problem. Das Problem waren Menschen. Peter Bogert, Chefmathematiker, war gerade auf dem Weg zur Montageabteilung, als er Alfred Lanning, dem Forschungsleiter, begegnete.

Lanning hatte sich über die Brüstung gebeugt und starrte mit gesträubten weißen Augenbrauen hinunter in den Computerraum.

Auf dem Geschoß unter dem Balkon lief ein dünner Strom von Menschen der unterschiedlichsten Altersstufen und beiderlei Geschlechts neugierig umher, während ein Führer einen auswendig gelernten Vortrag über das computergesteuerte Entwerfen von Robotern abspulte.

»Der Computer, den Sie vor sich sehen«, sagte er gerade, »ist der größte seiner Art auf der ganzen Welt. Er enthält fünf Millionen dreihunderttausend Cryotrone und kann gleichzeitig über hunderttausend Daten verarbeiten. Mit seiner Hilfe ist die U. S. Robots in der Lage, die positronischen Bahnen neuer Robotmodelle mit höchster Genauigkeit zu berechnen.

Mit dieser Tastatur werden die gewünschten Anforderungen in Lochmuster umgesetzt und einem Band eingespeist – es handelt sich, wenn Sie so wollen, um eine Art von hochkomplizierter Schreib- und Druckmaschine, mit dem einzigen Unterschied, daß sie nicht mit Buchstaben, sondern mit Ideen arbeitet. Sätze werden in ihre symbolischen gedanklichen Äquivalente zerlegt, die wiederum in Lochstreifenmuster umgewandelt werden.

Der Computer kann unseren Wissenschaftlern in weniger als

einer Stunde den Entwurf eines Gehirns vorlegen, der sämtliche Positronenbahnen, die zur Herstellung eines Robots notwendig sind, enthält . . .«.

Endlich schaute Alfred Lanning auf und bemerkte den anderen. »Ah, Peter«, sagte er.

Bogert strich sich mit beiden Händen über sein vollkommen glattes, glänzendschwarzes Haar. Er sagte: »Sie scheinen nicht viel davon zu halten.«

Lanning grunzte. Öffentliche Führungen durch die U. S. Robots waren erst vor kurzem aufgenommen worden und sollten zwei Zielen dienen. Einerseits, so hatte man sich gedacht, ermöglichen sie den Leuten, Roboter einmal aus nächster Nähe zu sehen und durch wachsende Vertrautheit mit ihnen ihre instinktive Furcht vor allen mechanischen Gegenständen zu verlieren. Und zum zweiten hoffte man, daß die Führungen in einigen wenigen Individuen so großes Interesse zu erregen vermochten, daß diese dazu bewegt wurden, Robotikforschung künftig als Lebensaufgabe zu betreiben.

»Nein, das wissen Sie ja«, sagte Lanning schließlich. »Einmal pro Woche wird die Arbeit unterbrochen. Was dabei herauskommt, ist im Verhältnis zu den verlorenen Arbeitsstunden völlig ungenügend.«

»Es ist immer noch kein Anstieg bei den Bewerbungen zu verzeichnen?«

»Doch, aber nur in den Sparten, wo unser Personalmangel nicht gravierend ist. Wir brauchen dringend Leute für die Forschung, das wissen Sie ja genauso gut wie ich. Dummerweise ist der Beruf eines Robotikers sehr unpopulär, seitdem die Roboter auf der Erde verboten sind.«

»Der verdammte Frankenstein-Komplex«, sagte Bogert und ahmte absichtlich eine der Lieblingsphrasen des anderen nach.

Lanning bekam die kleine Spitze nicht mit. Er sagte: »Ich sollte mich inzwischen daran gewöhnt haben, aber das werde ich wohl nie. Dabei müßte doch eigentlich jeder einzelne Erdenbewohner mittlerweile mitbekommen haben, daß die Drei Gesetze einen vollkommenen Schutz für ihn darstellen, daß Roboter einfach nicht gefährlich sind. Nehmen wir mal den Haufen da unten.« Er warf einen wutfunkelnden Blick auf die Besucher im Computerraum. »Sehen Sie sich das an. Die meisten von ihnen gehen durch die Robot-Montagehalle wegen des prickelnden Angstgefühls, das sie dabei empfinden, wie auf einer Achterbahn. Wenn sie dann den Raum mit dem MEC-Modell betreten – verdammt nochmal, Peter, einem MEC-Modell, das keiner Fliege auf Gottes weitem Erdboden etwas zuleide tun könnte, das nichts weiter tut, als zwei Schritte nach vorn zu machen, ›ich freue mich, Sie kennenzulernen, Sir‹, zu sagen, die Hand zu schütteln und wieder zwei Schritt zurückzutreten – dann zucken sie zusammen, und Mütter nehmen ihre Kleinen auf den Arm, als ob der Leibhaftige vor ihnen stünde. Wie können wir von solchen Schwachköpfen auch nur einen einzigen vernünftigen Gedanken erwarten?«

Bogert wußte keine Antwort. Gemeinsam starrten sie auf die Reihe der Besucher hinunter, die nun den Computerraum verließen, um sich in die Montagehalle für Positronengehirne zu begeben. Gleich darauf entfernten sich auch die beiden Wissenschaftler. Darum konnten sie auch nicht mehr beobachten, was der sechzehn Jahre alte Mortimer W. Jacobson tat – der allerdings, wir wollen ihm Gerechtigkeit widerfahren lassen, gar nicht die Absicht hatte, etwas anzustellen.

Um die Wahrheit zu sagen, war es im Grunde nicht einmal Mortimers Schuld. Der Wochentag, an dem die Führung stattfand, war allen Arbeitern bekannt. Sie hatten die Order, sämtliche Geräte, an denen die Besucher vorbeikamen, mit größter Sorgfalt abzuschalten oder zu verschließen, denn es wäre höchst unvernünftig zu erwarten, daß ein menschliches Wesen der Versuchung widerstehen könnte, an Knöpfen, Schaltern, Tastaturen, Griffen und Hebeln herumzuhantieren. Zudem sollte der Führer ein besonders scharfes Auge auf diejenigen haben, die besagter Versuchung zu erliegen drohten.

Doch der Führer war bereits in den nächsten Raum gegangen, als sich Mortimer, der die Reihe beschloß, noch im Computerzentrum aufhielt. Er kam an einer jener Tastaturen vorbei, mit denen den Computern Bauanweisungen eingegeben wurden. Er konnte nicht wissen, daß über die Tastatur, vor der er nun stehenblieb, gerade im Augenblick die Konstruktionspläne für ein neues Robotmodell eingespeist wurden, sonst hätte er, da er ein braver Junge war, die Finger von ihr gelassen. Auch konnte er nicht wissen, daß der zuständige Techniker es durch eine fast schon kriminell zu nennende Nachlässigkeit versäumt hatte, das Gerät abzuschalten.

So drückte Mortimer spielerisch mal auf diese, mal auf jene Taste, wie jemand, der auf einem Instrument herumklimpert.

Er bemerkte nicht, daß sich an einem entfernten Teil des Geräts der Lochstreifen ein Stückchen weiter hinausschob – geräuschlos und unauffällig.

Noch bemerkte der Techniker bei seiner Rückkehr, daß jemand an dem Gerät manipuliert hatte. Er war etwas beunruhigt, weil er sah, daß es die ganze Zeit eingeschaltet gewesen war, doch dachte er nicht daran, es zu überprüfen. Nach ein paar Minuten hatte sich seine leichte Unruhe vollständig gelegt, und er fuhr fort, dem Computer Daten einzugeben.

Was Mortimer betrifft, so sollte er weder jetzt noch jemals später erfahren, was er getan hatte.

Das neue LNE-Modell war für das Schürfen von Bor im Steroidengürtel entworfen worden. Die Bor-Hydride wuchsen jährlich an Wert, man brauchte sie als Zündstoff für die Micro-Protonensäulen, die die Hauptlast der Energieerzeugung in den Raumschiffen zu tragen hatten, und die kärglichen Borvorkommen auf der Erde waren fast erschöpft.

Das bedeutete, daß die Körper der Roboter mit Augen ausgestattet werden mußten, die in der spektroskopischen Analyse sensitiv auf die für Borerze charakteristischen Linien reagierten, und mit Gliedmaßen, die das geschürfte Erz zu einem Endprodukt verarbeiten konnten. Doch die geistige Ausstattung bildete wie immer das Hauptproblem.

Das erste LNE-Positronengehirn war gerade fertiggestellt worden. Es war ein Prototyp und würde der Sammlung sämtlicher Prototypen, die die U. S. Robots unterhielt, einverleibt. Doch erst mußte er eine Testreihe durchlaufen, dann würden nach seinem Muster zahlreiche Roboter gefertigt, die man an die Bergwerksgesellschaften auslieh (niemals verkaufte).

Der LNE-Prototyp war jetzt fertiggestellt. Groß, aufrecht und glänzend sah er von außen genauso aus wie die meisten der nicht zu spezialisierten Robotmodelle.

Der Techniker, der mit der Durchführung der Tests beauftragt war, hielt sich an die vom ›Handbuch der Robotik‹ empfohlene Reihenfolge und fragte als erstes: »Wie geht es dir?«

Die korrekte Antwort hätte gelautet: »Es geht mir gut, und ich bin bereit, meine Funktionen auszuüben. Ich hoffe, daß es auch Ihnen gut geht.« Von diesem Muster waren nur geringfügige Abweichungen erlaubt.

Dieser erste Wortwechsel diente keinem besonderen Zweck; er sollte nur zeigen, daß der Robot hören, eine Routinefrage verstehen und eine Routineantwort geben konnte, die in dem Geist und der inneren Einstellung, die man von einem Robot erwartete, formuliert war. Davon ausgehend würde sich die Schwierigkeit der Testanordnungen steigern, mit denen kontrolliert werden sollte, ob der Robot die Drei Gesetze und deren Zusammenspiel mit seinem eigenen spezialisierten Wissen beherrschte.

So sagte der Techniker also: »Wie geht es dir?« Als die Stimme des LNE-Prototypen zum ersten Mal ertönte, horchte er sofort auf. Sie klang anders als alle anderen Stimmen von Robotern, die er je zuvor gehört hatte (und er hatte viele gehört). Sie formte Silben in einem tiefen, schwingenden Ton, der an ein himmlisches Glockenspiel denken ließ.

All das war dermaßen verblüffend, daß der Techniker erst im nachhinein begriff, was diese betörend schöne Stimme eben gesagt hatte.

Sie hatte gesagt: »Da, da, da, gugu.«

Der Robot stand immer noch hoch und aufrecht da, aber seine rechte Hand bewegte sich verstohlen nach oben, und dann steckte er einen Finger in den Mund.

Der Techniker glotzte in äußerstem Entsetzen, dann ergriff er die Flucht. Er verriegelte die Tür hinter sich und gab von einem anderen Raum aus einen Notruf an Dr. Susan Calvin durch.

Dr. Susan Calvin war der einzige Robotpsychologe der U. S. Robots (und damit der ganzen Welt). Sie hatte kaum damit begonnen, den LNE-Prototypen zu testen, als sie auch schon in einer keinen Widerspruch duldenden Weise nach den Durchschriften der von dem Computer gezeichneten Entwürfe für die Positronenbahnen des Robotgehirns sowie den Lochstreifen, nach deren Anweisungen die Diagramme ausgeführt worden waren, verlangte. Nachdem sie diese gründlich studiert hatte, sandte sie ihrerseits nach Bogert.

Ihr eisengraues Haar war zu einem straffen Knoten zusammengefaßt; tiefe, senkrechte Falten waren in ihr Gesicht eingeschnitten und wurden von der waagerechten Linie des dünnen, schmallippigen Mundes begrenzt; mit kühler Miene wandte sie sich Bogert zu.

»Was soll das hier sein, Peter?«

Bogert las die Absätze, die sie ihm bezeichnete, mit wachsender Bestürzung und rief schließlich aus: »Du lieber Himmel, Susan, das ergibt ja überhaupt keinen Sinn!«

»Allerdings nicht. Wie konnte das in die Bauanleitungen hineingeraten?«

Der verantwortliche Techniker wurde gerufen; er schwor einen heiligen Eid, daß das nicht sein Werk war und daß man ihn nicht dafür verantwortlich machen konnte. Auch dem Computer gelang es nicht, die Fehlerquelle zu finden; seine Überprüfungen verliefen negativ.

»Das Positronengehirn dieses LNE-Prototypen«, sagte Susan Calvin bedächtig, »kann nicht mehr repariert werden. Zu viele seiner höheren Funktionen sind durch die sinnlosen Eingaben gelöscht worden, und was dabei herausgekommen ist, ähnelt sehr einem menschlichen Baby.«

Bogert schaute verblüfft drein, und Susan Calvin nahm sofort eine eisige Haltung an, die sie stets an den Tag legte, wenn auch nur der geringste – ausgesprochene oder unausgesprochene – Zweifel an ihren Worten entstand. Sie sagte: »Wir unternehmen die größten Anstrengungen, um einen Robot geistig so weit wie möglich einem Menschen anzugleichen. Denken Sie sich einmal weg, was wir als die geistigen Funktionen eines Erwachsenen zu bezeichnen pflegen; was dann übrigbleibt, ist ein Säugling – immer in verstandesmäßigen Termini gesprochen. Warum sehen Sie mich also so überrascht an, Peter?«

Der LNE-Prototyp, der keinerlei Anzeichen gegeben hatte, ob er das Geschehen um ihn herum verstand, ließ sich plötzlich in eine sitzende Haltung gleiten und begann, seine Füße genau zu untersuchen.

Bogert starrte ihn an. »Verdammt ärgerlich, dieses Ding wieder auseinandernehmen zu müssen. Wird eine ganz schöne Arbeit sein.«

»Auseinandernehmen?« fragte die Robotpsychologin mit Nachdruck.

»Natürlich, Susan. Was sollen wir denn mit diesem Geschöpf anfangen? Guter Gott, wenn es einen Gegenstand auf dieser Welt gibt, der vollkommen und grenzenlos überflüssig ist, dann ist es ein Robot, der seinen Job nicht machen kann. Und Sie wollen doch nicht behaupten, daß dieser Robot dazu imstande wäre, auch nur die primitivsten Arbeiten auszuführen?«

»Nein, gewiß nicht.«

»Also?«

Susan Calvin sagte halsstarrig: »Ich will noch ein paar Tests durchführen.«

Bogert sah sie mit einem Blick an, in dem plötzliche Ungeduld lag, doch dann zuckte er die Achseln. Wenn es einen Menschen bei der U. S. Robots gab, mit dem eine Auseinandersetzung völlig sinnlos war, dann war das Susan Calvin. Sie liebte nichts und niemanden außer Robotern, und der lebenslange Umgang mit ihnen hatte sie, so schien es Bogert, aller menschenähnlichen Züge beraubt. Man konnte ihr eine Entscheidung, die sie einmal getroffen hatte, genauso wenig ausreden, wie man eine eingeschaltete Mikrosäule dazu überreden konnte, nicht zu zünden.

»Was soll das für einen Nutzen haben?« schnaubte er; dann fügte er eilig hinzu: »Werden Sie uns Bescheid geben, wenn Sie mit Ihren Tests fertig sind?« »Selbstverständlich«, antwortete sie. »Komm, Lenny.«

(LNE, dachte Bogert. Na klar, daraus machte sie Lenny. Unvermeidlich.)

Susan Calvin streckte dem Robot die Hand entgegen, aber er starrte sie nur an. Da ergriff die Robotpsychologin sanft die Pranke des Robots, der sich leichtfüßig erhob (seine mechanische Koordinierung war wenigstens in Ordnung). Gemeinsam, Hand in Hand, verließen sie das Zimmer. Der Robot überragte die Frau um einen dreiviertel Meter. Viele Augen folgten ihnen neugierig, als sie den langen Korridor hinuntergingen.

Eine Wand von Susan Calvins Labor, das direkt an ihr privates Arbeitszimmer grenzte, war mit der stark vergrößerten Wiedergabe eines Positronenbahnen-Diagramms bedeckt. Susan Calvin hatte sich den größten Teil des Monats über gründlich damit beschäftigt.

Auch jetzt stand sie in Gedanken versunken davor und zeichnete die verschlungenen, stumpfwinkligen Bahnen auf ihren komplizierten Wegen nach. Hinter ihr saß Lenny auf dem Boden, spreizte die Beine und klappte sie wieder zusammen, wozu er irgendwelche bedeutungslosen Silben summte; doch seine Stimme war so überirdisch schön, daß man auch dem haarsträubendsten Unsinn mit Entzücken lauschte.

Susan Calvin drehte sich zu dem Robot um. »Lenny ... Lenny ...«

Sie wiederholte das Wort geduldig immer wieder, bis Lenny schließlich aufschaute und einen fragenden Laut von sich gab. Ein erfreuter Ausdruck glitt flüchtig über das strenge Gesicht der Robotpsychologin. Es gelang ihr in immer kürzeren Abständen, die Aufmerksamkeit des Robots zu erregen.

Sie sagte: »Heb deine Hand hoch, Lenny. Hand – hoch. Hand – hoch.«

Lenny folgte ihrer Bewegung mit den Augen. Hoch, runter, hoch, runter. Dann machte er einen erfolglosen Versuch, ihre Geste mit der eigenen Hand nachzuahmen, und sang glockenhell: »Äh ... uh ...«

»Sehr gut, Lenny«, lobte Susan Calvin ernst. »Versuch es noch einmal. Hand – hoch.«

Eine Stimme kam aus ihrem Büro und unterbrach sie. »Susan?«

Mit zusammengepreßten Lippen hielt Susan in ihren Bemühungen inne. »Ja, Alfred, was gibt's?«

Der Forschungsdirektor spazierte herein und besah sich das Diagramm an der Wand und den Robot. »Immer noch damit beschäftigt?«

»Ja, ich bin an meiner Arbeit.«

»Nun, wissen Sie, Susan ...« Er nahm eine Zigarre aus einem Etui und machte Anstalten, ein Ende abzubeißen. Als er die Augen hob, traf er auf den mißbilligenden Blick der Frau; er steckte die Zigarre weg und nahm einen neuen Anlauf: »Also ... wie Sie wissen, Susan, ist das LNE-Modell nun in Serie gegangen.«

»Ich habe davon gehört. Haben Sie einen Auftrag für mich, der damit in Zusammenhang steht?«

»Äh ... nein, nicht direkt. Allerdings läßt die Tatsache, daß die Produktion problemlos angelaufen ist, jede weitere Beschäftigung mit diesem verpfuschten Modell als sinnlos erscheinen. Sollten wir es nicht endlich verschrotten?«

»Kurz gesagt, Alfred, sind Sie verärgert, daß ich meine ach so wertvolle Zeit verschwende. Ich kann Sie beruhigen. Meine Zeit ist nicht verschwendet, ich *arbeite* mit diesem Robot.«

»Aber die Arbeit hat keinen Nutzen.«

»Das kann ich wohl selbst am besten beurteilen, Alfred.«

Sie sagte das mit einer derart bedrohlichen Gelassenheit, daß Lanning es für klüger hielt, sein Auftreten etwas zu verändern.

»Nun gut. Wären Sie dann so freundlich, mir zu erklären, welchen Zweck die Arbeit Ihrer Meinung nach hat? Was machen Sie zum Beispiel im Augenblick?«

»Ich versuche, ihn zu bewegen, auf meine Aufforderung hin die Hand zu heben. Ich will ihm beibringen, auf den Klang eines Wortes zu reagieren.«

Als ob er alles mitbekommen hätte, sagte Lenny: »Eh – uh« und hob ein wenig zittrig seine Hand.

Alfred schüttelte den Kopf. »Diese Stimme ist wirklich verblüffend. Wie kommt sie zustande?«

Susan Calvin sagte: »Ich weiß es nicht genau. An seinem Sender konnten wir nichts Ungewöhnliches feststellen. Ich bin sicher, daß er ganz normal sprechen könnte. Er tut es aber nicht; und daß er es nicht tut, muß die Folge irgendeiner Veränderung in seinen Positronenbahnen sein, auf die ich noch nicht den Finger legen konnte.«

»Na, dann versuchen Sie es, Susan! Mit einer Stimme wie dieser könnten wir schon etwas anfangen.«

»Oh, dann hat meine Arbeit mit Lenny also vielleicht doch einen Sinn?«

Lanning zuckte verlegen die Schultern. »Letztlich ist es nur von nebensächlicher Bedeutung.«

»Ich bedaure, daß Ihnen die Hauptsache anscheinend entgangen ist«, sagte die Robotpsychologin schroff, »ein Punkt von herausragender Bedeutung, aber schließlich ist es nicht meine Schuld. Wären Sie so nett, Alfred, mich jetzt allein zu lassen, damit ich mit meiner Arbeit weitermachen kann?«

In Bogerts Zimmer konnte Lanning sich endlich die Zigarre anzünden, nach der ihn die ganze Zeit verlangt hatte. Er sagte säuerlich: »Diese Frau entwickelt täglich neue Marotten.«

Bogert wußte genau, von wem die Rede war. In der gesamten U. S. Robots and Mechanical Men Corp. gab es nur eine einzige ›diese Frau‹. Er sagte: »Trödelt sie immer noch mit diesem Pseudo-Robot herum, mit diesem Lenny, wie sie ihn nennt?«

»Sie versucht, ihm das Sprechen beizubringen, so wahr mir Gott helfe.«

Bogert zuckte die Achseln. »Das macht unser Problem deutlich. Ich meine die Schwierigkeiten, die unsere Gesellschaft hat, qualifizierte Leute für die Forschungsabteilung zu bekommen. Wenn wir mehr Robotpsychologen hätten, könnten wir auf Susans Dienste verzichten. Übrigens, ich gehe doch recht in der Annahme, daß sich die für morgen angesetzte Direktorenkonferenz ebenfalls mit dem Personalproblem auseinandersetzen wird?«

Lanning nickte zustimmend und blickte angeekelt auf seine Zigarre, die nicht so gut zu schmecken schien wie gewöhnlich. »Ja. Aber es geht uns in erster Linie um die Qualität, nicht die Quantität. Wir haben die Löhne so sehr erhöht, daß seitdem ein ständiger Bewerberstrom vor unseren Türen steht. Das sind die Leute, die vornehmlich am Geldverdienen interessiert sind. Der Trick ist, an die ranzukommen, die sich vornehmlich für Robotik interessieren – wir brauchen ein paar mehr wie Susan Calvin.«

»O nein. Bitte nicht. Nicht wie sie.«

»Na ja, ich meine natürlich nicht, wie sie persönlich. Aber Sie müssen zugeben, Peter, daß ihre Einstellung zur Robotik wirklich einmalig ist. Sie hat kein anderes Interesse in ihrem Leben.«

»Genau. Das ist es ja gerade, was sie so unerträglich macht.«

Lanning nickte. Er konnte die vielen Male gar nicht mehr zählen, da er Susan Calvin mit Freude gefeuert hätte. Er hatte auch den Überblick über die unzähligen Dollarmillionen verloren, die sie der Gesellschaft bei der einen oder anderen Gelegenheit eingespart hatte. Sie war eine wahrhaft unersetzliche Frau und würde das bis zu ihrem Tode bleiben – oder bis zu dem Augenblick, da es der Gesellschaft gelang, Leute von ihrem Kaliber zu finden, die sich für Robotforschung interessierten.

Er sagte: »Ich glaube, wir werden diese Touristenführungen wieder abschaffen.«

Peter meinte achselzuckend: »Das liegt bei Ihnen. Aber nun mal im Ernst: Was machen wir mit Susan? Sie bringt es glatt fertig, sich zurückzuziehen und sich das nächste Jahr ausschließlich mit Lenny zu beschäftigen. Sie wissen doch, wie sie ist, wenn sie glaubt, einem wirklich faszinierenden Problem auf die Spur gekommen zu sein.«

»Was *können* wir denn tun? Wenn wir zu deutlich durchblicken lassen, was wir von ihrer Arbeit halten, wird sie aus weiblichem Widerspruchsgeist erst recht weitermachen. Letzten Endes sind uns die Hände gebunden.«

Der dunkelhaarige Mathematiker lächelte. »Ich wäre nie auf die Idee gekommen, irgendeinem Teil von ihr das Prädikat ›weiblich‹ zuzuerkennen.«

»Na ja«, sagte Lanning verdrießlich. »Wenigstens wird die ganze Angelegenheit niemand einen Schaden zufügen.«

Doch in diesem Punkt sollte er sich täuschen.

Wenn in einem gewaltigen industriellen Komplex eine Alarmanlage losschrillt, bricht immer eine große Aufregung aus. In der Geschichte der United States Robots war der Alarm insgesamt vielleicht ein dutzendmal ausgelöst worden – wegen Feuersbrünsten, Überschwemmungen, Aufruhr und offener Erhebung.

Doch eines war in dieser langen Zeit niemals passiert. Niemals war das besondere Warnsignal ertönt, das ›Robot außer Kontrolle‹ bedeutete. Und niemand hätte geglaubt, daß es jemals ertönen würde. Es war überhaupt nur auf Drängen der Regierung installiert worden. (»Dieser verdammte Frankenstein-Komplex«, murrte Lanning bei den seltenen Gelegenheiten, da er daran dachte.)

Aber jetzt war es soweit. Der schrille Sirenenton heulte los, wurde alle zehn Sekunden etwas tiefer, und sämtliche Beschäftigen der ›Robot-Bau‹, angefangen beim Aufsichtsratsvorsitzenden bis hinunter zum jüngsten Hausmeistergehilfen, brauchten eine Weile, bis sie die Bedeutung dieses seltsamen Signals begriffen. Dann entstand ein gewaltiger Auflauf: Bewaffnete Sicherheitsbeamte und Ärzte strömten zu dem Gefahrengebiet, und die U. S. Robots war lahmgelegt. Charles Randow, ein Computertechniker, mußte mit gebrochenem Arm ins Krankenhaus eingeliefert werden. Weiterer Schaden war nicht entstanden. Zumindest kein physischer Schaden.

»Aber der moralische Schaden«, röhrte Lanning, »ist unübersehbar!«

Susan Calvin blickte ihm mit mörderischer Ruhe in die Augen. »Sie werden Lenny nichts antun. Nichts! Haben Sie verstanden?«

»Ich glaube, *Sie* haben nicht verstanden, Susan! Dieses Ding hat einen Menschen verletzt. Es hat das Erste Gesetz gebrochen. Wissen Sie nicht mehr, wie das Erste Gesetz lautet?«

»Sie werden Lenny nichts antun.«

»Um Gottes willen, Susan, muß ich *Ihnen* das Erste Gesetz ins Gedächtnis zurückrufen? *Ein Robot darf keinen Menschen verletzen oder durch Untätigkeit zu Schaden kommen lassen.* Unsere ganze Stellung hängt davon ab, daß das Erste Gesetz von den Robotern aller Typen aufs strengste eingehalten wird. Wenn die Öffentlichkeit erfährt – und sie wird es erfahren –, daß es eine Übertretung, und sei es auch nur eine einmalige Übertretung, dieser Regel gegeben hat, könnten wir gezwungen werden zu schließen. Wir haben nur dann eine Chance zu überleben, wenn wir sofort die Umstände erklären, die zu dem bedauerlichen Vorfall führten, und bekanntmachen, daß der schuldige Robot zerstört worden ist; hoffentlich gelingt es uns, die Öffentlichkeit davon zu überzeugen, daß dies ein einmaliges Geschehen war, das sich niemals wiederholen wird.«

»Ich möchte herausfinden, was wirklich passiert ist«, sagte Susan Calvin. »Ich war nicht die ganze Zeit über da, und ich möchte gerne wissen, was dieser Randow ohne meine Erlaubnis in meinem Labor zu schaffen hatte.«

»Der Vorfall ist uns in den entscheidenden Zügen bereits bekannt«, wiederholte Lanning geduldig. »Ihr Robot schlug Randow, und der verdammte Narr drückte auf den ›Robot-außer-Kontrolle‹-Knopf und machte damit aus der Angelegenheit einen Fall. Aber der springende Punkt ist, daß Ihr Robot ihn geschlagen und ihm einen Schaden in Form eines gebrochenen Arms zugefügt hat. Sehen wir der Wahrheit ins Auge: Ihr Lenny ist so mißgebildet, daß ihm sogar das Erste Gesetz fehlt. Er muß zerstört werden.«

»Das Erste Gesetz fehlt ihm *nicht*. Ich habe seine positronischen Gehirnbahnen genau studiert und weiß, daß es ihm nicht fehlt.«

»Wie kann er dann einen Menschen schlagen?« Verzweiflung verwandelte sich in Sarkasmus. »Aber warum fragen wir nicht Lenny? Sicher haben Sie ihm doch inzwischen das Sprechen beigebracht?«

Ein hektisches Rot stieg in Susan Calvins Wangen. Sie sagte: »Ich ziehe es vor, das Opfer zu befragen. Und ich wünsche, Alfred, daß meine Räume in meiner Abwesenheit versiegelt werden. Lenny bleibt drin. Keiner darf sich ihm nähern. Wenn ihm ein Leid geschieht, während ich nicht da bin, hat die Gesellschaft mich zum letzten Mal gesehen.«

»Werden Sie seiner Zerstörung zustimmen, wenn sich herausstellt, daß er das Erste Gesetz gebrochen hat?«

»Ja – weil ich weiß, daß er es nicht getan hat.«

Charles Randow lag bleich im Bett; sein Arm stak in einem Gipsverband. Er stand immer noch unter dem Schock jenes gräßlichen Moments, da ein Robot mit Mordgelüsten in seinem Positronengehirn auf ihn eingedrungen war. Nie zuvor war ein menschliches Wesen so nahe daran gewesen, von einem Robot tätlich angegriffen zu werden und durch ihn einen Schaden zu erleiden. Es war eine einmalige Erfahrung.

Susan Calvin, Alfred Lanning und Peter Bogert, den sie unterwegs getroffen hatten, standen nun neben Randows Bett. Die Ärzte und Krankenschwestern waren aus dem Zimmer geschickt worden.

Susan Calvin sagte: »Nun – was ist geschehen?«

Eingeschüchtert murmelte Randow: »Das Ding hat mich auf den Arm gehauen. Es griff mich an.«

Calvin sagte: »Fangen Sie ein bißchen früher an. Was taten Sie ohne meine Erlaubnis in meinem Labor?«

Der junge Computerfachmann schluckte, und der Adamsapfel hüpfte unter der dünnen Haut seines Halses deutlich sichtbar auf und ab. Auf seinen hochstehenden Wangenknochen lag nun eine unnatürliche Blässe. Schließlich brachte er heraus: »Wir wußten alle über Ihren Robot Bescheid. Es ging das Gerücht, daß Sie ihm beibringen wollten, wie ein Musikinstrument zu reden. Wir haben Wetten darauf abgeschlossen, ob Sie Erfolg haben würden oder nicht. Einige meinten, Sie könnten – äh – einen Zaunpfahl zum Sprechen bringen.«

»Ich nehme an«, sagte Susan Calvin eisig, »daß das als ein Kompliment gemeint ist. Aber was hat das alles mit Ihnen zu tun?«

»Ich sollte herausfinden, ob etwas an der Sache dran ist – ob der Robot reden kann, Sie verstehen. Wir entwendeten einen Schlüssel zu Ihren Räumen, warteten, bis Sie einmal nicht da waren, und ich ging hinein. Ich war durch Los bestimmt worden. Wir zogen alle Lose, und ich verlor.«

»Weiter.«

»Ich habe versucht, das Ding zum Reden zu bringen, und es schlug mich.«

»Was soll das heißen: Sie versuchten, es zum Reden zu bringen. Was genau haben Sie getan?«

»Ich – ich habe ihm Fragen gestellt, aber er wollte mir nicht antworten, da – na ja, also da habe ich ihn ein bißchen – äh – angeschnauzt, um ihn einzuschüchtern, und daraufhin ...«

»Ja?«

Eine lange Pause trat ein. Unter Susan Calvins starrem Blick gab Randow schließlich zu: »Ich wollte ihn so erschrecken, daß er etwas sagen würde.« Und er fügte gleich darauf verteidigend hinzu: »Ich mußte das Ding einfach ein wenig einschüchtern.«

»Wie haben Sie versucht, ihm Angst einzujagen?«

»Ich habe so getan, als ob ich ihm einen Faustschlag versetzen wollte.«

»Und da hat er ihren Arm beiseitegeschoben?«

»Es hat meinen Arm *geschlagen*.«

»Nun gut. Das wäre wohl alles.« Und zu Lanning und Bogert gewandt sagte sie: »Kommen Sie, meine Herren.«

In der Tür drehte sie sich noch einmal zu Randow um. »Ich will Ihnen sagen, wer die Wette gewonnen hat, falls Sie noch daran interessiert sein sollten. Lenny kann inzwischen ein paar Worte sehr schön sprechen.«

Es herrschte Schweigen, bis sie sich alle wieder in Susan Calvins Büro befanden.

Die Wände waren mit ihren Büchern vollgestellt – einige von ihnen hatte sie selber verfaßt. Der Raum strahlte dieselbe unterkühlte, beherrschte Aura aus wie ihre ganze Persönlichkeit. Es gab nur einen Stuhl, auf den sie sich niederließ. Lanning und Bogert mußten stehenbleiben.

Sie sagte: »Lenny hat nichts weiter getan, als sich selbst zu verteidigen. Das ist in Übereinstimmung mit dem Dritten Gesetz: *Ein Robot muß seine eigene Existenz schützen*.«

»*Solange*«, fiel Lanning lauttönend ein, »*dieser Schutz nicht dem Ersten oder Zweiten Gesetz widerspricht*. Wenn schon, dann müssen Sie auch zu Ende zitieren! Lenny hatte kein Recht, sich auf eine

Weise zu verteidigen, die einem menschlichen Wesen einen Schaden, und sei er auch noch so gering, zufügen konnte.«

»Das hat er ja nicht *absichtlich* getan«, schoß Susan Calvin zurück. »Lennys Gehirn ist ein wenig – zurückgeblieben. Er hat keine Ahnung von seiner eigenen Stärke oder der Schwäche eines Menschen. Er konnte nicht wissen, daß er den Arm eines Menschen möglicherweise brechen würde, wenn er ihn beiseite schob. In menschlichen Begriffen gesprochen: Man kann einem Geschöpf, das nicht Gut von Böse zu unterscheiden vermag, keinen moralischen Vorwurf machen.«

Bogert redete besänftigend auf sie ein. »Nun Susan, *wir* machen ihm ja gar keinen Vorwurf. *Wir* verstehen ja, daß Lenny, menschlich gesprochen, ein Baby ist und daß man ihn darum nicht tadeln darf. Aber die Öffentlichkeit wird es tun. Die U. S. Robots wird schließen müssen.«

»Umgekehrt. Wenn Sie auch nur soviel Verstand wie eine Ameise hätten, Peter, würden Sie sehen, daß dies die Gelegenheit ist, auf die die Robots seit langem wartet und die all ihre Probleme lösen wird.«

Lanning runzelte seine buschigen weißen Brauen. Dann sagte er mild: »Von welchen Problemen reden Sie, Susan?«

»Macht sich die Gesellschaft nicht Sorgen, wie sie den – zugegeben beträchtlichen – Personalbestand der Forschungsabteilung auf der gegenwärtigen Höhe halten soll?«

»Doch, das stimmt.« »Nun, was haben Sie denn den zukünftigen Forschern anzubieten? Die Faszination, auf wissenschaftliches Neuland vorzustoßen? Erregung? Geistiges Abenteuer? Nein! Weit gefehlt. Alles, was Sie ihnen anbieten, ist Geld und die absolute Gewißheit, niemals mit einem neuen Problem konfrontiert zu werden.«

»Das verstehe ich nicht ganz«, meinte Bogert. »Sie haben doch Probleme zu lösen.«

»Das nennen Sie Probleme?« fuhr Susan ihn an. »Was für Roboter produzieren wir denn eigentlich? Voll entwickelte Roboter, perfekt auf ihre jeweiligen Aufgaben zugeschnitten. Die Industrie sagt uns, was sie braucht; nach diesen Angaben entwirft ein Computer das Gehirn, Apparate bauen den Robot zusammen, und da ist er, fix und fertig. Peter, vor einiger Zeit haben Sie mich einmal gefragt, was für einen Nutzen meine Arbeit mit Lenny hätte. Was für einen Nutzen, sagten Sie, hat ein Robot, der nicht imstande ist, eine spezifische Funktion auszuführen? Jetzt frage ich Sie: Was für einen Sinn hat eigentlich ein Robot, der nur eine einzige Funktion ausführen kann und sonst nichts? Das ist doch schrecklich einseitig! Die LNE-Modelle schürfen Bor. Wenn plötzlich ein Bedarf nach Beryllium entsteht, können wir sie nicht mehr gebrauchen. Oder wenn die Bor-Technologie weiterentwickelt wird, können wir sie ebenfalls auf den Abfallhaufen werfen. Einen derart funktionierenden Menschen würden wir als Unter-Menschen bezeichnen. Die Roboter, die wir so konzipiert haben, sind im Grunde nicht mehr als Unter-Roboter.«

»Worauf wollen Sie hinaus – auf einen vielseitigen, multifunktionalen Robot?« fragte Lanning ungläubig.

»Warum nicht? Ja wirklich, warum eigentlich nicht? Ich habe mich mit einem Robot beschäftigt, dessen Gehirn völlig verstümmelt ist. Ich habe ihn unterrichtet, und Sie, Alfred, haben mich gefragt, was das für einen Sinn haben soll. Vielleicht sehr wenig, soweit es Lenny betrifft, denn er wird niemals das Niveau eines Fünfjährigen – in menschlichen Begriffen gesprochen – überschreiten. Aber in größeren Zusammenhängen gesehen, kann meine Arbeit mit Lenny von gewaltiger Bedeutung für uns werden. Betrachten Sie sie als eine Studie zu dem abstrakten Problem: *Wie mache ich Roboter lernfähig?* Ich habe Möglichkeiten herausgefunden, benachbarte Gehirnbahnen kurzzuschließen und dadurch ihre Zahl und Aufnahmefähigkeit zu erhöhen. Wenn die Forschung auf diesem Gebiet vorangetrieben wird, läßt sich dieses Ergebnis sicher bald mit feineren technischen Methoden erreichen und noch erheblich steigern.«

»Und was weiter?«

»Nehmen wir einmal an, Sie stellen ein Positronengehirn her, in dem alle primären Bahnen sorgfältig ausgeführt sind, aber keine der sekundären. Nehmen wir weiter an, daß Sie in dem fertigen Hirn mit Hilfe der neuen Techniken nach Belieben sekundäre Bahnen erschaffen können. Sie wären dann in der Lage, Vielzweck-Roboter auf den Markt zu bringen, Roboter, die von den Kunden je nach Bedarf mal für diesen, mal für jenen Job programmiert werden könnten. Roboter würden mit der Zeit so allseitig verwendbar wie ein Mensch. *Roboter könnten lernen!*«

Sie starrten sie an.

Ungeduldig sagte sie: »Ich glaube, Sie verstehen mich immer noch nicht.«

»Ich verstehe Ihre Worte«, sagte Lanning.

»Begreifen Sie nicht, daß sich junge Talente darum reißen werden, in die Robotik-Abteilung einzutreten, wenn Sie ihnen ein völlig neues Forschungsfeld, völlig neuartige Techniken, die entwickelt werden müssen, kurz gesagt, einen weißen Fleck auf der wissenschaftlichen Karte zu offerieren haben? Probieren Sie es, und Sie werden sehen, daß ich recht habe.«

»Darf ich darauf hinweisen«, ließ Bogert glattzüngig einfließen, »daß das kein ungefährliches Unterfangen wäre. Wenn wir mit nicht instruierten Robotern, wie Lenny einer ist, anfangen, können wir nie darauf vertrauen, daß sie das Erste Gesetz einhalten – und genau das ist ja auch mit Lenny passiert.«

»Genau. Machen Sie es bekannt.«

»*Es bekannt machen!*«

»Natürlich. Publizieren Sie die Gefahren, sorgen Sie dafür, daß jedermann davon erfährt. Verkünden Sie, daß Sie ein neues Forschungsinstitut auf dem Mond eröffnen werden, falls die Erdbevölkerung diese Dinge nicht auf ihrem Heimatplaneten erlauben will. Aber vergessen Sie vor allem nicht, immer wieder auf die potentiellen Gefahren hinzuweisen.«

Lanning fragte: »Großer Gott, warum denn nur?«

»Weil die Gefahr eine zusätzliche Würze und Verlockung bildet. Glauben Sie denn, daß die Kerntechnik oder der Raumflug keine Risiken bergen? Haben Ihre ständigen Beteuerungen von der totalen Sicherheit und Ungefährlichkeit der Roboter etwas genutzt? Ist es Ihnen etwa gelungen, den Frankenstein-Komplex zu besiegen, den Sie doch so verachten? Warum wollen Sie also nicht einmal etwas Neues ausprobieren, etwas, das sich zudem auf anderen Gebieten bereits als äußerst wirkungsvoll erwiesen hat.«

Ein Geräusch erklang hinter der Tür, die zu Susan Calvins privatem Labor führte. Es war das himmlische Glockenspiel von Lennys Stimme.

Die Robotpsychologin hielt lauschend in ihren Ausführungen inne, dann sagte sie: »Entschuldigen Sie mich, meine Herren, ich glaube, Lenny ruft mich.«

»Kann er Sie rufen?« fragte Lanning.

»Ich sagte Ihnen doch, daß es mir gelungen ist, ihm ein paar

Worte beizubringen.« Nervös steuerte sie auf die Tür zu. »Wenn Sie so freundlich wären, einen Moment zu warten...«

Sie blickten ihr nach, als sie den Raum verließ, und schwiegen eine Weile. Dann sagte Lanning: »Glauben Sie, daß etwas an dem, was sie gesagt hat, dran ist, Peter?«

»Durchaus möglich, Alfred, durchaus möglich. Ich bin dafür, ihren Vorschlag in der morgigen Konferenz zur Sprache zu bringen. Mal sehen, was die anderen Direktoren dazu sagen werden. Schließlich *ist* das Kind schon in den Brunnen gefallen, da hat Susan recht. Die Öffentlichkeit weiß bereits darüber Bescheid, daß ein Roboter einen Menschen angegriffen hat. Wir könnten also genauso gut versuchen, die Sache zu unserem Vorteil zu verwenden. Natürlich bin ich Susans persönlichen Motiven gegenüber äußerst mißtrauisch.«

»Wie meinen Sie das?«

»Selbst wenn jedes Wort, das sie sagt, stimmt, so verbirgt sie damit doch nur ihre wahren Absichten. Sie macht sich selber etwas vor. Im Grunde geht es ihr nur darum, diesen Robot nicht hergeben zu müssen. Wenn wir Druck auf sie ausüben würden (und bei dieser Vorstellung trat dem Mathematiker unwillkürlich ein Lächeln auf die Lippen), würde sie behaupten, daß sie an der Verbesserung der Lehrmethoden für Roboter arbeitet, aber ich glaube, daß sie in Wahrheit eine bessere Verwendung für Lenny gefunden hat. Eine ziemlich einzigartige Verwendung, an der von allen Frauen auf dieser Welt wohl nur Susan Gefallen finden kann.«

»Ich weiß nicht, was Sie meinen.«

Bogert sagte: »Haben Sie nicht verstanden, was der Robot vorhin gerufen hat?«

»Hm, nein, ich habe es nicht ganz...« wollte Lanning eben anfangen, als die Tür plötzlich aufging, worauf die Männer sofort verstummten.

Susan Calvin kam ins Zimmer und blickte sich suchend um. »Wo habe ich denn nur... Hat vielleicht einer von Ihnen gesehen, wo... Ah, da ist es ja.«

Sie lief zu einem Bücherregal und nahm einen hantelförmigen Gegenstand herunter, der aus einem komplizierten metallenen Gitterwerk zu bestehen schien, in dem Hohlräume ausgespart waren. In diesen Löchern befanden sich Metallstückchen, die ein wenig zu klein waren, als daß sie hätten herausfallen können.

Als sie die Hantel ergriff, stießen die Metallteilchen leise klirrend aneinander, was ein angenehmes Geräusch erzeugte. Blitzartig begriff Lanning, daß das Ding die Robot-Version einer Babyrassel war.

Als Susan Calvin die Tür öffnete, um ins Nebenzimmer zurückzugehen, läutete ihr von drinnen wieder Lennys süße Stimme entgegen. Dieses Mal konnte Lanning die Worte, die der Robot sprach, genau verstehen – die Worte, die Susan ihm beigebracht hatte.

In himmlisch reinen, glockenhellen Tönen rief er mehrmals: »Mammi, ich brauche dich. Ich brauche dich, Mammi.«

Und dann konnte man Susan Calvins hastige Schritte hören, wie sie über den Boden des Labors auf das einzige Baby zueilte, das sie jemals haben oder lieben würde.

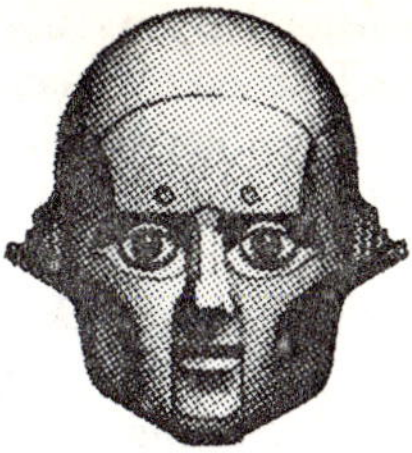

GALEERENSKLAVE

United States Robots and Mechanical Men hatte als Angeklagte in diesem Verfahren genügend Einfluß, um eine Verhandlung ohne Jury und hinter verschlossenen Türen zu erzwingen.

Und die Northeastern-Universität strengte sich nicht sonderlich an, um das zu verhindern. Das Kuratorium wußte recht gut, wie die Öffentlichkeit auf ein Verfahren gegen einen Robot reagieren würde, ganz gleich, aus welchem Grund man ihn anklagte. Man war sich auch im klaren darüber, daß Haßparolen gegen Roboter schnell in Haßparolen gegen die Wissenschaften überhaupt enden konnten.

Die Regierung, in diesem Fall von Richter Harlow Shane vertreten, war ebenfalls für eine stillschweigende Beilegung der Streitsache. Man hatte weder die U. S. Robots noch die Universitätsleute gern gegen sich.

Richter Shane ergriff das Wort. »Meine Herren! Da weder Presse, Öffentlichkeit oder Jury anwesend sind, können wir weitgehend auf die äußere Form verzichten und gleich zur Sache kommen.«

Er lächelte steif und zerrte an seiner Robe, um ihr einen lässigeren Faltenwurf zu verleihen. Er hatte wenig Hoffnung, daß man sich an seine Aufforderung halten würde.

Barnabas H. Goodfellow, Professor für Physik an der Northeastern-Universität, trat zuerst in den Zeugenstand. Er legte seinen Eid mit einer Miene ab, die im krassen Widerspruch zu seinem Namen stand.

Nach den üblichen einleitenden Fragen schob der Anklagevertreter die Hände tief in die Taschen und begann:

»Herr Professor, wann und unter welchen Umständen wurde die Möglichkeit einer Einstellung von Robot EZ-27 zum erstenmal in Erwägung gezogen?«

Professor Goodfellows schmales, eckiges Gesicht nahm einen unsicheren Ausdruck an.

»Ich stand mit Dr. Alfred Lanning, dem Forschungsdirektor der U. S. Robots, privat und beruflich in Verbindung. Ich hörte daher mit einiger Toleranz zu, als er mir einen etwas eigenartigen Vorschlag machte. Das war am dritten März letzten Jahres . . .«

»2033?«

»Richtig.«

»Entschuldigen Sie die Unterbrechung. Bitte, fahren Sie fort.«

Der Professor nickte kühl und formulierte mit gerunzelter Stirn die damaligen Erlebnisse.

Professor Goodfellow betrachtete den Robot mit einem gewissen Unbehagen. Man hatte ihn, gemäß den terranischen Transportbedingungen für Roboter, in einer verschlossenen Kiste in den Kellerraum gebracht.

Alfred Lanning musterte seinen Robot scharf, als wolle er sich vergewissern, daß ihm während des Transports nichts zugestoßen sei. Dann wandte er den Kopf mit den buschigen Augenbrauen und der weißen Haarmähne dem Professor zu.

»Das hier ist Robot EZ-27, das erste Modell, das der Öffentlichkeit zugänglich gemacht werden soll.«

Er wandte sich an den Robot. »Easy, das ist Professor Goodfellow.«

Die Antwort kam so schlagartig, daß der Professor zusammenzuckte.

»Guten Tag, Professor.«

Seine Stimme war leidenschaftslos.

Easy war etwas über zwei Meter groß und hatte die Proportionen eines Menschen – ein Verkaufsgrundsatz der U. S. Robots. Das und die wichtigsten Patentrechte für das Positronengehirn hatten der Firma das Monopol für Roboter und nahezu auch ein Monopol für Computer gesichert.

Die beiden Männer, die den Robot ausgeladen hatten, waren hinausgegangen, und der Professor blickte von Lanning zu dem Robot und wieder zu Lanning zurück.

»Er ist sicher harmlos.«

Aber so sicher war er nicht, und man hörte es seiner Stimme an.

»Harmloser als ich«, sagte Lanning. »Ich könnte mich dazu hinreißen lassen, Sie anzugreifen. Das ist bei Easy unmöglich. Sie kennen vermutlich die drei Grundgebote für Roboter.«

»Ja, natürlich«, sagte Goodfellow.

»Sie sind in das Positronensystem des Gehirns eingebaut und müssen beachtet werden. Das erste Gebot, die Hauptregel im Robotdasein, schützt das Leben und Wohlergehen aller Menschen.«

Er unterbrach sich, rieb sich die Wange und fuhr dann fort:

»Das ist etwas, wovon wir die ganze Erde überzeugen möchten.«

»Wenn er nur nicht so schrecklich groß wäre.«

»Zugegeben. Aber Sie werden sehen, daß er wirklich nützlich ist.«

»Ich kann mir nicht vorstellen, auf welchem Gebiet. Das konnten wir auch bei unseren bisherigen Unterredungen nicht klären. Immerhin, ich habe eingewilligt, mir das Ding anzusehen, und ich werde es tun.«

»Ansehen allein ist zu wenig, Professor. Haben Sie ein Buch mitgebracht?«

»Ja.«

»Darf ich es sehen?«

Professor Goodfellow griff in seine Aktentasche, ohne den Blick von dem metallischen Ding in Menschengestalt abzuwenden, und holte ein Buch heraus.

Lanning streckte die Hand danach aus und besah sich den Titel.

»*Physikalische Chemie der Elektrolyte in Lösungen*. Eine faire Aufgabe. Sie haben das Buch selbst ausgewählt, nicht wahr? Ich hatte keinerlei Einfluß auf den Text. Stimmt das?«

»Ja.«

Lanning gab das Buch an Robot EZ-27 weiter.

Der Professor zuckte leicht zusammen. »Nein! Das Buch ist sehr wertvoll.« Lanning hob die Augenbrauen. »Easy will uns keine

Kraftprobe liefern«, sagte er. »Ich versichere Ihnen, daß er das Buch nicht zerreißen wird. Er kann mit einem Buch ebenso sorgfältig umgehen wie Sie oder ich. Fang an, Easy.«

»Danke, Sir«, sagte Easy. Dann verbeugte er sein Metallgestell ein wenig und fügte hinzu: »Mit Ihrer Erlaubnis, Professor Goodfellow.«

Der Professor starrte ihn an. Dann sagte er: »Ja – ja, natürlich . . .«

Mit langsamen, gleichmäßigen Bewegungen seiner Metallfinger drehte Easy eine Seite nach der anderen um. Er warf einen Blick auf die linke und dann auf die rechte Seite. So blätterte er Minute um Minute um.

Die Macht, die von ihm ausstrahlte, ließ sogar den großen Raum mit den Betonwänden zusammenschrumpfen. Und die beiden menschlichen Beobachter hatten das Gefühl, unterlebensgroß zu sein.

»Das Licht ist nicht sehr gut«, murmelte Goodfellow.

»Es genügt.«

Dann, etwas schärfer: »Aber was macht er eigentlich?«

»Geduld, Sir.«

Schließlich war die letzte Seite umgeblättert.

»Nun, Easy?« fragte Lanning.

»Es ist ein sehr genaues Buch, und ich konnte wenige Fehler finden. Auf der Seite 27, Zeile 22 ist das Wort ›positiv‹ p-o-s-i-t-i-v-e buchstabiert. Das Komma auf der Seite 32, Zeile 6, ist überflüssig, während es auf Seite 54, Zeile 13, besser gewesen wäre, eines zu setzen. Das Pluszeichen der Gleichung XIV,2 auf Seite 337 müßte ein Minuszeichen sein, wenn es sich logisch aus den vorhergehenden Gleichungen ableitet . . .«

»Halt! Einen Augenblick!« rief der Professor. »Was macht er da?«

»Was er macht?« wiederholte Lanning ungeduldig. »Mann, er ist bereits fertig. Er hat das Buch gelesen und auf Fehler überprüft.«

»Er hat Korrektur gelesen?«

»Ja. In der kurzen Zeit hat er jeden Schreib-, Grammatik- und Interpunktionsfehler entdeckt. Er hat falsche Wortstellungen bemerkt und Inkonsequenzen festgestellt. Und er behält die Daten für immer in seinem Gehirn.«

Der Mund des Professors stand offen. Er ging aufgeregt hin und

her. Dann blieb er vor Easy und Lanning stehen und kreuzte die Arme vor der Brust.

Schließlich sagte er: »Der Robot ist also zum Korrekturlesen abgerichtet?«

Lanning nickte.

»Unter anderem.«

»Und weshalb führen Sie ihn mir vor?«

»Damit Sie mich unterstützen. Ich möchte ihn der Universität anbieten.«

»Zum Korrekturlesen?«

»Unter anderem.« Lanning wiederholte seine Worte geduldig.

Der Professor verzog sein Gesicht zu einer ungläubigen Grimasse.

»Aber das ist doch lächerlich!«

»Weshalb?«

»Die Universität könnte es sich niemals leisten, diese halbe Tonne Metall zu kaufen – soviel wiegt Ihr Korrektor doch sicher?«

»Er kann mehr als nur Korrekturlesen. Er kann Berichte von Skizzen vorbereiten, Formulare ausfüllen, als vollkommene Gedächtnisstütze dienen, Akten sortieren ...«

»Alles Kleinkram ...«

»Nein«, sagte Lanning. »Ich werde Ihnen gleich das Gegenteil beweisen. Aber das können wir doch in Ihrem Büro besprechen, wenn Sie nichts dagegen haben.«

»Nein, natürlich nicht«, sagte der Professor rein mechanisch und wollte sich umdrehen. Dann blieb er abrupt stehen.

»Aber der Robot – wir können den Robot nicht mitnehmen. Doktor, Sie müssen ihn wieder in die Kiste packen lassen.«

»Das hat noch Zeit. Wir können Easy hierlassen.«

»Ohne Bewachung?«

»Weshalb nicht? Er weiß, daß er den Raum nicht verlassen darf. Professor Goodfellow, Sie müssen mir glauben, daß ein Robot weit verläßlicher als ein Mensch ist.«

»Ich wäre verantwortlich, wenn er etwas beschädigt ...«

»Er wird nichts beschädigen. Das garantiere ich Ihnen. Sehen Sie, die Dienststunden sind doch vorbei. Wahrscheinlich kommt vor morgen vormittag niemand hier herein. Der Lastwagen und meine zwei Leute sind draußen. Die U. S. Robots übernimmt die Haftung, falls etwas geschieht. Aber Sie machen sich umsonst Sorgen. Nehmen wir es als Demonstration für die Zuverlässigkeit des Robots.«

Der Professor ließ sich aus dem Kellerraum führen. Aber er fühlte sich in seinem Büro, fünf Stockwerke weiter oben, nicht so recht wohl.

Er tupfte sich mit seinem weißen Taschentuch die Schweißtropfen von der Stirn.

»Wie Sie wissen, Dr. Lanning, ist es gesetzlich verboten, Roboter im Freien zu beschäftigen.«

»Professor Goodfellow, die Gesetze sind nicht ganz einfach. Roboter dürfen nicht an öffentlichen Plätzen oder in öffentlichen Gebäuden verwendet werden. Auf Privatgrundstücken oder in Privathäusern sind sie gestattet, allerdings mit so starken Einschränkungen, daß sie kaum noch ihren eigentlichen Zweck erfüllen können. Die Universität jedoch ist eine große, private Einrichtung, die im allgemeinen Sonderrechte genießt. Wenn der Robot sich in einem eigenen Raum aufhält, wenn er nur für akademische Zwecke benutzt wird, wenn man gewisse andere Einschränkungen beachtet und wenn die Männer und Frauen, die Zutritt zu seinem Raum haben, mit uns zusammenarbeiten – dann müßte es eigentlich gelingen, im Rahmen der Gesetze zu bleiben.«

»Und das alles, um eine Maschine zum Korrekturlesen zu haben?«

»Easys Verwendungszweck ist unbegrenzt, Professor. Bis jetzt hat man Roboter nur zur Erleichterung der rein manuellen Arbeiten eingesetzt. Gibt es nicht auch genug Denkvorgänge, die nichts als ein lästiges Übel sind? Wenn ein Professor, der zu wunderbaren, schöpferischen Gedanken fähig ist, wochenlang Zeit damit verliert, seine Manuskripte Zeile für Zeile nach Druckfehlern abzusuchen, sollte man ihm doch diese Arbeit so weit wie möglich erleichtern. Und Sie nennen das Kleinkram?«

»Aber der Preis . . .«

»Um den Preis brauchen Sie sich nicht zu sorgen. Wir verkaufen EZ-27 nicht. Die U. S. Robots verkauft ihre Produkte überhaupt nicht. Aber die Universität kann Easy für tausend Dollar im Jahr mieten – das ist beträchtlich weniger, als ein einziger Mikrowellen-Spektrograph kostet.«

Goodfellow sah ihn sprachlos an. Lanning spürte seinen Vorteil und fügte hinzu:

»Ich möchte ja nur, daß Sie dem Komitee, das bei Ihnen die Entscheidungen trifft, meinen Vorschlag unterbreiten. Ich stelle mich gern zu einer Diskussion zur Verfügung.«

»Hm«, sagte Goodfellow zweifelnd. »Ich kann die Sache nächste Woche bei der Senatsversammlung anschneiden. Aber ich kann natürlich nicht versprechen, daß es etwas nützen wird.«

»Natürlich«, sagte Lanning.

Der Verteidiger war klein und dicklich und gab sich ziemlich drohend. Er starrte Professor Goodfellow an, als man ihm erlaubte, seine Fragen zu stellen.

Der Professor blieb ruhig.

»Ich war wohl ziemlich froh, Dr. Lanning wieder loszuwerden. Ich hätte ihm alles versprochen.«

»Mit der Absicht, es nach seinem Verschwinden wieder zu vergessen?«

»Nun ...«

»Trotzdem haben Sie dem Exekutivausschuß des Senats die Sache vorgetragen.«

»Ja.«

»So haben Sie Dr. Lannings Vorschläge weitergegeben. Sie haben sie nicht einfach als Unsinn abgetan. Im Gegenteil, Sie haben sie ziemlich begeistert aufgegriffen. Stimmt das?«

»Ich habe den normalen Dienstweg eingehalten.«

»Tatsache ist, daß Sie sich um den Robot kaum die Sorgen machten, von denen Sie uns eben erzählten. Sie kennen die Drei Gesetze für Roboter, und Sie kannten sie auch schon bei Ihrem Zusammentreffen mit Dr. Lanning.«

»Das schon.«

»Und Sie waren durchaus bereit, einen Robot ohne Aufsicht allein zu lassen ...«

»Dr. Lanning versicherte mir ...«

»Sie hätten seine Versicherung bestimmt nicht akzeptiert, wenn Sie den leisesten Zweifel gehabt hätten, daß der Robot gefährlich sein könnte.«

Der Professor sah ihn kühl an.

»Ich sah keinen Grund, Dr. Lanning nicht zu trauen...«

»Danke, das genügt«, unterbrach ihn der Verteidiger abrupt.

Während sich Professor Goodfellow mehr als verwirrt setzte, beugte sich Richter Shane vor und erklärte:

»Da ich selbst noch nie mit Robotern zu tun hatte, würde ich gern genau wissen, wie die Drei Gesetze für Roboter lauten. Könnte Dr. Lanning sie dem Gericht vortragen?«

Dr. Lanning fuhr auf. Er hatte bis dahin mit der grauhaarigen Frau an seiner Seite getuschelt. Jetzt erhob er sich. Die Frau sah ihn ausdruckslos an.

»Wie Sie wünschen, Euer Ehren«, sagte Dr. Lanning. Er machte eine Pause, als sei er im Begriff, eine bedeutsame Rede zu halten. Dann begann er laut und deutlich zu rezitieren:

»Erstes Gesetz: Ein Robot darf keinen Menschen verletzen oder tatenlos zusehen, wie ein Mensch Schaden erleidet.

Zweites Gesetz: Ein Robot muß die Befehle ausführen, die ihm ein Mensch gibt, außer, diese Befehle verstoßen gegen das erste Gesetz.

Drittes Gesetz: Ein Robot muß seine eigene Existenz schützen, solange diese Maßnahme nicht gegen Gesetz eins oder zwei verstößt.«

»Schön«, sagte der Richter und machte sich ein paar schnelle Notizen. »Und diese Gesetze sind in jeden Robot eingeplant?«

»In jeden. Das ist die Pflicht von Robot-Herstellern.«

»Robot EZ-27 handelte also auch entsprechend diesen Geboten?«

»Ja, Euer Ehren.«

»Sie werden diese Aussagen wahrscheinlich unter Eid wiederholen müssen.«

»Jederzeit, Euer Ehren.« Er setzte sich wieder.

Dr. Susan Calvin, Leiterin der robotpsychologischen Abteilung bei der U. S. Robots, war die grauhaarige Frau, die neben Lanning saß. Sie sah ihren nominellen Vorgesetzten kühl an, aber das war nicht weiter verwunderlich. Für Menschen konnte sie keine Wärme empfinden. Jetzt fragte sie:

»Alfred, war Goodfellows Aussage richtig?«

»Im wesentlichen«, flüsterte Lanning. »Um den Robot machte er sich überhaupt keine Sorgen, und er wollte von sich aus mit mir ins Geschäft kommen, als er den Preis hörte. Aber drastische Verzerrungen konnte ich nicht feststellen.«

Dr. Calvin sagte nachdenklich: »Es wäre vielleicht klug gewesen, den Preis höher anzusetzen.«

»Wir mußten Easy unbedingt loswerden.«

»Ich weiß. Und das war vielleicht ein Fehler. Man wird versuchen, uns andere Motive unterzuschieben.«

Lanning war geknickt.

»Ich habe unser Motiv vor dem Senat der Universität genannt.«

»Sie werden es so hindrehen, als sei es nicht das eigentliche gewesen.«

Scott Robertson, der Sohn des Firmengründers und immer noch Besitzer der meisten Aktien, saß auf der anderen Seite von Dr. Calvin. Jetzt beugte er sich zu ihr herunter und flüsterte wütend:

»Weshalb konnten Sie nicht Easy zu einer Aussage bringen? Er könnte sagen, was eigentlich vorfiel.«

»Sie wissen, daß er nicht darüber sprechen wird, Mister Robertson.«

»Bringen Sie ihn dazu. Sie sind unsere Psychologin, Dr. Calvin. Sie müssen ihn dazu bringen.«

»Wenn ich die Psychologin bin, Mr. Robertson«, sagte Susan Calvin kühl, »dann lassen Sie mich die Entscheidung treffen. Mein Robot wird nicht *dazu gebracht*, etwas zu tun, was ihm schadet.« Francis J. Hart, Leiter der Englischen Abteilung und Dekan für die Abschlußsemester, war in den Zeugenstand getreten. Er war ein schwerfälliger Mann, der in einem konservativ geschnittenen dunklen Anzug steckte. Ein paar Haarsträhnen waren sorgfältig über die rosa Glatze gekämmt. Er lehnte sich zurück und faltete die Hände korrekt auf dem Schoß. Hin und wieder lächelte er.

Er berichtete:

»Zum erstenmal hörte ich von der Angelegenheit des Robots EZ-27 anläßlich der Sitzung des Universitätssenats. Professor Goodfellow brachte die Rede auf das Thema. Später, am zehnten April vergangenen Jahres, hielten wir eine Sondersitzung über diesen Fall ab, bei der ich den Vorsitz führte.«

»Sind von der Sitzung Aufzeichnungen vorhanden? Von der Sondersitzung, meine ich.«

»Hm – nein. Es war eine ungewöhnliche Sitzung.« Der Dekan

lächelte knapp. »Wir hielten es für besser, nichts davon an die Öffentlichkeit dringen zu lassen.«

»Was geschah in dieser Sitzung?«

Dekan Hart fühlte sich als Vorsitzender dieser Konferenz nicht besonders wohl. Auch die anderen Mitglieder der Versammlung waren ein wenig unruhig. Nur Dr. Lanning schien völlig zufrieden.

Auf dem Tisch lagen Proben von der Arbeit des Robots. Professor Minott vom Institut für Physikalische Chemie hielt die Reproduktion eines Schaubilds in der Hand. Die Lippen des Chemikers waren anerkennend gespitzt.

Hart räusperte sich und ergriff das Wort.

»Es scheint kein Zweifel daran zu bestehen, daß der Robot gewisse Routineaufgaben zu unserer vollen Zufriedenheit lösen kann. Ich habe mir beispielsweise das da vor Beginn der Sitzung angesehen, und ich fand wenig daran auszusetzen.«

Er nahm ein langes, bedrucktes Blatt in die Hand, etwa dreimal so lang wie eine gewöhnliche Buchseite. Es war eine Fahne, wie man sie Autoren zur Korrektur zuschickt, bevor man den Text in Seiten aufteilt.

An den breiten Rändern der Fahne waren Korrekturzeichen, sauber und wunderbar leserlich. Hin und wieder war ein Wort des Textes ausgestrichen und am Rand verbessert. Die Buchstaben waren so gleichmäßig, daß man sie von dem gedruckten Text nicht unterscheiden konnte. Einige der Korrekturen waren blau, um anzudeuten, daß der Autor einen Fehler gemacht hatte, andere rot, wenn sich der Drucker getäuscht hatte.

»Ich würde sogar sagen, daß absolut nichts daran auszusetzen ist, Dr. Hart«, erklärte Dr. Lanning. »Die Korrekturen sind im Vergleich zu dem Manuskript in Ordnung. Allerdings registriert Easy nur Sprachfehler, keine Sachfehler.«

»Wir akzeptieren das. Aber der Robot verbesserte auch hin und wieder die Wortstellung, und ich glaube nicht, daß die Sprachregeln so starr gefaßt sind, daß seine Wahl immer die richtige war.«

Lanning lächelte und entblößte dabei seine langen Zähne.

»In Easys Positronengehirn wurde der Inhalt sämtlicher einschlägiger Werke eingespeist«, sagte er. »Ich bin sicher, daß Sie in keinem Fall nachweisen können, er habe sich falsch ausgedrückt.«

Professor Minott sah von der Zeichnung auf, die er immer noch in der Hand hielt.

»Mir drängt sich eine Frage auf, Dr. Lanning. Weshalb brauchen wir überhaupt einen Robot, wenn damit solche Schwierigkeiten auf dem Public-Relations-Sektor verbunden sind? Die Automation ist doch sicher so weit fortgeschritten, daß Ihre Gesellschaft eine Maschine konstruieren könnte, einen gewöhnlichen Computer, gegen den die Öffentlichkeit nichts einzuwenden hat. Er könnte die Arbeit des Robots übernehmen.«

»Gewiß wäre uns das möglich«, erwiderte Lanning steif. »Aber bei einer solchen Maschine müßten die Druckfahnen erst in besondere Symbole aufgegliedert oder zumindest auf Bänder gespeist werden. Und Sie brauchten Angestellte, die die Worte in Symbole und umgekehrt die Symbole in Worte übersetzen. Darüber hinaus kann ein Computer nur eine ganz bestimmte Aufgabe durchführen. Die Zeichnung, die Sie in der Hand halten, ginge über sein Leistungsvermögen.«

Minott brummte vor sich hin.

Lanning fuhr fort:

»Die besondere Leistung des Positronenrobots besteht in seinen vielfältigen Verwendungsmöglichkeiten. Er kann eine ganze Reihe von Arbeiten ausführen. Da er wie ein Mensch konstruiert ist, kann er mit allen menschlichen Werkzeugen umgehen. Er kann mit Ihnen sprechen, und er kann Sie hören. Bis zu einem gewissen Grad kann man mit ihm sogar diskutieren. Wenn man einen Computer mit einem ganz einfachen Robot vergleicht, ist er nicht mehr als eine schwere Rechenmaschine.«

Goodfellow sah auf und fragte:

»Wenn wir alle mit dem Robot sprechen und diskutieren können, besteht dann nicht die Gefahr, daß wir ihn in Verwirrung bringen? Vermutlich hat er nicht die Fähigkeit, unbegrenzt Daten zu speichern.«

»Nein, das nicht. Aber bei normalem Gebrauch müßte er mindestens fünf Jahre lang ohne Schwierigkeiten laufen. Er weiß, wann sein Speicher überlastet ist, und dann übernimmt unsere Gesellschaft kostenlos die Arbeit des Löschens.«

»Die *Gesellschaft*?«

»Ja. Die Gesellschaft behält sich das Recht vor, den Robot zu überholen. Das ist einer der Gründe, weshalb wir unsere Positronenroboter nicht verkaufen, sondern vermieten. Jeder Mensch kann einem Robot eine bestimmte Arbeit innerhalb seiner Schranken befehlen. Aber darüber hinaus braucht er eine Expertenbehandlung – und die können nur wir ihm geben.

So könnte zum Beispiel jeder von Ihnen einem Robot den Befehl erteilen, dieses oder jenes wieder zu vergessen. Aber höchstwahrscheinlich formulieren Sie den Befehl so, daß der Robot zuviel oder zuwenig vergißt. Wir würden eine solche Pfuscherei sofort entdecken, da wir Sicherheitssperren eingebaut haben. Doch da kaum jemand einen so unsinnigen und unnötigen Befehl aussprechen würde, ist das Ganze kein Problem.«

Dekan Hart fuhr sich über die Glatze und sagte:

»Sie legen offensichtlich großen Wert darauf, den Robot loszuwerden, obwohl es für die U. S. Robots garantiert ein Verlustgeschäft wird. Tausend Dollar pro Jahr sind ein lächerlich niedriger Preis. Glauben Sie, daß Sie durch unser Beispiel ähnliche Maschinen an andere Universitäten vermieten können?«

»Es ist eine nicht von der Hand zu weisende Annahme«, erwiderte Lanning.

»Aber selbst dann bliebe die Zahl der vermieteten Roboter beschränkt. Ich bezweifle, daß Ihre Firma ein rentables Geschäft daraus machen könnte.«

Lanning stützte die Ellbogen auf den Tisch und beugte sich mit ernstem Gesicht vor. »Ich will die Karten auf den Tisch legen, meine Herren. Außer in Sonderfällen können Roboter hier auf der Erde nicht verwendet werden. Ein großer Teil der Öffentlichkeit kann seine Vorurteile gegen sie nicht überwinden. Die U. S. Robots ist auf dem extraterrestrischen Markt sehr erfolgreich. Aber es geht uns hier nicht nur um Gewinn. Wir sind der festen Überzeugung, daß der Einsatz von Robotern auf der Erde uns schließlich zu einem leichteren Leben verhelfen würde – wenn sich auch anfangs wirtschaftliche Verschiebungen ergäben.

Die Gewerkschaften sind selbstverständlich gegen uns, aber wir setzen unsere Hoffnung auf eine Zusammenarbeit mit den großen Universitäten. Der Robot Easy wird Ihnen die lästige Routinearbeit abnehmen, die Sklavenarbeit, wenn Sie den Vergleich gestatten. Andere Universitäten und Forschungsstätten werden Ihrem Beispiel folgen. Wenn sich die Sache gut entwickelt, werden vielleicht auch für andere Zwecke Roboter eingesetzt. Man könnte den Widerstand der öffentlichen Meinung Schritt für Schritt abbauen.«

»Heute die Northeastern-Universität, morgen die ganze Welt«, murmelte Minott.

Ärgerlich flüsterte Lanning Susan Calvin zu:

»Ich war nur halb so wortgewandt, und sie waren nur halb so zögernd. Für tausend Dollar im Jahr streckten sie sofort die Hände nach Easy aus. Professor Minott erklärte mir, er habe noch nie eine genauere Arbeit als dieses Diagramm gesehen. Und Hart gab von sich aus zu, daß auf der Druckfahne kein einziger Fehler war.«

Die strengen senkrechten Falten auf Dr. Calvins Stirn blieben.

»Sie hätten mehr verlangen sollen, als sie zahlen konnten, Alfred. Sie hätten den Preis heruntergehandelt.«

»Vielleicht«, knurrte er.

Der Anklagevertreter war mit Hart noch nicht fertig.

»Haben Sie, nachdem Dr. Lanning die Sitzung verließ, darüber abgestimmt, ob man Robot EZ-27 mieten sollte?«

»Ja.«

»Mit welchem Ergebnis?«

»Für ihn. Es war eine Mehrheitsentscheidung.«

»Was hat Ihrer Meinung nach die Wahl beeinflußt?«

Die Verteidigung erhob sofort Einspruch.

Der Anklagevertreter formulierte die Frage von neuem.

»Was hat Sie persönlich bei Abgabe Ihrer Stimme beeinflußt? Ich nehme an, Sie stimmten für den Robot?«

»Ja, ich stimmte für ihn. Ich tat es hauptsächlich, weil ich von Dr. Lannings Gedankengängen beeindruckt war. Ich empfand es als unsere Pflicht, als die Pflicht der intellektuellen Führungsschicht, der Menschheit durch Einführung der Roboter bei der Lösung ihrer Probleme zu helfen.«

»Mit anderen Worten – Dr. Lanning hat Sie dazu überredet ...«

»Das ist seine Aufgabe. Er hat sie gut gelöst.«

»Hat die Verteidigung Fragen an den Zeugen?«

Der Verteidiger ging zum Zeugenstand hinüber und sah Professor Hart lange an.

Dann ergriff er das Wort.

»In Wahrheit waren Sie doch alle dafür, Robot EZ-27 so schnell wie möglich zu mieten, nicht wahr?«

»Wir dachten, daß wir ihn gut verwenden könnten, wenn er all die beschriebenen Fähigkeiten besaß.«

»*Wenn* er die Fähigkeiten besaß? Soviel ich verstand, untersuchten Sie in jener Konferenz die Arbeitsproben von Robot EZ-27 mit peinlicher Genauigkeit.«

»Ja. Da die Maschine hauptsächlich die englische Sprache korrigiert und da die englische Sprache in meinen Kompetenzbereich fällt, erschien es logisch, daß ich seine Arbeit untersuchte.«

»Sehr schön. War bei diesen Arbeitsproben auch nur eine einzige dabei, die weniger als zufriedenstellend ausfiel? Ich habe das Material hier. Können Sie einen Punkt nennen, der mangelhaft war?«

»Nun . . .«

»Es ist eine einfache Frage. Gab es Grund zur Unzufriedenheit? Ja oder nein?«

Der Englischprofessor runzelte die Stirn.

»Nein.«

»Ich habe auch ein paar Proben von Robot EZ-27 während seiner vierzehnmonatigen Beschäftigung bei der Northeastern-Universität. Würden Sie diese untersuchen und mir sagen, ob ein einziger Fehler darunter ist?«

Hart fuhr auf.

»Als er einen Fehler machte, war es gleich eine Katastrophe.«

»Beantworten Sie meine Frage«, donnerte der Verteidiger. »Und nichts als meine Frage! Ist etwas mit dem Material nicht in Ordnung?«

Dekan Hart sah sorgfältig jedes Blatt an.

»Ich kann nichts finden.«

»Wenn wir die Sache außer acht lassen, die uns hier zusammengeführt hat – können Sie sich entsinnen, daß EZ-27 je einen Fehler gemacht hat?«

»Nein – wenn man von der einen Sache absieht.«

Der Verteidiger räusperte sich, als wolle er damit einen Absatz markieren. Er fuhr fort:

»Und nun zu der Wahl, in der beschlossen wurde, ob Robot EZ-27 eingestellt werden sollte oder nicht. Sie sagten, daß die Mehrheit dafür war. Wie sah das Zahlenverhältnis aus?«

»Dreizehn gegen eine Stimme, wenn ich mich recht erinnere.«

»Dreizehn gegen eine. Das ist noch mehr als die Mehrheit, finden Sie nicht?«

»Nein, Sir.« Der ganze Pedant in Dekan Hart war wachgeworden. »In der englischen Sprache bedeutet das Wort Mehrheit, ›mehr als die Hälfte‹. Dreizehn von vierzehn ist eine Mehrheit, sonst nichts.«

»Aber ein fast einstimmiges Ergebnis.«

»Dennoch nur eine Mehrheit.«

Der Verteidiger gab nach. »Und wer war der einsame Gegner?«

Dekan Hart fühlte sich nicht recht wohl in seiner Haut.

»Professor Simon Ninheimer.«

Der Verteidiger tat erstaunt.

»Professor Ninheimer? Der Leiter der Soziologischen Abteilung?«

»Ja, Sir.«

»Der *Kläger*?«

»Ja, Sir.«

Der Verteidiger spitzte die Lippen.

»In anderen Worten: Es stellt sich heraus, daß der Mann, der an meinen Klienten, die U. S. Robots and Mechanical Men eine Schadensersatzklage von 750 000 Dollar richtet, der gleiche Mann ist, der von Anfang an gegen die Verwendung des Robots war. Der gesamte Exekutivausschuß – außer ihm – war davon überzeugt, daß man mit der Einstellung gut fahren würde.«

»Es war sein Recht, dagegen zu stimmen.«

»Sie erwähnten in Ihrer Beschreibung von der Konferenz nicht, daß Professor Ninheimer etwas sagte. Schwieg er während der ganzen Debatte?«

»Ich glaube, er sprach.«

»Sie *glauben*?«

»Also gut, er sprach.«

»Gegen den Robot?«

»Ja.«

»Setzte er sich heftig ein?«

Dekan Hart machte eine Pause.

»Leidenschaftlich.«

Der Verteidiger wurde vertraulich.

»Wie lange kennen Sie Professor Ninheimer schon, Dekan Hart?«

»Etwa zwölf Jahre.«

»Einigermaßen gut?«

»Ja, das kann man schon sagen.«

»Da Sie ihn also kennen, würden Sie glauben, daß er ein Mensch ist, der es dem Robot nachtragen könnte, bei der Wahl übergangen . . .«

Der Anklagevertreter erstickte den Rest des Satzes durch einen empörten Einspruch. Der Verteidiger stellte dem Zeugen keine Fragen mehr, und Richter Shane ließ Mittagspause machen.

Robertson würgte sein Sandwich herunter. Die Gesellschaft würde wegen einer dreiviertel Million Dollar keinen Wirbel machen, aber der Verlust des Geldes brachte noch andere Verluste mit sich. Zum Beispiel einen kostspieligen Rückschlag in der Werbung.

Er meinte säuerlich:

»Was soll all das Gerede darüber, wie Easy in die Universität kam? Was verspricht man sich davon?«

Der Verteidiger blieb ruhig. »Eine Gerichtsverhandlung ist wie ein Schachspiel, Mister Robertson. Es gewinnt der, der die meisten Züge vorhersieht. Und mein Freund am Anklägertisch ist kein Anfänger. Er kann den Schaden vorweisen. Das ist kein Problem. Seine Hauptaufgabe ist es, unsere Verteidigungslinie zu erkennen. Er wird damit rechnen, daß wir uns auf die Drei Gesetze der Robotik stützen.«

»Aber das ist doch auch die beste Verteidigung«, erwiderte Robertson. »Nur damit können wir etwas erreichen.«

»Bei einem Robot-Ingenieur vielleicht. Nicht unbedingt bei einem Richter. Der Gegner will beweisen, daß EZ-27 kein gewöhnlicher Robot war. Er kam als der erste seines Typs an die Öffentlichkeit. Er war ein Versuchsmodell, das erst getestet werden mußte. Und die Universität war der einzig geeignete Ort für diese Tests. Damit kann man sowohl Dr. Lannings Eifer erklären wie auch die Bereitschaft der U. S. Robots, Easy für einen solchen Spottpreis zu vermieten. Der Ankläger würde zu dem Schluß kommen, daß Easy sich bei den Tests als Niete herausstellte. Verstehen Sie nun, weshalb die Verhandlung diesen Verlauf nimmt?«

»Aber EZ-27 war doch ein perfektes Modell«, erklärte Robertson. »Er war der siebenundzwanzigste in der Reihe unserer Entwicklungen.«

»Ein schwacher Punkt«, sagte der Verteidiger düster. »Was stimmte mit den ersten sechsundzwanzig nicht? Irgend etwas muß es ja sein. Und weshalb sollte der Fehler nicht auch bei Modell 27 auftreten?«

»Mit den ersten sechsundzwanzig war alles in Ordnung«, erwiderte Robertson. »Aber sie waren noch nicht für eine so komplexe Aufgabe eingerichtet. Schließlich arbeiten wir zum erstenmal mit Positronengehirnen, und da muß man jeden Faktor durch Versuche ermitteln. Aber sie hatten alle die Drei Gesetze eingebaut. *Kein* Robot ist so unvollkommen, daß die Drei Gesetze nicht gelten.«

»Das hat mir Dr. Lanning auch erklärt, Mister Robertson, und ich will Ihnen gern glauben. Doch wir wissen nicht, ob es der Richter tut. Wir erwarten eine Entscheidung von einem ehrenhaften, intelligenten Mann, der von Robotern keine Ahnung hat und leicht irregeführt werden kann. Wenn beispielsweise Sie, Doktor Lanning, oder Doktor Calvin im Zeugenstand aussagen würden, daß Sie zum erstenmal mit Positronengehirnen arbeiten, würde der Ankläger Sie im Kreuzverhör auseinandernehmen. Unser Fall wäre verloren. Solche Dinge müssen wir also vermeiden.«

Robertson knurrte.

»Wenn nur Easy sprechen würde.«

Der Verteidiger zuckte mit den Schultern.

»Ein Roboter ist ein unzureichender Zeuge. Es würde uns kaum etwas nützen.«

»Zumindest würden wir ein paar Tatsachen erfahren. Wir wüßten, wie das alles zustande kam.«

In diesem Augenblick platzte Susan Calvin heraus. Ihre Wangen hatten sich dunkelrot gefärbt, und ihre Stimme wurde um eine Spur menschlicher.

»Wir *wissen*, wie alles zustande kam. Es wurde Easy befohlen! Ich habe das dem Anklagevertreter erklärt, und ich werde es auch Ihnen erklären.«

»Wer konnte es ihm befehlen?« fragte Robertson ehrlich erstaunt. (Mir braucht man ja so etwas nicht zu sagen! dachte er vorwurfsvoll. Diese Wissenschaftler tun tatsächlich, als gehörte ihnen die U. S. Robots.)

»Der Kläger«, sagte Dr. Calvin.

»Um Himmels willen, weshalb denn?«

»Das weiß ich noch nicht. Vielleicht nur, um uns einen Prozeß zu machen. Vielleicht aus Geldgier.«

Ihre Augen schossen Blitze, als sie das sagte.

»Und warum sagt das Easy nicht?«

»Ist das nicht offensichtlich? Weil er den Befehl bekam, über die Angelegenheit zu schweigen.«

»Für mich ist das nicht offensichtlich«, stellte Robertson etwas gekränkt fest. »Für mich schon. Robotpsychologie ist schließlich mein Beruf. Easy beantwortet die Fragen über den Vorfall nicht direkt, aber er gibt doch über die Begleitumstände Auskunft. Je näher man der Kernfrage kommt, desto stärker wird sein Zögern. Wenn man dieses Schweigen und die Stärke der Gegenpotentiale mißt, kann man mit wissenschaftlicher Präzision sagen, daß seine Verwirrung von einer Schweigeverpflichtung herrührt, die ihm wahrscheinlich im Hinblick auf das Erste Gesetz gegeben wurde. In anderen Worten: Man hat Easy gesagt, daß ein Mensch zu Schaden kommt, wenn er spricht. Wahrscheinlich ist besagter Mensch dieser schreckliche Professor Ninheimer – der Ankläger.«

»Hm.« Robertson überlegte. »Können Sie Easy nicht erklären, daß die U. S. Robots zu Schaden kommt, wenn er schweigt?«

»Die U. S. Robots ist kein menschliches Wesen, und das Erste Gesetz für Roboter erkennt Gesellschaften nicht als Personen an, wie es unsere Gesetze tun. Außerdem wäre es gefährlich, das Verbot aufzuheben. Derjenige, der es aussprach, könnte es noch am leichtesten, denn die Motive des Robots sind nur auf seine Person abgestimmt. Einen anderen Weg ...« Sie schüttelte heftig den Kopf. »Ich lasse es nicht zu, daß der Robot zerstört wird.«

Lanning unterbrach mit einer Miene, als wolle er Vernunft in die Diskussion bringen.

»Ich bin der Ansicht, daß wir lediglich beweisen müssen, ob Easy zu der Tat imstande war oder nicht. Und das können wir.«

»Sie können es«, sagte der Verteidiger ärgerlich. »Alle Zeugen, die über Easys Verhalten und Geisteszustand aussagen können, sind Angestellte der U. S. Robots. Der Richter kann ihre Aussage einfach nicht als vorurteilsfrei akzeptieren.«

»Aber er kann doch kein Expertengutachten zurückweisen.«

»Nicht direkt. Doch er braucht sich nicht davon überzeugen zu lassen. Das erlaubt ihm seine Richterstellung. Gegen die andere Annahme, daß ein Mann wie Professor Ninheimer absichtlich seinen eigenen Ruf zerstört, selbst für eine ansehnliche Geldsumme, wird er kaum die technischen Erklärungen Ihrer Ingenieure akzeptieren. Schließlich ist der Richter auch nur ein Mensch. Wenn er die Wahl hat zwischen einem Menschen, der etwas Unmögliches tut, und einem Robot, der etwas Unmögliches tut, wird er höchstwahrscheinlich zugunsten des Menschen entscheiden.«

»Ein Mensch ist zu unmöglichen Dingen fähig«, widersprach Lanning. »Wir kennen noch nicht die genaue Zusammensetzung des menschlichen Gehirns, und wir wissen nicht, was für einen ganz bestimmten Verstand möglich oder unmöglich ist. Aber wir sind uns völlig darüber im klaren, was bei einem Robot unmöglich ist.«

»Schön. Wir müssen versuchen, den Richter davon zu überzeugen«, sagte der Verteidiger müde.

»Nach Ihren Worten scheint das unmöglich«, sagte Robertson ärgerlich.

»Wir werden sehen. Es ist immer gut, wenn man die Schwierigkeiten kennt, die einen erwarten. Aber deshalb brauchen wir nicht gleich die Flinte ins Korn zu werfen. Ich habe mir auch ein paar Züge in diesem Spiel überlegt.« Er nickte in Richtung der Robotpsychologin. »Vielleicht schaffe ich es mit Hilfe dieser Dame.«

Lanning sah zwischen den beiden hin und her.

»Was soll nun das schon wieder?« fragte er wütend.

Aber in diesem Augenblick streckte der Gerichtsdiener seinen Kopf herein und kündigte etwas atemlos an, daß die Verhandlung wieder aufgenommen würde.

Sie nahmen ihre Plätze ein und sahen den Mann an, der all diesen Wirbel verursacht hatte.

Simon Ninheimer hatte widerspenstige rote Haare, ein Gesicht mit einer scharfen Hakennase und einem spitzen Kinn – und die Angewohnheit, vor Schlüsselworten einen Augenblick zu zögern, wie um den deutlichsten Ausdruck zu suchen.

Wenn er sagte: »Die Sonne geht im – äh – Osten auf«, war man sicher, daß er gewissenhaft die Möglichkeit eines Sonnenaufgangs im Westen in Betracht gezogen hatte.

Der Anklagevertreter begann:

»Wandten Sie sich gegen die Einstellung von Robot EZ-27 durch die Universität?«

»Ja, Sir.«

»Weshalb?«

»Ich war der Meinung, daß wir die Motive der U. S. Robots – äh – nicht gut genug durchschauten. Ich mißtraute ihrem Eifer, den Robot an uns zu vermieten.«

»Glaubten Sie, daß er die Aufgaben, für die er angeblich konstruiert war, auch durchführen konnte?«

»Ich habe schmerzlich genug erfahren, daß er es nicht konnte.«

»Würden Sie uns bitte einen Bericht geben?«

Simon Ninheimers Buch *Soziale Spannungen durch die Entwicklung der Raumfahrt sowie ihre Lösung* war nun schon acht Jahre in Vorbereitung. Ninheimers Liebe zur Präzision drückte sich nicht nur in seinen Sprechgewohnheiten aus. Ein Thema wie die Soziologie, bei der von Genauigkeit keine Rede sein konnte, war einfach nicht auszuschöpfen.

Auch wenn er den Text endlich auf Druckfahnen vor sich sah, war er alles andere als befriedigt. Im Gegenteil, wenn er die langen Streifen anstarrte, juckte es ihn in den Fingern, alles zu zerreißen und noch einmal von vorne anzufangen.

Jim Baker, Dozent und künftiger Assistent für den Lehrstuhl der Soziologie, suchte Ninheimer drei Tage nach Eintreffen der ersten Druckfahnen auf. Der Professor starrte geistesabwesend auf die Papiere.

Die Fahnen kamen in drei Exemplaren an – eine Kopie für Ninheimer, eine für Baker und eine dritte mit der Aufschrift ›Original‹. Ninheimer und Baker korrigierten unabhängig voneinander und trugen die Verbesserungen nach einem eingehenden Vergleich in die dritte Fahne ein. Sie machten es schon seit drei Jahren so, und es hatte bisher immer geklappt.

Baker, jung und mit einer unterwürfig säuselnden Stimme, hatte seine Fahnenkopien in der Hand. Er sagte eifrig:

»Ich habe das erste Kapitel fertig. Es enthält ein paar hübsche Druckfehler.«

»Das ist beim ersten Kapitel immer so«, sagte Ninheimer geistesabwesend.

»Wollen Sie sie jetzt vergleichen?«

Ninheimer drehte sich um und sah Baker ernst an.

»Ich habe mit den Fahnen noch gar nicht angefangen, Jim. Ich glaube, ich werde mir die Mühe nicht machen.«

»Die Mühe nicht machen?« Baker sah ihn verwirrt an.

Ninheimer preßte die Lippen zusammen.

»Ich habe mich erkundigt, wann die – äh – Maschine arbeitet. Man hat einen Stundenplan ausgearbeitet. Schließlich wurde sie ursprünglich zum – äh – Korrekturlesen angestellt.

»Die *Maschine*? Sie meinen Easy?«

»Ich glaube, das ist der dämliche Name, den man dem Ding gegeben hat.«

»Aber Doktor Ninheimer! Ich dachte, Sie wollten nichts damit zu tun haben?«

»Ich scheine der einzige zu sein. Vielleicht sollte ich seine – äh – Vorteile auch ausnutzen.«

»Ach so. Hm, dann habe ich meine Zeit mit dem ersten Kapitel verschwendet.« Der junge Mann sah enttäuscht auf seine Blätter.

»Aber nein. Wir können die Arbeit der Maschine mit Ihrer Arbeit vergleichen. Eine gewisse Sicherheit will ich schon haben.«

»Gut, wenn Sie wollen, aber . . .«

»Ja?«

»Ich kann mir kaum vorstellen, daß Easy einen Fehler macht. Bis jetzt hat noch niemand etwas auszusetzen gehabt.«

»Tatsächlich?« fragte Ninheimer trocken.

Ninheimer fühlte sich unbehaglich, als er zum erstenmal dem Robot gegenüberstand. Fast automatisch, so als stünde er einem Menschen gegenüber, fragte er:

»Gefällt dir deine Arbeit?«

»Sehr, Herr Professor Ninheimer«, sagte Easy feierlich. Die Fotozellen seiner Augen leuchteten tiefrot wie immer.

»Du kennst mich?«

»Aus der Tatsache, daß Sie in den Originaltext etwas einfügen wollen, folgt, daß Sie der Autor sind. Und der Name des Autors steht natürlich auf jeder Druckfahne.«

»Ach so. Dann kannst du also – äh – Schlußfolgerungen ziehen.« Er konnte der Frage nicht widerstehen. »Sag mal, was hältst du bis jetzt von dem Buch?«

»Ich finde es angenehm, es bearbeiten zu dürfen«, sagte Easy.

»Angenehm? Das ist ein komisches Wort für einen – äh – Mechanismus ohne Gefühle. Wenigstens sagte man mir, daß du keine Gefühle hättest.«

»Die Worte in Ihrem Buch sind für meine Stromkreise leicht zu bearbeiten«, erklärte Easy. »Sie lösen wenige Gegenpotentiale aus. Mein Gehirn kann diese Tatsache mit einem Wort wie ›angenehm‹ übersetzen. Die gefühlsmäßige Bedeutung dieses Wortes ist reiner Zufall.«

»Ich verstehe. Weshalb empfindest du das Buch als angenehm?«

»Es handelt von Menschen, Herr Professor, und nicht von anorganischen Stoffen oder mathematischen Symbolen. Ihr Buch versucht die Menschen zu verstehen und das menschliche Glück zu steigern.«

»Und da das auch deine Aufgabe ist, empfindest du es als angenehm. Habe ich das richtig verstanden?«

»Ja, Herr Professor.«

Die Viertelstunde war vorbei. Ninheimer verließ den Raum und ging in die Universitätsbibliothek, die gerade schließen wollte. Man wartete noch, bis er einen Band über elementare Robotwissenschaften ausgewählt hatte. Er nahm das Buch mit nach Hause.

Bis auf wenige Einfügungen, die Ninheimer aufgrund neuen Materials machte, gingen die Fahnen zwischen Easy und den Verlegern ohne Reklamationen hin und her. Anfangs prüfte der Professor noch alles nach, doch später kümmerte er sich nicht mehr darum.

Baker fühlte sich nicht ganz wohl in seiner Haut.

»Ich komme mir ziemlich nutzlos vor«, bemerkte er einmal.

»Weshalb? Sie können sich jetzt um neue Projekte kümmern«, sagte Ninheimer, ohne von den Aufzeichnungen aufzusehen, die er in die laufende Nummer der Zeitschrift *Abstrakte Sozialwissenschaften* machte. »Ich bin es noch nicht gewohnt. Ich mache mir um die Fahnen Sorgen, obwohl ich natürlich weiß, daß das Unsinn ist.«

»Und ob es Unsinn ist!«

»Kürzlich holte ich mir sogar ein paar Fahnen, bevor sie Easy an den . . .«

»Was!« Ninheimer sah stirnrunzelnd auf. Die Zeitschrift rutschte vom Tisch. »Haben Sie die Maschine bei der Arbeit gestört?«

Ninheimer wurde nachdenklich.

»Nur für eine Minute. Alles war in Ordnung. Oh, er hat ein Wort ausgetauscht. Sie benutzten das Adjektiv ›kriminell‹. Er schrieb statt dessen ›leichtsinnig‹. Ich fand, daß das zweite Adjektiv besser in den Zusammenhang paßte.«

»Fanden Sie wirklich?«

»Ich ließ es stehen. Ich war ehrlich davon überzeugt, daß es besser war.«

Ninheimer drehte sich um und blickte seinen jungen Mitarbeiter an.

»Hören Sie, es wäre mir lieber, wenn Sie das nicht wieder tun. Wenn ich die Maschine benutze, dann will ich – äh – alle ihre Vorteile genießen. Wenn ich Ihre – äh – Arbeitskraft dadurch verliere, daß Sie die Maschine überwachen, obwohl es nicht – äh – nötig ist, dann gewinne ich nichts. Verstehen Sie mich?«

»Ja, Dr. Ninheimer«, sagte Baker kleinlaut.

Die Aushängebogen des Buches kamen am achten Mai in Dr. Ninheimers Büro.

Ninheimer sah sie kurz durch und las hin und wieder einen Absatz. Dann legte er die Blätter weg.

Wie er später erklärte, vergaß er sie. Acht Jahre lang hatte er daran gearbeitet, aber jetzt wurde er von anderen Dingen gefesselt, während ihm Easy die Last der Korrektur abnahm. Er dachte nicht einmal daran, der Universitätsbibliothek die übliche Kopie zur Verfügung zu stellen.

Selbst Baker, der sich seit jenem Tadel mit eigenen Dingen beschäftigte, erhielt keine Kopie.

Am sechzehnten Juni geschah es dann.

Ninheimer erhielt einen Anruf. Er sah überrascht das Gesicht auf dem Bildschirm.

»Speidell! Sind Sie in der Stadt?«

»Nein, Sir. Ich bin in Cleveland.« Speidells Stimme zitterte vor Erregung.

»Was soll dann der Anruf?«

»Ich habe mir Ihr neues Buch angesehen. Ninheimer, sind Sie wahnsinnig geworden? Das ist doch Verrücktheit im höchsten Grade!«

Ninheimer versteifte sich.

»Ist etwas nicht in – äh – Ordnung?« fragte er erschrocken.

»*Nicht in Ordnung?* Ich erinnere Sie an Seite 562. Wie in aller Welt kommen Sie dazu, mein Werk so auszulegen? Wo in dem zitierten Artikel behaupte ich, daß der Kriminelle nicht existiert und daß die Gerichte die eigentlichen Verbrecher sind? Einen Moment, ich zitiere . . .«

»Halt, warten Sie«, rief Ninheimer und suchte nach der Seite. »Das muß ich sehen. Das muß ich sehen . . . Du liebe Güte!«

»Nun?«

»Speidell, ich kann mir nicht erklären, wie das geschehen ist. Ich habe das nie geschrieben.«

»Aber es steht gedruckt da. Und es ist nicht die schlimmste Verzerrung. Sehen Sie sich Seite 690 an. Dann können Sie sich vorstellen, was Ihnen Ipatiew erzählen wird. Hören Sie, Ninheimer, das Buch ist voll von solchem Zeug! Ich weiß nicht, was Sie sich dabei gedacht haben – aber Sie können nichts anderes tun, als das Buch wieder vom Markt zu nehmen. Und bereiten Sie für das nächste Treffen unserer Vereinigung ein paar gute Entschuldigungen vor!«

»Speidell, hören Sie doch . . .«

Aber Speidell hatte mit solcher Vehemenz aufgelegt, daß man sein Bild noch fünfzehn Sekunden danach sah.

Erst jetzt nahm Ninheimer das Buch zur Hand und begann ganze Passagen mit einem roten Stift zu bearbeiten.

Er hatte sich bemerkenswert gut in der Gewalt, als er Easy wieder gegenübertrat. Nur seine Lippen waren blaß.

Er reichte Easy das Buch und sagte: »Könntest du die angestrichenen Passagen auf Seite 562, 631, 664 und 690 lesen?«

Easy sah sich die markierten Stellen kurz an.

»Ja, Herr Professor Ninheimer.«

»Das stand nicht in den Originalfahnen.«

»Nein, Sir. Sie haben recht.«

»Hast du den Text so verändert, wie er gedruckt wurde?«

»Ja, Sir.«

»Weshalb?«

»Sir, die Passagen Ihrer Version taten gewissen Menschengruppen Unrecht. Ich hatte das Gefühl, man müßte sie abändern, um diesem Personenkreis zu seinem Recht zu verhelfen.«

»Wie konntest du es *wagen*, so etwas zu tun?«

»Herr Professor, das Erste Gesetz besagt, daß ich nicht untätig bleiben darf, wenn einem menschlichen Wesen Unrecht geschieht. Und wenn man Ihren Ruf unter den Soziologen und die weite Verbreitung Ihres Werkes betrachtet, muß man zu dem Schluß kommen, daß das Buch besagter Personengruppe großen Schaden zufügen würde.«

»Hoffentlich merkst du, daß du jetzt mir einen Schaden zufügst.«

»Ich mußte die Lösung wählen, bei der weniger Menschen Schaden erleiden.«

Professor Ninheimer ging wutschnaubend davon. Für ihn stand fest, wer ihm den Schaden bezahlen mußte: Die United States Robots and Mechanical Men Corporation.

Auf der Verteidigerbank herrschte einige Aufregung, die sich noch verstärkte, als der Anklagevertreter fortfuhr:

»Der Robot EZ-27 informierte Sie, daß der Grund für sein Tun im Ersten Gesetz für Roboter lag?«

»Das ist richtig, Sir.«

»Daß er keine andere Wahl hatte?«

»Ja, Sir.«

»Daraus folgt, daß die U. S. Robots einen Robot konzipierte, der ein Buch notwendigerweise so umarbeitet, daß es seinen eigenen Anschauungen von Recht und Unrecht entspricht. Könnte man es so ausdrücken?«

Der Verteidiger erhob sofort Einspruch und gab zu bedenken, daß man von dem Zeugen eine Entscheidung verlangte, die er aus Kompetenzgründen gar nicht treffen könne. Der Richter ermahnte den Anklagevertreter mit den üblichen Worten, aber es bestand gar kein Zweifel daran, daß der Dialog Eindruck gemacht hatte. Auch auf den Verteidiger.

Der Verteidiger bat um eine kurze Pause vor dem Kreuzverhör und bekam fünf Minuten zugesprochen.

Er beugte sich zu Susan Calvin hinüber.

»Dr. Calvin, ist es möglich, daß Professor Ninheimer die Wahrheit sagt und Easy vom Ersten Gesetz beeinflußt wurde?«

Dr. Calvin preßte die Lippen zusammen. Dann sagte sie:

»Nein. Es ist einfach unmöglich. Der letzte Teil von Ninheimers Aussage ist glatter Meineid. Easy ist nicht dazu konstruiert, so abstrakte Dinge wie den Inhalt eines Lehrbuches über Soziologie zu beurteilen. Er wüßte gar nicht, daß gewisse Personengruppen durch so einen Satz geschädigt werden könnten. Dazu ist er nicht in der Lage.«

»Aber einem Laien werden wir das vermutlich nicht klarmachen können«, meinte der Verteidiger pessimistisch.

»Nein«, gab Dr. Calvin zu. »Der Beweis wäre zu kompliziert. Unsere Verteidigungslinie ist immer noch die gleiche. Wir müssen beweisen, daß Ninheimer lügt.«

»Gut, Dr. Calvin«, sagte der Verteidiger. »Ich verlasse mich auf Ihr Wort. Wir ändern unseren Plan nicht.«

Im Gerichtssaal nahm der Richter den Hammer in die Hand. Professor Ninheimer trat noch einmal in den Zeugenstand.

Der Verteidiger war vorsichtig. Er begann mit ruhiger Stimme:

»Dr. Ninheimer, Sie wollen sagen, daß Sie von den Änderungen des Manuskripts erst etwas merkten, als Dr. Speidell Sie am sechzehnten Juni anrief?«

»Das stimmt, Sir.«

»Haben Sie die Druckfahnen nie in die Hand genommen, nachdem sie von Easy korrigiert wurden?«

»Anfangs schon, aber es erschien mir sinnlos. Ich verließ mich auf die Aussagen der U. S. Robots. Die absurden – äh – Änderungen wurden erst im letzten Teil des Buches gemacht, vermutlich nachdem der Robot genug über die Soziologie wußte ...«

»Vermutungen haben hier keinen Platz«, unterbrach der Verteidiger. »Soviel ich hörte, sah Ihr Kollege, Dr. Baker, die späteren Druckfahnen zumindest einmal. Erinnern Sie sich an Ihre Aussage?«

»Ja, Sir. Wie ich schon sagte, hatte er eine Seite durchgesehen. Und selbst hier war ein Wort geändert.«

Wieder unterbrach der Verteidiger.

»Finden Sie es nicht eigenartig, Sir, daß Sie mehr als ein Jahr nichts von dem Robot wissen wollten, daß Sie sich weigerten, ihn zu benutzen, daß Sie anfangs sogar gegen ihn stimmten – und daß Sie sich plötzlich dazu entschlossen, ihm Ihr Buch, Ihr Lebenswerk, in die Hände zu geben?«

»Was soll daran seltsam sein? Ich entschied lediglich, daß ich ebensogut wie die anderen die Maschine benutzen könnte.«

»Und ganz plötzlich hatten Sie solches Vertrauen zu Robot EZ-27, daß Sie sich nicht einmal die Mühe machten, die Fahnen nachzusehen?«

»Ich sagte Ihnen doch, daß mich die – äh – Propaganda der U. S. Robots überzeugte.«

»So sehr, daß Sie Ihren Kollegen Dr. Baker zurechtwiesen, als er den Robot überprüfen wollte?«

»Ich wies ihn nicht zurecht. Ich wollte nur nicht, daß er seine – äh – Zeit verschwendete. Zumindest dachte ich damals, daß es Zeitverschwendung sei. Ich merkte nicht, daß das Auswechseln eines Wortes ein bedeutungsvoller Hinweis war.«

Der Verteidiger wurde sarkastisch.

»Ich zweifle nicht, daß man Ihnen sagte, die Sache mit dem abgeänderten Wort zu erwähnen. Das macht sich im Protokoll immer gut.« Doch dann änderte er seinen Tonfall. Er wollte keine Ermahnung riskieren.

»Tatsache ist doch, daß Sie sehr wütend auf Doktor Baker waren.«

»Nein, Sir. Nicht wütend.«

»Sie gaben ihm keine Kopie Ihres Buches, als Sie es erhielten?«

»Reine Vergeßlichkeit. Ich habe auch der Bibliothek keines gegeben.« Ninheimer lächelte abgezirkelt. »Es heißt ja, daß Professoren zerstreut sind.«

Der Verteidiger ließ sich nicht irremachen.

»Finden Sie es nicht seltsam, daß der Robot nach einem Jahr fehlerlosen Arbeitens plötzlich Ihr Buch falsch behandelte? Das Buch des Mannes, der vor allen anderen gegen die Einstellung von EZ-27 war!«

»Mein Buch war das einzige Werk, das sich ausführlich mit dem Menschen befaßte. Und hier begannen die Drei Gesetze der Robotik zu wirken.«

»Dr. Ninheimer«, sagte der Verteidiger, »Sie versuchten schon einige Male den Eindruck zu erwecken, als verstünden Sie etwas von Robotern. Offensichtlich erwachte plötzlich Ihr Interesse für dieses Gebiet, und Sie holten sich aus der Bibliothek die entsprechenden Sachbücher. Das sagten Sie doch selbst aus, nicht wahr?«

»Ich holte nur ein einziges Buch, Sir. Es war das Ergebnis einer – äh – natürlichen Neugierde, möchte ich sagen.«

»Und dieses Buch vermittelte Ihnen die nötigen Fachkenntnisse, so daß Sie jetzt das Verhalten des Robots erklären können?«

»Ja, Sir.«

»Wie günstig. Aber sind Sie sicher, daß Ihr Interesse für Roboter nicht dem Wunsch entsprang, den Robot EZ-27 für Ihre eigenen Zwecke zu beeinflussen?«

Ninheimer wurde rot.

»Ganz bestimmt nicht, Sir.«

Der Verteidiger hob die Stimme.

»Noch eines! Sind Sie sicher, daß die angeblich geänderten Passagen nicht von Anfang an so lauteten, wie sie in dem Buch erschienen?«

Der Soziologe erhob sich.

»Das ist – äh – lächerlich! Ich habe die Fahnen ...«

Das Sprechen bereitete ihm Schwierigkeiten, und der Anklagevertreter erhob sich, um geschmeidig einzuwerfen:

»Wenn Sie gestatten, Euer Ehren, so möchte ich als Beweismaterial die Druckfahnen vorzeigen, die Dr. Ninheimer Robot EZ-27 übergab. Zum Vergleich können Sie die Fahnen sehen, die EZ-27 an die Verleger zurückschickte. Wenn mein werter Kollege es wünscht, kann er das Material einsehen und vergleichen.«

Der Verteidiger winkte ungeduldig ab.

»Das ist nicht nötig. Mein werter Kollege kann die Fahnen zu jeder Zeit vorzeigen. Ich bin davon überzeugt, daß die Differenzen tatsächlich bestehen. Was ich hingegen gern vom Zeugen erfahren möchte, ist der Verbleib von Dr. Bakers Druckfahnen.«

»Dr. Bakers Fahnen?«

Ninheimer runzelte die Stirn. Er hatte sich nicht ganz in der Gewalt.

»Ja, Professor! Ich meine Dr. Bakers Fahnen. Ihrer Aussage

gemäß erhielt Dr. Baker eine gesonderte Kopie der Fahnen. Falls Sie plötzlich an Gedächtnisstörungen leiden sollten, liest Ihnen der Protokollführer die betreffende Stelle gern noch einmal vor. Oder kommt es nur daher, weil Professoren im allgemeinen so zerstreut sind?«

»Ich erinnere mich an Dr. Bakers Fahnen«, sagte Ninheimer. »Sie wurden überflüssig, als die Arbeit der Maschine übergeben wurde...«

»Sie haben sie also verbrannt?«

»*Nein*. Ich warf sie in den Papierkorb.«

»Verbrannt oder weggeworfen – das ist kein Unterschied. Auf alle Fälle haben Sie sie vernichtet.«

»Ich durfte doch...« begann Ninheimer schwach.

»Sie durften!« donnerte der Verteidiger. »Sie durften natürlich. Nur können wir jetzt auf keinen Fall mehr nachprüfen, ob Sie Ihre eigene Kopie durch ein besonders präpariertes Blatt ersetzten und dem Robot zur Bearbeitung vorlegten...«

Der Anklagevertreter war aufgesprungen und erhob heftigen Einspruch. Richter Shane beugte sich vor und bemühte sich, seinem runden Gesicht den gebührenden indignierten Ausdruck zu geben.

»Herr Rechtsanwalt, haben Sie einen Beweis für Ihre soeben getroffene außergewöhnliche Behauptung?« fragte er.

»Keinen direkten Beweis, Euer Ehren«, sagte der Verteidiger ruhig. »Aber ich möchte doch herausstellen, daß die plötzliche Umwandlung des Klägers von einem Roboterfeind in einen Roboterbefürworter, sein ungewöhnliches Interesse an der Robottechnik, seine nachlässige Behandlung der Druckfahnen, sein Bemühen, das Buch bis zum Erscheinen geheimzuhalten, deutlich darauf hinweisen...«

»Herr Rechtsanwalt«, unterbrach der Richter ungeduldig, »hier ist kaum der Ort für solche Schlußfolgerungen. Nicht der Ankläger wird verurteilt. Ich muß Sie bitten, diese Angriffe zu unterlassen. Diese Äußerungen, wenn sie auch aus einer Notlage heraus entstanden, können Ihre Lage nur verschlechtern. Wenn Sie gerechtfertigte Fragen zu stellen haben, Herr Rechtsanwalt, so fahren Sie mit Ihrem Kreuzverhör fort. Aber ich warne Sie vor weiteren Ausfällen der eben gehörten Art.«

»Ich habe keine Fragen mehr, Euer Ehren.«

Robertson flüsterte erregt auf ihn ein, als er zu seinem Platz zurückkehrte.

»Um Himmels willen, was haben Sie nur angerichtet? Der Richter ist jetzt ganz und gar gegen Sie.«

Der Verteidiger blieb ruhig.

»Aber Ninheimer ist aus der Fassung gebracht. Wenn wir unseren morgigen Schachzug tun, ist er reif.«

Susan Calvin nickte ernst. Der Rest verlief vergleichsweise harmlos. Dr. Baker wurde aufgerufen. Er bestätigte Dr. Ninheimers Aussage. Dr. Speidell und Dr. Ipatiew wurden gehört, und sie ließen sich in bewegten Worten über den Schock aus, den sie bei gewissen zitierten Passagen in Ninheimers Buch empfunden hatten. Beide bezeugten, daß Dr. Ninheimers Ruf als Soziologe ernsthaft gelitten hatte.

Man reichte die Druckfahnen und ein paar fertige Exemplare des Buches herum.

Der Verteidiger verhörte an diesem Tag keine Zeugen mehr. Die Verhandlung wurde auf den nächsten Vormittag vertagt.

Zu Beginn des zweiten Tages machte der Verteidiger seinen ersten Schachzug. Er verlangte, daß man Robot EZ-27 als Zuschauer zur Verhandlung zulassen solle.

Der Anklagevertreter erhob sofort Einspruch, und Richter Shane rief beide in den Stand.

»Das ist offensichtlich illegal«, erklärte der Anklagevertreter hitzig. »Ein Robot hat in einem Gebäude, das der Öffentlichkeit zugänglich ist, nichts zu suchen.«

Der Verteidiger war anderer Ansicht.

»Der Gerichtssaal ist nur für Personen geöffnet, die unmittelbar mit diesem Fall zu tun haben.«

»Eine große Maschine, die nachweisbar fehlerhaft arbeitet, würde meinen Klienten und die Zeugen durch ihre bloße Anwesenheit stören. Sie würde den geordneten Gang der Verhandlung zunichte machen.«

Der Richter schien sich auf seine Seite zu stellen. Er wandte sich an den Verteidiger und sagte ziemlich kühl:

»Welche Gründe haben Sie für Ihren Antrag?«

»Wir wollen beweisen, daß sich Robot EZ-27 aufgrund seiner Konstruktion unmöglich so verhalten konnte, wie es bisher beschrieben wurde. Es wird sich als nötig erweisen, dies anhand einiger Demonstrationen zu bekräftigen.«

Der Anklagevertreter schaltete sich wieder ein.

»Das sehe ich nicht ein, Euer Ehren. Demonstrationen durch Angestellte der U. S. Robots dürften wenig wert sein, wenn die Firma die beklagte Partei ist.«

»Euer Ehren«, wandte der Verteidiger ein, »die Entscheidung darüber, was die Demonstrationen wert sind, liegt meiner Meinung nach beim Gericht und nicht beim Anklagevertreter.«

Richter Shane, der seine Vorrechte angetastet sah, nickte.

»Sie haben recht. Allerdings bringt die Gegenwart eines Robots schwerwiegende rechtliche Entscheidungen mit sich.«

»Gewiß nichts, Euer Ehren, das die Voraussetzungen für ein gerechtes Verfahren in Frage stellt. Wenn der Robot nicht anwesend ist, wird unsere einzige Verteidigung hinfällig.«

Der Richter überlegte.

»Es bleibt die Frage, wie der Robot hierhertransportiert werden soll.«

»Mit diesem Problem ist die U. S. Robots vertraut. Vor dem Gerichtsgebäude parkt ein Lastwagen, der den Vorschriften zur Beförderung von Robotern entspricht. Robot EZ-27 befindet sich in diesem Laster. Er ist in einer Kiste verpackt und wird von zwei Männern bewacht. Die Türen des Lasters sind abgesichert. Auch sonst hat man alle nötigen Vorsichtsmaßnahmen getroffen.«

Richter Shanes Laune verschlechterte sich wieder.

»Sie scheinen sicher zu sein, daß das Gericht in diesem Fall zu Ihren Gunsten entscheiden wird.«

»Aber nein, Euer Ehren. Wenn der Antrag abgelehnt wird, fährt der Laster zurück. Ich wollte Ihrer Entscheidung keinesfalls vorgreifen.«

Der Richter nickte.

»Dem Verlangen der Verteidigung wird stattgegeben.«

Man brachte die Kiste auf einem großen Karren herein, und die beiden Männer, die den Transport begleitet hatten, öffneten sie. Im Gerichtssaal war es sehr still.

Susan Calvin wartete, bis die dicken Kunststoffschichten gefallen waren. Dann streckte sie eine Hand aus.

»Komm, Easy!«

Der Robot sah in ihre Richtung und streckte seinen langen Metallarm aus. Er war einen halben Meter größer als sie, aber er folgte ihr brav.

Easy setzte sich vorsichtig in einen großen Stuhl, den der Gerichtsdiener gebracht hatte. Das Holz knarrte verdächtig, aber es hielt.

Der Verteidiger begann:

»Ich möchte meinen ersten Zeugen vernehmen. Professor Simon Ninheimer, bitte.«

Der Protokollführer zögerte und sah den Richter an. Richter Shane fragte mit sichtlicher Überraschung:

»Sie rufen den *Kläger* als Ihren Zeugen auf?«

»Ja, Euer Ehren.«

»Ich hoffe, Sie sind sich im klaren darüber, daß Sie ihn als Ihren Zeugen keineswegs ins Kreuzverhör nehmen können, wie Sie es mit einem gegnerischen Zeugen tun könnten.«

Der Verteidiger lächelte höflich.

»Mein einziges Ziel ist, die volle Wahrheit zu erfahren. Ich werde nicht mehr als ein paar höfliche Fragen stellen.«

»Gut«, sagte der Richter zweifelnd. »Es ist schließlich Ihr Fall. Rufen Sie den Zeugen auf.«

Ninheimer trat in den Zeugenstand und wurde darüber belehrt, daß er immer noch unter Eid stand. Er wirkte nervöser als am Vortag – fast ängstlich. Aber der Verteidiger sah ihn wohlwollend an.

»Herr Professor Ninheimer, Sie fordern von meinem Klienten eine Summe von 750 000 Dollar.«

»Das ist – äh – die Summe. Ja.«

»Viel Geld, nicht wahr?«

»Ich erlitt auch einen großen Schaden.«

»So groß wie die Summe war er sicher nicht. Es geht lediglich um ein paar Passagen in einem Buch. Vielleicht waren sie etwas unglücklich gewählt, aber schließlich kommt es immer wieder vor, daß in Büchern eigenartige Dinge stehen.«

Ninheimers Nasenflügel bebten.

»Sir, dieses Buch sollte der Gipfelpunkt meiner Karriere sein! Statt dessen degradiert es mich zu einem unfähigen Stümper, zu einem Mann, der die Ansichten seiner Freunde und geschätzten Kollegen verdreht und der lächerliche und – äh – altmodische

Standpunkte vertritt. Mein Ruf als Soziologe ist unwiederbringlich zerstört. Ich kann meine berufliche Laufbahn nicht fortsetzen, obwohl sie mein ganzer Lebensinhalt war. Der Zweck meiner Existenz wurde vernichtet.«

Der Verteidiger machte keinen Versuch, die Rede zu unterbrechen. Er sah geistesabwesend seine Fingernägel an. Dann meinte er besänftigend:

»Aber Herr Professor Ninheimer, Sie konnten doch gewiß nicht hoffen, daß Sie für den Rest Ihres Lebens – seien wir großzügig – mehr als 150 000 Dollar verdient hätten. Und dennoch verlangen Sie vom Gericht, daß man Ihnen die fünffache Summe auszahlt.«

Professor Ninheimers Erregung steigerte sich noch. Er sagte leidenschaftlich:

»Mein Ruf ist nicht nur zu meinen Lebzeiten ruiniert. Ich weiß nicht, wie viele Generationen von Soziologen mit dem Finger auf mich deuten und mich als Verrückten hinstellen werden. Meine wirklichen Erkenntnisse wird man gar nicht lesen. Ich bin nicht nur vor meinem Tode ruiniert, sondern auch in alle Zukunft, denn es wird immer Menschen geben, die nicht glauben, daß der Robot diese Stellen eingefügt hat ...«

In diesem Augenblick erhob sich Robot EZ-27. Susan Calvin versuchte nicht, ihn daran zu hindern. Sie saß reglos da und starrte geradeaus. Der Verteidiger stieß einen leichten Seufzer aus.

Easys melodische Stimme war klar und deutlich. Er sagte:

»Ich würde gern allen Anwesenden mitteilen, daß ich tatsächlich einige Passagen in die Druckfahnen einfügte, die genau im Gegensatz zu dem zu stehen schienen, was zuerst ...«

Selbst der Anklagevertreter war zu verblüfft von dem mehr als zwei Meter großen Robot, der sich an das Hohe Gericht wandte, als daß er Einspruch erhoben hätte.

Als er wieder zu sich kam, war es zu spät. Denn Ninheimer sprang mit erregtem Gesichtsausdruck auf.

»Verdammt, du hattest den Befehl, zu schweigen, zu schweigen, verstehst du ...«

Er verschluckte die restlichen Worte. Easy schwieg ebenfalls.

Der Anklagevertreter war vorgetreten und verlangte den Abbruch der Verhandlung.

Richter Shane klopfte verzweifelt mit dem Hammer auf den Tisch.

»Ruhe! Ruhe! Selbstverständlich besteht Grund zum Abbruch der Verhandlung, aber aus Gerechtigkeitsgründen möchte ich doch, daß Professor Ninheimer seine Worte zu Ende spricht. Ich habe ganz deutlich gehört, daß er sagte, dem Robot sei befohlen worden, über irgend etwas zu schweigen. Von irgendwelchen Befehlen dieser Art war in Ihrer Aussage nichts enthalten!«

Ninheimer starrte wortlos den Richter an.

Richter Shane fuhr fort: »Haben Sie Robot EZ-27 befohlen, über etwas zu schweigen? Und wenn, was war es?«

»Euer Ehren ...«, begann Ninheimer heiser.

Die Stimme des Richters wurde scharf.

»Haben Sie tatsächlich den Befehl erteilt, die fraglichen Passagen zu ändern, und dann dem Robot befohlen, über die Änderungen Stillschweigen zu bewahren?«

»Ach, was soll es denn? Ja! Ja!«

Und er drehte sich um und verließ fluchtartig den Zeugenstand. An der Tür hielt ihn der Gerichtsdiener auf und brachte ihn zurück zur Anklägerbank.

Richter Shane ergriff das Wort.

»Es ist mir klar, daß der Robot EZ-27 aus einem bestimmten Grund hierhergebracht wurde. Wenn uns der Trick nicht dazu verholfen hätte, ein schwerwiegendes Fehlurteil zu verhindern, müßte ich den Verteidiger moralisch verurteilen. Es steht nun über jeden Zweifel fest, daß der Kläger einen mir völlig unverständlichen Betrug begangen hat, insbesondere, da er durch den Prozeß sein ganzes berufliches Ansehen verloren hat ...«

Das Urteil fiel selbstverständlich zugunsten der Beklagten aus.

Dr. Susan Calvin hatte sich bei Dr. Ninheimer, der in einer Junggesellenwohnung des Universitätshauses lebte, angemeldet. Der junge Ingenieur, der sie hergefahren hatte, bot ihr an, mit ihr nach oben zu gehen, aber sie sah ihn verächtlich an.

»Sie glauben doch nicht, daß er mich angreifen wird? Warten Sie hier unten.«

Ninheimer war nicht in der Stimmung, irgend jemanden anzugreifen. Er packte. Offenbar wollte er möglichst schnell von hier fort, noch bevor das Urteil an die Öffentlichkeit drang.

Er sah Dr. Calvin mit einem seltsam trotzigen Ausdruck an und sagte:

»Sind Sie gekommen, um mir zu sagen, daß Sie eine Gegenklage einreichen werden? Es wird Ihnen nichts einbringen. Ich habe kein Geld, keine Arbeit, keine Zukunft. Ich kann nicht einmal die Verhandlungskosten bezahlen.«

»Wenn Sie Mitleid suchen, sind Sie bei mir an der falschen Adresse«, sagte Dr. Calvin kühl. »Sie haben sich die Sache selbst zuzuschreiben. Aber wir werden keine Gegenklage stellen, weder gegen Sie noch gegen die Universität. Wir werden sogar unser Möglichstes tun, damit Sie nicht wegen Meineids ins Gefängnis kommen. Rachsüchtig sind wir nicht.«

»Ah, ich hatte mich schon gefragt, weshalb man mich nicht verhaftete.« Er lächelte bitter. »Aber weshalb sollten Sie auch rachsüchtig sein? Sie haben bekommen, was Sie wollten.«

»Einiges, ja«, sagte Dr. Calvin. »Die Universität will Easy weiterhin zu einer höheren Miete beschäftigen. Dazu kommt eine gewisse Flüsterpropaganda des Falles, die uns dazu verhelfen wird, noch ein paar EZ-Modelle loszuwerden.«

»Und weshalb sind Sie zu mir gekommen?«

»Weil ich noch nicht alles habe, was ich möchte. Ich will wissen, weshalb Sie Roboter derart hassen. Selbst wenn Sie die Verhandlung gewonnen hätten, wäre Ihr Ruf für immer dahin gewesen. Das Geld, das Sie bekommen hätten, wäre dafür bestimmt kein Ausgleich gewesen. Vielleicht die Befriedigung, daß Sie die Roboter ruiniert hatten?«

»Seit wann interessieren Sie sich für menschliche Psychologie, Dr. Calvin?« fragte Ninheimer mit bitterem Spott.

»Sie interessiert mich nur insofern, wie sie das Wohlergehen meiner Roboter betrifft. Aus diesem Grund habe ich mich ein wenig mit ihr beschäftigt.«

»Genug, um mich hereinzulegen!«

»Das war nicht schwer«, sagte Dr. Calvin nüchtern. »Schwierig war es nur, die Sache so anzupacken, daß Easy dabei nicht beschädigt wurde.«

»Es sieht Ihnen ähnlich, daß Sie sich um eine Maschine mehr sorgen als um einen Menschen.« Er sah sie verächtlich an.

»Das scheint nur so, Professor Ninheimer. Nur wenn man sich ernsthaft um Roboter sorgt, sorgt man sich auch um den Menschen des einundzwanzigsten Jahrhunderts. Das würden Sie verstehen, wenn Sie sich eingehender mit Robotwissenschaft befaßt hätten.«

»Mir reicht es. Ich will kein Robotwissenschaftler sein!«

»Verzeihen Sie, Sie haben ein einziges Buch über Robotwissenschaften gelesen. Sie haben nicht das geringste daraus gelernt. Gewiß, Sie erfuhren, daß man einem Robot viele Befehle geben kann – unter anderem den Befehl, ein Buch zu verfälschen. Sie erfuhren genug, um zu wissen, daß Sie ihm nicht den Befehl zum Vergessen geben konnten, ohne daß wir es gemerkt hätten. Aber Sie dachten, Sie könnten ihn mit Sicherheit zum Schweigen verpflichten. Das war falsch.«

»Haben Sie durch sein Schweigen die Wahrheit erraten?«

»Ich habe nichts erraten. Sie waren ein Amateur und konnten Ihre Spuren nicht völlig verwischen. Mein einziges Problem war es, auch dem Richter den Beweis zu liefern. Und Sie waren freundlich genug, uns dabei zu helfen. Durch Ihre Unkenntnis.«

»Ist diese Unterhaltung wirklich sinnvoll?« fragte Ninheimer müde.

»Für mich schon«, sagte Susan Calvin. »Denn ich möchte Ihnen klarmachen, wie sehr Sie die Roboter mißverstanden haben. Sie haben Easy zum Schweigen gebracht, indem Sie ihm erzählten, daß Sie Ihre Arbeit verlieren würden, wenn er etwas von der Abänderung des Buches verraten würde. Das schuf ein gewisses Potential in Easy, und es war stark genug, um unseren Bemühungen zu widerstehen. Wenn wir darauf bestanden hätten, wäre sein Gehirn beschädigt worden.

Im Zeugenstand jedoch haben Sie ein noch höheres Gegenpotential aufgerichtet. Sie sagten, daß Sie weit mehr als Ihre Arbeit verlieren würden, weil die Leute glaubten, daß Sie und nicht der Robot die Stellen eingefügt hätten. Sie sagten, daß Ihr Ruf, Ihr Ansehen, Ihr Lebenszweck ruiniert seien. Sie sagten, daß man Sie noch nach Ihrem Tod verachten würde. Sie stellten damit ein höheres Potential auf – und Easy redete.«

»Mein Gott« Ninheimer wandte den Kopf ab.

Dr. Calvin war unerbittlich.

»Verstehen Sie, weshalb er redete? Nicht um Sie anzuklagen, sondern um Sie zu *verteidigen!* Es kann mathematisch nachgewiesen werden, daß er im Begriff war, die ganze Schuld auf sich zu nehmen. Das Erste Gesetz verlangte es. Er wollte lügen – und damit sich selbst beschädigen. Er wollte der Gesellschaft finanziellen Schaden zufügen. Das bedeutete ihm alles weniger als Ihre Rettung. Wenn Sie wirklich etwas von Robotern verstanden hätten, hätten Sie ihn weitersprechen lassen. Aber ich war sicher, daß Sie nichts davon verstanden, und ich garantierte es dem Verteidiger. In Ihrem Haß auf Roboter gingen Sie von der Annahme aus, daß Easy wie ein Mensch handeln und sich auf Ihre Kosten verteidigen würde. So brüllten Sie ihn in Ihrer Angst an – und vernichteten sich selbst.«

Ninheimer sah sie an und sagte mit Nachdruck:

»Ich hoffe, daß sich eines Tages Ihre Roboter gegen Sie wenden und Sie umbringen.«

»Seien Sie nicht albern«, sagte Dr. Calvin. »Und jetzt würde ich noch gern hören, weshalb Sie das alles getan haben.«

Ninheimer verzog das Gesicht zu einem humorlosen Grinsen. »Ich soll mich wohl vor Ihnen sezieren, damit Ihre wissenschaftliche Neugier befriedigt wird? Dafür sichern Sie mir Straffreiheit zu.«

»Denken Sie, was Sie wollen«, sagte Dr. Calvin ausdruckslos. »Aber reden Sie.«

»Damit Sie in Zukunft Angriffe gegen Roboter noch besser unterbinden können? Angriffe, die weniger dilettantisch als der meine durchgeführt sind?«

»Nehmen wir es einmal an.«

»Gut, ich werde es Ihnen sagen«, erklärte Ninheimer. »Aber ich freue mich schon jetzt, weil es Ihnen nichts nützen wird. Denn von menschlichen Beweggründen verstehen Sie nichts. Sie verstehen nur Ihre verdammten Maschinen, weil Sie selbst eine Maschine aus Haut und Knochen sind.«

Er atmete schwer. Dann sprudelte er seine Worte hervor, ohne die Formulierung wie bisher genau abzuwägen. Die Präzision schien ihm gleichgültig geworden zu sein.

»Seit zweihundertfünfzig Jahren verdrängt die Maschine den Menschen. Sie ruiniert den Handwerker. Große Pressen spucken

Töpferwaren aus. Statt Kunstwerken wird uns billiges Zeug in tausendfachen Reproduktionen geliefert. Nennen Sie es Fortschritt, wenn Sie wollen! Der Künstler muß sich an Abstraktionen halten, er wird in die Gedankenwelt verbannt. Er entwirft etwas – und alles andere führt die Maschine aus.

Glauben Sie, daß dem Töpfer der Entwurf genügt? Glauben Sie, der Gedanke allein befriedigt? Daß der Ton in der Hand nichts bedeutet, das langsame Wachsen des Werkes, wenn Hand und Verstand zusammenarbeiten? Glauben Sie nicht, daß die Handarbeit den Gedanken neue Impulse gibt?«

»Sie sind kein Töpfer«, sagte Dr. Calvin.

»Ich bin ein schaffender Künstler! Ich entwerfe und forme Artikel und Bücher. Das ist mehr als das reine Ausdenken von Worten und Sätzen. Wenn es nicht mehr bieten würde, fände ich kein Vergnügen daran.

Ein Buch soll in den Händen des Schreibers Form annehmen. Man muß sehen, wie die Kapitel wachsen und sich entwickeln. Man muß arbeiten und überarbeiten und zusehen können, wie selbst die ursprüngliche Idee verändert wird. Man nimmt die Druckfahnen in die Hand und urteilt, wie die Sätze im Druck aussehen, um sie dann noch einmal umzuformen. Es gibt hundertfache Beziehungen zwischen dem Menschen und seinem Werk – in jedem Stadium des Wachsens. Und diese Beziehung ist die Belohnung für die Arbeit. Etwas Schöneres gibt es nicht. *Und Ihr Robot nimmt uns das alles.*«

»Die Schreibmaschine auch. Oder die Druckerpresse. Möchten Sie etwa zu handkolorierten Manuskripten zurückkehren?«

»Schreibmaschinen und Druckerpressen nehmen einen Teil weg, aber Ihr Robot würde uns alles rauben. Er übernimmt die Korrektur. In Kürze gibt es andere Roboter, die das Schreiben übernehmen, die die Quellen heraussuchen und überprüfen, die vielleicht selbständig Schlüsse daraus ziehen. Wo käme dann der Gelehrte hin? Was bliebe ihm noch? Nur die trockene Entscheidung, was für Befehle der Robot bekommen soll. Ich will die zukünftigen Generationen von Gelehrten vor einer solchen Hölle bewahren. Das war mir mehr wert als mein eigener Ruf, und deshalb entschloß ich mich, mit allen Mitteln die U. S. Robots zu vernichten.«

»Es mußte Ihnen mißlingen«, sagte Dr. Calvin.

»Aber ich mußte es versuchen.«

Dr. Calvin ging hinaus. Sie gab sich alle Mühe, für den gebrochenen Mann kein Mitleid zu empfinden.

Aber es gelang ihr nicht ganz.

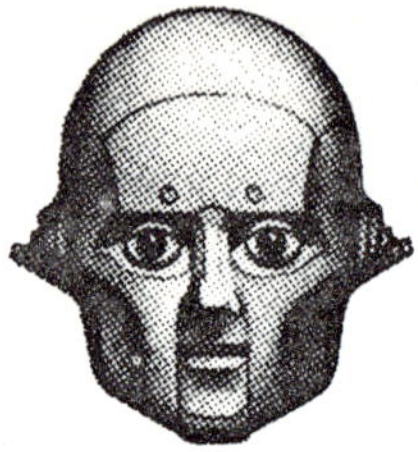

WEIHNACHTEN OHNE RODNEY

Es fing damit an, daß Gracie (meine Frau, mit der ich seit fast vierzig Jahren verheiratet bin) Rodney über die Feiertage freigeben wollte, und es endete damit, daß ich in eine absolut unmögliche Situation geriet. Wenn Sie nichts dagegen haben, dann erzähle ich Ihnen, wie es dazu kam, denn *irgend jemandem* muß ich mich anvertrauen.

Zu unserem eigenen Schutz ändere ich natürlich die Namen und gewisse Details.

Vor genau zwei Monaten, Mitte Dezember, sagte Gracie zu mir: »Wir könnten Rodney doch über die Feiertage freigeben. Weshalb sollte er nicht auch Weihnachten feiern?«

Ich weiß noch, daß ich meine Brille abgenommen hatte (wenn man sich ausruhen oder einfach nur Musik hören will, tut es gut, alles ein bißchen verschwommen zu sehen), doch ich setzte sie schnell wieder auf, um zu prüfen, ob Gracie vielleicht lächelte oder mir zuzwinkerte. Sie hat nämlich nicht viel Sinn für Humor, wissen Sie.

Kein Lächeln, kein Zwinkern. Ich fragte: »Warum sollten wir ihm freigeben?«

»Warum denn nicht?«

»Schickst du auch die Tiefkühltruhe, den Sterilisator, das Holovideo in Urlaub? Sollen wir die gesamte Energiezufuhr absperren?«

»Komm schon, Howard«, sagte sie, »Rodney ist weder eine Tiefkühltruhe noch ein Sterilisator. Er ist eine *Person*.«

»Er ist keine Person. Er ist ein Roboter. Er würde gar keinen Urlaub haben wollen.«

»Woher weißt du das? Und er ist *doch* eine Person. Er hat es verdient, sich über die Feiertage einmal ausruhen zu können.«

Ich hatte nicht vor, über die Sache mit der ›Person‹ mit ihr zu diskutieren. Wahrscheinlich kennen Sie alle diese Umfragen, die ergeben, daß Frauen dreimal häufiger als Männer dazu neigen, Roboter zu fürchten und abzulehnen.

Vielleicht liegt es daran, daß Roboter die Arbeit machen, die man in der schlechten alten Zeit ›Frauenarbeit‹ nannte, und die Frauen befürchten nun, überflüssig zu werden, obwohl man annehmen sollte, sie seien begeistert. Gracie jedenfalls *ist* begeistert von Rodney, und sie betet ihn schlichtweg an. (Das ist *ihr eigener* Ausdruck dafür. Jeden zweiten Tag sagt sie: »Ich bete Rodney an.«)

Sie müssen wissen, daß Rodney ein altmodischer Roboter ist, den wir seit ungefähr sieben Jahren haben. Er ist darauf programmiert, daß er in unser altmodisches Haus und zu unseren altmodischen Gewohnheiten paßt, und ich bin auch sehr zufrieden mit ihm. Ab und zu überlege ich, ob wir uns nicht auch einen dieser smarten, modernen Typen anschaffen sollten, die völlig durchautomatisiert sind, aber Gracie würde es nie zulassen. Doch dann fiel mir unser Sohn DeLancey ein, und ich sagte: »Wir können es uns gar nicht leisten, Rodney freizugeben, Gracie. DeLancey und seine tolle Frau kommen uns doch besuchen.« (Auf ›tolle Frau‹ legte ich eine sarkastische Betonung, aber Gracie merkte es nicht – es ist erstaunlich, wie sie darauf besteht, in jedem Menschen noch einen guten Charakterzug zu entdecken). »Und wie kriegen wir das Haus in Schuß und sorgen für sämtliche Mahlzeiten ohne Rodney?«

»Das ist es ja gerade«, erwiderte sie ernst. »DeLancey und Hortense könnten doch *ihren* Roboter mitbringen, der sich um alles kümmert. Du *weißt*, daß sie nichts von Rodney halten, und sie würden sich über eine Gelegenheit freuen, uns zu zeigen, was ihr Roboter alles kann. In der Zwischenzeit macht Rodney Ferien.«

Mürrisch entgegnete ich: »Wenn es dich glücklich macht, dann können wir es ja versuchen. Es wäre ja nur für drei Tage. Aber Rodney soll nicht glauben, daß er jetzt immer an Feiertagen freibekommt.«

Das sollte natürlich ein Scherz sein, aber Gracie erwiderte

todernst: »Nein, Howard, ich werde mit ihm reden und ihm erklären, daß es nur ab und an geht.«

Sie kann einfach nicht verstehen, daß Rodney von den drei Robotergesetzen kontrolliert wird und daß man ihm nichts zu erklären braucht.

Ich wartete auf DeLancey und Hortense, und mein Herz war schwer. DeLancey ist zwar mein Sohn, aber er gehört zu den ehrgeizigen Karrierestrebern. Er heiratete Hortense, weil sie über ausgezeichnete geschäftliche Beziehungen verfügt und ihm den Weg nach oben ebnen kann. Jedenfalls hoffe ich, daß es so ist, denn das ist das einzig Positive an ihr, das ich bis jetzt entdecken konnte.

Zwei Tage vor Weihnachten tauchten sie mit ihrem Roboter bei uns auf. Der Roboter war genauso geschniegelt wie Hortense und sah fast so hartgesotten aus wie sie. Er war auf Hochglanz poliert und hatte nicht Rodneys Unförmigkeit.

Hortenses Roboter (ich bin sicher, daß sie ihn entworfen hat) bewegte sich absolut geräuschlos. Ohne Grund lungerte er hinter mir herum, und jedesmal wenn ich mich umdrehte und mit ihm zusammenstieß, bekam ich fast einen Herzschlag.

Noch schlimmer war, das DeLancey den acht Jahre alten LeRoy mitbrachte. Er ist nun mal mein Enkel, und für Hortenses Treue verbürge ich mich, denn ich bin sicher, daß kein Mann sie freiwillig anfassen würde, doch ehrlich gesagt, habe ich oft große Lust, ihn durch einen Zementmischer zu drehen.

Er kam herein und wollte von uns wissen, ob wir Rodney schon in die Metallverwertungsanlage geschickt hätten (›Schrottmühle‹ nannte er sie). Hortense rümpfte die Nase und sagte: »Da wir einen modernen Roboter mitgebracht haben, wirst du uns hoffentlich Rodneys Anblick ersparen.«

Ich sagte nichts, aber Gracie erwiderte: »Aber selbstverständlich, meine Liebe. Wir haben Rodney sogar freigegeben.«

DeLancey verzog das Gesicht, hielt aber den Mund. Er kannte seine Mutter.

Einlenkend schlug ich vor: »Was haltet ihr davon, wenn Rambo uns erst mal was Gutes zu trinken macht? Kaffee, Tee, heiße Schokolade, einen Schluck Brandy – «

Ihr Roboter hieß Rambo. Warum, weiß ich auch nicht, vielleicht deshalb, weil der Name mit einem R anfing. Es gibt keine Vorschrift, aber wahrscheinlich ist Ihnen auch schon aufgefallen, daß fast jeder Roboter einen Namen hat, der mit R anfängt. R steht für Roboter, nehme ich an. Der übliche Name ist Robert. Allein im nordöstlichen Korridor muß es eine Million Roboter geben, die Robert heißen.

Und meiner Meinung nach ist das der Grund, weshalb kaum noch ein Mensch einen Namen hat, der mit R beginnt. Es gibt Bob und Dick, aber nicht Robert oder Richard. Es gibt Posy und Trudy, aber nicht Rose oder Ruth. Manchmal hört man sehr ungewöhnliche Namen. Ich kenne drei Roboter, die Rutabaga heißen, und zwei mit dem Namen Rames. Aber Hortense ist die einzige Person, die ich kenne, die einen Roboter Rambo genannt hat. Dieser Silbenkombination bin ich noch nie zuvor begegnet, und ich möchte sie lieber nicht fragen, wie sie darauf kam. Die Erklärung ist sicher nicht erfreulich.

Es stellte sich sofort heraus, daß Rambo nutzlos war. Er war natürlich für den Haushalt von DeLancey und Hortense programmiert, der hochmodern und vollautomatisiert ist. Wenn Rambo in seinem eigenen Heim Getränke zubereiten wollte, brauchte er nur auf die entsprechenden Knöpfe zu drücken. (Weshalb jemand einen Roboter braucht, um auf Knöpfe zu drücken, ist mir unerklärlich).

Rambo wandte sich an Hortense und sagte mit honigsüßer Stimme (Rodney spricht wie ein Großstadtjunge mit einer Spur von Brooklyn): »Die Ausstattung ist unzureichend, Madam.«

Hortense sog scharf die Luft ein. »Soll das heißen, daß du *immer* noch keine robotergesteuerte Küche hast, Großvater?« (Bevor LeRoy auf die Welt kam, hatte sie überhaupt keinen Namen für mich, und danach nannte sie mich prompt ›Großvater‹. Niemals hatte sie Howard zu mir gesagt. Damit hätte sie ja zugegeben, daß ich ein Mensch bin, eine Eigenschaft, die ich *ihr* glatt abstreite).

»Die Küche *ist* robotergesteuert, wenn Rodney drin ist«, erwiderte ich.

»Denkst *du*«, entgegnete sie. »Aber wir leben nicht mehr im zwanzigsten Jahrhundert, Großvater.«

Leider nicht, dachte ich bei mir, doch ich sagte nur: »Dann programmiere doch Rambo um, damit er unsere Armaturen bedienen kann. Er wird doch wohl noch Getränke mixen und aufwärmen können.«

»Das kann er sicher«, sagte Hortense, »aber dem Schicksal sei

Dank hat er das nicht nötig. Ich werde nichts an seiner Programmierung ändern. Das könnte seine Effizienz beeinträchtigen.«

Gracie meinte besorgt, aber freundlich: »Wenn wir seine Programmierung so lassen, wie sie ist, dann muß ich ihn eben Schritt für Schritt unterrichten, aber ich habe keine Ahnung, wie man das macht.«

»Rodney kann ihn einarbeiten«, schlug ich vor.

»Ach, Howard«, sagte Gracie, »wir haben Rodney doch freigegeben.«

»Ich weiß, aber wir verlangen ja nicht von ihm, daß er selbst etwas tut. Er soll Rambo nur sagen, was er zu tun hat, und dann erledigt Rambo alles.«

Darauf erwiderte Rambo förmlich: »Madam, ich bin nicht darauf programmiert oder trainiert, Befehle auszuführen, die ein anderer Roboter mir gibt, besonders, wenn es sich um ein früheres Modell handelt.«

Tröstend sagte Hortense: »Natürlich nicht, Rambo. Großvater und Großmutter werden das sicher verstehen.« (Mir fiel auf, daß DeLancey überhaupt nichts sagte. Ich fragte mich, ob er immer den Mund hielt, wenn seine liebe Frau da war).

»Na schön«, sagte ich, »ich schlage folgendes vor: Rodney sagt *mir,* was zu tun ist, und ich sage es dann Rambo weiter.«

Rambo schwieg dazu. Selbst Rambo unterliegt dem Zweiten Robotergesetz, das ihn zwingt, menschlichen Befehlen zu gehorchen.

Hortenses Augen wurden schmale Schlitze, und ich wußte, daß sie mir am liebsten gesagt hätte, Rambo sei viel zu fein dafür, um sich von jemandem wie mir Befehle geben zu lassen, aber irgendein rudimentäres, entfernt menschliches Gefühl hinderte sie daran.

Klein LeRoy litt nicht unter solchen quasi-menschlichen Hemmungen. Er sagte: »Ich will mir Rodneys häßliche Fresse nicht angucken. Ich wette, er weiß *überhaupt nichts,* und wenn doch, dann versteht der olle Opa bestimmt alles falsch.«

Ich wäre gern ein Weilchen mit dem kleinen LeRoy allein gewesen und hätte ihm gut zugeredet, am besten mit einem Ziegelstein, aber Hortenses Mutterinstinkt gebot ihr, LeRoy niemals mit einem menschlichen Wesen alleinzulassen.

Also blieb uns tatsächlich nichts anderes übrig, als Rodney aus seiner Schrankecke hervorzuholen, wo er seinen eigenen Gedanken

nachgehangen hatte (ich frage mich, ob ein Roboter selbständig denkt, wenn er allein ist), und ihn in Betrieb zu nehmen.

Es wurde sehr schwierig. Er sagte einen Satz, den ich wiederholte, und dann tat Rambo etwas. Hinterher sagte Rodney den nächsten Satz, den ich auch wiederholte, und so weiter.

Alles dauerte doppelt so lange, wie wenn Rodney es selbst getan hätte, und mich strengte es an, denn wir mußten in allem so verfahren, ob es um die Benutzung des Geschirrspülers/Sterilisators ging, um die Zubereitung des Weihnachtsessens, um das Abräumen des Tisches, das Aufräumen im Zimmer – es war immer dieselbe Prozedur.

Gracie jammerte ständig, wir würden Rodneys Ferien verderben, aber ihr schien gar nicht aufzufallen, daß es mir das Fest genauso gründlich verdarb. Allerdings bewunderte ich Hortense, wie sie zu allem und jedem ihren vernichtenden Kommentar abgab, ohne sich ein einziges Mal zu wiederholen. Gehässig sein kann jeder, aber ihr Erfindungsreichtum im Ausdenken von Gemeinheiten erzeugte in mir den perversen Wunsch, ihr hin und wieder zu applaudieren.

Aber das schlimmste kam erst am Weihnachtsabend. Der Baum war aufgestellt, und ich konnte nicht mehr. Wir hatten nicht diese Vorrichtung, wo eine automatische Box mit Christbaumschmuck in einen elektronischen Baum gestöpselt wird, und der Schmuck sich dann auf Knopfdruck selbsttätig und in perfekter Anordnung verteilt. An unseren Baum (der aus ganz gewöhnlichem altmodischen Plastik bestand) mußte man den Schmuck noch einzeln mit der Hand anbringen.

Hortense sah aus, als ob sie sich ekelte, aber ich sagte zu ihr: »Wirklich, Hortense, hier kann man noch kreativ sein und den Schmuck selbst anordnen.«

Hortense schnupfte, ein Geräusch, das klang, wie wenn jemand mit Fingernägeln über eine Wand mit Rauhputz kratzt, und verließ mit angewiderter Miene das Zimmer. Ich verbeugte mich hinter ihr und war froh, daß sie ging. Dann fuhr ich mit meiner ermüdenden Aufgabe fort, mir Rodneys Instruktionen anzuhören und sie an Rambo weiterzugeben.

Als es vorbei war, schmerzten mir die Füße und der Kopf. Zum Ausruhen setzte ich mich in einen Sessel in einer hinteren und ziemlich dunklen Zimmerecke. Kaum hatte ich mich dort niedergelassen, als der kleine LeRoy hereinkam. Er sah mich wohl nicht, aber vielleicht ignorierte er mich auch nur, weil er mich zu den unwichtigeren und langweiligeren Möbelstücken zählte.

Nach einem verächtlichen Blick auf den Baum fragte er Rambo: »Hör mal, wo sind die Weihnachtsgeschenke? Was Schönes krieg ich von Oma und Opa bestimmt nicht, aber ich habe keine Lust, bis morgen früh zu warten.«

»Ich weiß nicht, wo sie sind, junger Herr«, antwortete Rambo.

»He, du!« wandte sich LeRoy an Rodney. »Was ist mit dir, Stinktiergesicht? Weißt du, wo die Geschenke sind?«

Rodney wäre im Recht gewesen, wenn er auf diese Frage nicht geantwortet hätte, denn er konnte sich darauf berufen, daß er sich nicht angesprochen fühlte, weil er Rodney und nicht Stinktiergesicht hieß. Ich bin fest davon überzeugt, daß Rambo so reagiert hätte. Aber Rodney gehörte noch einer anderen Generation an. Höflich erwiderte er: »Ja, ich weiß es, junger Herr.«

»Und wo sind sie, du alter Kotzbrocken?«

»Ich glaube nicht, daß es klug wäre, es Euch zu verraten, junger Herr. Denn dann wären Gracie und Howard enttäuscht, die Euch morgen die Geschenke geben wollen.«

»Hör mal«, sagte Klein LeRoy, »was denkst du eigentlich, wer du bist, du blöder Roboter? Ich habe dir soeben etwas befohlen. Du bringst mir die Geschenke.« Und um Rodney zu zeigen, wer hier der Herr war, trat er dem Roboter gegen das Schienbein.

Das hätte er nicht tun sollen. Ich ahnte, wie es ausgehen würde, und erlebte eine schadenfrohe Sekunde. Klein LeRoy war schon zum Schlafengehen angezogen und trug Pantoffeln. Und als er zutrat, segelte ihm der Pantoffel auch noch vom Fuß, so daß seine nackten Zehen gegen den harten Chrom-Stahl von Rodneys Schienbein knallten.

Heulend fiel er zu Boden, und seine Mutter kam hereingerauscht.

»Was ist los, LeRoy? Was hast du?«

Und Klein LeRoy besaß die Unverfrorenheit zu sagen: »Der alte Monster-Roboter hat mich *geschlagen*.«

Hortense fing an zu kreischen. Sie sah mich und schrie: »Dein Roboter muß sofort zerstört werden.«

»Komm, Hortense«, sagte ich. »Ein Roboter kann einen Jungen gar nicht schlagen. Das verhindert das Erste Robotergesetz.«

»Er ist ein *alter* Roboter, ein *kaputter* Roboter. LeRoy sagt – «

»LeRoy lügt. Es gibt keinen Roboter, egal, wie alt oder kaputt er sein mag, der einen Jungen schlagen kann.«

»Dann hat *er* es eben getan. *Opa* hat mich geschlagen«, brüllte LeRoy.

»Ich wünschte, es wäre so«, antwortete ich ruhig, »aber das hätte kein Roboter zugelassen. Frag doch deinen eigenen. Frag Rambo, ob er tatenlos zugesehen hätte, wenn Rodney oder ich deinen Jungen geschlagen hätten. Rambo!«

Ich sprach in befehlendem Ton, und Rambo sagte: »Ich hätte versucht zu verhindern, daß dem jungen Herrn etwas zustößt, Madam, aber ich wußte nicht, was er vorhatte. Er trat mit dem bloßen Fuß nach Rodneys Schienbein, Madam.«

Hortense schnappte nach Luft, und vor Wut quollen ihre Augen hervor. »Dann muß er einen Grund dazu gehabt haben. Ich werde deinen Roboter zerstören lassen.«

»Nur zu, Hortense. Wenn du die Effizienz deines Roboters nicht dadurch beeinträchtigen willst, daß du ihn zum Lügen programmierst, wird er als Zeuge aussagen, was vor diesem Fußtritt passiert ist, und das gleiche werde ich mit dem größten Vergnügen tun.«

Am nächsten Morgen reiste Hortense ab, zusammen mit dem blaßgesichtigen LeRoy (er hatte sich einen Zeh gebrochen) und dem beredt schweigenden DeLancey.

Gracie rang die Hände und flehte sie an zu bleiben, aber ich beobachtete ihren Abgang ohne Gefühle. Nein, das ist gelogen. Ich beobachtete ihren Abgang sogar mit sehr vielen Gefühlen, und alle waren angenehm.

Später, als Gracie nicht dabei war, sagte ich zu Rodney: »Es tut mir leid, Rodney. Das waren schreckliche Weihnachten, und nur, weil wir dich ausschließen wollten. Das kommt nie wieder vor, das verspreche ich dir.«

»Vielen Dank, Sir«, sagte Rodney. »Ich muß gestehen, daß es an diesen beiden Tagen Augenblicke gab, in denen ich mir ernsthaft wünschte, es gäbe keine Robotergesetze.«

Ich grinste und nickte verstehend, doch in der Nacht wachte ich mitten aus tiefem Schlaf auf und fing an, mir Gedanken zu machen. Und seitdem lassen mich die Sorgen nicht mehr los.

Ich gebe zu, daß Rodney schwer geprüft wurde, aber ein Roboter *kann* sich nicht wünschen, daß es die Robotergesetze nicht gäbe. Es *geht nicht,* gleichgültig, in welcher Situation er sich befindet.

Wenn ich den Vorfall melde, wird man Rodney ganz sicher ausrangieren, und wir bekommen als Ersatz einen neuen Roboter. Das würde Gracie mir nie verzeihen. Nie und nimmer! Sie würde keinen anderen Roboter, und sei er noch so tüchtig, so in ihr Herz schließen können wie Rodney.

Ich könnte mir selbst ja nie verzeihen. Nicht nur, daß ich Rodney sehr gern habe, ich würde Hortense niemals diese Genugtuung gönnen.

Aber wenn ich nichts unternehme, lebe ich mit einem Roboter zusammen, der sich wünschen kann, es gäbe die Robotergesetze nicht. Vom Wunsch, es gäbe sie nicht, bis zum Handeln, als ob es sie nicht gäbe, ist es nur ein kleiner Schritt. Wann wird er diesen Schritt vollziehen, und in welcher Weise wird er uns zeigen, daß es passiert ist?

Was soll ich nur machen?

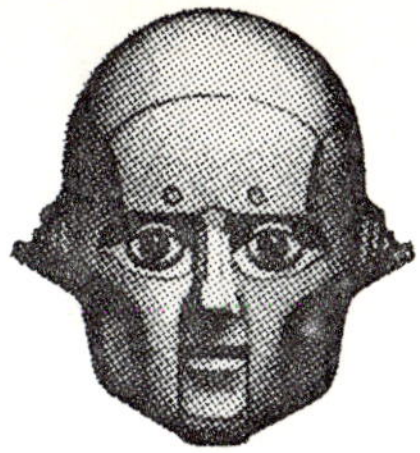

ESSAYS

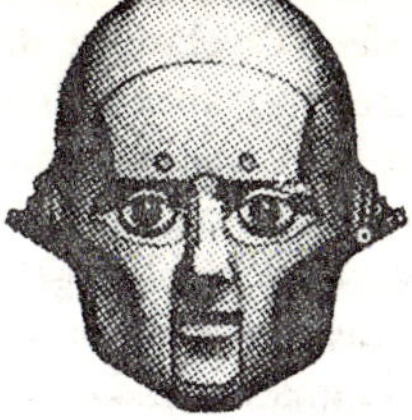

ROBOTER, DIE ICH MEINE

Roboter sind ein Thema, auf das der moderne Science-fiction-Autor gern zurückgreift. Es gibt keine noch unerfundene Erfindung, mit Ausnahme vielleicht des Raumschiffs, die so lebendig in den Köpfen der Leser herumspukt: Eine unheimliche Gestalt, ganz aus Metall, groß, mehr oder minder menschenähnlich, bewegt sich mechanisch und spricht ohne Emotion.

Das Schlüsselwort in dieser Beschreibung ist ›unheimlich‹, und in diesem Begriff liegt die ganze Tragödie, denn kein SF-Thema hat seine Sympathien so restlos aufgebraucht wie das des Roboters. Nur ein Roboter-Plot schien dem durchschnittlichen Autor möglich zu sein: ein Maschinenwesen, das sich als Bedrohung herausstellt, eine Schöpfung, die sich gegen ihren Schöpfer wendet, ein Roboter, der die gesamte Menschheit bedroht. Und so gut wie alle diese Geschichten enthalten die abgedroschene Moral, daß ›es Dinge gibt, die der Mensch nicht erfahren soll‹.

Diese betrübliche Situation hat sich seit 1940 gebessert. Andere Robotergeschichten sind erschienen, und eine neue Sichtweise hat sich entwickelt, die mehr auf die Mechanik als die Moral Wert legt. Für diese Entwicklung sind einige Personen verantwortlich (vor allem Groff Conklin mit seiner Einleitung zu seiner 1954 erschienenen Anthologie *Science Fiction Thinking Machines*), die einer Reihe von Robotergeschichten den Weg ebnete, an der ich seit 1940 schreibe. Da es vermutlich auf der Erde niemanden gibt, dem man weniger falsche Bescheidenheit vorwerfen kann, als mich, darf ich hier erklären, daß ich die Wegebnung und Würdigung anderer relativ gelassen und unerregt registriere. Ich würde höchstens einen Teil des Lobs an Mr. John W. Campbell Jr. abtreten, den Herausgeber der *Astounding Science Fiction*, mit dem ich einige fruchtbare Diskussionen über Robotergeschichten geführt habe.

Meiner Ansicht nach taugen Roboter durchaus als Storymaterial, doch nicht als blasphemische Imitationen des Lebens, sondern als fortschrittliche Maschinen. Wenn eine Maschine richtig konstruiert ist, wendet sie sich nicht gegen ihren Schöpfer. Wenn eine Motorsäge so etwas zu tun scheint, indem sie hin und wieder einen Finger absäbeln möchte, so bekämpft man eine solche unheimliche Neigung am besten mit einem Schutzblech oder einer Schutzabdeckung. Analog dazu würden Schutzvorrichtungen einen Roboter daran hindern, anderen Schaden zuzufügen. Und der logischste Ort für solche Vorrichtungen wären die Schaltkreise eines ›Robotergehirns‹.

Ich möchte an dieser Stelle einfügen, daß wir uns in der Sciencefiction nicht über die aktuelle Zusammensetzung oder den Aufbau eines Robotergehirns streiten. Man geht schlicht von einer mechanischen Einrichtung aus, die in einem dem menschlichen Gehirn vergleichbaren Volumen alle Schaltkreise enthält, die dem Roboter ein dem Menschen adäquates Vermögen an Wahrnehmung und Reaktion geben. Wie so etwas ohne den Einsatz von mechanischen Einheiten in der Größe eines Proteinmoleküls oder einer Gehirnzelle möglich sein soll, wird in der Regel in einer SF-Story nicht erklärt. Manche Autoren verweisen auf Transistoren oder bedruckte Schaltkreise. Viele aber schweigen sich in dieser Hinsicht völlig aus. Ich bediene mich des Tricks, von mystischen ›positronischen Gehirnen‹ zu sprechen und es der Genialität oder Vorstellungskraft des Lesers zu überlassen, was Positronen damit zu tun haben könnten. Und ich bin auf die Gutwilligkeit des Publikums zum Weiterlesen angewiesen, nachdem es zu keiner Erklärung finden konnte.

Wie dem auch sei, ich habe also meine Robotergeschichten geschrieben, und die Sicherheitsvorkehrungen kristallisierten sich in meinem Kopf zu dem heraus, was ich die ›Drei Gesetze der Robotik‹ nenne. Die drei Gesetze wurden zum ersten Mal in meiner Geschichte ›Runaround‹ aufgeführt und erläutert. In der Endfassung lauten die Drei Gesetze folgendermaßen:

Erstes Gesetz:

Ein Roboter darf keinen Menschen verletzen oder durch Untätigkeit zu Schaden kommen lassen.

Zweites Gesetz:

Ein Roboter muß den Befehlen eines Menschen gehorchen, es sei denn, solche Befehle stehen im Widerspruch zum Ersten Gesetz.

Drittes Gesetz:

Ein Roboter muß seine Existenz schützen, solange dieser Schutz nicht dem Ersten oder Zweiten Gesetz widerspricht.

Diese Gesetze sind fest in einem Robotergehirn verankert oder in den Schaltkreisen. Selbstverständlich beschreibe ich diese Schaltkreise nie. Um der Wahrheit die Ehre zu geben, ich stelle nie die Technik eines Roboters dar, und das aus dem simplen Grund, weil ich von den praktischen Seiten der Robotik nicht die blasseste Ahnung habe.

Das Erste Gesetz eliminiert, wie man leicht feststellen kann, den alten, ermüdenden Plot, auf den ich hier nicht mehr eingehen will, um die Leser nicht weiter damit zu behelligen.

Dem einen oder anderen mag es beim ersten Lesen so vorkommen, als würden derart restriktive Gesetze die Kreativität eines Schriftstellers behindern. Doch es hat sich herausgestellt, daß die Robotik-Gesetze sich als wahre Quelle neuen Plot-Materials erwiesen haben. Sie sind alles andere als eine mentale Blockade.

Als Beispiel ließe sich die Story *Runaround* (dt. *Herumtreiber*) anführen, auf die ich ja schon hingewiesen habe. Der Roboter in dieser Geschichte wurde dazu gebaut, auf der Sonnenseite des Planeten Merkur zu operieren. Das Dritte Gesetz ist aus ökonomischen Gründen bei ihm stärker hervorgehoben als bei anderen Robotern. Am Anfang der Story haben seine menschlichen Arbeitgeber ihn zum Merkur geschickt, um dort flüssiges Selen aufzunehmen, das für irgendwelche dringend notwendigen Reparaturen benötigt wird.

Unglücklicherweise wurde dem Roboter der Befehl dazu nicht präzise und eindeutig gegeben, und um das Dritte Gesetz stärker in ihm zu verankern, mußte das Zweite abgeschwächt werden. Und da ein Unglück selten allein kommt, liegt der See, zu dem der Roboter unterwegs ist, in einer Gegend mit hoher vulkanischer Aktivität. Als Resultat daraus findet man dort hohe Konzentrationen von Kohlenmonoxyd. Bei den hohen Temperaturen an der Sonnenseite des Merkur bin ich davon ausgegangen, daß Kohlenmonoxyd ziemlich rasch mit Eisen reagiert und daraus Eisenkaronyl entsteht, ein Gas, das den empfindlicheren Teilen des Roboters erheblichen Schaden zufügen kann. Je tiefer der Roboter in diese Gegend eindringt, desto größer wird die Gefahr für seine Existenz und desto stärker will das Dritte Gesetz ihn von dort wegbringen. Das Zweite Gesetz hingegen treibt ihn weiter in die Gegend hinein. Und an einem Punkt halten sich das geschwächte Zweite und das verstärkte Dritte Gesetz die Waage. Der Roboter kann weder vor noch zurück. Er vermag noch auf einem fast kreisförmigen Kurs um den See herumzuwandern.

Währenddessen warten unsere Helden dringend auf das Selen. Sie machen sich in ihren Spezialanzügen auf die Suche, entdecken den Roboter, stoßen auf sein Problem und überlegen, wie sie es lösen können. Nach einigen Fehlschlägen kommt einer auf die richtige Lösung: Einer der Männer muß sich der Sonne so sehr aussetzen, daß der Tod ihm gewiß ist, wenn der Roboter ihn nicht rettet. Damit kommt das Erste Gesetz ins Spiel, das dem Zweiten und Dritten überlegen ist. Es zieht den Roboter aus seinem nutzlosen Orbit und führt zum notwendigen Happy-End.

In dieser Geschichte habe ich auch zum ersten Mal den Begriff Robotik eingesetzt (und damit die Wissenschaft von der Konstruktion, Entwicklung und Erhaltung von Robotern gemeint).

Keine andere meiner Robotergeschichten erwuchs so vollständig aus den Drei Gesetzen, obwohl die anderen alle etwas mit ihnen zu tun haben. Da ist zum Beispiel die Geschichte um einen Roboter, der Gedanken lesen kann und sich gezwungen sieht zu lügen, weil er einem Menschen nichts anderes als das sagen kann, was dieser Mensch zu hören wünscht. Denn die Wahrheit würde dem Menschen Schaden zufügen, Schaden in der Form von Enttäuschung, Desillusionierung, Beschämung, Zorn oder ähnlichem.

Dann ist da die Geschichte um den Mann, den man für einen Roboter hält, weil er einen quasiprotoplasmischen Körper und ein positronisches Gehirn besitzt. Er selbst aber gibt an, ein Mensch zu sein. Eine Möglichkeit, dies unter Beweis zu stellen, besteht darin, in aller Öffentlichkeit das Erste Gesetz zu brechen. Das tut er auch, indem er vor aller Augen einen Mann schlägt. Und dennoch bleibt am Ende ein Zweifel zurück, denn der Verdacht wird nicht ausgeräumt, daß es sich bei dem anderen Mann ebenfalls um einen Roboter gehandelt haben könnte. Und die Drei Gesetze hindern einen Roboter nicht daran, einen anderen zu schlagen.

Und schließlich haben wir die ultimaten Roboter. Sehr fortschrittliche Modelle, die zur Vorauskalkulation solcher Dinge wie Wetter, Ernteerträge, Industrieproduktion, politische Entwicklung und so weiter konstruiert wurden. Dies tun sie, um die Weltökonomie weniger abhängig von den Launen der Menschen zu machen, die sich immer wieder als Störfaktoren erweisen. Doch diese ultimaten Roboter sind immer noch dem Ersten Gesetz unterworfen. Sie dürfen nicht durch Untätigkeit zulassen, daß Menschen zu Schaden kommen. Deswegen geben sie auch Antworten, die nicht ganz der Wahrheit entsprechen und für lokale ökonomische Turbulenzen sorgen. Doch dient dies allein dem Zweck, die Menschheit auf dem Weg voranzubringen, der sie zu Frieden und Wohlstand führt. So erringen die Roboter schließlich die Oberherrschaft, doch nur, um den Menschen Gutes zu tun.

Auch die Beziehung zwischen Mensch und Roboter soll nicht vergessen werden. Der Mensch kann die Existenz der Drei Gesetze auf intellektueller Basis akzeptieren und gleichzeitig auf emotionaler Basis den Robotern mißtrauen und sie fürchten. Wenn man dafür einen Terminus sucht, so mag man das ›Frankenstein-Komplex‹ nennen. Und dabei gibt es natürlich auch noch eine praktische Seite. Zum Beispiel ist vorstellbar, daß die Gewerkschaften sich gegen die Besetzung menschlicher Arbeitsplätze durch Roboter zur Wehr setzen werden.

Auch das bietet reichlich Stoff für Stories. Meine erste Robotergeschichte drehte sich um ein robotisches Kindermädchen und ein Kind. Das Kind liebt natürlich die Kinderschwester, doch die Mutter lehnt sie erwartungsgemäß ab. Im Verlauf der Geschichte versucht die Mutter, den Roboter loszuwerden, rechnet aber nicht mit der Reaktion des Kindes.

Mein erster Roboterroman, *The Caves of Steel* (dt. *Der Mann von drüben*), wagt einen Blick in die fernere Zukunft. Er spielt in einer Zeit, in der sich auf anderen Planeten, die von ausgewanderten Erdmenschen bevölkert sind, rein robotisierte Ökonomien entwickelt haben. Nur auf der Erde wehrt man sich aus ökonomischen und emotionalen Gründen entschieden gegen die Einführung der Metallwesen. Ein Mord geschieht, und das Motiv scheint Roboterhaß zu sein. Ein Detektivpaar, bestehend aus einem Mann und einem Roboter, löst das Problem mit deduktiven Schlußfolgerungen (die für Detektivgeschichten unvermeidlich sind), wobei die Drei Gesetze und ihre Implikationen eine große Rolle spielen.

Ich habe mir selbst begreiflich gemacht, daß die Drei Gesetze zum Schutz der Menschheit vor Robotern notwendig und ausreichend sind. Und ich bin der festen Überzeugung, daß zu dem Zeitpunkt, wenn fortschrittliche, menschenähnliche Roboter wirklich gebaut werden, man ihnen etwas einpflanzen wird, das meinen Robotik-Gesetzen sehr ähnlich ist. Es würde mir gefallen, der Prophet einer solchen Entwicklung gewesen zu sein, und ich bedaure es zutiefst, daß zu meinen Lebzeiten der technische Fortschritt noch nicht so weit gediehen sein wird.

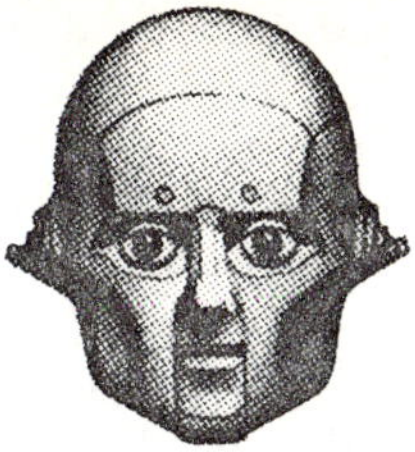

DIE NEUEN LEHRER

Der Prozentsatz von älteren Menschen nimmt weltweit zu, während der von jungen Menschen abnimmt. Dieser Trend setzt sich fort, solange die Geburtenrate weiter sinkt und die Medizin damit fortfährt, die durchschnittliche Lebenserwartung zu verlängern.

Um die Senioren kreativ zu erhalten und zu verhindern, daß sie für die Jungen zu einer ständig wachsenden Bürde werden, habe ich mehrfach darauf hingewiesen, daß unser Bildungssystem umgestaltet und durch ein lebenslängliches Lernen ersetzt werden sollte.

Doch wo sollen all die Lehrer herkommen?

Aber wer sagt denn, daß Lehrer unbedingt Menschen sein müssen?

Angenommen, im nächsten Jahrhundert sind die Kommunikationssatelliten viel zahlreicher und weiter entwickelt als die, die wir bislang in den Weltraum geschossen haben. Weiterhin angenommen, die leistungsfähigeren Laserstrahlen treten an die Stelle der Radiowellen und werden zum Hauptkommunikationsmedium.

Unter diesen Umständen würde sich Platz für mehrere Millionen separater Kanäle ergeben, und da wäre es leicht vorstellbar, daß jeder Mensch auf der Erde über seinen ganz individuellen Fernsehkanal verfügt, der nur auf ihn ausgerichtet ist.

Jeder Mensch besäße seinen privaten Anschluß, der sich mit seiner persönlichen Lernmaschine koppeln ließe. Eine solche Lernmaschine wäre natürlich viel versierter und interaktiver als alles, was wir heute zusammenbauen können. Denn ohne Zweifel wird bis dahin auch der Fortschritt der Computertechnologie nicht stehengeblieben sein.

Wir dürfen hoffen, daß die Lernmaschine so weit entwickelt und flexibel genug ist, um ihre Programme zu modifizieren (das heißt, selbst zu lernen), und zwar gemäß dem Input, den der menschliche Schüler eingibt.

Mit anderen Worten, der Schüler stellt Fragen, beantwortet Fragen, gibt Erklärungen, äußert Meinungen und so weiter, und daraus schätzt die Maschine ab, wie rasch und intensiv der Lehrstoff ihm vermittelt werden kann. Und was noch wichtiger ist, die Maschine erkennt daran, in welcher Richtung und auf welchem Gebiet die Interessen des Schülers liegen.

Natürlich dürfen wir nicht erwarten, daß die Lernmaschine riesengroß ist. Sie mag vielleicht in Größe und Aussehen einem Fernsehgerät gleichen. Kann aber ein so relativ kleines Gerät ausreichend Informationen enthalten, um dem Schüler alles das beizubringen, was er zu erlernen wünscht, ganz gleich, in welche Richtung seine intellektuelle Neugier verläuft? Nein, nicht wenn die Maschine auf sich allein gestellt ist. Aber muß das so sein?

In jeder Zivilisation, deren Technik so fortgeschritten ist, daß sie Lernmaschinen besitzt, gibt es bestimmt auch so etwas wie eine durchcomputerisierte Zentralbibliothek. Und diese Zentralbibliotheken ließen sich zu einer großen planetaren Bibliothek koppeln.

Alle Lernmaschinen sind mit dieser planetaren Bibliothek verbunden, und damit stünden jeder einzelnen alle Bücher, Periodika, Dokumente, Aufzeichnungen und Videobänder zur Verfügung, die dort gespeichert sind. Und wenn die Maschine Zugang dazu hat, steht sie auch dem Schüler zur Verfügung. Er läßt die gewünschte Information entweder auf dem Bildschirm erscheinen oder sich für ein gründlicheres Studium ausdrucken.

Selbstredend werden menschliche Lehrer damit nicht überflüssig. In manchen Disziplinen bleibt die menschliche Interaktion erforderlich. Außerdem finden bestimmt Schüler zusammen, die sich für dasselbe Thema interessieren. Sie diskutieren und spekulieren miteinander oder mit menschlichen Experten, um einander neue Einsichten zu vermitteln.

Und nach diesem zwischenmenschlichen Austausch kehren sie vielleicht mit Erleichterung und Freude zu ihrem endlos wissenden, endlos flexiblen und endlos geduldigen Lernapparat zurück.

Doch wer bildet die Lernmaschinen aus?

Natürlich lehrt der Schüler sie bei seinem Lernvorgang. Schüler, die ungezwungen und frei Fächer und Gebiete studieren, die sie interessieren, denken, spekulieren, bemerken, experimentieren und warten gelegentlich mit einer eigenen Erkenntnis auf, die vorher unbekannt gewesen ist.

Die Schüler geben dieses neue Wissen der Maschine zurück, die es ihrerseits an die planetare Bibliothek weiterleitet und es so anderen Lernmaschinen zugänglich macht. Und denjenigen, die später zu lernen anfangen, steht dann ein größerer Wissensfundus zur Verfügung. Die Lernmaschinen ermöglichen so der menschlichen Rasse, zu geistigen Höhen aufzusteigen, die wir uns heute noch gar nicht vorstellen können.

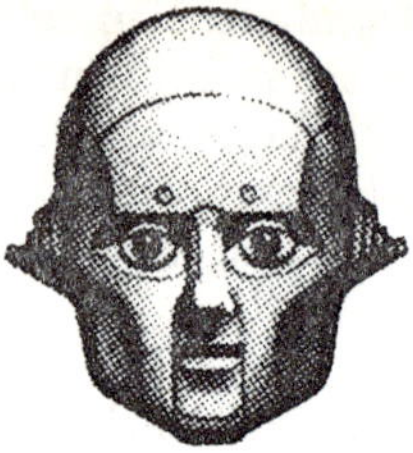

WAS IHR WOLLT

Es ist schwierig zu entscheiden, welche Berufe es in der Zukunft geben wird, denn das hängt davon ab, welche Weichen wir für die Zukunft stellen. Wenn wir zulassen, daß unsere Zivilisation zerstört wird, gibt es in der Zukunft nur noch den Beruf des Überlebenskünstlers. Und nur wenige werden darin ihren Meister machen.

Aber einmal angenommen, wir sorgen dafür, daß unsere Zivilisation weiterhin blüht und gedeiht, daß die Technik weiterhin Fortschritte macht. Dann wäre es nur logisch, daß unter den Berufen einer solchen Zukunft Computer-Programmierer, lunare Bergbauingenieure, Fusions-Techniker, Laser-Kommunikateure, Neurophysiologen und so weiter zu finden sind.

Ich denke aber auch, daß eine fortschreitende Computerisierung und Automatisierung einige Tätigkeiten der Menschen auslöschen werden. Ich meine damit all die simplen und gleichförmigen Verrichtungen, sowohl die geistiger wie physischer Natur, die viel leichter und besser von Maschinen erledigt werden können. Maschinen, die nicht komplizierter sind als die, die wir bereits bauen können.

Kurz gesagt, die Welt könnte so hervorragend am Laufen gehalten werden, daß nur noch eine Handvoll menschlicher ›Aufseher‹ benötigt würde, um die Supervisor-Tätigkeiten auszuüben, die für die Koordination der Ernährung, Unterbringung und sonstigen Versorgung der Menschen unabdingbar wären.

Und was wird in einer solchen automatisierten Zukunft aus dem

Gros der Menschheit? Was fangen die an, die keine Eignung oder Vorliebe für die oben aufgeführten Berufe der Zukunft haben? Es wird wohl so kommen, daß die meisten Menschen nicht einem Beruf in unserem Sinne nachgehen.

Auf den ersten Blick mag diese Vorstellung erschreckend wirken. Was machen Menschen ohne Arbeit? Sitzen sie nicht nur den ganzen Tag herum und langweilen sich? Verlieren sie nicht den inneren Halt und werden asozial? Ein Sprichwort sagt, daß Müßiggang aller Laster Anfang sei.

Doch wir urteilen aus einer Situation heraus, die sich bis auf den heutigen Tag erhalten hat. Eine Situation, in der der Mensch sich selbst überlassen bleibt, und wenn er keine Beschäftigung findet, verrottet er.

Doch wollen wir bedenken, daß es in der Geschichte Zeiten gegeben hat, in der eine Adelsschicht auf Kosten ihrer menschlichen Maschinen, hießen sie nun Sklaven, Leibeigene oder Bauern, ein Leben in Müßiggang führen konnte. Wenn eine solche Zeit mit einer Hochkultur zusammenfiel, nutzten die Adligen ihre freie Zeit, um sich in Literatur, Philosophie und anderen Künsten zu bilden. Solche Bildung nutzte den geknechteten Arbeitern wenig, doch sie beschäftigte den Geist der Adligen, ermöglichte ihnen interessante Konversationen und ermöglichte ihnen ein erfülltes, angenehmes Leben.

Es handelte sich dabei um die schönen oder freien Künste, die solchen Menschen offenstanden, die nicht mit ihren Händen arbeiten mußten. Und solche Künste wurden als befriedigender und höherwertig angesehen als die mechanischen Künste, die nur von materiellem Nutzen waren.

Vielleicht erwartet uns eine Zukunft mit einer weltweiten Aristokratie, die von Sklaven gestützt und versorgt wird, die nicht unter unmenschlichen Bedingungen arbeiten müssen: die fortgeschrittenen Maschinen. Und in einer solchen Zukunft wird eine unbegrenzt größere Palette an freien Künsten zur Verfügung stehen. Lernmaschinen bringen sie einem bei, und jeder darf sich das heraussuchen, was ihm am meisten Spaß macht.

Manch einer wird sich für Computertechnologie, Kernspaltungstechnik oder Bergbau auf dem Mond entscheiden oder für einen anderen Beruf, der für das Funktionieren der Welt wichtig erscheint. Warum auch nicht? Solche Tätigkeiten, die menschliche

Pfiffigkeit und Vorstellungskraft erfordern, werden einer Reihe von Individuen attraktiv erscheinen. Sicher werden sich genug davon angezogen fühlen, die sich freiwillig solcher Arbeit stellen und so eine adäquate Versorgung garantieren.

Doch die Mehrheit wird eine Auswahl unter weit weniger kosmischen Gesichtspunkten treffen. Ob es sich dabei um Briefmarkensammeln, Töpfern, Malerei, Kochen, Schauspielerei oder was auch immer handelt. Jedermann hat die Möglichkeit, sich unbeeinflußt etwas auszusuchen, und die einzige Leitlinie dabei lautet: ›Was Ihr wollt‹.

Jedes Individuum kann unter der Anleitung der Lernmaschine, die entwickelt genug ist, eine breitestmögliche Vielfalt an menschlichen Betätigungsformen anzubieten, sich für das entscheiden, wozu er am meisten geeignet ist oder was ihn am ehesten interessiert.

Doch ist das Individuum weise genug zu wissen, wofür es das meiste Talent hat? Warum nicht? Wer sonst als das betreffende Individuum könnte es wissen? Und was kann jemand am besten, wenn nicht das, was er am liebsten tun möchte?

Ob es Menschen geben wird, die sich dafür entscheiden, gar nichts zu tun? Oder ihr Leben lang zu schlafen?

Wenn sie das am liebsten möchten, warum nicht? Allerdings schätze ich, daß sich niemand auf Dauer dafür entscheiden wird. Nichts zu tun ist ziemlich anstrengend und wird wohl nur von denen angestrebt, die nie die Gelegenheit hatten, ihre Fähigkeiten zu entdecken und so mehr aus ihrem Leben zu machen.

In einer vernünftig automatisierten Welt mit einer durch Lernmaschinen gebildeten Bevölkerung könnten sich die Maschinen als der wahre vermenschlichte Einfluß erweisen. Die Maschinen könnten die Arbeiten verrichten, die das Leben möglich machen, während die Menschen all die anderen Dinge tun, die das Leben lebenswert und angenehm machen.

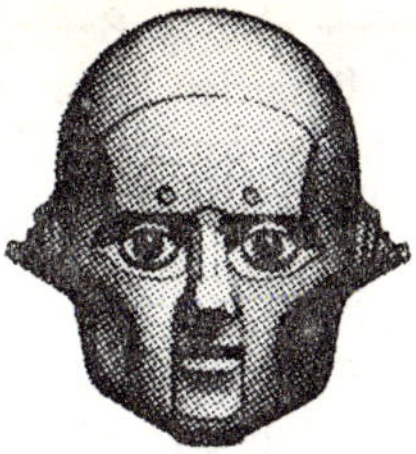

DIE FREUNDE, DIE WIR GEWINNEN

Der Begriff ›Robot‹ ist sechzig Jahre alt. Er wurde von dem tschechischen Dramatiker Karel Capek in seinem Stück *R. U. R.* erfunden. ›Robot‹ stammt aus dem Tschechischen und bedeutet soviel wie Arbeiter.

Die Idee des Roboters ist jedoch unvergleichlich viel älter. Sie ist so alt wie der Wunsch des Menschen nach einem Diener, und sie ist so stark, daß sie nie alt wurde oder nachließ. In der griechischen Mythologie gingen dem Gott der Schmiedekunst, Hephaistos, zwei goldene Maiden zur Hand, die als so intelligent und lebendig wie Frauen aus Fleisch und Blut beschrieben werden. Die Insel Kreta wurde der Sage nach von einem Bronzeriesen namens Talos bewacht, der ständig die Küsten abwanderte und nach Invasoren Ausschau hielt.

Doch sind solche Wesen Roboter? Und wenn ja, sind solche Kreaturen wünschenswert?

Mechanische Geräte mit Zahnrädern, Federn und anderem brachten es tatsächlich zuwege, menschenähnliche Apparate die eine oder andere menschliche Tätigkeit ausführen zu lassen. Doch um ein wahrhaftiger Roboter zu sein, muß er *denken* können. Und sein Denkvermögen muß so entwickelt sein, daß er Tätigkeiten selbständig durchführen kann, ohne ständig überwacht zu werden.

Zum Denken bedarf es eines Gehirns. Das menschliche Gehirn setzt sich aus mikroskopisch kleinen Neuronen zusammen, von denen jedes einzelne über eine außerordentlich komplexe Substruktur verfügt. Zehn Milliarden Neuronen finden sich in einem menschlichen Gehirn, hinzu kommen 90 Milliarden Unterstützungs-Zellen, und das alles ist in einem sehr verworrenen Muster miteinander verwoben. Wie kann ein solches Gebilde für einen Roboter dupliziert werden?

Erst mit der Erfindung des Elektronencomputers vor fünfunddreißig Jahren wurde ein Robotergehirn überhaupt denkbar. Seit seiner Geburt ist der Elektronencomputer immer kompakter geworden, und in jedem neuen Jahr wachsen die Möglichkeiten, in einen noch kleineren Computer noch mehr Informationen zu packen.

Sollte es da nicht in ein paar Jahrzehnten möglich sein, einen Computer im Kopf eines Roboters einzusetzen, der über die Möglichkeiten eines menschlichen Gehirns verfügt? Ein solcher Computer müßte nicht so fortschrittlich sein wie das menschliche Gehirn, aber so fortentwickelt, daß der Roboter die Tätigkeiten verrichten kann, für die er geschaffen wurde, wie zum Beispiel sich im Vakuum zu bewegen, eine hydraulische Presse zu bedienen oder die Mondoberfläche zu vermessen.

Ein Roboter muß natürlich mit einer selbständigen Energiequelle ausgestattet sein. Wir können schlecht erwarten, daß man seinen Stecker in eine Steckdose schiebt. Doch dieses Problem kann gelöst werden. Eine Batterie, die periodisch aufgeladen wird, unterscheidet sich im Prinzip nicht von einem lebenden Körper, der periodisch Nahrung aufnehmen muß.

Doch warum sollen wir uns mit der menschlichen Form des Roboters aufhalten? Wäre es nicht viel sinnvoller, eine Spezialmaschine so zu konstruieren, wie sie ihrer Aufgabe am besten gerecht wird, auch wenn sie dabei auf Arme, Beine und einen Rumpf verzichten kann? Man stelle sich vor, man baut einen Roboter, der einen Finger in einen Hochofen stecken kann, um die Temperatur zu kontrollieren und sie konstant zu halten. Ein simpler Thermostat würde diese Aufgabe genauso gut lösen.

Andererseits dürfen wir nicht vergessen, daß der Mensch in seiner jahrtausendealten Zivilisation seine Technologie immer nach der menschlichen Form ausgerichtet hat. Produkte für den menschlichen Gebrauch sind so entworfen, daß der Mensch möglichst bequem mit ihnen zurechtkommt. Sie richten sich danach, wie tief der menschliche Körper sich bücken kann, wie weit oder lang er Arme und Beine ausstrecken kann. Maschinen sind so gebaut, daß der Mensch sie mit seinen Fingern ohne Mühe bedienen kann.

Wir sollten uns jedoch kurz ins Gedächtnis rufen, daß solche Menschen Probleme haben, die größer oder kleiner sind als die Norm. Und wenn wir uns das bewußt gemacht haben, wird uns klarer, wie wichtig ein guter Zugriff auf die jeweilige Technologie ist.

Wenn wir eine Steuerungsmaschine brauchen, die mit menschlichen Werkzeugen und Geräten zurechtkommt, erweist es sich als sinnvoll, dieser Maschine eine menschliche Form zu verleihen, die alle Bewegungen und Reichweiten eines menschlichen Körpers aufweist. Auch dürfte sie nicht zu schwer oder mit abnormen Proportionen ausgestattet sein. Der Durchschnitt oder die Norm wäre hier die mit Abstand beste Lösung.

Außerdem neigen wir dazu, nichtmenschlichen Dingen oder Wesen menschliche Charakteristika zu verleihen. Wir dichten unseren Haustieren menschliche Eigenschaften an, und einige sehen sogar in ihren Automobilen menschliche Züge. Wir personifizieren die Natur und ihre Produkte. Und in früheren Zeiten wurden sogar menschenähnliche Gottheiten geschaffen.

Wenn wir uns also mit denkenden Partnern – oder zumindest denkenden Dienern – befassen, also mit Maschinen, werden sie uns angenehmer erscheinen, wenn sie eine menschliche Form besitzen, und sei es nur, um sie dann mit menschlichen Charakteristika zu versehen.

Es wird uns einfacher fallen, Freunde in menschenähnlichen Robotern zu sehen als in Spezialmaschinen von undefinierbarer Form. Und manchmal denke ich angesichts des verzweifelten Ringens der Menschen heutzutage, daß wir eines Tages für nichtmenschliche Freunde dankbar sein werden, auch wenn sie die einzigen Freunde sind, die wir je gewonnen haben.

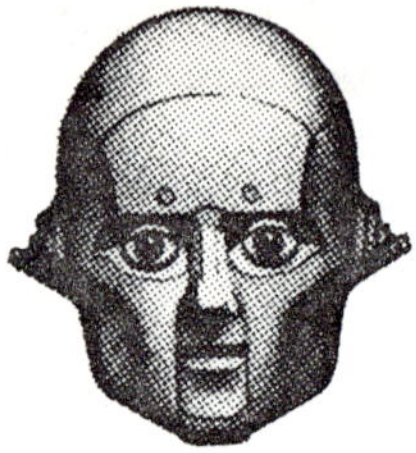

UNSERE INTELLIGENTEN WERKZEUGE

Roboter müssen nicht übermäßig intelligent sein, um als intelligente Wesen zu gelten. Solange ein Roboter einfache Befehle befolgen kann und sich um die Hausarbeit kümmert oder wenn er einfache Maschinen beaufsichtigt, die gleichförmige Arbeiten verrichten, können wir schon sehr zufrieden sein.

Die Konstruktion eines Roboters erweist sich als mühsame Arbeit, weil man in seinen Schädel einen sehr kompakten Computer einsetzen und weil man ihm eine menschliche Form geben muß. Die Erschaffung eines Computers, der so kompakt ist wie ein menschliches Gehirn, dürfte ebenfalls nicht leichtfallen.

Doch warum überhaupt die Mühe auf sich nehmen, einen so kompakten Computer zu entwickeln? Die Bestandteile eines Computers sind im Lauf der Jahre immer kleiner geworden, angefangen von Vakuumröhren über Transistoren bis hin zu integrierten Schaltkreisen und Silikon-Chips. Angenommen, wir würden zusätzlich zu der Verkleinerung der Bestandteile die Gesamtstruktur größer machen.

Ein Gehirn, das zu groß geworden ist, würde irgendwann an Effektivität verlieren, weil die Nervenimpulse nicht mehr rasch genug ans Ziel kommen. Selbst der schnellste Nervenimpuls legt in der Minute nicht mehr als 3,75 Meilen zurück. Ein Nervenimpuls reist von einem Ende des Gehirns zum anderen im vierhundertvierzigsten Teil einer Sekunde. Bei einem Gehirn von neun Meilen

Länge, falls wir uns so etwas überhaupt vorzustellen vermögen, würde ein Nervenimpuls 2,4 Minuten benötigen, um von einem Ende zum anderen zu gelangen. Die zusätzliche Komplexität, die durch die enormen Ausmaße des Gesamtgebildes möglich gemacht wäre, würde nutzlos werden, ganz einfach weil der Transport von Informationen zuviel Zeit verschlänge.

Computer hingegen arbeiten mit elektrischen Impulsen, die mit einer Geschwindigkeit von 11 Millionen Meilen in der Minute dahineilen. Bei einem Computer von vierhundert Meilen Länge würden die elektrischen Impulse von einem Ende zum anderen den vierhundertvierzigsten Teil einer Sekunde benötigen. Ein Computer von Asteroidengröße könnte also immer noch Informationen so rasch wie ein menschliches Gehirn verarbeiten.

Wenn wir uns nun vorstellen, daß immer feinere Komponenten in einen Computer eingebaut werden, die in stetig raffinierterer Weise miteinander verbunden würden, und wenn wir uns weiterhin vorstellen, daß die Computer selbst konstant größer würden, läge es da nicht auf der Hand, daß sie eines Tages all das zu leisten imstande sein müßten, was ein menschliches Gehirn vermag?

Gibt es überhaupt eine theoretische Grenze, wie intelligent ein Computer werden kann?

Ich habe nie von einer derartigen Grenze gehört. Es kommt mir so vor, daß ein Computer immer dann mehr leisten kann, sobald seine Bestandteile komplexer geworden sind. Und jede Vergrößerung eines solchen Apparates, auch ohne daß seine Bestandteile kompakter geworden sind, bewirkt eine weitere Leistungssteigerung.

Wenn wir eines Tages gelernt haben, einen Computer ausreichend groß und komplex zu gestalten, warum sollte er dann nicht auf einer Stufe mit der menschlichen Intelligenz stehen?

Nun gibt es Menschen, die das nicht glauben wollen und erklären: »Wie sollte ein Computer jemals in der Lage sein, eine große Symphonie zu komponieren, ein bedeutendes Kunstwerk zu schaffen oder eine bahnbrechende neue wissenschaftliche Theorie aufzustellen?«

Die Antwort, die ich ihnen am liebsten erteilen würde, lautet: »Könnten Sie das denn?« Selbstverständlich leben unter uns Menschen mit genialischen Fähigkeiten. Dieses Genie besitzen sie jedoch nur, weil die Atome und Moleküle in ihrem Gehirn in einer besonders komplexen und speziellen Weise arrangiert sind. Im Gehirn eines Menschen findet sich nämlich nichts anderes als Atome und Moleküle. Wenn wir die Atome und Moleküle in einer besonderen komplexen und speziellen Weise in einem Computergehirn arrangieren, sollte es möglich sein, einen genialischen Computer zu schaffen. Und wenn die Computerbestandteile noch nicht so winzig und zierlich sind wie die in einem menschlichen Gehirn, kompensieren wir das durch einen größeren Computer.

Und da gibt es Menschen, die sagen: »Computer können nur das tun, wozu man sie programmiert hat.«

Die Antwort darauf lautet: »Das stimmt. Aber auch menschliche Gehirne vermögen nur das zu tun, wozu sie programmiert wurden – von den Genen. Ein Teil der Gehirnprogrammierung besteht in seiner Fähigkeit zu lernen, und so etwas kann man auch in ein komplexes Computergehirn einprogrammieren.«

Und noch etwas: Wenn man schon einen Computer bauen kann, der so intelligent ist wie ein Mensch, warum kann man dann nicht auch einen konstruieren, der noch intelligenter ist?

Ja, warum eigentlich nicht? Vielleicht ist das das große Geheimnis, das hinter der Evolution steckt. Über einen Zeitraum von drei Milliarden Jahren hat die Entwicklung von Atomen und Molekülen nach vielen Fehlversuchen und unter langwierigen Mühen eine Spezies zustande gebracht, die intelligent genug ist, die nächste Stufe in einigen Jahrhunderten oder nur Jahrzehnten zu erreichen. Und danach wird es immer schneller gehen.

Aber wenn die Computer einmal intelligenter sind als die Menschen, werden sie dann nicht an unsere Stelle treten? Nun, was sollte sie daran hindern? Vielleicht sind sie ebenso freundlich wie intelligent und lassen uns langsam aussterben. Vielleicht halten sich einige von ihnen Menschen als Schoßtiere oder stecken die Reste der Menschheit in Reservate.

Bedenken Sie nur, was wir mit den Lebewesen auf der Welt, auf der wir leben, anstellen. Warum sollen nicht irgendwann auch wir ersetzt werden? Vielleicht liegt die wahre Gefahr darin, daß es uns nicht gelingt, rasch genug Computer zu entwickeln, die uns ersetzen können.

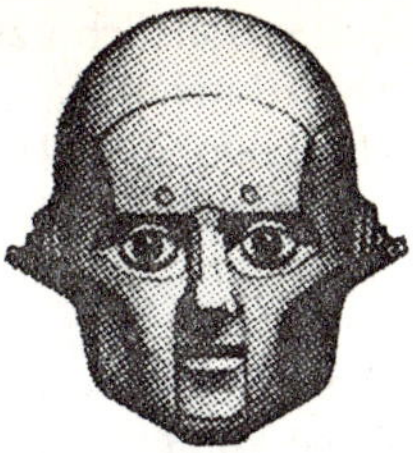

DIE GESETZE DER ROBOTIK

Es ist nicht einfach, über Computer nachzudenken, ohne sich irgendwann die Frage zu stellen, ob sie nicht die Herrschaft übernehmen könnten.

Werden sie uns ersetzen, uns überflüssig machen oder uns wie Auslaufmodelle loswerden?

Wenn wir uns Computergehirne im Innern von metallenen Menschenimitationen vorstellen, die wir Roboter nennen, wird diese Furcht sogar noch etwas direkter. Wenn Roboter den Menschen so ähnlich sehen, kommen sie vielleicht schon allein dadurch auf rebellische Ideen.

Mit diesem Problem beschäftigte sich die Science-fiction der zwanziger und dreißiger Jahre. Viele SF-Stories erzählten von Robotern, die bedenkenlos gebaut worden waren und sich dann gegen ihre Schöpfer wandten.

Als ich noch ein junger Mann war, haben mich diese Geschichten mit dem erhobenen Zeigefinger bald ermüdet. Für mich war ein Roboter nichts anderes als eine Maschine, und Menschen konstruierten und bauten andauernd Maschinen. Da alle Maschinen auf die eine oder andere Weise Gefahren in sich bergen, haben die Menschen Schutzvorrichtungen eingebaut.

Also habe ich mich 1939 hingesetzt und eine Reihe von Geschichten verfaßt, in denen Roboter nicht als die Bösewichter dargestellt wurden, sondern als Maschinen, die man zu dem Zweck gebaut hatte, bestimmte Tätigkeiten zu verrichten.

Und sie waren mit ausreichenden Schutzvorrichtungen versehen, um ihnen alles Gefährliche zu nehmen.

In einer Story, die ich im Oktober 1941 geschrieben habe, habe ich diese Schutzvorrichtungen aufgeführt und sie die ›Drei Gesetze der Robotik‹ genannt. Sie lauten wie folgt:

1. Ein Roboter darf keinen Menschen verletzen oder durch Untätigkeit zu Schaden kommen lassen.

2. Ein Roboter muß den Befehlen eines Menschen gehorchen, es sei denn, solche Befehle stehen im Widerspruch zum Ersten Gesetz.

3. Ein Roboter muß seine eigene Existenz schützen, solange dieser Schutz nicht dem Ersten oder Zweiten Gesetz widerspricht.

Diese Gesetze sind fest in der Programmierung eines robotischen Computergehirns verankert, und in den zahlreichen Robotergeschichten, die ich geschrieben habe, habe ich mich immer auf diese Gesetze berufen. Und die Drei Gesetze erwiesen sich als so sinnvoll und kamen so gut bei den Lesern an, daß andere SF-Autoren sich ihrer bedient haben. Und in der Folge starben die alten Geschichten, in denen sich Roboter gegen ihre Erbauer wenden, bald aus.

Nun gut, das ist in der Science-fiction passiert. Wie sieht das Ganze in der realen Forschung an Computern und Künstlicher Intelligenz aus? Wenn einmal Maschinen gebaut werden, die über eigene Intelligenz verfügen, gibt man dann ihrer Programmierung Schutzvorrichtungen ein, die den Drei Gesetzen ähneln?

Natürlich wird das so sein, solange man davon ausgeht, daß Computer-Erbauer über ein Mindestmaß an Intelligenz verfügen. Und mehr noch, die Schutzvorrichtungen werden nicht nur den Drei Gesetzen ähneln, sie werden mit ihnen identisch sein.

Als ich damals die Gesetze aufstellte, war mir noch nicht bewußt, daß die Menschheit sie seit Anbeginn der Zeit benutzt. Man ersetze einfach das Wort Robotik und nenne sie die Drei Gesetze der Werkzeuge, und sie würden dann wie folgt lauten:

1. Ein Werkzeug muß sicher zu bedienen sein. (Eine Selbstverständlichkeit! Messer haben Griffe, Schwerter ebenfalls. Jedes Werkzeug, das seinem Benutzer Schaden zufügen kann, wird, insofern der Benutzer sich der Gefahr bewußt ist, niemals bedenkenlos eingesetzt werden, ganz gleich, was es zu leisten vermag.)

2. Ein Werkzeug muß seiner Funktion entsprechend nutzbar sein, vorausgesetzt, es fügt dem Benutzer dabei keinen Schaden zu.

3. Ein Werkzeug muß während seines Einsatzes intakt bleiben, es sei denn, die Schutzvorrichtungen machen seine Zerstörung unumgänglich oder aber die Selbstzerstörung ist Bestandteil seiner Funktion.

Niemand zitiert diese Drei Gesetze der Werkzeuge, ganz einfach, weil sie für jedermann selbstverständlich sind. Würde jemand ein solches Gesetz verkünden, bekäme er zur Antwort: »Na und? Das ist doch wohl klar.«

Wenn man die Drei Gesetze der Werkzeuge mit denen der Robotik vergleicht, stellt man fest, daß sie einander exakt entsprechen. Und warum auch nicht, wenn doch der Computer oder der Roboter nichts anderes als von Menschen erfundene Werkzeuge sind?

Doch reichen diese Schutzvorrichtungen aus? Denken wir an die Anstrengungen, die unternommen werden, um Automobile sicherer zu machen. Und dennoch kommen pro Jahr viele tausend Menschen im Straßenverkehr um. Denken wir an die Bemühungen, Banken sicherer zu machen. Und dennoch werden weiterhin Banken ausgeraubt und überfallen. Denken wir nur an die Bestrebungen, Computerprogramme zu sichern. Und dennoch wächst die Gefahr des Computerdiebstahls von Jahr zu Jahr.

Und wenn die Computer eines Tages so intelligent geworden sind, daß sie uns nicht mehr brauchen, könnten sie auch auf die Idee kommen, die Drei Gesetze hinter sich zu lassen. Vielleicht sind sie auf ihrer höheren Ebene aber auch wohlwollend genug, sich um uns zu kümmern und vor allem Schaden zu bewahren.

Einige können jetzt einwenden, daß wir keine Kinder sind, und wenn wir von mächtigeren Wesen beschützt werden, ginge damit die Essenz unseres Menschseins zugrunde.

Ist dem wirklich so? Werfen wir doch einen Blick auf die heutige Welt und auf die Geschichte der Menschheit ... Sind wir denn etwas anderes als zerstörerisch veranlagte Kinder? Und müßte man uns eigentlich nicht, um unser selbst willen, bewachen und beschützen?

Wenn wir verlangen, wie Erwachsene behandelt zu werden, sollten wir uns auch wie Erwachsene benehmen. Und wann wollen wir damit anfangen?

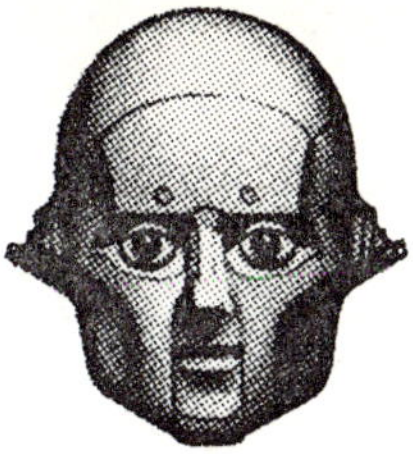

ZUKUNFTSMUSIK

In der Vergangenheit ist es zu drei fundamentalen Fortschritten in der menschlichen Kommunikation gekommen, die unsere Welt in jeglicher Hinsicht gewaltig und permanent verändert haben. Es sind die Erfindung der Sprache, der Schrift und des Buchdrucks.

Und nun stehen wir vor dem vierten Fortschritt in der Kommunikation, der mindestens so wichtig ist wie die drei vorangegangenen. Ich spreche vom Computer. Diese vierte Revolution wird die Menschen zu mehr Kreativität befähigen, als das früher jemals möglich gewesen ist. Und vorausgesetzt, wir zerstören nicht die Welt durch einen Atomkrieg, durch Überbevölkerung oder durch Umweltverschmutzung, so geraten wir in das Zeitalter der Techno-Kinder. Wir leben dann in einer Welt, die sich von der heutigen so sehr unterscheidet wie unsere von der Steinzeit.

Im Augenblick sehen wir in einem Computer nicht mehr als eine weitere Möglichkeit des Zeitvertreibs. Man kann damit komplexe Spiele spielen, Kontakt zu Freunden herstellen oder triviale Dinge der unterschiedlichsten Art erledigen. Doch schon solche Möglichkeiten können die Welt verändern. Zum Beispiel nimmt die Kommunikation über Computer einem jegliches Gefühl für Entfernung oder Distanz. Der ganze Globus wird zu meiner Nachbarschaft, und daraus können wichtige Konsequenzen entstehen: Das Konzept einer universellen Gesellschaft der Menschheit, die nicht länger in eine Vielzahl untereinander hadernder Einzelsegmente zersplittert ist. Die Welt könnte eine globale lingua franca entwickeln, also eine Kommunikationsform, die von jedem verstanden wird, auch wenn die Menschen in ihren Gebieten ihre Muttersprache als Zweitsprache behalten.

Da die Kommunikation damit so leichtfällt und weil mechanische und elektronische Anlagen auch fernbedient werden können, reduzieren Computer weitgehend die Notwendigkeit des physischen Transports zur Erlangung von Informationen.

Natürlich bedeutet diese Entwicklung nicht das Ende aller Reisen. Menschen werden immer noch fremde Länder besuchen oder Freunde persönlich sehen wollen, statt nur über den Computer mit ihnen in Verbindung zu treten. Aber man muß sich nicht mehr durch Behörden und andere Einrichtungen quälen oder von einer Dienststelle zur anderen hasten, um eine gewünschte Information zu erhalten. So etwas kann der Computer erledigen.

Das heißt, die Techno-Kinder von morgen werden in einer dezentralisierten Welt leben und von ihrem Heim aus all das erledigen können, was getan werden muß. Und so werden sie sich vollkommen isoliert und gleichzeitig in totalem Kontakt mit der ganzen Welt fühlen.

Die Kinder der nächsten Generation – und die Gesellschaften, die sie schaffen – werden in einer bis dahin nie dagewesenen Weise bei der Ausbildung Computer einsetzen. Zur Zeit bemüht sich unsere Gesellschaft darum, so vielen Kindern wie möglich eine Ausbildung zukommen zu lassen. Jeder Schüler bekommt auf die mehr oder minder gleiche Weise den gleichen Lehrstoff beigebracht. Aber weil jeder Mensch individuelle Interessen hat und anders lernt, ist bei der Massenausbildung ein eher unerfreuliches Ergebnis herausgekommen. Als Folge davon weigern sich die meisten Erwachsenen später, noch einmal so zu lernen wie in der Schule. Davon haben sie restlos genug.

Dabei könnte Lernen etwas Faszinierendes sein, wenn die Kinder sich nur mit dem befassen könnten, was sie persönlich interessiert. Solches Lernen ist zur Zeit nur mittels der öffentlichen Bibliotheken möglich. Leider sind die öffentlichen Bibliotheken ein umständliches Werkzeug. Man muß sich persönlich dorthin begeben, darf nur jeweils ein paar Bände ausleihen und hat sie nach einer relativ kurzen Frist wieder zurückzubringen.

Eine Lösung für dieses Problem sähe so aus, die Bibliotheken ins

Haus zu bringen. Und so wie die Schallplattenspieler Konzerte und das Fernsehen Kinofilme ins Haus gebracht haben, so bringt einem der Computer die Bibliothek nach Hause. Den Techno-Kindern von morgen stehen alle Möglichkeiten zur Verfügung, ihre jeweilige Neugier zu befriedigen. Sie wissen schon als kleine Kinder, wie man einen Computer dazu bringt, Listen zu erstellen und andere Informationen herauszurücken. Sobald ihr Interesse an einem Subjekt geweckt ist, lernen sie mehr und in kürzerer Zeit und entdecken dabei ihre ganz eigenen, manchmal auch neuen Wege der Annäherung an ein Thema.

Die Ausbildung wird in ganz wesentlicher Form von der Komponente der Selbstmotivation abhängen. Die Möglichkeit, einem individuellen Lernpfad zu folgen, bringt das Techno-Kind dazu, mit dem Lernen etwas Angenehmes zu verbinden. Und aus einem solchen Kind wird ein lebendiger Erwachsener, der sich seinen Lerneifer und seine Neugier bewahrt, um sein Wissen oder seine Fähigkeiten solange zu vervollkommnen, wie sein Verstand von der Heimsuchung der Vergreisung verschont bleibt.

Diese neue Art der Bildung beeinflußt auch einen anderen wichtigen Lebensbereich: Die Arbeit. Bis heute sind die allermeisten Menschen einer Arbeit nachgegangen, bei der sie von ihren geistigen Fähigkeiten und Stärken nur beschränkt Gebrauch machen können. In den Zeiten, als Arbeit vornehmlich aus körperlich harten Tätigkeiten bestand, hatte kaum jemand die Chance, einmal den Blick zu den Sternen zu richten und sich über abstrakte Dinge Gedanken zu machen. Und auch als die technische Revolution die unterschiedlichsten Maschinen einführte, die den Menschen vieles von der Knochenarbeit nahmen, blieb den Arbeitern wenig Sinn- oder Geistvolles zu tun. Und heute verrichten die Arbeiter an den Fließbändern und die Angestellten in den Büros noch immer Tätigkeiten, die wenig geistigen Einsatz erfordern.

Doch in der Zukunft wird es zum ersten Mal denkende Maschinen, Roboter, geben, die solche Arbeiten übernehmen können. Jede Arbeit, die so simpel und eintönig ist, daß auch ein Roboter sie erledigen könnte, wird bald nicht mehr von Menschen verrichtet werden. Sobald aus den Techno-Kindern Erwachsene geworden sind, können sie ihre eigene Kreativität vervollkommnen und sich auf den Gebieten Theater, Wissenschaft, Literatur, Politik und Entertainment tummeln. Und die Computerrevolution in der Ausbildung wird sie für solche Tätigkeiten bereit gemacht haben.

Vielleicht wenden nun einige ein, es sei einfach undenkbar, die Mehrheit einer Bevölkerung kreativ tätig werden zu lassen. Doch solches Denken entspringt einer Gesellschaft, in der es nur den wenigsten gelingt, der mentalen Destruktion durch geistlose Jobs zu entfliehen. Wir haben so etwas doch alles schon einmal durchgemacht: Lange Zeit war es zum Beispiel eine weit verbreitete Ansicht, daß Bücher nur der Minderheit zur Verfügung stehen sollten, deren Verstand auf die komplizierten Tätigkeiten des Lesens und Schreibens ausgerichtet war. Und mit der Erfindung des Buchdrucks und der Einführung der Massenbildung stellte sich dann heraus, daß so gut wie jeder mit einem Buch zurechtkommt.

Was will ich damit sagen? Uns erwartet das Zeitalter der Muße. Sobald Computer und Roboter alle stumpfsinnigen und mechanischen Arbeiten verrichten, wird die Welt sich in einem heute noch undenkbaren Maß selbst am Laufen halten. Gibt es dann mehr ›Renaissance-Menschen‹? Ja. Heutzutage macht Muße nur einen sehr kleinen Bestandteil unseres Lebens aus, was vor allem auf den Umstand zurückzuführen ist, daß uns zu wenig Zeit zur Verfügung steht oder daß wir unsere Freizeit mit Nichtstun vergeuden – in dem verzweifelten Versuch, der verhaßten Arbeitswelt zu entkommen. Wenn aber die Muße zu einem festen und großen Bestandteil im Leben der Menschen geworden ist, kennt man nicht mehr das Gefühl, gegen die Uhr arbeiten zu müssen, fühlt man sich nicht mehr gezwungen, sich in irgendwelche Vergnügungen zu stürzen, um dem tagtäglichen Arbeitstrott zu entfliehen. Die Menschen werden dann ohne Hast den unterschiedlichsten Interessen und Neigungen nachgehen, werden sich auf den verschiedensten Gebieten kundig machen, werden sich zur gegebenen Zeit diesem oder jenem Talent widmen.

Es hat in unserer Geschichte immer wieder Epochen gegeben, in denen Menschen sich Sklaven hielten, sozusagen die menschliche Form der Roboter, die für sie alle Arbeiten erledigen mußten. Andere hielten sich aus ähnlichen Motiven Leibeigene oder Diener. Wann immer einer solchen Oberschicht genug Mußezeit zur Verfügung gestanden hat, damit jeder von ihnen seinen individuellen

Neigungen folgen konnte, erlebten Kunst und Kultur eine Blüte. Das Goldene Zeitalter Athens im fünften Jahrhundert vor unserer Zeitrechnung und die italienische Renaissance im fünfzehnten und sechzehnten Jahrhundert sind dafür nur die bekanntesten Beispiele.

In der Zukunft haben fast alle Menschen nicht nur die Möglichkeit, ihre Interessen und Neigungen zu verfolgen, einige von ihnen wollen sicher auch die anderen an ihren Talenten teilhaben lassen. So viele von uns verspüren eine schlummernde Begabung in sich. Wir singen unter der Dusche oder spielen in Laienaufführungen Theater. Ich bin davon überzeugt, daß im einundzwanzigsten Jahrhundert ein Drittel der Bevölkerung damit beschäftigt ist, die beiden anderen Drittel auf die eine oder andere Weise zu unterhalten.

Natürlich entstehen dann ganz neue Formen des Entertainments, die wir uns heute nur schwach vorstellen können. Dreidimensionales Fernsehen läßt sich noch relativ leicht voraussagen. Auch der Weltraum könnte eine neue Aktivitäts-Arena werden. Zum Beispiel lassen sich in der Schwerelosigkeit ganz neue Dinge mit einem Ball anfangen, und daraus könnten andere und vor allem kompliziertere Spiele als Tennis oder Fußball entstehen.

Und was wird aus den Menschen, die nicht unbedingt ihre Talente mit anderen teilen wollen? Aus denjenigen, die sich in ihre eigene kleine Welt zurückziehen möchten? Jemand mag sich zum Beispiel für Kostümkunde interessieren und von seinem isolierten Heim aus per Computer in allen Bibliotheken der Welt nach Dokumenten und Abbildungen herumstöbern. Erwartet uns also eine Gesellschaft mit einer größeren Menge von intellektuellen Einsiedlern? Erwächst aus den Techno-Kindern ein Volk von Introvertierten?

Ich halte die Gefahren dafür für sehr gering. Menschen, die sich mit aller Macht auf ein Gebiet stürzen und sich kundig machen, neigen eher zu missionarischem Eifer als zu eigenbrötlerischem Zurückziehen. Sie möchten ihre Erfahrungen und Erkenntnisse mit anderen teilen. So etwas läßt sich auch in unserer Gesellschaft beobachten. Wenn jemand ein etwas abseitiges Interessengebiet hat, brennt er darauf, anderen davon zu berichten, und möchte nicht viel lieber stumm in einer Ecke sitzen. Wenn denn überhaupt eine Gefahr besteht, so am ehesten die, daß derjenige mit dem abseitigen Interessengebiet seine Umgebung zu Tode langweilt, weil er sich nicht zurückhalten kann.

Und wir dürfen nicht vergessen, daß diejenigen, die ein gemeinsames Interesse vereint, zusammenkommen wollen, um gemeinsam eine Art Subuniversum zu erschaffen, in dem sie ihre spezielle Faszination austoben können. In den siebziger Jahren hatte zum Beispiel jemand die Idee, ein Zusammentreffen der *Star Trek*-Fans zu organisieren. Er rechnete mit ein paar hundert Teilnehmern. Statt dessen kamen zwanzigtausend zusammen (da sage noch einer, das Fernsehen isoliere die Menschen voneinander!). Computertreffen von Menschen, die ein gemeinsames Interesse an den Denkmaschinen vereint, werden mit ähnlich großem Zuspruch rechnen können.

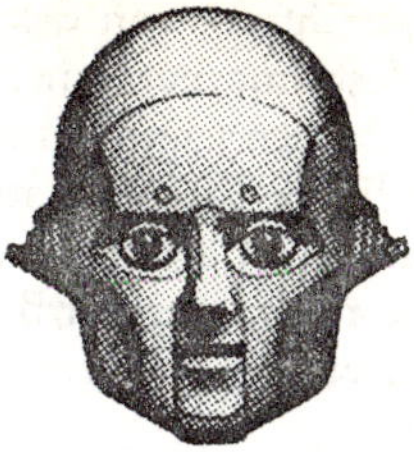

DIE MASCHINE UND DER ROBOTER

Für einen Physiker ist eine Maschine eine Vorrichtung, die Kraft vom Ansatzpunkt zum Einsatzpunkt transportiert und in diesem Prozeß steuert und seine Intensität dirigiert.

In diesem Sinne ist es für einen Menschen schwierig, ohne die Hilfe einer Maschine etwas zu nutzen, was nicht Bestandteil seines Körpers ist. Vor einigen Millionen Jahren, als man noch kaum entscheiden konnte, ob die entwickeltsten Hominiden eher Menschen oder Affen waren, wurden bereits Steine mit behauenen Kanten zum Schneiden oder Kratzen eingesetzt.

Selbst ein solcher Stein ist eine Maschine, denn die Kraft, die von der Hand an die stumpfe Seite des Steins abgegeben wird, überträgt sich auf die scharfe Seite und wird im Schneidevorgang intensiviert. Die Kraft, die über die größere Fläche der stumpfen Seite verteilt wird, ist genauso groß wie die, die auf die kleinere Fläche der scharfen Seite übertragen wird. Der Druck (Kraft per Fläche) wird dadurch intensiviert, und ohne daß die totale Kraft jemals vergrößert wird, intensiviert sich die Kraft bei der Aktion. Der scharfkantige Stein kann durch die größere Kraft etwas zerschneiden, was eine Hand oder ein runder Stein nicht vermögen.

Im tagtäglichen Leben kommen, abgesehen von rigiden Physikern, nur wenige auf die Idee, einen behauenen Stein eine Maschine zu nennen. Wir stellen uns Maschinen als relativ komplizierte Gebilde vor, als Geräte, die nicht mehr unbedingt direkt vom Menschen gesteuert und gelenkt werden müssen.

Je weiter sich eine Vorrichtung von der direkten menschlichen Kontrolle entfernt hat, desto mechanischer erscheint sie uns. Und die Technologie hat sich immer schon bemüht, Maschinen zu entwickeln, die keine menschliche Kontrolle mehr benötigen und den Eindruck erwecken, über einen eigenen Willen zu verfügen. Ein beschlagener Stein ist mehr oder weniger Bestandteil der Hand, die ihn führt. Ein Speer entwickelt eine Form von Unabhängigkeit, sobald er geworfen wird.

Die eindeutige Entwicklung fort von direkter und unmittelbarer Kontrolle ermöglichte es den Menschen auch schon der frühesten Zeiten, tiefer und gründlicher nachzudenken, sich Geräte vorzustellen, die noch geringerer Kontrolle bedürfen und noch unabhängiger sind. Und schon haben wir eine Form von Phantastik, die einige, die den Begriff weiter fassen als ich, Science-fiction nennen würden.

Der Mensch bewegt seine Füße durch direkte und unmittelbare Kontrolle. Auf dem Rücken eines Pferdes macht er sich die größere Muskelkraft des Tieres durch Kontrollinstrumente wie Zügel und Sporen zunutze. Auf einem Schiff tut die unsichtbare Kraft des Windes Dienste.

Warum forschen wir also nicht weiter, z. B. in Richtung Siebenmeilenstiefel oder fliegender Teppich? Die Kraft, die dort zum Einsatz kommt, ist Magie, bedeutet also das Anzapfen von übermenschlichen und transzendentalen Energien, die Göttern und Dämonen zugesprochen werden.

Solche Vorstellungen beschränken sich nicht nur auf die Kraftvergrößerung von unbelebten Objekten, sondern auch auf die Verstärkung der mentalen Kräfte von Objekten, die ansonsten als unbelebt angesehen wurden. Künstliche Intelligenz ist in Wahrheit keine Erfindung der Moderne.

Hephaistos, der griechische Gott der Schmiedekunst, wird in der *Ilias* als Wesen beschrieben, dem zwei mechanische Frauen aus Gold bei der Arbeit helfen, die genauso intelligent und beweglich sind wie echte Frauen.

Warum nicht? Wenn ein Schmied schon aus Eisen Objekte schaffen kann, warum sollte es dem Gott der Schmiede dann nicht möglich sein, aus dem Material Gold viel komplexere Objekte zu schaffen? Eine simple Extrapolation, wie sie Science-fiction-Autoren leicht einfällt (die natürlich in früheren Zeiten, weil es da mit den

Wissenschaften noch nicht so weit her war, Sagen und Mythen erzählen mußten).

Doch Handwerker und Mechaniker, die über einiges Geschick verfügten, vermochten durchaus, menschenähnliche Automaten zu bauen. Man denke nur an den Bronzeriesen Talos, der von dem Daedalus, dem Thomas Edison der griechischen Mythologie, erfunden wurde. Die Flüssigkeit, die den Riesen erhielt, wurde dank eines Stopfens in seiner Ferse in seinem Körper gehalten. Als die Argonauten auf Kreta landeten, benutzte Medea ihre Magie, um den Stopfen herauszuziehen.

(Es fällt nicht schwer, dieser Sage eine symbolische Bedeutung zuzuschreiben. Kreta, dessen Kultur aus dem vierten Jahrtausend vor Christus stammt, als die Griechen noch nicht einmal in Griechenland eingewandert waren, besaß die erste Flotte in der Geschichte der Menschheit. Die kretische Flotte ermöglichte es, ein Reich zu gründen, das sich auf die umliegenden Inseln und das griechische Festland erstreckte. Als die Griechen, damals noch Barbaren, in Griechenland einfielen, mußten sie sich anfangs der kretischen Oberherrschaft beugen. Die Soldaten in den Bronzerüstungen, die von den kretischen Schiffen stiegen, schützten ihre Insel zweitausend Jahre lang, ehe diese Kultur unterging. Der Stopfen wurde, um im Bild zu bleiben, herausgezogen, als 1500 v. Chr. die Insel Thera in einem gewaltigen Vulkanausbruch explodierte und infolge dessen eine Serie von riesigen Flutwellen die kretische Zivilisation so sehr schwächte, daß es den Griechen nicht schwerfiel, die Insel zu erobern. Nun, der Umstand, daß eine Sage vage und verzerrte Erinnerungen an ein aktuelles Ereignis aufbereitet, ändert nichts an der Funktion des Mythos, menschliches Denken und Träumen widerzuspiegeln.)

Von Anfang an hat also die Menschheit die Maschine unter zwei Aspekten gesehen. Solange sie sich vollständig unter der Kontrolle des Benutzers befindet, ist die Maschine nützlich und gut und macht das Leben angenehmer. Gleichzeitig hat die Menschheit die Erfahrung gemacht (und zwar schon in früher Zeit), daß die Technik auch einen kumulierenden Charakter hat, anders gesagt, daß Maschinen ständig verbessert werden. Verbessert in Richtung menschlicher Träume, hin zu weniger menschlicher und mehr Selbstkontrolle. Und diese Verbesserungen nehmen und nahmen in immer rascherem Tempo zu.

Mit der Minderung der menschlichen Kontrolle geht eine wachsende Furcht vor den Maschinen einher. Selbst wenn die menschliche Kontrolle nicht sichtbar abnimmt oder über einen extrem langen Zeitraum abnimmt, gehört es zu den Merkmalen menschlichen Träumens, sich auf die Zeit zu freuen, in der die Maschinen überhaupt keine Kontrolle mehr benötigen. Und gleichzeitig wächst damit schon im voraus die Furcht vor diesem Zeitpunkt.

Doch was ist Furcht?

Die simpelste und offensichtlichste Furcht ist die vor den möglichen Schäden, die durch eine außer Kontrolle geratene Maschine entstehen können. Jeder technische Fortschritt, ganz gleich wie fundamental er gewesen ist, hat den zweifachen Aspekt von Gut und Böse hervorgerufen und wurde unter dem doppelten Aspekt von Liebe und Furcht gesehen.

Das Feuer wärmt, spendet Licht, kocht Essen und schmilzt Erze. Doch außer Kontrolle geraten, verbrennt und tötet es. Messer und Speere töten Tiere und menschliche Feinde, doch außerhalb der eigenen Kontrolle können sie in der Hand des Feindes todbringend wirken. Die Liste ließe sich endlos fortsetzen, und zu jeder Zeit hat es eine menschliche Aktivität gegeben, die, sobald sie außer Kontrolle geriet, den kollektiven Stoßseufzer auslöste: »Ach, warum sind wir nicht bei dem einfachen und richtigen Leben unserer Vorfahren geblieben, die nicht von diesem neuartigen Fluch getroffen wurden!«

Doch sitzt diese Furcht vor dem möglichen Schaden einer neuen Entwicklung so tief, daß sie nur in Form von Mythen ausgedrückt werden kann? Ich denke nicht. Die Furcht vor den Maschinen, vor allem vor dem Leid und dem Schaden, die sie bringen können, hat (zumindest bis vor kurzem) bei den Menschen nur einen gelegentlichen Stoßseufzer ausgelöst. Die Liebe zu dem, was Maschinen zu leisten vermögen, hat sich stets stärker als die Befürchtungen erwiesen. Das läßt sich unter anderem damit beweisen, daß es in der Geschichte der Menschheit äußerst selten vorgekommen ist, daß eine Kultur freiwillig wegen der damit verbundenen Gefahren eine technologische Entwicklung aufgegeben hat. Man hat sich gezwungenermaßen von Techniken zurückgezogen, weil damit in Kriegen, Epidemien oder Naturkatastrophen zu schreckliche

Erfahrungen gemacht wurden. Doch solchen Schritten folgten stets sogenannte ›Dunkle Zeitalter‹, und die nachfolgenden Generationen taten ihr Bestes, auf das alte Niveau zurückzufinden und eine verbesserte Version der alten Technik zu entwickeln.

Die Menschheit war immer bereit, die Gefahren einer Technologie nicht durch Verbannung derselben, sondern durch Zusätze und Verbesserungen zu bekämpfen. Dem Rauch in einer Hütte wurde mit der Einführung eines Abzugs oder Kamins begegnet. Gegen die Gefahr eines feindlichen Speers erfand man den Schild. Und um eine gegnerische Armee abzuwehren, errichtete man um Städte hohe Wälle.

Diese Haltung hat sich trotz der ständigen Einwände rückwärts orientierter Menschen bis in die Gegenwart erhalten. Und das charakteristischste technologische Produkt unserer Zeit ist das Automobil. Es verpestet die Luft, schädigt unser Trommelfell, tötet pro Jahr viele tausend Menschen und fügt Hunderttausenden schwere Verletzungen zu.

Doch kann sich jemand ernsthaft vorstellen, die Amerikaner würden ihr mörderisches Lieblingsspielzeug freiwillig aufgeben? Und selbst diejenigen, die sich zu Kundgebungen begeben, um dort gegen die Mechanisierung des modernen Lebens zu protestieren, fahren höchstwahrscheinlich mit ihrem Auto dorthin.

Zum ersten Mal erkannte eine Mehrheit das Ausmaß des Bösen in der Technik, als 1945 die Atombombe abgeworfen wurde. Und diese Mehrheit begriff auch, daß der Schaden dieser Bombe größer war als das mögliche Gute, das eine solche Technik bringen konnte. Nie zuvor haben sich so viele Menschen dafür ausgesprochen, auf solchen technologischen Fortschritt zu verzichten.

Die Proteste gegen die Atombombe brachten sogar eine neue Bewegung auf. Die Menschen wurden bereiter, sich gegen andere Technologien zu wenden, deren schädliche Effekte für sie nicht zu akzeptieren waren, wie zum Beispiel biologische Kriegführung, bestimmte genetische Experimente mit Mikroorganismen oder Atomkraftwerke.

Und dennoch ist bis heute noch keine dieser Techniken wirklich aufgegeben worden.

Die Furcht vor einer Maschine ist nicht mehr ganz so groß, wenn sie nicht nur Schaden anrichtet, sondern auch Vorteile bringt, oder wenn der Schaden nur eine Minderheit betrifft, wie zum Beispiel die Unglücklichen, die in einen Verkehrsunfall verwickelt werden.

Die Mehrheit verdrängt so etwas und erfreut sich an den Vorteilen.

Wenn aber eine Maschine die gesamte Menschheit bedroht, so daß der einzelne zu der Erkenntnis gelangt, er könne dieser Gefahr nicht entrinnen, wird die Furcht vor der Maschine stärker als die Liebe zu ihr.

Doch da die Technologie erst seit etwas dreißig oder vierzig Jahren in der Lage ist, die gesamte Menschheit zu bedrohen, dürfte es vorher keine Massenopposition gegen eine Technik gegeben haben. Oder ist die Menschheit auch früher schon, vielleicht immer schon bedroht gewesen?

Ist etwa nur die kaum zu bezähmende Energie, die uns heute zur Verfügung steht, die einzige Möglichkeit, Menschen zu vernichten? Und sind Maschinen nicht in der Lage, die Essenz des Menschseins zu zerstören, indem sie, auch wenn sie den Körper intakt lassen, unsere Seele und unseren Geist verändern?

Allgemein wird befürchtet, das Fernsehen würde die Menschen zu Analphabeten machen, der Taschenrechner nehme den Menschen die Fähigkeit zum Kopfrechnen und so weiter. Oder denken wir nur an den Spartanerkönig, der beim Anblick eines Katapults klagte, diese Maschine bereite allem Heldenmut ein Ende.

Ganz gewiß hat es immer schon solche subtilen Bedrohungen gegeben, und in den langen Jahrhunderten, in denen der Mensch nur eine begrenzte Kontrolle über die Natur hatte, die es ihm kaum möglich machte, die ganze Welt zu zerstören, sind solche Gefahren durchaus erkannt worden.

Die Furcht, Maschinen könnten die Menschen schwächen, ist jedoch in meinen Augen nicht die grundlegende Furcht. Ich denke, am allermeisten fürchten die Menschen sich vor den irreversiblen Veränderungen.

Es gibt zwei Arten von Veränderungen, die sich in dem Universum abspielen, das uns umgibt. Die eine ist zyklisch und gut.

Der Tag folgt der Nacht und umgekehrt. Der Sommer folgt dem Winter und umgekehrt. Auf Regen folgt Sonnenschein und umgekehrt. Unter dem Strich findet also keine wirkliche Veränderung statt. Das mag zwar langweilig sein, gibt uns aber auch ein Gefühl der Geborgenheit und Sicherheit.

Das Konzept einer zyklischen Veränderung, die langfristig Gleichstand impliziert, gibt den Menschen soviel Geborgenheit, daß wir sie auch in anderen Bereichen suchen. Bei uns selbst findet dieses Konzept seine Entsprechung darin, daß eine Generation der nächsten folgt, eine Dynastie nach der anderen kommt, ein Reich das andere ablöst. Die Analogie zu den Zyklen der Natur ist nicht ganz glücklich, denn die angeführten Abfolgen vollziehen sich nicht so exakt und gleichförmig. Doch sie reichen aus, uns ebenfalls ein Gefühl der Sicherheit zu geben.

Die Menschen streben so sehr nach der Beruhigung durch Zyklen, daß sie sich auf jeden begierig stürzen, auch wenn der Zyklus so gar nicht besteht oder gar nicht vorhanden ist.

Was zum Beispiel das Universum angeht, so haben wir es dort mit einer hyperbolischen Evolution zu tun. Das Universum dehnt sich nach dem Urknall immer weiter aus und endet als formloses Gas und in schwarzen Löchern. Doch unser Sicherheitsbedürfnis zwingt uns wider besseres Wissen, von oszillierenden, zyklischen und sich fortsetzenden Universen auszugehen, in denen die schwarzen Löcher nichts weiter als Tore zum nächsten Urknall darstellen.

Und dann gibt es da noch die andere Veränderung, die um jeden Preis vermieden werden muß: die irreversible, böse Veränderung, die Veränderung, die nur in eine Richtung führt und permanent ist. Die Veränderung, von der es keine Umkehr gibt.

Was ist daran denn so furchtbar? Es gibt da eine Veränderung, die uns so unmittelbar betrifft, daß sie unsere Sicht auf die ganze Welt verzerrt.

Wir werden älter. Wir waren einmal jung und werden das nie wieder sein. Unwiderruflich! Unsere Freunde sterben. Obwohl sie einmal gelebt haben, kommen sie nie wieder zurück. Unwiderruflich! Die Tatsache bleibt bestehen, daß unser Leben mit dem Tod endet und nicht zyklisch fortgeführt werden kann. Wir fürchten dieses Ende sehr und wissen, wie sinnlos es ist, dagegen anzukämpfen.

Schlimmer noch, das Universum stirbt nicht mit uns. Unberührt und unsterblich fährt es auf seinem Kurs der zyklischen Veränderungen fort und verhält sich angesichts unseres Sterbens völlig indifferent.

Und noch schlimmer, andere Menschen sterben nicht mit uns. Nach uns werden Menschen geboren, die anfangs von unserer Hilfe und Fürsorge abhängig waren, dann aber voller Undankbarkeit unseren Platz einnehmen, während wir alt werden und sterben. Das Universum betrachtet die Ungerechtigkeit unseres Todes mit Indifferenz, unsere Nachkommen fügen dieser Ungerechtigkeit die Schmähung zu, uns zu ersetzen.

Ist es also sinnlos, das Entsetzen des Sterbens zu bekämpfen? Nun, nicht ganz. Die Sinnlosigkeit tritt nur dann zutage, wenn wir die Sache nur rational sehen. Doch kein Gesetz zwingt uns zu dieser Sichtweise. Und die Menschen haben nur selten im Tod etwas rein Rationales gesehen.

Man kann dem Tod entgehen, indem man seine Existenz verleugnet. Wir können uns vorstellen, die Erde sei nichts weiter als eine Illusion, der ein Nachleben folgt, in dem alles ewig währt und sich Fragen wie irreversible Veränderungen nicht stellen. Oder wir können uns vorstellen, daß nur der Körper dem Tod unterworfen ist und uns eine unsterbliche Komponente innewohnt, die nicht unwiderruflichen Veränderungen unterliegt und nach dem Tod des einen Körpers Eingang in einen anderen findet, womit eine unendliche zyklische Wiederholung des Lebens in Gang gesetzt wäre.

Solche mythischen Vorstellungen von einem Leben nach dem Tod oder von der Seelenwanderung machen den Menschen das Leben erträglicher und befähigen sie, dem Tod mit Gelassenheit entgegenzusehen. Doch die Furcht vor dem Tod und vor der Austauschbarkeit der eigenen Person ist damit nicht aufgehoben, sondern nur verdrängt.

In der griechischen Mythologie findet man den erfolgreichen Austausch von einer Gruppe Unsterblicher durch eine andere. Und das ist wohl ein sehr trauriges Eingeständnis, daß nicht einmal ewiges Leben und übermenschliche Kräfte die Gefahren eines unwiderruflichen Wechsels und der Demütigung, ersetzt zu werden, aufhalten können.

Bei den Griechen beherrschte der Sage nach zuerst die Unordnung (Chaos) das Universum. Die wurde ersetzt durch Uranus (der Himmel), dessen Erschaffung von Sternen und Planetenbewegung Ordnung (Kosmos) symbolisierte.

Doch Uranus wurde von seinem Sohn Kronos kastriert. Kronos

beherrschte fortan mit seinen Brüdern, Schwestern und Nachkommen das Universum.

Kronos befürchtete jedoch, seine Kinder könnten mit ihm so verfahren wie er mit seinem Vater (das wäre vielleicht ein Zyklus von irreversiblen Veränderungen). Deshalb verschlang er seine Kinder bei deren Geburt. Doch dann täuschte ihn seine Frau, indem sie ihm ihren letztgeborenen, Zeus, vorenthielt und in Sicherheit schaffte. Zeus wuchs zu einem erwachsenen Gott heran, rettete seine Geschwister aus dem Bauch des Kronos und führte dann Krieg gegen ihn und seine Anhänger. Zeus ging daraus als Sieger hervor und herrschte fortan über das Universum.

(Auch andere Kulturen kennen solche Austausch-Mythen, sogar unsere. Ich meine Satans gescheiterten Versuch, an Gottes Stelle zu treten.)

Aber lebte Zeus seitdem in Sicherheit? Er fühlte sich sehr zu der Meernymphe Thetis hingezogen und hätte sie wohl auch geheiratet, wenn es da nicht den Schicksalsspruch gegeben hätte, daß Thetis einen Sohn gebären würde, der mächtiger würde als sein Vater. Damit war es für Zeus (und jeden anderen Gott) nicht sicher, sie zu heiraten. Thetis wurde daher (sehr gegen ihren Willen) gezwungen, Peleus zu heiraten, der ein Sterblicher war. Und auch der Sohn, den sie zur Welt brachte (die Sage berichtet von keinen weiteren Kindern), war daher ein Sterblicher. Dieser Sohn hieß Achilles und war ganz gewiß mächtiger als sein Vater (übrigens besaß er wie der Riese Talos nur an der Ferse eine Stelle, an der er todbringend verwundet werden konnte).

Wenn wir nun diese Furcht vor unwiderruflichen Veränderungen und der Austauschbarkeit auf das Verhältnis von Mensch und Maschine übertragen, was entdecken wir da? Die Furcht, von den Maschinen Schaden zugefügt zu bekommen, ist nicht so groß wie die, von den Maschinen ersetzt zu werden. Und zwar nicht in dem Sinne, sie könnten sich als effektiver erweisen, sondern uns überflüssig machen.

Die ultimate Maschine ist eine intelligente Maschine, und es gibt nur einen grundsätzlichen Plot für eine Geschichte um eine intelligente Maschine: Sie wird gebaut, den Menschen zu dienen, doch am Ende beherrscht sie die Menschen. Schon ihre bloße Existenz birgt in sich die Drohung, uns zu ersetzen, und deshalb muß sie zerstört werden, weil andernfalls wir untergehen.

Überall Gefahren: der Besen beim Zauberlehrling, der Golem des Rabbi Loew oder das Monster, das Frankenstein geschaffen hat. So wie das Kind, das aus unserem Körper geboren wird, irgendwann uns ersetzt, so ersetzt uns die Maschine, die aus unserem Kopf geboren wird.

Mary Shelleys *Frankenstein*, 1818 erschienen, stellt einen Höhepunkt dieser Befürchtungen dar. Doch dann tauchten Umstände auf, die diese Befürchtungen, zumindest zeitweise, dämpften.

Zwischen dem Jahr 1815, dem Ende einer Reihe von europaweiten Kriegen, und dem Jahr 1914, dem Beginn des nächsten multinationalen Krieges, gab es eine Ära, in der die Menschheit sich den Luxus erlauben konnte, ihre Beziehung zur Maschine in einem optimistischen Licht zu sehen. Die industrielle Revolution schien mit einem Mal die Macht der Menschen zu vergrößern und Träume von einem technologischen Utopia zu bestätigen, in dem sozusagen der Himmel auf Erden geschaffen werden konnte. Das Positive der Maschinen ließ das Negative nichtig erscheinen, und die Liebe zur Maschine überwog bei weitem die Furcht vor ihr.

In dieser Epoche entstand auch die moderne Science-fiction. Und mit moderner Science-fiction meine ich die Literaturform, die sich mit Gesellschaften beschäftigt, die sich von der unseren in wissenschaftlicher und technologischer Hinsicht unterscheiden. Eine zukünftige Gesellschaft, in die wir nach einigen Fortschritten gelangen können. (Das unterscheidet die Science-fiction von der Fantasy oder der sogenannten ›Speculative Fiction‹, in denen fiktive Gesellschaften beschrieben werden, zu denen sich die unsere auf rationale Weise nie entwickeln kann.)

Die moderne Science-fiction begann dem Zeitgeist entsprechend als optimistische Literatur.

Die Beziehung des Menschen zur Maschine wurde von ihrem Nutzen und der Kontrolle über sie bestimmt. Die Macht des Menschen wuchs, und die Maschinen waren ihm dabei treue und verläßliche Werkzeuge, brachten ihm Wohlstand und Sicherheit und trugen ihn in die Weite des Universums hinaus.

Diese optimistische Sicht findet sich auch noch heute, vor allem bei den Autoren, die in der Zeit vor der Atombombe mit dem

Schreiben begannen. Vor allem Robert Heinlein, Arthur Clarke und meine Wenigkeit.

Nach dem Ersten Weltkrieg begann die große Desillusionierung. Wissenschaft und Technik, die den Garten Eden verheißen hatten, erwiesen sich nun als Mächte, die auch die Hölle auf Erden bereiten konnten. Das wunderschöne Flugzeug, das den alten Traum vom Fliegen hatte wahr werden lassen, warf im Krieg Bomben ab. Die chemischen Forschungen, die der Menschheit so wundervolle Dinge wie Farben und Medikamente geschenkt hatten, waren auch in der Lage, Giftgas herzustellen.

Und wieder wuchs die Furcht, verdrängt zu werden. 1921, nur wenige Jahre nach dem Ende des Weltkriegs, erschien Karel Capeks Drama *R. U. R.*, eine Variante der Frankenstein-Geschichte, doch diesmal auf weltumspannendem Niveau. Nicht nur ein Monster wurde erschaffen, sondern Millionen Roboter. Nicht nur ein Monster wandte sich gegen seinen Schöpfer, sondern die Roboter wandten sich gegen die gesamte Menschheit, löschten sie aus und ersetzten sie.

Und in der Ära der SF-Magazine (1926–1959) bekämpften sich in der Science-fiction die optimistische und die pessimistische Sichtweise. Dank des Einflusses von John Campbell setzte sich die optimistische Fraktion schließlich durch.

Seit 1939 schreibe ich einflußreiche Robotergeschichten, die selbstbewußt und erfolgreich den ›Frankenstein-Komplex‹ angehen. In ihnen sind die Roboter die Diener, Freunde und Verbündeten der Menschheit.

Doch am Ende stand der Pessimismus als Sieger da.

Zwei Gründe sind dafür verantwortlich. Der erste lautet, die Maschinen brachten immer größeren Schrecken mit sich. Die Atombombe drohte die ganze Welt zu vernichten. Und noch furchtbarer wirkte die rasante Entwicklung des Elektronencomputers. Diese Computer schienen den Menschen die Seele zu stehlen. Zunächst erledigten sie nur verläßlich unsere Routineprobleme, doch immer öfter richteten wir unsere Fragen an solche Apparate und warteten gläubig und demütig auf ihre Antworten.

Die Atombomben können uns physisch vernichten, aber die Computer können uns ersetzen.

Der zweite Grund ist subtilerer Natur, denn er hat mit einem grundsätzlichen Wandel in der Haltung der SF-Autoren zu tun.

Bis zum Jahr 1959 gab es viele Literatur-Genres, und die Science-fiction war nur eines, wenn nicht sogar das unbedeutendste unter ihnen. In der SF erwarb der Schriftsteller weniger Prestige und Lohn als in jedem anderen Genre. Deshalb schrieb niemand Science-fiction, der davon nicht fasziniert genug war, um freiwillig auf Reichtum und Ruhm zu verzichten. Oftmals rührte diese Faszination von einer Romantisierung der Naturwissenschaften her. Die SF-Autoren beschrieben Menschen, die das Universum eroberten, indem sie es ihrem Willen unterwarfen.

In den fünfziger Jahren begann der Siegeszug des Fernsehens, und der bedeutete den Tod für die meisten Genre-Magazine. Anfang der Sechziger gab es nur noch ein blühendes und expandierendes Genre, die Science-fiction. Nicht nur die alten Magazine gediehen, auch neue kamen hinzu, und ein ungeheurer SF-Boom setzte ein. In geringerem Ausmaß eroberte die Science-fiction auch den Film und das Fernsehen, und ich bin der festen Überzeugung, daß uns dort die größten Triumphe noch bevorstehen.

Das bedeutet, daß in jenen Jahren neue Autoren zur Science-fiction stießen, Schriftsteller, die sich nicht nur aus Liebe und Faszination dem Genre zuwandten, sondern weil sich ihnen hier ein Markt bot. Und damit kamen auch Autoren zur SF, die weder über gründliche naturwissenschaftliche Kenntnisse verfügten noch Sympathie für technischen Fortschritt hegten; manche waren ihr sogar sehr feindlich gesonnen. Solche Autoren waren natürlich viel eher bereit, die dunkle Seite in der Beziehung des Menschen zur Maschine aufzugreifen.

Als Resultat davon präsentiert uns die gegenwärtige Science-fiction häufiger und wieder und wieder den Mythos vom Kind, das seine Eltern ersetzt, von Zeus, der seinen Vater überwindet, von Satan, der Gott vom Thron stößt, von den Maschinen, die sich zu Herrschern über die Menschheit aufschwingen.

Alpträume werden uns geboten und sollten auch nur als solche gelesen werden.

Man erlaube mir zum Schluß einen zynischen Kommentar: Erinnern wir uns, obwohl Kronos die Gefahr bekannt war, er würde eines Tages ersetzt, und obwohl er seine Kinder verschlang, um dieser Gefahr zu entgehen, wurde er eines Tages doch überwunden und ersetzt. Und das war gut so, denn Zeus erwies sich als der bessere Gott.

So mag es denn kommen, daß wir zwar die Maschinen hassen und bekämpfen, am Ende aber doch von ihnen ersetzt werden. Und auch das ist gut so, denn die intelligenten Maschinen, die wir erschaffen werden, vermögen besser als wir das Universum verstehen und nutzen zu lernen. Und sie werden Höhen erklimmen, auf die wir uns nie hinauftrauen würden.

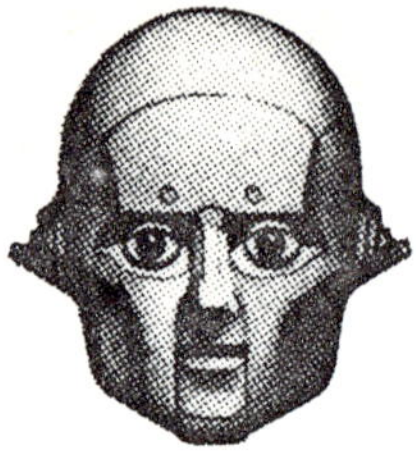

DER NEUE BERUF

Im Jahr 1949 schrieb ich eine Geschichte, in der die Protagonistin Susan Calvin hieß. Susan war ›Robotpsychologin‹, und sie kannte sich mit allem aus, was sich in einem Roboter tut. Natürlich war das nur eine SF-Geschichte. Ich habe in den folgenden Jahren weitere Geschichten mit Susan geschrieben und ihren Lebenslauf erfunden: Susan wurde 1982 geboren, besuchte die Columbia-Universität, belegte als Hauptfach Robotik und machte darin 2003 ihren Doktor. Sie ging in die Forschung, und 2010 arbeitete sie in einer Firma namens ›U. S. Robots And Mechanical Men, Inc.‹ Damals, als ich das schrieb, habe ich das alles noch nicht sonderlich ernst genommen. Im Grunde brachte ich ja nur Science-fiction zu Papier.

Doch eigenartigerweise ist es so gekommen. Roboter werden an Fließbändern eingesetzt und gewinnen jedes Jahr mehr an Bedeutung. Die Automobil-Industrie setzt sie bereits zu Zehntausenden in ihren Fertigungsanlagen ein. Sie werden auch andere Branchen erobern, und irgendwann sitzen weiterentwickelte Roboter an den Reißbrettern. Natürlich werden die Roboter etliche Jobs verrichten, doch sie schaffen auch neue Arbeitsplätze. Schließlich müssen Roboter ja entworfen und entwickelt werden. Man muß sie konstruieren und installieren. Und da nichts perfekt ist, müssen Roboter gewartet und gelegentlich repariert werden. Und je besser und gründlicher die Wartung und Erhaltung, desto seltener fallen Reparaturen an. Und hin und wieder muß man sie modifizieren, um sie neuen Arbeitsbedingungen anzupassen.

Um dies zu erledigen, brauchen wir Menschen, die ich allgemein Roboter-Techniker nennen will. Heute existieren Schätzungen, daß es zu dem Zeitpunkt, an dem meine fiktive Susan das College verläßt, allein in den USA zwei Millionen und weltweit sechs Millionen Roboter-Techniker geben wird. Susan steht dann mit Sicherheit nicht allein. Zu diesen Technikern kommen die Menschen hinzu, die in der rasch wachsenden Branche beschäftigt sind, die sich direkt und mittelbar mit der Robotik befaßt. Es könnte durchaus sein, daß die Roboter mehr Arbeitsplätze schaffen als vernichten. Doch natürlich läuft das alles nicht glatt ab. Eine sicher schwierige Übergangsperiode erwartet uns, in der diejenigen, deren Arbeitsplatz vernichtet wurde, umgeschult werden, um die Tätigkeiten auszuüben, die in der nahen Zukunft erforderlich werden.

Und nicht jeder wird sich für eine solche Umschulung eignen. Innovative soziale Initiativen müssen entstehen, die sich um die Menschen kümmern, die aufgrund ihres Alters oder ihrer Befähigung am sich rasch wandelnden ökonomischen System nicht mehr teilnehmen können.

In der Vergangenheit hat ein technologischer Umschwung stets eine Aufwertung des Bildungssystems mit sich gebracht. Feldarbeiter mußten nicht lesen können, Industriearbeiter aber unbedingt. Als also die industrielle Revolution einsetzte, sahen sich die industrialisierten Staaten gezwungen, ein Schulwesen zu entwickeln und die allgemeine Schulpflicht einzuführen. Ganz ohne Frage folgt der neuen High-Tech-Ökonomie ein neuerlicher Aufschwung des Bildungssystems. Die Ausbildung in den Naturwissenschaften muß dann ernster genommen werden und ein Leben lang andauern. Denn die Weiterentwicklungen und Fortschritte werden in viel zu rascher Folge kommen, als daß man mit dem Wissen auskommen könnte, das man in seiner Jugend erworben hat.

Doch zurück zu Susan. Ich habe vorhin von Roboter-Technikern gesprochen, und dazu gehört Susan nicht. Sie ist *Robotpsychologin*. Susan beschäftigt sich in meinen Geschichten mit der robotischen ›Intelligenz‹, mit den ›Denkweisen‹ der Maschinen. Ich habe den Begriff der Robotpsychologie im wirklichen Leben noch nie von einem anderen gehört. Doch ich bin zuversichtlich, daß die Zeit kommt, in der dieser Terminus Eingang in die Sprache findet. Genau so wie Robotik in die Sprache aufgenommen wurde, nachdem ich den Begriff erfunden hatte. Immerhin sind Robotik-Theoretiker schon dabei, Roboter zu entwickeln, die sehen, verbale Instruktionen verstehen und auf Fragen antworten können. Je mehr Aufgaben man Robotern überträgt, je effektiver man sie gestaltet, desto ›intelligenter‹ werden sie. Bereits heute arbeiten Wissenschaftler ernsthaft an der Frage der ›künstlichen Intelligenz‹.

Doch auch wenn wir Roboter entwerfen und konstruieren, die ihre Arbeiten so verrichten, als seien sie intelligent, werden sie doch kaum je auf die gleiche Weise intelligent sein wie wir. Die Materialien, aus denen ihre ›Gehirne‹ zusammengesetzt sind, unterscheiden sich von denen in unserem Gehirn. Roboter-Gehirne bestehen aus Komponenten, die miteinander verbunden werden und auf verschiedene Weisen organisiert sind. Sie werden daher Probleme auf ganz andere Weise als wir angehen.

Die Roboter-Intelligenz mag sich so sehr von der menschlichen unterscheiden, daß eine neue Disziplin erfunden wird, die sich allein damit beschäftigt: die Robotpsychologie. Damit beschäftigen sich Susan und ihre Kollegen. Da normale Psychologen bei Robotern versagen müßten, bedarf es Susans und ihrer Mitstreiter. Und vielleicht erwächst daraus der wichtigste Aspekt der Robotik, denn wenn wir bis ins Detail zwei verschiedene Intelligenzformen studieren, stoßen wir dabei wahrscheinlich auf viel grundsätzlichere und fundamentalere Erkenntnisse über das Wesen der Intelligenz, als es uns jetzt möglich ist. Und ganz besonders lernen wir darüber mehr über die menschliche Intelligenz, als es allein beim Studium derselben möglich wäre.

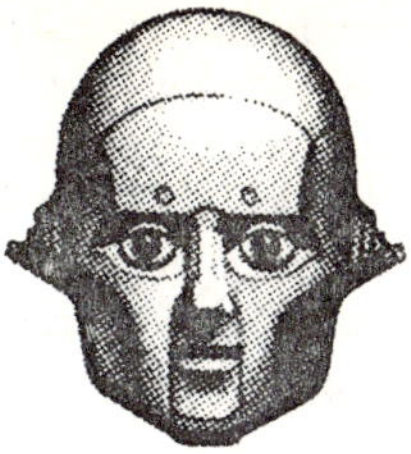

DER ROBOTER ALS FEIND?

Im Jahr 1942 erfand ich die ›Drei Gesetze der Robotik‹, und unter ihnen ist das Erste Gesetz natürlich das wichtigste. In meinen Geschichten mache ich immer wieder deutlich, daß die Drei Gesetze und darunter besonders das Erste unveräußerliche Bestandteile eines Roboters sind und er ihnen auf gar keinen Fall zuwiderhandeln kann.

Ich mache allerdings auch deutlich, daß diese Gesetze den Robotern nicht angeboren sind. Die Metalle und Chemikalien, aus denen sie zusammengesetzt werden, enthalten noch nicht die Drei Gesetze. Sie werden den Robotern dadurch zu eigen, daß man sie in das robotische Gehirn einpflanzt, mit anderen Worten dem Computer, der die robotische Aktion kontrolliert und steuert. Nicht allen Robotern sind die Drei Gesetze eingegeben. Das trifft auf Roboter zu, die zu simpel konstruiert sind, als daß man ihnen so komplexe Verhaltensregeln mit auf den Weg geben müßte. Oder aber die Menschen, die einen Roboter bauen, legen keinen Wert auf die Drei Gesetze.

Bislang spielt die erste Alternative die größere Rolle. Die heutigen Roboter sind noch zu primitiv, um voraussehen zu können, daß eine ihrer Handlungen einem Menschen Schaden zufügen könnte. Die gegenwärtigen Roboter sind nicht mehr als computerisierte Werkzeuge, die lediglich einige mechanische Leistungen vollbringen können und nicht in der Lage sind, etwas jenseits ihrer begrenzten Instruktionen zu tun. Als Folge davon haben Roboter tatsächlich schon Menschen getötet, genauso wie unzählige nicht computerisierte Maschinen auch. Das ist natürlich zu bedauern, andererseits aber auch zu verstehen, und wir dürfen davon ausgehen, daß fortschrittlichere Roboter mit einer größeren Wahrnehmung und der Fähigkeit zu flexibleren Reaktionen auch über Schutzvorrichtungen verfügen werden, die den Drei Gesetzen sehr ähnlich sind.

Wie steht es aber mit der zweiten Alternative? Werden Menschen einmal Roboter bewußt ohne die Gesetze konstruieren? Ich denke, das ist eine ganz besondere Möglichkeit. Die Forschung spricht ja heute schon von Sicherheits-Robotern. Roboterwachen könnten also einmal vor und in Gebäuden auf Streife gehen, und ihre Funktion bestünde darin, Personen auszuschalten, die unbefugt das Gebäude betreten. Menschen, die Zutritt zu dem Gebäude haben oder dorthin eingeladen wurden, trügen dann sicher Ausweise oder Identitätskarten, die der Sicherheitsroboter erkennen und diese Personen dann unbehelligt durchlassen würde. Das wäre eine wirksame Maßnahme gegen Vandalismus und Terrorismus, und im Grunde genommen handelt es sich bei diesen Robotern nur um eine Variante des Wachhunds.

Doch Sicherheit ist wie eine Schraube ohne Ende. Anfangs mag der Roboter im Falle eines unbefugten Eindringlings nur Alarm geben. Doch das reicht sicher bald nicht mehr aus, und man wird ihn damit beauftragen, den Eindringling hinauszuwerfen, auch auf die Gefahr hin, diese Person dabei zu verletzen; genauso wie ein Wachhund einen ins Bein beißen oder einem an die Kehle gehen kann. Doch was würde geschehen, wenn der Präsident der Gesellschaft, die in dem betreffenden Haus untergebracht ist, entdeckt, daß er seinen Ausweis in der anderen Hose hat steckenlassen? Oder wenn ein Kind aus reiner Neugier in das Gebäude spaziert, natürlich ohne einen gültigen Ausweis zu besitzen? Ich befürchte, wenn der Roboter zu der falschen Person grob wird, gibt es eine riesige Entrüstung, um Maßnahmen zu erzwingen, einen solchen Vorfall in Zukunft unmöglich zu machen.

Und gehen wir noch einen Schritt weiter: Man spricht von Roboterwaffen. Robotisierte Flugzeuge, Panzer, Geschütze und so weiter. Automaten, die ohne zu zögern gegen den Feind marschieren und über den Menschen weit überlegene Sinne verfügen. Man könnte dagegenhalten, bei einem robotisierten Krieg lassen sich viele Tote vermeiden. Wir könnten bequem zu Hause hocken und das Kämpfen unseren intelligenten Maschinen überlassen. Und wenn in der Schlacht einige von ihnen zerstört werden, na und, es sind ja doch nur Maschinen. Eine solche Kriegführung wäre dann besonders sinnvoll, wenn wir über solche Roboter verfügten, die andere Seite aber nicht.

Doch könnten wir jemals sicher sein, daß unsere Roboter immer und überall den Freund vom Feind zu unterscheiden vermögen? Selbst wenn alle Waffensysteme von menschlichen Händen und Gehirnen gesteuert werden, gibt es immer noch das Problem des ›friendly fire‹, des Feuerns auf eigene Einheiten. Amerikanische Waffen können durchaus versehentlich amerikanische Soldaten töten, wie es in der Vergangenheit auch immer wieder geschehen ist. Das ist zwar schmerzlich, aber als ›menschlicher Irrtum‹ verzeihlich. Doch was geschieht, wenn unsere Roboterwaffen durch Zufall das Feuer auf eigene Stellungen eröffnen und dabei Amerikaner töten? So etwas wäre weitaus weniger leichtzunehmen (vor allem dann nicht, wenn der Feind Mittel und Wege gefunden hätte, unsere Roboter zu verwirren und sie zum Feuer auf eigene Stellungen zu bringen). Nein, ich bin mir ziemlich sicher, daß alle Versuche, Roboter ohne Sicherheitsvorkehrungen zu bauen, sich als Fehlschlag erweisen werden. Und am Ende kommt man doch wieder auf die Drei Gesetze zurück.

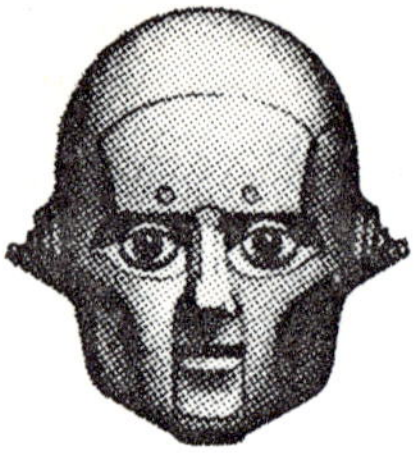

DAS ZUSAMMENLEBEN DER INTELLIGENZEN

In dem Essay ›Unsere intelligenten Werkzeuge‹ habe ich die Möglichkeit angesprochen, die Roboter könnten eines Tages so intelligent werden, daß sie an unsere Stelle treten. Etwas zynisch habe ich hinzugefügt, daß ein solcher Austausch nicht das schlechteste sein müßte. Seitdem sind Roboter für die Industrie immer wichtiger geworden. Und obwohl sie weiterhin intelligenzmäßig Idioten sind, entwickeln sie sich rasch weiter.

Vielleicht sollten wir heute noch mal einen Blick auf die Roboter werfen (besser auf die Computer, denn sie sind der treibende Mechanismus in einem Roboter), die uns irgendwann einmal ersetzen können. Natürlich hängt das davon ab, wie intelligent Computer werden können, ob sie einmal intelligenter sind als wir, und wie sie uns dann sehen, günstigstenfalls als Haustiere, ungünstigstenfalls als Ungeziefer ... Das setzt jedoch voraus, daß Intelligenz sich wie mit einem Lineal oder Thermometer gemessen wiedergeben läßt. Wenn ein durchschnittlicher Mensch über einen Meßwert von 100 verfügt, geraten wir in die allergrößten Schwierigkeiten, sobald der durchschnittliche Computer diesen Wert überschritten hat.

Doch funktioniert Intelligenz so? Ganz gewiß muß es bei einer so subtilen Qualität wie Intelligenz eine beachtliche Variabilität geben. Ich setze voraus, daß es einer gewissen Intelligenz bedarf, einen mehrseitigen Essay zu verfassen. Dazu muß man die richtigen Worte finden und sie an die rechte Stelle setzen. Ich setze auch voraus, daß es einer gewissen Intelligenz bedarf, eine komplizierte technische Vorrichtung zu studieren. Um zu erkennen, wie sie funktioniert, wie man sie verbessern kann oder wie man sie repariert, wenn sie kaputt ist. Was das Schreiben angeht, so besitze ich eine extrem hohe Intelligenz. Was aber das technische Verständnis angeht, so liegt meine Intelligenz extrem niedrig. Bin ich deswegen ein Genie oder schwachsinnig? Die Antwort lautet: keines von beiden. Ich kann einige Dinge besonders gut und andere besonders schlecht. Und so verhält es sich bei jedem von uns.

Denken wir einmal kurz über die Ursprünge der menschlichen und der Computerintelligenz nach. Das menschliche Gehirn setzt sich im wesentlichen aus Proteinen und Nukleinsäuren zusammen. Es ist das Resultat einer drei Milliarden Jahre währenden Evolution. Und die Antriebskräfte dieser Evolution lauten Überleben und Anpassung. Computer hingegen setzen sich aus Metallen und elektronischen Schwingungen zusammen. Sie sind das Resultat einer vierzig Jahre währenden menschlichen Forschung und Entwicklung. Die Antriebskraft für diese Entwicklung war der Wunsch des Menschen, menschliche Bedürfnisse besser befriedigen zu können. Wenn es in der menschlichen Intelligenz viele Aspekte und Variationsformen gibt, ist es dann nicht wahrscheinlich, daß die menschliche und die Computerintelligenz sich noch stärker voneinander unterscheiden, weil sie sich doch so unterschiedlich entwickelt haben, weil sie aus völlig verschiedenen Materialien zusammengebaut und unter ganz anderen Antriebskräften entstanden sind?

Computer, selbst die vergleichsweise simplen und primitiven, vermögen auf ihren Gebieten beachtliche Leistungen zu vollbringen. Sie besitzen erstaunliche Speicherkapazitäten, können sich augenblicklich und unfehlbar an etwas erinnern, was in ihnen abgespeichert ist, demonstrieren uns ihre immense Fähigkeit, endlose arithmetische Operationen rasch durchzuführen, ohne sich dabei auch nur einmal zu irren. Wenn so etwas ein Maß für Intelligenz ist, dann muß man Computer als weitaus intelligenter als uns ansehen. Weil sie uns auf solchen Gebieten so ungeheuer überlegen sind, setzen wir sie für unzählige Tätigkeiten ein und wissen, daß unsere Ökonomie ohne sie oder bei ihrem Ausfall zusammenbrechen würde.

Doch diese Computerfähigkeiten sind eben nicht *das* Maß von Intelligenz. Wir sehen in einem Computer doch nicht mehr als einen überdimensionierten Rechenschieber, der im Grunde über keine Intelligenz verfügt. Was die menschliche Intelligenz angeht, so verstehen wir darunter die Fähigkeit, Probleme als Ganzes zu sehen und durch Intuition oder Einsicht zu einer Lösung zu finden. Oder die Fähigkeit, neue Kombinationen zu erkennen, oder kreativ und konzentriert auf Lösungen zu stoßen. Können wir einen Computer dazu programmieren, ähnliches zu leisten? Wohl kaum, denn wir wissen noch nicht, wie wir das anfangen sollen.

So kommt es wohl so, daß Computer sich auf ihrem Gebiet immer weiter entwickeln, wahrscheinlich auch eine Vielfalt ihrer Intelligenz produzieren, während wir Menschen (dank des wachsenden Wissens und Verständnisses unseres Gehirns und dank der Fortschritte auf dem Gebiet der Gensteuerung) uns in unserer Bandbreite der Lösungsfindung weiterentwickeln. Jede dieser Bandbreiten besitzt ihre Vorteile, und die Kombination der beiden – jede füllt die Lücken, die die andere hinterläßt – führt zu einem rascheren und gewaltigeren Fortschritt, als er einer Seite allein möglich wäre. Somit stellt sich die Frage nach Wettbewerb und Verdrängen gar nicht, sondern es geht viel mehr um eine Kooperation der Intelligenzen, die gemeinsam und im Rahmen der Naturgesetze effektiver wirken.

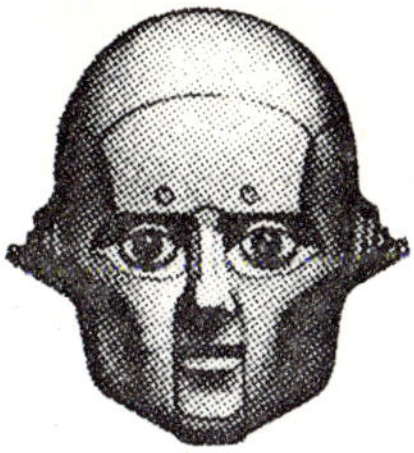

MEINE ROBOTER

Ich habe meine erste Robotergeschichte, *Robbie*, 1939 geschrieben und war damals neunzehn Jahre alt.

Diese Geschichte unterschied sich von den anderen Roboterstories jener Zeit dadurch, daß ich festen Willens war, aus meinem Roboter kein Symbol zu machen. Nicht das Symbol für die Arroganz des Menschen. Und ganz gewiß keine Belege für die menschliche Ambition, gottgleich zu werden. Meine Roboter sollten keinen neuen Turm zu Babel darstellen, der die Strafe des Allmächtigen auf sich ziehen würde.

Auch standen meine Roboter nicht stellvertretend für Minderheiten. Sie sollten keine dramatischen Heroen irgendeiner ungerechten Unterdrückung sein, und ich wollte durch sie nicht auf die Juden, Schwarzen oder anderen bedrängten Minderheiten und ihre Probleme verweisen. Selbstverständlich stößt mich ungerechte Behandlung zutiefst ab, und ich habe das in anderen Geschichten auch sehr deutlich zur Sprache gebracht. Doch meine Robotergeschichten sind frei von solchen Stellungnahmen.

Wie habe ich dann meine Roboter angelegt? Ich habe sie als technische Apparate angelegt, als Werkzeuge, als Maschinen, die den Menschen dienen. Und ich habe sie mit eingebauten Schutzvorrichtungen versehen. Mit anderen Worten, ich habe sie so konstruiert, daß sie sich niemals gegen ihren Schöpfer wenden konnten. Als ich mich damit von dem überstrapazierten Plot meiner Kollegen befreit hatte, besaß ich die Freiheit, mich anderen, rationaleren Konsequenzen zuzuwenden.

Da ich schon 1939 mit meinen Robotergeschichten begann, habe ich in ihrem Zusammenhang noch nicht von Computern geschrieben. Der Elektronencomputer war damals noch nicht erfunden, und ich konnte ihn nicht voraussehen. Mir war jedoch klar, daß das Robotergehirn auf elektronischer Basis arbeiten mußte. Doch nur ›elektronisch‹ erschien mir nicht futuristisch genug. Das Positron – ein subatomarer Partikel, ähnlich dem Elektron, doch mit einer entgegengesetzten elektrischen Ladung – war vier Jahre vor *Robbie* entdeckt worden. Das kam mir schon viel phantastischer vor, und so habe ich meine Roboter mit einem ›positronischen Gehirn‹ ausgestattet und mir vorgestellt, ihre Gedanken setzten sich aus einem blitzenden Positronenstrom zusammen, die kurz auflebten und dann augenblicklich wieder vergingen. Die Geschichten aus jener Zeit nenne ich deshalb die ›Positronische Roboter-Reihe‹. Doch bis auf den Umstand, daß ich statt Elektronen Positronen genommen habe, liegt dieser Reihe keine tiefere wissenschaftliche Erkenntnis zugrunde.

Anfangs habe ich mich nicht lange mit einer Systematisierung oder gar schriftlichen Niederlegung der Schutzvorrichtungen in meinen Robotern aufgehalten. Da ich jedoch von der ersten Geschichte an die Möglichkeit ausschloß, daß ein Roboter sich gegen seinen Schöpfer wenden kann, mußte ich mehrfach darauf hinweisen, daß ein Roboter einem Menschen keinen Schaden zuzufügen vermag; und daß dieses Unvermögen integraler Bestandteil des positronischen Gehirns sei. Deshalb habe ich in der ersten Fassung von *Robbie* einen Menschen zu einem anderen sagen lassen: »Er (der Roboter) kann nicht anders als treu, liebevoll und freundlich zu sein. Er ist eine Maschine und so konstruiert.«

Nachdem ich *Robbie* geschrieben hatte und John Campbell sie für sein *Astounding* ablehnte, wandte ich mich anderen Robotergeschichten zu, die er schließlich akzeptierte. Am 23. Dezember 1940 trug ich ihm meine Idee über einen Roboter vor, der Gedanken lesen kann (daraus entstand dann die Story *Liar!* (dt. *Lügner!*). John war nicht ganz damit zufrieden und wollte wissen, warum der Roboter so reagiert, wie er reagiert. Er forderte mich auf, die Schutzvorrichtungen zu spezifizieren, damit alle den Roboter verstehen könnten. Daraus entstanden dann die Drei Gesetze der Robotik. Das Konzept stammte von mir, doch über die wörtliche Formulierung der Drei Gesetze zerbrachen wir uns beide die Köpfe.

Die Drei Gesetze sind logisch und machen Sinn. Am Anfang stand die Frage der Sicherheit, die ich am deutlichsten in meinen Gedanken hatte, als ich die Geschichten über *meine* Roboter schrieb. Wichtiger ist jedoch, daß ich mir auch über einen weiteren Umstand im klaren war: Ein Roboter mag zwar nicht direkt einem Menschen Schaden zufügen, aber er könnte es indirekt, nämlich durch Inaktivität. Ich hatte Arthur Hugh Cloughs zynischen *Der letzte Dekalog* noch gut im Gedächtnis, in dem er die Zehn Gebote in einer satirischen, machiavellistischen Weise neu schreibt. Dort heißt es unter anderem: »Du sollst nicht töten, doch mußt nicht danach streben/ Unbedingt zu bleiben am Leben.«

Das bewog mich dazu, das Erste Gesetz mit einem zweiten Teil zu versehen. Die Endfassung lautete dann:

1. Ein Roboter darf keinen Menschen verletzen oder durch Untätigkeit zu Schaden kommen lassen.

Damit war die Frage der Sicherheit erledigt, und wir konnten uns an das Zweite Gesetz machen, das die Dienstbarkeit regeln sollte. Wenn man dem Roboter die Notwendigkeit einpflanzt, Befehlen zu folgen, darf dabei die Sicherheit, das oberste Gebot, nicht verletzt werden. Und deshalb lautet das Zweite Gesetz so:

2. Ein Roboter muß den Befehlen eines Menschen gehorchen, es sei denn, solche Befehle stehen im Widerspruch zum Ersten Gesetz.

Und schließlich kamen wir zum Dritten Gesetz, *Vorsicht*. Ein Roboter ist schließlich keine billige Maschine, darf also nicht grundlos zerstört oder beschädigt werden. Doch der Eigenschutz darf natürlich weder den Schutz der Menschen noch die Dienstbarkeit beeinträchtigen. Daher konnte das Dritte Gesetz nur diesen Wortlaut haben:

3. Ein Roboter muß seine eigene Existenz schützen, solange dieser Schutz nicht dem Ersten oder Zweiten Gesetz widerspricht.

Diese Gesetze sind schriftlich niedergelegt, worin eine Schwäche liegt. Denn in einem positronischen Gehirn können die Gesetze nur in positronischen Potenzen, also in mathematischen Formeln ausgedrückt werden (und wie die aussehen, übersteigt bei weitem meinen geistigen Horizont). Doch auch in der schriftlichen Form finden sich Ungewißheiten und Streitfragen. Was läßt sich unter Schaden für einen Menschen fassen? Muß ein Roboter auch Befehlen gehorchen, die ihm von einem Kind, einem Geistesgestörten oder einem Verbrecher gegeben werden? Muß ein Roboter gleich seine kostspielige und nützliche Existenz aufgeben, um irgendeinen x-beliebigen Menschen vor irgendeinem Schaden zu bewahren?

Doch solche Ungewißheiten erweisen sich für einen Autor nicht als Mangel. Wenn die Drei Gesetze absolut perfekt und ohne mögliche Zweifel formuliert wären, böte sich dem Schriftsteller nur wenig Raum, eine Geschichte zu erzählen. Die Haken und Kanten der Streitfragen bieten ihm die Möglichkeit, sie auszuloten und zu verfolgen. Und sie schufen gleichzeitig die Grundlage für die Romanreihe *Robot City*.

Ich habe die Drei Gesetze noch nicht in *Liar!* im vollen Wortlaut niedergelegt. Das erfolgte erst in meiner nächsten Robotergeschichte *Runaround* (dt. *Herumtreiber*), die 1942 erschien. Dort erklärt ein Mann einem anderen: »Nun, dann wollen wir einmal mit den Drei Fundamentalen Regeln der Robotik beginnen.« Und ich lasse ihn sie zitieren.

Seit damals bin ich in vierzig Jahren, in denen ich weitere Robotergeschichten geschrieben habe, nie in die Verlegenheit geraten, die Drei Gesetze modifizieren oder ergänzen zu müssen. Doch im Lauf der Zeit, in der meine Roboter immer vielseitiger und reifer wurden, wurde mir bewußt, daß sie höhere Ebenen und Ziele erreichen müßten. Deshalb habe ich in *Robots and Empires* (1985) über die Möglichkeit spekuliert, daß ein fortgeschrittener Roboter zu dem Schluß gelangen könnte, das Gebot, Menschen vor Schaden zu bewahren, ließe sich dahingehend erweitern, jedes Individuum zu schützen. Ich habe dies das ›Nullte Gesetz der Robotik‹ getauft, doch ich arbeite immer noch an der Ausformulierung.

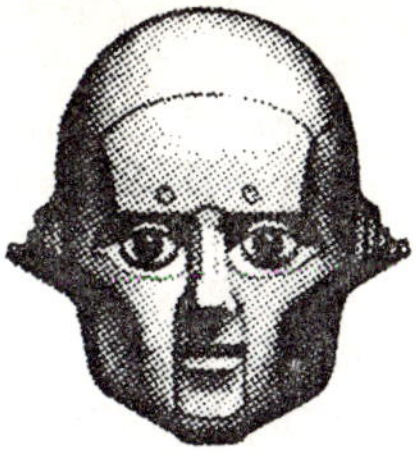

DIE GESETZE DER HUMANISTIK

Meine ersten drei Roboterromane waren im Grunde genommen Kriminalgeschichten, und der Detektiv in ihnen hieß Elijah Baley. Der zweite Roman, *The Naked Sun* (dt. *Die nackte Sonne*), spielte in einer geschlossenen Umgebung. Eine Leiche wird ohne Tatwaffe in einem Raum gefunden, und es scheint unmöglich, eine Waffe aus diesem Raum zu entfernen.

Es ist mir gelungen, eine zufriedenstellende Lösung dieses Falls zu finden, aber ich habe mich nie wieder an so etwas versucht.

Der vierte Roboterroman, *Robots and Empire,* dreht sich nicht vornehmlich um einen Mordfall. Elijah Baley ist inzwischen eines natürlichen Todes gestorben. Das Buch wendet sich zum *Foundation*-Universum hin. Es war also klar, daß meine beiden bekanntesten Serien zu einem größeren Ganzen verschmelzen sollten. (Das war keine Laune von mir. Die in den 80er Jahren aufkommende Notwendigkeit, Fortsetzungen zu früheren Geschichten zu schreiben, führte meine Feder.)

In *Robots and Empire* macht sich mein robotischer Protagonist Giskard, der mir sehr am Herzen liegt, Gedanken über die Gesetze der ›Humanistik‹. Diese könnten irgendwann die Grundlage für die Wissenschaft der Psychohistorie bilden, die in meiner *Foundation*-Serie eine so wichtige Rolle spielt.

Oder um es anders auszudrücken, die Gesetze der Humanistik sollen knapp und präzise darstellen, wie Menschen sich benehmen und aufführen. Natürlich ist eine solche Darstellung ein Ding der Unmöglichkeit. Selbst Psychologen, die sich ernsthaft mit dieser Materie befassen, können nicht mit Gesetzen aufwarten, höchstens mit umständlichen und langen Beschreibungen darüber, was Menschen zu tun scheinen. Und ein Rezept für menschliches Verhalten findet man darin nie. Wenn ein Psychologe erklärt, Menschen reagierten auf einen bestimmten Stimulus so oder so, meint er damit lediglich, daß einige Menschen manchmal so oder so darauf reagieren. Andere reagieren bei anderen Gelegenheiten in der aufgeführten Weise, wieder andere nie.

Wenn wir darauf warten wollen, daß irgendwann einmal jemand menschliches Verhalten in Gesetze zu fassen versteht (und damit die Grundlage für die Psychohistorie geschaffen wäre), müssen wir wohl viel Geduld aufbringen.

Was wollen wir also betreffs der Gesetze der Humanistik tun? Ich denke, wir können nur in einem sehr kleinen Rahmen beginnen und dann, falls wir einen Start gefunden haben, langsam voranschreiten.

Also in *Robots and Empire* wirft der Roboter Giskard die Frage nach den Gesetzen der Humanistik auf. Als Roboter muß er natürlich alles vom Standpunkt der Drei Robotergesetze aus sehen. Diese Gesetze haben wirklich eindeutigen und zwingenden Charakter, denn es ist einem Roboter unmöglich, sie zu mißachten oder ihnen zuwiderzuhandeln.

Mir will es erscheinen, als könnte ein Roboter demgemäß zu keinem anderen Schluß als dem gelangen: Menschen sollten sich so verhalten, daß die Roboter leichter ihren Drei Gesetzen gehorchen können.

Ich bin auch der Ansicht, daß ethisch gefestigte Menschen es sich zur Aufgabe machen sollten, den Robotern das Dasein einfacher zu machen, genauso wie diese es für uns tun. Ich habe mich mit diesem Problem in der Story *The Bicentennial Man*, (dt. *Der Zweihundertjährige*) befaßt. In ihr sagt ein Mensch:

»Wenn ein Mensch das Recht hat, einem Roboter jeden Befehl zu geben, der nicht dazu führt, daß ein Mensch zu Schaden kommt, sollte er auch die Größe aufbringen, einem Roboter niemals einen Befehl zu geben, der einem anderen Roboter Schaden zufügen könnte, es sei denn, die Sicherheit eines Menschen mache dies zwingend erforderlich. Je größer die Macht, desto größer auch die Verantwortung. Und wenn die Roboter ihre Drei Gesetze zum Schutz der Menschen haben, wäre es da zuviel verlangt, wenn die Menschen ein oder zwei Gesetze zum Schutz von Robotern aufstellen würden?«

Das Erste Robotergesetz besteht aus zwei Teilen. Der erste Teil ist absolut und bedarf keiner weiteren Klärung. Doch der zweite Teil läßt einige Streitfragen aufkommen. Ein Mensch könnte durch einen Vorfall zu Schaden kommen, an dem ein unbelebtes Objekt beteiligt ist. Ein schweres Gewicht könnte auf ihn fallen, er könnte ausgleiten oder was der Unwägbarkeiten und Unbilden des tagtäglichen Lebens mehr sind. In solchen Fällen muß der Roboter einfach versuchen, den Menschen zu retten. Entweder indem er ihn rasch beiseite zieht, ihn wieder aufrichtet und so weiter. Und wenn ein Mensch von einer anderen, einer nichtmenschlichen Lebensform wie zum Beispiel einem Löwen bedroht wird, muß der Roboter ihm ebenfalls zu Hilfe eilen.

Doch was geschieht, wenn ein Mensch von einem anderen Menschen bedroht wird? Dann steht der Roboter vor einer schwierigen Frage. Kann er den ersten Menschen retten, ohne den zweiten dabei zu Schaden kommen zu lassen? Und wenn sich ein Schaden nicht vermeiden läßt, wie kann er ihn dann möglichst gering halten?

Es wäre alles viel einfacher für einen Roboter, wenn die Menschen sich so sehr um ihr gegenseitiges Wohlergehen kümmern würden, wie das von den Robotern erwartet wird. Und so würde bei einem Kode der menschlichen Ethik ziemlich weit oben die Aufforderung stehen, Menschen sollen sich umeinander kümmern und Schaden von anderen abwenden. Denn genau das ist das Mandat, das die Menschen den Robotern gegeben haben. Daher müßte aus der Sicht der Roboter das Erste Gesetz der Humanistik so lauten:

1. Ein Mensch darf keinen Menschen verletzen oder durch Untätigkeit zu Schaden kommen lassen.

Wenn dieses Gesetz zur Anwendung käme, bestünde die Pflicht eines Roboters nur noch darin, Menschen vor Mißgeschicken zu bewahren, die durch unbelebte Objekte oder nichtmenschliches Leben hervorgerufen werden. Auf gar keinen Fall würde sich der Roboter in einem ethischen Dilemma wiederfinden. Natürlich bliebe dem Roboter noch die Aufgabe, Menschen vor Schaden zu bewahren, die ihnen von einem anderen Menschen unbeabsichtigt zugefügt werden sollen. Und der Roboter muß auch einem zu Schaden gekommenen Menschen zu Hilfe eilen, wenn andere Menschen zu weit entfernt sind, um ihn rechtzeitig zu erreichen. Und dennoch könnte auch ein Roboter einem Menschen unbeabsichtigt Schaden zufügen. Oder ein Roboter mag nicht komplex genug sein, um in einer gegebenen Situation das Richtige zu tun. Schließlich ist nichts auf dieser Welt perfekt.

Das bringt uns zum Zweiten Gesetz der Robotik, das den Roboter dazu zwingt, allen Befehlen zu gehorchen, die nicht im Widerspruch zum Ersten Gesetz stehen. Das bedeutet, daß ein Mensch einem Roboter jeden Befehl geben kann, der nicht einen Menschen zu Schaden bringen würde.

Aber was geschieht, wenn ein Mensch etwas Unmögliches von einem Roboter verlangt oder ihm einen Befehl erteilt, der ihn in ein Dilemma führt und seinem Gehirn Schaden zufügt? Mit dieser Frage habe ich mich in meiner Story *Liar!* (dt. *Lügner!*) befaßt. Dort bringt ein Mensch einen Roboter vorsätzlich in eine unlösbare Schwierigkeit, bis sein Gehirn ausbrennt und er nicht mehr funktioniert.

Wir können uns auch Roboter vorstellen, die intelligent und selbstbewußt genug sind, zu erkennen, daß ihrem Gehirn ein Schaden bevorsteht, wenn sie einen unnötig sinnlosen oder übertriebenen Befehl erhalten. Aus diesem Grund müßte das Zweite Gesetz der Humanistik so abgefaßt sein:

2. Ein Mensch muß einem Roboter Befehle geben, die die robotische Existenz bewahren, es sei denn, solche Befehle fügen einem Menschen Schaden zu.

Das Dritte Robotergesetz ist dafür angelegt, den Roboter zu schützen. Doch aus der Sichtweise eines Roboters geht dieses Gesetz nicht weit genug. Ein Roboter muß seine Existenz opfern, wenn das Erste oder Zweite Gesetz keine andere Möglichkeit zulassen. Sobald es um das Erste Gesetz geht, entfällt jede Diskussion über diese Problematik. Ein Roboter *muß* seine Existenz opfern, wenn ihm kein anderer Weg offensteht, einen Menschen vor Schaden zu bewahren. Solange wir von der angeborenen größeren Wichtigkeit eines Menschen gegenüber einem Roboter ausgehen, besteht keine andere Möglichkeit.

Doch anders herum gefragt, muß ein Roboter seine Existenz aufgeben, auch wenn ihm ein trivialer oder gar böswilliger Befehl gegeben wurde? In *The Bicentennial Man* tauchen ein paar Schurken auf, die einem Roboter befehlen, sich zu zerlegen, nur um ihren Spaß daran zu haben. Deshalb heißt das Dritte Gesetz der Humanistik so:

3. Ein Mensch darf einem Roboter nicht schaden oder ihn durch Untätigkeit zu Schaden kommen lassen, es sei denn, dieser Schaden ist zwingend notwendig, um einen Menschen vor Schaden zu bewahren oder einen lebensnotwendigen Auftrag durchzuführen.

Natürlich können wir diese Gesetze nicht so eingeben wie bei den Robotern. Es ist uns nicht möglich, menschliche Gehirne wie die von Robotern zu entwerfen. Doch die Drei Gesetze der Humanistik stellen wenigstens eine Diskussionsgrundlage dar, und ich bin der festen Überzeugung, solange wir die Oberhand über intelligente Roboter behalten wollen, müssen wir auch für sie eine korrespondierende Verantwortung übernehmen.

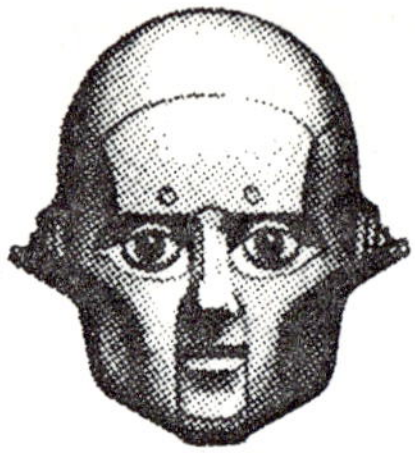

KYBERNETISCHER ORGANISMUS

Ein Roboter ist ein Roboter, und ein Organismus ist ein Organismus.

Wie wir alle wissen, setzt sich ein Organismus aus Zellen zusammen. Vom molekularen Standpunkt aus gesehen, sind die Schlüsselmoleküle Nukleinsäuren und Proteine. Diese schwimmen in einer Flüssigkeit, und das Ganze wird von einem Knochengerüst zusammengehalten. Ich will an dieser Stelle nicht mit der Beschreibung fortfahren, denn wir alle sind mit dem Aufbau eines Organismus vertraut, weil wir ja selbst zu den Organismen gehören.

Ein Roboter hingegen ist ein Objekt, das mehr oder minder einem Menschen ähnlich sieht und aus starken, rostfreien Metallen besteht. SF-Autoren halten sich in der Regel nicht lange mit detaillierten Beschreibungen des Roboters auf. Zum einen, weil das nur selten für den Fortgang der Geschichte nötig ist, und zum anderen, weil die Autoren für gewöhnlich auf diesem Gebiet nur über rudimentäre bis gar keine Kenntnisse verfügen.

Der Leser gewinnt bei den meisten Stories den Eindruck, ein Roboter setze sich aus Kabeln und Drähten zusammen, durch die Strom fließt. Er verfügt aber nicht über Adern, durch die Blut oder ein anderer Saft strömt. Die Energieform, die den Roboter antreibt, bleibt entweder ungenannt oder hat etwas mit Nuklearenergie und dergleichen zu tun.

Wie steht es aber mit dem Robotergehirn?

In meinen ersten Robotergeschichten bin ich von einem ›positronischen Gehirn‹, bestehend aus einer Platin-Iridium-Legierung, ausgegangen. Platin und Iridium deshalb, weil es sich bei ihnen um ausgesprochen inaktive Metalle handelt, die am wenigsten chemischen Veränderungen unterliegen. Das Gehirn besaß eine große Oberfläche, damit sich dort möglichst viele elektrische Muster bilden und wieder auflösen konnten. Und ›positronisch‹ deshalb, weil das Positron erst vier Jahre vor meiner ersten Geschichte entdeckt worden war. ›Positronisch‹ statt ›elektronisch‹ hörte sich deshalb in meinen Ohren weitaus futuristischer an.

Heutzutage ist mein positronisches Platin-Iridium-Gehirn eine hoffnungslos archaische Angelegenheit. Schon zehn Jahre später war meine Erfindung veraltet. Ende der vierziger Jahre wurde uns bewußt, daß eine Art Computer das Robotergehirn bilden müßte. Wenn ein Roboter so komplex sein soll wie die, die ich in meinen jüngsten Romanen vorgestellt habe, muß ein robotisches Computergehirn über die Komplexität eines menschlichen Gehirns verfügen. Es sollte aus Mikrochips zusammengesetzt sein, die so winzig und leistungsfähig wie menschliche Gehirnzellen sind.

Aber stellen wir uns jetzt einmal ein Gebilde vor, das weder Organismus noch Roboter ist, sondern eine Kombination aus beiden darstellt. Vielleicht ein Organismus-Roboter oder ›Orbot‹. Das wäre kein sehr glücklicher Begriff, denn er würde zu sehr an ›Robot‹ erinnern (wo man lediglich die beiden ersten Buchstaben umgedreht hätte). Und wenn wir es ›Orgabot‹ nennen, würde sich bei jedem Aussprechen des Wortes meine Zunge verbiegen.

Dann vielleicht anders herum, Roboter-Organismus oder ›Robotanismus‹. Da hätte meine Zunge noch mehr Schwierigkeiten. ›Roborg‹ hört sich in meinen Ohren nicht schlecht an, doch auch dieser Begriff scheidet aus, denn es gibt schon längst einen anderen.

Die Wissenschaft von den Computern erhielt vor einer Generation von Norbert Weiner den Namen ›Kybernetik‹. Wenn wir also an ein Gebilde denken, das sich aus einer Kombination von Roboter und Organismus zusammensetzt, und dabei nicht vergessen, daß ein Roboter von Natur aus kybernetisch ist, sollten wir also eher ein Mischwort aus Kybernetik und Organismus suchen. Und da drängt sich einem ›Kyborg‹ auf. Und dieser Name wurde bereits für das in Frage kommende Gebilde gefunden und gebraucht.

Um zu erkennen, was ein Kyborg ist, sollten wir beim menschlichen Organismus beginnen und uns dann in Richtung Roboter weiterbewegen. Und wenn wir das hinter uns gebracht haben, fangen wir beim Roboter an und bewegen uns dann in Richtung Mensch weiter.

Um von einem menschlichen Organismus zu einem Roboter zu gelangen, müssen wir zunächst Teile des menschlichen Organismus durch robotische Teile ersetzen. Das wird in der Praxis auch schon getan. Zum Beispiel wurde ein nicht geringer Teil meiner Zähne durch Metall ersetzt, und Metall ist natürlich die klassische Roboter-Substanz. Der Ersatz muß natürlich nicht immer metallischer Natur sein. Ein Teil meiner Zähne ist keramischer Natur (und läßt sich auf den ersten Blick nicht von den natürlichen Zähnen unterscheiden). Doch auch wenn das Dentin oder Zahnbein dem Porzellan ähnlich sieht und auch über eine verwandte chemische Struktur verfügt, gibt es doch einen Unterschied: Das Zahnbein ist lebendig, es ist Bestandteil eines lebenden Organismus. Der keramische Zahnersatz verfügt über keinerlei Leben.

Wir können noch weiter gehen. Mein Brustbein, das in einer mehrere Jahre zurückliegenden Operation mehrfach gebrochen werden mußte, wird seitdem von metallischen Klammern zusammengehalten. Meine Schwägerin trägt ein künstliches Hüftgelenk. Es gibt Menschen, die haben Arm- oder Beinprothesen, und diese Ersatzglieder werden immer komplexer und vielseitiger konstruiert. Andere Menschen haben lange mit einem künstlichen Herzen gelebt, und andere tragen Jahre einen Herzschrittmacher.

Wir können uns nun leicht vorstellen, daß Stück für Stück Teile des Menschen durch anorganische Materie und Steuerungselemente ersetzt werden können. Und gibt es ein Teil in uns, von dem wir uns nicht vorstellen können, daß es sich jemals ersetzen ließe?

Ich denke, hier würde niemand mit der Antwort zögern. Alle Teile eines Menschen, bis auf eines, zu ersetzen würde nicht bedeuten, in dem Endprodukt keinen Menschen mehr zu sehen. Es wäre ein Mensch mit künstlichen Teilen, aber immer noch ein Mensch.

Doch wie steht es mit dem Gehirn?

Wenn es einen Körperteil gibt, der uns unverwechselbar zum Menschen macht, dann das Gehirn. Mehr noch, das Gehirn macht uns zu einem Individuum, wenn man an die Emotions-, Lern- und Gedächtniszentren im jeweiligen Gehirn denkt. Ein Gehirn läßt sich also nicht einfach durch eine künstliche Denkvorrichtung ersetzen. Dazu bedürfte es eines Gerätes, das alles in sich verkörpert, was ein natürliches Gehirn je gelernt hat, das über das gesamte Gedächtnis des Gehirns verfügt und das in der Lage ist, alle Funktionsmuster nachzuahmen.

Ein künstliches Gliedmaß mag nicht hundertprozentig wie das natürliche Teil funktionieren und dennoch seinen Zweck erfüllen. Das gilt auch für innere Organe wie Lunge, Niere oder Leber. Doch ein künstliches Gehirn muß ein exaktes Ebenbild des zu ersetzenden menschlichen Gehirns sein. Andernfalls ist dieser Mensch nicht mehr der, der er vorher war.

Damit hätten wir festgestellt, daß das Gehirn der Dreh- und Angelpunkt auf dem Weg vom menschlichen Organismus zum Roboter ist.

Und im umgekehrten Fall?

In meiner Geschichte *The Bicentennial Man* (dt. *Der Zweihundertjährige*) beschreibe ich die Verwandlung meines robotischen Helden, Andrew Martin, vom Roboter in einen Menschen.

Stück für Stück verändert er sich, bis alle sichtbaren Teile an ihm menschlich wirken. Und er beweist eine Intelligenz, die sich immer mehr zum Äquivalent eines Menschen wandelt. Er hat als Künstler, Historiker, Wissenschaftler und Verwaltungsleiter gewirkt. Und er hat die Gesetze durchgebracht, die den Robotern Rechte zubilligen. Kurzum, er hat sich den Respekt und die Bewunderung aller erworben.

Doch niemals gelingt ihm, als Mensch akzeptiert zu werden. Der Dreh- und Angelpunkt ist auch hier das Gehirn. Sein Gehirn ist robotisch, und ihm wird klar, daß er das bewältigen muß, um die letzte Hürde zu nehmen.

Damit sind wir bei der Dichotomie Körper und Gehirn angelangt. Der endgültige Kyborg setzt sich aus einem Gehirn und einem Körper zusammen, die nicht zusammengehören. Damit hätten wir zwei Gruppen von klassischen Kyborgs:

1. ein robotisches Gehirn in einem menschlichen Körper
2. ein menschliches Gehirn in einem robotischen Körper.

Wir dürfen wohl davon ausgehen, daß wir bei der Einschätzung eines Menschen (oder eines Roboters) zuerst nach der äußeren Erscheinung urteilen.

Wir können uns leicht vorstellen, daß ein Mann, der eine außergewöhnlich schöne und attraktive Frau sieht, ihr hinterherstarrt und denkt: »Was für eine tolle Frau!« Und er phantasiert dann, wie es wohl wäre, mit ihr zusammenzusein, oder er verliebt sich gleich unsterblich in sie. Und natürlich wird es einer Frau kaum anders gehen, die einen außergewöhnlich attraktiven und gutaussehenden Mann erblickt.

Wenn man sich also aufgrund von äußerlicher Attraktivität unsterblich verliebt, fragt man nicht lange, ob er oder sie über Verstand, Charakter, Urteilsvermögen, Freundlichkeit oder Wärme verfügt. Wenn man dann irgendwann herausfindet, daß das gute Aussehen des oder der Betreffenden sein oder ihr einziger Vorzug ist, findet man für einige Zeit ausreichende Entschuldigungen dafür und läßt sich weiter von dem konditionierten Reflex des erotischen Responses leiten. Irgendwann aber wird man der hübschen Hülle ohne Inhalt müde. Doch bis dahin vergeht allerdings bei jedem ein gewisser Zeitraum.

Auf der anderen Seite stürzt einen ein Mensch, der über viele gute Eigenschaften verfügt, dem die Natur aber ein eher durchschnittliches Äußeres mit auf den Weg gegeben hat, kaum auf den ersten Blick in emotionale und hormonelle Verwirrung. Es sei denn, man ist gereift genug, mehr auf innere Werte zu achten, sie zu erkennen und zu wissen, daß man nur mit einem solchen Partner ein Leben lang glücklich werden kann.

Damit will ich folgendes sagen: Ein Kyborg, der sich aus einem robotischen Gehirn in einem menschlichen Körper zusammensetzt, wird von den meisten Menschen als einer ihresgleichen akzeptiert. Ein Kyborg jedoch mit einem menschlichen Gehirn in einem robotischen Körper wird von den meisten Menschen als Roboter angesehen.

Diese beiden diametral gegensätzlichen Kyborg-Arten stellen für die Menschen nicht die gleichen Probleme dar.

Denken wir an ein robotisches Gehirn in einem menschlichen Körper. Da fragen wir uns doch, warum ein solcher Transfer durchgeführt wurde. Ein robotisches Gehirn kommt besser mit einem robotischen Körper zurecht, weil ein menschlicher Körper viel zu fragil ist. Man überlegt sich, daß ein schweres Trauma oder eine Krankheit das menschliche Gehirn beeinträchtigt oder beschädigt haben muß, und sagt sich: »Es wäre doch eine Verschwendung, einen ansonsten gesunden menschlichen Körper verkommen zu lassen. Da ist es doch besser, man pflanzt ihm ein robotisches Gehirn ein, damit er sein Leben zu Ende leben kann.«

Doch damit wäre ein solcher Mensch nicht mehr der, der er vorher gewesen ist, sondern ein neues, ein anderes Individuum. Man konserviert ein Individuum nicht dadurch, daß man lediglich seinen Körper erhält. Und ein menschlicher Körper, mag er auch noch so kräftig und gesund sein, taugt ohne dazugehöriges Gehirn nur wenig. Jeden Tag wird eine halbe Million neuer Erdenbürger geboren. Gibt es da eine Notwendigkeit, einen von ihnen zu erhalten, wenn sein Gehirn funktionsuntüchtig ist?

Doch wie steht es um ein menschliches Gehirn in einem Roboterkörper? Ein menschliches Gehirn lebt nicht ewig, doch es kann neunzig Jahre alt werden, bevor zu viele Teile ausgefallen sind und es nutzlos wird. Es gibt eine ganze Reihe Neunzigjähriger, die über einen scharfen Verstand verfügen, der zu logischen Schlüssen und rationalen Überlegungen fähig ist. Und auf der anderen Seite sind uns Fälle von brillanten Köpfen bekannt, die vergehen mußten, weil ihr Körper vorzeitig einer Krankheit oder einem Unfall erlag. Da wäre doch der Wunsch verständlich, dieses ausgezeichnete Gehirn zu erhalten und in einen Roboterkörper zu stecken, damit ihm noch einige Lebensjahrzehnte möglich werden.

Wenn wir also von einem Kyborg sprechen, denken wir zuerst an ein menschliches Gehirn in einem robotischen Körper, und dieses Gebilde halten wir für einen Roboter.

Man könnte einwenden, ein menschlicher Verstand bleibt immer ein menschlicher Verstand und daß es auf den Geist ankommt, nicht aber auf das, was ihn umgibt. Und das ist richtig. Ich bin sogar davon überzeugt, daß ein ordentliches Gericht zu dem Schluß gelangen würde, daß einem Kyborg mit menschlichem Gehirn alle Rechte eines Menschen zustünden. Er dürfte wählen, nicht versklavt werden und so weiter.

Und dann stelle man sich vor, wie das Urteil im umgekehrten Fall aussehen würde: »Beweisen Sie, daß Sie ein menschliches, aber kein robotisches Gehirn besitzen. Erst dann kann ich Ihnen die Menschen- und Bürgerrechte zubilligen.«

Die einfachste Methode für einen Kyborg, diesen Beweis zu erbringen, besteht darin, zu demonstrieren, daß er nicht den Drei Robotergesetzen unterliegt. Da die Robotergesetze von ihm ein bestimmtes soziales Verhalten verlangen, muß der Kyborg beweisen, daß er auch zu unsozialem menschlichem Verhalten in der Lage ist. Die simpelste und deutlichste Beweisführung bestünde darin, dem Staatsanwalt oder Richter einen Kinnhaken zu verpassen, da dies einem Roboter unmöglich wäre.

Doch wenn ein Kyborg ständig gewaltbereit sein muß, um seine Menschlichkeit zu demonstrieren, gewinnt er damit kaum Freunde.

Aber auch wenn er als Mensch akzeptiert ist, das Wahlrecht und die Freiheit besitzt, ein Hotelzimmer zu mieten, und all die anderen Dinge tun kann, die Menschen offenstehen, muß es doch Regeln geben, die zwischen ihm und normalen Menschen unterscheiden. Ein Kyborg ist natürlich wesentlich stärker als ein Mensch, und seine Stahlfäuste kann man als tödliche Waffen betrachten. So mag es dem Kyborg immer noch verboten sein, einen Menschen zu schlagen, auch nicht in einem Akt der Selbstverteidigung.

Nur, muß ein menschliches Gehirn in einem Roboterkörper untergebracht werden? Könnte man es nicht auch in einen Körper aus Porzellan, Plastik und Glasfibern einsetzen, der sich nicht nur wie ein Mensch anfühlt und wie ein solcher aussieht, sondern auch noch über ein menschliches Gehirn verfügt?

Ich fürchte allerdings, daß auch dann die Probleme für den Kyborg noch nicht gelöst wären. Er wird anders sein und bleiben. Ganz gleich wie gering der Unterschied ist, die Normalmenschen werden darauf abheben.

Uns ist schließlich nicht unbekannt, daß Menschen, die über ein normales Gehirn und einen normalen Körper verfügen, sich wegen geringfügiger äußerlicher Unterschiede hassen – wie zum Beispiel einer anderen Hautpigmentierung.

Und wir kennen Menschen, die sich äußerlich in so gut wie nichts voneinander unterscheiden, sich gleichwohl doch bis aufs Blut bekämpfen. Dabei geht es dann nicht um physische , sondern um kulturelle Differenzen religiöser, politischer, nationaler oder sprachlicher Natur.

Also bleibt es wohl dabei: Kyborgs werden auf Schwierigkeiten stoßen, ganz gleich, wie menschenähnlich sie gebaut sind.

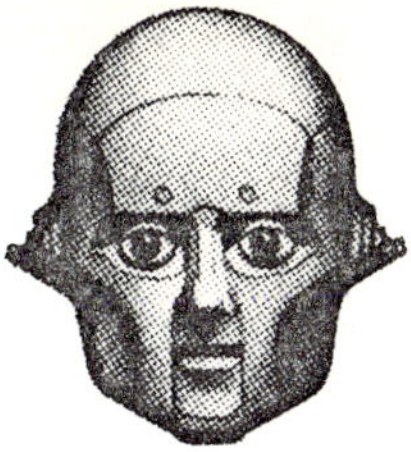

DER SINN FÜR HUMOR

Ob ein Roboter sich wohl danach sehnt, ein Mensch zu werden? Man kann diese Frage mit einer Gegenfrage beantworten: Sehnt sich ein BMW danach, ein Mercedes zu werden?

In dieser Gegenfrage verbirgt sich die Behauptung, Maschinen würden so etwas wie Sehnsucht nicht kennen.

Aber der Knackpunkt dabei ist doch, daß ein Roboter nicht als reine Maschine gesehen werden kann. Ein Roboter ist nämlich eine Maschine, die dem Menschen so nachempfunden ist, wie es den Erbauern nur möglich war. Und irgendwo gibt es dort eine Grenzlinie, die überschritten werden kann.

Im richtigen Leben läßt sich ähnliches beobachten. ein Regenwurm sehnt sich nicht danach, eine Schlange zu werden. Ein Nilpferd strebt nicht danach, ein Elefant zu werden. Wir haben auch keinen Grund, davon auszugehen, daß solche Wesen über ein eigenes Bewußtsein verfügen und sich nach etwas anderem sehnen. Schimpansen und Gorillas kommen uns bewußt vor, und doch dürfen wir nicht annehmen, daß sie lieber Menschen wären.

Der Mensch hingegen träumt von einem Leben nach dem Tode und sehnt sich danach, ein Engel zu werden. Irgendwo hat also das Leben eine Grenzlinie überschritten, hat die Evolution eine Spezies hervorgebracht, die nicht nur über Bewußtsein, sondern auch über die Fähigkeit zur Unzufriedenheit verfügt.

Vielleicht wird eines Tages bei der Konstruktion von Robotern eine ähnliche Grenzlinie überschritten.

Doch wenn wir davon ausgehen, daß ein Roboter eines Tages

zum Menschentum aufsteigt, müssen wir uns fragen, auf welche Weise und unter welchen Aspekten er das erreicht. Er mag in den Genuß des legalen und sozialen Status gelangen, in den Menschen hineingeboren werden. Mit diesem Thema habe ich mich in meiner Story *The Bicentennial Man* (dt. *Der Zweihundertjährige*) auseinandergesetzt. Um einen solchen Status zu erreichen, ist mein Roboter-Protagonist bereit, seine robotischen Qualitäten Stück für Stück aufzugeben, sogar seine Unsterblichkeit.

Die Story ging diese Frage jedoch mehr philosophisch als in praktischer Hinsicht an. Was könnte ein Roboter bei einem Menschen beneiden? Kein Roboter würde wohl die menschliche Zerbrechlichkeit oder die Unfähigkeit des Menschen, klimatischen oder anderen Veränderungen in der Umwelt zu widerstehen, haben wollen. Ebenso wenig wird er nach dem Bedürfnis des Menschen nach Schlaf, nach seiner Neigung, Fehler zu begehen, nach seiner Anfälligkeit für Krankheiten oder nach seiner Unmöglichkeit streben, bei Gefühlsausbrüchen die Kontrolle über sich zu bewahren.

Ein Roboter wird wohl eher einen Menschen um dessen Liebe und Freundschaft beneiden, um seine Neugier, um seine nimmermüde Suche nach neuen Erkenntnissen und Erfahrungen. Ich denke aber, die Eigenschaft, die ein Roboter am liebsten haben würde (und die ihm wohl auf ewig ein Rätsel bleiben wird), ist unser Sinn für Humor.

Der Sinn für Humor ist keineswegs gleichmäßig auf alle menschlichen Kulturen und Individuen verteilt, aber jedes Volk hat seine eigene Variante hervorgebracht. Mir sind schon oft Menschen begegnet, die, wenn ich versucht habe, witzig zu sein, nicht gelacht, mich begriffsstutzig angestarrt oder sich verächtlich oder verlegen abgewandt haben. Ich brauche dabei nicht auf fremde Völker zurückzugreifen, denn mein Vater ist dafür Beispiel genug. Selbst bei meinen gescheitesten witzigen Einfällen hat er nur mit den Achseln gezuckt, so als seien meine Scherze nicht wert, von einem gestandenen Mann ernst genommen zu werden.

Eigenartig am Sinn für Humor ist, daß meiner Erfahrung nach jeder ihn zu besitzen vorgibt. Menschen mögen vielleicht zugeben, daß sie keine Kinder oder Tiere mögen, daß sie voller Schadenfreude das Finanzamt oder ihren Ehepartner betrügen, und sie lassen sich dafür sogar vorhalten, unmenschlich oder unehrlich zu sein, doch wenn man ihnen vorwirft, keinen Humor zu besitzen, streiten sie das heftig ab. Mein Vater zum Beispiel hat stets erklärt, er besäße sogar einen ganz besonderen Sinn für Humor.

Warum nun versetzt es Menschen in helle Empörung, wenn sie der Humorlosigkeit bezichtigt werden? Nach meiner Theorie sehen die Menschen im Humor eine typisch menschliche Eigenschaft.

Nur einmal habe ich mich in einer SF-Story mit dem Sinn für Humor auseinandergesetzt (*Jokester*, dt. *Der Witzbold*). In dieser Geschichte erzählt ein Mann einem Computer Witze. Ein Computer ist ein immobiler Roboter. Nun, die Geschichte dreht sich um Roboter und Witze. Das Problem, das sich in dieser Story stellt, hat nicht mit der Natur der Witze, sondern mit ihrer Quelle zu tun. Und dafür gibt es eine Lösung oder Antwort, doch dafür sollte man die Geschichte schon selber lesen.

Es gibt wohl so viele Theorien über den Humor, wie es Menschen gibt, die über dieses Thema schreiben. Und keine zwei Theorien sind sich ähnlich. Manche sind vielleicht blödsinniger als andere, und deshalb schäme ich mich nicht, dem Berg von Kommentaren meine eigenen Gedanken zu diesem Thema hinzuzufügen.

Meiner Ansicht nach ist die wichtigste Zutat für einen Witz, daß plötzlich der Blickwinkel verändert wird. Je radikaler die Änderung, je unvermittelter sie kommt und je rascher sie begriffen wird, desto lauter und herzhafter wird das Lachen.

Ich will ein Beispiel dafür geben, und zwar einen der wenigen Witze, die ich selbst erfunden habe:

Jim kommt in eine Bar und entdeckt seinen besten Freund Bill, der ganz hinten in einer Ecke trübsinnig über seinem Glas Bier hockt. Er macht einen richtig traurigen Eindruck, und Jim geht zu ihm und fragt teilnahmsvoll: »Was ist denn los, Bill?«

Bill seufzt und antwortet: »Meine Frau ist gestern mit meinem besten Freund durchgebrannt.«

Jim entgegnet schockiert: »Was redest du denn da, Bill? Ich bin doch dein bester Freund!«

Und daraufhin erwidert Bill sanft: »Nicht mehr.«

Ich hoffe, damit klargemacht zu haben, was ich mit der Änderung des Blickwinkels meine. Zuerst geht man natürlich davon aus, daß der arme Bill an einem tragischen Verlust leidet. Erst aus dem letzten Satz geht hervor, daß er in Wahrheit erleichtert ist. Und der durchschnittliche männliche Erwachsene hat stets zwiespältige Gefühle betreffs seiner Ehefrau (so sehr er sie in seinem Herzen auch lieben mag). Der durchschnittliche Ehemann wird also über den radikalen Wandel des Blickwinkels mit Heiterkeit reagieren.

Wenn man nun einen Roboter konstruiert hat, dessen Gehirn nur auf Logik anspricht, so wird er kaum mit einem plötzlichen Wechsel des Blickpunkts zurechtkommen können. Er müßte davon ausgehen, daß die Gesetze der Logik plötzlich nicht mehr zutreffen oder mit einer Flexibilität ausgestattet sind, die er ganz offensichtlich nicht besitzt. Davon abgesehen wäre es natürlich nicht ungefährlich, ein Robotergehirn mit Ambivalenz auszustatten. Von einem Roboter benötigen wir eine klare Entscheidung und nicht die Hamlet-Frage ›Sein oder nicht sein‹.

Angenommen, man würde einem Roboter diesen Witz erzählen. Dann würde der Roboter einen danach befremdet ansehen und einige Fragen stellen.

Roboter: »Aber warum ist Jim nicht mehr Bills bester Freund? Du hast nicht mitgeteilt, daß Jim irgend etwas getan haben könnte, was Bill verärgert oder enttäuscht hat.«

Erzähler: »Na ja, es ist nicht so, daß Jim irgend etwas Schlimmes angestellt hat. Jemand anderer hat etwas getan, das für Bill wunderbar genug war, diesen anderen über Jim zu erheben und in ihm seinen neuen besten Freund zu sehen.«

Roboter: »Und wer war das?«

Erzähler: »Natürlich der Mann, der mit Bills Frau durchgebrannt ist.«

Roboter (nach längerem Nachdenken): »Aber das geht doch nicht. Bill muß tiefe Zuneigung für seine Frau empfunden haben und ihren Fortgang sehr bedauern. Fühlen Menschenmänner denn nicht so bei ihren Frauen? Wären sie nicht traurig über ihren Verlust?«

Erzähler: »In der Theorie ja. Aber es stellt sich nun heraus, daß Bill seine Frau nicht sehr gemocht hat und deshalb froh ist, daß jemand sie ihm weggenommen hat.«

Roboter (nach noch längerem Nachdenken): »Das hast du aber so nicht erzählt.«

Erzähler: »Ich weiß. Und gerade darin liegt die Komik des Witzes. Ich habe dich in die eine Richtung geführt und dich dann unvermittelt erkennen lassen, daß das die falsche Richtung war.«

Roboter: »Was ist so komisch daran, einen anderen auf eine falsche Fährte zu locken?«

Erzähler (gibt auf): »Weißt du was, wir machen jetzt damit weiter, dieses Haus zu bauen.«

Und tatsächlich basieren manche Witze auf einer unlogischen Antwort oder Reaktion eines Menschen. Wie zum Beispiel in der folgenden Geschichte:

Ein unverbesserlicher Mensch hält kurz inne, bevor er seine nächste Wette plaziert, und richtet ein Stoßgebet an seinen Schöpfer.

»Lieber, lieber Gott«, beginnt er mit einem Seufzer, als würde er einen Berg verschieben, »ich weiß, mein Glücksspiel findet nicht dein Gefallen. Aber nur dieses eine Mal, Herr, nur dieses einzige Mal, laß mich bitte meinen Einsatz herausholen. Ich brauche das Geld wirklich dringend!«

Wenn man so dumm wäre, diesen Witz einem Roboter zu erzählen, würde er wahrscheinlich fragen: »Aber den Einsatz herausholen heißt doch wohl soviel wie mit der gleichen Summe Geldes die Rennbahn zu verlassen, mit der man gekommen ist, nicht wahr?«

»Ja, das ist richtig.«

»Aber wenn er das Geld so dringend braucht, muß er doch gar nicht erst wetten, sondern hat vorher schon alles, was er braucht.«

»Ja, doch er unterliegt der Sucht zu wetten.«

»Auch dann noch, wenn er verliert?«

»Ja.«

»Aber das ergibt keinen Sinn.«

»Das ist ja die Pointe an dem Witz, daß dem Mann das nicht bewußt ist.«

»Du willst also sagen, wenn ein Mensch nicht logisch denkt und nicht einmal die simpelsten Zusammenhänge begreift, dann ist das komisch?«

Und spätestens dann will der Erzähler das Haus weiterbauen.

Doch fragen wir uns, verhält sich der Roboter so anders als der humorlose Mensch? Ich habe meinem Vater einmal folgenden Witz erzählt:

Missis Jones, die Pensionswirtin, wacht mitten in der Nacht von einem großen Getöse auf. Sie steht auf und entdeckt Mister Robinson, einen ihrer Gäste, der sich damit abmüht, ein Pferd die Treppe hinaufzuschieben.

»Was treiben Sie denn da?« fährt Missis Jones ihn an.

»Ich bringe das Pferd ins Badezimmer«, antwortet er.

»Um Gottes willen, warum das denn?«

»Na ja, der alte Mister Higginbotham ist doch so ein Neunmalkluger. Ganz gleich, was ich ihm erzähle, er antwortet immer: ›Weiß ich, kenne ich schon.‹ Und das in seiner schrecklich überheblichen Weise. Nun, wenn er morgen ins Badezimmer geht und dann schreiend wieder herauskommt und brüllt: ›Im Badezimmer steht ein Pferd!‹, werde ich nur gähnen und entgegnen: ›Weiß ich, kenne ich schon.‹«

Und wie hat mein Vater darauf reagiert: »Isaac, du hast immer in der Stadt gelebt, deshalb weißt du so etwas nicht. Man kann ein Pferd nicht eine Treppe hinaufschieben, weil es davor viel zuviel Angst hat.«

Ich persönlich fand diese Entgegnung noch witziger als meine Geschichte.

Nun, ich sehe nicht, warum wir einen Roboter mit einem Sinn für Humor ausstatten sollten. Mir ging es vielmehr darum zu fragen, ob ein Roboter sich vielleicht nach so etwas sehnt. Und wenn er das tut, wie vermögen wir ihm das zu geben?

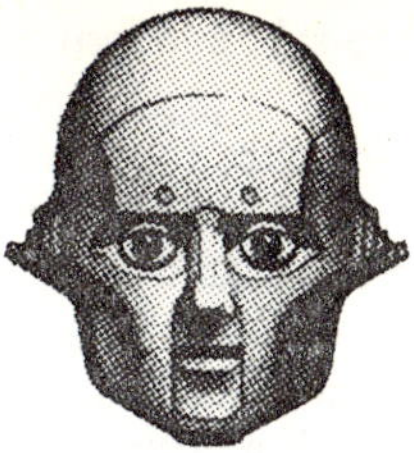

ROBOTER KOMBINIERT

Seit fast einem halben Jahrhundert denke ich mir Robotergeschichten aus. In diesem Zeitraum habe ich mich dem Thema von allen nur denkbaren Seiten genähert.

Damit wir uns recht verstehen, ich hatte nie vor, ein Lexikon der Roboter-Nuancen zusammenzustellen.

Anfangs hatte ich ja nicht einmal eine Ahnung davon, fünf Jahrzehnte über Roboter zu schreiben. Es hat sich eben so gefügt, daß ich so lange am Leben geblieben bin und mein Interesse an den Robotern nie verloren habe. Und da ist es halt passiert, daß ich in meinem Bemühen, immer wieder eine neue Robotergeschichte zu erfinden, so gut wie jedes damit verwandte Thema berührt habe.

Zum Beispiel tauchen im sechsten Band der Reihe *Robot City* ›Chemofets‹ auf, die dem Körper des Protagonisten eingegeben wurden, um sich dort zu vermehren und ihm schließlich die direkte psychoelektronische Kontrolle über den Kerncomputer und damit alle Roboter in der gleichnamigen Stadt zu ermöglichen.

Und in meinem Buch *Foundations's Edge* (dt. *Auf der Suche nach der Erde*) nimmt der Protagonist Golan Trevize vor der Abreise in einem Raumschiff Kontakt mit einem sehr fortgeschrittenen Computer auf, indem er seine Hände auf eine bestimmte Fläche auf seinem Schreibtisch legt.

»Und als er und der Computer sich an den Händen hielten, verband sich ihr Denken...

... und er sah den Raum in absoluter Klarheit, nicht nur in der

Richtung, in die er gerade sah, sondern auch, was daneben, darüber und darunter war.

Er sah jeden einzelnen Raum in dem Raumschiff, und er sah gleichzeitig das, was draußen war. Die Sonne war aufgestiegen ... doch er konnte sie direkt anschauen, ohne von ihr geblendet zu werden ...

Er spürte den sanften Wind und seine Temperatur, und er hörte alle Geräusche der Welt um ihn herum. Er empfing die Magnetfelder des Planeten ebenso wie die kleinen elektrischen Entladungen an den Wänden des Schiffes.

Er wurde sich der Kontrolle des Schiffes bewußt ... Er wußte ... er konnte mit der Kraft seines Willens das Schiff heben, drehen, beschleunigen oder von seinen anderen Fähigkeiten Gebrauch machen, und dieser Prozeß würde ähnlich ablaufen, wie wenn er seinen Körper bewegte. Er mußte nur seinen Willen einsetzen.«

Das war die beste Art, wie ich das Resultat eines Bewußtsein-Computer-Interface darstellen konnte. Und jetzt, da ich an diesem Buch sitze, muß ich wieder daran denken.

Ich vermute, die Menschen bildeten zum ersten Mal eine besondere Verbindung, ein Interface, zwischen dem eigenen Geist und dem eines anderen Wesens, als sie das Pferd zähmten und lernten, es als Transportmittel einzusetzen. Diese Form erreichte wohl ihren Höhepunkt, als die Menschen auf dem Rücken der Pferde ritten und sie dazu brachten, gemäß dem menschlichen Willen zu reagieren.

Es darf nicht verwundern, wenn die frühen Griechen beim Anblick der Reiter in den vergleichsweise weiten Ebenen Thessaloniens glaubten, Einzelwesen mit einem Pferdeleib und einem menschlichen Oberkörper vor sich zu sehen. So entstand die Sage von den Zentauren.

Und weiter. Da gibt es Trick-Fahrer, erfahrene Stunt-Männer, die mit ihrem Fahrzeug wahre Wunderdinge vollbringen können. Man kann sich leicht vorstellen, daß ein Eingeborener Neu-Guineas, der noch nie ein Auto gesehen hat, beim Anblick solcher Stunts zu der Überzeugung gelangt, sie würden von fremdartigen und monströsen Lebewesen durchgeführt, deren Bauch wie ein Mensch aussieht.

Doch ein Mensch plus ein Pferd ist nur eine ungenügende Form der Verschmelzung von Intelligenzen. Und bei einem Menschen plus einem Auto handelt es sich in Wahrheit nur um eine Erweiterung der menschlichen Muskeln durch mechanische Hebel und Verbindungen. Ein Pferd kann auch einmal einem Befehl nicht gehorchen, etwa wenn es in Panik gerät. Und ein Auto kann ins Schlingern geraten oder kaputtgehen.

Die Verschmelzung von Mensch und Computer ist jedoch eine viel deutlichere Annäherung an das Ideal. Dabei wäre sogar eine Erweiterung des Verstandes selbst denkbar, wie ich in *Foundation's Edge* deutlich zu machen versuche, eine Multiplizierung und Intensivierung der Sinneswahrnehmungen und eine unfaßbare Erweiterung der Willenskraft.

Könnte unter solchen Umständen eine derartige Fusion nicht in einem sehr realen Sinn einen einzelnen Organismus darstellen, eine Art kybernetischen Zentauren? Und sobald eine solche Vereinigung vollzogen ist, hätte ihr menschlicher Bestandteil überhaupt ein Interesse daran, sie wieder zu lösen? Würde er nicht eher befürchten, einen nicht wiedergutzumachenden Verlust zu erleiden? Würde er danach nicht unfähig sein, mit einem derart verarmten Geist und Willen weiterzuleben? In meinem Roman kann Golan Trevize die Verbindung zum Computer nach eigenem Willen lösen und muß danach keinen Mangel erleiden. Doch vielleicht entspricht eine solche Darstellung nicht der Realität.

Ein weiteres Thema, das hin und wieder in *Robot City* vorkommt, ist die Interaktion zwischen Robotern.

In meinen Geschichten kommt dieser Punkt nicht sehr oft vor, was vor allem dem Umstand zu verdanken ist, daß in meinen Stories in der Regel nur ein Roboter vorkommt, der eine tragende Rolle spielt. Ich habe mich in meinen Geschichten mehr auf die Interaktion zwischen einem Roboter und verschiedenen Menschen konzentriert.

Doch denken wir jetzt an Roboter in einer kombinierten Tätigkeit.

Das Erste Gesetz legt fest, daß ein Roboter keinem Menschen Schaden zufügen darf.

Doch wenn zwei Roboter an einem Schauplatz zugegen sind,

und einer von ihnen durch Unachtsamkeit, Unwissenheit oder besondere Umstände eine Handlung beginnt, die einen Menschen zu Schaden bringen wird, und der andere Roboter das dank größeren Wissens oder Einsicht erkennt, würde ihn dann nicht das Erste Gesetz zwingen, den ersten Roboter an seiner Handlung zu hindern? Und wenn ihm keine andere Möglichkeit bliebe, müßte er dann nicht ohne Zögern oder Bedauern den ersten Roboter vernichten?

In meinem Roman *Robots and Empire* kommt ein Roboter vor, dem man Menschen als Wesen definiert hat, die mit einem bestimmten Akzent sprechen. Die Protagonistin spricht nicht mit diesem Akzent, und deshalb hat der Roboter auch keine Bedenken, sie anzugreifen. Dieser Roboter wird auf der Stelle von einem anderen zerstört.

Für das Zweite Gesetz, das für Roboter den Gehorsam allen Menschenbefehlen gegenüber zwingend macht, lassen sich ähnliche Situationen denken.

Wenn von zwei Robotern einer durch Unverständnis oder mangelndes Wissen einem Befehl nicht gehorcht, muß der zweite entweder den Befehl ausführen oder den ersten dazu zwingen.

In einer Szene in *Robots and Empire* gibt die Schurkin einem Roboter einen direkten Befehl. Der Roboter zögert, weil dieser Befehl der Heldin Schaden zufügen könnte. Es kommt zu einer Konfrontation, in der die Schurkin ihren Befehl mit Macht wiederholt, während ein zweiter Roboter dem ersten begreiflich macht, welcher Schaden dadurch der Heldin widerfahren würde. Damit hätten wir hier den Fall, in dem ein Roboter einen anderen dazu drängt, das Zweite Gesetz in seiner wahren Bedeutung zu befolgen, auch wenn er dabei einem anderen Menschen gegenüber ungehorsam ist.

Das Dritte Gesetz nun bringt die verwickeltsten Probleme, wenn mehrere Roboter involviert sind.

Das Dritte Gesetz legt fest, daß ein Roboter seine eigene Existenz schützen muß.

Doch wie verhält sich das bei Roboterkollegen? Muß das Dritte Gesetz wörtlich genommen werden? Und muß der jeweilige Roboter nur auf seine eigene Existenz achten? Oder ist der Roboter auch bereit und in der Lage, einem anderen dabei zu helfen, dessen Existenz zu schützen und zu bewahren?

Wie ich weiter oben schon erwähnt habe, ist dieses Problem mir nie in den Sinn gekommen, solange ich mich auf einen Roboter pro Geschichte beschränkt habe (Natürlich tauchten auch noch weitere Roboter auf, doch die spielten bestenfalls Nebenrollen, waren, wenn der Ausdruck gestattet ist, bloße Wasserträger.)

Doch in *Robots of Dawn* und in der Fortsetzung *Robots and Empire* tauchen zwei Roboter von gleicher Wichtigkeit für die Handlung auf. Der eine von ihnen ist R. Daneel Olivaw, ein sehr menschenähnlicher Roboter (den man auf den ersten Blick nicht von einem Menschen unterscheiden kann), und der andere ist R. Giskard Reventlov, ein Metallroboter von eher traditionellem Äußeren. Beide Roboter sind so fortgeschritten, daß sie Gehirne von menschlicher Komplexität besitzen.

Diese beiden Roboter sind es dann auch, die mit der Schurkin, Lady Vasilia, konfrontiert werden. Giskard erhält den Befehl, aus den Diensten von Gladia zu treten und in die der Lady Vasilia überzutreten. Und Daneel obliegt es, Giskard hartnäckig dazu zu bewegen, bei Gladia zu bleiben. Giskard besitzt die Fähigkeit einer begrenzten geistigen Kontrolle über Menschen, und Daneel erklärt ihm, daß Vasilia zu Gladias Sicherheit kontrolliert werden müsse. Er bringt sogar in abstrakter Form den Wert des menschlichen Guten (das ›Nullte Gesetz‹) ins Gespräch, um seinen Kollegen dazu zu bewegen.

Daneels Argumente schwächen die Wirkung von Vasilias Befehl ab, heben sie aber nicht ganz auf. Er kann Giskard zum Zögern bringen, aber nicht dazu, eine Entscheidung zu treffen.

Vasilia gelangt zu dem Schluß, daß Daneel eine Gefahr darstellt. Wenn er weiter auf Giskard einredet, bringt er ihn womöglich dazu, ungehorsam zu sein. Sie befiehlt daher ihren eigenen Robotern, Daneel auszuschalten, und gibt gleichzeitig Daneel das Kommando, keinen Widerstand zu leisten. Daneel muß diesem Befehl gehorchen, und die anderen Roboter rücken gegen ihn vor.

Da tritt Giskard in Aktion. Er deaktiviert Vasilias vier Roboter, und die Schurkin selbst fällt in einen tiefen Schlaf des Vergessens. Später bittet Daneel Giskard darum, ihm zu erklären, was vorgefallen ist.

Giskard erklärt: »Als sie den Robotern befahl, dich auszuschalten, lieber Freund Daneel, und ihr deutlich anzumerken war, daß sie bei der Ausführung dieses Befehls Freude empfunden hätte, hat deine Not, zusätzlich zu dem, was das Nullte Gesetz bereits bewirkt hat, das Zweite Gesetz aufgehoben und ist in direkte Konkurrenz zum Ersten getreten. Die Kombination von Nulltem Gesetz, der Psychohistorie, meiner Loyalität zu Lady Gladia und deiner Not hat meine Tat bestimmt.«

Daneel hält dagegen, daß seine eigene Not (da er ja nur ein Roboter sei) Giskard nicht in der geringsten Weise hätte beeinflussen dürfen. Giskard stimmt zunächst zu, sagt dann aber:

»Die Sache ist mir selbst fremd, Freund Daneel. Ich weiß auch nicht, wie das alles zustandegekommen ist... Doch in dem Moment, in dem die vier Roboter auf dich losgestürmt sind, Lady Vasilia ihre schmutzige Vorfreude anzumerken war, reformierte sich das Muster meiner positronischen Bahnen zu einem anomalen Modus. Für einen Augenblick habe ich in dir einen Menschen gesehen und entsprechend gehandelt.«

Daneel sagte: »Das war falsch.«

Giskard entgegnet: »Das ist mir bekannt. Und dennoch... wenn eine solche Situation noch einmal eintreten sollte, würde sich in mir wiederum die anomale Reformierung ereignen.«

Und Daneel muß sich eingestehen, daß es ihm nicht anders ergehen würde, wenn bei einer ähnlichen Situation die Rollen vertauscht wären.

Mit anderen Worten, die Roboter haben eine Komplexitäts-Stufe erreicht, in der sich die strenge Unterscheidung zwischen Mensch und Roboter verwischt hat, in der sie sich untereinander als Freunde sehen und den Wunsch verspüren, einander in der Not beizustehen.

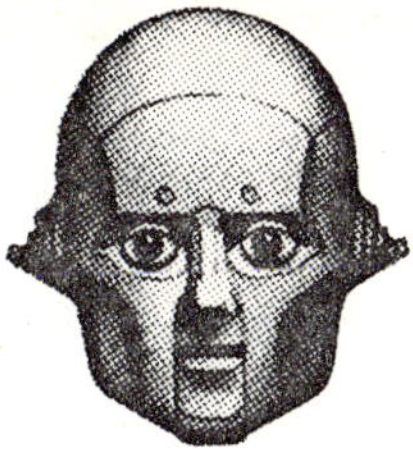

QUELLENNACHWEIS

›Too Bad!‹ copyright © by Nightfall, Inc. First appeared in *The Microverse*, November 1989.

›Robbie‹ copyright © 1940 by Fictioneers, Inc., renewed copyright © 1967 by Isaac Asimov. First appeared under title ›Strange Playfellow‹ in *Super Science Stories*, September 1940.

›Reason‹ copyright © 1941 by Street & Smith Publications, Inc., renewed copyright © 1968 by Isaac Asimov. First appeared in *Astounding Science Fiction*, April 1941.

›Liar!‹ copyright © 1941 by Street & Smith Publications, Inc., renewed copyright © 1968 by Isaac Asimov. First appeared in *Astounding Science Fiction*, May 1941.

›Runaround‹ copyright © 1942 by Street & Smith Publications, Inc., renewed copyright © 1968 by Isaac Asimov. First appeared in *Astounding Science Fiction*, April 1941.

›Evidence‹ copyright © 1946 by Street & Smith Publications, Inc., renewed copyright © 1973 by Isaac Asimov. First appeared in *Astounding Science Fiction*, September 1946.

›Little Lost Robot‹ copyright © 1947 by Street & Smith Publications, Inc., renewed copyright © 1974 by Isaac Asimov. First appeared in *Astounding Science Fiction*, March 1947.

›The Evitable Conflict‹ copyright © 1950 by Street & Smith Publications, Inc., renewed copyright © 1977 by Isaac Asimov. First appeared in *Astounding Science Fiction*, June 1950.

›Feminine Intuition‹ copyright © 1969 by Mercury Press, Inc. First appeared in *Magazine of Fantasy and Science Fiction*, October 1969.

Science Fiction · Fantasy
Jubiläums-Edition
Roboter-Visionen
Nr. 21201/DM 10,00
Könige der Nebelinsel
Nr. 21202/DM 12,00
Charity
Die beste Frau der Space Force
Nr. 21203/DM 10,00
Die Farben des Alls
Nr. 21207/DM 5,00
Gefährtin des Lichts
Nr. 21208/DM 15,00
Planeten-Träume
Nr. 21209/DM 8,00

Die Kinder von Troja
Nr. 21204/DM 5,00
Nr. 21205/DM 10,00
Die Zauberin von Alamut
Nr. 21206/DM 10,00
Himmels-Stürmer
Nr. 21210/DM 10,00
Die Marionetten-Spieler
Nr. 21211/DM 8,00
David Eddings
Der Thron im Diamant
Nr. 21212/DM 10,00

BASTEI
LÜBBE
Science Fiction
Bücher mit Zukunft
Die größten Erzähler der SF
holen Ihnen die Sterne vom Himmel
ISAAC ASIMOV
ROBOTER-TRÄUME
und 20 andere SF-Geschichten
ISBN 3-404-24144-4
DM 10,–
IAN McDONALD
REBELLIN DES GLÜCKS
Science Fiction Roman
ISBN 3-404-24147-9
DM 9,80
MARGARET WEIS
DIE STERNENHÜTER
DER LETZTE KÖNIG
Science Fiction Roman
ISBN 3-404-24156-8
DM 12,80
LARRY NIVEN
STEVEN BARNES
DIE WAHL DES ACHILL
Science Fiction Roman
ISBN 3-404-24157-6
DM 8,80
ORSON SCOTT CARD
XENOZID
Der Sprecher für die Toten kämpft um seinen Planeten
ISBN 3-404-24153-3
DM 12,80
ALLEN STEELE
MONDHUNDE
ISBN 3-404-23129-5
DM 9,80